戦時下の青春

セレクション　戦争と文学　7

中井英夫　他

集英社文庫

ヘリテージシリーズ

戦時下の青春　目次

I

見知らぬ旗　中井英夫　11
軍用露語教程　小林　勝　55
焰の中　吉行淳之介　78
乳房　三浦哲郎　119
防空壕　江戸川乱歩　140
ガダルカナル戦詩集　井上光晴　161
あの花この花　高橋和巳　224

Ⅱ

勲章　永井荷風　255
指導物語　上田広　267
徴用行　川崎長太郎　293
明月珠　石川淳　309
薄明／たずねびと　太宰治　333
疎開記／疎開日記　井伏鱒二　362
キリンと蟇　池波正太郎　374

Ⅲ

アンゴウ　坂口安吾　419
鶴の書　結城信一　439
その一夜　内田百閒　473
櫟の家　高井有一　482
赤牛　古井由吉　502
夏草　前田純敬　534
火垂るの墓　野坂昭如　583
三ノ宮炎上　井上　靖　613

解説　浅田次郎　658
付録　インタビュー　小沢昭一　670

著者紹介　680
初出・出典一覧　686

戦時下の青春

セレクション　戦争と文学　7

I

見知らぬ旗

中井英夫

国電の市ヶ谷駅を過ぎて四谷駅へ向う、その束《つか》の間《ま》の車窓風景であるが、あおみどろの堀を隔てた右手の高台に、赤白だんだらに塗られた自衛隊の無線塔が立っているのは、あるいは御存知の方も多いであろう。だが、そのすぐ右下にある、くすんだ灰色の建物は、まず見過されるに違いない。それは、いかにも陰気な色合いで、監獄を思わせるようなコンクリートの二階建てだが、ひところは右肩の白ペンキ地に、3という数字が浮き出ていた。ここはいま、自衛隊東部方面部隊の通信団本部に使われていて、3はすなわち三号館の意味だが、国電からはよく見えないけれども、その奥へ同じような建物が、四号館、五号館と並んでいる。この呼び方は、昔ここが陸軍士官学校だったころから変らない。

市ヶ谷台の歴史は由緒のあるもので、士官学校が移転したあと、昭和十六年の十二月十四日、つまり日米開戦の一週間後には、陸軍省、参謀本部、教育総監部、翌年には航空本部等々の軍の中枢がすべてここへ引越し、大本営もまた当然ここに置かれた。その中で戦争指導者たちが何を考え、何を計画していたかは、たとえば河辺参謀次長の『市ヶ谷台から市ヶ谷台へ』、種村参謀の『大本営機密日誌』などに詳しい。敗戦後しばらくはGHQが占拠し、東京裁判の行われていたころは、中央本部といわれた一号館の屋根の上に、いまのような玩具めいて小さい日章旗でなく、一際《ひときわ》大きな星条旗が、見知らぬ異国の旗としてひるがえっていたのを、あるいは記憶されている向きもあるかも知れない。

だが、戦争の記録というものが、そうした指導者たちの回顧やざんげ、もしくは反対に虐《しいた》げられた兵士や難民の抵抗といった図式ばかりで積みあげられてゆくのも奇妙な話で、あら大部分の市民たちは、それらの戦史にかかわりのない地点でただ濁流に押し流され、あがっていた筈《はず》である。戦史には記されない戦争、いわばもうひとつの、まったく別な戦争を生きた人々がほとんどではないのか。その残滓《ざんし》は、生き残った人々の記憶として留められているにすぎず、あのときは本当に大変だったという、呟《つぶや》きに似た感懐として折々に洩らされるばかりだが、いずれそれらも戦史の余白の間に埋没してしまうにしろ、ひとりひとりの胸には、最後まで埋めもならぬ黒い穴めいて残されてゆくに違いない。

ちょうどその象徴のように、市ヶ谷台に建つ四号館の地下には、東の外れに、半ば壊《く》えた暗い穴が、いまでも口をあけている。入口は立って歩けるほどだが、じきに狭く崩れかけて通りもならぬ坑道めいたものが、いったい何のためにあるのか、どこへ続いているのか、どこにも記録は残されていない。四号館はいま、自衛隊員の宿舎に当てられているが、その幹部にも由来を知る人はいない、というのは、この穴は戦争末期に掘られ、もう二十六年間もそのままに放置されているからである。

もう一度、市ヶ谷駅を出かかる国電の車窓から、洋服会館と市ヶ谷会館とのあわいに眼をやると、米軍の建てた角カマボコ型の車輛整備工場の左奥に、部厚いコンクリートに蔽《おお》われた窓のない建物が、低く蟠《わだかま》っているのに気がつかれるであろう。入口ひとつだけがあいているこの密室は、いま火薬庫に使われているため立入禁止となり、周りには有刺鉄線をめぐらし、カービン銃を肩にした隊員が常時警戒しているのだが、その隊員にしても、この火薬庫が昔は何に使われていたのか、おそらく気にとめたこともないに違いない。そしてその彼が、警備している白昼、まったく人の気配もないのに、ふいにどこからともなく飛来した銃弾に倒れたとしたら——。その奇怪な犯罪もあながち不可能事ではない、というのはこの密室もまた二十六年前に慌《あわただ》しく建てられたもので、四号館の地下の穴は、かつては馬場と呼ばれていたここに通じているからである。

密室と抜け穴。といって秘密めかしたこの二つの遺物は、べつだん軍事機密だったわけではない。それどころか、大して戦争に役立ちもしなかった。密室の方は、厚さ三メートルのコンクリートに蔽われた、大本営航空通信隊の耐弾送信所で、一トンの直撃弾をくらっても大丈夫なように作らせたものだが、そこへ移る前の三号館の地下の通信室を、そのまま使うことの方が多かったからである。抜け穴は防空壕を兼ねた待避のための通路だが、その途中は這《は》うようにして進まなければならぬほどの狭さで、最後までまともな空襲を受けなかった参謀本部では、一度も実用に供されたことがない。ただ、いまさら壊しもならず埋めも出来ずに、茫々《ぼうぼう》とした戦後の時間を生きのびてきたということに、このやくざな遺物の意味があるのであろう。殊《こと》にこの抜け穴の方はあまりに馬鹿げた存在なので、却《かえ》ってそのために、馬場と四号館という空間を繋《つな》いでいるのではなく、戦中と戦後という時間を結んでいるタイムトンネルのように見えるほどだった。

＊＊＊

敗戦後の二十五年間、水沢修治は、戦後住むことになった荻窪の自宅から、有楽町の勤め先まで通うため、ほとんど毎日のように中央線を利用するので、もう市ヶ谷付近を通過するときでも、ほとんどその建物に注意を払うことはしなくなっていた。昭和十八年の学徒出陣で駆り出された彼は、敗戦までの一年間、参謀本部付きとなり、最初のうち四号館の二階に居住していたのだが、そこにはいわゆる軍隊とはまるで違った、いわば市民風といっていいほどの生活があった。参謀本部ばかりではない、彼の体験した戦争というものは、その後に伝えられた誰彼の戦争体験とあまりに違っていたので、人に話しても信用されそうになく、勢いそのことについては沈黙するしかない。戦争中の日本人というと、皆がみな愛国心に燃え、日の丸の鉢巻きをして増産に励んだり、合間に銃剣術の訓練ばかりしていたように伝えられているし、残された写真も暗いものばかりだが、末期には決してそうではなかった。たとえば昭和十九年の八月には、銀座を桃色のワンピースに下駄ばきという女性が平気で闊歩《かっぽ》していたし、二十年春の激しい空襲のあと、すべての高射砲が沈黙し、炎の中をB29だけが乱舞する中で、「けっ、神州不滅もへったくれもあるけえ」と大声をあげた〝帝国軍人〟がいたけれども、それはまさに皆の実感だったから、誰ひとり咎《とが》める者もなかった。八月九日、ソビエト参戦のニュースをいち早く聞きこんできたひとりが部屋に駆け戻って、「これやでエ」と両手をあげてみせると、居合せた兵隊みんなが声をあげて笑った等々のことを、嘘偽りのない実話として伝えたところで、おそらく「ずいぶん非国民が多かったんですねえ」という挨拶ぐらいしか返ってこないだろう。

水沢の入営がきまって、隣家へ挨拶にゆくと、そこの小母さんは傷《いた》ましそうに眉をひそめ、「このごろはまあ、学鷲《がくわし》だなんていっちゃって、いやですわねえ」と嘆息した。自由主義者ふうのインテリ婦人がいったのではない、市井のお内儀《かみ》さんで、肥《ふと》って好人物の小母さんが、思っているそのままを口に出しただけだが、いくら何でも出征の挨拶に対しては大胆すぎる壮行の辞で、水沢のほうが却ってへどもどするくらいだった。

むろん水沢は、一度もこの人々を非国民だと思ったことはない。それらはいきいきした市民の言葉であって、軍部や官僚に教えこまれた通りの空念仏《からねんぶつ》を人にも強要し、自分の頭や肌では何ひとつ考えも感じもしないまま、敗戦後はたやすく民主主義に融《と》けこむことのできた人々より、どれほど人間らしいか知れないと考えていた。だが、いつのまにか戦争中の日本人は、赤心ひとすじに国のため戦ったという伝説が積みあげられ、学徒兵はまた、「行って参ります死んで参ります」の式に従容《しょうよう》として死についたような滑稽な手記が、それがすべてでもあったかのように喧伝《けんでん》されるのをみると、自分の仲間たちがどれほど非愛国的な言辞を多く弄《ろう》していたか、例をあげて反駁《はんばく》したい気もするのだったが、さて、そんなことをして何になろう。戦中派の彼には、自分から事を起して問題提示を計るという気組みは初めからなく、考えてみると、妻にも息子にも自分の経てきた〝もうひとつの戦争〟を親身に話したこともないのに、評論まがいの文辞を弄して他人に訴えるほどのことでもなさそうだ。そのうち誰かが変だと気がついていい出せばよし、いわなくてもどうということではないだろう。

五十歳近い水沢の頭髪は、すでに半ば白化して、若い時分にはさほど目立たなかった口《くち》許《もと》の黒子《ほくろ》が、あたかも老化のしるしででもあるように、近来とみに大きくなってきている。長女の婚約も整い、退職後の地道な方針も決まったという型どおりの人生は苦にならないが、それでもどうかして中央線の車窓から瞬時に過ぎてゆく、あの灰色の三号館が眼に入ると、何か苦い澱《おり》のようなものが心の底で揺らいだ。高台の端にある木造の二階建ては、もと航本の食堂と図書室だったが、いま何になっているのだろうといった思いがチラとし、それもしかし須臾《しゅゆ》の間に終った。極東軍事裁判、あの東京裁判といわれていたあれは、本部の講堂で開かれたらしいが、あそこではよく演芸会があって、笠置シヅ子が「ラ、リ、ル、ルーズベルトをやっつけろ」などと唄い、三亀松《みきまつ》がそのまた真似をして笑わせるというふうだったが、むろんそんなことは、戦争のどんな記録にも残されてはいないだろう。当り前といえば当り前だが、水沢にはそこのところが何か違うという気がし、その何かがどんなことか、旨《うま》くいいあらわせないもどかしさに焦立《いらだ》った。

しかしとにかく戦争中に、男はゲートル、女はもんぺしか着けていなかったというのは間違いだな、何しろちゃんと銀座には、下駄ばきの女だっていたんだから。水沢はその記憶にこだわった。そしてそのたび眼に顕《た》つのは、呆気《あつけ》にとられてそれを見守っている、まだ若い見習士官姿の自分であった。

一の章

カフェー・プランタンの前で――といってもそのころのことで、プランタンはただの茶房だったけれども、朱房のついた軍刀の柄《つか》を握りしめながら、水沢修治は他の二人の見習士官と一緒に、一瞬呆然《ぼうぜん》と立ちつくした。サイパンが陥《お》ちグアムが陥ち、小笠原、父島に敵が迫って、日本の敗色は蔽いがたいといういま、この街はあまりにも明るすぎ、眩《まぶ》しすぎ、しかも平和でありすぎた。

柳は昔どおりに柔らかい緑を垂らしている。涼しげなその葉影には、黒い土耳古帽《トルコぼう》をかぶったサイコロ占いの爺さんが坐《すわ》って、しなやかな手つきでサイコロをもてあそんでいる。顔だけは左右に行き交う人々を追いながら、その掌の上で小さな賽《さい》たちは、自在な生き物のように動き廻っていた。

人通りにも、昔と変ったところはない。与太ぶって歩いてくる十八、九の少年たちは、いずれ徴用工に違いない筈だが、それよりもいまに変らぬ銀座の不良少年といったほうがふさわしい。桃いろのワンピースに、下駄をつっかけた若い女が、熟れ切った胸や腰を誇示するようにゆきすぎる。そんな身のこなしは、若さというより、どうみても夏の日の午後の、たゆげな情欲をもてあましているとしか思えない。

縁なし眼鏡を神経質そうに光らせた背広の男が、すんなりアフタヌーンを着こんだ女と腕を組んで、三人の軍服姿に一瞥《いちべつ》を与えてすれ違った。三人は一様に狼狽《ろうばい》し、急に気恥ずかしい思いに襲われた。間違えているのはどちらなのか判らないが、これが戦時下の銀座のひとびとなのだろうか。この街にたすき掛けの小母さんが並んで、華美な服装は慎みましょう、贅沢《ぜいたく》は止《や》めましょうなどとお節介なチラシを配り、あげく長い袂《たもと》を見つけ次第ちょん切るために、鋏《はさみ》さえ持って立っていたのはもう何年も前のことだが、その銀座が、突然それ以前の時代に戻りでもしたように、こんなにも明るくおだやかなままでいいものだろうか。

「オイ、どうしちまったんだろう」

先に立った矢島という男から少し歩みを遅らせると、修治は、背の高い宇川博史をふり仰ぐようにしながら、不安な口調でいった。

「俺たちが兵隊へ行ってる間に、時代が元に戻っちまったんだろうか」

去年の十二月、学徒出陣で入隊してから、まだ九か月も経っていないが、その間、一度も外出許可にならなかった。ましてて銀座には御無沙汰を続けていたのだが、そんな僅《わず》かな間に、何かとんでもない異変が起ったような気がする。いや、僅かなというのは間違いで、自分にしてみればうんざりするくらい長い時間が過ぎたのだから、そのあいだに東京の様相が一変していても不思議はないのだが、この眺めはやはり異常すぎた。

「そうじゃないさ」

宇川は涼しい眼元に皮肉な笑いをみせた。

「反対に時間が先へ進んだんだ。見ろよ、みんなもう戦争が終ったみたいな顔で歩いてるぜ」

そういわれれば、そうかも知れない。三人だけをおきざりにして、断りなしに戦争は済んでしまったのかと一瞬疑ったほど、この晴れやかな街は、軽い痴呆症にかかりでもしたように、すこうし口をあけて、一足先にもう敗戦後の風景を映し出し、眺めさせてくれているらしかった。

三人は、自分たちの軍服姿に照れていたのである。見習士官の正装で——まだ左腕に金と朱の将校勤務のマークはついていないが、銀糸と青の縫取りで翼を象《かたど》った航空徽章《きしよう》を胸に光らせ、草いろの一装の服に黒革の帯、襟章《えりしよう》は曹長と同じ三つ星だが、尉官なみの青裏の刀帯で軍刀を吊している。宇川だけはそれを嫌って、銀色の短い指揮刀のままだが、とにかく真新しい軍靴や革脚絆《かわきやはん》や、白い手套《てぶくろ》といういでたちは、まんざらでもない粋なスタイルのつもりでいたのだが、この街にはいかにもそぐわない。それに、自分ではもう兵営生活にも慣れ、いっぱしの軍人に化《ば》け了《おお》せたつもりでいたが、いまこうして銀座人種の無関心な表情や、あるいは侮蔑めいた視線に出会うと、まだ兵隊になって八か月と半分しか経ってやしないんだと、あらためて軍服が板につかない気持にさせられた。

いま三人は、水戸の航空通信学校から、市ヶ谷の参謀本部に配属を命じられて、きょうの夕方までに行きつく途中であった。何のためにそんなところへ行くのか、行ってから何をするのか、命令には何も記されていないので判らない。三人が入隊したのは、矢島が三重、宇川が岡山というようにそれぞれ別なところだし、水戸の学校でも所属する班が違っていたため、つい五日ほど前までは顔を合せたこともなかったのだが、話をしてみると、経歴はいずれも似たようなものだった。

入隊早々に特操——特別操縦見習士官の試験があり、うっかりそんなものに合格すれば、進級は早い代り、末はまちがいなく帰りのないボロ飛行機を押しつけられ、特攻隊要員に廻されるのは判りきっていたけれども、どうせなら自分の手で運命を選ぶほうがいさぎよい気もする。ことしの一月、立川の航空研究所へ引率されて試験を受け、合格ときまるとすぐ原隊から移されて、厚木や児玉の分教場でグライダーや九五式中間練習機——俗に赤トンボといわれる複葉機の猛訓練が始まった。ところが〝飛べない飛行機〟の生産の方が一足早く限界に達したのであろう、この四月に電波探知機要員に廻されたときからおかしいなとは思っていたが、五月には航空通信学校へ送られ、固定無線の短期教育を受けるという奇妙な成行きになった。入隊したのは三人とも航空通信の部隊だったから、それだけに〝固定無線〟という名称がどれほど魅力のあるものかは、よく承知している。それは、数多い兵科の中でも、ちょっと例のない幸運を意味していた。

〝一に通信、二に喇叭《ラッパ》〟というのは、安楽な兵科の順をいうのだが、同じ通信兵でも有線通信に廻されると、安楽どころではない。太い電信柱を肩に汗みずくで走り廻り、ようやくこれを立てたかと思うと、てっぺんまでよじのぼって架線工事をするという、工兵なみの荒っぽい任務が待ち受けている。といって、無線通信兵でも油断はならないので、地三号などという手廻しの発動機がついた小型無線機を持たされると、最前線からさらに先へ送り出されることに決まっていた。岬の突端ぐらいならばいいが、大抵は地図にもない小さな離れ島へ分哨隊で派遣され、いま敵機の編隊が何組頭上を通過してどの方向へ向っただの、気流の具合がどうのと通報しているうちに、戦況はおかまいなく変って味方の前線ははるかに後退してしまい、そのまま敵地のただなかに取り残されて、進みも退きもできぬ状況の中で自滅する。

ただ固定無線だけは、五キロ以上の出力の送信機を持つという制約があるため、一度この教育を受けると、この先どこへ配属になるにしても必ず司令部付きと決まっていて、〝一に通信〟と謳《うた》われる恩恵を残りなく享受できる筈であった。心配なのは外地送りとなった場合に、いまの戦況ではまず船が目的地へゆきつけないだろうということで、レシーバーを耳に、スーパーヘテロダインのフェーディングを追いつめては電鍵を叩いているうち、七月末に通信学校は修業になったが、生徒の関心は配属先が内地か外地かということに尽きていた。

——陸亜密第七六七一号。昭和十九年八月七日付けの、この一片の通達で、いわゆる学徒兵の運命は、またさまざまに狂った。フィリッピンの山の中で餓死するか、台湾沖で暗夜の海に放り出されるか、いくら例をあげてもあげきれない、死神の手からさしつけられた籤《くじ》の一本を、いやでも引かなければならぬ羽目に追いこまれたのだが、修治たちの仲間もさすがに緊張して、本部からの命令を待った。

配属は、やはり外地組から先に決まって発表になった。ジャワ、フィリッピン、昭南など、内地での集結先は定められているが、海も空も敵のものとなっているいま、まず無事に到達できるとは思えない。そのざわめきの中で学生兵たちが口々にいい合って餞別《せんべつ》の言葉としたのは、戦後に生き残っても、絶対にかまぼこだけは喰うまいということであった。

「まんずお前も鱶《ふか》の餌にきまったものな」

青森から来ているのが、南部の浜言葉で笑わせていたが、残り少なくなった内地組も、やがて大阪とか福岡とかの司令部付きを命じられ、それぞれ三泊四日の外泊をもらって、つぎつぎに水戸を離れていった。

内務班は、たちまち、がらんとした。もともとこの通信学校は、同期の学生兵ばかりの集まりで、兵営のように起居をともにする古参兵など一人もいない。その点では気楽すぎるほどの生活だったが、残った奴も気ごころは知れている。この三か月間、大体がそうだったように、もとの学生気質がまる出しになり、教官が聞きつけたらさぞ嘆くだろうほどの不逞《ふてい》な言辞を弄し始めた。

この当時のいわゆる学徒兵なるものが、いずれも御両親様宛の遺書を残し、勇躍死地に赴《おもむ》いたと信じているのは、彼らの世代以外から寄せられた愛国者ふうな感傷にすぎない。学生たちの多くは、はっきりした反戦の意図も持たぬ代り、たとえば、どうひいきめに見ても魅力のない東条英機を、ほとんど憎みさえしなかった。職業軍人たちから見れば、だれきった厭戦《えんせん》気分としか映らず、さぞ腹の立つものだったろうが、学生の側からいえば、米内光政のほかに、一人でもかけらでも魅力のある軍人というもののいないことのほうが、はるかに驚くべきことだったのである。いつでも滅私奉公を誓いかねぬ若者たちにさえ、ひとりとして心服し尊敬する気持を起させ得なかった戦争指導者というものも、考えてみればずいぶん迂闊《うかつ》な存在だが、ともかくも日本はそれでやってきたので、その代り学生兵たちが、無意識のうちにこの戦争を軽蔑しぬいていたのも当然であろう。

「なあ、こないしてる間に〝大東亜戦争終結に関する勅語〟ちうのが出えへんやろか。いっくらでも感涙にむせんだるんやがなあ」

大阪育ちなのに大阪へ転属しそこねたひとりがいうと、いつまで経っても命令の出ないのに業を煮やしたのは、

「畜生、いつまでモタモタしてやがんだ。こうなったら北北《ペーペー》で、眼の覚めるような大満貫つもるから、見てろ」

などと、掌に唾をつける騒ぎのうちに、十五日をすぎて、矢島直人、宇川博史、水沢修治という組合せが、ようやく本部へ呼び出された。

三人はこのとき初めて顔を合せ、矢島のほかは東京生れで、同じ東京の大学に在学中と

知ったのだが、東京出身者が東京へ配属になったという例は、これまでに一度もないことだった。それも府中か立川か、せいぜい杉並馬橋《まばし》の気象研究所くらいだったのが、いきなり市ヶ谷の大本営へといわれたときは、嬉しいというよりひどく奇妙な気がした。大本営というのは、れいの〝大本営発表〟のあの大本営なのだろうが、唐突すぎてよくのみこめない。

東京都牛込区市ヶ谷本村町

参謀本部（大本営陸軍部）第二部

配属先を記した紙片は示されたが、それがどんなところで、何をするのかという説明はなかった。引率を命じられた矢島は、やはり部隊なのであります。

「大本営というのは、やはり部隊なのでありますか。市ヶ谷に陸軍省があるのは聞いとりますが、あの中に大本営があるとすると、参謀本部はどこに所在しとるんでありますか」

などと、馬鹿なことを訊《き》いていたが、学校本部の将校にしても、そんな帝国陸軍の中枢部の消息に通じてはいない。

「市ヶ谷にあるのは、あれァ参謀本部だろう。大本営というのは、つまりあの中にあるんだ。行ってみれば判る」

あいまいなことをいって、追い出しにかかった。もっとも、このときの矢島の心配は無理もないので、戦争末期、陸軍省と大本営陸軍部とがことごとに対立していがみ合ったなどという、腹の立てようもない〝大東亜戦史〟を理解出来た人間は、少なくとも国民の中にはひとりもいなかったであろう。

命令伝達が遅かったせいで、外泊は一日だけ、八月二十日朝に出発、二十一日午後四時までに到着といい渡され、三泊四日をあてにしていた三人は多少がっかりしたが、本部を出たあとも妙に黙りこんで、のろのろと兵舎へ向った。固定無線は司令部と判っていても、その元締めの参謀本部付きというのは、北北《ペーペー》で満貫どころではない、配牌いきなりに九《チュー》連宝燈《レンパオトウ》で天和《テンホウ》をあがったくらいのつき方だが、何を基準に選ばれたのか、理由の判らぬことが嫌な気持だった。これまでの成績が格別優秀だとも思われず、親戚の中に手を廻してくれる将官クラスがいるわけもない。何より、いままでの操縦にしろ電探にしろ、他のどの科目にしても、入隊してから正規に教育を受けたのはどれも二、三か月ずつぐらいで、何ひとつ本当に身についたとはいえない、頼りない青年士官の卵を、そんな大事なところへ転属させてどうするのだろうという、はなはだ無責任な、ひとごとめいた気持がしていたのである。

こんなことなら分教場においてもらって、赤トンボから九九式に昇格し、せめて三式戦闘機ぐらいにありついて、自在に空を飛び廻っていたほうがよかったとさえ思えてくるのは、嬉しさとか意外な幸運の思いを押し隠そうとするせいだったのだろうか。昼顔が隠れ咲いている広い練兵場が近くなって、眼に慣れた黒い森が見えてくると、矢島は初めて立止って、二人の顔をまじまじと眺めるようにしながら、

「俺のところへ寄らんか」

と誘った。

矢島の兵舎も、中はもうすっかり広々として、残留組が数人、偕行社から取り寄せた軍刀の柄に包帯を巻いたり、ぼんやり膝を抱えたりしていたが、矢島を見ると、すぐ声をかけてきた。

「オイ、どこに決まった」

「うむ」

矢島はなんとなく返事を渋っていたが、

「東京の、大本営だそうだ」

「大本営？　あんなところへ、何しにいくんだ」

「判らん」

「ふーん」

声をかけた一人は、しばらく疑わしそうに矢島の顔を見ていたが、やがてどすんとひっくり返ると、

「いいとこへ行くなあ、貴様ァ」

天井を見つめたまま、そんなふうにぼやいた。

その連中から少し離れたところに、三人は車座になって坐った。何を話していいか、判らない。宇川が低い声で、

「参謀本部の第一部というのは、おそらく作戦計画だとは思うんだ。第二部のほうは何だ

ろうな、情報関係だとは思うが……」

そう切り出したが、誰も返事をしなかった。事実がそうであったように、第二部というのが中野学校や登戸研究所を含めた、あらゆる謀略と情報の元締めだろうということは薄々察しがついたが、こう負けのこんできたいまごろになって、スパイだの秘密戦だのという小気《こき》の利いた仕事が残っているとも思えない。行先の見当がつかないので、三人の話はいきおい二十日の夜にどこへ泊って、二十一日に何をするかという点に絞られた。

修治はひとりだけの思いに浸っていた。「格別嬉しいことではないんだぞ」と、自分にいいきかせるような気持でいたが、やはり一度は何もかも思《おも》い棄《す》てるようにして出てきた西片町の家へ、もうすぐにも帰れるという嬉しさは隠しようがない。老いた母と姉とがいるだけのその家には、いま西洋無花果《いちじく》の大きな葉が繁り合い、小体《こてい》な緑の乳果をその蔭《かげ》にいくつもつけていることだろう。茶室風に造られているため、わけても庇《ひさし》の深い、昼間でも仄暗《ほのぐら》いような部屋が彼の砦《とりで》なので、おとなしい演劇青年だった彼にとっては、そこの書棚の近代劇全集や戯曲大系に囲まれているのが、何よりの安らぎであった。その懐かしい本たちにも、じきに再会できるし、ささやかな勉強会を美土代町《みとしろちょう》の錦橋閣でくり返していた仲間も、まだ何人かは東京に残っている。

矢島の家は九州で、東京の親戚は当てにならないというし、宇川の方は早くから岡山に疎開してしまったというので、二人を家へ泊めることに話を決めながらも、修治は、再び自分の頬を染める無花果の緑影を思い続けていた。

二の章

「あら、バレーが始まるわ。ねえ、見習士官殿、一緒に入りません？　いつも航本に負けちゃうんですもの、入って貰ったら、うんと強くなるんだけどなあ」

昼休み、食堂から連れ立ってきた給仕の田部は、湯を汲んだ大きな紫いろのヤカンを二つ両手に提げながら、はしゃいだ声をあげた。

いつものとおり、色とりどりの服装の女子雇員にまじって、上衣を脱いだ若い将校や下士官たちが、バレーボールのネットを四号館の前庭に張っている。航本――航空本部の連中との対抗試合が始まるところで、明るい、屈託のない笑い声が陽《ひ》ざしの中にあふれ、まぎれもなくここには、戦争を忘れたような別世界が展開していた。他の官庁や民間会社では却って自粛しているかも知れないのに、戦局いよいよ苛烈ないまの参謀本部で、スポーツに興じる若い女性の花やいだ声を聞いたり姿を眺めたりしようとは、修治の想像も出来なかったことであった。少なくともここが軍隊の中だという気はまるでしなかった。

バレーボールは昼の休みになると、早々に二組に分れて始まる。はじめは呆気にとられて見ていた修治も、この市ヶ谷では軍人より女子雇員のほうが多いくらいだと聞かされると、ようやくここは部隊でも何でもない、ただのお役所なんだと納得できた。確かにその点では、外出や外泊は自由でも、まるで女気に乏しいいまの自衛隊――この同じ四号館のカイコ棚で寝起きしている隊員たちのほうがよっぽど軍紀厳正といえるかも知れない。彼らも昼休みはバレーに興じはするけれども、あいにく女性がまじることは少ないのである。何しろ昭和十九年の夏というこの当時は、市ヶ谷台にはラッパ卒のほか、平《ひら》の兵隊というものがほとんどいなかったので、いつかも田部にそれをいうと、

「そうねえ、一番下が曹長殿かしら。いまでも大本営の電報班じゃ、曹長殿が伝令してるわ。雨なんか降ると、合羽《かっぱ》も何もぐしょ濡れにして配達やってるの。可哀そうなみたい」

ということは、九月一日に将校勤務をとるまで、曹長にも敬礼しなければならない修治たちが、ここでは最下位というわけであった。

「曹長なんて、隊へ行きゃ、威張ったもんだがなあ」

感慨深く、そう呟くと、

「でしょう？ うちの宮島曹長殿も、そういってんの。ここじゃこうやって、皆にヘイコラしてるけど、原隊へ帰りゃ大したもんだぞ、ターベエなんか眼を廻すぞって。バカねえ、誰が眼なんぞ廻すもんですか」

実際のところ、この参謀本部では、曹長や准尉は物の数ではなかった。青は尉官、赤が佐官、黄は将官という色わけは、腰にさげる刀帯から、乗用車の鼻先に立てる旗にまで及んで、階級の区別を示しているのだが、ここでは青色さえめったに見かけることもない。いることはいてもあまりその上が多すぎて眼に入らないといってもよかった。それでも上官は上官だから、最下位の見習士官の卵などは、舎外を歩くたび敬礼をし続けていなけれ

ばならず、初めのうちはしゃっちょこ張って周りじゅうに敬礼をしていたが、じきに要領を覚えて、佐官以下には適当に省略することにきめた。こう上官だらけでは、到底、手に負えない。それに、向うも答礼をめんどくさがって、そのほうがありがたいらしいことを発見したからであった。

いくら〝将校ハ軍隊ノ貞幹ニシテ〟といっても、これではいささか貞幹が多すぎる。肩に金モールの参謀肩章を吊し、赤の刀帯をさげた佐官クラスの高級将校などは、ふつうの部隊でならば、たとえ一人でも遙か彼方にその片影が見えただけで、いる限りの尉官、下士官、兵たちがバネ仕掛のように飛び上って、粛然と敬礼したままお見送り申上げるほどの権勢を持っているものだが、こう数が多くては、いきおい、扱いも粗略にするほかはなかった。何しろ午後三時から四時の退《ひ》け刻《どき》になると、赤よりも黄色の旗を立てた高級車が、ずらりと出口ごとに並んでしまう。将官の、おでまし――。車の鼻先にはためく、その小さな黄の旗は、兵隊にとっては見るだけでも荘厳な、ほとんど敬虔《けいけん》なくらいの気持にさせられる効用を持っているので、いつかも中央広場を音もなく走りすぎようとするその高級車に、ハッとばかり肘《ひじ》を張って、一装用の敬礼をした憲兵が、たちまち怒声を発して車に追いすがり、呼びとめて嚙みついた。中には上等兵の運ちゃんしか乗っていなかったのである。

〝宮様〟も、いた。四号館の地下のトイレには、〝宮様用〟と白い貼紙をした扉が、一番奥に静まり返っているのだが、いま、その宮様は、修治と田部の眼の前を、昼食をとりに食堂へ出かけられるところで、品のいい眼鏡をうつむきがちに光らせ、黄の肩章もひときわ新しく、ゆったりと歩を運ばれている。うしろからお付き武官の印である銀モールの肩章をつけた高級将校たちが二、三人、いずれも肥って血色のいい顔をいっぱいにほころばせ、なにごとか談笑しながら蹤《つ》いてゆく。

さすがに緊張して、精いっぱいの敬礼をする修治の横で、田部は、両手にヤカンをぶらさげたまま軽く顎《あご》をしゃくうという、員数《いんずう》なお辞儀をしておいてから、

「知ってる？　あの人の奥さん、とってもキレイなんですって」

少女らしいおませをいった。

「こら、ターベエ。そんなこといってると憲兵に捉《つか》まるぞ」

「あら、平気よ。みんな、いってるわ」

けろりと明るい顔でいうと、

「ハーイ、すぐいきまーす」

バレーボールの群れの一人から誘われたのをしおに、勢いよく事務室へ駆けこんだ。

おそらく、このターベエ、栄養不良でか、こちこちに痩せていたこの少女も、戦火をくぐりぬけて少しは肥った奥さんかお内儀さんかになり、さらにその二世の少女が、同じくその宮様の二世の結婚ロマンスを、週刊誌で頰を赤くしながら読みふけったことであろう。ただ、この当時、湯沸し場や学校の小使室でいつでも見られた、あの紫いろの大きなヤカンは、もう、どこにもない。

修治は二階を見上げた。四号館の中ほどの窓に、矢島と宇川が晴れやかな笑顔でこちらを見おろしている。バレーに興ずる乙女たちの喚声をうしろに、その部屋へ戻ってゆきながら、修治は、ここ半年あまりの軍隊生活の垢《あか》がみるみる洗い流され、どんな傷も優しく癒されてゆくのを感じていた。

ここへ転属といわれたときから、三人の心の中で秘かな望みとなって燃え上ったのは、初めから営外居住にしてくれるのではないかということだった。それだけはやはり適《かな》えられなかったが、『判任官室』という新しい木札をかけた二階の一室が、参謀本部に珍しい部内居住者である三人に与えられ、その真下の部屋では、宮様が事務をとっておられると知って恐縮したが、何の制約もなくのんびり寝起きするという巡り合せは、去年の学徒出陣のときには到底予定になかったことで、むりやり結構なお座敷へ招待され、紋綸子《もんりんず》の大座布団をすすめられて仕方なく上座に坐っているようなこそばゆい感じは、いつまでもつきまとった。

たしかにこの生活は現実の筈だが、どう考えても戦時下の現実にふさわしいとは思えない。見えない手が綿の中に卵をくるんで、そっと安全な場所へ移したとでもいうような、格別の配慮と恩恵を蒙《こうむ》っていることは確かだが、さて自分らがそんなものを受けるに値するのかと考え出すと、あまり自信はなかった。

もっともここへ入りこむときは、ちょっとだけ辛味のきいたことがあった。省線の市ヶ谷駅から橋を渡って、本村町の正門に辿《たど》りつき、衛兵に〝参謀本部第二部〟なるものの所在を訊《たず》ねていると、門のそばに立っていた、えぐい顔の憲兵曹長が、すぐうさん臭そうに寄ってきた。彼らの近寄り方は独特なもので、すっと音を立てずに獲物のふところに飛びこむという、薄気味わるい体の寄せ方をする。暗殺者《アッササン》の身のこなしが、みごとに板についているのだが、このときは違っていた。たかが見習い、と見てとると、へんにのろのろした、尊大ぶった歩き方で近寄り、上から下まで睨《ね》め廻《まわ》すようにしながら、

「なんだ、どこへ行くんだ。第二部だァ？　第二部ったって、いろいろあるんだ」

——お前らのくるところじゃない、といわんばかりの態度で、修治に軍隊手帳を出させて一瞥《いちべつ》すると、

「ふん、特操か」

と、せせら笑った。

この成り上り奴《め》が、あと十日もすれば将校勤務をとって反対に威張り出し、俺たちにまで敬礼させる気だろう。そう思うと、よけい我慢がならなかったらしい。図嚢《ずのう》の中身まで引張り出してあれこれと搦《から》み出すのを、見かねたように、衛兵のひとりがあちこちへ電話してくれた。

「ハァ、見習士官三名が、ここへ来とりますが……」

電話口でそういって、そのたびにいちいち暗い衛兵所の中から、日おもての三人を透かし見するのに閉口しているうち、やっと行き当ったとみえ、

「ハァ判りました。ハイ、すぐ行かせます」

といって電話を切ると、まだこづかれている三人へ、ことさら厳しい顔になって、

「いいか、第二部の第四課というところだ。そこの坂を上って……」

と、四号館の場所を説明してくれた。汗びっしょりで身繕《みづくろ》いを直し、ムッとして行きかけるうしろから、憲兵は、

「その坂の右が雄健《おたけび》神社だ。貴様ら、敬礼を忘れるな。忘れたら、どしつけるぞ」

嬉しそうに、怒鳴りあげた。いびりたくても相手のいないここで、久しぶりに初年兵を見つけた喜びは、格別のものだったのであろう、

「一人前に、刀《とう》なんか吊しやがって」

そんなことを衛兵に話しかけている声が、うしろでする。

矢島は、唇をへし曲げるようにして、

「畜生、九月になったら、あの野郎、かならずビンタをとってやる」

大へんないきまき方だったが、宇川は寛闊《かんかつ》に笑った。

「よせよせ、見習は見習だァ。任官するまでは、おとなしくしてようぜ」

そんなことをいっている間にも、行き会うのは初めて見るような高級将校ばかりで、たった三人でも〝部隊ノ引率〟という形式をとらねばならぬ矢島は、そのたびに鼻の頭にいっぱいの汗を噴き出させながら、

「歩調とれェ」

をくり返した。

だが、この憲兵曹長は、いわば花園の入口に住む番犬というだけだったのか、四課の事務室には、ひどく愛想のいい川崎という准尉が待ちうけていて、縁なし眼鏡の下に若手の実業家としか見えない、にこやかな笑顔をつくりながら、

「やあ、御苦労さま。まあ、一服し給《たま》え」

と、田部にお茶を淹《い》れさせ、転属の手続きに移ると、

「君たち、衣料切符は貰ってきたかい」

こともないように、そんなことをいった。

衣料切符。昭和十七年の一月に発行されて、ろくなものも買えないと、悪統制の見本のように評判が悪かったそれも、いまいきなりにそういわれてみると、何とシャバの匂いのする言葉だったろう。聞くなり、あ、と思って、とっさに営外居住の望みが一様に三人の胸に閃《ひらめ》いたのだが、むろん転属のときにも、水戸の学校では、衣料切符の話などかけらも出なかった。それをいうと、

「それじゃ、ダメだなあ」

川崎准尉は、いかにも惜しそうに嘆息するのだった。何がダメなのか、衣料切符さえ持ってきていれば営外が可能だったのか、そこまでは訊きたくても訊けない。しかし、それからはたちまちシャバなみの、いや、肥料にする豆粕《まめかす》さえ主食にまぜて配給されているシャバの食糧事情からみれば、楽園といっていい生活が始まった。

課長が月末まで九州に出張しているから、正式に任務につくのはそれからということに

なるが、近いうちに全陸軍の航空通信関係の元締めになるような部隊を編成しなくてはならないので、それが主な仕事だと思ってもらおう。その母胎になる通信部はもう前からあって、民間人のベテランが勤務しているけれども、それを兵隊に切り替えることが要請されている。日時は十月一日が目標だが、おいおい準備もいそがしくなるにしろ、まあ八月一杯は、慣れるための通信所見学や、ここの事務員の教育でもしていればいい。部内居住というのも例のないことだが、隣りの部屋があいているから、そこを判任官室として寝台を入れさせる。外泊は当分のうち土曜ごとに、あとは課長が帰ってからのことにして、まあまあ引取って一休みし給え。……

何かくすぐったい気のするほどのいたわり方で、欺《だま》されているような感じさえする。明るい南向きの隣室にベッドや戸棚をいれてもらって旅装をとくと、三人は薄気味の悪い思いで顔を見合せた。

それから一週間、まるで戦争から置き忘れられ、軍隊へお客に来たような日が続いている。夜は何時まで本を読んでいようと勝手だし、朝はあの「起床ォーッ」という蛮声に跳ね起きる必要もない。七時半ごろ、何ということもなしに眼をさまし、顔を洗って〝判集〟——判任官集会所という、本部横の食堂まで行って飯をくう。帰ってからは裸になって、ぼんやり莨《たばこ》を吹かしながら外を眺めていると、向いの三号館の窓がつぎつぎと開いて、頭にタオルを巻いた通いの女子雇員たちが、いそがしくハタキをかけたり、机の上を拭《ふ》いたりしはじめる。

「おはようございます」

給仕の田部がお茶と新聞を運んできてくれるといったこんな生活は、入隊してからいままで夢想もしなかったことで、かりに望んだとしても、こうまで太平楽なことは思いつかなかったであろう。平時の官庁と少しも変らない中で、ただひとつ軍隊のしるしといえば、――もっとも、それさえ修治たちには戯画としか思えなかったのだが、八時半になると、どこに住んでいるのか、肩に鉄砲を背負ったラッパ卒が、トコトコと本部前の広場にあらわれて、〝気ヲ付ケ〟ラッパを一回だけ吹き鳴らすという点であった。そしてそれを合図に、もとより点呼などという形ではなく、将校や軍属たちが、ぶらぶらと屋上や前庭に顔を揃え、型ばかりの朝礼が済むと、あとはもう何もすることがなかった。

このラッパは、それでものちに昇格して、というより、十月ごろからは兵隊も数多く入りこんできたので、起床から食事、就寝まで全部鳴らすようになったし、翌二十年に初めてP51の編隊が上空を掠《かす》めたときには、もうとうに頭上を通過して行ってしまうというのに、けんめいに〝ヒコーキダ、ヒコーキダー〟という飛行機警報を吹き鳴らしさえした。

「キグチコヘイは、死んでも喇叭を手放しませんでした」

――たぶん、広島か長崎では、無名のラッパ卒が、原爆の一閃《いっせん》にその影を地上に灼《や》きつけられ、土の上のしみとなって消えていったことであろう。

生活は、慣れるにつれて、安楽というよりむしろ懶惰《らんだ》なものになった。昼休みはバレーを眺めるか、徴用逃れで事務室に勤めているお嬢さんたちが『一〇一名歌集』などを取り出して始める歌曲の合唱をきいていればいい。事務室が暑くなると、屋上へ出て、風に吹かれながら気ままな空想を楽しんでもよかったし、食堂の向うの浴場では、三時から風呂が沸いている。どこかへ集まれというしらせにしても、兵舎ならばすぐ、「全員、舎前に集合！」という野太い声がするところだが、ここでは、廊下のスピーカーから、「何時何分に何がございますから、速やかに御集合下さいませ」という、優しい女性の声が流れ出す。

　そして修治たちに、何よりこれがいちばん自由だと強く思わせたのは、外を出歩くのに無帽のままでも誰も咎《とが》めないという点であった。ふつうの部隊では〝舎外〟へ出るのに帽子をかぶらぬぐらい不軍紀なことはないとされているので、うっかり初年兵が無帽で出歩きでもしたら、したたかにビンタをくらったうえ、何時間でも絞り上げられるだろうが、ここでは新聞で顔なじみの〝先の大臣《おとど》〟、鶴の一声で、法文科系学業の一時停止という〝英断〟を下した東条閣下も、食事どきは自分の箸箱を片手に、スリッパをペタペタ鳴らしながら食堂へ通うので、そんなときに略帽などかぶるわけはない。このスタイルは、当然のように下へ及んで、誰でもスリッパと無帽で歩き廻っていたから、修治たちも初めはおっかなびっくりに真似していたが、やがてそれが当り前のことになって、ターベエと同じく尉官にはそっぽを向き、佐官以上にだけちょいと顎をしゃくるという敬礼法を会得したのであった。

この間にも、むろん〝ほんものの戦争〟は着実に進展していた。敵はもうすっかり勢いにのって、太平洋の諸地域を分断し、超特大の颱風《たいふう》めいて北上しかかっているのに対し、日本は、出れば負けときまっているので、ひたすら兵力を温存し、せめてフィリッピン、台湾、沖縄を結ぶ線で何とか喰いとめるほかに手の打ちようがないという情勢に追いこまれていたのは、多くの戦史が伝えるとおりである。大本営は困憊《こんぱい》の極にいたわけだが、それでも八月から、それまでの政府との連絡会議を〝最高戦争指導会議〟と改め、十九日には、〝今後採るべき戦争指導の大綱〟として、

『帝国ハ現有戦力及ヒ本年末頃迄《マデ》ニ戦力化シ得ル国力ヲ徹底的ニ結集シテ敵ヲ撃破シ、以《モッ》テソノ継戦企図ヲ破摧《ハサイ》ス』とか

『帝国ハ前項企図ノ成否及ヒ国際情勢ノ如何《イカン》ニ拘《カカワ》ラス、一億鉄石ノ団結ノ下必勝ヲ確信シ、皇土ヲ護持シテ飽ク迄戦争ノ完遂ヲ期ス』

といった、相変らずの〝大方針〟を決定している。そしてこの決定を、八月二十四日になって参謀の一人から聞かされた〝下の部屋の宮様〟は、すぐ鉛筆をとって、その書類の裏に、

『帝国ハ速《スミヤ》カニ大東亜戦争ヲ終熄《シュウソク》セシム』と書き、

「この方針ではいかがですか」

と、さりげない顔でいわれたということだった。

ヨーロッパの戦局も、もうほぼ定まって、八月二十五日、パリは、ついに連合軍の手に奪回された。

その日、ニューヨークのフィフス・アベニューでは、市民たちが狂喜して抱き合い、肩を組み、足を踏みならしてフランス国歌を合唱した。通りのどまんなかに車を停めて、その屋根の上に突っ立ったリリー・ポンスが、高らかにアロン・ザンファンを唄い始めると、待ちに待ったニュースだと知って、行き交う車はつぎつぎに停《とま》り、すべての市民たちが、舗道から店から、また車の中から、そのコロラチュラ・ソプラノに和した。泣きながら『ラ・マルセイエーズ』を唄い続けた。パリ解放に寄せるアメリカ人たちのこの歓喜、この大合唱は、どのように状況を変え、立場を変えても、ついに日本人の持ち得るものではなかったであろう。

パリ奪回の記事が日本の新聞にのせられたのは、しかし八月末になってのことで、九月一日には、ラヴァル、ペタンらが東部フランスにのがれ、ドイツ軍は新兵器の出現を予告しながら、雪崩《なだれ》をうって敗走した記事が見えている。

新兵器――。日本でも、この当時、ニューヨーク爆撃機という頼もしいものが、いまにも完成しかけているような噂が流れていたのだが、ドイツの Vergeltungswaffen 報復兵器と名づけられたそれは、ただの脅しではなく、二週間後の九月八日、午後六時四十三分十六秒すぎ、V2号の第一弾は、異様な金属音とともにロンドンを襲った。そして、引き続き一千発以上のこのロケット爆弾がイギリス本土に炸裂したのは、周知のとおりである。

それにひきかえ、ニューヨーク上空で乱舞する筈の、日本の米本土爆撃機〝富嶽《ふがく》〟は、中島製作所で設計されはしたものの、その巨体を完成させるまでには、あと五、六年はかかるということで、もうこの春、噂だけを残して、計画のほうは立消えになっていたのである。かりに早期に完成して出撃したとしても、戦艦武蔵や大和と、いくらも差のない最期をとげたことであろう。代って、楮《こうぞ》を原料とした和紙を、蒟蒻粉《こんにやくこ》の糊《のり》で貼り合せた風船爆弾——直径十メートルもの紙風船に爆弾を搭載し、米本土へ向って流れている、高度一万メートルの上層気流にのせてプレゼントしようという計画が、登戸研究所で立案され、この十一月から約九千個も送り出されたことは、これもまた、よく知られている。

このいじらしい、V2号に較べると涙の出るくらい日本的な〝新兵器〟は、それでも軍人たちにとっては恰好《かつこう》の玩具だったのであろう、㊤作戦と名づけて、珍しく陸海軍が仲よく力をいれ、千葉県一の宮の海岸で、ともに口をあけて行方を見守っていたが、あいにくその成果となると、縹渺《ひようびよう》一万二千キロ、太平洋の彼方のどこに落ちたのか、どれだけの効果があるのか、何ひとつ反響は伝わってこない。僅かにオレゴン州の森林が火事になったことを突きとめ得ただけなので、たちまちじれったくなり、やはり物質より精神、風船より人間のほうが大事だとばかりに、人間魚雷の〝桜花〟や〝回天〟の開発に力をいれるという、この発想法——これだけは、間違いなく日本人のものであった。いや、むしろこれに関する限り、熊は神聖で大事な動物だから、殺して神の国にお届けしようというアイヌの発想により近いといえるであろう。

大本営ではまた、先の大方針にのっとって新しい作戦計画に熱中していた。この七月にはウ号作戦を強行した結果、インパール六万の将兵を泥濘《でいねい》地獄へ追いこみ、ア号作戦に失敗して、サイパン、グアム、テニヤンを全滅させたばかりだというのに、同月二十四日には新たに捷《しょうごう》号作戦を立て、それも念入りに一号から四号までをこしらえて、完璧に近い自滅体制をしいた。それでいて一方、最高戦争指導会議では、八月末から九月にかけて、対重慶和平工作と、独ソ和平の実現という虫のいい課題を、連日、真剣に討議していたのである。

あわただしい空気は、修治たち三人の〝大本営のお客さん〟の上にも、多少は伝わった。それまで四課の所属だった通信部は、参謀本部航空通信隊という名称で独立し、いわゆる兵隊はまだひとりもいないが、将来はいま勤務している雇員の通信士のうち、徴兵適齢期の者だけをそっくりここ専属の二等兵に仕立て、下士官も慣れた者を寄せ集めて、軍令陸甲第三六条による小部隊を編成する計画ができたからである。といって、それはまだ一と月も先のことで、三人の退屈さに変りはない。公用外出の腕章を貰い、古本屋を漁《あさ》ってまだ少しは残っていた禁書を買いこむことも、まだ明るいうちから金モールの連中にまじって一風呂浴びるといった生活にもたちまち倦《あ》き、朝夕のあまりな長さをもてあますほかになかった。

「自由」の巧みな馭者《ぎよしや》になることの難さを、修治は思い知らされていた。去年の十二月、兵隊に狩り出されて、暗い冬のさなかを初年兵で走り廻っていたころは、ただ東京へ残ることばかり考えていたくらいだのに、いまは四号館の屋上に出さえすれば、眼に慣れたその街並を、残りなく見渡すことができる。耳に親しい省線の響きが、いつでも伝わってくる。晴れた日には遠く秩父連峰から筑波山までが青い影を見せ、東京はどこでも——ニコライ堂も議事堂も、いずれそこへ帰るべき大学の時計塔も、すべて平和に、こともなく静まり返って〝故郷の町〟を現前させる。曇り日にはしかし千住のお化け煙突も隠れ、護国寺の濃緑の屋根も白っぽい灰いろになって、風だけが縹渺とした空間を自在に吹きぬけた。いわば修治たちは、軒端に高く掲げられた鳥籠《とりかご》の小鳥なので、なまじ故郷の空が近いだけに、本当の自由、遮《さえぎ》るもののない羽ばたきへの憧れは、いよいよ募るばかりなのかも知れなかった。

この屋上には、何のためか、休憩室めいた小さな仮小舎があり、中に木の寝台が一つ置きさらされていた。事務室が暑くなると、修治はよくそこへ入って息ぬきをした。昼休みなど、いい気持で寝ころがっていると、すぐ傍で陸大出らしい若い少佐が、気合をこめて日本刀の素振りをやり出すことがあって、ときどき合間に、この軟弱者めがといわんばかりに中を覗《のぞ》いて、凄い眼で睨《にら》んだりしたが、修治は知らん顔をした。西片町の家の自室がそうであるように、どこかしら自分の砦めいた、小さな城を作らずにいられないのは、おそらく幼児的な胎内願望のせいだろうが、決戦下の参謀本部の中でも、その空間は残されていたのである。

夕方、食堂へ行く前後にも、そこは恰好の休憩室になった。オレンジ色に千切《ちぎ》れる雲は、しだいに晩夏のかげを濃くしている。空想はいっそう他愛ないものとなり、弘法麦《こうぼうむぎ》や玫瑰《はまなす》のまばらに生えた砂丘とか、海水浴客もいなくなった錆色《さびいろ》の海とか、大きな麦藁帽《むぎわらぼう》をかぶった童《わらべ》とかの、少女小説めいた様相を呈した。

時たま、掃除婦たちが息ぬきに来て、修治が中にいることも知らないように、今年は薩摩芋は買えないだろう、じゃがいも一俵が五十円もするとか、肩がこって仕方がない、そういえばあんま膏《こう》を売りにきたよ、隣りじゃ二円五十銭も買った、などという話をしているかと思うと、居残りの手当が正当でないというので、鋭い口調に変ることもあった。

「井上さんはずっと休んで二十五円、あたしは少しも休まないで二十四円とちょっとだよ。あんな仕打って、どこにも喧嘩しないであるもんか。経理《けえり》の中川さんにいったら、居残りは三日にいっぺん調べてあるって、あるって帳面をあの人が押さえちまって誰にも見せないんだもの、何をしとやら判れゃしないよ小母さん」

綿々と訴え続ける口調は、これもまた決戦下の参謀本部であろうと、平和な時代の丸ビルだろうと、変りなく続いていたのである。

雨の日は屋上に出られないので、窓をおろして部屋にこもりながら、修治は、もう一度傘を差して街を歩きたいと、そればかりを考えていた。同室の他の連中は、そんな女々《めめ》しいふるまいは見せず、矢島の方は事務室に新しくきたお嬢さんに熱をあげていた。いつも上下とも濃い紫のモンペで出勤し、それが白すぎるほどの顔や手に映えて引き立っているので、ひそかに〝紫の君〟と名づけて渇仰《かつごう》を惜しまなかった。宇川はしきりに鼻血を出すようになり、それも中々とまらないので、食堂の裏手の医務室へ出かけていったが、驚いたことに軍医は若い女医だったので、反射鏡の下に澄んで深い瞳を持つそのひとにたちまち憧れてしまい、何かと病気をこしらえてはそこへ通った。三人は、久しく忘れさせられていた性欲さえ取戻したのである。

まだしも三人が、判任官室の斜め向いにある、欧米情報担当の六課とか、でなければ宣伝謀略の八課あたりに配属になったのだったら、もう少し〝戦争のお役に立っ〟たであろう。ひょっとして暗号の解読でもやらせてくれたら、矢島はともかく、宇川や修治は意外なお手柄を立てていたかも知れない。この当時、参謀本部は田無に、海軍軍令部は大和田に、それぞれ受信所を作って敵側の通信を傍受し、アメリカのストリップ暗号を何とかして解こうと、解読の専門家といわれる人々がのべ六百人もかかって苦心したあげく、多数のノイローゼ患者を出しただけに終っていたからである。

九月に入って将校勤務をとってからは、三人がきちんと交替で通信所の監督に当るようになったが、系についている軍属は、いずれも一級、二級のベテラン通信手ばかりで、口を出すことは何もない。人員を当って受持の系に配属し、夜勤ならば仮眠の割当をして日報をつけるというたぐいのことは、いっさい古参判任官の軍属がやってしまい、時間の終りに異状なしという報告をきいて判を押すというのが、仕事の全部であった。

通信所は三号館の地下にあって、入って左側が三宅坂などの有線系、右手に、南京、西貢《サイゴン》、昭南（シンガポール）、マニラといった各系の無線機がずらりと並んでいる。電報はぜんぶ五桁《けた》の略数字で、受信はタイプライターときまっていた。初めて見学したときから、耳に当てているレシーバーを洩れて、正確で歯切れのいい発信音が飛び交い、電鍵を打ち返し、タイプの音が鋭くまじり合うそこには、熱気を孕《はら》んで躍動する空気がみちていて、いかにもこころよい職場の雰囲気だった。

戦後になって電鍵は改造され、電報の略号もいくらか変ったが、この当時は上下に叩く、ごく単純な、黒いエボナイトの頭の電鍵と、それを叩く指との関係は、きわめてピアノのタッチと似ているので、すぐれた通信手の発信音にひとりひとり個性があり、それぞれ美しい特徴を持っているのは、いまも変らない。ツーはトンの三倍、字間も同じときまっているのだが、その間《ま》の置き方、電鍵の押え方には微妙な差があって、知らない者にはただピーピーいっているだけのようだが、慣れるに従ってその違いは、おどろくほどはっきりしてくる。

ことに固定無線では、こちらと同じに、向うも各系の担当者はきまっているので、今日の札幌は誰、台北はまたあいつだというふうに、すぐ肯《うなず》けた。姿も声も年齢も階級も、何ひとつ判らないまま、海の向うでひたすら電鍵を叩き続けている相手との交信は、しかし厳重な電波管理の下にあって、むろん私語は禁じられ、すべて略数字と略号だけの非情な電報の送受に終始する。いまのようにTU（ありがとう）などもなかったのだが、耳に慣れた〝いつものあいつ〟に、親しみをこめて、トツート、〝ナ〟すなわち了解という返事を送るだけでも、感情は無限に交流する。ことに滑らかで切れのいい、スピードも爽《さわ》やかな相手が、ウケウケから、発信番号・字数・時刻をあらわすタナ・ヤ・トキと送ってきて、これから本文というホネでちょっと一息つく、その僅かな間《ま》には、音楽の始まりを待つような魅惑と期待があった。

それでも、ときたまいまの新聞社でいうフラッシュ相当の〝特急〟電報が入ると、受けた者がすぐ大声で知らせなければならぬ規定で、一瞬、所内がざわめく。さらにそれより重要な〝警急〟電報は、送信なら届いてすぐ一分以内に送り終らなければ、隊長以下処罰という非常用のもので、送受信とも電報紙には、四角い朱印の〝警急〟という判が大きく押され、それが片付くまでは所内にも、僅かに戦場らしい、緊迫した空気が流れた。

もっとも、戦争の終末期、天号作戦から決号作戦のころになると、この非常電報はやたらに乱発され、全通信系へ一斉に入ったホナ（同文）の〝警急〟を、送り終えてほっとする間もなく、五分も経たぬうち、前文取消しの〝警急〟が一斉に飛びこむというふうで、上層部の混乱がまのあたりに窺《うかが》われた。これらの機密電報は、初めから暗号に組まれて届けられるが、この通信所の暗号班で組立てる電報も多くあって、黒味がかった赤い表紙の、ぼったりと部厚い乱数表は、そこでもっとも大事に扱われた。この乱数表や換字表は、本部の地下室の、八十二段もの石段を降《くだ》った壕の金庫に秘匿《ひとく》されていて、変更されるたび、勿体《もったい》らしく取り出されて恭《うやうや》しい授受の儀式が行われていたけれども、敵側はそのたびに解読して、どんな〝警急〟も内容はすべて筒抜けだったのである。暗号書も戦闘のたび敵に奪われ、甚《はなは》だしい例では、このとし十一月、参謀本部暗号班長の中佐が、新規のそれを持ってモスクワへ赴く途中、シベリア鉄道の中で毒入りのウォッカを飲まされ、あっさり毒殺されて奪《と》られたという事件もあったくらいで、たまりかねた指導層は、昭和二十年四月、陸亜密第九六六九号、将校ノ他閲読ヲ禁ズという軍事極秘の通達を出し、『軍人ノ本領発揮ニ関スル通牒《ツウチヨウ》』を全軍に配布して、暗号書は必ず焼けと指令したが、すでにいっさいは手遅れだった。

三人はこうして交替で通信所に〝勤務〟し、あけ番には何という仕事もなしに事務室へ詰めるということになった。九州の鹿屋《かのや》に分遣隊を作るので、そのための器材を立川の航《こう》空廠《くうしょう》や羽田穴守の工場まで行って受領し、飯田町の貨物駅から発送するということも仕事としてはあったが、それも隊長と二人の中尉の間で決定になったことを伝えられ、ただお手伝いするだけのことで、その態度には、遠慮というのでもないだろうが、何かしらあまり働かないでここにいてくれればいい、恰好がつかないというなら見学かたがた器材の受領にでも行ったらというふうな妙ないたわりがあった。よほどのお偉方から口添えがあって、これは大事なお客さんだから、そちらで預かってくれとでもいわれたかのような扱いは、むろん覚えのないことだが、大体いまやっている、あんな〝勤務〟のためにわざわざ水戸の通信学校から、成績優秀でもない三人を呼び寄せる必要があったとは思えない。そして、それはついに最後まで――ここが大本営航空通信隊という部隊編成となったあとも続いて、三人は二十年二月に少尉に任官して、ことなく営外居住となり、八月にはポツダム中尉として敗戦の巷《ちまた》へ放り出されたのであった。
四号館の地下に黒い穴があけられたのは、十九年十二月のことである。

***

日本対世界の戦争ありて、敵の飛行機で東京はもとの武蔵野になるぞよ、というのは、大正七年に死んだ出口ナオ教祖の御託宣だが、東京大空襲の前触れは、このとしの十一月から始まっていた。一日の午《ひる》には、いきなり空襲警報の断続音が鳴り出した、と思う間にそのまま尾を引いて警戒警報に変り、高射砲の音がする中を、今度は正式に空襲警報の発令となった。五、六、七日と、同じように警報が続き、そのたびに「敵大型一機北進中」というニュースが入るだけであったが、秋晴れの真青な空の奥にその一機は、くっきりと白銀の翼を張り、高射砲や機関砲弾の炸裂をはるか下に見おろしながら、悠々と市ヶ谷台上を南東へ飛び去った。小さな戦闘機が弧をえがいて上から下へ駆けぬけるのを相手にもしないように、一条《ひとすじ》二条の飛行機雲だけが尾を曳《ひ》いて残った。十二月に入るとそれは次第に本格化し、三日には七機から九機の編隊が次々に西南から北東へ、正確な翼影をみせてすぎた。爆撃の震動、高射砲の白煙、突入する戦闘機の銀光等々も、一万メートルを隔てた上空となると、ひどくよそよそしい。屋上に上ってみると、板橋から荒川、浅草にかけて、黒煙が六、七か所あがっていたが、東京の街はまだ平穏に鎮まっているようだった。もっともこの日の空襲は山の手の方の被害が大きかったので、警視庁の資料によると、投下爆弾は四〇一、焼夷弾は一一七、死傷者四二四名、被害家屋二〇六、罹災者《りさいしや》六八七名という数字が残されている。

そして翌年、同じこの屋上から、水沢修治は、西片町の自宅を含めて東京の街並一帯《がえ》が猛火に包まれる夜景をたびたび眺めた。疎開を肯んじなかった老母は、その火に包まれて斃《たお》れたのだが、水沢はネロ皇帝のように腕組みをし、この豪奢《ごうしや》な火の馳走に酔った。宗教性譫妄《せんもう》といわれた出口ナオの予言は、みごとに実現したのである。

一夜に投下される焼夷弾が四万から七万というおびただしさの中で、それはもう美しいとしかいいようのない炎の饗宴《きようえん》であった。古く黝《くろ》ずんだ炎の群れが夜空を染めあげるうち、工場でも爆発したのか、鮮烈な新しい炎がその中にひろがる。交錯する探照燈と、緑や黄の弾道をえがいて飛び交う曳光弾《えいこうだん》。低く襲いかかるB29の銀翼に火が映え、それが見る間に炎に包まれて落下すると、闇の地上の大群衆から圧《お》し殺《ころ》した歓声が湧いた。息のつまるほどな火の粉と黒煙に追われながらも、皆は確かにこの壮大な全天全周映画ならぬ実演を観戦したのである。少なくとも、戦後に生き残った人たちは。

見てしまった者の沈黙。もう何も失いようのないほどの奪略を身に浴びたことが、そのひとびとの唇を鎖《とざ》したのだろうか。その沈黙が続いた敗戦後二十五年間、おびただしく積み上げられた大東亜戦争史の数々の中に、生きた人間の顔がただの一つも書かれていないことに、水沢はおどろいた。眼も口も、胃袋も生殖器もない人形が戦争をしたとでもいうのだろうか。それともこれを書いた元職業軍人にとっては、いまなお民衆も兵もそのたぐいのロボットにすぎないのか。戦後を一度も望み見なかった者たちの戦史は、もうたくさんだと水沢は思った。市民は、もんぺもゲートルも、いつか脱ぎすてるべきものとしてつけていたのだ。それを心から喜んで鎧《よろ》っていたと思うのは軍国主義者たちの勝手だが、当の市民たちまでが思い違いをすることはない。

戦争中に水沢の見たもの、そして確固としてあったものは、十九年八月の銀座街頭を初めとして、おそらくすべて戦後に繋がろうとする市民像ばかりだったのであろう。それはあの四号館地下の黒い穴のように、戦争には直接の役に立たなかったが、結局はそれしか生き残らないという勁《つよ》さを持っていた。たとえば〝警急〟の飛び交う通信所でも、休憩室の軍属たちは、こんなくだらない会話に興じていたのである。

――鹿児島のピー屋はどうかな

――よか気持ばい

――それは熊本だ

――おたね頂戴《ちょうだい》

――ほんとに今でもいうのかな

――西郷どんに似とるばい

――それは熊本だ

あるいはまた、
——まあ恥ずかしいってばね、今朝中央線でこっちへくるときね、はたちぐらいの若い女の人が電車の中でおしっこしちゃった。みんな気の毒で、笑わなかったけれどもね
——どこで？　いつ？
——今朝。お茶の水の駅の近く

＊＊＊

俺は何だったのだろう、と、いまでも水沢は思う。大本営にうまうまと入りこんだ敵側のスパイだったというなら、まだしも話はおもしろいが、あいにくそんなこともなかった。俺はただ〝見る人〟としてあそこに置かれたのだろうか。なるほど、確かに見てはいた。ことに終戦のニュースは、いち早く市ヶ谷に伝わったので、れいの憲兵曹長もその中にいたのだろうが、憲兵やら衛兵やらが真先に逃げ出すという騒ぎは観物《みもの》だった。機密文書はいっさい焼けという指令で、十四日の夜は本部前でも、三号館、四号館の前庭でも、いたるところで炎と黒煙があがった。

そして、ゴング。

八月十五日を境に、あれほど狂熱的な軍国主義者たちは、どこへ行ってしまったのだろ

うと思わせるほど、焼跡の街はこともなくしらじらと静まり返った。どこへも行きはしない、どこかに息をひそめているだけだという思いが無気味だった。そしてその街ばかりがめざましく復興していった。

眼鏡玉、眼鏡フチアリマス。糊、容器共小売致シマス。大豆持参ノ方ニ豆腐作リマス。インク入荷、容器御持参下サイ。

駅前の商店街には、無数の貼紙が並んだ。経師屋《きようじや》が「電気コンロ発売中」と看板を出しても、誰もおどろかない。

自転車、リヤカー用バルブ（虫ゴム）入荷。カレー粉、一包一円。鍋、三十八円。代用スーツケース、二十五円。……

そしてピンクいろの肌をしたアメリカ兵をのせて走り廻るジープと、それにまつわりつくパンパンガール。……

俺はもう制服に身を固めた、若々しい見習士官ではない、少尉でもない。半白の頭をいただく中年紳士の装いで、会社では〝部長〟であり、家では〝お父さん〟だ。海外旅行にも招待と出張で、二度行った。「ほ、これだばハ、かまぼこだけは喰《か》ねえことにすべしとよ、なあ皆な」。そのかまぼこに箸をつけることも、初めからためらいはしなかった。矢島や宇川とも、あれぎり会ったことはない。二十五年。いつも何かを思いすてて生きるほかに、生き方を知らなかった。……

そのとし、一九七〇年の八月、水沢は伝手《つて》を求めて市ヶ谷の自衛隊を訪れ、ひとり四号館の地下に降りた。地下は水びたしで、電燈も暗い。東の外れの、壁いっぱいに大きくあいたままの穴は、黒い風洞のようにしずまり返っていた。戦中と戦後を結ぶ抜け穴。そして抜け出たあげくの戦後とはこういうところか。これが戦後なのか。黒い穴は、何も答えない。

ふたたび眩い地上に出ると、前庭には何台かの装甲車がおかれ、若い自衛隊員が気にもとめず傍らを過ぎた。それは、異国の兵士のようだった。一号館の屋根の上には、見知らぬ、小さな旗があった。

軍用露語教程

小林 勝

予科士官学校に在学している間は、お前たちはロシア語を習うのだ、と区隊長に告げられた時、潔の頭にとっさに浮んできたのは、泥まみれの大根のように、黒い地面の上にごろっところがっている二つの死体だった。

死体の一つは男で、何やら軍服らしいものをまとっており、幅の広いバンドを上着の上にしめていた。足は、恰好《かっこう》のよい黒い長靴をはいていた。男はうつぶせになり、地べたへ深々と顔をつっこんでいた。で、潔は思わず、ああ、呼吸をするのがさぞ苦しかろうと考えたのだが、男はもう死んでいたのでその心配は必要なかったのだ。男の両手はだらっとのびきって、掌が上をむいていたが、不気味なほどそれは白かった。もう一つの死体は長いスカートをはいた、これは明らかに女だったが、これまた同様に黒い長靴をはいていた。女はあおむけになっていた。そして白い鼻がピラミッドのようにつきたっていた。その下の小さな二つの穴から、黒い粘液のようなものが、条《すじ》をひいて顎《あご》のあたりまで流れていたが、それは確かに、血だった。

潔は、実際の死体を見たのではなく、彼が小学生の時に、田舎の小さな町にしては驚くほど大がかりに催された防共展覧会へ連れて行かれて、暗い会場の片隅でその写真におめにかかったのだ。写真の下には、説明文が貼ってあって、こんな具合になっていた。

――この暴虐！　赤魔に虐殺されたロシア市民

そして、赤魔という字の横に小さく、ボルシェヴィーキとふり仮名がついていた。潔はその写真の前で脅《おび》えてしまい、恐る恐る、ボルシェヴィーキとは何のことか、と傍にいた男――これは先生であったのか、町の青年であったのか記憶が判然としないが――に訊《たず》ねてみると男は簡単に、

――コミンテルンの親玉だ、と言ったのだ。潔が展覧会で覚えていることといえば、それくらいだが、幾年もたつうちに、この二つの死体は写真の画面から何時《いつ》の間《ま》にかぬけ出して、潔の体のどこか深いところに、じっと動かずに沈んでいたと思われる。そして、十七歳になって、陸士に入校して、いきなり、ロシア語をお前らは習うんだ、と言われた途端に、二つの死体は突然、なまなましく浮びあがって来たのである。

三月の下旬だった、前の晩から降り出した雪は朝になっても止まず、昼近くには一尺に達した。風は吹いていなかったので、大きなボタン雪は地面と垂直に落ちて来た。ロシア語講堂の中には、火の気はなかった。革のスリッパの中で、足指が凍った。五十人の少年たちは、肘《ひじ》をはって、肩をいからしていたが、別にいばっていたわけではなく、余りに寒

いので、全身がつっぱってしまっていたのだった。

ロシア語の教官なんて、どんな男だろう、と潔は思った、彼の頭には泥の中にころがっている死体が浮んでいた。

——ロシア語というと、と彼は思った、……ウィンター・イズ・ゴン、スプリング・へズ・カム、冬は過ぎ去った、春がやって来た……なんていう英語なんかとはまるっきり違う感じがするな。シベリアの小さな村はずれの、荒れ果てた畑の上にころがっている男と女の死体の上に分厚な闇が落ちて来て、夜になる。すると、ぽつり、ぽつりと暗い灯が二つ三つともる。うすら寒い、わびしい風が死体の上を、畑の上を、村の上を、おののいた小さな声をあげて吹いていく、ちょうどそんなのがロシア語だっていう感じがするな、と潔は思った。

扉が開いて、痩せた、背の高い、猫背の男がはいって来た。男は他の文官教官と同じく坊主頭だったが、頭にははげが幾つもちらばっていた。瞳の色はうすい茶色だった。顔は、灰色がかっており、生きている人間の皮膚というよりも、むしろ死んだ動物の皮だった。潔はそんな肌の色をこれまで日本人の中に見たことがなかった。その顔には一面に薄いあばたがあった——この男が、露語教官の峰だった。

——ぼくの想像した通りだ、と潔は思った、薄気味悪い、冷えびえした男だ。

峰教官は二十六、七歳と思われた。彼は教壇へのぼらないで、何を考えているのか、少年たちの机の前を行ったり来たりした。そして突然足をとめると、怒鳴りつけるように言ったのだ。

——この列は何だ、筆筒《ひっとう》が一直線に並んでいないじゃないか……

筆筒とは、つまり軍隊にだけ通用する言葉で、何のことはない、筆入れ箱のことだった。その列の者があわてて筆筒をそろえるのを、彼はあたかも測量技師の如《ごと》く、背をかがめ、片眼をつぶって点検していた。それから彼はようやく満足したように、紫色がかった舌で上唇をちらちらなめながら教壇へあがり、皆をぐっとにらみすえた。

——今日から、おれがロシア語を教える、と彼は重々しく言った。よく聞け、おれはお前たちがロシア語なんか出来んでもいいと思っている。だが、筆筒や教程（つまり教科書だ）がゆがんでいるのは、許さん。なぜならば、お前らは将校生徒だからだ。極端に言うならば、将校生徒は、ロシア語よりも、万事規律を正しくしろ。

喋《しゃべ》っている間じゅう、峰教官は、頭をガリガリとかいたり、両手をまげたり、のばしたり、ほかの文官教官の、もったいぶっているると思われるほどの端然とした姿にくらべて、ひどく粗野な空気をまき散らした。

——まずここ当分は、と峰は言った、発音を練習する。発音は、お前らの場合、実に大切なもんだ。お前らは、難かしい文章なんか読めなくたって、ちっともさしつかえないんだ。大切なのは、単語を正確に発音することなんだ。何故《なぜ》だかわかるか、わかったら手をあげい。

峰は口をとがらせ、じろじろと見廻したが、無論、誰も手をあげなかった。

――誰もわからんのか。ふがいない……だがその言葉に反して、彼の薄い茶色の眼には、明らかに、嘲笑的な、意地悪い光が浮んだ、お前らは、この予科の大切な一年間に、将校になるための、基礎教育をうけるんだ、そうだろう？　おい……

峰は一人の少年を指さした、少年はすわったまま答えた。

――そうであります。

すると、峰の顔がさあっと赤くなった。彼はニコチンでうす汚れた歯をむき出した。

――何だ……何だい、おい……彼は、およそ謹厳な文官教官らしくない口調になった、あまつさえどもりも加わった。

――お、お前は何だい、およそ将校生徒らしくないぞ。お、おれにだけ、そんな、横着な態度をとるのか。

――は、いいえ……

峰の顔はいっそう赤くなった。彼の眼がてらてらと光った。

――指されたら、はい、といって立ち上れ。それから、そうであります、教官殿、と言え。教官殿、とちゃんと言え……

――わかりました、教官殿。

――よろしい、すわれ。

彼の顔は再び、死人のように気味の悪い灰色に戻った。

――さて、と峰は言った、かくも大切な一年間に、何故、特別に時間を割《さ》いて、特別に、ロシア語をやるのか？　いうまでもなく、それは対ソ作戦のためである。

——教官殿、と一人の、山の中の中学校からやって来た少年が立ちあがって言った、大東亜戦争もすでに三年目であります。皇軍はガダルカナルより撤退しましたが、戦は今後ますます南太平洋において烈《はげ》しくなると思います。

それから彼はいきなり飛躍して、こんなことをくちばしった。

——英語をやった方が、よろしい、と思います。

しばらくの間、峰教官はじっと立ったままだった、それから顔がまた赤くなった。

——な、なにを言うかい、お前らは命令に従えば、いいんだ。第一、昔から、学科は対ソ作戦にしたがって組まれているんだ……それはそうなっているんだ、……

それから彼は、話がどこまで進んでいたかを生徒にたしかめて、つづけた。

——対ソ作戦の場合、お前らのつかうロシア語が、よしんば片コトであろうとも、発音さえ正確ならば、ちゃんと通ずるんだ。ロシア語の発音は、ちょっとむずかしいぞ。訓練が必要だ、訓練が。むずかしい証拠をみせてやる、よく聞け。ジェゼルチール、もう一回聞け、ジェゼルチール。こら、お前、笑っているな、よし、やってみろ。

笑っていた少年は立ちあがったが、困惑しきった顔つきで、もじもじした。

——言ってみろったら。

——はい、教官殿……ジェッツ、ジェジェ……

——ちがう、なってない。耳の穴がどうかしたのかい。もう一回聞け、ジェゼルチール……

――ジェジェッ……

――もういい、と峰は手を鼻先でひらひらと振った、おれがやれば、ちゃんと通ずるんだ。これは脱走兵という単語である。そこで今日は、A（アー）からЖ（ジェー）までの練習をする、教程をひらけ。まずAだ。おれがアーというから、みんなでついてくる。アー。

――アー。

――何だ、それは。みんなのはまるで、あくびだ。

こんな具合にして、発音練習は、はじめられた。AからEまではまず無難だった、が、問題は、この、何とも奇怪なみなれない文字Жの発音だった。

――この発音は、と峰は言った、日本語にはないんだ。英語にもないぞ。これは上顎《じょうがく》音《おん》といって、特殊な音だ。機関車が蒸気をはき出すと、重くひびくように、シュッ、シュッ……ジュッ、ジュッ……ときこえるだろう、あれだ。ジャガイモ、ジュバン、の時のジュなんてもんじゃない。では、これから、一人ずつ、立ってやる。

そして一人々々発音したのだが、三十人ほどやった時、峰は絶望して、両手を前へつきだして言った。

――じっさい、お前らは……

だが然《しか》し、峰教官の絶望は、少しばかり早すぎたのだ。潔が見事に発音してのけたのである。峰はその時、潔の口もとをじっとみつめていたが、瓦礫《がれき》の中に一つぶの水晶を発見したかのように、一瞬実に明るい、嬉し気な微笑を顔に浮べた、が奇妙なことに、すぐさま口をつき出していまいましげに潔の顔を見た。それから、何故だかひどく冷淡な声で言ったのだった。

——お前は、ものになりそうだ。

五月のある日曜日の午後だった。空は晴れあがっていた、武蔵野の雑木林は新緑にいろどられていた。すべてが、明るく、陽気で、まぶしかった。潔は、校門をくぐりだらだら坂になっている坂道を、重い足どりで上って行った。彼の全身は第二種軍装で飾られていたが、一足ごとに心は重く沈んだ。東京の親戚の家へ外出して行き、あわただしい数時間を過して帰って来たところだった。幾週間も前から、楽しみにしていた外出は、あっという間に終り、翌日からまた同じ日がつづいて行くことを考えると、それは楽しみよりもむしろ、憂鬱な後味を潔の心に残したのだ。坂の中途まで上って来ると、彼は、上からおりて来る一人の文官教官に出逢った。反射的に敬礼してから、それがロシア語の峰教官であることに気付いた。

——お、お、と峰は言い、たち止った。

峰は教室では絶対にみせたことのない親し気な微笑を浮べて言った。

——外出かい。

——はい、そうであります、教官殿。

潔は固くなり、何時豹変《ひょうへん》するかわからない峰の顔をおずおずと見た。潔の白い頬に生々と血がのぼった。

――楽しかったかい。

――はい、楽しくありました、教官殿、と潔は言い、楽しかったからこそ、いっそうやり切れないのだ。むしろ外出などしないで、この索漠とした生活の中にじっと身をひそめていた方がよかったのだ、しかし、そんなことを、この怒りっぽい教官にいってみたところで仕方があるまい、と思った。

――楽しかったか、よかった、と峰は言った、そうか、よかった。

それから、彼はそそくさと坂をおりて行ったが、ふと立ち止るとふりかえって、大きな声で言った。

――今度の外出の時は、おれの家へ来んか。

考える余裕もなく、潔は返事をした。

――ありがとうございます、教官殿。

――そうしろ、そうしろ……。

峰は坂道を降りて行った。潔は、そこに佇《たたず》んで、その後姿を眺めていた。五月の日光の中ですら、峰の猫背は、うすら寒く、かつ、わびしかった。そこには、思い掛けない程優しく胸をひたしてくるものと、そのあたたかいものを一瞬のうちに砕いてしまうような冷酷なものが同時に感じられたのだ。

――みかけによらない、優しい人だな、と潔は心の中で呟《つぶや》いた。あんなタイプは、此処《ここ》じゃちょっと珍らしい……

国語の教官も、漢文の教官も、修身の教官も、いや、数学の教官も、誰もかれも、ひとくちでいうなら、武官と全く変らん、と潔は思った。洋服が違っていて、教えるものが違うだけだ、しかし、峰教官はほかの教官より以上に教官じみている時もあるが、びっくりするくらい人間味がある時もあるんだな。

自習室に電燈がついて、自習時間になった。潔は、露語教程を開き、ロシア語の上へ眼をすえていたが、彼の眼は、実際には、自分の頭の中へじっとそそがれていた。だらだら坂の上で、こちらに背をむけて、峰教官がせかせかと遠ざかって行く姿を、彼はみつめていた。みつめているだけで、新鮮な潮がひたひたと寄せて来るような気がする。櫟《くぬぎ》や楢《なら》の新芽の香りをのせた風が吹いて来るような気がする。潔は機械的にロシア語を読んだ。

――我々ハ馬ニ乗ッテ前進スル……敵ハ徒歩デ……すると彼の頭は、そこから自動的に同じ言葉をくりかえしはじめる……敵ハ徒歩デ……敵ハ徒歩デ……

潔の太い眉毛がぐっとひきつった、彼の眼の中でロシア語がぼやけて来た。

……雨がこやみなく降っていた、ぼうっとけぶっている武蔵野の丘陵のたもとを縫って、広い深い川が流れていた、その川を、小銃を両手で上へさしあげて、全身ずぶ濡れになった幼い兵士たちが、一人また一人と渡って行った。

——実戦だったら、もっとひどいぞ、と一人が言った。

——ああ、もっとひどいさ、と一人がそれに応じた、もっとひどいさ。しかしなんだな、これくらい雨が降って、水が濁って……それから雨が止むと……

——それから雨が止むと、か。貴様が何を考えているかわかるさ、と潔は言った、おれもそういうことを考えていたのさ。雨がやむと、おれは継竿《つぎざお》をもって、早速かけ出して行ったよ。学校がひけると、すぐさ……

——やっぱりミミズかい。ああ、冷てえ……

——ばかやろ、そんな時は、蚊針さ。相手はハヤだからな。ハヤは元気がいいんだ……濁った川をぐんぐんのぼって来る。

——釣ったやつはどうするの？

——それさ、潔は、水の中でよろけそうになり、足をふんばって流れにさからいながら言った、家へ持って帰るんだ。すると、もうお袋が、うどん粉と油を用意して待ってるよ、おれは必ず釣って帰ったからな。おれは熱い風呂で体をあったためて、親父のドテラを着こんで、お袋の側で待っていたよ。

潔は冷えきって紫色になった唇をなめた。

——すると、油がじゅうじゅういい出す……

——油がじゅうじゅうか……ああ、畜生……

——ああ、畜生、と別の一人が腹で水をわけながら震え声でいった、畜生、そんな生活はもう、金輪際、来ねえよ。

濁った水につかり、泥にすべりながら、潔はゆっくり歩いて行く、足の筋肉がつっぱって来る……

――どうもロシア語ってのは不愉快だな、と潔は心の中で呟いた、どの頁もどの頁も、やれ戦車だ、脱走兵だ、赤軍だ、山砲だ、自動小銃だ、行軍だ……単語一つみるたんびに、必ず演習や、今の生活やら思い出させるんだから。峰教官にしたって、こんなものばかり教えて、実際面白くないだろうな。なんでまたロシア語なんて勉強するつもりになったのかな。何だって、文官教官になったのだろう。将校生徒はロシア語を覚えるより、筆筒でも揃えろ、なんてばっかり言っていて、一体何を考えているのだろう……

――今度の外出の時は、おれの家へ来んか。

不意に峰教官の言葉がよみがえって来た。行ってみるか、と潔は思った、そしてもう一度、微笑を浮べた峰の顔を思い浮べた。

六月の日曜日の朝だった。ロシア語の時間のあとで峰に自宅の地図を書いてもらった潔は、その地図をたよりに、大井神明町のごみごみした家の一軒に峰の標札をみつけた。玄関に立って案内をこいながら、潔は、教室とちがって坂道で見せた微笑を浮べながら峰が出て来るのを予期した。

ふすまが開いた。糊《のり》のきいた白い絣《かすり》の着物に、折目正しい袴《はかま》をはいた峰が、笑顔どころか、これまで見たこともないような固い表情で現れた。潔は思わず直立不動の姿勢をとって、言った。

——お出掛けでありますか、教官殿。

——あがれ、と峰はぶっきら棒に言った、お前を待っていたんだ。

彼の顔は開け放たれた玄関の外の、緑の葉の間からもれてくる光線に、青く染って見えた。そしてあばたがひときわくっきりと、黒い斑点のように見えた。

——来るんじゃなかった、と潔は思った、彼はなにものかにひどく裏切られたような感じを味わった。来るんじゃなかった、と彼はくり返し思った。しかし彼は、ゲートルをはずし、帯剣をはずし、白い手袋をぬいだ。

床の間を背にして、ぬぐい清められたテーブルの向う側に、峰は正座した。潔も、きちんと膝を折ってすわった。

——何故、こんな固苦しさでおれをむかえたんだろう、と潔は思った。彼は弱々しい視線を峰の顔へ投げた。峰の表情は依然として固く、どのような微妙な心の動きをも封じこめてしまっていると思えた。部屋の中は薄暗く、白い絣と、薄い茶色の眼の色だけが、くっきりと浮びあがった。家の中では何の物音もしない。

たまりかねて、潔は口を開いた。

——教官殿は、何か私に、精神訓話をされるのでありますか。

——いや、別にそんな事は考えておらん、と峰は言った。

——何か御迷惑でありましたら……

——迷惑？　おれがお前をよんだんじゃないか。ああ、と峰は着物の袖をひっぱった。これか？　これが固苦しいんだな？

——いえ、そういうわけではありません、教官殿。

——これはな、学校友達でも来るなら、こんな真似はせんよ、峰の眼が気のせいか、鋭く光ったように潔には思えた。

——将校生徒だからな、お前は。一日二十四時間、如何《いか》なる時にも心をゆるめてはならん生徒を迎えたんだからな。

峰の唇の端に複雑な笑いが浮んだ。

——そうだろう？　どんな時にも気をゆるめてはならんのだろう？

——そうであります、教官殿、と潔は辛うじて言った。ひざの上へ置いた両手が、かすかに震えだした。

十二時少し前に、潔は峰の家を辞した。二人はぽつぽつと話を交したが、潔はろくに覚えてもいない。何故だか、自分が不当にも、手ひどく傷つけられた気がする。峰が憎かった、しかし、峰のどこを、何を憎めばよいのか。袴をはいていたことか、それならば、峰が言った事は区隊長が常々言っていることと変りはしない。疎開作業で、もうもうと白い埃《ほこり》のまい上る道を、唇をぎゅっとひきしめて潔は歩いて行った。雑嚢《ざつのう》の中に、行く時にははいっていなかったものが、はいっていることにふと潔は気付いた。お前はロシア語が

出来るから、これでも読んでみろ、と峰が言って貸してくれたかなり分厚い露語の原書だった。たしか、その折に、峰は、

——ロシア語って、お前が言うように、兵隊のことばっかりじゃないさ、と言った。してみると、と潔は思った。おれは、教程をなにか、こきおろしたんだな……かまうもんか。

潔は中隊へ帰ると、本をろくすっぽ見ないで、すぐ週番士官のところへ持って行った。中隊長と区隊長の許可印をもらうためだった。

或る朝、起床して中隊舎前に出ると、早くも夏の日の光は、密生した松林の梢を金色に染め、芝生の、針のように光った一本々々の葉の上でふるえていた。太陽の熱でまだ暖められていない空気は、潔の裸の上体を冷たく洗った。竹刀《しない》を振ると、体の奥から、熱っぽい力が無限に湧き出して来て、四肢にみなぎって来るようだった。すべてが明るく、すべてが澄み切っていた。実際には、昨日までと何一つ変ったことはないようであった。巨大な食堂は、ダイナマイトでふきとんだ訳でもなく、相変らずどっしりと地面をおさえつけていた。厩《うまや》からは、例の如く、幾百頭の馬のたけだけしい、いななきが、空気をふるわせてやって来た。上級生に欠礼すると、喉《のど》をつきとばされた。だが、やっぱりすべてが一変していた。潔の眼には、きらきらと金色に光る朝の空気の中で、すべてのものは、昨日までの重苦しい物体としての形も重量もうしなってしまっていた。彼は考えた——今日は、

修身に、物理に、数学、それから製図がある。午後は、何時ものように練兵場で戦闘訓練だ。それらは一分の無駄もなく整然と組みあげられている……しかし、と彼は思った。辛ければ辛い程、最後の二時間はすばらしいんだ、この二時間はおれのものだ。

最後の二時間とは——自習時間だった。

峰教官の家を訪れてから二週間ほどたった時、彼は原書の許可のことで区隊長に呼ばれたのだった。彼はその時、区隊長とかわした会話をはっきりと覚えている。

——お前は、と若い大尉は言った、何故ロシア語の原書なんか借りたのか。

——教程だけではもの足りなかったからであります。潔はあいまいに答えた。

——うむ、と大尉はうなずき、何やら黒い秘密めかしい小型のノートをめくって、のぞきこんだ、お前は露語はずいぶんよく出来るな。中隊で一番だ。いや全校でも珍らしいくらいだ。術科の方も熱心だ、しかし……化学の成績がひどく悪いな。お前は化学は嫌いか。

——嫌いではありませんが……

——よかろう。大尉は検閲の欄へ、ペタリと朱印を押して、原書を机の上へ放り出した。思想的にどうというところはない本だそうだからな。せいぜい予士校にいる間に、語学もやっておけ。本科へ行くと、それどころじゃなくなるぞ。

そして彼は厳かにつけ加えたのである。

——露語が今くらいの成績だと、卒業の時には、気をつけ、天覧に供する露語答案を作成することを命ぜられるだろう。区隊長にとっても光栄だ、しっかりやれい。

が、然し、峰教官を訪問した記憶が不快なものであったために、潔は幾週間もの間、本たての中へ、その本をつっこんでおいたまま読もうともしなかった。そして、たまたま、前夜何気なく、その分厚な原書を自習時間にひっぱり出したのだった。

実際、彼は何気なく、厚い古びた表紙をめくったのだ。紙はすっかり茶色に変色していた。かびくさい匂いがうっすらと、たちのぼって来た。それは、パリパリいう新鮮な音と、強い印刷インクのにおいのする露語教程とは、まるきり違っていた。潔は、自分が、古いじゅうたんのしきつめてある、暖かいが幾分暗い、どこか書斎とでもいった処《ところ》へ連れこまれて行くような、不思議なときめきを感じた。それは、入校以来、決して味わったことのない雰囲気だった。彼は思わず、小さな身震いをした。

彼はもう一枚めくった。すると、多分それは、誰かの小説であるらしく、大きな題字が出て来た、彼は読んだ、Крыжовник クルイジョーフニク……

無論、彼はそんな単語を知らなかったので辞書をめくった。すると、戦車や重砲とは、絶対に何の関係もない言葉が出て来たのだ。彼はじっと目をこらした——すぐり、という文字の上に。たちまち、小さな緑色の葉や、しなやかで細く長い枝や、それらの間の、緑色の、紫色の、小さなガラス玉のような実が、潔の眼の前をさえぎった。彼の舌は、その酸っぱい味に痙攣《けいれん》した……

昼間の烈しい訓練の疲れで、赤く、はれぼったい眼が大きく見開かれた。彼の指はあわただしく、ひっきりなしに辞書をめくった。実際、軍用露語教程にはない単語ばかりが並んでいた。彼が理解できる言葉と言えば……デアル……デアッタ……シカシ……などという類のものだけだった。が、彼は、人間が、高い、嶮《けわ》しい山を一歩々々よじ登って行くように、進んで行ったのだ。一行をやっと終り、二行目にはいった。彼は読んだ……

……было《ブイロ》 тихо《チーホ》, не《ネ》 жарко《ジャールコ》 и《イ》 скучно《スクーチノ》……

彼は自分流に直訳した。

――静かだった、暑くなかった、そして……彼は終《しま》いの単語を引いた。スクーチノ……副詞、退屈に、面白くなく。淋しく。

――静かだった、暑くなかった、そして、退屈だった……そして退屈だった……

あ、あ、と彼は胸の中で小さな声をあげた。そして、退屈だった……こんな言葉の、そしてこんな表現の通用する世界は、この学校の中には全くなかったのだ。そして彼はブイロ・チーホ、ネ・ジャールコ・イ・スクーチノ、とまるで詩の一節でも暗誦《あんしょう》するかのように繰り返していると、夏の、さえぎるものの何物もない平原が、まるで海のようにゆったりとその姿を彼の体の中にひろげて行き、ロシア語を習うと聞いた時から浮んで離れることのなかった二つの死体が、次第々々に薄れて、広い平原の彼方へ、ゆっくりと沈んで行くのを見たのである。

この夜から、自習時間は、その名前の如くまさしく自習時間そのものになった。潔は夜の二時間の中で解き放たれる思いがした。峰の家を訪れた時の不快さは、嘘のように消えてしまった。潔は思った。

――やっぱり、峰教官は、ほかの教官たちとは違っていた、それにしても、こんな本を貸してくれるなんて、何ていい教官だろう。

　武蔵野に秋が来た。風が日一日と冷たくなり、木々の葉が風の弦をうけてかきならす音は、日ましに、乾いた、単調な音に変って行った。そして、どんなに鋭く、強く風の弦が木々に触れても、もう音楽は聞えなくなった。木々は裸になっていた。そして、雪よりも一足先に、雪よりも白く、B29が青い空に浮ぶようになった。

年を越えて空襲は烈しさの度を加えて行った。午前も午後も、正常な課業が中断されることが多くなっていった。潔が峰教官に会う回数も、だから、減っていった。そんな、或る日の朝だった。

　ロシア語の授業が終ってから、寒い廊下の一隅で、潔は、峰教官を呼びとめた。潔は寒さにもかかわらず、白い頰に鮮かな血の色を浮べていた。眼は、そのために全身を投げ出しても悔《く》いのない希望を持つ者の、熱っぽい、輝き出すような光をたたえていた。こんな眼は、もう、栄養の乏しい、睡眠不足と烈しい訓練にうちのめされている生徒たちの誰にも発見できないものだった。峰はその眼を見て、うたれたようにたちすくんだ。

――教官殿、と潔は憑《つ》かれたように早口で言った、私は、クルイジョーフニクを全部、暗誦いたしました。

そして潔は、微笑した。じっとみつめていた峰の顔に、はじめは疑わしいような、やがて、どうしても信ぜざるを得ないような表情が走り過ぎた。峰の眼は、一瞬、何もかも忘れ果てたように、輝いた。がしかし、次の瞬間、彼はぶるっと頭をふった。峰の顔が硬くこわばって来た。それから、突き放すようにとげとげしい眼になった。ようやく、彼は、低い声で言った。

——ちょっと、やってみぃ。

潔は棒立ちになったまま、すらすらと暗誦しはじめた。一字一句もつかえず、正確に発音しながら、彼はつづけた。

突然、峰は右手をつき出して、烈しく言った。

——やめえ。もういい。

峰と潔は黙ってむかいあって立っていた。潔の眼は酔ったようにうるんで、優しく峰の顔を見ていた。峰は、かすれた声で言った。

——香取は、航空へ進むそうだな。

——そうであります、教官殿。と潔はおうむ返しに答えた。自分が何を言ったか、ろくに考えていないような返事だった。

——すると、もう一ト月で卒業だな。

——そうであります、教官殿。

峰の顔に毒々しい笑いがふきあげた。彼はすぐ、その笑いをおし殺して、ゆっくりと、言ったのだ。

――原書は返してもらおう。

――は？

――お前は航空へ行くんだ、もうロシア語どころではなかろう。

潔は幾分青ざめた顔つきになった。

――もうすぐ、香取には、天覧に供する模範答案を作成してもらわねばならん。もう、それくらい出来たら、原書も必要なかろう。それから、……峰は、潔の眼を深々とのぞきこむようにしながら言った、……香取は必要以上に原書を読みすぎたようだな。おれもな、学生時代は片っ端から読みあさった、片っ端からだ、然し、今はな、こうして皆を立派な将校生徒に（この時、また冷たい笑いが浮んだ）しようと思って教官をやっている。模範答案を作りあげたら、もうロシア語は忘れろ。

――いいえ、忘れません、教官殿。

潔は、小さな声で、弱々しく、そして、のろのろと言った。彼の眼から次第に、光が消えて行きつつあった。潔は、もっと小さい声で言った。

――忘れません、教官殿。

――そんなものをいくら暗誦したって、もう無駄だ……無駄だ、と峰は我を忘れたように大きな声で言った、彼は自分が教官で、潔が生徒であることなど忘れてしまったかのようだった。

――生徒隊長殿もいつも航空生徒には訓辞されているではないか、お前たちは、名誉ある特攻要員になるのだと。

潔の眼は輝きを失って、鈍くなった。彼は、喋りつづける、痩せた、猫背の一人の男の顔をじっと見ていた。それから、低い声で言った。

——わかりました、教官殿。

潔は、自分の眼から、輝きが全く失われてしまったことには、無論、気がつかなかった。ただ彼は、ここ半年の間、毎晩、輝いていた二時間があって、そしてそれというのも、古びた一冊の原書が机の上に開かれるからだということ、そして、実は、その古びた外見にもかかわらず、その本の世界へはいって行くと、その世界には、真に輝いた日の光があるということ、そして今は、永遠にその光が消えうせたということ、その光を奪い去って行ったのは、今眼の前に立っている、この貧弱な痩せた男だ、ということをぼんやりと感じていたのだ。そして、遂《つい》に、彼には、この灰色の皮膚を持った男が一体どういう男なのかを理解できず、また理解する必要もなくなったことを感じたのだ。

潔は、敬礼した。彼は峰に背をむけた。人けのなくなった、冷えきった長い廊下を、一度もふりかえらずに、歩いて行った。

珍らしく空襲のない、晴れ渡った三月の空の下で、航空生徒の卒業式があった。晴れてはいたが、風が強く、寒かったので、生徒たちの頬には紫色の斑点が出来た。彼等の襟《えり》には、はじめて、上等兵の襟章がついた。ごく短期間に、それは、兵長になり、伍長になり、軍曹になり、曹長になり、少尉になる約束だった。そして、曹長か少尉の襟章の時には、或いはもっと早く軍曹の襟章の時に、それは一瞬のうちに、みじんに砕ける事も約束されていた――つまり、この少年たちは、文字通り特攻要員として、送り出されるのだ。

号令がかかった、ラッパが鳴り響いた。荷物をかかえた、真新しい軍服を着た生徒の列が動き出した。それは、一本の黄色い長い帯となって、数百人の、きらびやかな将校たちの前を通り、カーキー色の制服に、白い手袋をした数百人の文官教官たちの前を通り、金色の菊の紋章の輝いている学校本部の前の砂利の上を歩き、ゆっくりと坂を下って行った。

潔は、まっすぐ前をむいて歩いて行った。彼は前方の文官教官の列の中に、寒そうに、猫背の背をいっそうかがめた一きわ背の高い顔色の悪い男が立っているのを認めた。彼が気付いたと同時に、その男も潔の姿に気付いた。二人は一瞬、眼をみつめあった。しかしお互いに、お互いの前を透明な風が流れて行ったかのようだった、二人の表情は見たところいささかも変らなかった。文官教官の茶色の眼は、暗く、さざなみ一つない濁った池だった。男の前を潔は通りすぎた。

不可解な峰教官の言動も、今となっては最早《もはや》何の意味もなかった、殆《ほとん》ど唯一の心の支えであったロシア語すらも。

すべては、過ぎ去ったことだった、潔の眼には、何ものも、うつっていなかった、それは、彼がこれから飛び上って行こうとする、無限に広い、無限に深い、青い空だった。

焔の中

吉行淳之介

瞼《まぶた》の上があかるくて、耳のまわりで音がざわざわ動いているので、厭々《いやいや》ながら思い切って眼をひらいた。日の光があちらこちら雨戸の隙間から部屋のなかに流れこんでおり、塀の外の往来を人々が尋常な足取りで歩いている足音がひびいていた。

空気には、朝の匂いがしていた。布団の中で軀《からだ》をのばして、いま覚めた眠りをさかのぼって辿《たど》ってみた。すると、障害物に一つもぶつかることなく、前夜の十一時ごろ、すなわち僕が布団にもぐりこんだ時刻に行き着いた。

「これはめずらしい」

呟《つぶや》きながら、シャツを着たままの上半身を起した。畳の上に、黒い学生服や、その上に着る草色の教練衣や防空頭巾などが散らばっていた。僕の呟いた言葉のように、めずらしく前夜からこの朝にかけて、空襲がなかったのだ。

いつもは、耳のまわりでざわざわ動いている音のために眼覚めると、その音は警報のサイレンとか塀の外の舗装道路をあわただしく走る靴の音などであった。あたりは真暗で、ときには月の光や閃光弾《せんこうだん》の輝きが雨戸の隙間から洩れていることもあった。

太平洋戦争の末期、昭和二十年晩春のことである。そのころ、僕は「いま何をもっとも欲するか」と、自分の心に問うてみることがあった。そこにはいろいろの答が並んでいるのだが、反射的にうかび上ってくるのは「夜、ふとんに入って、眼が覚めたら、朝だった、という気分を味わってみたい」という答であった。滅多に手に入らぬ事柄ではあるが、そのような卑近な事柄に心が向うということは、僕の軀がすっかり疲労していることを示していた。と同時にその答は、戦争のない日々の中に身を置いてみたい、という意味でもあった。

戦争というものは終るものだ、と僕は考えていた。しかし、戦争の終った後の日々の中には、僕はすでに存在していない筈《はず》だった。自分が生きて動いていてしかも戦争のない日々。……それはあまりに僕にとって架空すぎるし、またあまりに輝かしすぎてちらと考えただけでも心が痛むので、極力そんな考えから自分の心を遮断してしまおうとしていた。

布団からぬけ出て、学生服を着た。小さな部屋の両側にある雨戸を開け放した。その部屋は、家屋から一室だけ飛び出しているので、両側に雨戸があった。

睡眠がとぎれとぎれにならずに迎えた朝はさわやかで、僕は濡縁《ぬれえん》に立って空を見上げた。空は青一色で、ほかの色はなにも無かった。飛行機も一機も飛んでいなかった。しばらく見詰めているうち、空の色と自分との距離の調節が、出来にくくなりはじめた。空の青色が、僕の眼球をまるでボンボンをつつむセロファン紙のようにくるみこんだかとおもうと、にわかに平らに拡がって、かぎりもなく拡がって、遥か彼方それはもう想像を超えた遠くの方へひらひらと飛び去ってしまう。そんな瞬間、自分の軀が地球の外へ釣り出されてしまい、行き着くところのない空間をアルファベットの文字のようなさまざまな形に軀を曲げながら、とめどなく転がりはじめる、そんな気違い気分に僕は落ち込んでしまうのであった。

あわてて、空から眼を逸《そ》らした。しかし、爽《さわ》やかな気分はまだ僕のなかに残っているので、大学に講義を聴きに行く支度をはじめた。この日は、気にいっているテキストによる講義があるので、それに出席するつもりであった。

その気持は、朝飯を食べ終ったときに、崩れてしまった。若い女中が作ってくれた朝食の、不可思議な旨《うま》さのためである。

僕が母と一しょに食卓にむかって坐《すわ》っていると、その若い女中がメリケン粉を焼いたものを浅い皿に載せて運んできた。口に入れると、肉の味が漂った。しばらく肉というものを見たことがなかったので、箸の先でその食物をほぐしてみた。しかし、うずら豆のようなものが出てきただけで、一片の肉も見当らなかった。

「ふしぎだな、肉の味がしませんか」

母にたずねてみた。母はさっきから口の中で感じている曖昧《あいまい》なものの正体に行き当った表情で、言った。

「うずら豆とメリケン粉とが混ると、こんな味が出るのかしら、ともかく、あの娘はお料理にだけは妙な才能をもっているわね」

僕の母は美容師である。家屋と地つづきに店の建物があったが、一ヵ月ほど以前のある日、たくさんの人夫が来てその店を取り毀《こわ》してしまった。政府の新しい都市計画の図面上の道路によって、削り取られたためである。父は五年前、放蕩《ほうとう》のあげく電話まで抵当に入れたまま、急病で死んでしまっていた。また、母にはもともと商店経営の才能は無かった。母には、髪の形を作り上げるのが愉《たの》しみという一種の工匠気質が強かったのである。したがって、店の建物が無くなれば、そこで働いていた人々は離散するより方法がなかった。

その際、若い女中が、自分の家へは帰らぬ、と言って動かなかった。四国地方の田舎から東京に憧れて出てきたこの女は、まだその憧れが満たされていないので、この都会を去るわけにゆかぬということらしかった。空襲を避けて、都会の人間がぞくぞくと田舎へ疎開している危険な時期なのだから、その女の憧れる気持は大そうはげしいものであったわけだ。

その満たされぬ憧れを、若い女中はさまざまな形で満たそうとした。長い時間、鏡の前にすわってあらゆる種類の化粧品を顔にぬりつけるのも、その一つである。化粧品は、母の商売の名残りで豊富にあった。若い女中の幅の広い顔には、福笑いの遊戯に使う眼そのままの形の眼がついていた。その細長い眼全体が、その女の気分と化粧品の色を反映して、あるときは黄色く光ったりあるときは赤に青に光るのであった。女中という職業についた人間が果さなくてはならぬ仕事のうち料理を作ることにだけ熱心で、またふしぎな手腕をもっていたが、なにしろ材料が甚《はなはだ》しく欠乏していた時代のことだから、それは無用の才能にちかかった。僕の家との雇傭《こよう》関係の上からその娘を、「女中」という言葉の枠に入れてみているのだが、実質は厄介な居候《いそうろう》にひとしいのである。「あの娘、そろそろ田舎へ帰ってもらうことにしたらどうですか」と僕が言うと、母は「それがねえ、いっそもっと図々《ずうずう》しく構えていてくれると言い易いのだけど、ちょっと叱るとおろおろ動きまわってね。唯《ただ》うろうろするだけで何の役にも立たないのだけど、なんだかその恰好《かっこう》を見ていると可笑《おか》しくなってしまって、どうもきっぱりしたことが言えなくなってしまうのです」と答えた。

肉の味のする奇妙な食物をたべながら、メリケン粉をこね上げてこの食品を作り上げている若い女中の手を僕は思いうかべた。その手は、霜焼けのためではなく、顔の地肌と同じに赤紫色をして、漿液《しょうえき》の多そうな厚ぼったい手であった。

若い女中が気取った風に唇をすぼめて、じっと僕の方を眺めているときの、例の細長い眼の光を、ふと思い出した。

「へんな具合に、このホット・ケーキみたいなものはおいしいですね」

と僕はもう一度、母に言った。

「さっき、ちょっと台所をのぞいてみたらばね、あの娘がメリケン粉をこねたシャモジを、こんな長い舌を出して舐《な》めていたわよ」

母は道化て、眼を大きくして舌をべろりと長く出してみせた。僕は母の様子を見ておもわず吹出したが、やがてあの若い女中の唇から出たであろう赤い長い舌を思い浮べて、厭な気分になってしまった。

　これから大学の教室へ行き、巨大な白い鯨が主人公である壮大な物語を読もうとおもっていた気持が、僕のなかで萎《な》えてしまった。

　この厭な気持、これは若い女中にたいしてのものというよりも、むしろ僕がもてあましている自分自身の青春にたいしてのものである。青春、というか、思春期といった方が正確か、ともかくそれは僕にとっては、明るく美しいものの要素よりも、陰気でべたべたからまりついてくる触手のいっぱい生えた、恥の多い始末に困る要素がはるかに多いものであった。

　肉の味のしたメリケン粉は、いつまでも歯の間でべたべたしていた。洗面所へ行って口をすすぎ、壁にかかっている鏡にむかって歯を剝《む》き出してみた。鏡には、異様なまでに蝕《むしば》まれた歯列が映っていた。老人の歯である。口を閉じてみる。歯は血の色の濃い若い唇のうしろに隠れて、鏡には少年と青年の境目にある男の顔が映っていた。

　母には、一本の虫歯も無かった。僕の歯はあきらかに父側の遺伝を受けついでいた。しかし鏡に映った歯は、それだけではないいろいろの妄想を僕のうちに膨らませていった。ひどく蝕まれた歯は、その歯をつかって咀嚼《そしやく》する必要が間もなくなることを示しているようにも思えた。そのことは自分一人についての現象ではない。多くの少年たちに現れている症状だと僕は考えていた。その症状は、歯のように外側に露出している部分に現れていないにしても、したがって当人も気づいていない場合が多いにしても、内臓のどこか、あるいは網の目のようにはりめぐらされている神経の糸のどこかに現れているにちがいない。

童貞の少年の口のなかに嵌《は》めこまれた無機質の義歯のまっ白い歯列、そんな妄想が脳裏にうかんで、僕はそのイメージとともに暗い気分の中に下降していったが、ずいぶん深く沈んだところで奇妙に官能的な気分につき当った。

どうもみんな狂ってきたようだ、と呟きながら僕は部屋へ戻り、久しく会わぬ友人たちの顔を思い浮べた。その友人たちは、学徒の徴兵延期が廃止になったため入営してしまったり、あるいは入営延期が認められる理科系大学へ進んで地方の都市へ移住したりして、僕の身辺には一人もいなくなってしまった。僕自身も、入営を指示する赤色の令状が明日舞いこむかもしれぬ状況に置かれていた（この年の再検査で、僕はまた甲種合格になっていた）。

人懐しい気分にふと動かされて、机の抽出《ひきだし》から手紙の束を取出してみた。前年、まだ地方の高校の生徒だったとき、長い間学校を休んで東京の家へ帰っていたあいだに、級友から来た音信である。

その束のなかから、ある友人の封書を選び出した。彼は、召集を受けてこの春のはじめに大陸へ行ってしまった。その手紙を、あらためて読みはじめた。

『学校はますますつまらなくなり、このごろは毎日雨が降るのでますます憂鬱だ。だいぶ狂人が増えた。獰猛《どうもう》な月山がこのところおとなしいのはきっと狂っているからだろう。火村は勤労奉仕いらい変になり兇暴になった。教師の水原は頭が狂い、自分で鋸を持ち出してテニスコートのネットの棒を切倒し、ピンポンの台を食堂に運んで食卓にしてしまった。米英的なスポーツはいけないということらしい。木田と金井が抗議を申し込みに行ったら、怒鳴りつけられて突きとばされたそうだ。隣のクラスではついに軍国主義が勝利を占め、コンパをやったところ土川や日森などが演説ばかりして何も食わせないで終りになったそうだ。土川と日森はますます狂い、土川たちが「指導者」になるために汽車に乗って国民体操の講習を受けにゆくので、今日の昼休みに日森などで「壮行会」をやったそうだ。そんな具合なので、俺もそろそろ狂いはじめ、毎晩ふらふら歩いて田舎レヴューを見物してまわっている。べつに面白くて行くのではないんだが。そうそう優等生の甲野も変になった。あいつはますます美少年になり、今日も教練の教師に怒られた。皆すこし頭が変だ。なにか突発事件でも起りそうだ。もうすこしあたまが確かになったら、まともな手紙を出す』

昭和二十年の晩春、その手紙のなかに名の出てきた火村も木田も金井も甲野も、僕のまわりにはいなかった。

商店の棚で商品を見付けることは、まったく出来なかった。僕のズボンのポケットの中では、数枚の十円紙幣が冬以来ほとんど減ることなく、しわくちゃになって入っていた。使おうとおもっても、使いようがなかったのである。

つまり、僕の身辺は閑散としていた。もっとも、その欠乏状態には何かしら乾燥したカラリとした感じも含まれていた。自分の生が数歩向うで断ち切られているとあきらめた場合、日常生活の煩《わずら》わしさのうちの大そう多くの部分を切り捨ててしまうことができる。たとえば、他人の僕にたいする悪意も、また善意も負担にならずに通り過ぎてしまう。またたとえば、多くの人々が家財を安全な場所に「疎開」さすために、荷造りの材料に関して、困難な輸送に関してこころを砕いていたが、僕の家では全く疎開をしないことにしたので、そのわずらわしさを感じないで済んでいた。

しかし、僕の皮膚にまつわりついて、どうしても乾燥しないじめじめしたものがあった。それは僕自身の青春なのだ。僕は、手紙をもとの抽出にしまった。そのとき塀の外の往来で、きゃーっと叫ぶ声、それはわーっとも聞えたが、驚きと狼狽《ろうばい》をそのままあらわした女の声がひびき、ガチャンと金属音がした。

往来のそうぞうしい気配が、しだいに僕の家の門口の方に移動してゆき、母が玄関へ出ていって話し合う声がひびいた。僕も部屋から出てみた。

「あなたはノーマクエンですか。自分の家の女中が、こんなに紅や白粉《おしろい》を塗りつけているのを黙って放っておくなんて」

居丈高《いたけだか》な女の声がきこえるので、覗《のぞ》いてみると、町内の婦人会会長をしている中年婦人が、母に向って大きな声を出していた。その婦人は、新しいカーキ色のズボンと上衣を着て、防毒面の入ったカバンと防空頭巾を十文字に肩から掛け、ピカピカ光る大きな留金のついたベルトをしめていた。その姿は、盛装しているように僕の眼に映った。

若い女中はその傍に立って泣きじゃくっていた。モンペ姿だが、真紅な布を頭からかぶって頤《あご》のところで結んでいる派手な恰好で、化粧品をやたらに塗りつけた顔の頰や額のところどころが擦《す》り剝《む》けて血が滲《にじ》んでいた。僕は事の成行《なりゆき》にとまどったが、やがて、自転車を持ち出して道路で稽古していた若い女中が転倒して泣いているところを、婦人会会長に扶《たす》け起《おこ》されたのだと分った。

母は口を結んで眼の光を強くしたまま、黙って坐っていた。化粧していない黒い顔で、やや中性的ないい顔だ、と罵言《ばげん》を浴びせられている母を気の毒におもう僕の心が裏がえって、そう思った。僕は、黙っている母の替りに、婦人会会長に向って弁明してみた。

「この娘には、僕の家でも困っているのですよ。郷里《くに》へ帰そうとしたんですが、どうしても厭だというのです。空襲はひどく怖いのだけど、それ以上に東京に居たいらしいのです。なにしろ物凄く憧れて上京してきたのですからね。そんな娘に、化粧するのをやめろといったって、やめるくらいなら死んでしまうでしょう」

僕たちが、この若い女中にはすっかり悩まされているのだ、ということを相手に伝えようとしたのだが、主人がその使用人を解雇することもできずに苦しめられているという状況を理解できる相手ではないことに、話の途中で気づいた。僕は仕方なく終りまで話をつづけたが、言いおわった瞬間、目のくらむような憤《いきどお》りに捉《とら》えられていた。その憤怒《ふんぬ》が何に向ってのものか、自分でもよく分らなかった。

婦人は、ますます居丈高になって、僕に言った。

「なんですか、あなたは。学生なら、ちゃんと学校へお通いなさい。だいたい、あなたの家は、非協力的ですよ。この前の貴金属供出のときでも、時計の外側を一つ出しただけじゃありませんか。指環《ゆびわ》の一つもない、といったって誰も本当とは思いませんよ」

僕は、坐った膝の上に置かれた母の指を見た。美容師という職業のために、その指は変形されて、ごつごつ節くれだっていた。髪にウェーヴをつけるための鉄のアイロンを扱うためである。その指と、婦人の言葉とが綯《な》い合《あわ》されて、僕のうちの憤りはさらに昂《たか》まったが、次の瞬間、その大きな憤怒のかたまりがにわかに消えてしまった。それはまるで、いままで往来を威風堂々と歩いていた大男の姿が、ストンと落し穴におちこんで見えなくなったようで、われながら滑稽だった。

「まったく誰も本当とは思えませんねえ。僕だって本当とは思えない位なんですから、だけど、本当に指環もそのほかの装飾品も何一つないのですよ」

妙に陽気な声が、僕の口から出ていった。

婦人は、眼を血走らせたこわい顔をして、なにか叫びながら帰っていってしまった。あるいは、僕の家の床の下に秘密の宝石箱が隠匿《いんとく》してあって、そのなかに指環や首飾りや宝石をちりばめた時計などがザクザクあふれている幻影を見たのかもしれなかった。

しかし、僕の言葉には偽りはなかった。僕の家の唯一の貴金属であった母の時計はそのプラチナの外側を供出されてしまったので、むき出しの機械だけ茶ダンスの抽出に入れられてあった。そして、貴金属にせよそのまがいものにせよ、何一つ母は持っていなかった。

それも昔は持っていたがその後窮乏して金に替えたというのではなく、若い頃からずっと所有したことがないのである。僕はその事実にたいして、いささか戸惑うのだ。僕自身には、趣味としてあるいは気取りとして、自分の部屋には装飾品を置かず、壁には何も掛けず、書物は人目につくところには並べないという傾向がある。しかし母の場合、装飾品を持たぬということは趣味とか気取りとかとは違うらしい。その種の物品にたいする嗜好《しこう》が完全に欠落しているらしいのだ。それは、肉親の僕の眼からみても、異常に見える。さらに母の職業は美容師である。それは派手な職業とおもわれている。又、おおむねの美容師自身、派手に振舞いたがっている。だから、世間の人のイメージにある美容師が、その指に指環の一つもはめていないということは、許しがたい裏切りなのだ。

このような状況の上に立って、しかも相手を納得させようといろいろに説明を試みたことが、以前から幾度も僕にはあった。しかしそのような場合、弁明すればするほど相手の疑惑はふくれ上ってゆく事実を、いつも僕は思い知らなくてはならなかった。そんなとき、以前は眼の前が黒くなるほどの憤りに僕は捉えられたが、やがて、その憤怒がストンと陥《お》ちこんで奇妙な明るさにとりかこまれてしまうようになってしまったのであった。

「とんだ災難でしたね」

と、母に言った。

女中は部屋の隅のうす暗いところにぺったり腰をおとして、眼を赤く光らせていた。緊張した顔をしているのだろうが、細長い眼が幅のひろい顔の上で波形にうねっていて、笑っているように見えた。

「困ったわねえ、この娘の化粧が好もしいものじゃないことは確かなのよ。何とかする方法を見つけられないかしら」

と、母は美容師の技術者の眼つきで若い女中を眺めながら、嘆息した。

「なんとか切符を都合して、無理やりにでも汽車に乗せて親もとへ送り帰してしまいましょうか」

女中のために降りかかってくる災難からまぬがれる具体的な方法について、母と僕とは相談にとりかかろうとした。だが、ふと気がつくと、その若い女中は部屋の隅の鏡台に顔を映して、斑《まだら》になってしまった化粧のうえに粉白粉をはたきつけはじめていた。パタパタパタと、白粉のパフが顔の皮膚にぶつかる音が、へんになまなましい重たい音で鳴りつづいた。僕はいささか度胆《どぎも》を抜かれたが、声を荒くして怒鳴ってみた。

「君、化粧なんかやめないか。いま、君を汽車に乗せて帰してしまう相談をしているところだぞ」

若い女中は、にわかにおろおろしはじめて、

「困りますわ、そんなこと、困りますわ」

と言った。言葉づかいが丁寧なのは、都会の令嬢風を真似しているためである。僕はますます腹が立って、

「駄目だ、明日、汽車に乗せる」

という言葉を、できるだけ平板な調子でゆっくり発音した。

「厭です、そんなことをしたら、死んでしまいます」

と若い女中は叫んだ。これは書物によく出てくる痴話喧嘩の科白《せりふ》の調子だ、とおもい、その考えが気に入ってにやりとした。当然、偽善的な表情になったわけだろうが、僕は自分に残された短い時間に、とくに男女関係について出来るだけ沢山のシテュエーションを味わいたいとおもっていた。しかしそれは観念的な形でしか手に入れることが出来なかった。

観念的な形では、僕は男女の生理についても、沢山のことを知っていた。

しかし、僕はまだ、童貞という濡れたシャツを脱ぐことさえ出来ていなかったのだ。そいつは、青春というべたべたしたシャツのなかでも、もっともねばっこく皮膚に貼りついてくるものだった。

あいまいな表情で、僕はしばらく黙っていたらしい。

「厭です。死んでしまいます」

ともう一度、若い女中が叫んだ。そのときサイレンが鳴りはじめた。なnext:ながながと継ぎ目なく鳴りつづいた。警戒警報のサイレンである。鉄砲百合のような形のラッパが四つ、四方に向いて取付けてあるサイレンの鉄骨塔が、すぐ傍に聳《そび》えているので、軀じゅうが音波で幾重にもつつみこまれてしまう気がするほど、大きな音でいつもサイレンは鳴りひびいた。

若い女中は、バネで撥《は》ねられたように立上ると、畳の上をうろうろ動きまわった。母が言葉をかけて、注意した。

「まだ警戒警報じゃないの。空襲のサイレンが鳴りはじめたら、あなたの貴重品はちゃんと風呂敷でつつんで、おなかに縛りつけておくのですよ」

若い女中は、さっそく押入れに首をつっこんで、行李《こうり》をかきまわしはじめた。僕はなんとなくバカバカしい気分になってしまい、自分の部屋へ入って布団にもぐりこんだ。

布団から首だけ出して、昨夜途中まで読んだ書物のつづきを読みはじめた。その日はどうしたわけか、数行読みすすめるたびに、そこに出てくるちょっとした言葉に躓《つまず》いて、その言葉に空想や回想が誘い出されてしまう。いっそのこと書物を伏せて空想に身を沈めてしまおうと思うと、今度は書物の内容の方が気にかかりはじめる。そんなことを繰返しているうちに時間が過ぎてゆき、先刻の警報が解除され、また警戒警報のサイレンが響いたりした。その間に、食事をしらせにきた若い女中に、ひるめしは食べない、と返事した記憶がある。

気がつくと、僕の部屋の戸が細目に開いていた。部屋に人間のちかづいてくる気配がなかったので、その戸はまるで機械仕掛で開いたような感じだったが、開いた戸の隙間から若い女中の顔が半分ほど見えた。彼女が歩くときには、いつも大きな猫が歩いてゆくように足音がしないのである。若い女中は、ひどく緊張した声音《こわね》で、言った。

「知らない顔の若い娘さんが、訪ねて来ています」

僕にも心当りはなかったが、玄関へ出てみた。そこに立っている、僕と同じ年ごろの娘の顔には見覚えがあった。とくに、焦点のちらばった大きな眼は、その娘と初対面のときのことを鮮かに思い出させた。

「そこのところを歩いていたら、警戒警報のサイレンでしょう。道を歩いているとき、空襲になったらめんどうくさいから、お宅へ寄ってみたの」

娘は、ちょっと蓮葉《はすっぱ》な調子でそう言った。僕はその娘を自分の部屋へ案内したが、部屋の戸を開けたとき、布団が敷いたままであることに気がついた。僕はわざと布団をそのままにして置こうと思ったが、やはり畳んで部屋の隅へ積み上げた。押入れのなかへは片付けなかったのである。

その娘とは、数日前の夜、近所の僕の女友達の部屋で、偶然同席することとなった。娘二人は、女学校時代からの親しい友人だそうだ。著名な学者の孫娘である僕の女友達は、母屋《おもや》から独立して別に出入口のある部屋に住んでいた。その部屋で、訪れてきた娘は、初対面の僕にたいする遠慮をみせずに、自分の恋愛についての相談を友人にはじめた。いや、僕にたいする遠慮を押しつぶすほどの昂奮《こうふん》に、その娘は捉われているように見えた。二人の娘のあいだでは、その話題は以前からしばしば話し合われてきたものらしく、断片的な言葉のやりとりで意味が通じ合っていた。僕がその断片をつづりあわせてみると、その娘は妻子のある男と恋愛しており、そのためにいろいろ複雑な状況にまきこまれている様子だった。話の内容と、その娘の姿態とが相俟《あいま》って、僕の官能がゆすぶられた。僕はその娘のことを、外国の世紀末小説に出てくる「頽廃的《たいはいてき》なスゴイ娘」として心の中に描いてみた。

いったんその娘によって官能をゆすぶられてしまうと、その娘から受ける雰囲気は、もう一人の娘つまり僕の女友達と対蹠的《たいしょてき》なものにおもえてしまい、ますます僕の心の中の娘の像が、その世紀末的な要素を拡大しはじめてしまった。僕の女友達に関して言えば、彼女はなかなかの美人といわれていたし、独立した部屋をもっている彼女と二人きりになる機会もしばしばあったが、話のよく通じる友人という以外のものを僕は感じることが出来なかった。僕は、自分に着せられたシャツのうちのもっとも湿ったやつを押脱ぐ機会を待ちかまえているくせに、僕の官能はなかなか気難かしいのであった。

そのときの印象によって、僕はむしろ布団を敷いたままの狭い部屋へ、その娘を招じ入れてみたい気持であったわけである。

娘は畳の上に坐ると、手にもっていた小さな紙包を膝に載せて、縛ってある紐の結び目に指をかけた。

「いま、あのひと（娘の恋人のこと）に会ってきたのよ。旅行していたお土産だって、これをくれたの。何がはいっているか、ちょっと開けてみるわね」

紙包がひらかれ、中から温泉みやげのような安物の下駄と、趣味のわるい帯締めが出てきた。娘は、下駄の片方を手にもって、二、三度、裏をむけたり表にしたりして眺め、いそいそした調子で言った。

「うれしいわ」

僕はちょっとまごついてしまった。脳裏でつくり上げてあったその娘の像は、こういう場合には、もっと違った科白を言う筈だった。僕の脳裏にあるものは、男を喰い殺してゆく型の女なのに、眼の前の女の科白と手にもった小道具からは男に欺《だま》されて不幸になって行きそうな型しか感じられなかったのである。

そのとき、僕たちのまわりの空気は、一斉に音波に変えられてしまった。空襲警報のサイレンが鳴りはじめたのだ。それは、断続して長々とつづいた。

立上って、往来に面した方のガラス戸を開けた。塀にかくれて見えぬ道路で、人の走る足音があわただしく響いた。塀の上にひろがっている明るいよく晴れた空を、僕は眺めていた。あわてて防空壕へ入るには、僕たちは空襲に慣れすぎていた。塀の上の限られた空を眺めていれば、なにかそこに判断の材料になるものが現れてきそうに思えた。僕の視界に、青一色に貼りついた空は、太陽の光を一ぱいに含んだきり、しばらくはからっぽだった。ところが、一瞬の間に、僕には文字どおり瞬きする間の出来事とおもえたが、その空は一面に細長い小さな金属片で覆われてしまった。まるで、穏やかだった海面がにわかに荒れはじめて、白い波頭をもった三角波にいっせいに覆われたようだった。事実、その瞬間には、僕はその異変を、天然現象の異変のように思いちがえたほどだった。

錯覚から醒《さ》めてみると、それは二百機にも余るであろう敵軍の飛行機の大編隊であった。攻撃目標は東京のはずれの工場地帯らしく、はるか遠くの空なので、爆音は極《ご》くにぶい音となって伝わってきていた。小さな金属片にみえる飛行機の一つ一つが、日の光にキラキラ燦《きら》めいて、その燦めきが一斉に右から左に波立ちながら移動していた。

「とっても綺麗だわ。だけど、いまに、今夜にでも、あんな風に飛行機で一ぱいになってしまった空の真下に、あたしたちは居ることになるかもしれないのね」

と娘が呟くように言った。

その言葉を聞いて、そうだもういくらも時間が残されてはいないんだ、と今更のように思った。僕は傍に立って空を眺めている娘の片方の掌をとって、両手でぐっと握りしめながら娘の横顔を見た。

ところがまたしても、僕の脳裏に出来上っている娘の像を裏切ることが起った。娘の白い頰にさっと血が上って、耳朶《みみたぶ》の端まで紅潮してしまったのである。その現象は、僕の予想とあまりに隔絶していたので、いま僕が握りしめたのは赤色の液のいっぱい充《み》たされたゴム球で、娘の頰や耳朶の血管がそのゴム球と管でつなげられている装置になっているような気持になったほどであった。

あわてて僕は握っているものを離してみたが、娘の紅潮した顔色はそのままだった。めんどくさいことになるかもしれない、という考えが閃《ひらめ》いた。一方、心の片隅では、事態がめんどくさくなるほど暇は残されてはいないと思ったりしている。ともかく、娘のはじらいを示した顔が新しい刺戟《しげき》となって、僕はうんと大人びた顔をしながら娘の顔をねじまげて、娘の瞳の中をのぞき込んでみた。

それまでは、あきらかに娘は僕を未成熟の少年あつかいにしていた。ところが、娘がはじらいを見せた瞬間から主客転倒してしまった。僕はうんと背のびして大人らしく振舞わなくてはならぬ役割に置かれてしまった。知識の上では、こういう場合の色事師めいた振舞方を、僕はよく知っていた。

僕は娘の細い頸《くび》すじを見ながら、かるがるとその軀を抱き上げて畳の上に横たえようとした。ところが実際は、娘の軀はなまなましい重たさで僕の腕に落ちかかってきたため、おもわずよろめいて、そのまま尻もちをついてしまった。僕のすっかり勃起してしまっているものの上に、娘の軀が雪崩《なだ》れおちてきた。

娘は笑わなかったし、僕も笑える気分ではなかった。僕たちはそれぞれ畳の上に坐って、しばらく黙っていた。僕は自分がきわめて滑稽な一幕を演じたということに、はっきり眼を向けることができず、煙草に火をつけて濛々《もうもう》とけむりを吐いてみた。

そのとき庭に面した障子に、かすかに黒い影が射した気配を感じた。僕は首をまわして明り障子を見詰めていた。淡い影はしだいに濃くなって、やがて障子の腰の高さのところに嵌め込まれているガラス板のところに、ふわりと異様な顔が浮び上った。若い女中の顔である。紅と白粉を塗りつけた顔の、頬と額に、さくらの花の形に切抜いた絆創膏が貼りつけられて、細長い波形の眼は黄色い色に光っていた。その光は、男女のいる部屋を盗み見するに、いかにもふさわしい色だった。

待ち構えていた僕の視線に、女中の眼はたちまち行き当ってしまった。その顔は拭《ぬぐ》い去るように消えて、女中が逃げてゆく気配はあったが足音は例によって聞えなかった。だが間もなく、積み上げてあった空箱に突当ったらしく、ガラガラと途方もなく騒々しい音がひびいてきた。

僕は女中の盗み見に立腹するよりも、その黄色い眼の光が気に入ってしまっていた。そのような眼で覗かれたため、この部屋のなかで僕は娘とひどく大人びた情事を展開していたような気分になることが出来たからだ。

娘も、もとの驕慢《きようまん》なところのある姿態に戻っていた。彼女は指をのばして僕の手もとの箱から煙草を一本抜きとり、それを短くなるまでゆっくり喫《す》いおわると、

「また遊びにくるわね」

と言って、帰っていった。

整理のつかない心持で、僕が狭い部屋の畳の上をあちこち歩きまわっていると、母が入ってきた。

「檻《おり》の中の熊みたいに動きまわっているのね。知らない顔のお嬢さんだったけど、ずいぶん派手なかんじね、なんというのかしら、コケティッシュというのかな」

「そうおもいますか、学者のお嬢さんの友達で、こんど、ひとつモノにしてやろうと思ってるところですよ」

僕は母の年若いときに生れた子供で、姉弟と間違えられることもしばしばだったが、しかしこの種の事柄を話題にしたことはなかった。五年以前に父が死んで、背が高くて目鼻立ちのはっきりした母は若い未亡人というものになったわけだが、艶《なま》めかしいところもあ

るその単語のもつ雰囲気は一向に母の身につかず、むしろ人を寄せつけぬ厳しさが感じられて、僕には気詰りなところもあった。だから、僕の口から出て行った卑俗な言葉に、僕自身、一瞬どぎまぎしてしまった。しかし、先刻の滑稽の失態を自分の心のなかで抹殺するために、「オレは大へん背徳的な情事にまきこまれかかっているのだ」という考えで頭の中を一ぱいにしたがっている僕は、平気な表情を装って、

「ひとつ、あの女をモノにしてやるつもりなんだ」

と、わざともう一度くりかえして言ってみた。

母は、驚いた表情も、意外な表情も示さなかった。昭和初年に、尖端的《せんたんてき》な職業といわれた美容師になり、家庭の外に出て広い範囲の人々とも交際のあった母だから、僕の言った言葉自体に驚く筈はもちろん無かった。また僕自身に関しても、そのような言葉を言っても不思議ではない年齢だと思っているせいかもしれぬ、と思った。

「困ることにならないように、まあ適当にやって頂戴《ちょうだい》。だけど、いまの若い娘さんて、何ていうか、ちょっとわたしたちには考えられないところがあるわね。わたしたちというより、わたしだけ特別かもしれないけど」

母がなにを言おうとしているのか、すぐには理解できなかった。

「お父さんがあんなに放蕩したのは、わたしのせいもあるのじゃないか、とこのごろ思うようになったのよ。いまの娘さんて、男の人に甘えるのがみんな上手ね、すこしも恥ずかしがらずに甘えているでしょう。わたしにはそういうことが出来なかった、そういう一種

の機能が欠けていたかもしれないわね」

母の口調は、自分の息子にたいするものではなかった。それはむしろ、僕の中に死んだ父の姿を見て、それに訴えている調子だった。父が死んでしばらく経ったある日のことを、僕は思い浮べた。僕の部屋へ入ってきた母が、畳の上に正坐して、自分の店の婦人技術者についての報告を僕に向ってするのである。「田中花子が結婚して北海道に行っていたのですが、こんど離婚になって戻ってきたので、また働いてもらおうとおもうけど、どうでしょう」という具合にである。そのころは僕はまったくの少年で、母の店の人事なぞ相談されても何も弁《わきま》えなかったが、母が僕を父の身代りにして、自分がそのような位置に身を置くことに心の慰めを見出していることは推察することができた。そして、母が美容師になり自分の店をもって働いていることは、すべて父の書いた筋書どおりに母が動いたのだという話が、事実であることを確認した気持だった。また、地方の都市の旧家の生れである母には、派手に見える外貌の内側に古い気質が潜《ひそ》んでいて、夫との関係においても昔ながらの妻の位置に身を置いた方が坐り心地良くおもえる場合があるらしい、ということをも推察したのであった。

先刻から、僕は娘との出来事が心に与えた昂《たかぶ》りの名残りで、母にたいして高飛車な態度を示しているので、一層、僕のうちに父の面影を認め易かったのかもしれなかった。「そういう一種の機能が欠けていたのかもしれないわね」という母の言葉から、母が装飾品をまったく所有していないことを、ふと連想した。先刻、母は装飾品にたいする嗜好が欠落している、と考えてみたが、その欠落ということがいまの母の言葉と結びついたこともあったかもしれなかった。そして、この欠落という考えから、妙に性的な連想を僕は抱いてしまった。

「おやじの放蕩には、それが少しは関係があるかもしれませんけど、それが総《すべ》てではありませんね」

と僕は真剣な気持になってきて、書物から得たセックスの知識を少し喋《しゃべ》ってみた。すると、意外なほど、母がその方面の知識に乏しいことを知った。僕はだんだん得意になっていろいろのことを、講義風の口調で喋った。話を聞いていた母が、

「わたし、インポテンツかもしれないわね」

と言ったときには、僕の気分はすっかり高揚していた。母親にむかって性教育を施しているのである、という考えが僕の趣味に適《かな》った。このときばかりは、自分の童貞という濡れたシャツさえ、この趣向を一段と引立てる気の利いた装飾品におもえるほどになってきた。

母のまじめな表情を見ながら、ちょっと言葉をとどめ、煙草に火をつけた。そして、深くけむりを吸いこんだ。そのとき、また僕は、障子に映るかすかな黒い影を見たのであった。

待ち構えていた僕の視線に、ふたたび若い女中の顔が捉えられた。今度の場合も同じように若い女中は狼狽して、黄色い眼の光を残したまま逃げ去ってしまった。

娘と僕と密閉した部屋の中にいた場合と同じ気分を、その黄色い光はふたたび僕の心に投げかけてしまった。

娘と二人でいたときには、その気分を投げかけられたことが、僕の気持に適ったのだが、今度の場合は反対であった。母親に性教育をほどこしているという考えは、部屋の雰囲気が乾いたまま行われているという気持と結び合って僕の趣味に適っていた。ところが盗み見している若い女中の顔を見た刹那《せつな》から、部屋の空気は湿りを帯びて僕の皮膚に粘りつきはじめてしまった。

「話が横道にそれてしまいましたね」

と呟きながら立上って、障子を開け放った。庭の黒い土に、陽《ひ》が一ぱいに当っていた。防空壕の入口が、四角い黒い穴を二つその土の上に開いていた。

敷居の上に立って、庭を眺めながら、

「眠たくなるような、素晴らしいお天気ですね」と言ってみた。母も庭の方を眺めて、

「叔父さんが作ってくれた防空壕も、いよいよ役に立ちそうね」と言った。

防空壕のある場所は、一週間ほど前までは小さな池で、汚れた水の中で金魚が泳いでいた。地方の都市に住んでいる母の弟が、商用で上京して僕の家に泊ったとき、一日がかりでその池を防空壕に作り直したのである。もっとも、その池は半年ほど前、その叔父が上京してきたとき、やはり一日がかりで泥だらけになって作り上げたものであった。

「叔父さんも、池を作ってくれたり、防空壕に直してくれたり大へんな骨折りですね。だ

けど、何をおもって、あのとき金魚を入れる池を掘ったのでしょうねえ。池の出来上ったほとんど翌日ぐらいから空襲がはじまったじゃありませんか」

そう言いながら、僕は笑い出した。母も笑いながら、そうそう叔父さんに手紙を書かなくちゃいけない、と言って部屋を出ていった。

防空壕の上に、臘梅《ろうばい》が枝を差しのべていた。黒い土の上に、てんてんと臘梅の落花がちらばっている。花の萼《がく》のような形の小さな花で、僕がこの花をはじめて知ったときは萼の形のところから別に花弁が生えてくるのだろうと考えていた。しかし、花弁は生えてこなかった。その小さな花がそのままの形で土の上に落ち日の光を受けて、釉薬《うわぐすり》をかけたような薄クリーム色に光っていた。

空を見上げてみた。空はやはり青一色で、雲は一かけらも無く、いっぱい光を含んで拡がっていた。僕は、本当に眠たくなってきた。そのとき、サイレンが継ぎ目なく長々と鳴りはじめた。空襲警報解除と警戒警報解除とサイレンの鳴らし方が同じなので、僕にはそのときのサイレンがどちらの信号か分らなかった。さっきの空襲はどうなっていたのだったか、さっきの娘は空襲警報のあいだに帰って行ったのか、そんなことを考えていると、一層眠たくなってしまった。

布団のなかで眼を覚ますと、あたりはすっかり夜になっていた。夕飯を食べると、また眠たくなってきた。どうして、こんなに眠たいのか、明瞭ではなかった。軀のなかにいっぱい生えて外界に向って延びている触手が、一斉にちぢこまって、内側にまくれこんでしまった。内側には、眠たそうなクリーム色をしたものがどろりと澱《よど》んでいて、たくさんの触手がそのどろりとしたものを抱きかかえる形に、縮んでしまっている。そんな空想を眠たい頭でかんがえているうち、また眠りに入ってしまった。

ふたたび目覚めたときには、あたりは真暗だった。僕の軀をゆすぶっている手があった。母の声が、耳もとで聞えた。

「空襲のサイレンが鳴ったのよ、起きなさい」

小学生のころ、毎朝起されたものだ。時間ですよ、起きなさい、学校に遅れますよ、そういう言葉をききながら、遅れたってかまうものか、と眠たい頭の中で返事をしてなかなか布団から出なかったものだ。そんな気分で、僕はいつまでも半醒半睡の状態のままでいた。そのうち、空間がさまざまの音響でみたされはじめた。地にこもるような重たい余韻をもった響《ひびき》は飛行機から投下された爆弾が爆発する音で、その音のあいだを縫って連続する軽い炸裂音は、高射砲や高射機関銃の弾丸が空中で爆《は》ぜる音である。だんだん眼が覚めてきた。そのとき、周囲にひろがっている闇に、赤い色が滲んだような感じがした。

「ほんとに、起きた方がいいわよ」

という母の叫び声が、庭から聞えた。飛び起きて、手さぐりで洋服を身につけ、庭に出た。

東の空が真赤だった。炎上している地域は意外に近いらしく、焔《ほのお》といっしょに舞いあがる黒い燃え殻がはっきり見えた。空に噴き上げる火焔《かえん》のために、強い風が起りはじめていた。焔が噴き上るたびに、いちめんの空の暗い赤色のなかに白い輝きが楔形《くさびがた》に打ちこまれて、黒い燃え殻の点々が縞模様をなして捲《ま》きあげられた。

赤い空の周辺には、その光を映して、牛の霜降り肉のような空が拡がっていた。母は庭に一人で立って、頭に座ぶとんを載せて空を見上げていた。僕も座ぶとんを載せて母の傍に立ち、空を見た。僕たちの真上の空を、四発の爆撃機が一機、銀色の機体を燦めかせてゆっくり通りすぎた。

座ぶとんを頭に載せるのは、空中で炸裂した高射砲の破片を避けるためである。高射砲の破片で怪我をしたら醜態だから、といって僕が発案したのであった。

「ここまで燃えてくるかしら、こんな具合では防空壕に入っているわけにもいかないわね、あの娘は一人で潜りこんでいるのだけど」

防空壕の四角い黒い穴の中へ、僕は大きな声を送りこんだ。

「おうい、蒸し焼きになっても、知らないぞ」

ビックリ箱の蓋《ふた》を開けたように、その黒い四角い穴から、彩色された若い女中の顔がとび出した。僕ら三人は、縁側に腰掛けて、燃えている火の成行を見守ることにした。さっきから起りはじめた強い風は、つむじ風のように気紛《きまぐ》れな吹き方をしているので、風むきによっては火はここまで燃えてこないで消えることも考えられた。

その瞬間、見えない大きな掌が、僕を頭上からぐっと圧《お》しつけた感じがした。腰が縁側から離れて、ストンと両膝が地面の上に落ちた。あたりを見まわすと、母も僕と同じような恰好で膝をついていた。若い女中は、地面に腹ばいになって、ワアワア大きな声で叫んでいた。

家の軒や雨戸など数ヵ所が燃えはじめた。近くに落下した焼夷弾に詰められた油脂が飛び散って、付着した模様だ。僕と母が火たたきを振りまわして、その火を消しとめた。僕は靴のまま家の中を歩きまわって、ほかに燃えている場所がないか調べた。塀のそばに積まれた材木の二、三本が燃えはじめていた。その材木を抜き出して、地面に投げ捨てた。

庭に戻ってみると、母が衣類を入れた金属製の箱を防空壕の中へ入れていた。そのとき、隣家の二階の窓から、真赤な焔が噴き出した。

「もうあきらめて、逃げた方がよさそうね」

とおろおろしている若い女中の手首をしっかり捉えたまま、母が言った。

「あと五分ほど、様子を見てみましょう」

その五分のあいだに、隣家の火は屋根から噴き出しはじめた。母に手首を摑まれたまま、若い女中はばたばた足を踏みならしていた。

「これでは、もう駄目です。逃げましょう」

と母が言った。

「もう五分だけ、僕はここにいます。どうせ燃えるにしても、ちょっとそのときの様子を見ておきたいんだ」

「それなら、そうなさい。五分だけですよ、わたしたちは、坂の下のところで待っています」
家の前に広い坂がある。火はその坂の上から燃えてきていた。母は女中の手をひっぱって、去っていった。

僕は自分の部屋へ戻った。隣家の燃える火で室内は明るかった。煙は少しも無かった。柱の釘にレインコートがぶら下っているのが見えた。僕はそれを着て、押入れの戸を開けた。押入れの中に書架が入れてあり、書物が並んでいる。その書物の背文字が、隣家の燃えている火ではっきり読めた。小型の本のなかから三冊抜き出した。無人島へ行くときに三冊だけ本を持ってゆくとしたら、どんな本を選びますか。そんなアンケートの答が、雑誌に並んでいたのを思い出して、慎重に選択をした。僕は、自分の心が落着いていることを検《しら》べ、それを愉しんでいた。ところが、選び出した本をレインコートのポケットへ突っこんだとき、ポケットの底が抜けていて、本は音をたてて畳の上に散乱した。本が畳の上に落ちた鈍い音、水を含んだような厚ぼったい音を聞き散乱した書物の形を見ると、自分の心は実際はひどく狼狽しているに違いないと考えはじめた。

逃げよう、とおもった。そして、ふたたび心を落ちつけて、何か持って逃げよう、と考えた。ポケットへ入れた書物が、ポケットの中を通り抜けてしまったので、反射的にもっと実用的なものに心を向けた。押入れの中の毛布を僕の手は摑みかけた。そのとき僕の耳にささやくものがあった。「おまえの生はすぐ眼の前で断ち切られている筈じゃないか。そんな人間が、毛布を持って逃げるとはどういうわけかね」

毛布から手を引っこめて、乱雑に積み上げてあるレコードのアルバムに眼を向けた。僕の足は、はやくこの燃えかかっている家を去りたくて、足ぶみしはじめていた。しかし、僕の眼は慎重に選択して、ドビュッシイのピアノ曲をおさめた十二枚のレコードがはいっているアルバムを抱え込んだ。

屋内では煙の気配はなかったのに、門から足を踏み出すと火の粉と煙が交錯しながら立ちこめていた。広い坂道の下までにはわずか五十メートルほどの距離なのに、まったく見透しがきかず、むしろ坂の上の方が煙が薄かった。僕の脚はおもわず、坂の上へ向きかかった。しかし、坂の下では母が待っている筈だ。それに、火は坂の上から燃えてきているではないか。レインコートの襟《えり》を立て、レコードをしっかり抱えた僕は、まわりに隙間なく張りめぐらされている火の粉と煙の幕の中に飛びこんだ。

煙の厚い層をつき抜けるには、ずいぶん苦しまなくてはなるまいと僕は予想し、両脚に力をこめて走りはじめた。焼死という考えが、さっと脳裏を掠《かす》めた。ところが、一瞬の間に、僕は坂の下に着いていて、そこに立っている黒い影にぶつかりそうになった。辛うじて身をかわして相手を見ると、それは母だった。あまりの呆気《あっけ》なさに、拍子抜けした気分だった。また、面映《おもはゆ》い気分でもあった。……そのときは、そう思ったのだが、あとで母の語るところによれば、やはり僕たちはかなり危険な状態に置かれていたらしかった。母が家から逃れたときには、すでに坂道には人影がなく、坂の下に立って煙の中から出てくる僕の姿を待ったが、いつまで経っても一つの人影もあらわれなかった。それは、ひどく長い時間におもえたそうだ。若い女中はすっかり怯《おび》えてしまい、発作的に走り出しかけたりするので、母は女中のモンペの腰紐をしっかり摑んだまま苛立《いらだ》ちながら待っていた。だから、ようやく僕の姿が煙の幕から飛び出してきたときには、母の方から僕の前に駆け寄ったのだそうである。

家を焼かれた人々の群れは、すべて申し合せたように坂の下から右手に向い市街電車のレールに沿って動いていた。およそ千メートル離れた神社の境内に、避難しようとしているのだ。神域へは直撃弾を落すまいという考えも含まれている筈だ。しかし、その神社は焔が進んで行く方角に在る。それが僕をためらわせた。

左手の方角は、江戸城の外濠《そとぼり》の名残りの水濠で、その向う側にひろがっている町並にはまだ火は燃え移っていない。かなり幅の広い水濠は火が飛び越すのを拒むかもしれぬと、僕は考えた。僕は母を促して、人々の流れに逆らい、水濠に架けられた橋を渡り、暗い街に歩み入った。

街路にはほとんど人影は見あたらず、家々はしずまりかえっていた。あまりに静かな町を歩きながら、僕は間違った不吉な方向に逃れて行っているのではないかという不安に襲われはじめた。

「あーっ」

不意に悲鳴に似た声が耳もとでおこったので、僕はぎくりとして、あたりを見まわした。叫んだのは若い女中で、走り出そうとしている彼女の腕を、母が片手で引きとどめている。

「離してください。貯金通帳を置き忘れて来ちまったんです」

「君は焼鳥になりたいのか、もう燃えてしまっているにきまっている」

僕は腹の底から怒りがこみ上げてきて、怒鳴った。

「三百円も蓄《たま》っていたのに」

僕の家の方角へ走り出すことをあきらめた若い女中は、繰りかえし繰りかえし呟きながら歩いていた。怒りが鎮まると、腕にかかえている十二枚のエボナイトのレコードの重さを、ずっしり感じはじめた。気がつくと、母は掛布団をかかえて歩いている。レコードを持ち出したときの気持のうちの一種のダンディズムは、僕の心からすでに消えていた。しかし、僕は依怙地《いこじ》になって、その荷物を捨てようとしなかった。この空襲で死なないにしたって、僕たちの生にはすぐ向うまでしか路はついておらず、断ち切られているのだ、という考えを捨てないためにその重い荷物を捨てなかったのだ。

僕たちは人の気配のない街を歩いて行った。焼け出された人々は、この方角には逃れて来ず、この町の人々は自分の家に潜んでいるのだ。僕たちは小高い土地を登っているうちにかなり広い空地に行き当った。どういう場所かはっきりしなかったが、あちこちに樹木が生えており、防空壕らしい素掘りの穴もあった。僕たちは、そこの土の上に腰をおろした。

僕たちの坐っている小高い土地は、水濠へ向って低くなっている斜面の途中にあり、街の展望が眼の前に拡がっていた。火は、すでに僕の家を通りすぎ、坂の下から水濠に沿って、対岸の家々を一つまた一つと焼き崩しながら進んでいた。黒いてんてんの鏤《ちりば》められた焰が天に沖《ちゅう》し、その焰は突風に煽《あお》られて水濠を渡りこちら側の町に燃え移ろうと試みていた。

焰は間歇的《かんけつてき》に高く噴き上り、僕たちのいる町の方へ襲いかかった。僕たちは黙ってそれを見ていた。どの位の時間が経ったのであろうか。火焰はついに水を渡って、こちら側の家並に燃え移った。焰が飛火した場所は、僕たちのいる場所からは、かなり右手に外れてはいたが、その方の空はたちまち赤く光りはじめた。

「困ったわ、困ったわ、燃えてきたわ、貯金通帳が燃えちまった、四百円も蓄っていたのに」

若い女中が呟きはじめた。その金額が先刻よりも百円増えていることに気がつくだけの余裕は、僕の心に残っていた。僕たちのいる空地に逃げてくる人影が、三々五々見えはじめた。風がしだいに強くなり、またその吹いてくる方向が目まぐるしく変るようになりはじめた。火焰の上の空気が膨脹して、対流による風をまき起すのである。樹木の枝があちこちの方角に音をたてて揺れた。

他の場所へ移動することを、僕たちが考えはじめたとき、だんだん風の勢《いきおい》が鎮まってきた。水濠の対岸の火は、家々を嘗《な》めつくして、すでにずっと左手の街に移動していた。

「もうここまでは燃えてこない様子だ、少し眠ることにしよう」

と僕が提案した。素掘りの防空壕に入ってみると、粗末な木のベンチが取付けられてあった。僕はその上に、レインコートのまま転がった。僕の神経は昂っていた。しかし、疲労がおもたく覆ってきて、やがて眠りに引込まれていった。

眼を開くと、あたりは光のない白い朝だった。曇り日である。母と若い女中は、すでに眼を覚まして土の上に坐っていた。僕たちは、自分の家のあった方へ歩きはじめた。三百メートルほどは、歩いてゆく街路の両側に家が建ち並んでいた。しかし、それが尽きたあとは前方に拡がっている風景は、黒一色だった。人家の影は一つも見ることができなかった。ところどころ、焼け残った土蔵が立っているだけであった。水濠の橋を渡り、坂の下に立ってうしろを振返ってみた。おどろいたことに、水濠の向う側の斜面の街は、僕たちが夜を過した場所とおぼしきあたりを中心に狭い地域が楔形に焼け残っているだけであった。

神社の方角から、避難した人々がぞろぞろと戻ってきていた。それぞれ大きな風呂敷包や布団をかかえている姿だった。あたりが明るくなってしまったので、僕のかかえているレコードの四角いアルバムのオレンジ色の装幀《そうてい》が異様に目立つのである。僕の腕に抱かれているその無用の品物は、異端の旗印のように僕を脅《おびや》かしはじめた。しかし、なるべくさりげない顔つきで、じっとその重さを我慢していた。それは、疲れた腕には、異常に重たくこたえてきた。

僕たちは、自分の家の焼跡の上に立った。防空壕の蓋の上には、土がかけてあった。若い女中は、その場所に走り寄って、その土を取除《とりの》けて蓋を開けた。女中の姿が、穴の中へ消えた。間もなく、穴の外へ首が出てきた。僕ははじめて、その顔が丁寧に化粧してあるのを知って、いささかたじろいだ。若い女中の全身が穴の外へ出たとき、その両手には大きな風呂敷包がぶら下っていた。

二度、三度、若い女中は防空壕に入ったり出たりした。そのたびに穴の傍の土のうえに並べられる荷物の数が増えていった。その荷物は、すべて女中自身の品物である。彼女は荷物の前にしゃがみこんで、その一つの風呂敷包の結び目をほどこうとしていた。なにごとか呟いているようだった。僕は耳を傾けてみた。

「貯金通帳を焼いちゃった。六百円も蓄っていたのに」

僕は廃墟にたたずんで、心に湧き上ってくる感情を見詰めてみた。二つの感情がいっしょに浮び上ってきた。一つは、何となくしてやられたような口惜しい気分である。もう一つは、可笑しい気分であった。その可笑しい気分の方がしだいに強くなり、やがて圧倒的な強さになった。僕は笑い出してしまった。その笑いは哄笑《こうしよう》にちかかった。僕は母の方を見た。母もしばし唖然《あぜん》とした顔で若い女中の姿を眺めていたが、やがて笑いはじめた。笑いはなかなか止らなかった。しかし、僕たちの笑いは、若い女中にたいしてのものだけでは、けっして無さそうだ。

若い女中は、荷物の前にうずくまったまま怪訝《けげん》な顔で僕たちを仰ぎ見たが、すぐもとの姿勢にもどって、風呂敷包をほどきつづけた。

包が解かれると、なかから華やかな色彩の布ぎれや衣類がこぼれ出た。彼女の指は、満足そうにそれらの品物をいじっていた。

　突然、女中の姿のうしろに拡がっている風景のなかから、一条《ひとすじ》の火焔が噴き上った。この黒一色の風物の中で、勢のよい焔をあげて燃え上るものがまだ残っていたかと、僕は異様な気持で火焰の方角を見詰めた。僕の立っている地面は、発火地点にむかってなだらかな傾斜をみせて高くなり、そのまま空につながっている。空と土地との境界は、前夜までは大小さまざまの建築物でジグザグに劃《くぎ》られていたのだが、いまではほとんど直線になっている。直線から飛び出しているわずかな箇所の一つに、土蔵が見えている。その土蔵から火が噴き上っているのだ。あたり一帯を焦土にした火によっても焼け崩れなかった頑丈な土蔵が、まったく火の色もなくなったころになって不意に燃えはじめた光景は、僕をとまどわせた。

　怯えて顔をあげた若い女中は、いちめんに並んでいる彼女の財産をかかえこむ恰好をして、

「どうして燃えはじめたのでしょう」

という言葉を繰りかえした。その声が消えても、僕には土蔵が燃えはじめた理由が分らなかった。そのとき、母の声がきこえた。

「誰かが土蔵の戸を開けたのね」

　その言葉で僕ははじめて、頭の中で物理化学の教科書を開き、土蔵炎上の理由を考えてみようとした。……土蔵につめこまれた品物は、厚い土の壁の外側で渦巻いた焔からそそ

ぎこまれた熱を、まだ吐き出すことができない。その状態のとき、土蔵の戸が開かれて新しい空気が流れこんだ。たくさんの酸素にまわりをとりかこまれた品物は、たちまち発火してしまったのである。

土蔵から噴き上っている火は、なかなか衰えなかった。母と僕は焼跡に並んで立ち、その光景を見物していた。

ふと気づくと、いままで地面にうずくまっていた若い女中が両腕に金属製の箱をかかえた姿で、防空壕からあらわれた。その箱は母が壕の中に入れたもので、いまでは僕たちに残された唯一の財産である。女中は箱を地面におろすと、その蓋に手をかけた。母が大きな声で、制止した。

「開けてはいけません」

若い女中は手をとどめて、母の顔を見た。そして、今度は箱に蓋がかぶさっている継目のところへ顔をちかづけて、見えない箱の中を覗いている恰好のまま、そろそろ蓋を持上げようとした。今度は僕が怒鳴ってみた。何故《なぜ》その蓋を開けてはいけないのか分らせようと思いながら、大きな声を出した。

「その蓋を開けると、ほら、あそこで燃えている土蔵のように中身が燃えてしまうんだから、よしなさい」

若い女中は、不思議そうな疑わしそうな顔で、僕を見たまま蓋から手を離そうとしなかった。僕は腹をたてて、彼女の方に歩みよりながら、

「その手を離しなさい」

と言うと、ようやく彼女は箱のそばから離れた。

僕は自分の軀が動き出したついでに、前夜まで自分の家が立っていた場所を歩きまわってみた。

空襲のときに僕たちが腰掛けていた縁側の位置から数歩しか離れていない地面に、太い鉄格子を筒状にまるめたような恰好のものが転がっていた。飛行機から投下する小さな焼夷弾を、たくさん束ねるための役目をする金具らしかった。僕たち三人が並んでいた真上に落ちてくればそれぞれ無事ではすまぬ大きさが、その鉄の枠にはあった。門のあった位置の右側、そこには取り毀された母の店のコンクリート土台がそのまま残っていたが、その土台のすぐ前の舗装路に大きな穴が空いていた。

深くえぐられた穴の土の壁からは、突破《つきやぶ》られた水道の鉄管がのぞいていて、鉄管の破れ目からきれいな水がほとばしっていた。穴に溜まっている水には、油が光って浮んでいた。おそらく、この地点に落下した焼夷爆弾が、鉄管を突破りながら破裂したのであろう。そのために、燃え上る筈の内容物の多くの部分が、水によって消されてしまったらしい。僕には、その爆弾が間抜けな愛嬌のあるものにおもえて、ちょっと心が和《なご》んだ。

コンクリート土台の上に腰をおろして、ズボンのポケットを探った。なかから折れ曲った煙草が一本、出てきた。指先でその煙草を真直《まっす》ぐにのばして吸っていると、華やいだ女の声が耳に飛びこんできた。

「死ななかったのね」

首をまわして見ると、前日僕の部屋を訪れたあの娘が立っていた。瞳の色を濃くして、笑っていた。

「君だって生きているじゃないか」

「生きているけど、膝のところを擦り剝いちゃった。焼夷弾を消しているとき、怪我してしまったのよ。畳の上にころがっている焼夷弾をね、五つも庭にほうり出したんだけど、とうとう家が焼けちゃったわ。それよりね、坂の上の小学校が、地下室に鮭のカン詰をぎっしり詰めこんだまま焼けてしまったの。みんなバケツを下げて拾いに行っているのよ。一しょに取りに行かない」

そういう娘の手をみると、真新しいブリキのバケツを提げていた。

「君は、ひどくここらの事情にくわしいんだな」

「だって、わたし、あの水濠のむこうの街に棲《す》んでいるんだもの。ずいぶん、うっかりした質問ね」

そう言いながら、娘は焼跡を歩きまわると、まもなく赤黒く焼けたバケツを見つけて拾いあげ、高く差し上げて僕に示した。

光るバケツと黒ずんだバケツとを一つずつ両手に提げて、娘は僕の方に歩みもどってきた。軽くビッコをひいていた。僕の前に立った娘は、ちょっとためらったのち、光るバケツの方を僕の手に渡そうとした。

その瞬間、はげしく空気の吸いこまれるような音がひびいて、赤い色が網膜にとびこんできた。

何が起ったのか、今度は僕には確実に予測できた。防空壕の方に眼を向けた。そこでは、土の上に置かれた金属製の箱が火を噴いていた。箱の蓋は、傍の地面に上を向いてころがっていた。あの若い女中が、とうとう密閉された箱の中を、そーっと盗み見してしまったのだ。

白いかがやきに縁どられた焔は、箱の中から赤い長い舌を出して、大きく左右に揺れていた。揺れうごく赤い色を反射している若い女中の顔のうえでは、細長い眼が、笑ってでもいるかのように波形にうねっていた。

乳房

三浦哲郎

彼は、ときどき自分が女になった夢をみるようになった。

たとえば、こんな夢をみる。

女になった自分が、赤子に乳をのませている。赤子は、男の子なのか、女の子なのか、わからない。自分の産んだ子なのかどうかもわからない。けれども、ともかく、自分はその赤子を太腿《ふともも》の上に抱いて乳をのませている。

女になった自分が、どんな顔や様子をしているかは、夢のなかではみることができない。ただ、赤子の顔がすぐ目の下にあることと、その赤子に吸われている乳首がくすぐったくてならないことで、自分が女になって赤子に乳をのませているのがわかるのである。

赤子は眠っているように目を閉じている。乳房の先をふくんでいる口だけが、そこだけべつの生きものであるかのように、休みなくもぐもぐとうごいている。

「ありがたいねえ、よく出るお乳で。」

そういう女の声がする。自分がいったのではなく、誰か身近にいるべつの女が、そういったのだ。自分にむかっていったとも、赤子にいったとも取れるようないい方で、声の主はどこにいるのかわからないが、夢のなかの自分にはそれが誰だかわかっているらしく、無言で微笑する。

「そんなお乳はね、差し乳といって、よく出るお乳なのよ。昔から乳母になるひとは、みんなそんなお乳のひとよ。」

すると、自分は赤子の母親でなくて、乳母なのか。

その差し乳とかいわれた自分の乳房は、赤子の口のうごきにつれて微《かす》かに揺れている。張りのある、いかにも薄そうな白い肌から、なかの血管のひろがりがきれいに透けてみえている……。

そんな夢だ。めざめて彼は、ああ、またあの夢をみたと、うんざりする。

ほかにも、女なのにあんな喉仏《のどぼとけ》があると笑われて、赤面したり、女湯で、実はまだ細々とのこっている男のしるしを人に気づかれまいとして、指でそれをなるべく股の奥の方へ押しこめようと苦心したり、そんな夢もあるが、赤子に乳をのませる夢は、くりかえしみる。そうして、おかしなことだが、その夢からさめてみると、寝ている彼の乳の先に、まるでそこが、つい今しがたまで本当に赤子の口に吸われていたかのように、夢のなかで味わったあのむず痒《がゆ》いような痛みが実際のこっているのだった。

両手で乳をおさえてみると、掌で作った円味《まるみ》のいちばん底のところに、ほてった乳首がふれてくる。にぎると、めっきり柔か味を増してきた、こんもりとした乳房が、五本の指のあいだからはみ出しそうになる。

（きのうより、またいくらか膨らんだような気がする）

夜、寝床のなかで、そうして乳をにぎってみるたびに、彼はそう思った。

（たしかに毎日、すこしずつ膨らんでくる。男の自分に、女のような乳房ができてくる。こんなことって、あるだろうか）

彼は、十五で、県立中学の三年だった。けれども、十五の中学生でも男であることには変りはない。

彼は、ちかごろ、自分の軀《からだ》になにかがおこりはじめていることには気がついていたが、それが一体どういうことなのか、そして、自分がそれに対してどういう心構えをしなければならないのかは、まだわかっていなかった。

去年の秋、おとなの軀に備わっているものが、いつのまにか自分にも萌《も》えはじめているのをみつけて、すると自分の軀は、これからすこしずつおとなになっていくのだなと、そう思ったことがある。自分の軀がちかごろ妙によそよそしく思われ、前ほど気安く馴染《なじ》めなくなっていたのは、そのせいだったかもしれない。軀が、自分とは関係なく、ひとりでにおとなになろうとしているのだ。それなら誰にでもあることで、べつに気にすることもないと思っていたが、乳が膨らみはじめてからは、もうそんな暢気《のんき》なことはいっていられなくなった。

乳の異常にはじめて気がついたのは、その年の冬、学校で格闘訓練があった日である。

格闘訓練というのは、海岸に上陸してきた敵兵を物蔭《ものかげ》から飛び出していって刺殺するための訓練で、それはときどき軍事教練の時間をさいておこなわれていた。二列横隊にならんで、前列の者だけが銃剣術用の木銃を持つ。教官の号令と共に、前列だけが横隊のままあるき出し、間隔が五メートルになったところで後列の者が一斉に追いかけ、うしろから素手で襲いかかって、相手の銃をもぎとろうとする。

声を出すことが固く禁じられているほかは、ルールもなにもない、組んずほぐれつの乱闘にすぎないが、ほかにはこれといって精気を発散させる遊びを持たなかった彼等には、そんな闘犬じみた訓練でも結構楽しめるのだった。

その訓練を終えて、井戸端で軀の汗を拭《ふ》いていたとき、彼は、両乳に鈍い痛みがあることに気づいた。調べてみたが、傷はなかった。みたところ、いつもと様子が変っているふうにもみえない。けれども、指先で乳首を押すようにすると、胸にびっくりするような痛みが走る。それが片方だけでなく、両方ともそうだった。

どうしたのだろうと、首をかしげながら、掌で乳をもむようにしていると、そばでみていた級友のひとりが、どうしたんだといった。

「ここが痛い。」

「乳か。」

と相手は、彼の掌をはがしにきた。

「なんだ。なんともなってないじゃないか。」

「だからいま、おかしいと思ってたんだ。さっき木銃にここをぶつけたのかもしれない。」

「色気がついたのとちがうか？」

と相手はにやにやしながらいった。

「色気？　なんのことだ。」

「色気は色気だよ。女の子は色気がつくと、そこが痛くなるって話をきいたことがあるがな。」

「ばかいえ、おれは女の子なんかじゃない。」

彼は赧《あか》くなってそういったが、このときいわれた言葉が、あとになって彼を深刻に苦しめることになった。

あくる日も、そのあくる日も、乳の痛みはなくならなかった。考えてみれば、あのとき相手の木銃にぶつかったにしても、乳だけが痛むというのは、おかしいのである。しかも痛みは、だんだんひどくなるわけでもなく、薄れるでもなく、じっと乳首の真下に居坐《いすわ》っている。四、五日経ったが、おなじことであった。

十日ほど経つと、乳首のまわりの褐色のまるい暈《かさ》の部分が、わずかに腫れてきた。それは、いまになってみれば乳が膨らみはじめた最初だったが、そのときはまさか膨らむとは思わないから、腫れたと思った。

こわごわ指で腫れた部分を探ってみると、痛みがちいさな痼《しこり》のようになっていることがわかった。やはり乳首の真下で、それを押してみると、思わず背をそらすほど痛かった。

それから、その痼のようなものが日増しに大きくなり、それにつれて腫れの部分も、すこしずつ円周をひろげながら膨らみはじめたのである。

毎日みているので気がつかなかったが、あるとき、やはり学校の井戸端で、裸になった級友たちのと見比べてみて、自分の乳首のまわりのまるい暈が、いつのまにか随分黒ずんでしまっていることに気がついた。乳首はひどく敏感になり、すこしちいさ目な下着を着たりすると、それだけでもう圧迫を感じて、疼《うず》きはじめる。

彼は、うっかり胸に腕組みもできなくなった。自然、軀のうごきも鈍くなり、これまではむしろ楽しみだった格闘訓練は勿論《もちろん》、ほかの武道や教練の時間が、彼には耐えられないほどの苦痛になった。彼は、腹が痛むとか、頭が痛むとかいって、そんな実技はほとんど見学してばかりいた。毎日が、本当の病人のように味気なくなった。彼は、できるだけ両肩を前に出し、腹をへこまして、なるべく胸にかかる衣服の圧迫を柔げようとしながら、のそのそとあるいた。

一体、自分の乳になにがおこっているのか、それを知りたいと思っても、恥ずかしさが先に立って、誰にも打ち明けて尋ねることができない。こんな戦時下に、男の自分が乳のことでこっそり思い悩んでいるなどと、人にただ知られることですら彼には屈辱に思えた。病気なら医者に相談しなければならないが、病気かどうかもわからない上に、どの医者へいけばいいのかもわからなかった。女には婦人科というものがあるようだが、男の乳は何科の医者がくわしいのだろう。

三月の春休みに入ると、ようやく痛みが薄らいできた。乳首も、もうそんなに敏感ではなくなり、その下の痼もだんだんちいさくなるようだった。もう掌でおさえても、なんともない。ただ、にぎると、奥の方でなにかが引《ひ》き攣《つ》れるような感じがし、にぎった乳のなかには痒みの勝った鈍い痛みが襲った。

それでも、彼は、ほっとして、なんだ、オデキが直るときとおなじじゃないかと思ったが、本当に乳が膨らみはじめたのは、それからである。もう彼も、ただ腫れたとばかり思っているわけにはいかなくなった。乳は、腫れたと思ったときとは逆に、乳首から遠い部分から、ふっくらと盛り上ってきた。

自分がいま、おとなになりかけているのだという悠長な考えが、けし飛んでしまった。女ではあるまいし、おとなになるからといって、男にどうして乳房が要《い》るだろう。彼は、いま自分の軀におこっていることが、子供がおとなに変っていくというような、そんな誰にでもおこる自然な変化ではないような気がして、これまでとは比較にならぬほどの底深い不安に襲われた。そんなごく自然な成長過程の軌道から大きく踏みはずした、なにか異常な、空恐しい変化が、いま自分におこりつつあるのではなかろうか。たとえば、いちど男に生まれたものが、途中からとつぜん女に変っていくというような——。

はじめて乳が痛み出したとき、学校の井戸端で級友のひとりにいわれた言葉が思い出されて、ぞっと背筋が寒くなった。そのころから、彼はときどき、自分が女になった夢をみるようになった。

夢のなかでみる彼の乳房は、現実のものよりは遥かに大きく、美しい。彼は、これまでに女の乳房を遠慮なくみられたのは母のものだけだから、いま誰かを引き合いに出して自分の乳の大きさをいうわけにはいかないが、それは、男の乳というにはあまりに大きくなりすぎていた。もう、乳房としかいいようがなかった。

（もし自分がこのまま女になるのだとしたら……）

女になった夢からさめたあと、彼は長いこと暗闇に目をあけていた。

四月に、彼の町がはじめて艦載機の空襲をうけた。朝早く、なんの警報もなしにいきなり地響きではじまる空襲であった。太平洋岸の港町だから、艦載機は海面をすべるようにして、あっというまにあらわれる。港には海防艦が何隻か出たり入ったりしていて、それがそろって錨《いかり》をおろすと、ふしぎに艦載機がくるのであった。

彼は三年生になったが、学校ではもうほとんど授業らしい授業はおこなわれなくなっていた。朝、警戒警報が発令されると、その日の登校はとりやめになった。五月になると、その警戒警報が、ほとんど連日発令になった。たまに登校する日があっても、校舎の半分は近くの要塞からあぶれた陸軍の兵隊たちに占領されていたから、戸外で軍事教練や軍歌練習をするだけだった。だから、雨が降れば自動的に休校になった。

五月の末のある雨の晩、彼は、まだ勤め先から帰らない父親のかわりに、隣組の当番に当っていた夜間巡視をするために、破れ傘をさして家を出た。彼の父親は腕のいい大工だったが、いまは徴用で埋立地にある木製飛行機を作る工場にかよっていた。木製飛行機は偽装用の飛べない飛行機だったが、思いのほか需要が多く、父親は朝早く家を出たきり、夜ふけになるまで帰らない日が多かった。

母親は、三年前に死んでいる。出征した兄は、去年の夏、葉書を一枚よこしたきり、いまはどこにいるものやらわからない。軍属に嫁いで樺太にわたった姉からも、ばったり便りが跡絶《とだ》えてしまった。

父親は、寝床をならべて、消燈してから、ふと思い出したように、

「おめえ、しっかりしなくちゃ、いけねえぜ。」

ということがある。

けれども、その父は、たよりにしている息子に乳房があることや、彼がときどき女になった夢をみることには、すこしも気づかずにいるのである。

彼は、ぬかるみの泥を踏みながら、燈火管制で真っ暗な町内をみてまわった。半月ほど前、ここからあまり遠くない海岸町が艦砲射撃をうけてから、町には近在へ疎開するひとたちが急激に増え、昼日なかでも町はめっきり閑散として、猫がゆっくり四肢を伸ばしながら通りを横切るのをみることもあった。日が暮れると、目を窪ませて軍需工場から帰ってくるひとびとのほかは、ほとんど出あるくひともなくなっていた。

巡視といっても、とりたててなにもすることがない。町内の端から端を二、三度行きつ戻りつして、「異状なし。」と自分にいって、帰ることになる。

彼は、町内のむこうはずれまでいく途中、行手の角の梅村理髪店の屋根から洩れた明りが、細長いひかりの柱のようになって、暗い雨空に突き立っているのをみつけた。あたり一帯が闇なので、その一本のひかりの柱がひどく明るいものにみえている。もう戦争も足掛け五年目で、燈火管制ぐらいは誰しも十分心得ていたから、夜間巡視でこんなことをみつけるのは珍しいことだった。彼はちょっと意気込んで、駈け出していった。

梅村理髪店の店の窓には、どの家でもそうしているように黒い遮光幕がきちんと引いてあったが、ところどころ布地の薄くなったところに、微かになかの燈の色がにじみ出ていた。客がだんだんすくなくなるこのごろでは、定休日でない日でもよく休んでいるのに、今夜は急ぎの客でもあったのだろうかと思いながら、彼は入口のガラス戸を、「こんばんは。」とあけて、垂れ幕の合わせ目から、外へ明りが洩れないように半身を入れた。

ところが、客はだれもいなかった。そのかわり、むこう隅の壁にとりつけてある洗髪台にむかって、諸肌《もろはだ》をぬいで、ひとりで髪を洗っているひとがいた。最初、彼はそのひとの肉づきのいい、なめらかそうな白い背中をみただけだったが、同時にそのひとが、両手を髪のなかに差しこんだまま、右肘《みぎひじ》を持ち上げて、その下からこっちをふりかえるようにしたので、彼は思いがけなく、そのひとの腋《わき》の下《した》と、それから片方の乳房を真横にみることになった。そのひとは彼をみると、あ、とちいさな声を上げ、素早く肘をおろして胸を抱くようにしながら、ちょっと椅子から腰をうかした。

それが、ほんの一呼吸のあいだの出来事だった。彼は、まさかそんな光景に出くわすとは思わなかったので、立ちすくむように目をみはっていたが、すぐ自分がくるべきでないところへきていることに気がついた。けれども、彼はそのまま垂れ幕のかげに姿をかくしてしまうことができなかった。そのひとの目が（そのときはもう、その女が出征した梅村の留守をひとりでまもっている妻のかな江だということが、彼にはわかっていた）最初肘の下から彼をみたときから、ずっと彼の視線を捉《とら》えてはなさなかったからである。彼は、かな江から目をそらすこともできなかった。

かな江は、いちど椅子からうかしかけた腰を、いまさら立ち上ったところでどうなるものでもないと諦めたように、そっとまた椅子に戻して、くすっと笑った。

「ごめんなさいね、こんな恰好《かっこう》で。」と彼女はいった。「床屋だって、たまには髪を洗わなくっちゃね。」

かな江は、相手がおなじ町内の顔見知りの中学生だったことに気を許したのか、急にふてぶてしいほどの落ち着きをとり戻して、ようやく彼から目をはなした。その気になれば、急いで手の石鹼を洗い落して肌を入れることもできたろうに、かな江は相変らず、むしろみせびらかすようにその白い背中を彼の目に曝《さら》したまま、髪についた石鹼水を絞りにかかった。

「刈るんでしょう？　お入んなさいな。」

「お、おれ、夜間巡視の当番なんだけど……。」

と彼は吃りながらいった。

「あら。」と、かな江は、一本にねじった髪を手で支えながらふりむいた。「うちで……なんかあった？」

すると、そのとき、かな江の折り曲げた腕のあいだから、さっきちらとみたあの形のいい、若い、豊かな乳房の先端がこぼれて、くっきりと彼の目に映ったのだった。そうして、これは彼自身にも思いがけないことだったが、彼はそのとき、自分もシャツをぬぎ捨てて、かな江の前に自分の胸を曝したいというつよい衝動に駆られた。

彼はそんな自分にうろたえながら、

「燈火管制、ねがいます。」

とメガホンで叫ぶときのようにいった。

「あら、洩れてる？」

「ああ、屋根から。」

かな江は、いぶかしそうに天井を見上げた。天井には明りとりのちいさな天窓があり、仰いでいると、そこにはまっている曇《くも》り硝子《ガラス》を外から雨が打つ音が、微かにきこえた。

「あすこね。覆いがかけてあるはずなんだけど、ずれてるんだろうか。たくさん洩れてる？」

「そうたくさんでもないけど、探照燈のように。」

と彼はいった。

「あら、いやだ。すぐ消さなくちゃいけないかしら。」

「すぐでなくても……なるべく早い方がいいんだけど。」

「それじゃ、さっさとするわ、もうすぐだから。ごめんね。」

彼はまだ、ちょっとのあいだそこに立っていたが、すぐ自分の用はもうすんだと気がつき、

「おやすみなさい。」

と、かな江の背中から目を引き剝《ひは》がすようにして、表へ出た。


彼は、かな江の乳房がいつまでも目にちらついて、困った。

彼は自分の母親が、ああいうふうに諸肌をぬいで髪を洗っているのを幾度もみたものだが、よその女は、あの晩がはじめてだった。勿論、よその女の背中や乳房も。

あれが三十前の、まだ子供を産んだことのない女の乳房なら——と彼は夜、寝床のなかで、自分の乳房を両手に包みこみながら思うことがあった。自分のはまだまだ二十にもならない嫁入前の娘のものだ。そこにはかなない安堵《あんど》があったが、あの晩、自分がかな江の乳房のために衣服を捨てたいという衝動に駆られた記憶は、自分の正体が測りしれないという不気味さを彼に感じさせた。

たしかに彼は、あのとき、はじめてみるかな江の乳房に、自分でも思いがけないほどの親密感をおぼえた。また、憧れのような気持もあったようだ。けれども、その親密感にし

ても憧れにしても、それが男としての自分のものか、それともやがて女になろうとしている自分のものか、どちらとも彼にはわからないのだった。そして、それがどちらともわからないままに、そんな親密感や憧れを胸のなかで次第に募らせている自分に、彼は気づいた。

あの晩から十日ほどした日曜日の朝、彼は、かな江の店へ散髪にいった。それまでは、隣の町内だが距離は梅村より近い店へいっていたのだが、かな江を知ったからには、もうよその店へはいく気がしなかった。

かな江は、絣《かすり》の防空服のまま理髪台にもたれて新聞を読んでいたが、彼をみると、笑顔で、「あら、いらっしゃい。」といった。

「きょうは、頭を刈ってもらいたくて。」

と、もじもじしながら彼はいった。

「そう。それはありがと。」

よほど客のない日がつづいたのか、かな江は上気したような顔でそういうと、頭にかぶっていた手拭《てぬぐ》いをとって理髪台の埃《ほこり》をぱたぱたとはたいた。

「随分のびたこと。」

「ああ、配属将校に叱られた。兵隊らしくしろって。」

「あら、だって海軍は髪をのばしてもいいのよ。」

と、かな江はいって、それから、

「うちも、海軍。」といった。

ゆがんだ鏡に映るかな江の顔は、妙に子供っぽくみえた。

「そういえば、こないだの天窓、あれ、やっぱり覆いがはずれてたの。凮かなんかで、はずれたんだと思うけど、なにしろうちで海軍へいくとき、ちょっと修理しただけなんだものね。」

すると、もうまる二年になるわけだった。

彼は、まだ子供だったころ、ずんぐりとした軀つきの色の黒いかな江の夫が、窓ぎわで剃刀《かみそり》を磨《と》ぎながら、店の前を通る知合いに、「ちわーッ。」と大きな声で挨拶しているのをみたことがある、そのときのことをふと思い出した。

「おじさん、いまどこ？」と彼は訊《き》いた。

「どこって……うちは軍艦だから。」

かな江は、呟《つぶや》くようにそういったきり、

「一分《いちぶ》？」とバリカンのことをいった。

「いや、五厘。」

「一分でも、そろそろいいんじゃない？」

彼はちょっと迷ったが、

「やっぱり、五厘がいい。」

かな江はなにがおかしいのか、くすくすと笑った。

散髪がすんで、顔を剃っているとき、ふいに空襲警報のサイレンが鳴った。かな江は剃刀をとめて、ちょっとのあいだ上から彼を見下ろしていた。遠い地響きが二つ、つづけざまにきた。彼は理髪台から飛びおきた。

「近いわよ。うちの壕へ入って。」

かな江は彼の腕をつかんだ。二人は、店と背中合わせの住居に通じる戸口から、土間を駈けぬけ、裏庭の隅に斜めに口をあけている防空壕に飛びこんだ。入口の蓋《ふた》は、湿気に朽ちてあちこちの釘がぬけ落ち、板の継ぎ目にも隙間ができていて、閉じても細いひかりの筋が幾本も壕の底をすべってきた。二人は、壕のいちばん奥のところに軀を寄せてしゃがみこんだ。

地響きが近くなったような気がした。上空を飛びすぎる爆音がきこえた。かな江は首をすくめて、彼の腕に手をかけた。

「悪いけど、つかまらせてね。」

彼は、かな江がふるえているのに気がついた。すると、そのふるえが、彼女の手先から、自分のなかにも流れこんでくるような気が彼にはした。彼は、膝がふるえてきた。

「大丈夫よね。」

かな江が念を押すようにいった。彼は、その返事のかわりに膝のふるえをとめようとしたが、とめることができなかった。よその壕にいるときはふるえたことがないのに、どうしてきょうに限ってふるえるのか、彼にはわからなかった。

かな江は、たまりかねたように、もう一方の手も彼の腕にかけてきた。すると、その手の甲が、彼の左の乳房に当った。そして、かな江が軀をすこしでもうごかすたびに、手の甲が乳房を揺すり上げたり、小突いたりした。

なぜか、かな江にそうされても、彼はべつに恥ずかしいとは思わなかった。かえって不思議な安堵をおぼえ、膝のふるえがとまってしまった。

「おかしくないか。」と彼はいった。

「え？」と、かな江が目を上げた。

「おれの胸のところが……おれ、女かもしれない。」

言葉が口から自然に出てきた。自分以外の人間に、自分の乳房の秘密をこうも自然に打ち明けられるとは、彼自身も思っていなかった。

「変なことだけど、おれ、ことしになってから乳が膨らんできたんだ。どうしてだかわからない。はじめ痛くなって、それからこりこりしたやつができて、痛くなくなったら膨らんできたんだ。おれ、このまま女になっちまうような気がして、仕方がないんだよ。おれ……。」

これまで胸底に鬱積していた言葉が、数珠《じゅず》つなぎになっていくらでも出てきた。

「そんなばかなこと。」

かな江は、彼の腕を揺さぶるようにして、そういった。

「おれも最初はそう思ったけど……嘘だと思ったら、さわったっていい。」

かな江はためらいながら、まずシャツの上から左の乳にさわった。それから、胸のボタンのあいだから手をすべりこませて、右の乳をじかににぎった。大層熱い手だと彼は思った。

かな江はそうしたまま、いっとき、じっとしていたが、ふいに掌をひらいて、その乳を押し潰すようにつよく押しながら、ぶるぶると前よりも大きくふるえはじめた。

「どうしたの。やっぱり、女か？」

「なにいってんのよ。こんなの、お乳のうちに入らないわよ。女のお乳はね、女のお乳は……。」

と、かな江は甲高《かんだか》い声でそういいながら、彼の胸から手をぬきとると、いきなり両手で彼の手をとった。そして、自分で彼の手をこんどは自分の防空服の襟元《えりもと》へさし入れた。

かな江の肌は汗ばんでいた。それでも彼の掌はすべった。

「にぎってごらん。にぎってごらん。」

と、かな江は急に声をひそめて、せき立てるようにそういった。

彼はそうしたが、片手ではにぎりとれなかった。自分のものとは全く異質の、なにか充実した、重たげな手ざわりだった。（ちがう）と彼は心にいった。そして、なおも二、三度、かな江の乳房をにぎったり、はなしたりした。

かな江は、黙って防空服の上から彼の手をつよくおさえた。そして、軀をよじるようにして、壕の地面に尻を落してしまった。

「あ。」と彼は思わず、叫び声を上げた。ふいに、かな江の手がきて、彼は腰を引いて逃げようとしたが、壕の羽目板に背中が反《そ》って逆に腰を前に出す恰好になった。

かな江は、ズボンの上から、しっかりとにぎった。

「なにさ……なにさ。」

と、かな江は、彼の肩先に激しく額をこすりつけながらいった。思わぬ力で、彼は羽目板をこすって横倒しになりそうになった。

「ちゃんと男のくせに。こんなに、男のくせに。」

かな江は、それをきつくにぎったまま、重たく彼にもたれかかってきた。

信じられないことだが、そのことがあってから、彼の乳房は急に萎《な》えはじめた。膨らむときは長いことかかって、じりじりと彼を苦しめたものが、萎えるとなると、あっけなかった。そうして、梅雨明けが近づくころには、もうすっかり元の乳首と褐色の暈だけの乳になってしまった。女になった夢もぱったりみなくなった。

すると、あの乳房は一体なんだったのだろう。けれども、男の乳房など、男自身にとっては、いちど喪《うしな》ってしまえばもういつかの妄想のように無用なものでしかなかった。逆に、たったいちどのかな江の乳房が、昨日のことのようになまなましく、彼の記憶にのこっていた。彼はそれを、自分が男をとり戻した証拠だと思うことにした。

彼は、あれから二度、かな江の店の客になりにいったが、かな江は何事もなかったような顔で彼の話をきいたり、自分で喋《しやべ》ったりした。あの日の荒れ狂ったようなかな江は、もうどこにもいなかった。

七月の末、彼たち中学三年生が学徒勤労令で、町をしばらくはなれることになったときも、彼は出発の前日、かな江の店へ散髪にいったが、

「御苦労さんねえ。いつごろまでそっちにいるの?」

と、かな江がいうので、わからないと彼はいった。けれども、もし敵が上陸してくることがあれば、自分たちもどのみち、その場所で兵隊に早変りすることになるだろう、そういった。

かな江は、セルロイドの石鹼箱の蓋で石鹼水を泡立てながら、しばらく目を細くして鏡に写っている往来をみつめていたが、やがて独り言のように、

「男だもんねえ。」

といった。

彼はひと言、(あんたのおかげだよ)といいたかったが、それがなぜだかいえなかった。ふとみると、かな江が石鹼の泡があふれているのも知らずにいるので、

「石鹼が勿体《もつたい》ないよ。」

とおしえてやった。

「あら。」と、かな江はわれに返って、バリカンの入っている戸棚の方へあるき出しながら、ふりかえって、

「いつもの通りね。」

そして、

「五厘ね。」

といって、笑った。

防空壕

江戸川乱歩

市川清一の話

君、眠いかい？　え、眠れない？　僕も眠れないのだ。話をしようか。いま妙な話がしたくなった。

今夜、僕らは平和論をやったね。むろんそれは正しいことだ。誰も異存はない。きまりきったことだ。ところがね、僕は生涯の最上の生きがいを感じたのは、戦争の最中だった。いや、みんなが言っているあの意味とはちがうんだ。国を賭して戦っている生きがいという、あれとはちがうんだ。もっと不健全な、反社会的な生きがいなんだよ。

それは戦争の末期、今にも国が亡《ほろ》びそうになっていた時だ。空襲が烈《はげ》しくなって、東京が焼け野原になる直前の、あの阿鼻叫喚《あびきようかん》の最中なんだ……君だから話すんだよ。戦争中にこんなことを言ったら、殺されただろうし、今だって、多くの人にヒンシュクされるにきまっている。

人間というものは複雑に造られている。生れながらにして反社会的な性質をも持っているんだね。それはタブーになっている。人間にはタブーというものが必要なんだ。それが必要だということは、つまり、人間に本来、反社会の性質がある証拠だよ。犯罪本能と呼ばれているものも、それなんだね。

火事は一つの悪にちがいない。だが、火事は美しいね。「江戸の華」というあれだよ。雄大な焔《ほのお》というものは美的感情に訴える。ネロ皇帝が市街に火をはなって狂喜したあの心理が、大なり小なり誰にもあるんだね。風呂を焚《た》いていてね、薪が盛んに燃えあがると、実利を離れた美的快感がある。薪でさえそうだから、一軒の家が燃え立てば美しいにきまっている。一つの市街全体が燃えれば、もっと美しいだろう。国土全体が灰燼《かいじん》に帰するほどの大火焔《だいかえん》ともなれば、更《さ》らに更らに美しいだろう。ここではもう死と壊滅につながる超絶的な美しさだ。僕はウソを言っているのではない。こういう感じ方は、誰の心にもあることだよ。

戦争末期、僕は会社へ出たり出なかったりの日がつづいた。毎日空襲があった。乗物もなくなって、会社から非常召集をされると、歩いて行かなければならなかった。ひっきりなしにゾーッとするサイレンが鳴り響き、夜なかに飛びおきて、ゲートルを巻き、防空頭巾をかぶって防空壕へ駈けこむことがつづいた。

僕はむろん戦争を呪っていた。しかし、戦争の驚異とでもいうようなものに、なにかしら惹《ひ》きつけられていなかったとは言えない。サイレンが鳴り響いたり、ラジオがわめいたり、号外の鈴が町を飛んだりする物情騒然の中に、異常に人を惹きつけるものがあった。異常に心を昂揚《こうよう》するものがあった。

最も僕をワクワクさせたのは、新らしい武器の驚異だった。敵の武器だから、いまいましくはあったけれど、やはり驚異に違いなかった。B29というあの巨大な戦闘機がそれを代表していた。そのころはまだ原爆というものを知らなかった。

東京が焼け野原にならない前、その前奏曲のように、あの銀色の巨大なやつが編隊を組んで、非常な高さを悠々と飛んできた。そのたびに、飛行機製作工場などが、爆弾でやられていたのだが、僕らは地震のような地響きを感じるばかりで眼に見ることはできなかった。見るのはただ、あの高い空の銀翼ばかりだった。

B29が飛行雲を湧かしながら、まっ青に晴れわたった遙かの空を、まるで澄んだ池の中の目高のように、可愛らしく飛んで行く姿は、敵ながら美しかった。見る目には可愛らしくても、高度を考えれば、その巨大さが想像された。今、旅客機に乗って海の上を飛んでいると、大汽船がやはり目高のように小さく見えるね。あれを空へ移したような可愛らしさだった。

向こうのほうに、豆粒のような編隊が現われる。各所の高射砲陣地から、豆鉄砲のような連続音がきこえはじめる。敵のすがたも、味方の音も、芝居の遠見の敦盛《あつもり》のように可愛らしかった。

B29の進路をかこんで、高射砲の黒い煙の玉が、底知れぬ青空の中に、アバタみたいにちらばった。敵機のあたりに、星のようにチカッチカッと光るものがあった。まるでダイヤモンドのつぶを、銀色の飛行機めがけて、投げつけるように見えた。それは眼にも見えない小さな味方の戦闘機だった。彼らは体当たりで巨大なB29にぶっつかって行った。その小さな味方機の銀翼が、太陽の光を受けて、チカッチカッとダイヤのように光っていたのだ。

君も思い出せるだろう。じつに美しかったね。戦争、被害という現実を、ふと忘れた瞬間には、あれは大空のページェントの美しい前奏曲だった。

僕は会社の屋上から、双眼鏡で、大空の演技を眺めたものだ。双眼鏡の丸い視野の中を、銀色の整然とした編隊が近づいてくる。頭の上にきたときには、双眼鏡には可なり大きく映った。搭乗員の白い顔が、豆人形のように見わけられさえした。太陽に照りはえる銀翼はやっぱり美しかった。それにぶっつかって行く味方機も見えたが、大汽船のそばの一艘《そう》のボートのように小さかった。

その晩僕は、会社の帰り道を、テクテク歩いていた。電車が或る区間しか動いていないので、あとは歩かなければならなかった。八時ごろだった。空には美しく星がまたたいていた。灯火管制で町はまっ暗だった。僕たちはみな懐中電灯をポケットに用意していた。明かるいのではいけないし、それに電池がすぐだめになるので、あのころは自動豆電灯と槓桿《こうかん》というものが市販されていた。思い出すだろう。片手にはいるほどの金属製のやつで、槓桿を握ったりはなしたりすると、ジャージャーと音を立てて発電機が回転して、豆電灯がつくあれね。足もとがあぶなくなると、僕はあれを出してジャージャーいわせた。にぶい光だけれど、電池が要《い》らないので、実に便利だった。

まっ暗な大通りを、黒い影法師たちが、黙々として歩いている。空襲警報が鳴らないうちに早く帰りつきたいと、みなセカセカと歩いている。きょうだけはサイレンが鳴らずにすむかもしれない、というのが、われわれの共通した空だのみだった。

僕はそのとき伝通院のそばを歩いていた。ギョッとする音が鳴りはじめた。近くのも遠くのも、幾つものサイレンが、不吉な合奏をして、悲愴《ひそう》に鳴りはじめた。いくら慣れていても、やっぱりギョッとするんだね。黒い影法師どもが、バラバラと走り出した。僕は走るのが苦手なので、足を早めて大股に歩いていたが、その前を、警防団員の黒い影が、「待避、待避」と叫びながら、かけて行った。

どこからか、一ぱいにひらいたラジオがきこえてきた。家庭のラジオも、できるだけの音量を出しておくのが常識になっていた。同じことを幾度もくりかえしている。B29の大編隊が伊豆半島の上空から、東京方面に近づいているというのだ。またたく間にやってくるだろう。

僕も早くうちに帰ろうと思って、大塚駅の方へ急いだが、大塚に着かない前に、もう遠くの高射砲がきこえだした。それが、だんだん近くの高射砲に移動してくる。町は真の闇だった。警戒管制から非常管制に移ったからだ。まだ九時にならないのに、町は真夜中のようにシーンと静まり返っていた。僕のほかには、一人の人影も見えなかった。

僕はときどきたちどまって、空を見上げた。むろん怖かったよ。しかし、もう一つの心では、美しいなあと感嘆していた。

高射砲弾が、シューッ、シューッと、光の点線を描いて高い高い空へ飛んで行く。そして、パラパラッと花火のように美しく炸裂する。そのあたりに敵機の編隊が飛んでいるのだろう。そこへは、立っている僕から三十度ぐらいの角度があった。まだ遠方だ。そこの上空に、非常に強い光のアーク灯のような玉が、フワフワと、幾つも浮游《ふゆう》していた。敵の照明弾だ。両国の花火にあれとそっくりのがあった。闇夜の空の光クラゲだ。

高射砲の音と光が、だんだん烈しくなってきた。一方の空だけではなかった。反対側の空にもそれが炸裂した。敵の編隊は二つにわかれて、東京をはさみ討ちにしていたのだ。そして、次々と位置を変えながら、東京のまわりに、爆弾と焼夷弾を投下していたのだ。それがそのころの敵の戦法だった。まず周囲にグルッと火の垣を作って、逃げ出せないようにしておいて、最後に中心地帯を猛爆するという、袋の鼠戦法なのだ。

しばらくすると、遠くの空がボーッと明かるくなった。そのとき僕は町の警防団の屯所にいた。鉄兜《てつかぶと》をかぶって、鳶口《とびぐち》を持った人たちが、土嚢《どのう》の中にしゃがんで、空を見上げていた。僕もそこへしゃがませてもらった。

「横浜だ。あの明かるいのは横浜が焼けているんだ。今ラジオが言っていた」

一人の警防団員が走ってきて報告した。

「アッ、あっちの空も明かるくなったぞ。どこだろう。渋谷へんじゃないか」

そういっているうちに、右にも左にも、ボーッと明かるい空が、ふえてきた。「千住だろう」「板橋だろう」といっているあいだに、空に舞いあがる火の粉が見え、焔さえ見えはじめた。東京の四周が平時の銀座の空のように、一面にほの明かるくなった。高射砲はもう頭のま上で炸裂していた。敵機の銀翼が、地上の火焔に照らされて、かすかに眺められた。B29の機体が、いつもよりはずっと大きく見えた。低空を飛んでいるのだ。

四周の空に、無数の光クラゲの照明弾が浮游していた。それがありとしもなき速度で、落下してくる有様は、じつに美しかった。その光クラゲの群に向かって、地上からは、赤い火の粉が、渦をまいて立ちのぼっていた。青白い飛び玉模様に、赤い梨地の裾模様、それを縫って、高射砲弾の金糸銀糸のすすきが交錯しているのだ。

「アッ、味方機だ。味方機が突っこんだ」

大空にバッと火を吹いた。そして、巨大な敵機が焔の血達磨《ちだるま》になって、落下して行った。落下地点とおぼしきあたりから、爆発の火焔が舞いあがった。

「やった、やった。これで三機目だぞっ」

警防団の人々がワーッと喚声をあげた。万歳を叫ぶものもあった。

「君、こんなとこにいちゃ危ない。早く防空壕にはいってくださいっ」

僕は警防団員に肩をこづかれた。仕方がないので、ヨロヨロと歩き出した。

大空の光の饗宴《きょうえん》と、その騒音は極点に達していた。そのころから、地上も騒がしくなった。火の手がだんだん近づいてくるので、もう防空壕にもいたたまらなくなった人々が、警防団員に指導されて、どこかの広場へ集団待避をはじめたのだ。大通りには、家財を積んだ荷車、リヤカーのたぐいが混雑しはじめた。

僕もその群集にまじって駈け出した。うちには家内が一人で留守をしていた。彼女もきっと逃げ出しているだろう。気がかりだが、どうすることもできない。

いたるところに破裂音が轟《とどろ》いた。それが地上の火焔のうなり、群集の叫び声とまじり合って、耳も聾《ろう》するほどの騒音だった。その騒音の中に、ザーッと、夕立ちが屋根を叩くような異様な音がきこえてきた。僕は夢中に駈け出した。それが焼夷弾の束の落下する音だということを聞き知っていたからだ。しかも、頭のま上から、降ってくるように思われたからだ。

ワーッというわめき声に、ヒョイとふりむくと、大通りは一面の火の海だった。八角筒の小型焼夷弾が、束になって落下して、地上に散乱していた。僕はあやうく、それに打たれるのをまぬがれたのだ。火の海の中に一人の中年婦人が倒れて、もがいていた。勇敢な警防団員が火の海を渡って、それを助けるために駈けつけて行った。

僕は二度と同じ場所に落ちることはないだろうと思ったので、一応安心して、火の海に見とれていた。大通り一面が火に覆われている光景は、そんなさなかでも、やっぱり美しかった。驚くべき美観だった。

あの八角筒焼夷弾の中には、油をひたした布きれのようなものがはいっていて、落下の途中で、それが筒から飛び出し、ついている羽根のようなもので、空中をゆっくり落ちてくる。筒だけは矢のように落下するのだが、筒の中にも油が残っているので、地面にぶつかると、その油が散乱して、一面の火の海となるのだ。だから、大した持続力はない。木造家屋ならそれで燃え出すけれど、舗装道路では燃えつくものがないから、だんだん焔が小さくなって、じきに消えてしまう。

僕はそれが蛍火のように小さくなるまで、じっと眺めていた。最後は、広い地面に無数の蛍が瞬いて、やがて消えて行くのだが、その経過の全体が、仕掛け花火みたいに美しかった。

空からは、八角筒を飛び出した無数の狐火がゆっくり降下していた。たしか「十種香《じしゆこう》」の道行きで、舞台の背景一面に狐火のロウソクをつける演出があったと思うが、あの背景を黒ビロードの大空にして、何百倍に拡大したような感じだったね。どんな花火だって、あの美しさの足もとにも及ぶものじゃない。僕はほんとうに見とれた。それが火事の素だということも忘れて、ポカンと口をあいて、空に見入っていた。

もう、すぐまぢかに火の手があがっていた。それがたちまち飛び火して、火の手の数がふえて行った。町は夕焼けのように明かるく、馳《は》せちがう人々の顔が、まっ赤にいろどられていた。

刻々に、あたりは焦熱地獄の様相を帯びてきた。東京中が巨大な焔に包まれ、黒雲のような煙が地上の焔に赤く縁どられて、恐ろしい速度で空を流れ、ヒューッと音を立てて、嵐のような風が吹きつけてきた。向こうには黒と赤との煙の渦が、竜巻きとなって中天にまき上がり、屋根瓦は飛び、無数のトタン板が、銀紙のように空に舞い狂った。

その中を、編隊をといたB29が縦横に飛びちがった。味方の高射砲も、今は鳴りをひそめてしまったので、敵は極度の低空まで舞いさがって、市民を威嚇《いかく》し、狙いをさだめて焼夷弾と小型爆弾を投下した。

僕は巨大なB29が目を圧して迫《せ》まってくるのを見た。銀色の機体は、地上の火焔を受けて、酔っぱらいの巨人の顔のように、まっ赤に染まっていた。

僕はあの頭の真上に迫まる巨大な敵機から、なぜか天狗の面を連想した。まっ赤な天狗の面が、空一ぱいの大きさで、金色の目玉で僕を睨《にら》みつけながら、グーッと急降下してくる。悪夢の中のように、それが次から次と、まっ赤な顔で降下してくるのだ。

火災による暴風と、竜巻きと、黒けむりの中を、超低空に乱舞する赤面《あかづら》巨大機は、この世の終りの恐ろしさでもあったが、一方では言語に絶する美観でもあった。凄絶《せいぜつ》だった。荘厳でさえあった。

もう町に立っていることはできなかった。瓦、トタン板、火を吹きながら飛びちがう丸太や板きれ、そのほかあらゆる破片が、まっ赤な空から降ってきた。ハッと思うまに、一枚のトタン板が僕の肩にまきついて顎《あご》に大きな斬り傷を作った。血がドクドクと流れた。その中へ、またしてもザーッ、ザーッと、焼夷弾の束が降ってくる。僕は目がねをはねとばされてしまったが、探すことなど思いも及ばなかった。

どこかへ避難するほかはなかった。僕は暴風帯をつき抜けるために、それを横断して走った。僕はそのとき、大塚辻町の交叉点から、寺のある横丁を北へ北へと走っていた。走っている両側の家並みも、もう燃えはじめていた。突き当たりに大きな屋敷があった。門があけはなしてあったので、そこへ飛びこんで行った。

まるで公園のように広い庭だった。立ち木も多かった。飆風《ひょうふう》に揺れさわぎ、火の粉の降りかかる立ち木のあいだをくぐって、奥の方へ駈けこんで行った。あとでわかったのだが、それは杉本という有名な実業家のうちだった。

その屋敷は高い石垣の崖っぷちにあった。辻町の方からくると、そこが行きどまりで、目の下遙かに巣鴨から氷川町にかけての大通りがあった。東京には方々にこういう高台があって、断層のようになっているが、そこも断層の一つだった。僕はその町がはじめてだったので、大空襲によって起こった地上の異変ではないかと、びっくりしたほどだ。

その断層は屋敷の一ばん奥になっているのだが、断層の少し手前に、コンクリートで造った大きな防空壕の口がひらいていた。あとで、その屋敷の住人は全部疎開してしまって、大きな邸宅がまったくの空き家になっていたことがわかったが、その時は、防空壕の中に家人がいるのだと思い、出会ったらことわりを言うつもりで、はいって行った。

床も壁も天井もコンクリートでかためた立派な防空壕だった。僕は例の自動豆電灯をジャージャーいわせながら、オズオズはいって行ったが、入口から二た曲がりして、中心部にはいってみても、廃墟のように人けがなかった。

中心部は二坪ほどの長方形の部屋になって、両側に板の長い腰かけが取りつけてあった。僕はちょっとそこへ掛けてみたが、すぐに立ち上がった。どうもおちつかなかった。空と地上の騒音は、ここまでもきこえてきた。ドカーン、ドカーンという爆音が、地上にいたときよりも烈しく耳につき、防空壕そのものがユラユラとゆれていた。ときどき、稲妻のように、まっ赤な閃光《せんこう》が、屈曲した壕内にまで届いた。その光で奥の方が見通せたとき、板の腰かけの向こうの隅に、うずくまっている人間を発見した。女のようだった。

豆電灯をジャージャーいわせて、その淡い光をさしつけながら、声をかけると、女はスッと立って、こちらへ近づいてきた。

古い紺がすりのモンペに、紺がすりの防空頭巾をかぶっていた。その頭巾の中の顔を、豆電灯で照らして、僕はびっくりした。あまりに美しかったからだ。どんなふうに美しかったかと問われても、答えられない。いつも僕の意中にあった美しさだと言うほかはない。

「ここの方ですか」僕が尋ねると、「いいえ、通りがかりのものです」と答えた。「ここは広い庭だから焼けませんよ。朝まで、ここにじっとしている方がいいでしょう」と言って、腰かけるようにすすめた。

それから何を話したか覚えていない。だまりがちに、ならんで腰かけていた。お互《たがい》に名も名乗らなければ、住所もたずねなかった。

ゴーッという、嵐の音とも焔の音ともつかぬ騒音が、そこまできこえてきた。そのあいだにドカーン、ドカーンという爆音と地響き。まっ赤な稲妻がパッパッとひらめき、焦げくさい煙が吹きこんできた。

僕は一度、防空壕を出て、あたりを眺めたが、むこうの母屋《おもや》も焰に包まれ、立ち木にまで燃え移って、パチパチはぜる音がしていた。その辺は昼のように明かるく、頬が熱いほどだった。見あげると、空は一面のどす黒い血の色で、ゴーゴーと飄風《ひょうふう》が吹きすさんでいた。広い庭には死に絶えたように人影がなかった。門のところまで走って行ったが、その前の通りにも、まったく人間というものがいなかった。ただ焰と煙とが渦巻いていた。壕に帰るほかはなかった。

帰ってみると、まっ暗な中に、女はもとのままの姿勢でじっとしていた。

「ああ、喉《のど》がかわいた。水があるといいんだが」

僕がそういうと、女は「ここにあります」と言って、待ちかまえていたように、水筒を肩からはずして、手さぐりで僕に渡してくれた。その女は用心ぶかく、水筒をさげて逃げていたのだ。僕はそれを何杯も飲んだ。女に返すと、女も飲んでいるようだった。

「もう、だめでしょうか」

女が心細くつぶやいた。

「大丈夫。ここにじっとしてれば、安全ですよ」

僕はそのとき、烈しい情慾を感じた。この世の終りのような憂慮と擾乱《じょうらん》の中で、情慾どころではないというかもしれないが、事実はその逆なんだ。僕の知っている或る青年は、空襲のたびごとに烈しい情欲を催したと言っている。そして、オナニーに耽《ふけ》ったと告白している。

だが、僕の場合は単なる情欲じゃない。一と目惚れの烈しい恋愛だ。その女の美しさはたとえるものもなかった。神々しくさえあった。一生に一度という非常の場合に、僕がいつも夢見ていた僕のジョコンダに出会ったのだ。そのミスティックな邂逅《かいこう》が僕を気ちがいにした。僕は闇をまさぐって、女の手を握った。相手は拒まなかった。遠慮がちに握り返しさえした。

東京全市が一とかたまりの巨大な火焰になって燃え上がり、空は煙の黒雲と火の粉の金梨地に覆われ、そこを飆風が吹きまくり、地上のあらゆる破片は竜巻きとなって舞い上がり、まっ赤な巨人戦闘機は乱舞し、爆弾、焼夷弾は驟雨《しゅうう》と降りそそぎ、天地は轟然たる大音響に鳴りはためいているとき、一瞬ののちをも知らぬ、いのちをかけての情欲がどんなものだか、君にわかるか。僕は生涯を通じて、あれほどの歓喜を、生命を、生きがいを感じたことはない。それは過去にもなく、未来にもあり得ない、ただ一度のものだった。天地は狂乱していた。国は今亡びようとしていた。僕たち二人も狂っていた。僕たちは身についたあらゆるものをかなぐり捨てて、この世にただ二人の人間として、かきいだき、もだえ、狂い、泣き、わめいた。愛慾の極致に酔いしれた。

僕は眠ったのだろうか。いや、そんなはずはない。眠りはしなかった。しかし、いつのまにか夜が明けていた。壕の中に薄明が漂い、黄色い煙が充満していた。そして、女の姿はどこにもなかった。彼女の身につけたものも、何一《ひ》と品《しな》残っていなかった。

だが、夢ではなかった。夢であるはずがない。

僕はヨロヨロと壕のそとへ出た。人家はみな焼けつぶれてしまって、一面の焼《や》け木杭《ぼっくい》と煙と火の海だった。まるで焼けた鉄板の上でも歩くような熱さの中を、僕は焔と煙をかわし、空地《くうち》を拾うようにして飛び歩き、長い道をやっと自分の家にたどりついた。仕合わせにも僕の家は焼け残り、家内も無事だった。

町という町には、無一物になった乞食のような姿の男女が充満し、痴呆のように、当てどもなくさまよっていた。

僕の家にも、焼け出されの知人が三組もはいってきた。それから食料の買出しに狂奔する日がつづいた。

その中でも、僕はあのひと夜のなさけを忘れかねて、辻町の杉本邸の焼け跡の付近を毎日のようにさまよい歩き、その辺を掘り返して貴重品を探している元の住人たちにたずね廻った。空襲の夜、杉本家のコンクリートの防空壕に一人の若い女がはいっていたが、その女を見かけた人はないかと、執念ぶかく聞きまわった。

こまかい経路は省略するが、非常な苦労をして、次から次と人の噂のあとを追って、尋ね尋ねた末、やっと一人の老婆を探し当てた。池袋の奥の千早町の知人宅に厄介になっている、身よりのない五十幾つの宮園とみという老婆だった。

僕はこのとみ婆さんを訪ねて行って、根掘り葉掘り聞《き》き糺《ただ》した。老婆は杉本邸のそばの或る会社員の家に雇われていたが、あの空襲の夜、家人は皆どこかへ避難してしまって、ひとり取り残されたので、杉本さんの防空壕のことを思い出し、一人でその中に隠れていたのだという。

老婆は朝までそこにいたというのに、不思議にも僕のことも、若い女のことも知らなかった。ひょっとしたら壕がちがうのではないかと、詳しく聞き糺したが、あの辺に杉本という家はほかになく、コンクリート壕の位置や構造も僕らのはいったものとまったく同じだった。あの壕には両方に出入り口があった。それが折れ曲がって中心の部屋へはいるようになっていた。とみ婆さんは壕の中心部まではいらないで、僕の出入りしたのとは反対側の出入り口の、中心部の向こうの曲がり角にでも、うずくまっていたのだろう。それを尋ねても婆さんは曖昧《あいまい》にしか答えられなかった。気も顚倒《てんとう》していた際のことだから、はっきりした記憶がないのも無理はなかった。

そういうわけで、結局、女のことはわからずじまいだった。あれからもう十年になる。その後も、僕はできる限りその女を探し出そうとつとめてきたが、どうしても手掛かりがつかめないのだ。あの美しい女は、神隠しにあったように、この地上から姿を消してしまったのだ。その神秘が、ひと夜のなさけを、一層尊いものにした。生涯をひと夜にこめた愛慾だった。

顔もからだも、あれほど美しい女が、ほかにあろうとは思えない。僕はそのひと夜を境にして、あらゆる女に興味を失ってしまった。あの物狂わしいひと夜の激情で、僕の愛慾は使いはたされてしまった。

ああ思い出しても、からだが震え出すようだ。空と地上の業火に包まれた洞窟のくら闇の中、そのくら闇にほのぼのと浮き上がった美しい顔、美しいからだ、狂熱の抱擁、千夜を一夜の愛慾……僕はね、「美しさ身の毛もよだつ五彩のオーロラの夢」という変な文句を、いつも心の中でつぶやいている。それだよ。あの空襲の焔と死の饗宴は、極地の大空一ぱいに垂れ幕のようにさがってくる五彩のオーロラの恐ろしさ、美しさだった。その下でのひと夜のなさけは、やっぱり、五彩のオーロラのほかのものではなかった。

宮園とみの話

こんなに酔っぱらったのは、ほんとうに久しぶりですよ。旦那さまも酔狂なお方ですわね。

旦那さまのエロ話をうかがったので、わたしも思い出しましたよ。皺《しわ》くちゃ婆さんのエロ話でもお聞きになりたいの？　ずいぶんかわっていらっしゃるわね。オホホホホホ。

さっきも言った通り、わたしは広い世間にまったくのひとりぼっち、身よりたよりもない哀れな婆あですが、戦争後、こんな山奥の温泉へ流れこんでしまって、こちらの御主人が親切にしてくださるし、朋輩《ほうばい》の女中さんたちも、みんないい人だし、まあここを死に場所にきめておりますの。でもせんにはずっと東京に住んでいたのでございますよ。あの恐ろしい空襲にもあいました。旦那さま、その空襲のときですよ。じつに妙なことがありましたの。

あれは何年の何月でしたかしら。上野、浅草のほうがやられて、隅田川が死骸で一ぱいになったあの空襲のすぐあとで、新宿から池袋、巣鴨、小石川にかけて、焼け野が原になった空襲のときですよ。

そのころ、わたしは三芳さんという会社におつとめの方のうちに、雇われ婆さんでいたのですが、そのおうちが丸焼けになり、御主人たちを見失ってしまって、わたしは、近くの大きなお屋敷の防空壕に、たった一人で隠れておりました。

大塚の辻町と言って、市電の終点の車庫に近いところでした。そのお屋敷は辻町から三、四丁もはいったところで、高い石垣の上にあったのですが、お屋敷のかたはみんな疎開してしまって、空き家になっておりました。

コンクリートでできた立派な防空壕でしたよ。わたしはそのまっ暗な中に、ひとりぼっちで震えていたのです。

すると、そこへ、一人の男が懐中電灯を照らしながら、はいってきました。むこうが懐中電灯を持っているのですから、顔は見えませんが、どうやら三十そこその若いお人らしく思われました。

しばらくは、わたしのいるのも気づかない様子で、壕の中の板の腰かけにかけて、じっとしておりましたが、そのうちに、隅の方にわたしがいるのを気づくと、懐中電灯を照らして、もっとこっちへこいというのです。

わたしはひとりぼっちで、怖くて仕方がなかったおりですから、喜んでその人の隣に腰かけました。そして、ちょうど水筒を持っておりましたので、それを男に飲ませてやったりして、それから、一とこと二たこと話しているうちに、なんとあなた、その人がわたしの手をグッと握ったじゃありませんか。

勘ちがいをしたらしいのですよ。わたしを若い女とでも思ったらしいのですよ。小さな懐中電灯ですから、わたしの顔もよくは見えなかったのでございましょう。それに、そとにはボウボウと火が燃えている。おそろしい風が吹きまくっている。そのさなかですから、気もてんとうしていたことでしょうしね。なにか色っぽいことをはじめるのですよ。オホホホ……いえね、旦那さまが聞き上手でいらっしゃるものだから、ついこんなお話をしてしまって。でもこれは今はじめてお話ししますのよ。なんぼなんでも、気恥かしくって、人さまにお話しできるようなことじゃありませんもの。

え、それからどうしたとおっしゃるの？ わたしの方でも、空襲で気が顚倒していたのですわね。こっちも若い女になったつもりで、オホホホ……いろいろ、あれしましたのよ。今から思えば、ばかばかしい話ですわ。先方の言いなり次第に、着物もなにもぬいでしまいましてね。

いやでございますわ。いくら酔っても、それから先は、オホホホ……で、まあ、いろいろあったあとで、男はそこへ倒れてしまって、眠ったようにじっとしていますので、わたしは気恥かしくなって、いそいで着物を着ると、夜の明けないうちに、防空壕から逃げ出してしまいました。お互に顔も知らなければ、名前も名乗らずじまいでしたわ。

え、それっきりじゃあ、つまらないとおっしゃいますの？ ところが、これには後日談があるのでございますのよ。防空壕の中では、相手の顔もわからず、ただ若い男と察していただけですが、それが半月もしたころ、わたしは池袋の奥の千早町の知り合いのところに、台所の手伝いをしながら、厄介になっておりましたが、そこへ、どこをどう探したのか、そのときの男が訪ねてきたじゃありませんか。

でも、その人がそうだとは、わたしは知らなかったのです。話しているうちにだんだんわかってきたのです。あのとき、防空壕の中に若い女がいた。お前さんは、やっぱり同じ夜、あの防空壕にはいっていたということを、いろいろたずね廻って聞き出したので、わざわざやってきたのだ。その若い女を見なかったか。もしやお前さんの知っている人じゃなかったかと、それはもう、一所懸命に尋ねるのです。

その人は市川清一と名乗りました。服装はあのころのことですから、軍人みたいなカーキ服でしたが、ちゃんとした会社員風の立派な人でした。三十を越したぐらいの年配で、近眼鏡をかけておりましたが、それはもう、ふるいつきたいような美男でございましたよ、オホホホ……

わたしは、その人の話を聞いて、すぐに察しがつきました。その市川さんは、とんでもない思いちがいをしていたのです。そのときの相手がわたしみたいなお婆ちゃんとは少しも知らず、若い美しい女だったと思いこんでいるのです。いじらしいじゃございませんか、その女が恋しさに、えらい苦労をして、探し廻っているというのですよ。きまりがわるいやら、ばかばかしいやらで、わたしは、ほんとうにどうしようかと思いました。若い女と思いこんでいる相手に、あれはこのわたしでしたなんて、言えるものですか。ドギマギしながら、ごまかしてしまいました。先方はみじんも疑っていないのです。わたしがうろたえていることなんか、まるで感じないのです。

その美男の市川さんが、眼に涙をためて、そのときの若い美しい女を懐かしがっている様子を見ると、わたしもへんな気持になりました。なんだかいまいましいような、可哀そうなような、なんともいえないへんな気持でございましたよ。

え、そんな若い美男と、ひと夜のちぎりを結ぶなんて、思いがけぬ果報だとおっしゃるのでしょう。そりゃあね、この年になっても、やっぱり、うれしいような、恥かしいような、ほんとうに妙なぐあいでしたわ。相手が美男だけにねえ、いよいよ気づかれては大変だと、素知らぬ顔をするのに、それは、一と苦労でございましたよ。オホホホホ……

ガダルカナル戦詩集

井上光晴

英一さーんこれなんとよむの、英一さーんこれなんとよむのと、いつもどこかの壁をみつめているような眼をしたクニ子が「さーん」という言葉に長い尻上りの抑揚をつけていった。凄烈な任少佐の気魄《きはく》に、ドレズドフ参謀は目くらむような意外な動揺を感じた。——中国人にも、このような決死の意気があるのだ！　拳銃をもってする脅迫も、この中国人の決意を動かし得ない！　むしろ感動して拳銃を引こうとした時、ドレズドフ参謀は、砲塔の上に重く鋭い響きを聞いた。撥《は》ねかえる敵弾の命中ではない。ガンガンと上から砕くような打撃的な響きだ。と声をだして読んできて、そのあとをきいているのである。クニ子は野沢英一に何か話しかけてもらいたい時、必ずきまって自分がよんでいる小説本のつづきの部分をきくのであった。いまにも色のついた唾液がこぼれおちるのではないかと思われるような、だらりと半分ほどひらいた唇を、拭《ふ》きなさいと手まねでいってから、英一は、「ドレズドフ！」任少佐が喘《あえ》ぎこんで喚《わめ》いた。「日本兵だッ、砲塔に登って来とる！」「オオッ?!」ドレズドフ参謀は愕然《がくぜん》として立ちすくんだ。ガンガンと殴りつづけて砲塔を砕こうとする。何とした日本兵の勇敢さだ！　ドレズドフ参謀は、今まで任少佐を脅迫していた拳銃を、いきなり引いた。と読んでやった。ルビがふってあるのでクニ子には全部よめるはずだ、という思いがいまいましく英一の頭をかすめたが、彼は黙っていた。クニ子がにやりと唇を横にひっぱったような笑いを浮かべて、いまからしばらく英一さんのこの部屋にいて小説をよんでいいかというそぶりをしめした。「だめだよ、いまおれは仕事があるからね」と英一がいった。

眼と鼻筋の形だけが並はずれて整った下ぶくれの顔を、いやいやというふうにゆっくりゆっくり横に振りながら、英一の立机の前にぺたんと腰をおろすと、声をたててまた小説のつづきをよみはじめた。敵は射撃せず肉薄する！　これを知ったドレズドフ参謀は拳銃を右手につかみしめたきり、左手で天蓋《てんがい》を開けた。足もとの弾薬庫を踏み台に、サッと外へ躍り出るや否や上半身を天蓋の上に現した。目の前の砲塔に日本兵が一人、しがみついてまさに一撃を振りおろした、と見た瞬間に、ドレズドフ参謀は拳銃をさし向けるなり引金を引いた。八連発の自動拳銃が、八発とも日本兵の肩に胸に命中した。戦車は驀進《ばくしん》する。動かなくなった日本兵が、しがみついていた砲塔の上に揺れてドサリと下へ振り落された……。小学生の朗読のような、たどたどしい十七歳の女の声であった。クニ子はもう二週間も前から北満洲とソヴェート連邦の国境呼倫貝爾（ホロンバイル）平原において、昭和十四年五月から八月に至るまで戦われた凄惨な日ソの激戦を主題にした山中峯太郎の小説『鉄か肉か』をよんでいるのである。

どこからひっぱりだしたのか、たぶん出征した父（英一にとっては義兄）の書棚からもちだしたのかもしれぬと考えながら、彼は急に椅子をずらしてクニ子の手から小説本を奪った。なぜ今頃ノモンハン戦なのかという思いと、皇軍の将兵がモスコー戦車士官学校出身の中国人将校とソ連参謀に拳銃で射殺される場面が鋭く彼の内部を圧迫したからである。すでにこういう描写は自由思想ではないのか、むろんその小説は圧倒的なソ連戦車群に身を挺して砲塔をハンマーで打砕《うちくだ》く日本軍将兵の血闘と勝利を結末としているのだが、その根底に強く流れている物量には物量という思想が、何かひどく絶対的でないもの、「反万葉的な」思想に結びつくという気がしたのであった。英一はすでにその『鉄か肉か』を四年半前、その本が刊行されたほとんど直後、昭和十五年の夏休みに読んでいたが、当時中学二年の級友の間でこの小説はエロ本代用の意味と価値で流行し、彼もまたそのように利用したのである。ベルリン・オリンピックを記録した、映画『民族の祭典』の試写会をみてかえったむせぶような感動の夜、彼は、「あたし、そうね、今夜の列車でない方がいいわ。どこかへ行って泊らない?!」とささやく女子共産党員のことを考えながら眠られぬままに自慰行為をした。

いまそれらのことが生々しく耐えがたく錯綜《さくそう》して英一の胸を噛んだ。クニ子は本を持っていた両手をそのまま、あたかも奪われた時の姿勢を保つような恰好《かっこう》にさしだしながらしくしく泣きはじめていた。彼女は自分の気にいらぬ動作なり言葉を相手から受けたとき、しばらくキョトンとした後、咽喉《のど》半分で音を発するような笑い方をするか、或《あるい》は低い声でいつまでも泣きつづけるか、きまってどちらかを選ぶのであったが、最近目にみえて病状のすすんだと思われるクニ子のたよりない表情をみながら、英一は「ちえっ、敵性思想」と、自分に対してか奪った小説の描写に対してか意味の不明な舌打ちをした。

ぶらぶらに下った唇が最後のバランスを失うまいとして顔にへばりついているといった表情で、ふーふ、ふーふというような音をたててクニ子は泣きじゃくっていた。昭和十五年といえば、年全体が反万葉なんだ、皇紀二千六百年のくせにな、と頭の中で呟《つぶや》きながら彼は国家社会学の教科書の奥にかくしてあるヤナギ紐を取りだした。紙と紙とをより合せた包装用のヤナギ紐の先端は小さい輪になっていて、彼はその輪を椅子の上からのび上って天井の桟《さん》に打込んである釘にひっかけ、垂れ下ったもう一方の紐の先端をぼんやり眺めた。ヤナギ紐の先端は風もないのに急に滑稽な揺れ方をして机の上にはね上り、そこに四五日前からおいてある『長崎医科大学附属看護婦養成所事件』と刷込まれたガリ版のパンフレットの上にぐるぐるととぐろを巻いて落ちた。

ガリ版のパンフレット綴《つづ》りは野沢英一が最近所属した長崎経済専門学校内の万葉研究会の指導的な一員である、上級生藤田昌弘から借受けたものであった。昭和十九年十二月、突如として、厭戦《えんせん》思想を伝達したという理由で検挙された医大看護婦養成所内の俳句会があり、その事件を中心に「地元における反万葉的精神を摘発し撃滅する運動」を藤田昌弘等は万葉研究会の実践課題として近く強力に展開しようとしていたのである。

パンフレットはほとんど検察調書の引写しであり、それがどのようなルートで上級生藤田昌弘の手に入り、また如何《いか》なる用途のためにガリ版に切られたのか、そこのところを野沢英一はまるで考えることはできなかったが、書かれてある内容自体は慄然《りつぜん》とするほど明瞭であった。

検「何の目的をもって甃会（俳句会）を開いたのか」

村瀬祐三「前回申述べましたように、看護婦有志の情操教育を目的にしたのであります」

検「情操教育というが真実は厭戦思想を植えつけるためになされたのではないか」

村「そのようなことはありません」

検「お前はそういうが、否定しても証拠があるではないか。俳句会は今年の五月四回目の会合を開いているが、その席上、阪口涯子という俳人の『駅にて』という句を素材にして、次の句を討議しているではないか。――苦力《クーリー》の子母の肩なる荷をなぐさめ　巻ぶとん並べ税吏の指をおそれ　巻ぶとんの古きからくさ目にしみる　満洲紙幣あつし一枚の切符を買われ　苦力群れ曠原《こうげん》北に乾燥せり　芦原はつらなり農夫水にも飢ゆ――等が研究句として出されているが、これは明らかに大陸の苦力たちの状態を通じて、日本の戦争目的を批判したものではないのか」

村「私はそう解釈いたしません。単なる大陸風景をうたったものだと思いました」

検「落日頰に唖《おし》の看護婦唖の医師　という句もそう解釈するか。昭和十六年に作句されたものだぞ。同じく今年（昭和十九年）の、ちよろずのかなしみの雪ふる島あり　というのはどうか」

村「戦争を批判したというのではなく、何か人間的なものを訴えようとしたのだと思います」
検「人間的なものとは何か」
村「……」
検「七月に開かれた俳句会の席上、〝白衣〟という題に対して上島良子看護婦が作った――夷（えみし）らを討つこころにて白衣を着る――を批判し、こういう句をよんではいかんといったのは事実か」
村「それはその句が技術的にあまりに下手だったからであります」――
検察官の問いに対する回答の一こま一こまがユダヤの悪にまみれていて、彼はその事件がつい数カ月前南太平洋に展開されている皇兵の激烈な死闘の刻々に、同じ日本人の手によっておこされたとはどうしても信じられぬ気がしていた。と同時に何か自分の身中にある不気味なものが大きくゆれ動くような、言葉をかえていえば、「黒い勤皇」といった感じが執拗《しつよう》に胸にまといつくのをどうすることもできなかったのである。
「黒い勤皇」といえば、彼がいまから実行しようとする「あの行為」にも関係していた。クニ子はすでに泣きやみ、それでもまだ時々ひきずるような、病んだ蛙の鳴くような声をだしていたが、英一はかまわず本箱の下の把手《とって》のない抽出《ひきだし》から金槌《かなづち》をとりだし、鉄槌《てっつい》の部分がちょうど垂れ下る紐と直角になるように、ヤナギ紐の先端を結んだ。結局垂れ下った紐と金槌の柄は同一平行になり、鉄槌の部分が振子のオモリの役目をすべく結びつけられたのである。過日（二十年二月）行なわれた一年短縮の徴兵検査で彼は「胸部疾患による」丙種と宣告されており、いわばそのことを目的にして実行してきた「あの行為」はその後もほとんど三日おき位につづけられ、むろん絶対秘密を信条としていたが、その時はどうしてかクニ子ならかまわぬ、クニ子の眼の前でやって、それからおこる反応をたしかめてみようという強い誘惑に似た思いが急激に彼の内部をつらぬいたからであった。置時計は午後三時六分前を指していた。よし、三時零分（ジャストという英語を廃止するため、彼の学校では零分という言葉が使用されていた）になったら実行しよう、と彼は固く心にきめ、ふたたびパンフレットをぱらぱらとぬきよみした。「にんげんの死蔓草《つるくさ》のごときものをのこし」なぜこういう句を太平洋戦争の勃発した年につくるのか、彼にはどうしても納得がいかなかった。はっきりした証拠はないが、それだけに敵性の度合はより悪質のような気がしたのである。三時一分前になり彼はその時はじめて今夜六時から行なわれる久保宏の壮行会のことを思った。久保宏は出征する、久保宏は召集されたという感覚が前後の時間に連関なく、コツコツと独立して動いていった。久保宏の鈍いいつも誰からかたきつけられたような表情。三時零分になり、彼は制服である国民服乙号の上衣を脱ぎ、メリヤスシャツを下からまくり上げて裸の胸をあらわにした。そして金槌を振子にして一回大きくゆさぶり振ったのである。それを掌でうけた。少し掌に赤いカタがついた。彼は前回よりやや弱い力で振子をふり、再び掌でそれをうけとめた。三度目、彼は反転してくる振子に眼をつぶって自分の胸をそらした。カチリともボキリともいう音がして肉体にはあまりひびかなかったが、それは紐が長すぎて、バンドのバックルをかすめたにすぎなかったためである。その時急にクニ子が面白そうにくっくっと笑いだしそれがひどく屈辱的なものにきこえた。彼は激しく指を部屋の扉につきさして「いきなさい」といったが、すぐどうでもよいと思いかえした。何か自虐めいたものが働いて、クニ子にぜひ見せようという気持がふたたびその時強く背中の方で働いたからである。小説本をただ声をたててよむ以外はほとんど自らの意志による発言能力が彼女にないということが、むろん大きくその気持を支えてはいたのだが。

英一は再度椅子に上り、重量のかちすぎたような振子の金槌を下から抱え二十糎《センチ》ほど短くした。紐の真中を輪にしたのである。彼は修正した金槌の振子を振り、それを裸の胸部にあてた掌でうけとめた。二回目、彼はその掌をとる。ゴボッという背骨にまでとどくようなひびきがあって、英一はウッと呻《うめ》いた。少し振子が強すぎたかも知れぬという思いが瞬間、久保宏の泣き笑いのような表情に重なり、彼は三回目の振子の心を決めようとした。久保宏は一昨日の夜「おいきたぞ、早かったなあ。こげん早いとは思わんかった。入隊が迫っとるから家にも戻れん」と召集令状をひらひらさせながら、英一のところにやってきたのである。「そうか、きたか。早い召集だなあ、そうか」とたたみ返すようにききながら英一は別のことを考えていた。「普通なら検査から入隊までは四カ月から六カ月の期間がある。しかし現在は諸子も知っての通り、戦局は苛烈だ。いつなん時、明日にでも召集が発せられるかも知らんから、その決意で準備しておけ」と検査官がいったのは嘘ではなかったのである。「そうかきたのか。いつ入隊するのか、お前の家は五島だったな、二日しかないと船もまにあわんなあ」と言葉だけがべらべらと滑るように英一の口から出た。胸部疾患でよかったという安堵感《あんどかん》と、丙種でもすぐ召集がくるかもしれんという衝撃が言葉の下から次々に浮いてきて、英一の声はまるではしゃいだような声になった。「船がないから帰れん、電報は打ったが、むこうからも間に合わんだろう。四日おきにしか船はでんからね」と久保宏が無理にどの部分かをおしころしたような声でいった。「そうか、いくか。早かったなあ、……おれたちもすぐかもしれんな」「お前は大丈夫だよ、丙種だけんね。丙種は現役召集にならん、第二乙と丙種はちがうよ」その声がひどく冷たく突放《つきはな》したものにきこえて、ひょっとしたら久保宏はおれの「あの行為」を知っているのかも知れんと、瞬間思ったほどであった。しかし誰も知るはずがない。「そりゃ、ひとつ盛大に壮行会をやらなあならんね」と英一がいった。「うん、外食券がまだ大分残っとるけんね」と久保宏がいった。

野沢英一は三度目の金槌を振る心をきめた。彼ははだかの胸部をひらく。肋骨のつきでた瘦せた胸。徴兵検査の二カ月前から六十日間毎夜自分の手で打撃を加えたいつも生白い汗の匂いのする胸がそこにあった。彼はその手を「黒い勤皇」と自覚していたが、その「黒い勤皇」の手が密閉した思想の上をずるずると匍《は》いまわる。彼はその行為を決意してから、固く自分の心のある部分を密閉してしまったのである。密閉した部分とそうでない部分——そうでない部分が「密閉した思想」を黒い勤皇とよび、その手が動くとき、彼は魂の内部の片一方の眼をつぶった。振子の打撃は毎夜三回ずつ、徴兵検査の一週間前は実に六回もくりかえされたのだが、その行為をはじめてから十日目位、左胸部に大きな紫の痣《あざ》のようなものができ、彼はそれを消すため歯磨粉でゴシゴシこすったのである。クニ子がその時何を感じたのか、濁った泡のような声をたてて泣きだした。長崎医大看護婦養成所事件のガリ版のパンフレットがめくれ上り、英一は密閉しない片方の思想で激しく「黒い勤皇」と叱咤《しった》しながら親指に力を入れて、金槌を正面に投げた。振子は反転する。病んだ胸がそれをうけとめる。ガボッという何ともいえぬ肉の音をたてて、金槌がくるくるとヤナギ紐を軸にしてコマのように舞う。丙種でもすぐ召集されるかもしれんのだ。肋膜位では駄目かもしれんのだ。という密閉した恐怖を軸にして傷ついたコマのように舞う。「クニねえちゃん、どこいるの、英一兄ちゃんのとこぉ……」という声がして、野沢英一にとっては姪《めい》にあたる圭子が部屋にとびこんできた。「何しているん英一兄ちゃん」金槌を背中に廻しながら「クニ子をつれていけ」と英一がいった。「ほら姉ちゃん、お芋たべなさいって。山ん中の病院にいくと、何もたべられんてよ。今のうちだから、うんとたべときなさいよね。セイシン病院は山の中にあるから、鰯も何もたべられんてよ。ほら姉ちゃんおいで」と小学二年生の圭子が、英一の姉である道子の口調をそっくり真似たような声でいった。「お母ちゃんは」と英一がきいた。「笈田《おいだ》先生とさっきから診療室で話しとるよ。今夜は久保さんが兵隊にいくんでみんな集るんね、英一兄ちゃん。戸田のお姉ちゃんもきなさるやろ……」と圭子がいった。笈田講師と道子、背中の金槌が何かに接触して重い悲鳴をあげる。笈田講師と姉道子との関係も、英一にとっては病むことに成功した胸部と同じく、すでに密閉した部分であった。

暗いなあ、これでは暗かねえ、なんとなく暗かねえ、という声があちこちでして、それではもう一つ明るい電球と変えるわ、防護団も壮行会だから文句はいわないでしょう、とコールタールを流しこむような調子で道子がいった。コールタールを流しこむとは、実はさっきから倉地杉夫が考えていたことであった。

彼はさっきから笈田講師と野沢英一の姉渡部道子との、どこかある部分がぺったりくっついたような、からみあうような姿態と言葉のやりとりにむかむかしていた。倉地は定刻の一時間位前に、買出してきた薩摩芋三貫目と蓮根一束、濁酒《どぶろく》一升を渡部家に運んだのだが、玄関をあけても誰も返事がなく、しばらく経って笈田講師が顔の半分を掌で意味もなくこすりながら現れたのである。「やあ、これみんな買出してきたんですか。御苦労だったですねえ」と笈田講師はぺたぺたとした声を出したが、倉地はその言葉に対して直接返事をせず、「奥さんは？」ときいた。「奥さん、あ、おられたようですよ。僕はさっきから渡部さんの書斎で本を読ませて頂いていたものだから」と笈田講師は問わず語りのことまで喋《しやべ》った。「奥さんがおられたら奥さんに云って下さい。僕はまたちょっと出てきますが、あと蒟蒻《こんにやく》が少し手に入るかもしれませんから」といって、その時はすでに蒟蒻を入れた箱を玄関口においていたのだが、笈田講師に見せるのがなんとなく癪《しやく》でそのままとび出したのである。

野沢英一の姉道子の夫、渡部健人が軍医として二年前召集される以前は患者待合室として使用されていた玄関脇の六畳が、壮行会の席として準備されていた。

「二階のお座敷でもいいんですけどね。二階は明りがうるさいでしょ。防空カーテンもこの部屋の方が厚いから」と道子が異常なほどくりかえし弁明していた。「二階は姦通の巣か」と自身思いもかけなかった考えがその時倉地の体に鉋《かんな》をかけるように走った。

「大石君はおそいなあ」と倉地の横に座っていた今宵《こよい》の主人公である久保宏がいった。

「日曜も造機部は残業させるんかねえ」と川南高等造船学校学生の西本晋吉がいった。

「浦川さんもおそいわねえ」と活水女子専門学校学生の戸田みゆきがいい、すぐまた「浦川さん、今夜は手術がないから早くいくからって、昨日電話したとき……」と自分で自分の言葉をひきとった。

「あと誰か来るの」と笈田講師がいった。

「あと、大石さんと浦川さんだけでしょう」と野沢の姉道子がこたえた。

「野沢は？」と久保宏が落着かぬ声でたずねた時、「明りが洩れていますよ。強すぎるよ」というメガホンの声がした。「何ばしよっとや。気ちがいのごたる電気ばつけて」とその背後でぼとぼとと声がした。「壮行会ですけどね」と野沢の姉道子が玄関の方にまわって釈明し、「壮行会じゃろうが何じゃろうが、規則ですけんなあ、十六燭《しょっこう》光以上はカーテンをつけても絶対駄目になっとります」と、メガホンの声からメガホンを取った声がきこえた。

「野沢は自分の部屋にいるよ。さっき、なんかお前にやるものを探してくる、といっとった」と倉地杉夫が久保宏の中途半端になった問いをとっていった。

「何か、何もいらんのになあ、何ももって行けんのに、何もおれはいらんよ」と久保宏がぶつぶつといった。

「お父さんたちどうされたの。とうとう間にあわなかったのね、久保さん」と戸田みゆきが声をかけた。

「ええ船がないとです、明後日の朝、久留米入隊ですからね、もう一日あれば、明後日着く船があるんだけど」と久保宏が答えた。

「間に合えばよかったとにねえ、親父さん、魚を一ぱい持ってきたかもしれんぞ」と西本晋吉がいった。

「いや、この頃は漁区が制限されていて、魚はあまりとれんらしい。家も芋ばかり作っとるとこの前手紙がきたばかりだった。おれもこんなに早く召集がくるとは思わんかったけんなあ」久保宏は五島列島の北方にある村の小さい魚問屋の一人息子で、佐世保商業から去年、長崎経専に進学してきたのであった。いつも誰からか被害を受けているといった口調で話をし、勤労動員作業場では、徴用工員たちからもっとも好かれていた。

「防護団の人、まだ何かいってるの」「大石の奴、おそいなあ」戸田みゆきと西本晋吉がほとんど同時にいった。西本晋吉は、まだ姿を見せぬ大石克彦と野沢英一と同じ長崎中学の出身で小学教師の次男、戸田みゆきは平戸高女出身、カソリック教徒で回船業を経営している家の長女であった。

「なかなかうるさくてねえ。電球やっぱりもとのに替えますよ」といいながら道子が入ってきた。

「外には全然見えんのだから、これでいいはずだがなあ。不合理な規則だなあ」と笈田講師が教室では使わないきんきんした声でいった。笈田講師は学生たちの間ではあまり人気のない教師であった。昭和十七年春前ぶれもなく赴任すると同時に南方貿易史を担当していたが、授業には熱意がなく、いつも学生たちを軽蔑したような目つきをしていた。日支事変が勃発する前年か前々年、東京商大を出る前後に左翼運動に関係したという噂があり、その噂と三十五歳になってまだ独身だということが、ある暗い魅力のようなものとしてかろうじて学生たちの興味をつないではいたが、すすんで笈田講師と接触しようとするものはほとんどいなかったのである。野沢英一だけがどうしたきっかけからか笈田講師を高く評価し、「笈田さんはわかりにくいけれど何かあるよ」といっていた。笈田講師が野沢英一の寄宿している渡部医院で開かれている読書会に出席するようになったのは、むろん野沢英一に招請されたからであった。はじめそのことを久保宏は口を極めて拒否したが、「まあ一回位いいじゃないか」といった倉地杉夫の言葉によってしぶしぶ認めたのである。「今どき読書会なんて意味があるんですかねえ。何を読んでいるんですか」と煮えきらぬ言葉を投げていた笈田講師は、その後、読書会より野沢英一の姉道子の持っている「レコードを聴くため」に渡部医院を訪れることが多くなっていた。

「不合理っていう言葉は、使わない方がいいんじゃありませんか」と、その場の空気とひどくかけはなれた声が突然、笈田講師の背後でおこった。

「えっ、ああ、野沢君か。君は部屋にいると思っていたが」と笈田講師がふりかえった。

「また英ちゃんの〝神経〟がはじまった。今日は駄目よ英ちゃん〝反万葉的〟は……」と野沢の姉道子がつとめて冗談にするような口調でいった。

「ああこれは野沢君の得意の論法にひっかかったなあ」とはっきりせぬ言葉を口の中で呟きながら笈田講師が野沢英一に媚《こ》びるような空笑いをした。

「野沢、しばらくやったな、お前んとこ、また作業場が変ったたってね。今日は休みだったのか」と西本晋吉がいった。「うん」と曖昧《あいまい》な返事を野沢英一がした。

「不合理っていう言葉を使ったらどうしていけないんですか、先生」と倉地杉夫が笈田講師の空笑いをぴたりと打砕くような声でいった。

「いや、野沢君のいっている意味はよくわかるんだ。合理的なものと不合理的なものとを対決させるだけでは何の発展もないっていってるんだね。野沢君は」と笈田講師が倉地杉夫の言葉を半分くぐり抜けるような調子で野沢英一の方を見た。

「合理的なものがそのまま正しいとは……」

「しかし……」と野沢英一と倉地杉夫が同時にいいかけた時、「さあ、議論はやめにして。電気を暗くしますよ」といいながら、道子が電球を替えるためにスイッチを切った。一瞬、黒い流れの中で、「しかし言葉だけ摘発してみても何にもならんじゃないか」という次の言葉をぐっとのみこみながら、倉地杉夫は「野沢は大分変ったな」と考えていた。

電燈がともり、「やっぱり暗いですねえ」といいながら道子がスイッチの手をしばらくそのままにしていた。

「大石はなぜこんのかなあ」と久保宏がいい、「倉地さん、今日浦川さんから何か」と戸田みゆきが答えはわかっているのに聞くといった調子で倉地をみた。

「いいえ何も。今日、日曜だったけど僕は朝のうちちょっと学校に出たんですが、浦川さんにはあわなかった」と倉地はこたえた。

「浦川さん、今日のことははっきり知っているんですか」と西本晋吉が、これもまた答えのわかっていることをきいた。

「ええ、昨日電話したとき、今日は少し早くいって手伝うからっていってた位だから」と戸田みゆきがこたえた。

「うちの人たちは間に合わなかったんか」とさっき戸田みゆきがきいたことと同じことを野沢英一が久保宏にきき、「うん、明後日着く船があるんだけど……間にあわん。もう一日あればその船を待って入隊でくっとだが」と、やはりさっきと同じことを、しかしさっきより低い声で久保宏がこたえた。何か、皮の一枚めくれたような暗い沈黙がしばらくつづき、誰かがまた「暗かねえ」と呟いた。両手を後につっぱって上半身を支えるような姿勢で倉地杉夫は、久保宏の白っぽいぬらぬらする唇をみていた。

いつか、「お前の唇は魚の腹子のような感じがするね」と彼は久保宏にいったことがある。たしか映画『怒りの海』を一緒に観ての帰りで、どちらからともなく港のみえる岸壁に足を向けたときであった。その時倉地杉夫は、それまで読書会以外はあまりつきあいのなかった久保宏と一挙に親しい関係に入ろうとしてそういう表現をしたのだが、久保宏はその言葉にひどい衝撃をうけたように、「何や、魚の腹ごお、やっぱりそうみえるかねえ……」といったまま、急に黙りこんでしまったのである。防空被いをつけた赤いランプが海の上を音もなく滑るように走っていき、「少しでいいですよ。田中さんおねがいしますよ」といううずくまった女の声が待合室の中からとぎれとぎれにきこえてきた。「親父が酔っぱらった時ね、お袋によく酔狂してそういうんだ。お前の唇は腐れとる、お前の口は魚のジゴ（内臓）のごたるぞって……おれはお袋にそっくりだからなあ……」倉地杉夫は慌てて「そうじゃない、そういうつもりじゃなかったんだ」といおうとしたが、どうしたのか久保宏はその声が耳に入らぬように半分泣きべそをかいたような顔で、自分の育った家のことを語りはじめた。それによると、彼の母親は若い頃、呼子港の女郎屋にでていてそこで彼の父親と知り合ったというのである。彼は小さい頃よく「おい女郎の子」とからかわれたが、ものごころつくまではっきりその意味がわからなかった。佐世保商業に行くようになって、はじめて「女郎」といわれる海軍さん相手の女たちをみた。そのため一年の夏休みには彼はほとんど両親と口をきかなかった。「お袋はね、化粧おすみといわれているんだ。化粧をおとすと魚のジゴ（内臓）のような顔色になるからそれでいつも化粧しとる。おれの村はお祭の時でもなけりぁ誰も化粧するものはおらん」と、足下の岸壁を叩く波に訴えるようにいう久保宏に「すまんやったね、悪かことというて」と倉地杉夫は詫《わ》びた。「いや、面白うない話をきかせたねえ」と久保宏はいった。その夜以後、倉地杉夫と久保宏は急速に親しくなったのだが、「魚のジゴ」という言葉はそれっきり二人の間には禁句となったのである。

「ドイツはよう戦うねえ」という西本晋吉の声がして、久保宏の唇をみていた倉地杉夫の視線が断ち切られた。

「もう戦う以外に仕方がないからねえ」という久保宏の声がし、「ベルリンは陥落するやろうかねえ」という西本晋吉の根元の太い声が、彼の丸い顔に矛盾するようなひびきでつづいた。

一度畳の表面にまるく輪をえがいて落ちた暗い電燈の光りが、道路に面して垂れ下った窓の防空カーテンに反射し、その弱い光と影が、皆のざらざらした表情を夫々《それぞれ》隈《くま》取《ど》って、ぼんやりうつしだしていた。まだそれほど時間は経っていなかったが、疲れ切ったような気分が少しずつ部屋の中を支配しはじめていたのである。野沢英一は黙っていた。戸田みゆきも黙っていた。笈田講師は野沢の姉道子の方にいったん向けた顔をすぐもとに戻し、野沢英一の濁った視線がまるで自分にまといついているかのようにぴちゃぴちゃと右手で顎《あご》から頸筋《くびすじ》をたたいたり撫でたりしていた。倉地杉夫も黙っていたが、彼は「おれの魚のジゴを久保宏はききたかったのかもしれんなあ」と、さっきの続きを懸命になって考えていたのである。そしてまた「おれのジゴを話したら久保宏は楽になっていたかもしれんなあ」というふうに考えてきたとき、「お母ちゃーん、クニ子姉ちゃんがねえ」という圭子の声がして、野沢の姉道子が立上った。「本当によくされるわねえ」と言外に「先妻の子で、しかも病人を抱えて」という意味を含めながら戸田みゆきがいった。

「浦川君くるのかな、大石君どうしたとやろかねえ」と標準語と地方弁をちゃんぽんにして西本晋吉がいった。

「久保君、兵種はわかっているんですか」笈田講師がしきりに頸を動かしながらいった。

「船舶兵です」と久保宏が、彼がいつも笈田講師に対していう棒よみのような口調でこたえた。その調子がいつもより上ずっていて、その上ずった部分を消すように、「上陸用舟艇《しゅうてい》なんかを扱うらしいです」とおさえた声でいい足した。

「へえ、船舶兵で久留米に入隊するのか」と西本晋吉がいい、「どこかにやられるんだろう」と久保宏がこたえ、「浦川君たち、本当におそいなあ」と倉地杉夫がいった。

鈍い電球のまわりをさっきから胴体だけいやにふくれ上った茶褐色の虫が、ズーズーという老人の寝息のような羽音をたててまわっている。誰も気づいているのだが何もいわない。その時、野沢の姉道子が戻ってきて「あまりおそくなってもなんだからやりましょうか。御馳走はこんできますよ。今日の御馳走は倉地さんの大活躍、戸田さんの卵、久保さんのするめと米、配給がなかったのでうちでは何にもできなかったんですよ」と一気にいった。

「倉地すまんかったなあ」と久保宏が頸をまげるようにしていい、「倉地は買出しの天才だからなあ」と西本晋吉がいった。野沢英一はその声に眼をそらすようにして、胴体の肥《ふと》った電球の虫を眺めていた。「茂木にいってきた」と短く答えながら「自分も食べるくせに、買出しは不忠だと考えているんだから野沢はやりきれんなあ」と倉地杉夫は思った。「運びますからね、戸田さん手伝って下さい」と道子がくりかえし、「さあやるぞ」と久保宏がわざとらしくはしゃいだ。「それにしても暗かねえ」と西本晋吉がいい、それが倉地杉夫には「暗い壮行会だねえ」というふうにきこえた。

「じゃ、簡単にお祝いを……」と笈田講師がいって、皆が姿勢を正した。倉地杉夫はちらと、暗い電球にまといついている胴体の太い羽の小さい虫を見上げたが、すぐまた眼を伏せて笈田講師の次の言葉を待った。「久保君はきっといい兵隊になると思う。月並なことはいいたくないのですが、祖国を守るために直接銃をとることほど今日幸福なことはないと思います。なぜなら、祖国を守る行為がすべての生活、学問、芸術体系の基礎になるべきであり、今日から久保君はその最も先頭にたたれるわけですから……」「笈田講師はもってまわったいい方をするな」と思いながら倉地杉夫は、視線をじいっと久保宏の胸から上にあげていった。久保宏のとがった頬が少し紅《あか》くなり、眼だけがひどく疲れているようにみえる。そして倉地杉夫は「もっと前から君と知っておればよかったなあ……それでも俺は佐世保商業だし、君は長崎中学だから、こうして知りあったのも運がよかったのかもしれんねえ」と久保宏がいったことを考えていた。それはつい先日、勤労動員先である三菱造船所第三ドックの休日に、倉地杉夫の下宿をたずねたときであった。「今日は一日中しゃべっていたいから、しゃべらせてくれ」と彼はいい、「医専はいいな、勉強ができるから。おれたちはもう一週間に授業八時間になったけんねえ」と畳の上をごろごろ寝ころんだのである。

「……久保君、どうか立派にたたかって下さい」と笈田講師は言葉を結び、と同時に西本晋吉と戸田みゆきが「久保、しっかりやれよ」「久保さんがんばってね」と予科練を送るような声で激励した。

「ありがとう」といいながら久保宏は皆の言葉に一つ一つうなずきながら、ふっとその眼を倉地杉夫の前に止め、慌ててその視線をもとに戻した。

「何もないが、これもっていってくれ。いつか君がよみたいといっていたから」といって、野沢英一が一冊の本をさしだした。

「なにもいらんよ、心配せんでいいのに」といいながら久保宏がその本を受取り、「お、佐久良東雄《さくらあずまお》か。お前の秘蔵の本じゃなかったんか」と声をあげた。

「もっていってくれ」と野沢英一が少し気負った声でいった。「野沢はこの頃変ったなあ、まるで自分だけが戦争に協力しているようなことをいうからねえ。万葉研究会に入ったら勤皇が一〇〇点で、入らんから四〇点というわけじゃなかろうになあ」と休みの日、久保宏がいったことをちらと思いうかべながら、倉地杉夫はじっと久保宏の手の中にある『佐久良東雄』をみつめた。彼はそのとき久保宏の言葉にこたえて「勤皇四〇点とはよかったなあ」といって笑ったのである。

「本当に貰っていいのか、大切にするよ、一生懸命よむけんねえ」と久保宏がいった。

「ほう、佐久良東雄ですか」と笈田講師が久保宏の手の中をのぞくようにしていった。

「笈田講師に佐久良東雄の精神がわかってたまるもんか」と倉地杉夫は思い、「足利の、醜《しこ》の奴《やつこ》を真二つに、切りて屠《ほふ》らば、うれしくありけむ、佐久良東雄」といった。

「まあ、倉地さんすごいじゃないの」と戸田みゆきがいい「倉地の佐久良東雄と高山彦九郎は有名かもんね」と西本晋吉がいった。

「厭世思想から皇道思想に移るときが重要だからな」と、倉地杉夫の歌よみと西本晋吉の言葉に明らかに気分を害したらしく野沢英一がいった。そしてまた「天保六年、二十五歳、そこんところが大事だからな」といい足した。

「ふん、自分だけが勤皇だと思ってやがる」とさっき考えていた久保宏の野沢英一に対する批判と同じことを思い、「野沢英一の方が勤皇だよ」というい方が皮肉になるかどうか考えているとき、「野沢君は勉強していますねえ、皇道理念というものをもう一度哲学化してみるといいな」とまるで筋の通らぬようなことを笈田講師がいった。

「……」

倉地杉夫は、ふたたび電球にへばりついた胴体の太い虫をみようとして顔をあげたが、どこにかくれたのか茶褐色の虫の姿はなく、ただ黄色い花粉のようなものが暗い電燈の光りの中に暗い虹のようにちらちらと乱れていた。彼はいまもし自分が暗誦《あんしよう》している、弘化元年正月、佐久良東雄が親友色川三中《いろかわみなか》に宛てた手紙「さてさて、とにもかくにも生甲斐なき世の中に御座候。世間の人は何をあてにたのしみ居候ものやとあやしくのみ存じられ候、今日何を見候ても、羨《うらやま》しいと存じ申さず候。もしや狂気いたされたかと相考《あいかんがえ》候えども、左様にもなき事のように存じられ候」をこの場ですらすらと読上げたら、野沢はどんな顔をするだろうかと思い、しばらくその誘惑とたたかっていたのである。

「さあ、みなさんどんどん食べて下さい……先生はこの方がよろしいんでしょう、この酒はお燗《かん》をしない方がいいんですって……」と野沢の姉道子が、倉地の買ってきた濁酒《どぶろく》の瓶を持って笈田講師の顔に自分の顔を近づけるようにいった。渡部道子の顔の片面が別の片面に黒く埋没していくような、そういう表情をして彼女は笈田講師をみていた。野沢英一とちょうど十年齢《とお》のちがう二十九歳の彼女は、いつもある熟れた部分がそうでない部分と必死になって格闘しているような、中途半端ではあるがひどく性的な顔だちをしている。彼女は美貌であった。彼女は女学校専攻科を卒《お》えると間もなく断れば断れた話に自らすすんで現在の良人、医師渡部健人の話を承諾したのである。渡部医師は数年前妻を失い、精神薄弱児の一人娘クニ子を抱えていたが、道子はためらわなかった。彼女に最も近かった親友だけがその真相を知っており、「あの時道子さんは普通の体じゃなかったんだけど相手が行方不明になったんよ」とこっそり呟いていた。

「僕にも注いで下さい」と倉地杉夫がいった。「はいはい」といって道子が倉地のコップになみなみと濁酒を注いだ。「今日は倉地さんに大いに飲んでもらわなくちゃ、笈田先生と二人しか飲める人はいないんだからね」

「おい久保、飲んでみないか。一杯ぐらいよかろう」と一気に飲み干したコップをさし出しながら倉地杉夫がいった。

「うん、飲んでみろかね」と久保宏がいい、「飲め飲め、おれも飲むぞ」と西本晋吉が倉地のコップをとった。

「野沢さんあなたも飲んでみたら」とさっきからむっつりしている野沢英一に戸田みゆきが声をかけ、「いつかずっと前に一度飲んだことがあるわね、ほら、倉地さんが買ってきて、倉地さんだけ大きな声だして歌って、面白かったわね」といった。

「いまの学生は酒の味を知らないんだね、僕等のときは予科時代から随分飲んだものですよ」と笈田講師が、さっきからの言葉のうちで一番真実の響きを含んでいるような言葉をはいた。

「コンパなんかするといつも酒がでてね、ものすごい酒豪がいましたよ、一升位一人で飲んでケロリとしていたからねえ」

「昔の学生は随分飲んだらしいですね」笈田講師の言葉の調子に少し好意を感じた倉地杉夫がいった。

「ええ、僕等日支事変になってから、あまり飲まなくなったけど……」笈田講師はそこでぶつりと無理に言葉を切ったとわかるように口をつぐんだ。そして「なんといったって昔はねえ」という曖昧な言葉をそれにつけ加えることで、よけい前に切った言葉を無理な響きにしてしまったのである。笈田講師は明らかに「僕等日支事変になってから」という言葉に抵抗を感じたのであった。

「日支事変の時、先生は商大ですか」とふたたび理由なく笈田講師を許さぬ気持になった倉地杉夫が、冷然として質問の言葉を準備したとき、「今晩は、おそくなりました」という浦川節子の声が小さく玄関の方でした。飲酒に馴れぬものがよくやる、水道の水を飲むような飲み方で一気にコップの濁酒《どぶろく》を久保宏が傾け、「久保さん、うまい、うまい」とちょうど戸田みゆきが喚声をあげかけたときであった。彼女はその喚声をひっこめ、かわりに、「あら、浦川さんね」といって立上った。

「それがねえ、大変だったとよ。今まで警察に置かれて。ああ何からしゃべってよいかわからん」と部屋に入るなり浦川節子がいった。

「それがねえ、昨日第二外科の沖さんが警察に呼ばれて、帰ってこなかったんよ、それで私、心配だったから、今日はどうせ日曜で半日休暇だし六時からここに来ればよいと思って、お昼すぎ警察に行ってみた、そしたら……」と浦川節子は出身地である離島の炭坑のなまりがぬけきれぬ言葉で語りはじめた。彼女が警察署の受付で沖富枝に面会を求めると、「待っておれ」といいながら薄笑いを顔じゅうに浮べて巡査が奥の部屋に入っていった。浦川節子は一時間余りも受付の前の固い木椅子に腰かけて待っていた。「待っておれ」といって奥に引込んだ巡査はなかなかあらわれず、一時間ほどして、代りに恐ろしく平べったい顔をした巡査がでてきた。「君かね、沖富枝に逢いたいというのは」とその巡査が顔の形と全く同じ調子の声でいった。「はい」といった。それから彼女はその平べったい巡査に連《つれ》られて奥の廊下を通り、その廊下のつき当りにある硝子戸《ガラスど》に反古紙《ほごがみ》のべたべた貼られた部屋に行った。部屋には一人の金筋の汚れた男が坐《すわ》っていて、浦川節子が入るとすぐつれの巡査に「日曜だというのに御苦労なことだな」と吐きすてるようにいった。その言葉は平べったい巡査への労《いたわ》りとしていわれたものではなく、自分自身に対する愚痴であることは明瞭であった。浦川節子はそう感じた。平べったい巡査が去るとすぐ、「君は沖富枝とどういう関係にあるのかね」と金筋の汚れた男がいった。「どういう関係って、友達ですから」と彼女はいった。「養成所が同期かね」と男。「ええ」「村瀬と沖の関係は知っているね」「関係？」「白《しら》っぱくれるなッ」と汚れた金筋の男が、あっけにとられる程の大声をあげた。

「去年ほら、京城帝大から来られた若い先生で、村瀬という方がおられたでしょう。アカだとか何とかいわれて大邱《たいきゅう》医専に転任になった、あの先生がまだここの警察にいられるんよ。富枝さん何にもいわなかったけれど、どうもあの先生と連絡があったらしいんよ……」

浦川節子の言葉は当然、長崎医大医専学生倉地杉夫に向けられていた。倉地杉夫は浦川節子のいう村瀬医師を知っていた。特別の接触はなかったが、近く助教授を予定されているという京城帝大医学部出身の、まだ三十歳代の、しかしお世辞にも秀麗とはいえない顔をした朴訥《ぼくとつ》な感じのする研究助手であった。

「で、どうして」倉地杉夫は浦川節子に次の警察での様子を促がした。

「それからいろいろ調べられてね、なにをきかれているのかさっぱりわからなかったけど、私たちのやっている読書会のことなんかをきかれた」と浦川節子がいった。

「読書会のこと」と、笈田講師がその時びっくりするような咽喉《のど》につまった声をあげ、「読書会のことをきかれたんだって」と慌てていいなおした。

「読書会のことどうして知っているのかなあ」と間のびした大声で西本晋吉がいった。

「そんなことより、どんなふうにきかれたんですか」と笈田講師が浦川節子に迫るようにいった。

「どんなふうにって、名前だとか、何をやっているかとか」と浦川節子はこたえた。彼女は読書会のことよりもっと別のこと、沖富枝と村瀬医師の事件についてしゃべりたかったのである。

「沖富枝はね、村瀬から手紙を受取って、部屋とか何かを始末してくれるように依頼されているんだ。それだのに君は沖と村瀬との関係を何も知らないといっているんだな」と汚れた顔色の男がいったのである。汚れた金筋が汚れた顔をなでているといった表情をしてその男はたたみかけた。「え、沖富枝は村瀬の何かね、情人《いろ》かね」「そんなことはありません」と彼女はこたえた。「そんなことはないってどうしてわかるんだ」「沖さんとはいつもつきあっていましたし、沖さんは養成所の係りをしていましたから、そんなことで村瀬先生知っておられたんじゃないでしょうか」と浦川節子がいった。

「しかしおかしいなあ。そういうと村瀬先生は警察から手紙を沖さんに出されたわけだろう。警察から認められている手紙で、沖さんに部屋の整理を依頼されたからといって、それがどうして沖さんの罪になるんかなあ」と倉地杉夫がいった。

「それよりね、読書会のこと君は何といったんですか」と笈田講師がさっきと同じことを繰返した。

「何といったって、あたり前のことをいいました。島崎藤村、夏目漱石、中河与一、浅野晃、長塚節などを読んだことなど……」

「えっ、長塚節もいったんですか、出席者の名前なんかは」笈田講師が狼狽《ろうばい》していることは誰の眼にも明らかになった。笈田講師の声は顫《ふる》えていた。倉地杉夫は笈田講師がなぜそんなに動顚《どうてん》するのか不思議な気がした。

「出席者の名前は全部いいました。先生の名前もいいましたけど悪かったんですか」と浦川節子がちょっと心配そうにいった。

「え、僕の名前もですか、それはいかんなあ」と笈田講師が顫える手で濁酒《どぶろく》のコップを二三度置いたり持ったりした。

「それよりね、沖さんのことが心配なんよ。別に沖さんに悪いことはないから大丈夫だと思うけど……村瀬先生はどうしてまた、大邱医専にいかれなかったんでしょうかね」と浦川節子がいった。

「大邱医専も何も、村瀬という人は反戦運動でひっぱられたんだ」とさっきから黙っていた野沢英一がいった。

「反戦運動！」と笈田講師がまた声をつまらせ、道子が、何をまたいいだすかというふうに「英ちゃん」といった。

「村瀬という人はね、俳句会を通じて反戦運動を指導していたんですよ。浦川さん知っているはずだがなあ」と野沢が頬をぴくりと動かして浦川節子をみた。「野沢の頬はブリキのように動くなあ」と、別にブリキに意味があるわけではないが倉地杉夫はそう思った。

「俳句会って、沖さんのでていた養成所の俳句会のことですか」と浦川節子が野沢英一の顔をみた。

「警察では何もきかれなかったですか」と野沢英一がいった。

「野沢はよく知っとるね」と倉地杉夫が詰問するようにいった。

「村瀬という人のことなら知っとるさ。万葉研究会は反戦運動を徹底的に摘発しているんだ。ちょっと待っとれ、その俳句というのを持ってきてやるから」と野沢英一が、まるでさっきから圧迫をうけていた勤皇を取戻すように勢《いきおい》よく立上った。

「なんか、ようわからんね」と西本晋吉がいった。

「読書会がなぜ、悪いというのかね」と久保宏がいった。

「村瀬っていう人、ほんとに赤だったの」と戸田みゆきがいった。

「読書会はもう解散した方がいいでしょうね、別に読書会を僕たちは何も別の目的でやっていたわけじゃないが、私たちには何も関係のないことだが、久保君も出征するし、野沢君も万葉研究会にいっているし、この際、もし何かあるとみられても嫌だからはっきりしといた方がよいでしょうね」と笈田講師がいった。

「何かあるとみられるんですか、読書会をやると」と皮肉でなく倉地杉夫が本気になってきいた。

「いや、別にどうみられるかということではなくて、いまの状態では読書会をやること自体に問題がある、そういうふうになってきたんですねえ」と笈田講師がこたえた。

「どうしても分らんなあ、おれたち勤労動員をサボっているわけではないし、作業の合間に勉強するのがどうして悪いのかなあ」と西本晋吉が意外そうな顔をした。

「おれが兵隊に行ってからも読書会は続けた方がいいなあ、そうでないとみんなバラバラになってしまうからね」と久保宏がいった。

「いや、そのバラバラになるという考え方が、僕は危険なんだと思うね。そう警察はみているんだね、やっぱり解散した方がいいでしょう。個人的な交際はまた各自の自由にして」と笈田講師がいった。

「私が悪かったんですか」と浦川節子がいった。笈田講師は黙っていた。「君は悪くないよ」と倉地杉夫がいった。

「バラバラになるという考えがどうしていけないんかなあ、世界観からいえば、僕ら戦争遂行に完全に協力していると思うんですが」と久保宏が珍らしく執拗にいった。「僕ら」

という改ったいい方に、その強い調子がでていた。

「世界観と別に組織というものが動いていくんですよ。組織というものはそういう働きをするんです、だから……」と笈田講師がいった。

「読書会は組織じゃないでしょう。僕は組織だとは思わんなあ」と組織という単語に敵という概念を含めるように久保宏がいった。珍らしく或いは恐らく始めて、組織という単語を使用した笈田講師の口もとの辺りを、倉地杉夫はじっとみつめていた。笈田講師の舌が二つに割れている。「こいつは偽物だ、勤皇でも佐幕でもない」という感じがつっと倉地杉夫の横っ腹のあたりをとんだが、彼はその感じをすぐ打消した。自分でも曖昧にしかその理論が摑めなかったからである。

「組織ねえ」彼はどっちともつかぬことを口にした。

「読書会は組織じゃないわね」とあたかもそうみられたことが心外というように戸田みゆきがいった。

「読書会は世界観を戦争遂行に向って再編成する実践行為ですよ」と西本晋吉が、自分の理窟によろめくような声でいった。

「やっぱりバラバラという考え方が悪いのかなあ」と久保宏がいった。「しかしおかしいなあ」と彼はまた前の言葉を否定するような呟きを洩らした。

野沢英一が何か写し取った紙片を手にして二階から下りてきた。倉地杉夫の目の前を、鈍い羽音をたてて季節はずれの虫がジグザグに飛んでいった。グラマンのような虫だな、と彼は思う。胴体の太い、さっきの電球にへばりついていた虫であった。

「俳句会っていうのはこれなんだ。村瀬という男はこういう俳句を紹介しているんだからなあ」と野沢英一が今から読むぞという動作をして、立ったままでいった。村瀬という人から村瀬という男にいい方を変えた野沢英一の細い顎を、倉地杉夫は「細い顎をしているなあ」と思って見た。

「ずっと反戦句がでているんだけどね……」と野沢英一はちょっとそこで言葉を切った。

「ちよろずのかなしみの雪ふる島あり、という去年の句があるんだけどね、大連にいる坂口という医者の作った句だ」

「医者？」と、倉地杉夫がきいた。

「うん医者だ、そうかいてある……読むよ、大東亜戦争以後の分をよんでみるよ。……黒潮くらし魯迅選集を手にしたる、高校生よごれ大陸の駅にいる、これは勤労隊のことをうたったものだ。勤労隊原色の土産買いかえる、というものもある。夜の壁には交響曲を廃墟と聴く、苦力みんな咳して流れる街あり、苦力昇天くらい鉛の街である、神々は死し一隻の船くだる、葬列がゆく困憊《こんぱい》の天のもと、海も河もしんしんと凍りわが喪章、ひと葬りぬ氷片浮ける蒼海《そうかい》のほとり、黄沙のもと流離の人らくちづけあう……まだいくらでもある……」野沢英一がまるでそういう厭戦句を嬉しがっているのではないかと錯覚するような、まるで自分が作ったような調子でよんだ。

「死人のような句だな」と西本晋吉がいった。

「葬列がゆくっていうのが戦争に反対しているのかしら」と戸田みゆきがいった。

「暗い句だね」と久保宏がいった。

「その句を作った人は医者なのか」と倉地杉夫がまたいった。

笈田講師と浦川節子と野沢の姉、道子は黙っていた。

「村瀬という男がこの句を素材にして長崎医大で秘密組織を作ろうとしていたらしい」と野沢英一がいって坐った。さっき笈田講師のいった「組織」といまの「秘密組織」という言葉がはからずも重なって皆の胸を衝《つ》いた。

「沖さんはそんな、秘密組織なんかに入るような人じゃないと思うけど」と浦川節子が心細い声でいった。

「ふーん反戦俳句ていうのをはじめてきいたなあ」と西本晋吉がいい、「野沢さん、どうしてそんなこと調べたの。野沢さんたち、そんなこと調べているんですか」と戸田みゆきがそんなことをして心配だという顔つきで野沢英一をみた。戸田みゆきは野沢英一の繊細な顔と、いつも苛《いら》だつような声の響きを好きだと思っているのである。

「読書会はやっぱり解散した方がいいね。そんな俳句会と同一にみられる恐れがないともいえないからねえ」と笈田講師がいった。

「俺たちの世界観をよっぽど錬成しておかなければ、こういう文学にひっかかる恐れがあるんだよ」と野沢英一が勝誇った顔つきでいった。

浦川節子はふっと島の炭坑の坑底で働いている年とった父のことを思った。さっき野沢英一がよんだ句の感じがなんとなくそうだったからである。西本晋吉はただ珍らしいものをきいたというように小さい眼をぱちぱち動かしていた。久保宏は、どうしても船がなかったんだなあ、それで……と、北五島の家と母親のことを考えていた。

グラマンのような茶褐色の胴体の太い虫がひるひるという、ちょうどいま野沢英一がよんだ反戦句のような羽音をたてて、電球から滑り落ちる体を懸命にたてなおしていた。

倉地杉夫はおかしな句だなと思った。勤皇からずっと離れている句だが、それを弾劾《だんがい》する権利が野沢英一と笈田講師に果してあるかと思った。野沢の姉道子にもない。そして、と同時に、彼は兄と父と嫂《あによめ》のことを猛烈に考えはじめたのである。

倉地杉夫は北満洲孫呉の駐屯部隊にいる兄と、嫂と父について考えはじめた。野沢英一が勤皇の声で摘発した反戦句が重苦しく兄と、父と、嫂の頽廃《たいはい》した関係に重って、倉地杉夫のみつめる濁った電球の中で、黒い蛾《が》のような光りを放ったのである。今年の正月、倉地杉夫が福岡県の田舎の家に帰った時、兄は「息が凍るというが、本当だ。大陸にきてもう三年になるが、こんな厳寒の土地ははじめてです。父さんを呉々《くれぐれ》も大じにしてくれ」と末尾に書いた手紙を彼に送ってきていたが、その手紙をよむ彼の頭上で、不潔なほど若やいだ父の声とその父に給仕する嫂の声がした。書棚に大正末期の世界文学全集を並べ、貧しい患家への請求も容易にできぬ父を彼はずっと誇りにしていた。母はすでに彼が小学校に上らぬ前に死亡し、父は男手一つで彼と彼の兄を育ててきたのである。彼の父はよく彼と兄に向って、人間的なものを摑む読書をせよといい、ヒューマニズムという言葉を口ぐせのように使用した。長男にもあえて医科を強制せず、兄の希望する私立大学の文科を認め、卒業するかしないうちに愛人との結婚を許したのである。だが大東亜戦争が勃発すると同時に、それらすべての「人間的なもの」とヒューマニズムは一挙にあえなく倉地杉夫の目の前で崩壊し去った。兄が召集されて約八カ月後、第一次ソロモン海戦の戦果を伝えるラジオのボリュームを大きくするために通り抜けようとした、診療室につづく部屋の中で、嫂純子の肩を抱いている父親の姿をみたのである。

「なにか病気とか死ぬとかいう句が多いわねえ。何も、希望のないようなうた……」と野沢の姉道子がいった。

「詩みたいな俳句ねえ……でも沖さんは関係ないと思うよ」と浦川節子がいった。

「沖さんという人に結局面会できたの」と戸田みゆきがいった。

「面会できるもんですか。どんなふうになっているかさっぱりわからんとよ。本当は今日警察で調べられたことを誰にもしゃべるなっていわれていたんだけどね」と浦川節子がいった。

「事件はかなり大きなものに発展するらしいから、浦川さんも気をつけとった方がよいと思うね」と野沢英二がさっきとはまるで変った乾いた声でいった。

「そうだ、その沖さんとかいう人とはなるべく接触しない方がいいな」と笈田講師がいった。

「そんな……」と浦川節子が後の言葉につまった。彼女は「そんなことをいっても、富枝さんと私は友達だから」といいたかったのである。

「面会位いったってかまわないじゃないですか」と倉地杉夫がいった。彼はその自分の言葉にあまり責任をもたないでいったのだが、笈田講師に対してなんとなくいつも反対したくなるのを感じるのであった。

「やっぱり警戒した方がいいんじゃないですか、何にもないといえばいえるが、奴らはどんなとこからでも、どんなことでもひっぱりだしてくるからね」と笈田講師がいった。その声がふだんと少しちがった、ひどく執拗なものに倉地杉夫にはきこえた。それにいま笈田講師は不用意に警察のことを「奴ら」といったのだが、その「奴ら」といういい方が倉地杉夫には何か異常な、笈田講師らしからぬものに感じられたのである。警察を「奴ら」と呼ぶいい方は明らかに危険思想であり、何かしら笈田講師の身にそぐわぬものに思えたが、奇妙なことに倉地杉夫はその「奴ら」という言葉をきいてふたたび笈田講師を許すという気分が襲ってきた。「俺は矛盾しているな」と倉地杉夫は思った。彼の脳髄の中にはいつも何かだらりとしたもの、黒々としたもの、赤々としたものが混合して一塊になったという部分があり、そこのところがどうしても彼にはよくわからぬのだが、いま、そのわからぬ部分が鋭い牙のように頭をもちあげてきて……。佐久良東雄の手紙とヒューマニズムと、ヒューマニズムは願い下げだな、と彼が笈田講師の愕然とした表情をみながら考えはじめたとき、腐れたヒューマニズムのような野沢英一の声がきこえた。いや野沢英一の声ではなく、「腐れたヒューマニズム」とは倉地杉夫がかねて自分の父親のことを考えるとき使用する言葉であったのだが。

「先生、奴らというのは反戦思想の連中じゃないですか。先生のいい方をきいていると……」

「英ちゃん、先生に対してそんな」と道子が遮《さえぎ》り、「いや、いいです」と笈田講師がいった。

「いいですよ、野沢君、いって下さい」と笈田講師が改めていいかけた時、暗い電燈が段々としぼんでいくように消えた。

「停電ね」と戸田みゆきがいった。「停電か」と西本晋吉がいった。「もうそんな時間かしら、すぐローソクもってきますから」といって野沢の姉道子が立って行った。「大石もうこないのかな」と久保宏が暗闇の中でいい、「まだそんなおそくないよ、大石くるかもしれんよ」と野沢英一がいい、それで皆救われたような気分になった。「奴らの追及はとりやめか」と少し笈田講師に味方するように倉地杉夫は思った。暗闇の黒さが急に皆を一挙によりそうような気持にさせ、その時、ごくかすかにゴトゴトという市電の車輛の響きが伝わってきた。

「電車の音がきこえるんだねえ、電車の音は何か時々淋しくなるねえ」と久保宏がいった。

「貨物列車の音も何かひきずり込まれるようなものがあるねえ」と西本晋吉がいった。

「炭坑のゲージの音も悲しかよ」と思ったが浦川節子は黙っていた。

「西本の入隊延期はいつまで？」と野沢英一が中学生のような声でいった。

「ああおれか、この前の徴兵検査の時は一応来年の春までということにしてあるんだけどねえ、しかしこうなったらどうなるかわからんよ」と川南高等造船学校学生の西本晋吉がいった。

「野沢さんは？」と戸田みゆきがきき、「うん、僕は丙種だけどすぐくるかもしれんね」と意外に素直に野沢英一がこたえた。

「倉地は」とは誰もきかなかったが、しかし誰もが「医専がいちばんいいさ、入営延期で勤労動員もないから」と考えているに相違なかったのである。その何か固まりかけたような空気に倉地杉夫が激しく抵抗しはじめた時、「倉地、おれの分まで勉強しとけよ」とあたたかく、どこか倉地杉夫の生《なま》の部分までとどくような声で久保宏がいった。

「うん、勉強するよ」と倉地杉夫はいった。「久保宏は深い人間だなあ」とふっと眼の底から何かが滲みだしてくるような気持でそう思い、「うん、勉強するよ、おれもお前に負けんようにたたかうよ」と倉地はもう一度いった。

「久保さん、体を大事にしてね、あたしも手紙をかくからね」と浦川節子がいった。そのいい方があまり切なくきこえたので、皆がふふふと笑った。

「あらあ、どうして笑うん」と浦川節子が暗闇の中でいい、それでまた笑い声が悲しいように高くなった。

「何か面白いことがあったんですの」といいながら道子がローソクの明りをもってきたと

き、電気がついた。そのことで誰もが再び笑いだし、その必要以上に調子を高めた笑いがしばらく波のように暗い電球のまわりを揺れ動いて人々の口を軽くした。

「このお芋のてんぷらたべますよう」と戸田みゆきがはしゃいだ。

「ズルチンがよくないから、あまり甘くないのよ」と道子がいった。

「何か今日は胸がいっぱいになって、あまりたべられんねえ」と西本晋吉がいった。

「嘘つけ、お前は皮膚まで胃袋のように口をぱくぱくあけとるってこの前いっとったじゃないか」と久保宏がいった。

「皮膚までぱくぱくはよかったわね、はっはっはっ」と浦川節子が笑った。

「おいしいですよ、こんな甘いのは久しぶりにたべますよ」と笈田講師がいった。

「久保さんとはたった一年にしかならんのに、ずうっと昔からのお友達みたいだったわね、戦争がひどくなったからかしらん」と戸田みゆきがちょっとためらうようにいった。ズボン風に断切《たちき》ったモンペの上においた、そのナットだこのできた白い手が「戦争がひどくなったからかしらん」というとき、心もち顫《ふる》えるように動いた。

「そうだ、久保宏とはたった一年にしかならんのだ」と倉地杉夫も思った。久保宏が大波止の岸壁で、化粧おすみとよばれる自分の母親のことを彼に告げたのは何カ月前だったのか。戸田みゆきがいうように確かにそれは「戦争がひどうなった」からかもしれぬ。戦争がひどうなったからか、そうか。倉地杉夫はその時二杯目の濁酒《どぶろく》を飲み終っていたが、彼はふいに自分の思考が宙ぶらりんになったような気がした。

久保宏のジゴをきいたまま、自分のジゴをまだいっていないということと、「戦争がひどうなった」といういまの戸田みゆきの言葉とが蝶番《ちょうつがい》のような形にぱたぱたして腐れた父親のヒューマニズムの尻尾になったという連想が、急に悲しく彼の中につきあげてきたのである。

「戦争がひどうなったからか」と、倉地杉夫のとっぴな蝶番の連想を同じ波動で揺さぶるように久保宏がいった。

「久保さん、さっきは笑ったけど本当に手紙おくれよ。千人針作って送るよ」と浦川節子が染め直した赤いセーターを腰の方にしきりにひっぱりながらいった。

「おれたちはみんな寅年《とらどし》だからね、千人針は早いぞ」と西本晋吉がいった。

「ああそうですね、寅年は年の数だけ縫えるんですねえ」と笈田講師がいった。

「寒うなってきたね」と野沢英一がいった。

「春まだ浅き野の香りだけんねえ」と西本晋吉が文章をよむようにいった。

「さあ倉地さん飲みなさいよ、まだたくさんあるわ」と野沢の姉道子がいった。

「ええ、飲みます」と倉地杉夫は道子のさしだした一升瓶をコップにうけた。

「あの虫、なにか縁起が悪いみたいな気がするからとるよ」といいながら浦川節子が立上り、鈍い電球に不恰好《ぶかっこう》に止っている胴体の太い虫をつまんでしばらく眺めていたが、「でも殺すのは可哀想ね、死んだらつまらんからね」と呟いた。

「窓の外に逃がしたらいいよ」と久保宏が声をかけ、珍しく野沢英一が「そうだ殺さない方がいい」と相槌《あいづち》を打った。胴体の短い羽の小さいアメリカのグラマン戦闘機のような虫は黒い防空カーテンの幕をくぐって浦川節子の手から放たれた。

「倉地何かうたえよ」と西本晋吉が呼びかけ、「うむ」と倉地杉夫が半分返事をした。彼はついさっき野沢の姉道子から濁酒《どぶろく》をすすめられた時から、ふたたび「何か追いつめられたような気がするなあ……」と考えはじめていたのである。

「野沢、さっきお前がよんだ反戦句は、何か追いつめられたようになって作ったんじゃないかなあ」と倉地杉夫はふっといった。

「え、どういう意味」と野沢がびっくりしたような顔をあげた。

「いやよくおぼえていないが、何か、葬列とか喪章とかあったろう。黄沙のもと何とかっていう、やりきれんような感じのものが……」自分でも意外に思える言葉が後から後からでて、どうしてそうなったのか、何かひどく収拾のつかない気分のまま、倉地杉夫の口だけがぺらぺらと動いた。

「なんか、さっき捨てたろう、あの虫のことを考えていたんだ……おれは何か変なことをいっているな」とつづけていいながら、「野沢何というかな、何というかな」と倉地杉夫は思っていた。だが野沢英一は黙っていた。そして細く呟くような声で、「倉地、酔ったな少し」といった。その「倉地、酔ったな少し」といういい方が、ひどくいたわるようにきこえて、倉地はまた「野沢、中学んときは面白かったなあ」といった。倉地杉夫と野沢英一は長崎中学時代、いまよりも親友であったのである。「やっぱりおれは酔ったのかな」と倉地杉夫が野沢英一に詫びるようにいった。

「倉地、うたえよ、〝海原にありて〟をやれ」と西本晋吉がいった。

「何かやってよ、倉地さん」と戸田みゆきがいった。

「よし、石川啄木をやろか、その次〝海原にありて〟をやる」と、倉地杉夫が立上り、野沢英一が真先になってぱちぱち拍手した。浦川節子と野沢の姉道子がつづいてぱちぱちと拍手をし、西本晋吉がとてつもない大きな声で「うまいぞ」と叫んだ。彼は濁酒一二杯で倉地杉夫よりも早く酔いが廻っていたのである。しかしその酔いは倉地杉夫の酔いと同じく何か暗い追いつめられたような感じのする酔いであった。彼はその暗い追いつめられたような感じの酔いを早急に明るい酔いに転化しようとして努力しているのである。笈田講師は立上った倉地杉夫の方をみて微笑し、久保宏はふふふと恥ずかしそうに笑った。彼は西本晋吉と同じ回数だけ濁酒を傾けていたがまだ酔ってはいなかった。「石川啄木」と倉地杉夫がまたいった。「拍手を催促されているようね」といって戸田みゆきがぱちぱちと拍手をし、「あら誰かきたようよ、大石さんかしら」と玄関の方に顔を向けた。

「大石がきたか」と誰もが玄関に顔を向けたが、相手をしている道子の声で、すぐそれが大石ではないことがわかった。声がききとれないほど低く、不気味な沈黙が六畳の待合室の壁を流れ、倉地杉夫は所在ないように片一方の足を投出して坐った。

「大石さんの使いの方がみえられてね、あがっていって下さいといったんだけど、どうしてもっていって」といいながら道子が部屋に戻ってきた。

「大石さんは、何か急な作業でね、残業でどうしても今夜脱けられないんですって、明日の朝も駅までいけないかもしれないから、久保さんにくれぐれもよろしくって、……あ、それからこれ、いまの使いの方が持ってこられたもの」

「何だろうな」といいながら久保宏が道子のさし出した薄い新聞紙の包みを取った。

「大石のところ忙しいのだなあ、いま船が入っとるけんね」と西本晋吉がいい、誰も黙っていたのでまた「経専より工業専門学校のごとあるって、この前あったとき、いっとったぞ」とつづけた。

「本物の工業専門学校生はお前のようにサボっとるとにね」といいながら久保宏がその薄い新聞紙を開いた。

「あ、ガダルカナル戦詩集だ、よう手に入ったなあ」と倉地杉夫が声をあげた。

「何や、倉地、知っとるのか」と西本晋吉がいった。

「うん、買おうと思うとったが、仲々手に入らんでねえ、長崎では手に入らん」と倉地杉夫がいった。

「毎日新聞社からでているんだね……」と久保宏がいった。その時詩集というよりも薄いパンフレットといった三十二頁の小冊子の中から、鉛筆で走り書きした紙片がぽとりと彼の膝もとに落ち、「ああ大石からだ」と彼はその紙片を拾った。

「元気で征《ゆ》け、久保君、この詩集は東京から最近こられた技術中尉の方から譲っていただいたもので、俺がいちばん大切にしているものだ。これをよむと勇気がでる。今日は直接君に渡そうと思ったが、行けないので。こんど逢う時はどこになるかな、読書会万歳、久保宏君万歳。大石克彦」と、その油で汚れたような紙片には書いてあった。

「大石か、逢いたかったなあ」とその走り書を読みながら久保宏がいい、「ガダルカナル戦詩集か」と倉地杉夫がまた呟いた。倉地杉夫はつい一カ月程前、新聞紙上で「兵隊の書いた詩集」としてこの詩集についての小さい紹介をよみ、直ちに本屋と新聞社に申込んでいたのだが、配給がどういうルートになっているのかついに購《あがな》うことができなかったのである。彼はまた別の雑誌で『ガダルカナル戦詩集』の兵隊の作ったという「霊前に供う花なし、今はわがいのち捧げて、誦《ず》しまつる経文は只《ただ》、聖寿万歳。聖寿万歳。(通夜)」という短詩をよんで深い感銘を受けていた。倉地杉夫はなんとかしてその『ガダルカナル戦詩集』を手に入れたいと思っていたのである。

「あら、読書会万歳と書いてあるね」と浦川節子がいった。彼女は別に意味なくその言葉を吐いたのだが、笈田講師は「む」と唇を噛むようにしながら「読書会のことは、よく考えましょう」といった。

「薄い詩集ね、でもぎっしりつまっているわ」と戸田みゆきがいった。

「ガダルカナルみたいなところで詩をかいて、よう送れたね」と浦川節子が笈田講師の言葉を全然気にとめずにいった。

「大木惇夫《おおきあつお》が序詩をかいているね」と野沢英一がいった。

「新聞活字だから、随分載っているよ」とまた戸田みゆきがいい「みかえれば肌寒きまで、椰子《やし》折れて、裂けて、砕けて、かかる夜に年を送ると、われ生きてこの丘に立つ」と自分がめくった頁の中の詩の一節を声をたててよんだ。南太平洋のニューギニヤとソロモン群島を大きく前方に浮べた地球の表面を濃淡緑色の表紙にし、「前線にて一勇士の詠《うた》える」と傍題を付したそのザラ紙の小詩集は、久保宏から倉地杉夫、倉地杉夫から西本晋吉の手に移り、西本晋吉から受取った戸田みゆきの手の中にしばらく止っていたのである。

「しかし誰がかいたとやろうかね、大木惇夫編とはかいてあるが、この作者の名前は書いてないじゃないか」と西本晋吉が戸田みゆきの持っている詩集を覗《のぞ》き込むようにしていった。

「ちょっと」といって倉地杉夫がその詩集を戸田みゆきの手から取り「たしか、吉田とかいう人だったと思うけど」と、後方の頁を調べた。

「うん、やっぱりそうだ。ここんところちょっとよんでみるよ」と倉地杉夫は、編者大木惇夫のかいた「あとがき」をさし示した。「吉田嘉七という軍曹だ……作者が大木惇夫に送った手紙をよんでみるよ……雨と降る鉄量の中で、詩を書き綴りおりましたるもの、恐らく自分一人では無いかと思っております。敵があれほど呼号した彼等の優勢なる戦いの中に置いても、ただ一人にもせよ詩を書きながら戦っていた者があるという事を自ら些《いささ》か誇り負う所もございます。……私はそこに皇国のいのちにつながる精神をおもい、武の行動そのものを見るからである。そうして、詩剣一如の境地をまたとなく尊いものにおもうのである。……あとのところは大木惇夫が書いたものだ」

よみ終るとすぐ「いまは、その吉田という人は、戦死されたのかしらん」と浦川節子がきき、「待って、もう少しよんでみるから……あ、いまはビルマの最前線で戦っているって書いてある」と倉地杉夫がいった。

「珍らしい詩集ですね」と笈田講師が何か自分でも感想をいわねばならぬようにいった。

その「珍らしい」というい方に倉地は衝撃的に叫びだしたい怒りを感じた。恐らく今宵の久保宏の壮行会をめぐってたえずふっきれぬ暗さはこれだと確信するほどの憤《いきどお》りであった。

「読むぞ、ガダルカナル島の戦火の中で兵隊が作った詩だぞ」と倉地杉夫は笈田講師に叩きつけるようにいって立上った。

「《追想》

既に一年、
追想は常に怒りだ。
涙は頬で沸《たぎ》り、
戦火は燃えさかっている。
はるかな海原のはてで、
君達の墓標の上で、
焔《ほのお》は狂い立っている。

君達の長い通夜は
まだ終らない。
君達の激しい憤りは
われわれの胸の中で
戦火のごとく
燃えさかっている。

《破れたる鉄兜》
——松本上等兵を悼む歌——
その瞳《まみ》の明るき色も、
その逞《たくま》しき肉ある肩も、
ありありと眉にしるきに、
破れたる鉄兜《てつかぶと》、今手にとりて
呼ばえども君は帰らず、
想い出は煙の如《ごと》く、
君と経し幾山河、
苦しき日、楽しかりし夜、
いずれをか、夢と定めん。

よべばこれ、うつつなりしか。
弾丸一つ、鉄兜深く貫き、
轟《とど》ろきて君神去りぬ。
凄《すさま》じき戦なりしに、
われ生きて君を想えば
胸ふさぎ、溢るる涙。
破れたる鉄兜手にとりもてば
その重み、苦しきまでに
限りなし、湧きくる怒り。
ここにして何を語らん。
この想い天に通わば、
君はよく国を護りてわれら勝たしめよ。

《粥》
ここにして、これあり。
これぞこの米の粥《かゆ》。
はるばると数千里、
とよあし原みずほの国のみたからが

一《ひ》と年《とせ》を汗にまみれて、
磨き上げたる真珠、宝石。
わたつ海の逆まく潮をのりきりて、
いのちに代えて海軍さんの
護り来し神のたまもの。
敵機の下をころびつつ、
雨なす弾丸の中這《は》いつ、
汲みたる水を飯盒《はんごう》に入れ、
爆撃ごとに火を消して、
去りては又焚《た》きつけ、
つとめて煙出さぬ如く
ねじり鉢巻して炊き上げたる
この味は二つなし。
いささか塩っぱいは
海水にとぎしためぞも。
(わが涙まじりしならじ。)

いざ食らえ、

わが戦友よ。
食らわで死にしわが戦友よ、
これぞこの米の粥ぞ。」

倉地杉夫は一気に読んでいった。彼の叩きつけるような一節一節が出征前夜の久保宏と、久保宏を囲み眼をつぶってじいっとききいっている満十九歳の少年少女——西本晋吉、戸田みゆき、浦川節子、野沢英一の魂に触れて、その触れ合ったものがふたたび倉地杉夫の胸にかえって言葉になる、そのような声で読みすすめる。

いまは笈田講師も野沢の姉道子も彼らの触れ合う魂の中に半ば身をよせるように黙って耳を傾けていた。いまは笈田講師のことも倉地杉夫には念頭になかった。「眠れる頬に馬鹿といい、砕けし額《ぬか》に馬鹿と呼ぶ。涙は燃えて胸熱く、外《ほか》に言うべき言葉なし。さなり、馬鹿なり、アメリカのへらへら弾にあたる汝《な》は、苦しき日々を耐えながら苦しきままに斃《たお》れたり、否とよ、馬鹿は我ならめ。散りて帰らぬ身を知りて、名を呼び、又も馬鹿と呼び、叫びつ、泣きつ、怒りつつ。山にむかいて馬鹿と呼び、雲にむかいて馬鹿と言う。はげしき怒りなげつけて、必ず仇は討ち滅ぼさん」とややかすれた声でよむ倉地杉夫の声の先端が少し顫え、彼等はその顫えの中に、等しく南太平洋で死闘する同胞、兄弟のことを感じていた。彼らが祖国とよび、その祖国を汚す敵とたたかおうとする純粋な血が一滴一滴ずつ倉地杉夫のたどる詩の中からしたたり落ちる。倉地杉夫はガダルカナル戦詩集をよみながら「これが本当の勤皇だ、これが本当のヒューマニズムだ」と思い、西本晋吉は「もう明日からサボらんぞ」と決意した。焼けただれた椰子の下、跳梁《ちょうりょう》するアメリカ爆撃機の下で、飢えた日本の兵隊が馬鹿と叫びながら斃れた戦友の鉄兜を抱く、そのたたかいの壮絶さと真実がほとんど泣きたいように皆の心を搏《う》ち、読み終えた倉地杉夫は詩集に眼をつけたまま自分の感動を極度に抑えるような声で「よかねえ」といった。

「よかねえ、倉地、もっとつづけてよんでくれ」と久保宏がいった。彼は海水で炊いた粥をすするガダルカナル島の兵隊を思いながら、同時に娼婦のように化粧した年老いた母親のことを考えていた。彼が倉地杉夫にいつか岸壁で自分のジゴのことを語ったのはある程度本当であり、またある程度嘘であった。いやある程度などということではなく、彼の内部にはもっと大きい「真実の嘘」が隠されていたのである。彼はあの時、その「真実の嘘」に耐えきれずいわばその表面の一枚上の皮、その重苦しい「調子」だけを倉地杉夫に告白したのである。彼の母親が肥前呼子の女郎屋に勤めていたことは真実であった。「玄海灘に鯨がちょいと顔だしていうた」という漁師の歌声で名高い呼子は、また、女郎が舟を漕いで海を渡ってくるという意味の、北原白秋の詩によっても知られていたが、彼は北原白秋ときいただけで胸が疼《うず》いた。だがもっと奥深いところ、もっと深くつきささる胸の底の底で、彼自身は傷ついていたのである。彼の母親は福岡市近郊の人々からひそかに「部落」とよばれている郷の出身であった。彼の父親は彼を小学校に入れるため入籍の手続きをとる時、母親からそのことを告白され、気ちがいのように荒れ狂った。幸いにして近在にその秘密を知るものは誰もいなかったが、その後はまるで隠れキリシタンのような生活を母親に強《し》いたのである。彼の母親は荒れはてた皮膚を隠すためも勿論《もちろん》あったが、時折その町をおとずれる外来者から身を守るため、全く容貌を変じた化粧を父親から強制されていたのである。彼はそのことを商業学校に入るとき知った。「部落」出身の秘密は完全に保たれていたが、彼はその痣《あざ》から逃れることはできなかった。島崎藤村の『破戒』をすすんで読書会でとりあげたのも彼であったし、出身を隠さねばならぬ理由はないと理窟ではははっきりわかっていたが、母親の化粧はいつまでも彼を深く傷つけて放さなかったのである。彼はその傷に耐えかねて、ついに短い期間ではあったがいままで最も心を触れあった友、倉地杉夫に告白した。だが、それは飽くまで女郎として、化粧おすみとしてであった。彼にはまだ女郎の方が「部落」出身としてよりも、告白しやすかったのである。彼はいま『ガダルカナル戦詩集』をよむ倉地杉夫の熱っぽい声をききながら、岸壁で彼に告白したジゴの嘘を恥じた。俺は明日兵隊にいく。ガ島の粥、ガダルカナル島の破れた鉄兜が久保宏のジゴのもう一枚内側のジゴまでつきぬけ、それを隠していることを卑怯《ひきょう》、卑怯だと叫ぶのである。

「《埋葬》——熱病にて仆《たお》れし戦友に——

太陽は青ざめ
焼け残ったジャングルの
ただれたボサからは

まだ煙がよろめいている。

この荒涼たる黄昏《たそがれ》に
紙のように皮膚をかわかして、
病葉《わくらば》の散ると共に
死を選んで行った君の生命。

すべてを捧げ切って、
肉ことごとく枯れたる腕よ。
かっきと見ひらいて、
暮色をうけとめている眼差《まなざし》よ。

ああ、その飢えた手に摑んだ
激しいものは何だ。
その瞳に確信して
叫んでいるものは何だ。

熱病というべくあまりに熱い

悲願の中に身を埋めた友よ。

この憤りに満ちた風景の中で、
君の血こそは静かに赤かったのだが。」

倉地杉夫が最初よみはじめた時、その声の中には多少昂《たか》ぶりに似たものがあったが、すでにそれは消えていた。言葉の一語一語を自分の持っている最高の精神で支えようとしてよみながら、彼の声は時に低くなにかに耐えるようにとぎれた。彼がよみ終えると急に深い沈黙が部屋を流れその厚い沈黙を縫うようにして浦川節子がいった。

「何かしらん、こんなにいっては悪いような気がするけど、その、倉地さんがいまよんだ詩ね、さっき野沢さんが持ってきた、養成所の事件の葬式の俳句によく似とるようね……こんなにいって悪いのかしらんけど……」思い通りのことを時と場所を選ばずいうのが看護婦という職業に似つかわしくない彼女の性格であったが、いまも彼女はいってしまってから、ひどく何か場ちがいな雰囲気を感じるように口をつぐみ、もう一度「さっきの俳句といまの詩を一緒にして悪かったかしらんけど、なにかしらんそんな感じがしたからね」と繰り返した。彼女は倉地が朗読していった詩をききながら、はじめ去年の盆休みに二日帰郷した時行なわれた、故郷の炭坑での戦死者慰霊祭のことを、ちらと思い浮べ（その慰霊祭には海軍に志願していた彼女の従兄《いとこ》も含まれていた）それからずっと、今日沖富枝に面会に行って取調べられたことを考えていたのである。汚れた金筋の男は彼女に向って「太平洋で死ぬか生きるかの決戦をしている時にお前の友達のように、戦争反対の男に忠義だてする女もいる」と怒鳴った。「沖さんはそんな人じゃない」とその時彼女は懸命に思っていたのだが……。ガダルカナル島の血戦と沖富枝のことをどうして結びつけたのか自分でもよく分らないままに、倉地杉夫の声が彼女にそう迫ってきたのである。

「反戦句とはまるっきり意味がちがうよ、浦川さん、まるっきり僕は反対だと思うね……」と野沢英一は意外に自信のない声でいった。鈍い電燈の光りで彼の細い顎が赤ちゃけてみえ、彼はその自分の弱い声を後から励ますようにポケットに入れていた紙片を取り出した。

「海も河もしんしんと凍りわが喪章、とか、ひと葬りぬ氷片浮ける蒼海のほとり、っていうのはまるでガダルカナル島の埋葬とは感じがちがうよ、立場がちがう……」と、野沢英一はふたたびいったが、自分でも説得力がないと感じたのか、「アカの医者が作った反戦句とガダルカナルで戦った兵隊の詩とは問題にならんよ」と強調した。

「でも、その俳句は村瀬先生が作ったのではないでしょう」と浦川節子がしんのある声でいった。

「そうじゃないけど、村瀬という男はそれを意識的に利用したんだからもっと悪質だな」と野沢英一がいった。彼の声はまた少し「勤皇」の響きを含んできたようであった。

「でも……」と浦川節子がいった。彼女はいまなお警察に留置されている沖富枝のことを思っていたのであった。沖富枝も、彼女と同じ島ではないが炭坑の高等小学校をでており、彼女とは養成所以来の親友である。それこそ便所にいく時も一緒のように生活してきた沖富枝が、なぜそんな暗い俳句に巻込まれてしまったのだろう。なぜ赤の村瀬先生から荷物の整理を依頼される関係にまで落込んでしまったのか。はっきりいって彼女にはいま野沢英一がよんだ「氷片浮ける蒼海のほとり」という句がガダルカナルの詩と反対の立場に立つことがどうしてもよく摑めなかったのである。『ガダルカナル戦詩集』に皆は感激した、だが、それならば、と彼女は思った。

「野沢、もうそんな紙片《かみき》れ引込めろ。せっかくのガダルカナル戦詩集の感動が消えていってしまうぞ」と西本晋吉がやや荒っぽい声で、野沢英一と浦川節子の間に起った対立を握りつぶすようにいった。

「いい詩集ですね。こんな詩をよむと、近代詩の形式とか手法とかまるで力のないものを感じますね」と笈田講師がいった。

「何か揺すぶられるみたいね」と野沢の姉道子がいった。

「大石はよか詩集をくれたね」と西本晋吉がいい、「そうね、本当にそうね」と戸田みゆきが噛みしめるような相槌を打った。

「コカンボナ糧秣《りょうまつ》交附所にありて、という詩もあるよ」と倉地杉夫から受取った詩集を目読しながら久保宏がいった。そして「人間はぎりぎりいっぱいのところで生きるんだねえ」と、ちょっと前の言葉と関係がないようなことをつけ足した。ふたたび暗い電燈と暗い待合室の顔が、さっき倉地杉夫の朗読した『ガダルカナル戦詩集』の感動を吸収してどこかにずるずるとたぐりよせられていくというような時間が流れはじめ、その沈んでいく時間を引戻すように「倉地、もう一つ何かよめよ」と西本晋吉がいった。

「うん、大木惇夫の序詩があるが、なんかこの序詩はひとり合点みたいで、ぴんとこんね、前線で戦っている兵隊とはやっぱりどこかちがうね」と久保宏から渡された詩集の第一頁を開きながら倉地杉夫がいった。

「序詩なんかじゃなく、本物をよめよ。なんでもいいがなんかじいーんとするものがよかね」と西本晋吉がいった。

「やれよ、読めよ」と久保宏が頭をふるようにしていった。明日兵隊に行く、という実感がつい十分程前、舟を漕いで渡る呼子、殿ノ浦の女郎のことを考えた頃から、少しずつ彼の胸のまわりに密着し溢れていって、戦うぞ、戦うぞ、と思いながら、何かしら暗い、近頃兵隊の着ているぺらぺらのスフの軍服と牛蒡剣《ごぼうけん》のような感じにしきりに襲われ続けていたのである。さきに倉地杉夫が読んだ『ガダルカナル戦詩集』の感動はそのまま残っていたが、感動とは別の個所で牛蒡剣のような感じがつきささってくる、そんな時間をまた彼ももて扱いかねていた。

市街電車の車輛の響きとちょうど間を等しくしてピュッピュッという港の向側にある工場の白く吹きだすような蒸気音がきこえてきて、「倉地さん」と戸田みゆきがよびかけた。

「じゃもう一度読むか」と倉地杉夫はいった。「今度は坐ったまま読むよ、〝妹に告ぐ〟という詩だ」

「汝が兄はここを墓とし定むれば、はろばろと離れたる国なれど、妹よ、遠しとは汝は思うまじ。……」と読みだしながら倉地杉夫は、これをいま久保宏におくるのだと思った。女郎の息子だと告白した久保宏に、おれのジゴもおくらねばならない。そうしなければガダルカナルで斃《たお》れた兵隊に済まぬと思ったのである。ガ島の詩と父親の腐れたヒューマニズム、腐れた父親と腐れた嫂とはむろん何の連関もなかったが、彼は読んでいく声の裏側でしきりにそれを思った。

「さらば告げん、この島は海のはて極れば燃ゆべき花も無し。山青くよみの色、海青くよみのいろ。火を噴けど、しかすがに青褪《あおざ》めし、ここにして秘められし憤り。……」久保宏は明日、野沢英一から贈られた『佐久良東雄』とこの『ガダルカナル戦詩集』をもって兵隊にいく。久保宏とはもう永遠に逢えぬかもしれないのだ。……久保宏よ、元気で戦え、死ぬな、という熱い血液がかっと彼の全身を馳《か》けめぐったが、すぐまた「死ぬな」という思いはこのガダルカナル戦詩集に対しても不忠なのだ、不忠なのだと頭をふった。「のちの世に掘り出なば、汝は知らん、あざやかに紅の血のいろを。妹よ、汝が兄の胸の血のいろを」……。

倉地杉夫は詩集をおいた。浦川節子のやや青ざめた額を十六燭光の影がよぎり、「妹というのは恋人のことかね、本当の妹かね」と西本晋吉がいった。

「汝が兄はっていうんだから、妹じゃない」と戸田みゆきがいった。

「どっちでもいいじゃないか」と倉地杉夫がいった。

「いや、なんか恋人のような気がしたもんでね」と西本晋吉が真剣な顔をして繰り返したので皆が笑いだした。

「西本さんの恋人論が始ったわね」と野沢の姉道子がいった。

「恋愛してるんですか、西本君は」と笈田講師がいった。

「いや、恋人なんかいませんよ」と西本晋吉が赭《あか》い顔をして頭をかき「恋人がいないから、恋人のことばかりいうのよね」と戸田みゆきがいった。

「戸田さんも、恋人おらんくせに」と西本晋吉がやり返した。

「あら」と戸田みゆきが不思議なほど初心《うぶ》な風情《ふぜい》をしてうつむいた。

「はは……ガダルカナルの詩がとんだ恋愛論になりましたね」と笈田講師が心のこもるような笑いを浮べた。

「野沢、何をさっきから考えているんだ」と久保宏が、壁に背をもたせて一座から離れたように眼を伏せている野沢英一の方をみた。

「うん」と野沢英一がちょっと笑った。「何も考えとらんよ、ちょっと疲れたから……ガダルカナルの詩をきいていて疲れたんだ」

「野沢、体の具合少しはいいのか」と倉地杉夫がいった。

「いや、疲れたといったのは、感動したといったんだ……」と野沢英一がいった。

「わかってるよ、……それより本当に体の具合いいのか、横になっとってもいいぞ」と倉地杉夫が野沢英一の言葉をひきとり、いたわるようにいった。

「横になれよ、野沢」と久保宏がいった。

「いいよ、調子いいんだ。大丈夫」と野沢英一が何か溢れ出るものを喉《のど》のところで抑えているといった声をだした。彼はガダルカナル戦詩集から受けた抉《えぐ》るような感動と重って、自分の身体のことに触れられたのが、耐え難くなったのである。野沢英一は自分自身で傷つけた胸部を抱くようにした。平べったい彼の胸部がヤナギ紐の先端にぶらさげられて黒い呻きをたてながら廻る。軍靴の痕《あと》のついた彼の青い胸が国賊国賊と泣きながら血に染ったガダルカナルの島をさまよっていく。彼はまだあの「行為」をする以前、ずっと前に誰からか聞いていた、軍靴で胸を蹴って貰う兵隊の話、その軍靴の痕のために自殺せねばならなかった兵隊の話を思い浮かべていたのである。彼の黒い密閉した部分が金槌の形になって、その金槌がぼきっぼきっと軍靴の痕を叩く。ヤナギ紐のぶら下った振子の金槌が彼の平べったい胸部を叩く。青く見えない痣のついた彼の胸の中に、黒い勤皇とかいた旗が一本ゴボッゴボッといいながら舞っている。ヤナギ紐の振子をうけとめる彼の掌が思い切って離れると、平べったい国賊の胸がそのような音をたてるのである。鬼畜の爆撃に裂けたガダルカナル島の椰子の下を彼の飢えた純忠、彼の青い痣のついた平べったい胸が……。

「どうした、野沢、どうしたんだ」と久保宏が肩を顫わしている野沢英一にいった。

「久保、すまんなあ」と野沢英一がうつむいたままいった。

「すまんことないよ、すまんことあるもんか。体にあまり無理せずにお前もしっかり働けよ」と久保宏がいった。

「野沢、元気だせ。体なんかすぐよくなるよ。ほら、この茹《ゆ》で卵《たまご》食えよ、うまいぞ」と西本晋吉がいった。

ズルチン湯にからめた揚芋と、一人二個ずつの茹で卵と、蓮根と蒟蒻の煮しめを菜《さい》にした暗く貧しい久保宏の壮行会はまさに終ろうとしていた。濁酒《どぶろく》はまだ一升瓶の底に一寸ほど残っていたが、誰ももうそれをすすめなかった。

笈田講師はベルリン攻防戦についてしきりに戸田みゆきとしゃべっていたが、「電燈に注意して下さいよお」と叫びながら通り過ぎた自転車の男の声がすると、それをうち切った。久保宏はガダルカナル戦詩集にはさまれた大石克彦の手紙にもう一度眼を通して「読書会万歳とかいてあるね、おれが兵隊に行っても、この集りは続けてくれた方がいいなあ」と前にいったことを繰返すように呟いた。が誰も返事をせず、笈田講師もちらと野沢英一の顔をみただけであった。

「大丈夫よ久保さん、沖さんのこと、どうなったかわからんけど、読書会はやるよ」と、しばらく経って誰もが先の久保宏の言葉を意識しなくなった頃、浦川節子がいった。

「そんならいいけどね。淋しいからね」と久保宏がいった。

「淋しいことなんかないよ、久保。おれたち、後をしっかりやるよ」と倉地杉夫がいった。

「カソリックも天皇陛下を一番に祈るようになったわ」とミッション学生の戸田みゆきがいった。

「ミッションもガダルカナル島だけんね」と意味不明だが、なんとなく皆にわかることを西本晋吉がいった。

「久保、おれも頑張るぞ」と野沢英一がいった。

「お母さんたち、やっぱり間に合わなかったわね」と野沢の姉道子がいった。

「ええ、間にあうとよかったんですが」と久保宏がこたえた。彼は瞬間、何か母親のことについてしゃべりたい衝動に馳《か》られたが、それを抑えた。そして「倉地にもついにいわなかったな」と思い、その代りに、「倉地、このガダルカナル戦詩集、よかったらお前が持っとけよ。大石も怒らんだろう。今日のこと、よう大石に説明してやってね、お前が持っとけよ」といった。

「いや、いいよ、お前持っていけよ」と、倉地杉夫はとっさにこたえたが、その時「今日のこと、よう大石に説明してやってね」という久保の言葉が激しく怒濤《どとう》のように襲ってきて彼の脳髄をしめつけた。

「うん、今日のこと、よう大石にいっとくよ。彼もよろこぶよ、……彼は本当によろこぶよ」と倉地杉夫はいった。

「そんならこの詩集、持っといてくれ、皆にやるよ、読書会で時々読んで俺のこと思いだしてくれ」と久保宏が詩集をさし出した。

「もらっとけよ。いいさ、久保にはその中から一つずつ手紙にかいて送るさ」と、どうしようかとためらっている倉地杉夫の眼をみながら西本晋吉がいった。

「そうか、大石にはよういっとくからね」といって倉地杉夫が詩集を受取った。彼はもっと何か別のことを久保宏にいいたかったが、どれもこれも言葉にならなかったのである。

「元気に行ってくるよ、心配せんでいいよ」と久保宏がまた倉地杉夫の方をみながらいった。

「いってこいよ、皆がんばるよ」と倉地杉夫がいった。いうたびにだんだん言葉が短くなるような感じであった。

「いってくるよ」と久保宏がいい、「いってきなさいよ、大丈夫よ」と、浦川節子が、強い、何かを握りしめるような声でいった。

あの花この花

高橋和巳

彼らは常に争いあっていた。――彼らが気負いたてば気負いたつほど、側目にはむしろ滑稽に映ったことを彼らは知っていただろうか。それは若さ特有の盲目の情熱といったものの仕業にちがいなかったが、ほとんど毎日、一度や二度は、ちょっとした行き違いや偶然から、たがいに火のように怒り狂い、殴りあっては、どちらかが傷ついた。

――巨大な加熱炉から、むしろ蒼白《あおじろ》い火花がたえまなく飛び散っていた。炉から銑鉄《せんてつ》が引きだされる瞬間、蓮の葉のうえの水滴のように、火花がコンクリートの床に転がった。銑鉄はまるでバターのように、白煙をたてながら切断盤《ビレット・シャー》で切断され、はげしく上下動しながらコンベアーの上をつっ走る。キングコングのような板落下ハンマーがそれを待ちかまえていて、轟音をたてて銑鉄の上に落下する。

工場の中枢は自動機械だったが、工場の片隅では補助溶解炉で溶かした〈湯〉をうけて、走行クレーンを押し、工員が鋳型に溶鉄をそそいでいた。そのそばでは、下駄ばきに色眼鏡の動員学徒が、鉄の柄杓《ひしやく》で小型の鋳型に〈湯〉をそそいでいる。

加熱炉や溶解炉の熱気と蒸気、そして特有の刺戟臭《しげきしゅう》が満ち、火傷《やけど》をふせぐために全身を部厚くおおっている工員たちは、みな汗ぐっしょりだった。水を飲み、塩をなめ……それでも喉《のど》はいつもからからに干あがった。

用途不明の鉛塊があちこちに積みあげられてあった。船舶の付属品製造工場に動員されていた彼らは、ある者は遮光マスクをかぶり、ある者は埃《ほこり》だらけになって、コークスや鉄屑をほとんど意味もなく運搬していた。溶解炉の音、切断盤のあげる悲鳴、そして板落下ハンマーの衝撃音が、工場の空気をたえまなく震動させていた。

主な仕事は自動機械がやってしまうために、彼らはなにかとり残されたような淋しさを感じていたのだろうか。

時折り、思いだしたように彼らの一人が隣りにいる者に誰彼かまわず大声で話しかけた。しかし機械の騒音がその声を奪って、ほとんど会話にはならなかった。ただ表情が汗にぬれたまま、酸素に飢えた金魚のように唇がぱくぱくと開閉する。呼びかけられたほうは、茫然《ぼうぜん》とその唇の動きを見、そして首を横に振る。

争いのためだけではなく、負傷はたえまがなかった。耐火煉瓦《れんが》の破片を後ろ向きのまま投げたのが、一メートルほど後ろでぼんやり休憩していた者の横面にまともに命中したり、なにかに躓《つまず》いて柄杓から溶鉄をとばして大火傷したりするのは、もう日常茶飯の出来ごとになっていた。

そしてその日も、昼休みの時間に、些細《ささい》なことから争いが起った。正午過ぎになってのっそり現われた懶《なま》け者《もの》を、痩せて眼鏡をかけた男が罵《ののし》ったのだ。

「今日、特攻機が三十機も飛んだんだぞ、三十機も……」

そこは船舶部分品工場であって、飛行機とは関係はなかった。だが痩せた男は、特攻機の数だけ相手を殴らねば気がすまないように、数をかぞえながら殴りかかったのだ。足もとにずらりと並ぶ、鋳型にそそがれた溶鉄は、まだ固ってはいなかった。コンベアーの上には真赤な銑鉄が白煙をあげてつっ走っている。どちらがどちらを突きとばしても大怪我は目に見えている。

懶け者は、新兵のように足を八の字にふんばって殴られていた。だが彼のほうがはるかに屈強な体軀《たいく》をしていて、五つばかり殴られた時、ゆっくりと相手を殴りかえした。痩身の学生はだらしなく一撃でその場に倒された。鼻先から飛びさった眼鏡が、鋳型の〈湯〉口におちて燃えあがる。やがて曖昧《あいまい》な表情をうかべて立ちあがった彼の眼は、焦点を失って、なにか後悔を嚙みしめるように悲しげだった。彼はしばらく、ぼんやりとあたりを見まわし、「三十機も……」と呟《つぶや》きながら、また相手に手向っていった。スローモーション映画のように、二人はゆっくりと殴りあい、ふたたび痩身の男が鼻血をたらしながらぶっ倒れ、もう動かなかった。だが争いはそれで終ったわけではなかった。なぜなら、勝負を決する以前に、他の二、三人がわけもなく争いに捲《ま》きこまれていて、当事者が倒れてしまってからも、鈍い物音と悲鳴を発しながら男たちは殴りあっていたからだった。溶鉄の飛沫をふせぐ部厚い前垂れで足をもつれさせ、おなじく溶鉄の飛沫から足をまもる下駄が武器になって、男たちが争いあう。あちこちから、一個中隊ほどの男たちが集ってきて、微笑したり弥次をとばしたりして、その争いを傍観する。特別な昂奮《こうふん》はなかった。彼らはもう争いに馴れっこになっていたからだ。

空襲警報のサイレンが争いを仲裁した。男たちは我にかえり、一瞬気まずそうに、よごれた自分の作業衣に目をおとし、埃をはらいながら、保安要員だけを残して防空壕へと避難する。

煉瓦造りの工場の塀ぞいに、水の涸《か》れてしまった小溝があった。夏草が溝の床にも堤にも密生して、ぶんぶんやかたつむりなどが群棲していた。それは空襲の際には、防空壕のかわりになった。敵機襲来の知らせがあると、男たちは遮蔽物《しゃへいぶつ》のないグラウンドをまっしぐらに走り、煉瓦塀をのりこえて、その溝の中にもぐりこんだ。むんむんする夏草の臭い……群れをなして飛ぶブト……誰がたれるのか糞がたれてあったりすることもあったが、蹲《かが》めばすっぽりと姿は草むらのかげに隠れた。

もっとも実際には、その自然壕も使われる機会は多くはなかった。なぜなら警報の無気味なサイレンや爆撃機の爆音よりも、工場内の騒音のほうがはげしかったからだった。だれか未然に警報に気づけば、もちろん電源スイッチは切断された。だが溶解炉の火を絶やすことはできず、受鍋にいれた〈湯〉を中途で放りだすこともできなかった。

いちどグラマンの機銃掃射をうけた時、スレート屋根が突然くだけた瞬間、斜めに侵入してきた弾丸は鋼鉄やコンクリートにあたってはねかえり、二人の男の尻をぶち抜いた。皮肉なことに、機械の運転がとめられ待避が叫ばれた頃には、すでに空襲警報は解除されていた。負傷者は担架で医務室まではこばれていった。一人の男はふいに蘇《よみがえ》った静寂の中で喉をしぼるように泣いていたが、もう一人の男は弾丸に尻から急所を貫かれて、担架に乗せられたときにはもう死んでいた。

担架をかついでいった男の一人が帰ってきて、「あいつ、女の子の名前を口走っとったぞ」と報告した。皆は別段なんの興味も示さなかった。彼は言葉をかえて執拗《しつよう》に同じことを皆に吹聴《ふいちょう》してまわったが、それは実は嘘だった。怪我人は尻からどくどく血を流しながら、ただ泣いていたにすぎなかった。嘘をついた男はひとり激怒し、理由もなく十分ほど涙をこぼしていたが、やがて沈黙した。

そしてその夕刻、わけもなく全身を震わせながら、その男は、罪もない横の仲間を張りとばし、ふたたび喧嘩がはじまった。

機械はそのほとんどが、実は寿命がつきていた。些細なことで故障し、しかも故障しながら堂々と存在していた。彼らは油差しをもって鍛造プレスや、ねじり機の油口に油をそそいでまわり、機械の梁骨《りようこつ》を殴りつけてみたりする。鋳造部門でも、原砂が悪質なために、せっかくの製品の三分の一が不良品だった。彼らは自信を失って苛立《いらだ》ち、栄養失調の肉体で機械を補わねばならない。

空襲だけが日ましに熾烈《しれつ》だった。東洋第一を誇ったその工業都市も、今やその半ばが灰燼《かいじん》に帰しつつあった。毎朝、彼らは代用食で空腹をまぎらし、教科書がわりに作業服をかかえて家を出、学校のまえを素通りして工場にやってきた。そして熱気に蒸されて汗をながし、苛立ち憔悴《しょうすい》し、そして残った最後の力で争いあった。

風景の全体も徐々に骨ばっていった。彼らの神経の反映のように、街路樹の緑も消え、街に投げかけられる影はといえば、孤独な煙突や電線のきれた電柱にすぎなかった。「昨夜の空襲の罹災者《りさいしゃ》は手をあげろ」と代表が調査したその翌日には、彼らの中の数人が姿を消していた。焼土の面積がひろがるのに比例して、彼らの数は加速度的に減っていった。

幸か不幸か……多分、不幸だったのだろう、その工場は度重《たびかさ》なる空襲にも焼失をまぬがれ、不思議に停電もせずに、機械のすべてを自棄《やけ》くそに動かしていた。そして働いている彼らもほとんど自棄くそだった。

ある者は、玉の汗をながしながら、ありったけのコークスや石炭を溶解炉になげこみ、ある者は、山と積まれたシャフトやクランク軸を倉庫から広場にもちだしては、また日暮にはそれを倉庫に運んだりした。すでに親工場である造船所は瓦礫《がれき》の山と化していて、ここで作られた船舶の部分品はもう役立てようがなかったのだ。

そしてほとんど理由のない乱闘事件が、その間にいくどか起っていた。

エレクトロン焼夷弾、そして油脂焼夷弾によって、工場周辺の貧民窟や油屋街が焼けただれた翌日――。その日、なにかを憐れむように細かい雨が降った。雨にたたかれながらも、目にしむ煙が地面をひくく這《は》う。片側がこげて今にも倒れそうな電柱が風にかすかに揺れ、まだ熱気をはらんだ瓦や金属器、そして余燼が雨の滴《しずく》を白い湯気にして昇華させ、なま温い微風が定った方向もなく吹いていた。そんな荒廃の中にも、彼らのひそかな期待を裏切って、彼らの工場は焼け残っていた。

工場内には錠をこじあけて雪崩《なだ》れこんだ避難民が、茣蓙《ござ》や毛布をひいてごろ寝しており、更衣場や洗面所のあたりは、一夜の間に人間がこれほど排泄するものかと驚嘆せざるをえない汚物が山もりになっていた。たえがたい悪臭があたりに漂う。

だれが持ちこんだのだろう、うまく丸焼けになって白い煙をたてている嬰児《えいじ》の死体や、唇が二倍にも腫れあがって頭部の皮膚がべろべろにはげおちた、性別のつかない屍が、コンベアーの前に並べられてあった。

一人、一人、大半が自分の家を焼かれながらも、登校、いや出勤してきた彼らは、珍しくもない焼死体に近づいて、博物館通いのマニアのように一つ一つ観察してまわる。蠟《ろう》人形《にんぎよう》のような死体の恰好《かつこう》を、ひそひそと批評しあいながら……。防毒マスクや靴の片方、それにへこんだ鉄カブトなどが、その死体のそばに転がっていた。

「ヒュー、ヒュー……ドバン」飛行機の爆音をまねるのが得意だった男が、手振りを混えて、爆弾の落下を再現している。

「防空壕のなかで寝てたらだな、地震みたいにゆさゆさ揺れるんやんケ。気がついてみると、土をかぶせてあったはずの壕の中から空が見えたんやんケ。真赤な空さ。阿呆くそうて笑うたナ。あの時、もし、首を出してたら、チュ……だ」男は自分の首をはねる真似をする。

「昨夜、妹が炭素になっちまったよ、これぐらいかな、可愛い小さな炭素さ」

昨夜、妹を抱えて逃げるのを忘れ、自分の革財布とニッケル製の時計だけをポケットにねじこんで逃げた男が言った。彼の神経はまだ常態にかえっておらず、目は充血し、トタンや瓦が飛んで家々が積木細工のように崩壊するのが今も目に見えるように、時折り、耳に手を当てて押え、口をあける。

彼らの話は悲惨だった。だが妙に彼らは張りきっており、話に尾鰭《おひれ》をつけては、わけもなく笑った。彼らには自分を整理できず、自分が何を言っているのかも解らなかったのだ。その時、戦災をまぬがれて、雨の中を蝙蝠傘《こうもりがさ》をさした一人の男が〈出勤〉してきた。彼も遅ればせに死体観察の群れに加わったのだが、彼はひょいと傘の先で不用意に死体を突いたのだ。なぜそんなことをしたのか。傘の先端に粘着した肉体がはじけて、前に蹲《うずくま》っていた男の顔に粘りついた。神経衰弱のように青白く額のひろい青年の、目がぎらっと光った。一瞬、その男の繃帯をした右手が、傘をもった男のこめかみのあたりに飛んだ。二人とも無言だった。繃帯の男は殴りかえされるのを待つように、しばらく放心して立っていた。やにわに彼ははじき飛ばされた。

争いの理由は、こうして成立した。破れたスレート屋根を通して、雨が工場の中にも降っている。帽子も服もじっとりと濡れ、彼らの表情も濡れていた。二人は、その濡れた顔をほとんど、好色的に輝かせて殴りあった。相手を打つごとに、繃帯の腕が痛むのか、殴られた時よりも耐えがたそうに呻《うめ》き声をあげる。

「なんでお前がおれを殴るんや」最初に手をだしたほうが言った。およそ意味のない質問だった。その無意味さを嘲笑するように、拳固《げんこ》が真正面からその男の鼻柱に伸びていた。傘は骨が折れて死体のそばに転げたままだった。次の瞬間、その殴った男は、横あいから、関係のない局外者に横面を張りとばされていた。二人が三人になり、三人が四人になり……争いの規模はごく自然に拡大されていった。

幸いにその時は機械は動いていなかった。加熱炉も熔解炉も冷え、機械のすべてが油も乾ききって黒く立っている。だが罹災者たちが、防空頭巾や毛布をかぶり、茣蓙や蒲団の上でたがいに抱きあうように蹲って、彼らの争いを見ていた。もう用もなくなったメガホンで警防団員らしい男が、最初、喧嘩なんかするなと呼びかけていた。だが、それはむだだった。彼らは雑嚢《ざつのう》や救急箱、防毒マスクや鉄カブトを身につけたままの重い身体でとっ組みあった。子供も訳もなく火のついたように泣き、老婆が悲しげに咳《せ》きこんでは、やにの溜った目で争いの中心を追う。

それは悲劇というようなものではなかった。ドタバタ喜劇でもなかったが、類似の度合いからいえば、むしろ後者のほうに近かった。

下駄が飛び、茶瓶が飛び、煉瓦が振りあげられ、鉄棒と鉄棒が打ちあって鳴る。争いが拡大し激しさを増すにつれ、争いを見なれぬ罹災者たちの視線が、むしろ虚脱したような諦めの色に染まっていった。仲裁してもむだであり、仲裁すれば争いの人数が結局はふえるだけなのだ。争う男たちが疲労し、ふらふらになって、乱闘が下火になりはじめた頃、夕暮の森のように見物人たちはざわめきながら、その目が次々に閉じられていった。一人の人間が相手を殴るたびに、何かが滅んでいった。並べられた死体のすぐそばに、彼らもまた死体であるかのように、あるいは殴られ、あるいは疲れはてて横たわる。

皮肉にもその日は、作業開始のサイレンも警報も鳴らなかった。彼らは実はサイレンの仲裁を心待ちにしていたのだ。たがいに兇暴にわめきあい、暴力をふるい合いながら、暗黒な闇の、丸い牢獄に閉じこめられた者同士のように、ふとお互いの恐怖や焦躁《しょうそう》がかちあわせする瞬間があったのである。

突然はじまった乱闘は、その終りかたも唐突だった。「もうやめだ」と誰かが言い、一人がさっさと帰りだすと、たちまちに皆が家に帰る姿勢に移っていた。目のふちを黒く腫らしたり、頭から血を流したり、切れた唇をおさえたりしながら。

帰宅しかけた彼らの耳に、ふいに鋭い悲鳴が聞えた。見ると、工場の広場を、一人の少年が銃弾のように走っていた。尻から背中にかけて、カチカチ山の狸のように燃えていた。不発の焼夷弾をいじくっていて発火したのだった。彼らの中の誰かが「地面に寝ころんで消せ、土でもみ消さんといかんゾ」と叫んだ。だが少年は聞えないらしく、懸命に走っていた。水溜りの水を蹴り、野菜畑の蔬菜《そさい》をけちらして少年は走る。方向を失った油虫のように、煉瓦塀のほうへ突進し、行きどまるとまた逆の方向へ駆ける。彼らはしばらく苦笑しながらその姿を眺め、少年が身もだえして悲鳴をあげる頃、何もなかったかのように、一様に目をそらせて去っていった。

仕事のほかにもう一つの重労働が加わった。作業がおわってから二時間、毎日、特攻訓練がはじまったのだ。しばらく姿を見せなかった配属将校があらわれ、彼らを広場に集めて訓辞した。

「君たち学生は、すべて予備軍人である。本土決戦に備え、本日より対戦車特攻訓練を行う。かつてノモンハン事件の際、忠勇無双のわが関東軍は、圧倒的な重火器を誇るロシアの重戦車隊にたいし、火焔瓶《かえんびん》で戦った。そして勝ったのだ。一瓶のガソリン、一兵の命、それがカタピラを破壊し、戦車を炎上させたのだ。日本一億の民が、四人の敵兵と刺しちがえれば……」

彼らは今までも教練の時間はそうだったように、やたらに張りきって整列し、股を水平にまであげて行進し、そして蛮声をはりあげて番号をかけた。そしてまず匍匐《ほふく》前進が課せられた。前に水溜りがあろうが、犬の糞があろうが、彼らは肘《ひじ》で身体をひきずって前進する。次に工場の鉛塊を利用した投擲《とうてき》の練習。そして次は運動用のマットもなく、走り前回転宙返りだった。

「いいか。戦車が向うから前進してくる。お前たちは草むらの蔭《かげ》、畦《あぜ》の蔭、あるいは溝に身を伏せている。カタピラの音が接近してくる。突如、お前たちは立ちあがり、戦車めがけて突進する。近すぎて敵の機関銃は用をなさない。火焔放射器を君たちに向けるその直前に、火焔瓶を投げるのだ。戦車は炎上しながらも、お前たちのほうに驀進《ばくしん》してくるだろう。逃げてはならぬ。斜めに突進していって、戦車の眼前を宙返りして横ぎり身をかわす……。いいな。失敗すれば命はない……。戦車は鉄だが、カタピラには油がべったりと塗られてあり、一ぱつの火焔瓶でも戦車は破壊できるのだ……」

「君たちは」がいつの間にか「お前たち」に変っていた。配属将校は全員を整列させ、一人一人に「お前はやるか」と訊《たず》ねていった。

「はい、やります」

彼らは右から左へ、順番に、番号をかけるように、返事をしていった。だがその返答いかんよりも、教練そのものが工場内の仕事以上に重労働だった。過労と栄養不良で数人が倒れ、呼吸器をわるくして田舎に帰る者も出た。

「あいつは阿呆とちがうか。低能ではあるまいか」と私語していたのを発見されて、ある日一人が配属将校に軍刀の鞘《さや》で乱打された。その時、奇妙なことが起った。木製の棒の先にボンボンをつけた模擬銃剣をもって捧《ささ》げ銃《つつ》をしていた彼らが、いっせいに配属将校をにらみすえ、そのほうへにじり寄ったのだった。配属将校は一人一人を殴りつけようとして、ふいにとまどい、振りあげた手の処置に窮《きゅう》した。

しかし、それだけのことだった。やがて歩調をとって工場へ引きかえしていった時の彼らの列は、葬送の曲に送られる埋葬者の列のように無気力だった。

配属将校は翌日、彼らに罰を加えるために朝から工場にあらわれた。彼は機械の騒音と工場の熱気のなかで、しばらく大声で彼らに命令した。だが彼らは蒼白い火花を散らせている溶解炉と配属将校とを、黙って見くらべていただけだった。個人的に話しかけても、誰も返事しなかった。配属将校はそれでも十数分踏みとどまっていたが、やがて顔をこわばらせ真蒼《まつさお》になって帰っていった。彼らは奇妙に神秘的な集団だった。常に争い合っておりながら、妙なところで団結したのだ。彼らは確かに〈彼ら〉だった。

もっとも特攻訓練そのものに彼らが批判的だったのでもなかった。その証拠に、彼らは配属将校がいなくても、作業の終り次第、広場に出て、自分たちだけでその訓練をした。工員も徴用工もひきあげた夕暮の広場——。どこから探してきたのか大八車をもってきて、ガラガラと音をたてながら、広場の隅から隅へと車を突進させる。その車輪へ向けてラムネ瓶が投げられ、次々と男たちが突進する大八車の前をすれちがいに横ぎって宙返りをした。宙返りをし損じて身体をうち、柔道の要領で顚倒《てんとう》する瞬間、はげしく腕で地面を打っては肘を傷つけた。ほとんど全員が傷だらけだった。だが彼らはその訓練をやめなかった。

彼らの精神には、敗北の予感、風景の荒廃につれて、一つの結晶がむすばれていった。いや、結晶といえるほど美しいものではなく、埠頭《ふとう》や赤銹《あかさ》びたドックにへばりつく牡蠣《かき》のように、彼らはその荒廃にへばりついたのだ。

焼跡には雑草が繁茂しはじめ、飢えた罹災者の胃袋をみたす野草も生えた。人為的な地面の凹凸《おうとつ》は平面に還元され、視野がひらけ、荒涼としていながら夕暮はむしろ美しかった。喧噪《けんそう》と人いきれにむれていた商工業都市も、今は死都のように静かだった。晴れた日には今まで煙におおわれて見えなかった彼方の山脈が薄紫に浮きでた。夕陽はみずからのエネルギーの浪費を哀悼するように、鉄骨や瓦礫の影を長く荒野におとす。作業がおわり電源スイッチの切られる瞬間、どこからともなく音楽が聞えてくるように思われた。枯木が一本、遠景の中に残っている。あの枯木は何に耐えていたのだったろうか。

そうした夕暮、彼らはささやかな円陣をつくって、とりとめない雑談に時を費した。

「この間な、大決心をして、いつも電車の中で会ってたメーツェンに手紙をわたしたんだ」一人が言う。

「返事はきたか」

「ううん、それから、もう会わへんのやし」女学生の口調を真似て男が言う。「あの人のお家も焼かれはったんやわ、きっと。うち憂鬱やなあ……」

聞いていた者が、声をあわせて笑う。彼らは女のことなどてんで知りはしなかった。いつもそのことを考えていたはずなのだが、話を賑《にぎ》わそうにも女の髪の香り、かすかな息づかい一つ、誰も知らなかったのだ。話題はごく限られていて、「近頃、軍艦マーチは鳴らないな……」と誰かが呟くころ、すでに話題はつきていた。

「どうなったんだろうな、特攻隊は……」

特攻隊についても、彼らに特別な知識があったわけではなかった。神風、菊水、桜花、流星……新聞に報ぜられる特攻隊の名と、その〈壮烈〉さにたいするある種の観念があったにすぎなかった。彼らの中から予科練に志願していった者もいたが、特別文通のあるわけでもなかった。いや一度だけ、彼らはその特別攻撃を、彼ら自身の目で見ていた。

いつのことだったろう。真昼、自然壕にひそんでいた彼らの一人が、銀色の翼をかがやかすＢ29の編隊にむけて、ごま粒のように小さく黒い戦闘機がたった一機で手向っていくのを発見した。蒼穹《そうきゅう》に爆音を残して編隊は悠々と飛ぶ。そして時折り、ぱらぱらと黒いものが落されるのが見えるのだ。だが彼らはじっと見あげていた。真すぐに進んでくる敵機が四十五度の角度の時に爆弾を投下すれば危い。しかしそれ以外の時は大丈夫であることを、彼らの皆が知っていたからだ。何十機もの爆撃機にたった一機の戦闘機。機関銃の射程距離がそもそも違う。しかも戦闘機には上昇しうる高度に限度がある。いつかも、撃墜したぞと誰かが叫んで、壕から首をだして見た時、火だるまになって墜《お》ちたのは、日本の戦闘機だった。今度も駄目だ……今度も……。

黒い飛行機は上昇していく。機関銃は撃ちあっているのだろうか。何の物音もしない。その時、編隊の最後尾に下から噛みつくようにあがっていった飛行機の姿が一瞬見えなくなり、そしてばらばらに分解した。同時に、編隊の最後のＢ29が後尾から煙を噴きはじめるのが見えた。

「体あたりだ……」と一人が叫んだ。

彼らはぽかんと口をあけて見ていた。確かにそれは体あたりだった。煙を噴くB29の一機がたちまちその高度を下げる。白い噴煙が黒くなり、そして火を噴くのが見えた。

「やった」と一人が涙を流しながら、横に蹲っていた者の脇腹を拳固で打った。

「やった」一人の男が壕からとびだし、もう一人の男がそのあとを追い、見あげている前の男の腕に猛然とタックルした。

「やった」一人の男が狭い壕の中で友人に組みついていき、そして相手の首をしめあげた。

そしてその時も、やったぞやったぞと口々に叫びながら、彼らは数人が一かたまりになって殴りあった。なぜ殴らねばならないのか、それは解らなかったが、彼らは情熱と悲哀をこめて誠心誠意、仲間を殴ったのだ。

だが繰返される同じ話題には、もはや感動はなく、「どうなったのかなあ、特攻隊は……」と一人が溜息をつくと、全員がそれに応じて溜息をつき、やがて解散していった。すべてが打ちのめされたような哀しげな表情をしていた……。彼らには現実や未来を洞察することはできなかった。彼らにはただ耐えることができるだけだった。

そうした団欒《だんらん》にも加わることなく、沈黙がちでいつも独りぼっちの男がいた。彼の家は最初の大空襲で焼かれ、いらい一家が防空壕に住んでいたのだが、彼が帰っていくのはいつも最後だった。一家四人が狭い防空壕に雑魚《ざこ》寝《ね》する蒸暑さが厭《いや》だったのだろうか。彼はそれまでは典型的な孝行息子だったのだが、あることを境に親にたいする尊敬の念を失っていた。時折り、一人でぺっぺっと地面に唾を吐く。皆がほとんど恍惚として争いあい殴りあっている時も、彼は淋しそうにそれを見ているだけだった。誰もそんな彼に注意する者はいなかった。皆には、そんな暇はなかったのだ。彼らは死ぬほど忙しかったのだ。

彼は皆が立ち去って後、風景が闇に抱かれ、雲が色褪《いろあ》せていく中に、あてもなく焼跡を散歩していた。頬骨のでた頬をこわばらせながら、彼は時折り、焼跡に化石したように佇《たたず》んで、前方を凝視していたが、じつは何も見てはいなかったのだ。喉に肉塊でも詰っているように、大きく息をする。そして彼はある日、誰にも遺書を残さず、工場の一隅で自殺した。

嘔吐《おうと》した穢物をみずからの顔にあびて、彼は翌日、埴輪《はにわ》人形のように機械の蔭にころがっていた。集った者の中の二人が、死体の手と足をもって担架にのせ、型通りに医務室まで運んでいった。

「死んでることのわかってる者を、医務室へはこんでくる馬鹿があるか」と医師は罵った。

「じゃ、いったいどこへもっていけばいいんだ」帰ってきてから、死体を運んだ男がぼやいた。

自殺者の出た翌日も、朝から空襲だった。その日は焼夷弾ではなく、爆弾であり、あきらかに彼らの工場が一つの攻撃目標になっていた。彼らは一日中、小溝に蹲り、口を開け、指で耳朶《みみたぶ》を折りまげて耳に栓をし、目を閉じ、鼻をふさいでいた。空気が引き裂かれるような摩擦音をたて、地響きがし、そして地上の施設が次々に破壊される。高射砲はほとんど当らなかった。撃たないほうがましなような無駄弾ばかりだった。高層をとぶ敵機の後のほうに白い斑点がぱらぱらと花咲いた。間の抜けた間隔をおいて、ドンと太鼓を打つような音がする。

物好きに、地面に掘りだされた土管に頭だけを隠して伏せている男がいた。「間抜け！　こっちにこい」それに気づいた男が、地響きと地響きのあい間に、溝の中から声をかけた。だが返事はなかった。あとで様子を見に行くと、男は無表情のまま死んでいた。動員仲間ではなく、中年の徴用工だった。医務室にはこべばまた医師に罵られるだけなので、死体はそのまま放置された。鼠が鼠捕りの籠《かご》に首をつっこんだような死にざまに、彼らは苦笑し、黙って通りすぎる。犬や猫もあちこちから屍体となって発見された。どういうふうに爆風をあびたのか、猫は首をひきちぎられ、襤褸布《ぼろぬの》のように煉瓦塀にへばりついて死んでいた。

空襲は連日だった。

なにか不正行為があったのか、ある日、作業を開始して間もなく、警官が二人あらわれて、彼らの中の一人に手錠をはめて引きたてていった。その翌日、すぐ近くの防空壕から、警官の制服を着た男二人と学生服の男一人の被爆死体が発見された。あの時、十分ほどして、B29が煙を吐きながら落下していったのだが、その時にばらまいた爆弾にやられたのだ。墜落したB29は、電車通りにおち、線路が飴のように歪曲《わいきょく》してはねまがり、しばらくは見世物となった。

死は生よりも自然であるかのようだった。彼らはなるたけ口をきかないようにしていた。口を開けば、突拍子もないことをわめきだしそうな気がしていたからだった。泣き笑いの顔に、おそろしく老けた皺《しわ》をよせ、目玉だけをぎらぎらと光らせて……。

工場に配置変えがあった。鋳造部の人員の半分が仕上部にまわされた。工場も疲弊し、彼らの人数も半減していた。

仕上部には蒼白く光る巨大な旋盤がずらりと並んでシャフトを削っており、水圧式クランクが部厚い鉄板を圧搾していた。油の飛沫をあげながら旋盤屑が身をくねらせ、身をまるめていく。そして圧搾され歪曲させられる金属板の呻吟《しんぎん》。彼らはそこでも、すぐ技術をおぼえ、大きなノギスをあてながら、スクリュームに直結する太いシャフトを削った。流れる汗に目は痛み、とびちる熱い鉄屑に、腕には無数の小さな火傷ができた。

戦争には勝たねばならぬ、なぜなら、敗戦は……それは気にくわぬ馬鹿げたことだからだ。

誰かがそう叫んだところで、彼らは見向きもしなかっただろう。彼らには暇がなかったし、機械のほうがずっと猛烈であり、その猛烈な騒音のほうがまだしも耳を傾ける価値があったからだ。

彼らは戦争をしていた。彼らはそれに専念していたために、彼らは戦争を口にしなかった。後向きに戦闘帽をかぶり、その帽子にまで荘厳な汗をにじませながら、彼らは何ものかと闘っていた。

彼らの中に、機械の騒音の中で生れ、機械の騒音を子守唄にして育った、生粋の工場っ子がいた。彼の技術はすばらしかった。肉体の動き、神経の働かせようが、金属の動きとぴったり合致していた。彼は無意味な争いには加わらない少数者の一人だった。彼は工業というものの尊厳性を熟知しているのだと考えていた。彼は重工業的世界観とでもいうべきものをもっており、彼によれば、戦争も平和も、人生の幸不幸も、すべて工業的なものに支配されているのだということになっていた。冗談ではなく、真面目にそう考えていたのだ。彼は休憩時間にも、機械の歯車や〈型〉やチェーンを撫でてまわり、焼跡にでても金属の破片にしか興味を示さなかった。一かたまりの銅に還元された茶瓶や火鉢の破片を見つけるたびに、彼はそれに触れてみる。彼は芸術と同様に竹槍を軽蔑していたので、特攻訓練には出なかった。彼には人間の仲間などあまり大事ではなかったのだ。

だが、工場の配置変えは、ある不幸をもたらした。動員学徒と正工員と徴用工とが、その仕上部でほぼ等数にいり乱れ、仲間争いに倦《あ》きはじめていた彼らに新たな緊張をもたらしたのだった。

工員の苛立った視線、徴用工のずるそうな目、そして〈戦争〉をしている動員学徒の血走った目が、ちかちかと触れあった。それは時期の問題にすぎなかった。晩《おそ》かれ早かれ、彼らは対立し、たがいを傷つけあうに決っていた。背中の曲った老徴用工が、厄災に敏感な船艙《せんそう》の鼠のように、工員と動員学徒との間をうろうろしている。

彼らが無口なのに引きかえて、工員たちはよく無駄口をたたいた。自分の気持の余裕を誇るように、機械に合わせてリズミカルに身を揺すりながら大声で冗談をとばした。

「わしが最初に寝た女はやな、片目でな。ウインクのしっ放しよ。そっぽ向いて、あんた可愛いわね、とぬかす。見てるのかと思って、目をあけてみたら、片目なんだ。笑わすなア！」

「ちょね、ちょねじゃ」意味もなく隣りの者が相槌《あいづち》をうつ。

「あーあ、特攻隊××少尉は、本日未明、航空母艦から飛びたつのであります。航空母艦殿、自分はもう二度と帰らないのであります。航空母艦殿、このお腹の上から何機が飛びたったのでありますか。あーあ、死ぬ、死ぬ……」

「ひいーっ」工員たちは腰をゆすりながら笑う。

動員学徒は離れて一群をなしておりながら神経をとがらせていた。工員たちの声は騒音の中にも奇妙によく通り、彼らは聞くまいとしながらそれに気をとられた。彼らの憤《いきどお》りはそういう自分にたいする憤りだったのだろうか。

いや、彼らには、工員たちに欠けている、ある情熱があったのだ。身を捨てることへの淡い憧憬、そして彼らの犠牲的行為にたいして小さな手を振るだろう清純な女性たちへの憧憬が……。

曇天の日には、一つ一つ機械の前に裸電球がともされた。舞いあがる埃は姿を消し、ほの暗い工場の中に轟音が君臨する。

そして争いが、そうした曇天の一日、些細なことから爆発した。例の卓抜な技術をもった彼らの一人が、工員たちの冗談に気を散らして油断したのだ。握っていた旋盤のハンドルに力がはいりすぎ、機械全体が悲鳴をあげた瞬間、旋盤屑が彼の瞼《まぶた》にとびこんでいた。それは弾けてちょっと当っただけだったが、旋盤屑は摩擦熱に焼けていた。彼はその場にうずくまって呻いた。横の熟練工が気配を察して、輪軸を空転に切りかえた。

「いや、なんでもない。目に埃が入っただけだ」彼は弁解するように言った。

「気いつけな、あかんでエ」老工員はやさしく言った。そこへ別の工員が近よってきた。

「ぼやぼや、してるからだ」

別段、侮蔑する口調でもなかった。しかしその学生の自尊心は動揺した。彼は傷ついた目を一瞬かっと見ひらくと……彼が相手を突き倒してしまったことに気づいたのは、しばらくたってからのことだった。

「何をする」老工員は孫でも叱るように悲しげな口調で言った。

それはほとんど過失だった。眼に怪我をしたのも、相手をつき飛ばしたのも。工員は、どうして年若い者の衝動的行為を許すことができなかったのだろうか。忍従には慣れていたはずではなかったのか。また学生のほうも、なぜあやまらなかったのだろうか。疼痛《とうつう》に呻いてはいても、一言の謝罪の言葉ぐらい吐けたはずだった。機械は人間の感情を無視しながら、轟音をたてて回転している。

突きとばされた工員は、しばらく怪我人を見おろしていたのだが、突然、その男の頭を足蹴にした。蹴られたほうは眼をおさえたまま動かなかった。その時、工員は後ろから誰かに突きとばされ、首を後ろにねじ曲げたままの姿勢で、機械のほうへよろめいていった。そして高いシャフト車から機械につらなるベルトに髪をまかれ、一瞬、仁王のような形《ぎょう》相《そう》になったかと思うと、ウインチに吊りあげられる資材のように、宙吊りになり……そして天井近くで一回転して工場の壁にはじき飛ばされた。

「危い！」─声のでた時は遅かった。

日頃くすぶっていた対立が表面化し、工員と動員学徒との間に乱闘がはじまった。雷電にふれたような、争いの一瞬の拡大。危険は解りきっていた。ローラーに捲きこまれても、プレス機に腕をはさまれても、ギアに指をとられても、命はない。耳をつんざく騒音の中で、すべての者が蒼白になりながら、争いあう。肉体と肉体のぶっつかりあう鈍い音。ある者は音もなく打ちのめされてコンクリートの上の鉄屑を噛み、ある者は投げつけられた蛙のように煉瓦の壁にへばりついてうなだれ……。スパナやリベットやノギスが、いり乱れて飛び、機械に弾けた。なにかの拍子に争いの渦から取り残された者の目には、むしろ頑丈な機械を敵にして、ひ弱な人間どもがあばれ狂っているように見えた。傍観している者のほうがむしろ蒼白だった。争いあっている者のまだ気づかない無残な犠牲者の姿がそうさせたのだった。油の缶が横倒しになって流れ、それに火がついていた。

争いの波が退《ひ》いた時、そこには無残な光景が展開されていた。全員がどこかに傷を負っていた。擦傷、打撲傷、内出血、創傷、骨折……。そして、一人の男が油といっしょに燃えていた。鋳造部でなく、溶鉄をあびたわけではなかったのが、まだしもの幸せだった。だが溶鉄でなくとも油もまた人の身を焼く。そして燃えているのを見ておりながら、誰にもどうすることもできなかったのだ。油に水をかけても無意味だからだ。その犠牲者が息絶えるまでには、長い残酷な時間が必要だった。彼は身をよじってくねらせ、頭や胸をかきむしりながら、火だるまになっていった。

争いの幕がおりてから、電源スイッチが切られた。もどってきた静寂の中に、啜《すす》り泣《な》くような瀕死《ひんし》の声が流れる。男はコンクリートの床を匐《は》いながら「水をくれ」と言った。凄《すさま》じい形相、それはもう人間の形相ではなかった。それでも彼は本能的に防火用水のバケツのありかを認めると、そのほうへ匐っていった。

「今飲んではいかんのだ」バケツの横にいた男が、バケツを遠くに蹴とばした。飲んでも飲まなくても、この男はどうせ死ぬはずだったのだが。

「君たちは、いったいどういうつもりなんだ」医師がやってきた。「国家非常の時に、なにが悲しくて同士打ちをやるんだ。火傷も怪我も、空襲だけで充分じゃないか。ラジオは今も、室戸岬のほうから編隊をくんで敵機が来襲してきていると言っている。そんなに死にたいんなら、勝手に死ね！」

医師は喋《しゃべ》りおわると、そのまま帰っていった。手当てしようにも、手のほどこしようはなかったのだ。

彼らは黙って医師の後ろ姿を見送った。誰か油に火をつけた男がいたはずだ。誰か油の缶をひっくり返した男がいるはずだった。しかし誰も俺がやったのだと言わないところを見ると、結局、誰も加害者はいないのだった。死んでしまったあの男が、勝手に転がっていったのかもしれなかった。ある意味では確かに、全員が加害者であり被害者だった。誰からともなく無意味な呟きがおこり、それがざわめきとなり、ざわめきの伝わる方向も定まらぬうちに、それは消えていった。放心と憂愁、そして暗い自嘲の気分——。絶望的な眼差《まなざし》で男たちは動きはじめた。ぞろぞろと足をひきずって各自の持場へ帰っていくのだ。作業時間はまだ終っておらず、戦争もまだ終っていないのだから。妙に閑散とした工場の中を、彼らは亡霊のように動き、そして働く。

国家間の戦争に関しては、彼らにもほぼその成行きは想像できた。それはあくまで予感の域を出なかったが、すべての者にほぼ一致する確実な予感だった。

そして彼らは皆、空腹だった。腹の皮が背中にくっつきそうなほど空腹で、しかも下痢に苦しんでいた。配給は一日二合一勺《しやく》のはずだったが、彼らの胃には大豆《だいず》粕《かす》やふすましか入っていなかった。彼らは下痢患者特有の、何事にも興味を失ったような鈍い動きで機械の前に立つ。彼らの皮膚は、空想も美も見失った者特有の、あの褐色の鮫肌《さめはだ》になってしまっていた。

確実な滅亡の予感、しかもそれに向って歩いて行く者の、そこはかとない悲哀が、彼らの行動の一こま一こまをはかないものにする。最初、現実の事態の進展に追いつけなかった彼らの意識は、その頃になってはじめて現実に追いつき、追いこしはじめていた。

工場の全体も、もう無用の長物だった。生産された物品は無造作に倉庫や広場に積みあげられ、風雨にさらされた。皆にはもうあまり仕事もなく、ただ応急手当に医師と看護婦だけが忙しかった。

誰が言いだしたのだろうか。長年その工場に勤務していた重役や工員でさえ、その存在を忘れていた共同風呂の使用が、そのころ計画された。もう溶解炉を使う必要もなく、石炭やコークスのストックだけは相当にあった。

風呂は埃だらけになり、天井も爆風に破壊されて、工場の片隅に眠っていた。窓ガラスは破壊しつくされ、水道管は赤黒く錆びついていたが、水は出ないわけではなかった。ボイラーは健全である。残った柱や崩れた壁をあっさりと取りこわせば、かえって広々とした露天風呂になった。湯舟は広くはなかったが、洗場にはゆとりがあった。食えもせぬ石炭の用途に困ったはての、捨て鉢な思いつきだった。

作業が終った者から先に入浴してよいことになったが、自然、工員が先にはいり、徴用工や動員学徒は後まわしになった。

しかしもう別に文句を言う者もいなかった。工員たちは煤煙《ばいえん》を失って奇妙に透明な大空を眺めながら、浪花節《なにわぶし》を一くさりうなり、猥談《わいだん》をやってのけて、おびただしい垢《あか》を残して帰っていった。

工場が倒壊し、街路樹が燃え、家々が焼け、遮蔽する何物もなくなった廃墟には、海からの風がそのままに吹き、かすかな磯の香りすら漂った。その都市が河口のデルタ地帯、海の近くにあったことを、彼らははじめて思いだした。

そして太陽は赤く、垂れさがった電線の彼方へと沈んでいくのだ。鉄の錆《さび》がでて湯は鉱泉のように赤く染まった。そこから湯気がゆらゆらと立ち昇る。彼らは夕陽が落ちて空がはげしく変色しはじめる頃に入浴した。もう彼らの人数も、最初の三分の一を割っていた。

その日、争い合った者同士が、湯舟の中で顔を合わせ、目をほそめて微笑しあう。一日の張りつめた緊張が堰《せき》を切って崩れ、無邪気な放心が帰ってくる。湯の温かさは神経をときほぐし、夕暮の空は彼らを感傷的にした。戦災のために、銭湯も焼け、自家用の風呂も燃料不足で沸かせなくなっていた彼らには、それは最大の娯楽だった。男たちは軽やかに冗談をとばし、子供のように湯の飛沫をかけあった。

警戒警報が鳴り空襲警報が鳴っても、もう彼らは慌てなかった。この都市にいるかぎり、どこへ逃げても同じことだったのだ。

サーチライトが二本だけ、暮れなずむ空に投射される。爆音はするのだが、敵機の姿はその光の中には入らなかった。

「ブルン、ブルン、ブルン……」飛行機の擬音を真似て、湯舟のわきに男が立ち、両手をひろげて飛行機の真似をする。高射砲の諦めたような音がすると、その男は身体をねじって湯舟のなかに墜落した。

「軍艦マーチが鳴らないな、近頃は……」

「どうなったのかなあ、特攻隊は……」

水に濡れた短い髪が光る。男たちの声は皆うるおいをもって詠嘆調になった。

どこで覚えてきたのか、一人の男が歌を歌った。皆が身体を湯に浮かべながら、それに耳を傾ける。小川の流れるような水音。二度三度その男がくりかえすうちに、彼らはすぐにその歌曲をおぼえこみ、調子を合わせる。風呂というのは奇妙なものだ。人が歌を歌うと、自分も歌いたくなってくる。

恋人を戦争で失った青年も、火傷で人相の変ってしまった男も、昼間、仲間と棍棒でわたりあった男も、あるいは湯舟から首だけをだし、あるいは洗場に腰かけて足だけを湯につけ、あるいは背中を流しあいながら、皆が声を合わせて歌った。

甲高《かんだか》い声、どら声、声がわりした嗄れ声、鼻にかかった甘ったたれた声……。

薄ら寒い風音のように、それは工場の片隅から湧きおこり、湯気とともに拡散する。日はすでに暮れ、灯火管制のカバーのほどこされた電灯が一つだけ、にぶい光を湯舟に注いでいる。

男たちは星の光だけの死都の空を仰ぎ見ながら、合唱する。一種蕭条《しょうじょう》とした廃墟の中に流れでるその歌は、クラシックでも軍歌でもなかった。

その歌というのは——

あの花この花、咲いては散りゆく
泣いてもとめても、悲しく散りゆく
散らずにおくれよ、可愛い野薔薇
私ゃほろ馬車、旅ゆく乙女よ

あの雲この雲……

というのである。

当時はやりの流行歌だったが、その歌の作者も作曲者も、誰も知らなかった。そして彼らの一員であり、いまこれを書いている私も、二十年の後にもなお風呂に入るたびに何となく歌ってしまうのだが、今もってその歌が何という歌なのかを知らない。

II

勲章

永井荷風

寄席、芝居。何に限らず興行物の楽屋には舞台へ出る芸人や、舞台の裏で働いている人達を目あてにしてそれよりも亦《また》更に果敢《はかな》い渡世をしているものが大勢出入《でいり》をしている。わたくしが日頃行き馴れた浅草公園六区の曲角《まがりかど》に立っていた彼《か》のオペラ館の楽屋で、名も知らなければ、何処から来るともわからない丼飯屋《どんぶりめしや》の爺さんが、その達者であった時の最後の面影を写真にうつしてやった事があった。

爺さんはその時、写真なんてエものは一度もとって見たことがねえんだヨと、大層よろこんで、日頃の無愛想には似ず、幾度となく有りがとうを繰返したのであったが、それが其人《そのひと》の一生涯の恐らく最終の感激であった。写真の焼付ができ上った時には、爺さんは人知れず何処かで死んでいたらしかった。楽屋の人達はその事すら、わたくしに質問されて、初《はじめ》て気がついたらしく思われたくらいであった。

その日わたくしはどういう訳で、わざわざカメラを提げて公園のレヴュー小屋なんぞへ出掛けたのか。それはその頃三《み》の輪《わ》辺の或《ある》寺に残っていた墓碣《ぼけつ》の中で、寺が引払いにならない中《うち》に、是非とも撮影して置きたいと思っていたものがあった為《ため》で。わたくしは其仕事をすましてからの帰途、ぶらぶら公園を通過《とおりす》ぎて、ふと池の縁に立っているオペラ館の楽屋口へ這入《はい》って見たのだ。

楽屋口へ這入ると「今日終演後ヴァラエテー第二景第三景練習にかかります。」だの、何だのと、さまざまな掲示の貼出してある板壁に沿い、すぐに塵芥《ごみ》だらけな危ッかしい階段が突立っている。それを上ると、狭い短い廊下の真中に、寒中でも破れた扉の開け放しになった踊子の大部屋。廊下の片隅にこの一座の中では一番名の高い芸人の部屋があり、他の片隅には流行唄《はやりうた》をうたう声楽家の部屋。また一階上へあがると、男の芸人が大勢雑居している。ここではこれを青年部と称《とな》えていて、絶えずどたばた撲《なぐ》り合《あい》の喧嘩がある。然《しか》しわたくしがこの楽屋をおとずれる時、入って休むところは座頭《ざがしら》の部屋でもなく、声楽家の控所でもなく、わかい踊子がごろごろ寝そべっている大部屋に限られている。

踊子の部屋へは警察署の訓示があって、外部の男はいかなる用件があっても、出入はできない事になっている。然るにわたくしばかりはいつでも断りなく、ずかずか入り込むのであるが、楽屋中誰一人これを咎《とが》めるものも、怪しむものもない。これには何か訳がありそうな筈《はず》である。然しわたくしは茲《ここ》に仔細《しさい》らしく、わたくしばかりが唯《ただ》一人、木戸御免《のべた》の特権を得ている事について、この劇場とわたくしとの関係やら何やらを自慢らしく述立てる必要はないだろう。わたくしがそもそも最初にこの劇場の楽屋へ入り込んだ時、わたくしの年齢は既に耳順《じじゅん》に達していた。それだから、半裸体の女が幾人となくごろごろ寐転《ねころ》がっている部屋へ、無断で闖入《ちんにゅう》しても、風紀を紊乱《びんらん》することの出来るような体力は既に持合していないものと、見做《みな》されていたと言ったなら、これが何よりも一番簡単で要領を得た弁疏《べんそ》になるのであろう。イヤ文壇だの劇壇だのに於《お》ける、わたくしが過去半生の閲歴が、何だの彼だのと、そんな事から自然に生ずる信用が、どうだの、こうだのと、そんな気障《きざ》な文句は言いたくもなければ、書きたくもない。それよりはまだこの別天地を見たことのない好事家《こうずか》のために、わたくしは何よりも先《まず》、オペラ館の踊子部屋というのは一体どんな処《ところ》だか、試《こころみ》にこれを記述してみよう。

部屋のひろさは鳥渡《ちょつと》見たところでは、正しく数字には出しにくいが、踊子の人数の多いときには、二十人を越すことがあっても、目白押しにそれだけの人数は入れられると云うことで、大体は推察してもらいたい。部屋は普通家屋の内部に見られるような方形をなしたものではなく、三角なりにゆがんでいて、扉のとれた開け放しの入口から、真直《まっすぐ》に幅三尺ばかり、長さ一二間ほどが板敷。その他は一面に畳が敷詰めてあるが、この畳の破れずにいたのを見たことは、わたくしがこの楽屋に出入をして以来、四五年間、わずかに一二度であろう。

踊子はいつも大抵十四五人、破畳《やぶれだたみ》に敷き載せた破れた座布団の上に、裸体同様のレヴューの衣裳やら、楽屋着やら、湯上りの浴衣やら、思い思いのものに、わずか腰のあたりだけをかくしたばかり。誰が来ようが一向平気で、横になったり、仰向きになったり、胡坐《あぐら》をかいたりしている。四五人寄添って額をつき合せながら、骨牌《かるた》を切っているものもあれば、乳吞児《ちのみご》を膝の上にして、鏡に向って化粧をしているものもある。一人離れて余念なく附睫毛《つけまつげ》をこしらえたり、毛糸の編物をしているのもあれば、講談雑誌によみ耽《ふけ》っているのもある。

畳を敷かない板の間には、歩く余地さえないばかり、舞台ではく銀色のハイヒールやサンダルの、それも紐が切れたり底や踵《かかと》の破れたりしたものが脱捨てられ、楽屋用の草履や上靴に交って、外ではくフェルト草履や、下駄足駄までが一つになって転がっている時がある。紙屑、南京豆、甘栗の殻に、果物の皮や竹の皮、巻煙草《まきたばこ》の吸殻は、その日当番の踊子の一人や二人が絶えず掃いても掃いても尽きない様子で、何も彼も一所くたに踏みにじられたままに散らばっているのだ。

見渡すと、女の人数だけずらりと並んだ鏡台と鏡台との間からはわずかに漆喰《しつくい》の剝落《はげお》ちた壁が現れていて其面には後から後からと、重《かさな》って書き添えられたいたずら書のさまざま。男女映画俳優の写真が横縦勝手放題にピンで留めてある。レヴューの衣裳が何枚と知れず、重ったまま巻煙草の空箱をこれもピンで留めて、穂先のきれた化粧筆が二三本さしてある。レヴューの衣裳が何枚と知れず、重った上にもまた重ったままぶらさげられて、夏の盛りにも狭い窓の光線を遮《さえぎ》っている。窓の戸のあいている時や、またその硝子板《ガラスいた》の割れ落ちている時には、ぶら下った衣裳のあいだから池の縁の木の梢と、池の向うの興行場の屋根とが見える……。

オペラ館の踊子部屋と云うのは大体まずこんな有様で。即《すなわ》ち散らかし放題散かしても、もう此《こ》れ以上はいかに散らかしたくとも散らかすことはできないと思われる極度の状態である。それは古ぎれ屋か洗張屋《あらいはりや》の店の引越騒ぎとでも言わば言われべき、何とも彼とも譬《たと》えようのない混雑である。然しこの混雑の状態は、最初一目に見渡す時、何より先に、女の着る衣裳の色彩の乱れと、寝たり起きたりしている女の顔よりも、腕や腿《もも》の逞《たくま》しい筋肉が目につくので、貧院や細民窟の不潔や混雑とは全くちがった印象を与える。之《これ》を形容したら、まず花屋の土間に、むしり捨てた花びらの屑や、草の葉の枯れくさったのが、滅茶々々に踏みにじられたまま、掃かれもせずに捨てられてあるような趣があるとでも言われるであろう。

安香水と油と人肌と塵埃《じんあい》との混じ合った重い匂《におい》が、人の呼吸を圧する。階下《した》の方から、音色の悪い楽隊の響《ひびき》や、人の声が遠く聞えて来る。木造の階段を下駄ばきで上り下りする跫音《あしおと》の絶間《たえま》がない。これ等の物音は窓外の公園一帯の雑音と一つになって、部屋の低い天井に反響する甲高《かんだか》な女の話声、笑声、口ぐせになった練習の歌声などのそうぞうしさを、馴れればさほどにも思わせせない程度に和《やわら》げている。

わたくしは踊子部屋の光景――その暗惨とその乱雑とその騒しさの中には、場末の色町の近くなどで、時たま感じ得るような緩《ゆるや》かな淡い哀愁の情味を、ここにも亦遺憾なく掬《きく》することができるような気がするのである。そしてこの裏さびしくも又懐しい情趣をして、尚《なお》一層濃厚ならしむるものは、ここに生活する人達を目あてに、いろいろな物を売りに来る商人の疲れた容貌と、やつれた風采《みなり》とであろう。

その日、いつものように、のそりのそり二階へ上って行った時、わたくしは朝鮮人らしい痘痕《あばた》の目につく若い洋服の男が、化粧用の品物を詰込んだ革包《かばん》の中を、そろそろ片づけ初めているのを見た。そして此男が女達から代金を受取って立ちかけるところへ、今度は入れちがいに裏長屋のかみさんらしい風体の、年は四十がらみの婆さんがやって来て、風呂敷の中から、男女共用のワイシャツに、タオル、ハンカチのたぐいをひろげ初めた。何れも夏向の品物ばかりであることは、窓から見える公園の木の芽も若葉になりかけ、時候は日ましに暑くなっていた事を知らせる。

「よく御覧。みんな純綿だよ。公定だったら税金のつく品物だから。」

純綿の一声に、寝ている踊子も起直って、一斉に品物のまわりに寄集《よりあつま》る騒ぎ。廊下を歩み過ぎる青年部の芸人の中には、前幕の化粧を洗いおとしたばかり。半身裸体のままの者まで入って来て、折重った女の子の間に割込み、やすいの、高いのと、わいわい言っている最中である。赤ら顔の身体の大きい爺さんが一人、よごれきった岡持を重そうに、よちよち梯子段《はしごだん》を上って来た。

するとハンカチの地合を窓のあかりに透して見ていた踊子の一人が爺さんの姿を見るや否や、

「おじさん、おそいねえ。あたい、ペコペコだよ。」と叱りつけるような鋭い調子で言ったが、爺さんは別に返事もせず、矢張退儀そうな、のろまな手付で岡持の蓋《ふた》をあけ、

「お前のは何だっけ。蓮と蒟蒻《こんにやく》に。今日はもうおこうこは無《ね》えんだよ。」と丼を一つ取出して渡した。

年は既に五十を越して、もう六十代になっているかも知れない。盲目縞《めくらじま》の股引《ももひき》をはき、じじむさいメリヤスのシャツの上に背中で十文字になった腹掛をしているのが、窮屈そうに見えるくらい、いかにも頑丈な身体つきである。額と目尻に深い皺《しわ》が刻み込まれた円顔《まるがお》には一杯油汗をかいていながら、禿頭へ鉢巻をした古手拭《ふるてぬぐい》を取って拭《ふ》こうともせず、人の好さそうな細い目を絶えずぱちくりさせている。

わたくしが写真をとって大喜びに喜ばせてやった爺さんというのは、丼を持って来た此の出前持なのである。

じいさんは毎日、時刻を計って楽屋の人達の註文をききに来た後、それから又時刻を見はからって、丼と惣菜や香の物を盛った小皿に割箸を添え、ついぞ洗った事も磨いた事もないらしい、手のとれ掛《かか》った岡持に入れて持運んで来るのである。年中めったに休んだ事はないそうだが、どこに家があるか、女房子供があるのか無いのか、そんな事は楽屋中誰一人知っているものはない。「鮫《さめ》やのおじさん。」と踊子達は呼んでいるが、丼飯をつくる仕出屋で鮫屋などという家は、六区の興行町にも、公園外の入谷町や千束町の裏路地にもないそうだ。一体このオペラ館のみならず、この土地の興行場へ出入をする食物屋《たべものや》には、その種類によってそれぞれ顔のきいた親分のようなものがあって、営業権を占有しているという事なので、見たところ、この爺さんにはまだそんな権利がありそうにも思われないとすると、この年になっても、どこぞの親分に使われている其日ぐらしの出前持に過ぎないのであろう。惣菜付の丼一つの価は楽屋の様子から考えて二十銭より以上の筈はない。

其の幾割かを貰って、爺さんは老後の余命をつないでいるのであろう。

鮫屋の爺さんは初めに註文された丼を二階の踊子と三階の青年部へ、一ツ一ツ配って歩く中、おくれて後から註文される物を又しても岡持へ入れよちよちと退儀らしい足取りで持運んで来る。その時分には初夏の長い日もそろそろたそがれかけて、興行町の燈影がそこら中一帯に輝き初める頃になるのである。

二階の部屋の踊子は一しきり揃って一人残らず舞台へ出て行き、踊ったり跳ねたり歌ったり。そしてまた元のように鏡台の前の破畳の上に、つかれきった身体を投出したまま、此の次は夜の部になる其日最終の舞台を待つのである。わたくしは踊子と共に舞台裏へ降りて、女達が揃って足を蹴上げる芸当を、背景の間から窺《のぞ》いて見ることもある。休んでいる芸人達と楽屋外の裏通へ出て、其辺に並んでいる射的屋の店先に立ち、景物の博多人形を射落して見たり。やがてそれにも飽きれば再び二階の踊子部屋へ立戻るのである。鮫屋の爺さんはこの間に岡持の持運びも二三度に及んだ後らしく、今は空《から》の丼や小皿をも片づけ終り、今日一日の仕事もやっとしまったという風で、耳朶《みみたぶ》にはさんだ巻煙草の吸さしを取って火をつけながら、見れば兵卒の衣裳をつけた青年部の役者と頻《しき》りに話をしていた。

「そうか。じゃ、おじさんも戦争に行ったことがあるんだね。何処へ行ったんだ。」

「今話したじゃねえか。日魯《にちろ》の大戦争よ。満洲じゃねえか。」と言って、爺さんは禿頭から滑り落ちそうになる鉢巻の手拭を締直したが、「ええと。何年前だったろう。おれももう意久地《いくじ》がねえや。」

急に何やら思出したように溜息をつき、例の如《ごと》く細い目をぱちくりさせながら、じっと兵卒の衣裳に鈍い視線を注いでいた。

「おじさん、いくつになるんだ。」

「うむ。あれアたしか。明治三十七年……て云うとむかしも昔、大むかしだ。」

一体こういう人達には平素静《しずか》に過去を思返して見るような機会も、また習慣もないのが当前《あたりまえ》なので、鮫屋の爺さんは人にきかれても即座には年数を数え戻すことができないらしい。煙草を一吹して、

「あの時分にゃおれも元気だったぜ。」

掌《てのひら》で顔中の油汗を撫でたなり黙り込んでしまった。兵卒に扮した役者はその側に寝ころんでいる踊子の方へ寄りかかりながら、

「おじさん、戦争へ行って、勲章、貰わなかったのか。」

「貰ったとも。貰わねえでどうなるものか。嘘じゃねえ。見せてやろうか。」

得意な力づよい調子が胸の底から押出された。

「持って来て見せてやろう。親方の家へ置いてある……。」

「おじさん。」と兵卒に寄掛られた踊子は重そうに其男《おの》を押し退け、「お見せよ。ねえ。おじさん。新ちゃんの衣裳を着て、勲章下げて御覧よ。」

「ふふふふ。おもしれエ。」

爺さんは妙な声を出して笑ったが、急に立上り、空丼を片づけた岡持の取手をつかんで、

そのまま出て行った。

わたくしは踊子の中の誰彼にせがまれて、いつものように写真を取りはじめる。窓の外はもう夜になっていたが、並んだ鏡台の前毎《まえごと》に、一ツずつかなり明るい電燈がついているので写真を取るには都合がよい。

爺さんは果して岡持も持たず手ぶらでやって来た。さっき胡坐《あぐら》をかいていた処へどっさり腰をおとすが否や、腹掛の中から汚れた古ぎれに包んだものを掴み出したのは、勲章にちがいない。然し話の相手になっていた役者は舞台の方へ降りて行った後で、廊下と階段には同じ兵卒や士官に扮した者達が上って来たり下りて行ったりしている最中。舞台では何か軍事劇の幕があいているところと見えて砲声と共に楽屋の裏まで煙硝の匂が漂い、軍歌の声も聞えてくるのである。

踊子達は爺さんが取り出して見せる勲八等の瑞宝章と従軍徽章《きしょう》とを物珍らし気に寄ってたかって見ていたが、する中《うち》、衣裳の軍服へ勲章を縫いつけてやるから、一枚写真を取ってもらいと言出すものがあった。鮫屋の親爺《おやじ》が遂《つい》に腹掛をぬぎ、衣裳の軍服に軍帽をかぶり、小道具の銃剣までさげて、カメラの前に立つことになったのは、二十人近い踊子が一度に揃って、わいわい囃立《はやした》てる其場の興味に浮された為であろう。

爺さんは玉の汗をぽたぽた滴《たら》しながら、今まで一度も口をきいたことのないわたくしに、幾度となく礼を言った。

わたくしは家へかえって其夜すぐフイルムを現像して見た。露出は思ったよりもよく行っていたが、ふと気がついて見れば、勲章のつけどころが規則通りではなく、軍服の胸の右側になっていた。これは其時脱捨ててあった衣裳へ、踊子が勝手次第に勲章を縫付けた為か。或《あるい》は爺さんも年をとって思いちがいをした為でもあろう。

わたくしは仕方がないから引伸して焼付をする時、フイルムの裏表を逆にして、見たところだけをそれらしく紛《まぎ》らせ、十日ほど過ぎてから楽屋へ持って行った。

「鮫屋は来ないなア。今日は。」とわたくしは暫《しばら》く待っていた後、踊子の一人にきいて見た。

「あれッきり来ないのよ。」

「じゃ、丼は誰が持ってくるんだ。困るだろう。」

「外《ほか》の家のものを食べるから困らないわ。」

話はそれきりである。

また一週間ほどたって遊びに行って見たが、其時には楽屋中もう誰一人、鮫屋の事をきいても返事をするものもない。そんな親爺がこの楽屋へ丼飯なんぞ持って来たことがあったのかと、思返して見ようとする者すら、一人もないような有様であった。

わたくしは爺さんがいつも酔ったような赤ら顔に油汗をかき、梯子段の上り下りも退儀そうであった様子から、脳溢血《のういっけつ》か何かで倒れたものと、勝手な考方をした。然し身寄のものでもあるなら、折角《せっかく》うつした写真だけは届けてやりたいとも思ったが、無論そんな手蔓《てづる》のあろう筈もなかった。

写真は今でも捜したなら、わたくしが浅草風俗資料と紙札をつけて、興行物のプログラムや流行唄や踊子の姿など、さまざまな写真や紙片を投込んで置く箱の中にしまわれているであろう。

（昭和十七年十二月作）

指導物語

或る国鉄機関士の述懐

上田　広

鉄道聯隊《れんたい》の兵隊さんを指導することになった。私には本当に久し振りであった。なんでも運転係の助役さんの話では、今度は特別よい機関士ばかりを指導者に選んだと云うことだが、私にしても大変嬉しいわけである。私もこれで三十年近くも機関士をやっているのだから、例えばその兵隊さんがずぶの素人《しろうと》でも、大した頭の持ち主でなくとも、立派に一人前にしてやらなければならない。僅《わず》か三ケ月やそこいらで、機関車を動かせるようにしろなんて無茶だ、と云うものもないではないが、この時局を考えたら、出来るかどうかやってみるより外《ほか》に仕方がないだろう。それにまた考えようでは、どの兵隊さんもやがて戦地へ行く体だし、単に気がまえの点から云っても、平和の頃とは大分違っている筈《はず》である。こっちの出方では呼吸もぴったり合うにちがいない。いや合わせなければならない。そうすれば石炭を焚《た》くスコップの扱いかたが悪いと云っても、制動機《ブレーキ》の使いかたに文句を並べても、お互いにまずい感情にも捕われないで済むだろう。正直なところ、私もこの年齢では戦場へも行けないし、子供は娘ばかりで兵隊にもやれないのだから、せめて可能の仕事を積極的にやり、幾らかでも非常時のお役に立ちたい、と云う決心をかためていた際でもあり、自然に仕事への張りも出て来たようである。

それに尚《な》おありがたいことには、私の預った兵隊さんは、なかなかに物覚えが好いのである。訊《き》いてみると小学校を卒《お》えただけで、或る工場の見習工をしていたと云うのだが、機械の名称などもよく知って居り、知らないのも直《す》ぐ覚え込んでしまう珍らしい若者であった。補充兵でまだ一ツ星ではあるが、毎日乗務が終って私に捺印《なついん》をもとめる勤務手簿には「佐川新太郎」の文字が見られた。山梨の小さな町に生れ、小学校へ通っている頃病気のために父を喪《うしな》い、母親の手内職ひとつで育てられ、入営後もその母親が独りで留守を守っていると云うことだが、長い間工場通いをしたと思えないほどやさしく実直な性格を持っていた。お転婆娘を三人も育てて来た私などには、反対にその人柄に魅力さえ感じられた。白状すると私も一時は、彼が上の娘に婿入ってくれたらどんなに好いかと、ひそかに思いをめぐらせたくらいで、これと云って非難の打ちどころがないのである。ただひとつ老人の贅沢《ぜいたく》がゆるされるなら、若者らしい正義感の迸《ほとばし》るままに時として若干怒りっぽい感じがないでもない。独り息子のせいかも知れない。私などとは別だが、同じ機関車に乗っている機関助士との間では、ちょっとした問題が飛んだいさかいのもとになったりする。例えば田舎の駅から都会のプラットホームへ這入《はい》り、盛装した女などを見かけ、やっぱり綺麗だね、と何気なく機関助士が呟《つぶや》くと、佐川二等兵は一応は首肯《うなず》いても、あまり着飾っていると癪《しゃく》にさわってくる、と云うようなわけから銃後の女性論にまで及び、結局お互いに感情的になってごたごたが出来てしまうのである。勿論《もちろん》それも馬鹿に出来ない問題ではあるが、場所が場所でもあるし、私にすれば笑い話にして貰った方がよい。若《も》し感情的なものが、協同作業に影響したら大変だからである。

機関士を見習う佐川二等兵の仕事は、機関助士のより以上の焚火法《ふんかほう》に俟《ま》たなければならない。省線の機関車に乗るのは生れて初めてだという実習機関士には、運転する線路も好くわかっていないし、時々刻々に変る列車速度の認定にも不慣れであり、少しく重い車輛にでもなったら困難はいっそう大きくなるわけだが、機関士が思いのままに使える蒸気を機関助士につくる技倆《ぎりょう》がなかったり、あっても腕を現わすことを拒んだとしたら、列車はやがて止ってしまうよりほかに仕方がなくなる。

こうなると問題は簡単ではない。なにも今度に限ったわけではないが、機関士見習の佐川二等兵の短期指導にあたって、私がいちばん大事だと思ったのは矢張りそのことであった。

町内からも毎日のようにある出征者の見送りや、白衣の勇士と英霊の出迎えや、在郷軍人会、愛国、国防婦人会が主にやっている慰問袋発送の手伝いや、いろいろの集会などへの出席で、乗務から帰ってもいそがしい日がつづいていたけれど、その間に私は省で定められた方針に従い、具体的な佐川二等兵の指導計画をつくってみた。直ちに戦場で役立たなければならないのだから、実科を重要視したのは当然である。汽罐《かま》の焚きかたから注油の方法にいたる機関助士作業から、蒸気加減弁《レギュレーターヴァルヴ》、反転挺《リバーシングリーバー》の扱いかた、各種制動機《ブレーキ》の使用法、脇路活栓《バイパッス・コック》、排水弁《ドレイン・ヴァルヴ》の操作法、空転時の処置、車輌の多寡に伴う経済運転法又は機械部分の点検法等々の機関士作業の実際は、一枚の表にしてみてもうんざりするほどある。どれを閑却しても、安全な実際の運転は不可能なのだから困る。それに学科も馬鹿には出来ない。いつも機械が順調に云うことをきいてくれれば好いけれど、何処《どこ》で我がままを云いだすかわからない。途中で故障にでもなった場合に修理に必要な知識がなかったらそれっきりである。ただ指を咥《くわ》えて見ているよりほかに仕方がなくなる。出来ればそんな不始末のないようにもしてやりたい。そこで私は或る日、機関区からの帰途を少しく遠廻りして、町の本屋へ寄ってみた。機関車の構造や機能が、素人にもわかる程度に書かれた本があったら買い求め、佐川二等兵に贈ろうと思ったのである。私の覗《のぞ》いた店は、町でもかなり大きな本屋であったが、何《いず》れの棚にも私の欲しいものは見当らなかった。非常に特殊の本だから、そう簡単に入手出来ないだろうとは途々《みちみち》思っても来たのだが、何万何千冊という汗牛充棟の中に、本当に一冊もないとなると若干淋しい感じもする。私などには少しも縁のなさそうな、変にけばけばしい標題のものばかり、ずらりと並んでいるのも癪で飛び出してしまったけれど、その次に期待もしないで這入った古本屋で、はからずも部厚い「機関車問答集」を見出した瞬間にはすっかり機嫌を直されていた。私は尻の上に位置するズボンのポケットから蟇口《がまぐち》を引き出しながら、店の主人に値段を訊き、思わずまた底の方へ押し込まなければならなかった。三円五十銭だと云うのである。こうあけすけに云っては自分の恥になるかも知れないが、私には未《いま》だ曽《かつ》てそんな値の張る本を買った経験がない。私は奥附をひらいて見た。昭和七年の発行で二円五十銭とある。そこで私は、自分の一円也の最初の腹の中の値踏みが、それほど非常識でない自信を持つに至り、そう云ってやった。すると古本屋の主人は、顎《あご》を落さんばかりに大きな口をあけて嗤《わら》い、冗談じゃありませんよ旦那、冷やかすのもいい加減にして下さい、と今度はたいへん渋い表情をつくるのである。私も負けずに口さきをとがらせ、こんな本は容易に売れっこないのだから、思い切って手離した方が得だぜ、と云った。単に容易に売れないばかりでなく、絶版にもなっているので自然お値段も張る、と云うのが最後までの主人の意見であった。私は残念ながら、あきらめなければならなかった。私の今の暮し振りでは、三円五十銭の本は買い切れない。と云うと、或いは首をかしげる人があるかも知れない。現に私は百円近い俸給を貰っているありがたい身分である。それで住居こそ借家だが、家族と云えば女房と、二十二歳を頭に三人の娘があるだけだ。次女と三女がまだ女学校へ通っているけれど、これが若し事変前でもあったなら、立派にやっていけるのである。ただ昨今の一般の物価高には気がゆるせない。ちょっと油断をすると、足らなくなる、いや正直に云って、学費の一部が赤字になることも珍らしくないが、間もなく卒業になる次女のことを思えば、無慈悲な停学もさせられない。結局、冗費と思えるものの一切を省いてがまんすることが、所謂《いわゆる》国策に沿う所以《ゆえん》でもあり、それ以外に考えつかない良策でもあろう。

いちど帰宅した私は、それからまた散々に思いあぐねた末に、再び「機関車問答集」を買うために外出した。折角《せっかく》の計画を持ちながら、佐川二等兵を優れた技術家にしあげられないのも残念だし、百円もの俸給を貰っていて、これっぽちの本が買えないと云うことにも腹が立って来たのである。幾らもない貯金だがそのためになら下してもよいとさえ決心した。然《しか》し私は更に古本屋の主人に向い、五十銭でもかまわぬから負けるように云った。私の腹を見抜いた本屋は終《しま》いまでうんと云わないのである。私はよけいに腹を立て、正札通りの金を投げつけるように置き、「問答集」を抱えて飛び出した。

翌日は夜明けに出勤のダイヤであったが、遅くまでかかって読み通し、内容がその後の機関車の進歩にも誤りとなっていないことをたしかめた。内容はそれほど初歩的なものなのである。然し私が記念の意味で、十何年来手にしたことのない毛筆を執《と》り、空白の扉に署名してやると、佐川二等兵の喜びかたはたいしたものであった。内容が適当していたからであろうが、多くは矢張り私の好意が通じたからだと云って差支えない。彼は出庫前の機関士席に腰を降した膝の上で、バラバラと頁を繰っては、思わない味方を得たような気持です、と云っていた。それからまた伏せた表紙を撫で廻しながら、いつのことか知れないけれど、戦地へ行ってもこれでひとつしっかり勉強しましょう、とも云うのであった。私は思わず笑って、気のながいことを云わんで、出発前に頭へいれてしまう意気込みでなくちゃいかんね、と云ってやると、甚《はなは》だ従順に何度も首肯《うなず》き、それでも予定より早いかも知れませんからね、と答えた。この言葉にはさすがの私もギクリとした。何故《なぜ》ならこれまでにも予定より早く出征した兵隊さんが少くなかったからである。私は若干気になって来た。そうなると仕方がないもので、訊いてはならないことだと知りつつ、もうわかってるんじゃないかね、と唇から出てしまうのである。相手は下唇を噛むように結んだまま首を振り、そんなことが兵隊にわかるもんですか、と静かに笑った。問題がそのような話になると、態度の点から云っても、口振りの点から云っても、私などは推され気味である。そこがまた兵隊さんの魅力となる所以でもあろう。

佐川二等兵は次第に熱心になって来た。加減弁《レギュレーターヴァルヴ》の把手《ハンドル》を握る腕も、めっきり上達するようであり、機関士席に据えた腰にも僅かなことに動じない落ちつきが見え出す。蒸気《スチーム》の使いかたもなかなか巧みになり、絶汽運転の利用も線路を覚えると同時に適当になって来た。ただひとつはかばかしい進歩を見せないのは、自分の運転している列車速度《スピード》の認定である。走行中に不意に背後から、今何粁《キロ》か、と訊《たず》ねても容易に答えられない。暫《しばら》くは線路の砂利の色や、遠景の動くさまに見入ってしまう。間の抜けた頃にようやく口にする数字には、実際の速度との間に相当のひらきが見られるのである。これには何度繰り返しても目に立つほどの変りかたが現れなかった。彼自身も口惜しいのか時に私の質問の間隙を窺《うかが》い、反対に彼の方から聞いてきたりする。私が思った通りを云ってやれば、正直にまた首をかしげて考え込む。予想が外れるのだ。私はひとつの仕業に何度も頬摺《す》り合わせるようにしては外を指し、それ今が二十粁、三十二粁、まだまだ三十二粁、これでやっと三十五粁だと云う具合に実施指導を行う。彼はうんうんと首肯いてばかりいる。然し結果は同じである。熱心ではあるが業をにやした彼は、速度が見せる草の色も場所に依ってちがうし、山の動きかたも距離の差があるから一様でないので困るんです、とこぼし勝ちだが事実その通りなのである。私などがどんな場合にもだいたい云いあてられるようになったのは、つまり速度を加減してその区間を定められた時間で運転出来るようになるまでには、四、五年もかかっているであろうか。一ケ月や二ケ月で会得せしめるのは先《ま》ず不可能だと云ってよい。それは私にもよくわかっているのだが、然し私は同じ訓練を繰り返す。私自身も、相手も、お互いが腹が立ってくるまでやる。今何粁だ、二十八粁、ちがうちがう、そしてまた直ぐに、今は？　二十五粁、益々ちがう、更につづけて、今度は？　二十九粁、やっぱり駄目だ、どうしてそんなにわからんのだ、ちゃんとなにかで覚えてなくちゃいけない、いいか、今度はどうだ？　三十五粁……いかん、まるで出鱈目《でたらめ》だ、俺はいい加減なところを聞いてるんじゃない、時間がかかってもいいからしっかり答えてくれ、どうだ今は？　然しその時はもう相手の返事がない。私もハッと気がついて相手の顔を見る。眼深《まぶ》かに冠《かぶ》った作業帽の庇《ひさし》の奥の瞳が、かたくなに機関車がたぐり寄せる軌道の彼方に据えられたまま動きもしない。油に汚れた頬があやしげな光を放っている。誰れに向けらるべきものかそれは激しい憤《いきどお》りの現われである。私にも云うべき言葉がなくなる。というよりは、私とて襲われる反撥的な、いらだたしさから遁《のが》れることが出来なくなる。私は夢中で、やる気があるのかないのか、と叱りつけるように叫ぶ。そうなったらもう相手は黙っているだけである。私はいっそう侮辱を感じて呶鳴《どな》る。けれど私もねが性急な人間だから、終いには自分で自分の呶鳴ったことがわからなくなる。そのこと自身にも腹が立って狂わしいもので全身が満たされてしまうのであった。追いつめられるような感じの、不愉快ながい沈黙が後に待っているのも何んともしがたい全くいやな時間であった。然しそうした一日が過ぎると、不思議に私と彼の友情は、前にも増して厚くなるのである。翌日の私は必ず決められてある時間より早く出勤し、彼の出てくるのを待つ立場に置かれている。あまりに早過ぎて独りで機関車の点検を済ませても、まだ給水タンクの彼方の丘の方に、軍服姿の現われない時などは、わざわざ線路を伝わって出向いたりする。自分では気にかける必要などないと思って居りながら、本当は矢張り心配になって仕方がないのである。顔を合わせた瞬間に、向うから先きに掌があがり、両方いっしょにいつものような、ご苦労さま、が交されると、ようやく私はホッとするのが例であった。それがたとえ指導上やむを得なかったことにしろ、相手の今後の任務を思うと、ただ私は自分の不徳のみが悔《く》いられてならないのである。私は口にこそ出すのを差し控えるけれど、今後は決して同じような指導をしてはならない、と自らに云ってきかせるのであった。

一ケ月ほど経ってからのことである。困った問題が持ちあがった。というと少しく大袈裟《おおげ》さ《さ》に響き過ぎる感がないでもないが、ある日半島一周の仕業から帰ってみると、乗務員詰所の掲示板に、石炭の使用成績が個人別に発表されてあった。それは最近一ケ月間の統計で、別に眼新しいものではないが、私は自分の成績が十何番もさがっているのに驚いた。

この数ケ月来きまって一番か二番で、三番とさがったためしのない私にすれば、なかなかの大問題なのである。けれど私はその原因が、佐川二等兵の慣れない運転にあるのを知っているので、殊更《ことさら》不満として口にするのを差し控えた。代りに私は、肩を並べて見入っている二人に、ちっとも気にかけていない自分を示すつもりで、思ったより好い成績じゃないか、と笑った。それが飛んでもない口火となってしまったのである。佐川二等兵はいざ知らず、私の機関助士はたいへんな皮肉に受け取ったらしい。あんな運転振りでは火焚きも石炭の節約どこじゃありませんからね、と云うのである。私は二度びっくりし、そういう意味じゃないんだ、とおっかぶせるように云ってやったが、すでにあとの祭で、機関助士はいっそう真剣な顔つきになり、人差指で統計表の私の名を突っついて指しながらいささかがっかりしてるんです、どうせ悪くなるとは思っていたけれど、こんなに落っこちるとは夢にも思ってませんでしたよ、と云うのであった。私にもそのようなものの云いかたをしなければいられない、機関助士の気持がわからないでもなかったが、その為《ため》に若し佐川二等兵の技術的な進歩に影響があったら一大事だと考え、ちっとぐらいよけい使ってもいいじゃないか、なにも故意にやってるわけでもないし、これから段々よくしていけばいいんだ、とたしなめるつもりで幾らか激しい口調で云った。さすがに機関助士もまだ何にか云いたげだったが黙り込んだ。私は申しわけなさそうに俯向《うつむ》いている佐川二等兵に向い、心配する必要はないんだよ、と慰めてやった。佐川二等兵はチラと機関助士の方を見やってから、聞こえるか聞こえないような声で、済みません、と頭をさげた。そして再び顔をあげないのである。私は自分の眼頭が急に熱くなるのを感じた。私はあらためて自分の最初の不用意な一ト言を悔いずにはいられなかった。全然触れないでいればよかったとさえ思うのであった。

そんなことがあってから暫くは、佐川と機関助士の間は旨《うま》くいかないようにも見えたが、仕事の障害となって現われたものはひとつもなかった。寧《むし》ろ反対であった。機関士席にある佐川の蒸気《スチーム》の使いかたからは、びっくりするほど注意深いものが感じられ、火を焚く機関助士の仕事振りには、私が運転する時に見られないまめまめしさがあった。明らかな協力の姿である。私には文句を云うところもなかったが、それだけに機関区に帰って来て、係の目算する使用量が多かったりすると、何度でも、納得のいくまで見直して貰わないと気が済まなかった。機関案内《キャップ》で入庫の準備が終っても、私はまだ炭水車《テンダー》の上で係のものと言い合っていることがある。いや云い合っているのではない。直接運転に携った二人の労苦を思うと、少しでも正確に近い消費量の数字を出して貰いたくなるのである。最近の私の成績を知っているのであろう、係の親爺《おやじ》（これは誰れもが好んで呼ぶ愛称である）は誘い込むように笑って、この頃は随分細かくなったが、やっぱり年齢《とし》のせいですかな、と云う。私も仕方なく苦笑しながら、儂《わし》もこれから真面目にやって、鉄道のお婿さんになろうと思っているのさ、と云ってやると、さすがの親爺もあきれたと見え、なるほどね、と云うきりであった。

成績は日毎《ひごと》に昇った。私は毎日帰ってくると手帳を取り出し、当日の使用量を、牽引した車輌数により一粁当りに割り出して見る。勿論当日の天候や機関車の具合によっていちがいにも云えないけれど、次第に向上的な数字の現われるのは事実である。私はその度《たび》に機関助士と佐川二等兵に見せながら、この調子ならじきにもとの成績にもどれるよ、と労《いた》わるのを忘れなかった。二人もすっかり気をよくしていたが、特に佐川二等兵の喜ぶさまを見るのが、私にはこの上ない楽しみであった。彼は別に大げさな態度を見せたり、愉快そうに笑ったりするわけでもない。仕事にかかる瞬間から終るまでの間、去ることのない愁眉《しゅうび》が一時に開いて行くような、静かな表情の変化が陽灼《ひや》けた顔に窺えるだけなのである。それに接すると、私も自分の憂いを取り去られる感じであった。

佐川二等兵への私の愛情は、斯《か》くて深まり行くばかりであったが、或る日同じ問題に触れた彼の言葉を耳にした瞬間から、私は単なる技術的な指導者としてだけでいられない気持に捕われてしまった。或る半島の海の見える小駅で、長い停車時間を機関車の椅子に腰を降して待ち合わせていた時のことである。私たちは暫くの間、新聞記事による知識をもとに戦場の話などしていたのだが、それがどうしたことか最近の内地の物価高の問題にまで及んでしまい、いささか湿めっぽい感じでいたところ、不意に思いきったという風に佐川二等兵が、石炭の使用成績が悪いとボーナスが少くなると云うが本当ですか、と云うのである。私は何気なく、そうだね、いくらか影響するかも知れないね、と云ってから急に思いあたるものがあり、今は然しそんなこともない筈だよ、とあわてて否定した。相手は私の返事の終るのも待たないで、人によると相当ちがうって云いますけれど、若し本当にそうだとなると私は申しわけなくていつまでこうして御厄介になっているのが辛くなってしまうんです、と眼の前の圧力計《プレッシャゲージ》に見入りながら呟くのである。私は更につよく否定した。仲間のなかにはたしかにその事実のあることを主張するものもあるが、私にはわからない。然し佐川二等兵はすっかりあるものと信じ込んでいると見え、二タ言目には自分のために済まない、済まない、と云った。あなたの場合はどれくらい減らされるか知れないが、若し返せる時が来たら返したい、と云うようなことまで云った。私は驚くと云うよりは、寧ろあきれて自然に語調も激しくなり、何にをつまらんことを云うんだ、万一事実でもいいじゃないか、そんなことを考える暇があったら勉強でもした方がいいだろう、と云った。だが相手も依怙地《いこじ》に思われるほど強硬に後へ退《ひ》かない。そう云われるとよけい辛くなります、減った分は私に払わして下さい、と主張する。馬鹿を云うな、と私は呶鳴りつける。俺だってちゃんと考えてる、とも余勢で叫ぶ。驚きに動く相手の唇の色の変るのを私は見た。苦々しく不満そうであった。然し私は叱ったつもりではない、憤ったつもりでもない。相手の気持があまりにじかに私の心に触れたからだ。ちょっと私の心が癇癪《かんしやく》を起したに過ぎないのである。だから私はすぐに詫《わ》び入る態度に出ることなく、君の気持だけは然しありがたく貰って置くよ、と初めのように静かに話しかけることが出来た。いや静かにとは云えないかも知れない。私の胸は何にか息づまるようなもので満たされていたのである。単純に喜びとも感謝とも冷静とも憤りとも何んとも云えないもの、出来ればそのまま胸を割って見せたいものであった。私はそれからつづけさまにお喋《しやべ》りをした。何にを喋ったか今はもう覚えてもいないが、ただ相手に喋る時間を与えないためにそうしたのだという記憶だけが残っている。私はそして次第に黙ったまま聞き入る相手に、不思議に肉親的な愛情を感じていたようであった。

予定の指導期間が少くなると急に私には心配になり出した。当人の技倆が段々伸びるのはわかっているけれど、戦場の占領鉄道を全然知らない私には、その腕で果してお役に立つかどうか危ぶまれるのである。壊された線路や車輛に応急修理を施しただけで使っていると云うことだから、設備の整った内地の鉄道より、戦場のそれの方がずっと厄介にちがいない。だとすると、こっちで一人前以上の腕を養成して置かなければ、すぐに一人前には通用しないわけである。私の友人には、運転時分などそうやかましく云われなくも済むのだから、こっちで心配するほどのこともなかろう、と云うのもあるが、それには一理あっても全部はない。また他のものは、戦場のことは隊の方で指導してくれるから、自分たちは要するに汽車を動かすことだけしっかり教えてやればよい、と云う。それもまあそうだが、実際その一人を担任している身になれば、出来るだけのことをしてやりたくなるのは人情だし、そして立派な勲功をたてて貰いたくなるのも当然である。当人の技倆がどうやら一人前に見たてられるようになってからの私には、毎日それだけのことが気がかりだったのである。

その頃、私にたいへん有益な日が一日恵まれた。佐川二等兵の属する隊に、同隊出身の陣歿《じんぼつ》将兵の遺骨が還送され、そこで合同慰霊祭が施行されることになり、休日を幸い私も参列したのであるが、式が終ると私は佐川二等兵に頼み、運転に関する教官に面会をもとめたものである。厳かな式場から受けたものは、更にこれから征《ゆ》かなければならない佐川二等兵の武運にまで及び、どうも私にはそのまま帰りきれなかったのである。教官はすぐに会ってくれた。若い元気のある士官であったが、先きに礼の言葉を述べられたりして甚だ面喰《めんくら》ってしまった。私はその日の祭壇に祀《まつ》られたものの、相当多くが機関員であることを聞いて今更のように目を瞠《みは》った。列車の運転中に敵の襲撃を受けて倒れたもの、線路に埋設された敵の地雷のために機関車といっしょにやられたもの、顚覆《てんぷく》した機関車の下敷にされたもの、その犠牲は私たちのこれまで想像していた以上にひどく大きい。私は咽喉《のど》のつまる思いで聞き入りながらも、かたわらにきちんと膝をそろえている佐川の顔を何度も盗み見た。やがて同じ運命のもとに置かれないとも限らない、何れかと云えば気弱い彼の胸のうちは然し私などには想像もつかなかった。上官を前にしての彼の態度には、全く粛然たる以外のものが感じられないのである。それでも若い教官からなにがなくとも珍らしいお客にお茶ぐらいいれようじゃないか、と促され、すっかり忘れていました、と詫び入るように微笑《ほほえ》んで立ちあがった彼は、矢張りいつもの佐川二等兵であった。うしろ姿を見送った教官は急にあらたまるような口振りになり、あの兵隊は隊では成績がよいのですが、実際運転の方はどうでしょうな、と私の顔を覗き込んで来た。私が簡単に率直なところを述べると、一人前にさえして貰えばこんな結構なことはないが、家庭の事情にも気の毒な点がありましてね、と同感をもとめるように云うのである。その時は私もただそれだけの話として軽い相槌《あいづち》で済ませたけれど、勝手に臆測すれば言外になかなか重要なことも察しられるようだ。案外早いのではないかと私には思われた。山梨の山奥に留守を守る母親はすでに六十過ぎた年寄りであると云うこと、本人は若干の貯蓄もあるし、軍事扶助も受けているので当分は大丈夫だと云っているけれど、困ることは困るだろうと云うこと、それに他に身寄りのないのが何より同情すべき点だと云うこと、つづけて話してくれたそれ等からも、私は若い教官の考慮がどのような点にあるか凡《およ》そ想像することが出来た。私は思わず、あんな性格の兵隊がかえって戦場では強くなるんじゃないでしょうか、と訊いて見た。若い教官は何れともつかず首肯《うなず》いただけであった。

現在の大陸にある機関車の種類や、軌道の状況や、戦闘の発展に伴う今後の占領鉄道の予想などを訊いて私は帰ることにした。私は若い教官から別れぎわに、成るべく重い列車の運転をよけいに実習させて貰いたいと云うことや、場合によっては一人で火を焚きながら加減弁《レギュレーター》の把手《ハンドル》を執る要領も実地に教育して欲しいと云うことまで頼まれた。私は実施を誓って衛門を出たけれど、そうした希望の出る戦場の情景が自然に頭の中に空想され、何日経ってもふとすると思い出されるようになった。その後の私の指導振りにいささか苛酷に過ぎる感のあったのもそのためである。私は彼に数時間もの連続作業に疲労の色が見えても代ってやらなかった。重量列車の運転には特にやかましく口出しもした。制動機《ブレーキ》の使いかたについても同じであった。一ダイヤの仕事が終って入庫しても、帰営するまでに時間があると私は車庫裏の投炭練習場へ伴い、模型火室で焚火法の練習をさせた。それには佐川二等兵も不満だったらしい。機関士の業務を実習するものが、火焚きの練習でもあるまい、と云う顔が見られるのである。すると私もスコップを握り、同量の石炭を掬《すく》って投げ込みながら、火層の出来栄えについて納得するまで説明を繰り返した。然し残念なことには、私もながい間やっていないので、なかなか思うように出来ないのである。火室の前の方に薄く、手前へ向って次第に厚くなるように撒布《さんぷ》しなければならないと教えながらも、実際は反対の結果に終ったりする。彼は私を気の毒に思うのか、無理してやってみせなくもいいんですよ、と云う。私も意地になり、別に無理しているわけでもない、と嘯《うそぶ》いてみせるのだが、ひどい汗ですよ、と顔を指されて愉快そうに笑われたことも一度や二度ではない。或るとき私は変に気に触って、なにがそんなに可笑《おか》しいんだ、と自分でも予期しないほどとげとげしく突っかかって行ったものである。大人げない話だが、気づいたときにはすでに遅い。相手は真蒼《まつさお》になって手にしていたスコップを置いてしまった。私はその態度にすねた自分の子供を意識しながら、大人げないてれ臭さから遁《のが》れたい慾望にも手伝われて、人の仕事を嗤う腕があるなら見せて貰おうじゃないか、と云った。同時にスコップを取りあげて突きつけた。相手はいっそう驚いて私の顔を見守っていたが、やがて鼻をふくらませながらスコップを受け取り、なにも馬鹿にして笑ったわけでもありません、とうらめしげに呟くのである。今更弁解など云える筋合いのものでもあるまい、男らしくやったらどうだい、と云う私にもう一度瞳を向けて飜意《ほんい》の現われない事実をたしかめた彼は、瞬間、反撥的に模型火室の前に立った。円満ないつもの彼の顔がひとつの憤りの表現だけでゆがんだように見られたが、不思議に私には冷然たる態度をつづけることが出来た。私は開始前の不動の姿勢を点検してから、投炭用意、の号令をおごそかにかけ、次の号令といっしょに投炭の速度を見るために片掌《かたて》のストップ・ウォッチをいれた。佐川二等兵はまるで別人の如《ごと》くに動き出した。石炭を掬いながら、火室扉《ファイヤードアー》をあける姿勢も、目的の位置を叫んで投炭する態度も、生きたスコップの操作振りも、私には曽《かつ》てなかったものとして見ることが出来た。私は急に胸のいっぱいになるものを感じた。ずっと腰をかがめたままでする作業だから顔は見られなかったけれど、一杯々々と重ねられる毎に高まる連呼の声は私の鼓膜をたたき、胸を衝《つ》いてくるのである。私は火室《ファイヤボックス》の中を見守っていた。小気味よい散乱がつづき、投炭場所の誤りこそ一、二回あったようだが、形成される層は私が見ても私より好い。私は口惜しさより嬉しさが先きに立った。いや嬉しさだけだと云った方がよい。初めてではあるが、それだけに私の喜びは大きかったのだ。私は一瞬もうよい、と云ってやりたくなった。然し私は胸と共に両手でかかえるように持ったストップ・ウォッチに見入りながら、所定量の投炭の終るのを待った。私は彼の両掌を執って、よくこれまで上達してくれた、そう言って感謝するつもりでいたのだが、数百回のスコップの操作に彼が幾らか汗ばんだ顔をあげた時には、私の眼瞼《まぶた》は全く熱いもので満たされていた。

私は最近の乱暴な指導振りをあらためて詫びた。彼はあわてて首を振った。そうして貰ったからこそよくなれたのだと云い、いっそう私を喜ばせるのである。そしてその後の私たちの乗務生活が、短かかったけれど本当に愉快な思い出となったのは云うまでもない。

世の中に妙な景気が湧いて、私などの暮しは楽ではなかったが、倍加した人出や貨物と共に車輛の連結数も増され、軽い列車が見られなくなったので、技倆を向上させるのはこの時だと話し合っていたけれど、来《きた》るべき日は間もなく訪れた。佐川二等兵も征くことに決ったのである。その日も私たちが長い貨物列車を牽《ひ》き、半島の駅をひとつずつ丁寧に廻って行くうちに、或る途中駅の助役が、佐川に即刻帰隊すべしと云う命令のあった由《よし》を伝えるのである。機関車の窓から乗り出した佐川の顔が、陽の中に美しく紅潮するのを見た私が、なにか急用でも出来たと云うのかい、と訊ねると、助役はちょっと首をかしげたま ま、それだけの電話でしたよ、と答えただけであった。内心私は当人の腕は大丈夫だと思いながらも、すぐに佐川に向い、隊にそんな気配はなかったの、と訊ねてみないではいられなかった。佐川はいつもの顔色に戻って首を振り、とにかくここから帰らして貰います、と機関士席から立ちあがった。私が変に背筋に寒いものを感じながら、そりぁそうした方がいいが、もう一度ぐらい会えるだろうね、と別れを惜しんで云うと、そんなに早いこともないでしょう、と笑って見せ、私もあらためて挨拶にはあがりたいと思っていますが、と云うのであった。道具を持って機関車から降りた彼は、代って機関士席についた私を見あげ、お願いします、と云ったがそれにはもういつもに変りが見られなかった。

夕方私は機関区に帰って来て、実習派遣を停止されたのが佐川一人でないのを確めた。

口の多い連中の中には、あんなに急いでいるんだから、事によると今夜あたり出発かも知れない、と云うものもあったが、それならそれでやむを得ない、そのような気持は、私にもあった。然し、私は当直の助役さんの部屋で、その夜も翌日も、一本の軍臨（臨時軍用列車）さえ運転されない事実を知った。助役さんにはしっかりしたところがわかっているかも知れないと思い、帰りがけにそれとなく訊いてもみたのだが、左程早急でもなさそうだという以外のことは判明しなかった。それだけでも私はホッとした。まだ会える機会のあるのが十分に予想されるからであった。その夜は営内で準備に追われている佐川の顔ばかり浮かびあがってろくに私は眠ることも出来なかった。なにか私に呼びかけているのだが、さっぱりわからないのである。私は変に胸騒がしいものに襲われていた。眠りについても何度か佐川の名を口にしていたそうである。まるで自分の子供を戦地へやるようですね、見かねたらしい妻にも云われたが、私にはそれすらが癪に触り、思わず泡を飛ばし、戦地へやるのに自分の子も人の子もあるものか、と呶鳴りつけたものである。あまりの権幕に妻も驚いて黙ったけれど、私にはまだ云い足りないものが残った。私は昂奮《こうふん》の原因が、どこにあるか自分にもよくわからなかった。妻の云うように、自分の子供を戦地へ送るときにはこうもあるかと思っても見た。或いはまた、自分自身が令状を手にした当座の気持をも空想して比較してみた。然し何れとも異っているように私には思われる。私は自分自身や子供の場合ならば、もっと落ちついて戦地を考えることが出来るにちがいない。戦うものの生命がどんなに貴く、そしてどんなに軽いものであるかと云うことも、自分の肉体のうちに解決し得る自信が持てる。今の私にはその落ちつきも自信もない。これはどうしたことであろうか。私にはわからない。私のいらだたしさはそこから端を発しているのだ。それは私に眠る時間をあたえないどころか、次第にもの狂わしいものにまで高められて行く。罪でなくとも大きな過誤を犯した誰れも受けなければならない、激しい鞭《むち》に悩まされているような錯覚にさえ襲われる。私は全く苦しくなった。そして夜明けをどんなに待ち遠しく思ったことであろうか。夜が明けたら私は休暇を申し出て、是が非でも隊へ面会に行って見ようと思った。そしたら幾分でも気分が安らぐかも知れない、と云うよりは不明な問題が解決されるかも知れない、と急に考えついたからである。

少しく遅い朝食を済ませた私は、心ばかりの甘いものなどを買い込んで兵営を訪ねたのだが、残念ながら当日は面会の許可が下りなかった。代りに準備が終り次第外泊が許される筈だから、その機会を利用して会えるように当人から連絡するように伝えて置くと云うことであった。私はそれでもやむを得ないと思い、二、三日の間は仕事にもみの入らない肉体を持てあましながら、葉書でも来やしないかと心待ちしていたのである。然し二、三日してもそれらしいものは見られなかった。私は毎日乗務から帰っては、初めに自分でつくった指導の予定表などをひろげ、ただぼんやりと眺め入ってばかりいた。

五日目の夕方である。滅多に訪問者のない玄関の声に行ってみると、意外にも佐川二等兵の丸々しい笑顔が見られた。私は驚きとも喜びともつかないあわただしさを感じながら、掌を取らんばかりに招じ入れた。それには彼も吃驚《びっくり》してしまったせいか、向き合ってもかえって白々しいものが暫く消えなかった。彼は前より遙かに落ちついた口振りで、もっと早く来なければならないのだが許しが出なかったと云うこと、ようやく出発の日が決ったらしいと云うことなどを述べてから、長い間の御恩にも酬《むく》いられないのが残念だと云うのであった。私にはそんなことはどうでもよい。私は彼が母に会って来たことをたしかめ、自分の家に泊れるかどうか訊いてみた。翌《あく》る朝まで許可されてあるということなので、私は是が非でも泊ってくれるように頼んだ。

夜になって私たちは僅かな酒を酌《く》みながらも、同じ部屋の床にはいってからも、機関車の運転の話ばかりしていた。どのような話でも私がそこへ持って来てしまうからでもあったろう。相手は迷惑だったかも知れないが、私にはそれ以外の話題に興味がなかったのである。私は飛んでもない機関車の歴史から、何処の国が最も進歩しているかと云うことまで物語った。楽しかったのは矢張り、いっしょに乗務し始めてからの思い出話である。あまり細々《こまごま》しいことまで私が覚えていて喋るので、終いには相手も顔をあからめてしまい、又ひとつ気残りが増えましたよ、と苦笑する。私にはそれがまた非常に愉快であった。相手の困るさまに感ずる喜びではなくて、なにもかも覚えていることを知って貰えるのが嬉しいのである。私は何度も技倆の全部をだしてやってくれることを望んだ。話がその点に及ぶとさすがに彼も真剣な面持ちになり、経験が浅いので心配です、と云うのに対して私は頭から、やろうと思えば絶対にやれないことはない、と云ってやるのである。それはその瞬間に於《お》ける私の本心からだ。彼の持つ技倆がどのくらいかわかり過ぎているのだが、顔を突き合せて居りさえすれば、何んの不安も感じないでそういうことが私には云えるようになっていたのである。

それから数日後の未明、佐川の出発を駅まで見送りに行った私は、薄暗い雑沓《ざっとう》の中で誰れもがするような別れの挨拶を述べ、自分でも見すぼらしく思うばかりの痩腕を高くあげて万歳を叫んだのであるが、列車が見えなくなっても帰りきれないものに襲われなければならなかった。何んとも云いがたい焦躁《しょうそう》に胸の湧き立つのが感じられるのである。これは私自身の勝手な感情のはたらきかも知れない。私は僅かではあったが顔を合せている間の元気な佐川の顔や、当面していることから離れるようにその日の天候がどうのこうのと話し合った事実や、動き出した車窓から首も出さずに挙手の敬礼をつづけて動かないさまなどを割合に冷静に思い出すことが出来るが、ただひとつ発車間際に例の「機関車問答集」を雑嚢《ざつのう》の中から取り出して、読みながら行こうと思うんです、と云われた時の気持は回顧するだけでも苦しい。私はもう早や彼が「機関車問答集」の内容ぐらい知りつくしているのを知っている。彼はながい列車内での単なる時間つぶしのつもりかも知れない。でなければ私との生活を記念するために重い軍装の中に無理して詰め込んだものだと思われる。どちらでもよい。私がその本を窓から見せられた瞬間に受けた衝撃は、「機関車問答集」にはからずも自分の姿を発見したからである。それは彼が私をいっしょに連れてってくれると云う喜びを私に齎《もたら》すものではない。反対である。彼はいちど身につけたものを或る場合は同じ本を読むことで持続出来るであろうが、私はそこに自分の生きる場所の失われるのを感じないではいられない。これは当然の成行でも私には淋しいことである。私はその本を曽て可成り無理して手に入れた事実を思い出し、なに気ない口振りを装い、矢張り自分を信じてやった方がいいんだよ、と云ってやらずにいられなかった。すると佐川二等兵は複雑な蔭《かげ》の見られる微笑を浮べながら、大丈夫ですよ、と簡単に答えた。その時は私もホッとした思いに置かれた。別に正確に私の考えるところが伝えられたとも思えなかったけれど、いつかはわかって貰えるものがその中にかくされてあるように感じられたからである。

その後も私のいそがしい乗務生活はつづいた。自ら機関士席についているので仕事に不安がなくその点はよかったけれど、なにかにつけて思い出されるのは矢張り佐川であった。加減弁《レギユレーター》の把手《ハンドル》を扱うのにも彼はこのように引いたとか、いくら注意しても脇路活栓《バイパス》を蹴飛ばしてばかりいたとか、前方の注視には心持ち首をかたむけているのが癖であったとか、どれもこれもなつかしい記憶のみである。時によると私が、一日中の話題にしてしまうものだから、まるでお婿さんにでも決まったようですね、と機関助士に冷やかされたりする。私もそう思わないこともなかったが、それだけで笑い去られるのも口惜しくなり、戦場にあるもののことは厳粛に考えてやらなくちゃいかん、と言いかえしたものである。同じ兵隊さんでも、あんなに早く上達するなんて珍らしかったですよ、などと云われると、お世辞だと知りつつ年甲斐もなく嬉しくなってしまうのを私にはどうすることも出来なかった。

私は、それほどでもないだろうが筋もよかったんだよ、とようやく云い、いっそうの讃辞を期待する始末であった。私は同じ期間に他の兵隊さんを指導した仲間に会うと、今頃はどの辺にいるだろうと云うことをきっかけにして、到達した技倆を訊ねるのが癖になってしまった。細かに訊いては佐川と比較してみるのである。そして佐川の方が優れていると思われれば安心出来るのであるが、いつしかそれも知れ渡ってしまい、初めて訊く仲間にも殊更に自分の指導したものを誇張して褒める傾向が見られるようになった。私はそれで撲《なぐ》り合いの喧嘩をしたことさえある。その機関士は、私が病気で二、三日欠勤した時に、佐川二等兵といっしょに乗ったことがあると云って、自分の指導した兵隊さんを褒めることのあまり、あれは全然見込みのない男だとか、いくら教えてもカン所がわるいためにどうにもならんとか、あれにはあなたもお困りだったでしょうとか、誠に以《もっ》て聞き捨てならないことをずけずけ繰り返すのである。私は我慢がならなくなって詰め寄り、それはいったいどういう意味かと呶鳴りつけ、話によってはただじゃ済まさんぞ、と胸倉をとったのである。相手もさすがに一時は後ずさりしたが、いきなり私の腕をたたき払って挑戦的に出て来た。相手は私より遙かに若く体格もよいので、尋常では到底敵《かな》わないと思い隙を見て私は太股のあたりへかぶりついていった。私は制服のズボンといっしょに嚙み切ってやるつもりであった。然し相手はそれよりも早く、私の上からかぶさるようにして両腕で尻の辺を抑え、いやな懸け声をあげたかと思う途端に、一、二間もさきへ私を放り出してしまった。私は夢中で起き直り、今度は附近に落ちていた棒切れを拾い、自分でもわけのわからぬことを叫びながら向って行った。相手も棒の下をくぐって組みついて来た。私は再び手玉にとられながらも、ただ滅茶々々に相手を撲り、勢《いきおい》が外れて自分の顔にも幾つかの傷をつくってしまった。私は何回となくたたきつけられた。私はなにもかもわからなくなって立ち向っていたのだ。駈けつけた仲間がその時力ずくで間にはいってくれなかったら、恐らく私は無事では済まされなかったにちがいないと思っている。けれど私は引き分けられてからも、口では強がりばかり云っていた。いつでも相手になってやるから来い、とまで云い置いた。暴力では自分は敵でないと思いながらも、争いの動機を考えるとよけい憤然たるものが首を擡《もた》げるのである。たとえば負けても私は佐川のために争いつづけることでしか自分の満足は得られないと思うのであった。

体に中心のないような一ケ月がいつの間にか過ぎ去っていた。私には佐川二等兵がどこにいるかわからない。大陸のどこかで銃を執り、機関車の運転に任じているであろう。私はよく支那の地図の上に立ちあがって私に笑いかけている彼の姿を夢に見た。その度に私は彼が武勲を著わしてくれることを祈らずにはいられなかった。居るところを明らかにしなくともよい。一本の手紙を寄越《よこ》さなくともよい。無事で戦っていてくれればよい、と思いながら……

徴用行

川崎長太郎

体格検査の日から徴用令状がくるまで五日の間があった。その間中私は迷いに迷いぬいてほとんど落ちつきどころがないというていたらくであった。

友人には徴用免除の運動をしろと云うものもいた。私にしても警部補上りの動員署長にいくらかにぎらせればよろしくやってくれるという噂は聞いていたし、市の顔役などから話して貰えば容易《たやす》く網の手を逃れる事実も二三みてきているのであるが、そんな手数をかけてまでして動員忌避に出るより、いっそこっちから志願してやろうかという気にもなるのであった。母の葬式を出征している弟の留守宅から曲りなりにもだすことができ、母親さえ送ってしまえば、私の肩にかかる妻も子も何一つない、としは四十四になっていながら、二十代の青年と異るところのないような身軽な身そらであった。かれこれ五六年自分ながらよくできたと賞《ほ》めてやりたいくらい、私は中気で寝たきりという病人のしもの世話やら、おしめの洗濯やら、毎日五銭十銭の菓子の類から時々花まで母親の枕下に置いてきて、これが亡くなってみると、予期したような空虚感より、戦に敗けても終戦ということによってほっとしたあの気持に似ているような、つくづく荷が軽くなった、これからは何の足手まといなく好きなところへ飛んで行かれると内心よろこんだのであった。それはそれとして私の懐具合《ふところぐあい》というものはだんだん心細いものになっていた。この十年来、大きな通信社から月々貰うものと、小説などの原稿料でどうにか、独り身のたつきだけはとぼしいながら間に合ってきたのであるが、今年になってから、少しでもまとまった稿料が見舞うこともなくなったし、通信社の方の仕事もことわられ、それが気の毒だと、その係の知人から、前々どおりの月四十円を来年の四月まで自腹を痛めて提供されるというなさけないような話であった。まずそれもいいとして、それだけの月収では、日に月にものの高まる一方な世間なら、三度々々のものが満足に口にはいるわけにはゆかなかった。さしずめ昨年まで三十銭だったちらし丼が、今年の正月から五十銭に値が上ったし、値段は据置きでもその中味はぐっとへったようなものもあるし、配給の米の代りに日に一斤のパンを何もつけるものもなく主食にしている私は、どうしても一度や二度は食堂のめしをたべなければ胃の腑が承知せず、その時間になると食堂の入り口にできる行列へ加わるのであった。行列の人数もふえる一方で、それにつれ、五十銭のちらしは姿を消し、切身に汁がついて一円という定食になり、四十銭のカレー・ライスは麦飯が麵米にかわり二杯たべてもすぐ空腹を覚えるというあんばいであった。比較的安いと思って、駅まで出かけ、駅売りのたまりから一個四十銭の駅弁をよく買って来たものだが、そいつも列車の窓以外のところではまかりならぬという達しがでたとかで、中々いい顔をしては売ってくれなくなり、誰もいない時など積み重ねた箱のなかから、一本二本の弁当をかすめとり胸をドキドキさせながら飛び出してくるようなしぎにも及んだ。この駅弁を別にすると、街のめしはすべて米や麦の形のみえない麵米ということになり、バタ、ジャムはむろん生味噌をつけてたべるのが上々の口というパンと麵米だけの、それも懐具合から二杯も三杯もお代りしてたらふくくうというわけにゆかないのでは、配給の魚や野菜などは、海岸べりの田舎町だけに相当あるとはいい条、目にみえて瘦せてゆくのも仕方なかった。もともと五尺やっとの小男で、生れつきふとれないたちの私は、かつて十三貫を越えることなどめったになかったが、この頃では十一貫そこそこというところで、細い顔の頰はよけいこけ、白毛も目だってふえるようであった。なるべく体を動かさないでいるのにしくはなしと、私は毎日のように旧城址の中にある古風な瓦屋根の図書館に出かけ、一度も二度も読んだことのある明治大正の傑作小説に目をやり、空腹おさえと勉強、一石で二鳥をとらえるの試みを繰返すのであるが、朝めし代りに一斤のパンだけをたいらげたきりでは、午過《ひるす》ぎ二時三時に及ぶと頭がボッとし眼がくらみそうになり、なんともいえない虚無的な心持になってしまう。一心に頁をめくった傑作佳作もひもじさを前にすると絵にかいた餠のように何等の利益をもたらさず、いっぺんに上塗りがはげ落ち素地の荒壁だけになってしまった人間のように、あたふたと図書館を出て、駅の方角や、町はずれの一膳めし屋へ急ぎ脚となるのであった。そして途々《みちみち》、ああ本や絵が腹たしになったらと、吾身ながら馬鹿々々しいつかぬ嘆きをしみじみ思うのであった。古道具屋の店先きでみつけた五十円という李朝の徳利を、ひとから借りた金で買ってき、それを金持ちの友人のところへもって行って百円に売りつけたり、ついくいこんでしまうパンを、パン屋の店先からごまかしてくる癖がつき、それがばれて二度とその店の前を通れないようなことになってしまったり、朝日の出ない前に起きて外へ出たかと思うと、ついでによその家の軒下にしまい忘れてそのままにしてある下駄をそっと失敬して来たり、わが身本来のさもしい性故《さがゆえ》か、貧しさの致すところか、どのみちこの分では本物の泥棒になりかねない私の変りよう堕落ぶりであった。とても小説を書いてみるどころの騒ぎでなく、下手すれば縄目の恥をもさらしそうなどたん場までできて、徴用むしろ望むところとおもうのも別に不思議はないみたいであった。徴用になって、工場へなりどこへなり行って働かされれば喰えるだけは喰える、この喰えるだけは喰えるということが当時の私の無上の魅力のようなものであった。二十代三十代東京にあってやはり貧しい半流浮の月日を送っていた時、三度のめしだけには時間さえくればありつける牢獄を、罪人の行くところを娑婆《しゃば》よりいっそ住みよいものと思いなし、いよいよという段になればそこへ行こう、そうすればと、妙な安心のようなもので、己が息ぎれをしずめる役に役だててきたのであった。それとこれと話は別としてもどこか似たふしがあるらしく、また体格検査の日の朝刊には、デカデカと、今後徴用工員には三十歳以上最低百四十円の月収を与えるという政府の方針が発表になっていた。行け行け、と私は瘦腰をたたいてみるのであった。

とくに私の寝起きしている小舎の西隣りの長屋からは、二人の魚屋にかまぼこ職人や漁師都合四人が軍需工場へ徴用になっており、朝暗いうちから弁当をもって出かけ、夜は九時十時という頃に帰ってくるのを日夜目でみていて、そんな近所に対してもブラブラ空《すき》っ腹《ぱら》をかかえているのは義理が悪いという、遠慮のようなものもかねがね抱いていた矢先きであった。とはいえ、国の危急のますますつのる折から、身を挺して働きにでるという国民としての義務感のようなものは大してなかった。大体私は太平洋戦争のはじめからこの戦争はフォードと国産のダットサンが競争するようなものだとみていたし、そこが関ケ原と睨《にら》んでいたサイパンあたり手もなく墜《お》ちてしまってからは、駄目だと決定的な見とおしもつき、どうせ負けるにしてもうまく負けてくれれば後のたたりが少くてすむのだがと、そんなふうな見方に立っていて、おのずと血をわかし眼をすえて右往左往する人々とは遠くかけ離れ、何かつきものでもとっついた人達のように彼等が写るといった次第で、そんな隔離されたようなところにいる人間に、愛国心戦争熱などかきたてられよう筈《はず》はなく、ただただ三度のめしを満足にと希う卑しさの、それも持前の臆病とものぐさなどから動員署へ駈け込むまでにこぎつけず、話にきく徴用工員の荒《すさ》みよう、工場の殺伐さ加減、横須賀あたり海軍関係の工員は腰に鎖をつけないというばかりで日夜土方仕事に追い廻され、何かというと監督が丸太ん棒でなぐるという、そんなこんなを思い合わせると、意気地なくおじけづいて、めったなことではとあとずさりしてしまう。また話半分としても、二十二歳の時からそれまで魚屋として肩にした天秤棒《てんびんぼう》と縁がきれてよりこの方、ボロ背広を着て月給というものを貰ったのが半年余り、あとはあけてもくれても売れても売れなくても原稿用紙を前にし、ペンより重いものをもったことがないような、身過ぎ世過ぎを経てきた身状では、どこへ廻されようと体もとでの力仕事、労働が看板の徴用工員に、自分が至極不適当なものであることも手にとる如《ごと》く解るし、そこへもって来て、泣きっ面に蜂の、どうやら栄養不足らしい体の痩せ方であり、また子供の時から持ちこしている痔結核《じけっかく》、肺の方も怪しく夜となく昼となく痰《たん》を吐くし、眼の霞《かす》み初《はじ》めたのはこの頃ではないが、まだそんなとしでもあるまいに老眼鏡なしには新聞紙も読めない視力の衰えであった。体の方はそれとして人柄根性の方面もこれまた頗《すこぶ》る考えものであった。私という人間はこれまで人なかで苦労というものをしたためしがあまりないのであった。はたち前の魚屋商売も親がうしろにあり、親の七光り故どうにか続いた売り買いで、勤めた時とて勤先は友人が社長で社員は私ともう一人しかいないような場所であり、二三回同人雑誌をやった折仲間との出入りで多少気苦労したといい条、これも喧嘩してでていってしまうのは勝手という約束のものであり、長い売文渡世にしてから、原稿が飛ぶように売れたことなど一度もなく、そのため記者や出版社の人が殺到しその応対に頭を痛めた覚えもなく、二十代はよく原稿をもち歩き、雑誌屋や新聞社の応接間で編輯者《へんしゅうしゃ》の顔色を読むことに心を砕いたとはいうものの、そんな場合大抵しどろもどろな腰つきで恥をかかされることが多く、従って原稿のさばけ方も悪く、こりて三十代になってからは、原稿の持ちこみをするよりも、安いながら月々きまった金のはいってくる通信社の仕事の方が恰好《かっこう》と、牛を馬に乗りかえ、自分の才能にまで疑いをもってしまって、創作など慰み半分と考え、おのずと文学者仲間との交際を避けるようになり、悪く云えば世捨人気取りの独善、よくいっても破れ服を着てきままを愛するといったゆき方の、郷里の小舎にひっこむようになってからはよけいカラを厚くして娑婆や人とのつながりから遠ざかり、友人もごくわずかに、女房と名のつくものなど、二十九の秋から翌年の春の始めまで約半年たらず、ほんの僅《わず》かの間しかもった経験がなかった。近頃はだんだん赤っ茶けた畳二畳敷いてあるきりの小舎の起き伏しが身についてきて、電燈も蠟燭《ろうそく》もないので、早くから破れぶとんにもぐりこみ、鼠のものおとをにぎわいときくといったあんばいの、いずれにしても地道でない生きながら墓穴を掘っているみたいな私が、いやおうもなくカラをむしりとられ、いっぺんにむきみにされ、見ず知らずの人間と朝から晩まで鼻をつき合わせ、同じ職場で働き、同じめしをくい、同じ部屋で枕を並べて眠り同じような着るもの給金をうける。行け行け、行けばひもじい思いをしなくともすむ。盗んでくるようなまねをしなくても腹は足りると、たって腰をたたいてみるものの、味《あじわ》ったことのない人なかのめしの、ふぐは食いたしいのちはやっぱり惜しいに違いなく、おいそれと急には腰がきれないのであった。さればといって、知人から月々の仕送りに期限のあることであり、これに甘えかかっているのも心苦しく、遅かれ早かれ、勤めを探してくうて行くべき身ならば、それを探す手間がはぶけるだけでも徴用は結構ではないかなどと、ああでもない、こうでもないのひとり角力《ずもう》に、私はよろよろとよろめき続けるのであった。

五日十三時横須賀駅前に集合
キニーネを用意すべし
主として内地勤務なれども情勢によって外地に赴《おもむ》くこともあるべし
褌《ふんどし》まで支給する故服装には心配なし
徴用期間二ケ年　云々《うんぬん》という横須賀海軍運輸部からの徴用令状を市役所の小使がもってき、受取ったという判をとって行った。もう鍋の中に投げこまれた魚のようなものであった。

東京の先輩、友人、土地の知り合い等に挨拶のハガキを出したり、顔を出したり、漁師、ペンキや、市のゴミとり夫、大工、魚屋といった隣組の連中から五円の餞別《せんべつ》が届けられたりした。自分もいける口なので、闇で手に入れたビールを持ち、料理屋へひっぱって行った友人、とっときの砂糖を紅茶に入れてすすめてくれた知人、何やかやと忙がしくはずみのついたような二日間であった。

出発の日は、日の出前から起き出して、例の如く土色した食パンを水だけで食べ終ると、二つの行李《こうり》を小舎からかつぎ出して近い弟の留守宅に運び、額に入れた「モナ・リザ」の三色版、ピンでとめた油絵の複製から丼小皿の類まで、押入れの古箪笥《ふるだんす》にしまいこみ、トタンの観音びらきをしめ、小さな包一つかかえて小舎を出て行った。

晩夏には珍しい上天気であった。つぎのあたったワイシャツの上へ、冬のトンビをなおした羅紗《ラシャ》の国民服を着、ぴらぴらな人絹の半ズボンにすねはまる出し、弟の短靴をはくという、上と下とではすっかり様子の違ういでたちの、駅のベンチに朝日をまぶしがりながら小半時そうしているところへ、合着の背広にカンカン帽をかぶった背の高い恒雄さんの、四十にしては年寄じみた、顔中にたて皺《じわ》つくる例の笑い顔がみえた。同君は近在の軍需工場の係長をしているのだが、わざわざ今日一日休んで横須賀まで見送るという。工場に勤めるまでは永いこと××ランプの外交員をしており、その以前は左翼の闘士として中々鳴らしたもので、当時から知り合いになった私とは、文学という共通の話題や何か十数年の交際が続けられてきたのであった。

そこへわけた頭髪が白くなっている、女のようにしなやかな体つきの人がみえた。友人が急用でこられなくなってしまったので、代理としてかけつけてくれたその父親であった。彼は餞別の袋を私に握らせ、息子の友達でもある恒雄さんとも世なれた口をきいた。発車前五分というところで、背広に戦闘帽をかぶった瀬川が、甘鯛のような額の汗をふきふきやって来た。彼とはざっと三十年近い馴染《なじみ》で、一人は中学生、一人は魚屋の息子、二人とも文学が好きで読みもすれば書きもして、末はいっぱし文学者たらんという夢を共にし、夢を語りあっては少年の日の一時期を過したのであった。中学から大学に進み、型の如くそこを中退すると、瀬川は同人雑誌などに加わり、二三の小説を発表したが、これという芽も出ることなく二十代をおわり、小田原に呼び戻されてから、土地の顔役で弁護士を看板とする親共に書籍店を出して貰い女給を入れて女房とし一子まであげたが、持前の酒と競馬で店をあけ、遠っ走りすることがたび重なり、五年たたないうちに店をひとに譲って自分は温泉旅館の帳場番頭に出るという始末であった。帳場に控えるようになってからは、酒はやめられないまでも競馬とは自然足も遠のき、まず神妙につとめ大事と通い続け、もみ手して如才なく人を迎えるような仕事も妙に板について、小粋な体に角帯も似合うところから、昔を知るものは皆々目をみはったものであった。そこの旅館に文学者がくることも間々あり、それを苦手として、瀬川は顔みしりの作家などが玄関先に現われると、あわてて帳場から姿をくらましてしまうのであった。日華事変が太平洋戦争となると程なく、湯場の旅館は陸軍の療養所とかわり、瀬川もやがて自分から身をひき、番頭として近づいた常連の客の経営している軍需工場の倉庫番に雇われ、弁当もって鶴見まで汽車通勤するようになってから、もうふた月近くたっていた。彼は私を横須賀まで送り届け、その足で勤先へ顔を出すという。料理屋にひっぱって行ったのも瀬川であり、動員署長にしかるべき運動して徴用をのがれろとすすめたのも同じ瀬川であった。

見送りは三人であった。汽車が動き出し、青い海べりに黒いトタン屋根や赤い瓦屋根、寺の屋根、教会の尖塔《せんとう》などみえる故郷の街が窓から遠のいても別段の感はなかった。汽車を大船で電車に乗りかえ、時間のあるところから北鎌倉で途中下車し、円覚寺の山門をくぐったり、建長寺を見物したりして、寺の前の茶店に腰をおろした。草鞋《わらじ》などを店先きにつるして、屋根に松葉のつもる家にも、茶より外《ほか》口に入れるものとてなかった。茶碗を手にしながら、

「葛西さんのおせいね。おせいさんのうちじゃないのか」

と、私がもの好きそうな顔をすると、

「そうかも知れないな」

と、瀬川もふりかえり、茶をもって来た三十がらみのモンペ穿《は》いた女をじろじろみた。彼は若い頃葛西善蔵の三宿時代、三間しかない家に玄関番のような役をしていたことがあり、先生の口述筆記もすれば、時々質屋の使《つかい》までさせられ、或時《あるとき》は質草をうけ出すべく渡された三十何円かをもって質屋へ行かず浅草へ突っ走り、したたか酔いなどかって吉原へくりこみ、さすがに三宿へは帰りかね、私の下宿へ転がりこんできたことがあったりした。

八幡宮の舞殿では緋《ひ》の袴《はかま》をつけた少女が古風な舞を舞っていた。街は祭礼らしく軒先に提灯《ちょうちん》をつるし、心ばかりの飾りものなど並んでいたが、長い柄の鳶口《とびぐち》をもったり、空《から》のバケツを下げたりする男や女が、身ごしらえ厳重に街角や詰所にたむろしていた。サイレンがなり渡ると、プラットホームに並んでいた乗客はいっせいに階段を下りて行き、二度目のサイレンでぞろぞろまたホームに集って来た。

その日から約半年の月日を送った横須賀の、街を走る自動車、トラックは、なるほど瀬川の云う通り、ガソリンで走っているだけにスピードが違っていた。大通りを工廠《こうしょう》の正門前から横にきれ、喫茶店のようなものを物色したが、中々見当らず、とうとうまだはげた緑色の扉のしまっている一軒の、扉をこじあけ三人押しこんだ。きけば開店前で何もできないという。では弁当だけあけさせてくれと頼むと、頭髪をばさばさにしているおしろいやけの女はたってこばみはしなかった。デコボコなボックスに陣取り各々《おのおの》包をといた。

瀬川はアルミニュームの弁当箱の蓋《ふた》をとり、好物の鰺の塩焼きをつつき出し、恒雄さんはごく小ぶりな握りめしをほおばり始め、私のところは朝同様の土色したこそばゆいような食パンであった。

「今夜からめし時にはちゃんとめしの方で待っているという段どりになるね」

と、瀬川は、私の顔色をうかがいながら云う。

「まあ、そうだね」

「行列して一時間も待たされるようなことがなくなるよ」

「麺米にパンとはいよいよお別れだな。徴用には最低百四十円出すと新聞に出ていましたが本当なんですかね」

と、私は恒雄さんの痩せた顔をみた。

「わたしの方の工場ではまだそんな話は出ていませんが多分そうなるんじゃないんですか。日給二円かそこいらでは、世帯もちはとてもやってゆけませんし、だからどうしても工場を休んで自分の仕事をするようになる」

おつぼ口をひとまわりも小さくしてみせるような恒雄さんのたべ方であった。

「そうですかね。それより何より運輸部の徴用工ならどうせ力仕事をさせられるにきまっているでしょうが、としはとっているし、何しろこの体じゃ。今じゃ米一俵満足にかつげる気づかいもありゃぁしない」

「なに、いちがいにそうときまったものじゃないさ。行けば事務関係の仕事だってあるさ。

こっちからその方に廻して貰うように頼んでみるんだね」

「うん。あればいいがね」

「昨日きいたんですが、十字町の方の畳屋と便利屋の大木がやはり今日横須賀にくるそうです」

「ほう、畳屋に便利屋」

と、私は眉のつけ根に八の字をつくり思い入れのていであった。

「きっと君は若返るよ。若いのや子供みたいのと一緒に仕事すりぁ若返っていいよ。小舎の中にくすぶってばかりいた日には、小説の材料だって第一なくなっちまうじゃないか」

「ずいぶん長い間の静養みたいだったからな。二年間人中でもまれてくるのもまた一興かも知れないな。だが、まるで他人のめしをくったことのないような人間だからな。云わばとしばかりとっていても世間知らずの子供なんだからな。体も体だが――」

瀬川も痛ましいというふうに、酒のみらしく飛び出した眼角《めかど》をそらすのであった。この期《ご》に及んでも、私にはそんな愚痴のような繰りごとが出て、先き先きあまり明るい日はなさそうに思われてならないのである。それとは別みたいに、私の手はがつがつとパンをむしり、忙しく口へ運んでいるのであった。

「小母さんが先月お亡くなりになったのは、こうなってみるとかえってよかったようなものですね」

「本当にお袋はいいとき死んでくれました。気が利いていました。お袋がまだ寝ていて、糞小便のたれ流しをしてるというんじゃ、こっちがたまりません。それにおいおい内地へも爆撃の手がのびてきましょうからね。末（弟の妻の名）は三人の小さな子供をかかえていますし、とても病人の方にまで手が廻わらないでしょうからね。全くお袋に死なれて助かったという気持です」

「わたしも親爺《おやじ》がいい時死んでくれたと思っています」

「爆撃騒ぎが始まって御覧なさい。形ばかりの葬式さえ出せなくなりますからね」

私が一番最後までくいものに執着していた。瀬川はよくくえるなあというような、あきれた顔つきで、私の方を向い側から眺めるのであった。

「いきなり横須賀から南の島へでももっていかれてしまうというんじゃないから、こっちも気が楽だね」

「横須賀と小田原では目と鼻の間ですからね」

「まあ、そうですね。でも情勢によっては外地へとありましたからね。いつなんどきつれていかれないものでもありません」

「外地といえば、小笠原諸島でも硫黄島でもあぶないですね」

「生還は期せません」

「あぶないにはあぶないが、この分で行けば内地も外地もなくなってしまうよ。どっちが余計あぶない目にあうかわかったもんじゃないよ。何しろB二九というやつができて、楽にサイパンから内地を爆撃して帰れるというんだからね。近々そいつが飛んで来そうな状勢だというからね」

「そうだ。だが内地爆撃が始まれば一番先きだ。横須賀は」

「横須賀を見のがす筈はないね。が、いちいちとりこし苦労していたんじゃ、きょうびとても生きてはいられないよ。俺の方の鶴見だって軍需工場地帯だからね」

「うちでも、この頃は工場のまわりに夢中で防空壕を掘っていますね」

「その時はその時さ」

ききに行っても紅茶ひとつできないという返事であった。じっとしてもいられず、私は先きに立って、紅がらいろに塗られた、壁にかけられた油絵を見上げたりした。小舎のつれづれに、よく溜めた日本画油絵の複製や絵ハガキを眺めて心やりとしたものだが、当分そうした時間もなくなってしまうだろうと、そぞろ鼻の先きが冷たくなるのを覚え、大して曲のなさそうな山の油絵から中々眼が離れにくいのであった。三人が外へ出ようとすると、入れかわりに、海兵団へでも入団するよな若者二《ふた》う人《り》に見送りの年寄りが緑の扉の方へ近寄っていった。

駅前に戻ってみると、丁度《ちょうど》十分前であった。丸くきった紙片に「神奈川県」と墨汁で書いたものを胸へつけた連中が、見送り人にとり巻かれたり、立ち話しをしていたりした。同じ土地のもので、よく銭湯で顔の合う、でっぷり太った胴長の体に国民服を着ている遊び人、背広姿の僧侶、便利屋の男は私と顔があうとてれかくしのように顔をそむけるのであった。麦藁《むぎわら》をかぶった半纏着《はんてんぎ》の中年、洗いざらしのシャツに股引《ももひき》地下足袋といういでたちの者、ぺらぺらながら国民服に靴など穿くものは稀《まれ》であった。やがて白服に肩章を光らした五十恰好の中尉と、開襟の上着の合せ目から黒いへりのついたシャツをのぞかせる二十七八位の若い兵曹が自転車でやって来、丁寧なものいいで集合を命じた。各人各様の身なりをした五十人ばかりはひとところへぞろぞろ集まった。

「では四列縦隊、四人ずつ並んで下さい」

と、血色のいい兵曹は童顔を人好きしそうにほころばせながら、大きいの小さいの、年寄り子供の区別なく、順々に四人ずつ人形でも動かすようにして並べて行き、そのうしろ側を見送りの男や女などがぐるり取り囲むのであった。文字どおり今日から同じ釜のめしを食うことになった一団はどうにか四列横隊の形をつくった。若い兵曹は横隊の中央から五六歩離れたところへ立ち、急にしゃちほこばった姿勢になり、声の調子までがらりとかえ「気をつけッ！」と、どなった。


（二十一年一月）

明月珠

石川　淳

一

一月元日の朝はやく、わたしは下町のさる八幡宮に詣でて、ついでに矢を受けて来た。その社《やしろ》のまえで、人波の中に立って、風のつめたい空いちめんにひろがる光を浴びながら、わたしはへたな狂歌を一つ作った。

みやしろの千木に霞《かすみ》の初衣おもひのたけを神にかけつつ

山の手の片隅にある小さい仮寓《かぐう》にもどって、ひとりぐらしの曲もない部屋の中で、それだけが正月の飾の、千両の小枝を二三本さした安物の壺のかげに、受けて来た矢を壁に立てかけておいて、わたしは配給の酒をのみながら、またしても悪癖のあやしげなやつを一つ。

玉箒《たまばはき》朱実つらねて千両の春の光はこぼれそめけり

へたはへたなりに、自分では天明ぶりのつもりである。大通の家には笑いぐさにちがいない。しかし、参詣のことも矢のことも気まぐれに類するもので、わたしはなにも正月にこじつけて無理にめでたがろうとしたのではない。ただ、わたしにはひそかに心願の筋がある。事の成るにさきだって、ちょっとみずから前途を祝福しておきたい。心願とは、かくしだてをするほどの儀でもないからついうちあけてしまうが、それは一日もはやく自転車に乗れるようになりたいということである。自転車の稽古は旧臘《きゅうろう》からもち越しの企画で、ぜひ実現しなくてはならない。

わたしは元来速くて便利なものが大好きな生れつきである。そのくせ、わたしはみずから動作の敏捷《びんしょう》をもって許すことができない。もしひとがぐあいよく鞠《まり》を投げてよこしたとしても、わたしの手はそれを捕えそこなうためにしかうごかないだろう。またもし電車がつい道の向うにとまっていたとしても、わたしの足はそれに乗りおくれるためにしか走らないだろう。このていたらくでは、今日の地上の苛烈なる形相に適応するような運動をおこすことはわれながら望みうすである。それに、わたしの仕事というのがかならずしもこまめに手足をうごかさなくても用のたりるような仕掛になっているのだから、わたしの動作はとかく緩慢にやすんじがちの宿命にある。もし今日の地上に於《おい》てかくのごときわたしという存在の値を求めるとすれば、けだし-1の平方根を求めるに似るだろう。つまり、わたしのげんにいるところは地下一尺ぐらいの見当というわけである。恥辱である。すておきがたい状態である。わたしはこの状態からふるい立って、地上一尺の高きにのぼり、あたえられた現実の中を疾駆しなくてはならない。そのためには、具体的にのぞみうるかぎりでは、自転車がなによりも誂《あつら》えむきである。中古を一台どうやら都合できそうでもあるし、ガソリンもいらないことであるし、婦女童幼にでも乗れるほどなのだから操縦もあまりむつかしくはないらしいし、この願望はまず現在わたしの手のとどくところにある。自転車さえわがものにしてしまえば、ただに満員の電車を尻目にかけて巷《ちまた》を自在に飛びまわれるというだけではなく、便益いちいちかぞえきれず、わたしの微力といえどもやがて刮目《かつもく》して運動を期待すべきに至るかも知れない。そうおもって、こころは矢竹にはやりながら、わたしはまだ自転車を乗りこなすことをよくしない。

さきごろ、わたしをして当世有用の実務に就かせようという好意をもって、親切な友だちが某の会社にあてて紹介状を書いてくれた。これもまた蛇の穴を出ずべき機縁かとおもい、わたしもちょっと発奮して、旧臘の某日、某の会社をたずね、そこの要職に在る某の紳士に逢った。実際には、その紳士のはいていた長靴に逢ったというほうが適切である。というのは、椅子にかけてのびのびと脚を突き出した紳士の、その脚をぴったり包んでいる、皺《しわ》一つない、生きた牡牛《おうし》のにおいを感じさせるほど真新しい、ぴかぴか光る赤革の長靴がもっぱらわたしの眼のまえに威風を示して、当の紳士の顔をきのどくにも小さくうしろに押しのけていたからである。もっとも、長靴がそんなに大きく見えたについては、見るこちら側にもいささか事情があった。じつは、わたしがこの地上で自転車のつぎにほしいとおもうものは長靴にほかならない。長靴がいかに便利なものか、あらためて説くことを須《もち》いないだろう。たとえば深夜にサイレンが鳴ったとき、くらやみの中であわてて脚絆《きゃはん》を裏がえしに巻きつける代りに、ただ足をすべりこませるだけで事たりる長靴があったらばどうか。またたとえば泥濘《でいねい》の悪路を行くとき、短靴の爪先でちょこちょこ道の片はしを飛びわたる代りに、大手をふって往来の真中を踏んで通れる長靴があったらばどうか。とりわけ自転車に乗るときには、長靴は絶対に必要とおもわれる。体裁もいいし、さだめてあがきもいいだろう。道のすれちがえに、なにかにぶつかっても平気だろう。くるぶしも擦《す》りむかないだろう。しかし、わたしはまだ自転車に至りえないのだから、栄耀《えいよう》の餅の皮の、長靴を語る資格はない。かねて望みの中古の自転車にふさわしく、長靴もやはり中古の、すこしは色が褪《さ》めていてもよく、つつましい黒革のやつで満足するつもりで、わたしはいつかそれが手に入るであろう日を漫然と夢みているだけである。しかるに、この紳士の壮麗な長靴が突然わたしの夢みる貧弱なやつをあざ笑って、まのあたりにぬっと立ちはだかって来たので、わたしはいったい何の用件でこの場に出むいたのか忘れてしまうまでに、敵ながらみごとなその長靴の光をだまって見物するほかなかった。

長靴のかなたで紳士が手にとって見ているわたしの履歴書には、ほとんど何の履歴も記してないにひとしかった。記すべきことがなにもないからである。わずかにたった一行、無職無頼の徒と混同されないために、おこがましいが著述を業とするよしがことわってある。これでは会社側としては採用する手がかりがないらしい。会社には書類をいじる役と現物をあつかう役とがあるそうで、紳士の口ぶりでは、どうやらわたしを書類係のほうに編入してもいいというように聞きとれた。わたしはすぐこういった。

「いや、現業のほうにまわしていただきたいとおもいます。そのつもりで来たのです。」

これはわたしの真情である。すでに実務に就くとなったうえは、ごたごた文字の印刷してある紙切などと附合うのはまっぴらである。紳士はおもむろにこう答えた。

「うちの会社では、現業は十七八の少年から仕込むことになっています。」

「その十七八の少年のする仕事を、ぼくにやらして下さいませんか。」

そういいながら、わたしは十七八の少年が自転車に乗って威勢よく街頭を疾駆しているけしきをおもいうかべた。もしこのときわたしに自転車の心得があったとすれば、わたしは十分の自信をもって、もっと強く主張することができたにちがいない。みずからかえりみて、ちょっとひけめを感じたせいか、わたしの声はどうも弱くしかひびかなかったようである。とたんに、紳士の一言はわたしの肺腑をつらぬいた。

「あなたは自転車に乗れますか。」

ことばの調子はおだやかである。しかし長靴がわたしを憐れむがごとくへらへら笑っている。さすがにぴかぴか光る長靴をはいている人物だけあって、烱眼《けいがん》おそるべきものがあった。わたしはぜんぜん敗亡して、もう口がきけず、顔を赤くしながら、あとずさりに引きさがるよりほかのすべはなかった。

わたしの軽率な求職物語はたった三分間の会見であっけなく梟《けり》がついた。わざわざ紹介状を書いてくれた親切な友だちの好意を無にし、多忙な長靴の紳士の日程から三分間を空費させ、そして当のわたしは虻蜂《あぶはち》とらずのむだ足におわったというこの惨状はみなひとえにわたしが自転車に乗ることをよくしないという一事に起因している。自転車の心得がないものはふかく自戒しなくてはならない。わたしが自転車をわがものとなしえないかぎり、いかにばたばたして当世有用の実務のほうに這《は》い出ようとしても、今後いくたびもこれに似た失敗をくりかえし、これ以上の恥辱をこうむるばかりで、所詮《しよせん》地下一尺の凹んだ位置は永久にわたしを封印しつづけるだろう。それでは不衛生このうえもない。

ものの稽古は一年でも若いうちからはじめるに如《し》かない。からだの柔軟さを要求する操作はなおさらのことである。ありていにいえば、わたしはもはやそう若いともいえない年輩になっていて、あたかも物理的時間一般と個人の寿命との関係のうえに肉体を乗りあげつつ、そこで手も足も出ないでいるようなあんばいである。それでも、まだみずから帯して勝手にあるくことができるあいだに、わたしは一刻もはやく自転車に飛びつかなくてはならない。すなわち、きょう元日、その稽古はじめをする予定になっている。

わたしの仮寓の裏手にささやかな空地がある。そこに一台の中古の自転車と指南役とが待っている。指南を申出てくれたのは某の少女である。

「おじさん。まだなの。まだ出て来ないの。なにしてんのよ。」

窓のそとに少女の声が聞える。先刻から二三度催促をうけている。わたしはいそいで配給の酒をのみおえて、だいぶくたびれている巻脚絆をつけ、ズックのぼろ靴をはいて、さあと立ちあがった。もう狂歌どころではない。

二

むかしの下町の様子を知っているひとならば、狭い横町の溝板《どぶいた》をわたって行くと、てっきり道の窮《きわ》まろうとするところに、ときに闊然《かつぜん》として、たとえば紺屋の張場のような空地がひらけていたことをおぼえているだろう。今日ではわずかに山の手の一部にそのおもかげを存しているところがある。紺屋の張場でこそないが、今わたしのいう空地がそれに当る。

以前はここは何となく空地になっていただけで、ふだんは通るひともすくないが、ただ暑中になると土俵がつくられて、毎晩近所のこどもたちがあつまって角力《すもう》をとるので、秋ぐちまで一時のにぎわいを呈したものであった。今はその土俵の跡形もなく掘りかえされて、小さい待避壕がいくつもでき、また隣組の野菜畑もできているが、それでもなおわたしが自転車の稽古をするぐらいの余地はのこっている。さいわい周囲の掘りかえされた土が柔かいので、ころんでもひどいけがはしないですみそうである。

空地の東側は仮寓の裏手、南側は低い崖、北側はほそい横町で電車道まで通り抜けられる。西側は七八軒の小家がこれも裏口をならべていて、いずれも商売屋の、その店は向うの表通りに面している。中に一軒、自転車屋がある。ただし、その商売はとうにやめてしまって、主人は目下徴用工として毎日中央線沿線の某軍需工場に勤めに出ているのだが、まだ中古の自転車の一台や二台は置いてないこともない。それを一台わたしが借りうけることになったのは、その五十ぢかい、しかしどうしてたっしゃな、脂ぎった主人の好意に依るものであった。自転車は中古というよりも、まったくの古物というべきがたがたのしろものだが、初心のわたしにはかえって手ごろである。そのうえ他日わたしが技に熟したせつには、それを格安に、しかも十円の月賦で譲ってもらう約束ができているのだから、文句をいうすじはない。自転車屋には十六になる娘がひとりいる。すなわち、わたしの指南役を買って出てくれた少女である。

性質のすなおな、肢体のしなやかなこの少女について、もし意地のわるいひとがしいてあら探しをしたとすれば、ただ左足の寸法が右足のそれよりもほんのすこしみじかいように見えるということだろう。近所ではビッコだから女子挺身隊にも出ないでいるなどというが、そんな無作法なかげ口に相当するほどのものではない。いそいで駆け出したりするとき左足がちょっと引きずりぎみになるだけのことで、ふだんは目にも立たず、当人はぜんぜん苦にしていない。それどころか、少女が得意とする自転車に乗って走りはじめたときには、花びらの舞うようにかるがると手ばなしで輪乗さえして見せるくらいで、女騎士をもって許しうる底《てい》のみごとな体のこなしである。一度でもその光景を目撃する機会をもったひとは、この少女のほんとうの足はじつは自転車にほかならないということを納得させられてしまうだろう。

元日の初稽古の状況について多くをいうことはどうもわたしの名誉にならない。少女の教え方は一点の非もなく行きとどいたものであったが、自転車がまだなじんでくれるに至らず、わたしは乗ることよりも落ちることのほうにいそがしかった。何度もこりずにくりかえして、あるいは親和しようとつとめ、あるいは征服してやろうとあせっても、先方ではぶきっちょな新参者と見くびって、邪慳《じゃけん》にわたしを振りはらい、横倒しに突きはなしてしまう。わたしはどうしてもいうことをきいてくれないこの剛情な物質をもてあまして、大汗をかき、泥まみれになり、てのひらまで擦りむいて、ときどき地べたに倒れたまま息ぎれのやむのを待った。苦患《くげん》はそれだけではない。いつのまにか近所のこどもたちが諸方からわーっと駆けあつまって来て、わたしのまわりに円陣をつくり、がやがやいいながら笑って見ている。いったい今までどこに隠れていたのかとおもうほど、そのこどもの数はおびただしかった。わが国には元来こどもが多い。むかし、わたしの知っている某外国人が日本じゅうどこを旅行してもかならずこどもの大群に出逢うのに驚歎《きょうたん》して、デ・ゴス、デ・ゴス（こども、こども）と、両手を大きくひろげてその数の限りなさを示したことがあった。今日このへんでも学童疎開でこどもはだいぶ減っているはずなのに、しかもなおこの多数を算している。さしあたり、わたしとしては、こう見物がふえてはおもしろくなかった。しまいには頼みにおもう少女までがこどもたちの側について、手をうってわたしのていたらくを笑い、今度は自分が自転車を引きよせて、ひらりとまたがって走り出した。老いぼれの頑固な自転車のやつ、少女の手にかかると、たちまち新鮮な息をふきかえし、されるままに乗りまわされている。わたしはすっかり疲れきって、最後に泥をはらって起きあがりながら、きょうはもうやめた、やめた、といった。

しかし稽古はその後もつづいて、天気のいい日には、わたしはおこたらず空地に出て練習につとめた。といっても、技が次第に上達したというようなうまいはなしにはならない。わたしのぶきっちょは相変らずで、自転車に小馬鹿にされどおしだが、いくらか倒れ方のこつをおぼえて、そう痛いおもいをしないようになった。こどもの見物は、いいあんばいに、もう駆けあつまって来るというほどのことはない。寒さもきびしいし、見ていてもおもしろくないのだろう。おとなは、ときにこの空地を通り抜けるひとはあっても、みないそがしそうで、自転車の稽古などには目もくれない。少女はたんねんに要領を教えてくれるが、これもわたしに附ききりというわけではないから、おおむねわたしひとりで自転車と格闘することになる。ひとまぜもせず対峙すると、自転車はふっといのちとりの怪物のような形相《ぎょうそう》を呈して来て、わたしは地べたの砂を噛まされながら絶体絶命にたたかうほかない。晴れた朝一時間の、この課業はいったい何のためか、どうしてそれを自分に課しているのか、もはやわたしは知らない。ただこの一時間はわたしの大の字なりに寝そべった生活の中に必至に割りこんで来て、あらあらしい、ほとんど殺気立った行為のほうにわたしを駆りたてて行き、そこで力つきて倒れるまで前後を忘却させた。

そういうわたしの振舞はよそ目には笑止の沙汰としか見られないだろうが、さいわいここはひっそり閉ざされた空地なので、たれにはにかむ要もない。南側の崖はこの附近での便利な間道にはなっているものの、今は北風のあたり烈《はげ》しく、まばらの枯笹が荒れた地肌に凍えついているだけで、めったに人影はささない。ただ、その崖の上の径《みち》をたったひとり、おりおり通る老紳士がある。老紳士といっても、すこしも老人くさいところがなく、せいの高い、背中もぴんとして、黒のソフトのかげに白髪の光るのがいっそみずみずしく、黒の外套《がいとう》をゆたかに著《き》て、その下の背広もきっと大むかしの黒羅紗《くろラシャ》だろう、しかし履物はちびた駒下駄で、ときには蝙蝠傘《こうもりがさ》をもち、ときにはコダックの革袋をさげて、径の枯笹のほとりを颯颯《さつさつ》とあるいて行く。かりにこの老紳士のことを藕花《ぐうか》先生と呼んでおこう。

藕花先生は世にかくれのない名誉の詩人である。その住居はここから五六町はなれたところのしずかな小路の奥にある。なづけて連絲館《れんしかん》という。詩人の数十年にわたる文学上の功業については、まったくなにも知らない俗物でも、連絲館主人が老来孤独、うすぎたない世間に洟《はな》もひっかけようとせず、堅く門を閉じて人間くさいものの出入は一切拒絶という噂ばなしはどこかで聞きおよんでいるだろう。じつはわたしもそういう俗物の仲間である。わたしは格別の生業をもたないままにみだりに著述業などと称して世間体をつくろってはいるが、著述のほうは至っておぼつかなく、本性はなまけものの貧棒《びんぼう》書生にすぎないのだから、わざわざ図書館にかよって藕花全集をのぞいて見るのもおっくうで、さしあたり先生に関する噂ばなしを又聞きするだけでまんぞくしている。その又聞きに依ると、先生はひとり館にこもって、決して世間に見せないためになにやら書きつづけているそうで、日常の雑用はみずからこれを弁じ、たまに門内に舞いこんで来る俗物でもあると、これもみずから先生御留守の一言で追い払ってしまうという。実状そのとおりだとすれば、わたしはつい近くに住んではいるにしろ、とても連絲館の牆《かき》をうかがって危地に入ろうという勇気も出ず、また好奇心もおこらない。ときどき往来で向うから来る先生の姿を見かけた場合には、わたしは心中ひそかに敬意を表するにとどめて、挨拶はもとより、そっと帽子をとるような軽率な真似はしない。つまり、先生とわたしとのあいだには何らの交渉もない。すでに交渉がないのだから、先生は崖の上を通りかかっても空地の自転車には無頓著に行き過ぎてしまうし、わたしのほうでも先生にかまわず稽古をつづける。それにも係らず、わたしはなお先生について気になることがある。それは先生のつくる詩文のことではなく、先生のはいている駒下駄のことに関している。

藕花先生はむかしは服装などに凝《こ》った人物のように聞きおよんでいる。むかし先生が駒下駄もしくは日和下駄《ひよりげた》をはいたときには、かならずや結城《ゆうき》とか御召《おめし》とか日本のキモノを著用《ちゃくよう》したにちがいない。それがいつのころから洋服に下駄というこしらえになったのか、年代記的にはこれをつまびらかにしないが、ただわたしの漠然と見当をつけるところでは、そんなに古くにはさかのぼらないらしく、そののち先生の運動はいちじるしく速さを増したかのごとくである。そして洋服の色があせ、下駄がちびるにしたがって、爾来《じらい》先生の駆けめぐるところは、すくなくとも文学的には、ほとんど光と速さを競うかのごとくである。洋服に下駄は、その初めにあたっては、けだし異装に属する。当時世間のひとは大いに先生を笑ったことだろう。しかるに今日では、世間の流行は遙かに遅れて、息をきって、悠悠たる先生の下駄のあとを追いかけている。詩人の疾《と》く行くことはめったに油断がならない。若輩わたしなどは、先生よりも遅れている世間のひとよりもさらに遅れて、今ようやく自転車の稽古にとりかかりつつ、しかも西隣の少女の技に熟するものに遠くおよばない。わたしはふかく慙《は》じなくてはならない。

藕花先生の存在とわたしの存在とのあいだにはまあ関係なきにひとしい。しかし先生の駒下駄とわたしの自転車とのあいだにはかならずしも関係なしとはいえない。先生が十年間に走ったあとを、わたしは十時間で追いつめて行かなくてはならない。寒儁《かんしゅん》という成語がある。貧寒にして儁敏《しゅんびん》なるものの謂《いい》である。わたしは貧寒にかけては他人にひけをとらないが、儁敏のほうはぜんぜん自信がなく、賢愚の差ただに三十里のみではない。もし寒愚という成語があるとすれば、それはわたしの謂である。わたしは空地の下にあって崖の上の先生を仰ぎながら、なあに連絲館主人くそを食らえとおもうのはよっぽど負けおしみがつよいのだろう。わたしはときに目をあげて高く先生を見る。おもいなしか、先生もときに足をとどめて低くわたしを見る。そうとすれば、先生の存在とわたしの存在とのあいだにはまたかならずしも関係なしとはいえない。

先生の駒下駄は周穆《しゅうぼく》の八駿のごとくつとに天下に遨遊《ごうゆう》している。わたしの自転車はまだ三尺の弧を描くに至らない。この差をちぢめるためには別に発明するところがなくてはならない。下根《げこん》は下根なりに、わたしは発明するところがあった。ごくやさしいもので、朝の深呼吸である。

わたしはたまに早く目がさめたときには、あかつきの空地に立って深呼吸をする。少女もまだ起きて来ないし、先生もまだ通りかからない。空地を領するものはわたしただ一人である。日出前の寒さの中に町はうす暗く冰《こお》っているが、向うの東の空にはからだの芯があたたまるように、雲が美しくふくらんで、次第にあざやかに、赫《かつ》とはじけて来る。わたしは肌を刺しとおすきびしい空気を受けとめながら、胸を張り、大きく息を吸いこむ。

そのとき、明けはなれようとするかなたの空から、風ともつかず光ともつかず、青、白、赤、三条の気がもつれながら宙を飛び走って来て、あたかもたれかが狙いすまして虹の糸を投げてよこしたように口中にすいすいと流れこみ、つめたく舌にしみ咽喉《のど》に徹《とお》るとともに、体内にわかに涼しく、そこに潜《ひそ》んでいたもやもやが足の裏から洩れ散って行く。すなわち仙術に謂《い》うところの太素内景の法である。得るところはなにか。からだがちょっと軽くなったということである。これは自転車に乗るにはもっとも便利な条件である。しかし修業未熟なわたしにあっては、それはほんの一瞬のあいだしかつづかない。わたしがかろうじて藕花先生の疾走ぶりを観測し少女の軽捷ぶりを測定するために六分儀の角度を定めることをうるのは、この一瞬を措《お》いて他に無い。

右のほかに、偶然がもう一つわたしに発明の機会をあたえた。それは深夜の演習である。深夜といえば、ひとがぐうぐう眠っている時刻である。しかし今日では、ひとはかならずしも深夜に枕を高くばかりはしていられない。ときどきサイレンの鳴ることがある。サイレンが鳴るとひとしく、わたしもまた寝床を蹴って跳ねおき、くらやみで脚絆を（たぶん裏がえしに）巻きつけ、鳶口《とびぐち》をもって外に飛び出して、天水桶《てんすいおけ》の冰《こおり》をたたき割る。そして、さいわいに火の手も揚がらずに事なくすんだときには、わたしはすぐ元の寝床にもぐりこむ代りに、しばらく空地に出て、ひとりで自転車の稽古をする。何となく昼間よりもうまいぐあいに行くようで、あまり効果の見えない昼間の一時間を夜の十五分でとりかえしたかのごとき錯覚を生ずる。けだしこれを東隅に失って桑楡《そうゆ》に収めるのたぐいである。

深夜の演習のためにはかならず月が照っていなくてはならない。月の光がどんなに明るいものかということを、わたしは今しみじみ痛感する。世の中はいつも月夜に米のめしさてまたまをしかねのほしさよ、という大むかしの狂歌がある。かねの件はともかく、月夜に米のめしのありがたさは今日の生活上の実感としてたれの身にもしみているだろう。宵のうちから家ごとに灯影一つもらさず、どこに待避壕があるのか足もともおぼつかないほどの暗さだが、一寝入して起き出てみると、いつかひと知れず、月が深夜の天にかかっていて、空地いちめんに光がふりしいている。ここでは、老いぼれの自転車までが急に若がえって、黒塗の禿げたのが元の新鮮な色をとりもどしつつ、金具の部分は指さきがちぎれるように冷えきって、把手にあたる月影のきらきらと輝くのがいっそ頼もしい。わたしは今その月光を攀《よ》じて鞍《くら》に乗る。乗るにしたがって、車輪は水の流れるごとくめぐり、もう止度《とめど》なくめぐりつづけて、どこまでわたしを走らしめるのか判らない。夜光璧、明月珠はひとのえがてにするものである。わたしの小さいてのひらにやっとつかみうる宝玉はこの把手の光よりほかにはない。それにしても、もうすこし技が上達して、せめて少女の半分ぐらいの域に至りえたならば、ああ、どんなにいいだろう。速く、一瞬も速くと気ばかりせいて、自転車と格闘しているのではあまりにも荒っぽく殺風景である。乗物はなるべくすらすらと、品よく、しぜんに乗りこなしたい。今はむかし、西洋の詩人でさえいちはやくこう注意している。「純粋精神の一本槍だと、これより速く野蛮のほうにつれて行くものはない。」

「おじさん、しっかり、しっかり。」

たれも見ていないとおもいのほか、ときには師匠の少女が出て来ていて、うしろから声をかけてくれる。けしかけられて、いい気になって、ぐるぐるまわりながら、ちょっと片手が油断すると、いけない、横倒しにどさりと地べたにたたきつけられる。

「おじさん。それじゃとても曲芸はできないわよ。」

曲芸。とんでもない。わたしにしても身のほどは知っている。そんな高望みはしない。ただわたしの一所懸命の運動が地べたに閉曲線を描くにおわらないように、元の地下一尺の凹みに落ちこまないようにと念願するばかりである。

三

ことしは雪がずいぶんふった。寒さも例ならずきびしかった。そのうえ火事が多く、炎の天に冲《ちゆう》することもめずらしくなかった。わたしの精励にも係らず、深夜の稽古が毎晩つづけられたわけではない。それでも一月二月とすぎて三月の初めにかかるころには、わたしは次第に自転車になじんで来た。この物質のほうでも、わたしを待つことが以前ほどには他人行儀でなくなった。手ばなしで自在に乗りまわす域には達しないにしろ、うっかり調子をはずしさえしなければ、どうやら一時間ぐらいは走ることができる。

古物のぼろ自転車といえども、これは今やほとんどわたしのものである。というのは、わたしは自転車屋の脂ぎった主人に交渉して、かねての約束どおり十円の月賦でこれを譲りうけることにきめて、三月に入るとともにその第一回の払込をすませた。ただし、自転車屋の口ぶりに依ると、月賦の十円のほかに毎月もう十円ぐらい修繕費として支出しなくてはならないような形勢である。どんなに痛みのひどい自転車であるかということがそれでよく判った。しかし、わたしの地上に於《お》ける唯一の乗物はこの自転車よりほかにないのだから、とてももったいなくて、ぼろぼろなどといい下すことはできない。

この三月上旬のある夜、更けるにつれて風がはげしく、すさまじく吹きすさぶ中に、突然サイレンが鳴りひびいた。町じゅうが一度にぱっと跳ねおきた。ひとは勘がするどくなっている。尋常一様のサイレンではない。わたしが空地に駆け出たときには、もうまわりの家家から出て来たむれがいずれも身支度厳重に、早手まわしに荷物を待避壕の中にはこびこむものもあって、しぜん一ところにかたまり合うようなかたちをなしていた。渦まく風の音を突っ切って、ラヂオの情報が聞える。空地には水道のホースが長く引き出されて、手押ポンプの用意もできた。向うの下町方面の空が赤くなって来た。見るまに、その赤さがいちめんに拡がって、距離がぐっと近くなって、ますます猛《たけ》り狂《くる》う風とともに、手のつけられない火焔《かえん》の狂いようがまのあたりの空に映り出た。火の手は下町ばかりではない。ついこの近所の、七八町とも離れないところに、右にも左にも炎が燃えあがった。今はここにあつまったひとびとの顔がはっきり見えるほど、服装の色が見わけられるまでにきみわるく明るい。火の子があたまのうえに舞い落ちて来た。

わたしは仮寓の裏手に立って、そこに置いてある自転車に倚《よ》って待機していた。バケツには水が張ってある。もち出すほどの家財はない。さいわいこの近くの火事はそう大きくならないように見えた。初期防火がうまく行ったらしく、ごく小部分だけで食いとめられそうな模様だが、それでもまだ油断はできない。ふと気がつくと、いつのまにか自転車屋の少女がそばに来ている。わたしのうしろで、背中にぶつかるようにして、自転車の鞍にもたれながら、だまって遠くの空を見上げている。その顔色には火におびえたようなけしきはないのだが、しかしかすかに肩のふるえているのは何の不安なのだろう。そのとき、わたしはこの少女の左の足がやっぱり尋常でないのだということをはじめてさとった。これはもう自転車の操縦に自在をえたところの、いつもの少女ではない。片足のわるい、あわれな娘である。わたしはおのれの技の未熟なこともわすれて、もしか危難が迫ったおりには、わたしの唯一の所有品である古本の一からげをみな焼いてしまおうとも、この少女ひとりを助けて、わたしのぼろ自転車に舁《か》きのせ、どこまでも走って行こうと、とたんに決心した。

しかし、いいあんばいに、この決心は実現しないですんだ。明方までに、附近一帯の火はみな消えた。この空地をめぐる一劃《いっかく》にはちとの被害もない。向うの下町の空に炎の色が次第にうすれて行くのは、夜が明けはなれたせいばかりではないだろう。火はことごとく鎮まったらしい。防火につとめたひとびとの勝である。わたしはほっとした。

「勝ったわね、おじさん。また自転車のお稽古したげるわよ。」

少女はわたしのそばを離れて、向う側の家のほうに駆けて行った。もうたしかな足どりで、いつもの、自転車を自在に乗りまわす元の少女に立ちかえっている。なんだ、こいつ、ひとの気も知らないでと、そうおもいながら、わたしは手をあげて少女のうしろ姿を祝福した。

「勝ったね。また頼むよ。」

わたしは家の中にもどって、畳のうえにごろりと寝ころんだ。すぐ起きるつもりでいたのが、そのまま眠ってしまって、眼がさめたときには正午に近かった。何となく町のけはいがただごとでない。いやに晴れた空がひとをいらいらさせる。明方に一時ほっとしたきもちはすでにうしなわれて、えたいの知れない不安が身にしみて来る。わたしはじっとしていられなくなって、外に出て、つい自転車に飛び乗って走り出した。しぜん自転車は下町の方角に、一月元日の朝に参詣した八幡宮のほうにむかって行った。

これはわたしの初の遠乗《とおのり》である。こういう日に、こういうぐあいに遠乗に出ようとはおもいがけなかった。わたしは自分がうまく走れるかどうかということを心配するひまもないほど走ることに夢中になって、ズックの古靴をはいた足でやけにペダルを踏んだ。のぞみの長靴はまだ手に入らない。もっとも自転車のうえに長靴までそろったとしたらば、わたしの今生《こんじょう》の願望はみな満ちたりてしまうことになるので、わたしはそれからさきの身の振方に窮《きゅう》するような羽目に突きあたるだろう。長靴は当分手に入らないほうがいっそ気楽かも知れない。

わたしはやがて八幡宮の近くに達した。そこで見たもの、またその途中で見て来たものについて、仔細《しさい》におもい出すすべがない。ありようは、おもい出すべきなにもない。かつての八幡宮はそこに無かった。もはや狂歌の出る幕でもない。

わたしは道を乗りもどして、いそいで家にかえって来た。中にはいろうとしたとき、わたしは服が灰色に見えるほどほこりのいっぱい積もっていることに気づいて、戸口に立ったまま、刷毛《はけ》をとって肩から払った。とたんに、ぱっと舞い立ったほこりの、そのにおいに、わたしは息がつまった。ものの焼けるにおいである。ふっと、わたしの眼のまえに浮《うか》み出たけしきがあった。それはいましがた道のほとりで見て来たけしきではなく、それとは関係なしに、ずっと以前物の本で読んだところの、京の鳥辺野のけしきである。春日が照り、空には雲雀《ひばり》が舞っているのに、野にはもの焼く煙がゆらゆらと立ちのぼって、草になびき陽炎《かげろう》にまぎれて行くその煙のにおいが今しみじみと、わたしの服のうえにあった。わたしはいつか服を払うことをやめて、刷毛を手にぶらさげながら、しばらく茫《ぼう》として、かぎりなくかなしく、そこに立ちすくんだ。

そのとき、わたしは急に藕花先生の連絲館の安否が気になりはじめた。先刻下町のほうへ走って行く途中、ちょうど連絲館の所在地の表側にあたる町筋を通りかかったが、そのへんには何の異状もなかったので、わたしは藕花先生のことを忘れていたほどすっかり安心しきっていた。しかし、おもえば、昨夜近くの一方にあがった火の手はどうも連絲館の方角のようであった。表側はちゃんとしていても、裏側はやられているかも知れない。わたしは家にはいらずに、ついまたあるき出して、今度は自転車には乗らないで、裏の空地から崖の上の径にのぼって近道を二三町行ったとき、はっとして、足をとめた。崖の上から見おろした向うの一劃、連絲館のあった附近はすべて焼跡になっていた。

わたしは焼跡におりて行って、今は無い連絲館のまえ、その門の柱があった跡とおぼしく、わずかに小さい台石だけが残っているまえに立った。もう暮れ方の、にぶい日の色に閉ざされて、段段に低く沈んでいるこのあたり一帯の地は谷の底のようであった。あちこちに二三人ずつ、まだ煙のいぶっている土を鳶口で掘りかえしているのは、はやくも立ち直ろうとする罹災《りさい》のひとびとなのだろう。藕花先生らしいすがたはどこにも見えない。連絲館のうしろにつづく焼跡に、これもなにやら探している嫗《おうな》がひとりいた。嫗はときどきふりむいて、ぼんやり立っているわたしを気にしているらしいようすであったが、やがてこちらに近づいて来て、だまって、問いただすようにわたしの顔を見た。わたしはこういった。

「ここは藕花先生のお宅だとおもいますが……」

「そうでございます。ごらんのとおり、すっかり焼けました。」

「先生は。」

「御無事でございます。御無事にお立ちのきになりました。」

「そうでしたか。それで、お荷物などは……」と、うっかりそういい出して、わたしはすぐその軽薄を慙《は》じなくてはならなかった。媼は押しかえすように、強くこう答えた。

「いいえ、お荷物などお出しになるような方ではございません。このへんはあとで焼けたほうでございますが、お荷物が出せたにしましても、先生はそんなことはなさいません。ただ原稿を風呂敷に包んで、それをおもちになっただけで、向うの高いところにお立ちになって、焼けるのを見ておいでになりました。お宅が焼け落ちてしまうまで、見ておいでになりました。明方まで、最後まで、ずっとそこに立っておいでになりました。」

媼がどういうひとかついに知らないが、はっきりした口のききぶりであった。そう聞いて、わたしは胸のすくようなおもいをしながら、いよいよ自分のことばの軽薄であったことを慙じた。なにもいえなかった。

「明方になって、ちょうどお迎えの方がいらしって、先生はその方のところにお立ちのきになりました。わたくし近所のもので、御懇意にねがっておりましたが、先生は御承知のとおりおひとりでおくらしで、おちついた方でございました。お立ちになるとき、宅にパンがございましたので、あの方パンのお好きな方でございますから、バタもすこしございましたので、それをさしあげましたら、たいへんよろこんで下さいました。またあしたにでも、こちらにお見えになるかも知れません。」

わたしはもう媼のはなしを聴いていなかった。わたしはまのあたりに、原稿の包ひとつをもっただけで、高みに立って、烈風に吹きまくられながら、火の子を浴びながら、明方までしずかに館の焼け落ちるのを見つづけていたところの、一代の詩人の、年老いて崩れないそのすがたを追いもとめ、つかまえようとしていた。弓をひかばまさに強きをひくべし。藕花先生の文学の弓は尋常のものではないのだろう。わたしは最後にこういって媼のまえから引きさがった。

「いろいろありがとうございました。」

その晩、わたしは裏の空地に出て、きょう一日のほこりにまみれた自転車の掃除をして、磨きをかけた。まだ宵のうちなのに、あたりはいつもの晩よりもなおひっそりしている。家家はとくに内を暗くして、堅く閉ざしているけしきで、自転車屋の少女も出て来そうもない。焼けなかったこのあたりの町にも、猛火のほとぼりがまだ残っているようであった。しかし今夜は月の出がはやく、空地は明るく冴えわたって、狂った風は吹いて来ない。陽気もすこしあたたかになった。常ならば、そろそろ花の咲くまでの日数がかぞえ出されるころだろう。わたしはゆっくり自転車を磨きながら、いい気なもので、ひそかに寄自転車恋と題するへたな狂歌を作りかけた。

とても磨きばえのするしろものではないが、自転車はいくらか光って来た。たぶん月の明るいせいだろう。わたしはそれを磨きおえて、すぐ軒下に押しこむ代りに、ちょっと鞍にまたがって空地の真中にすべり出た。そして一息にぐるぐると五六たび、大きく弧を描いて駆けめぐった。朝の深呼吸のあとのように、運動がしなやかで軽い。だいぶいい調子である。しかし、じつをいうと、わたしは今やほとんどわがものとなりかけた自転車について、そうそう夢中でのぼせているわけでもない。もしこのぼろ自転車でも、たってほしいというひとがあるとすれば、無償で進呈してもいい。

薄明——たずねびと

太宰　治

薄明

東京の三鷹の住居を爆弾でこわされたので、妻の里の甲府へ、一家は移住した。甲府の妻の実家には、妻の妹がひとりで住んでいたのである。

昭和二十年の四月上旬であった。聯合機《れんごうき》は甲府の空をたびたび通過するが、しかし、投弾はほとんど一度も無かった。まちの雰囲気も東京ほど戦場化してはいなかった。私たちも久し振りで防空服装を解いて寝る事が出来た。私は三十七になっていた。妻は三十四、長女は五つ、長男はその前年の八月に生れたばかりの二歳である。これまでの私たちの生活も決して楽ではなかったが、とにかく皆、たいした病気も怪我もせずに生きて来た。せっかくいままで苦労を忍んで生きて来たのだから、なおしばらく生きのびて世の成り行きを見たいものだという気持は私にもあった。しかし、それよりも、女房や子供がさきにやられて、自分ひとり後に残されてはかなわんという気持のほうが強かった。それは、思うさえ、やりきれない事である。とにかく妻子を死なせてはならない。そのために万全の措置を講じなければならぬ。しかし、私には金が無かった。たまに少しまとまったお金がはいる事があっても、私はすぐにそのお金でもってお酒を飲んでしまうのである。私には飲酒癖という非常な欠点があったのである。その頃のお酒はなかなか高価なものであったが、しかし、私は友人の訪問などを受けると、やっぱり昔のように一緒にそわそわ外出して多量のお酒を飲まずには居られなかった。これでは、万全の措置も何もあったものでない。多くの人々がその家族を遠い田舎に、いち早く疎開させているのを、うらやましく思いながら、私は金が無いのと、もう一つは気不精から、いつまでも東京の三鷹で愚図々々しているうちに、とうとう爆弾の見舞いを受け、さすがにもう東京にいるのがイヤになって、一家は妻の里へ移転した。そうして、全く百日振りくらいで防空服装を解いて寝て、まあこれで、ここ暫《しばら》くは寒い夜中に子供たちを起して防空壕に飛び込むような事はしなくてすむと思うと、これからさきに於《お》いてまだまだ様々の困難があるだろう事は予想せられてはいても、とにかくちょっと安堵《あんど》の溜息をもらしたという形であったのである。

しかし、私たちは既に「自分の家」を喪失している家族である。何かと勝手の違う事が多かった。自分もいままで人並に、生活の苦労はして来たつもりであるが、小さい子供ふたりを連れて、いかに妻の里という身近かな親戚とは言え、ひとの家に寄宿するという事になればまた、これまで経験した事の無かったような、いろいろの特殊な苦労も味《あじわ》った。

甲府の妻の里では、父も母も亡くなり、姉たちは嫁ぎ、一ばん下の子は男で、それが戸主になっているのだが、その二、三年前に大学を出てすぐ海軍へ行き、いま甲府の家に残っている者は、その男の子のすぐ上の姉で、私の妻のすぐの妹という具合いになっている二十六だか七だかの娘がひとり住んでいるきりであった。その娘が、海軍に行っている男の子と手紙で甲府の家の事に就いてしょっちゅうこまごまと相談し合っている様子であった。私はその二人の義兄という事になっているわけだが、しかし、義兄なんてものは、その家に就いて何の実権のあるわけはない。実権どころか、私は結婚以来、ここの家族一同には、いろいろと厄介をかけている。つまり、たのみにならぬ男なのだから、義妹や義弟たちから、その家の事に就いて何の相談にもあずからぬのは、実に当然の事であって、また私にしても、そんな甲府の家の財産やら何やらには、さっぱり興味も持てないので、そこはお互いにいい按配《あんばい》の事であった。しかし、二十六だったか七だったか、八か、あらたまって尋ねて聞いた事も無いので、はっきりした事は覚えていないが、とにかくまあ、その娘ひとりであずかっている家に、三十七の義兄と三十四の姉が子供を二人も連れてどやどやと乗り込んで、そうしてその娘と遠方の若い海軍とをいい加減にだまして、いつのまにやらその家の財産にも云々《うんぬん》、などと、まさかそれほど邪推するひとも有るまいが、何にしても、こっちは年上なのだから、無意識の裡《うち》にも、彼等のプライドを、もしや蹂躪《じゅうりん》するという事になってやしないだろうか、とその頃の実感で言えば、まるで、柔《やわらか》い苔《こけ》の一ぱい生えている庭を、その庭の苔を踏むまいとして、飛び石伝いに、ひょいひょいとずいぶん気をつけて歩いているような姿であった。もっと、としをとって、世間の苦労も大いに積んで来た男がひとりこの家にいたら、私たちも、もう少し気楽なのではあるまいか、とさえ思われた。ネガチヴの気遣いも、骨の折れるものである。私は、その家の裏庭に面した六畳間を私の仕事部屋兼寝室として借り、それからもう一間、仏壇のある六畳間を妻子の寝室という事にしてもらって、普通の間代《まだい》を定め、食費その他の事に就いても妻の里のほうで損をしないように充分に気をつけ、また、私に来客のある時には、その家の客間を使わずに、私の仕事部屋のほうにとおすという事にしていたのであるが、しかし、私は酒飲みであり、また東京から遊びに来るお客もちょいちょいあるし、里の権利を大いに重んずるつもりでいながら、つい申しわけのない結果になりがちの事が多かった。義妹も、かえって私たちには遠慮をして、ずいぶん子供たちの世話もしてくれて、いちども、いやな正面衝突など無かったが、しかし、私たちには「家を喪《うしな》った」者のヒガミもあるのか、やっぱり何か、薄氷を踏んで歩いているような気遣いがあった。結局、里のほうにしても、また私たちにしても、どうもこの疎開という事は、双方で痩せるくらいに気骨の折れるものだという事に帰着するようである。しかし、それでも私たちの場合は、疎開人として最も具合いのよかったほうらしいのだから、他の疎開人の身の上は推して知るべきである。

「疎開は、するな。家がまる焼けになる迄《まで》は、東京にねばっているほうがよい。」

と私はその頃、東京で家族全部と共に残留している或る親しい友人に書き送ってやった事もあった。

甲府へ来たのは、四月の、まだ薄ら寒い頃で、桜も東京よりかなりおくれ、やっとちらほら咲きはじめたばかりであったが、それから、五月、六月、そろそろ盆地特有のあの炎熱がやって来て、石榴《ざくろ》の濃緑の葉が油光りして、そうしてその真紅の花が烈日を受けてかっと咲き、葡萄棚《ぶどうだな》の青い小粒の実も、日ましにふくらみ、少しずつ重たげな長い総《ふさ》を形成しかけていた時に、にわかに甲府市中が騒然となった。攻撃が、中小都市に向けられ、甲府も、もうすぐ焼き払われる事にきまった、という噂が全市に満ちた。市民はすべて浮足立ち、家財道具を車に積んで家族を引き連れ山の奥へ逃げて行き、その足音やら車の音が深夜でも絶える事なく耳についた。それはもう甲府も、いつかはやられるだろうと覚悟していたが、しかし、久し振りで防空服装を解いて寝て、わずかに安堵するかせぬうちに、またもや身ごしらえして車を引き、妻子を連れて山の中の知らない家の厄介になりに再疎開して行くのは、何とも、どうも、大儀であった。

頑張って見ようじゃないか。焼夷弾を落しはじめたら、女房は小さい子を脊負《せお》い、そうして上の女の子はもう五つだし、ひとりでどんどん歩けるのだから、女房はこれの手をひいて三人は、とにかく町はずれの田圃《たんぼ》へ逃げる。あとは私と義妹が居残って、出来る限り火勢と戦い、この家を守ろうじゃないか。焼けたら、焼けたで、皆して力を合せ、焼跡に小屋でも建てて頑張って見ようじゃないか。

私からそれを言い出したのであったが、とにかく一家はそのつもりになって、穴を掘って食料を埋めたり、また鍋釜茶碗の類を一揃《ひとそろい》、それから傘や履物や化粧品や鏡や、針や糸や、とにかく家が丸焼けになっても浅間しい真似をせずともすむように、最少限度の必需品を土の中に埋めて置く事にした。

「これも埋めて下さい。」

と五つの女の子が、自分の赤い下駄を持って来た。

「ああ、よし、よし。」と言って、それを受取って穴の片隅にねじ込みながら、ふと誰かを埋葬しているような気がした。

「やっと、私たちの一家も、気がそろって来たわねえ。」

と義妹は言った。

それは、義妹にとって、謂《い》わば滅亡前夜の、あの不思議な幽《かす》かな幸福感であったかも知れない。それから四、五日も経たぬうちに、家が全焼した。私の予感よりも一箇月早く襲来した。

その十日ほど前から、子供が二人そろって眼を悪くして医者にかよっていた。流行性結膜炎である。下の男の子はそれほどでも無かったが、上の女の子は日ましにひどくなるばかりで、その襲来の二、三日前から完全な失明状態にはいった。眼蓋《まぶた》が腫れて顔つきが変ってしまい、そうしてその眼蓋を手で無理にこじあけて中の眼球を調べて見ると、ほとんど死魚の眼のように糜爛《びらん》していた。これはひょっとしたら、単純な結膜炎では無く、悪質の黴菌《ばいきん》にでも犯されて、もはや手おくれになってしまっているのではあるまいかとさえ思われ、別の医者にも診察してもらったが、やはり結膜炎という事で、全快までには相当永くかかるが、絶望では無いと言う。しかし、医者の見そこないは、よくある事だ。いや、見そこないのほうが多い。私は医者の言う事はあまり信用しない性質である。

早く眼が見えるようになるといい。私は酒を飲んでも酔えなかった。外で飲んで、家へ帰る途中で吐いた事もある。そうして、路傍で、冗談でなく合掌した。家へ帰ったら、あの子の眼が、あいていますようにと祈った。家へ帰ると子供の無心の歌声が聞える。ああ、よかった、眼があいたかと部屋に飛び込んでみると、子供は薄暗い部屋のまんなかにしょんぼり立っていて、うつむいて歌を歌っている。

とても見て居られなかった。私はそのまま、また外へ出る。何もかも私ひとりの責任のような気がしてならない。私が貧乏の酒くらいだから、子供もめくらになったのだ。これまで、ちゃんとした良市民の生活をしていたなら、こんな不幸も起らずにすんだのかも知れない。親の因果が子に報い、というやつだ。罰だ。もし、この子がこれっきり一生、眼があかなかったならば、もう自分は文学も名誉も何も要《い》らない、みんな捨ててしまって、この子の傍にばかりついていてやろう、とも思った。

「坊やのアンヨはどこだ？　オテテはどこだ？」

などと機嫌のいい時には、手さぐりで下の男の子と遊んでいる様を見て、もし、こんな状態のままで来襲があったら、と思うと、また慄然《りつぜん》とした。妻は下の男の子を脊負い、私がこの子を脊負って逃げるより他しかたが無いだろうが、しかし、そうすると、義妹ひとりで、この家を守るなどは、とても出来る事でない。義妹もやはり逃げなければならぬだろう。この家は、焼けるままに放棄するという事になる。さらにまた聯合機の攻撃はこれまでの東京の例で見ても、まず甲府全市にわたるものと覚悟しなければならぬ。この子のかよっている医院も、きっと焼けるに違いない。また他の病院も、とにかく甲府には、医者が無くなる。そうすると、この子は失明のままで、どうなるのだろう。万事、休す。

「なんでもいい。とにかく、もう一月《ひとつき》は待ってくれてもよさそうに思うがねえ。」

と私は夕食の時、笑いながら家の者に言ったその夜、空襲警報と同時に、れいの爆音が大きく聞えて、たちまち四辺が明るくなった。焼夷弾攻撃がはじまったのだ。ガチャンガチャンと妹が縁先の小さい池に食器類を投入する音が聞えた。

まさに、最悪の時期に襲来したのである。私は失明の子供を脊負った。妻は下の男の子を脊負い、共に敷蒲団一枚ずつかかえて走った。途中二、三度、路傍のどぶに退避し、十丁ほど行ってやっと田圃に出た。麦を刈り取ったばかりの畑に蒲団をひいて、腰をおろし、一息ついていたら、ざっと頭の真上から火の雨が降って来た。

「蒲団をかぶれ！」

私は妻に言って、自分も子供を脊負ったまま蒲団をかぶって畑に伏した。直撃弾を受けたら痛いだろうなと思った。

直撃弾は、あたらなかった。蒲団をはねのけて上半身を起してみると、自分の身のまわりは火の海である。

「おい、起きて消せ、消せ！」と私は妻ばかりでなく、その附近に伏している人たち皆に聞えるようにことさらに大声で叫び、かぶっていた蒲団で、周囲の火焔《かえん》を片端からおさえて行った。火は面白いほど、よく消える。脊中の子供は、目が見えなくても、何かただならぬ気配を感じているのか、泣きもせず黙って父の肩にしがみついている。

「怪我は無かったか。」

だいたい火焔を鎮めてから私は妻の方に歩み寄って尋ねた。

「ええ、」と静かに答えて、「これぐらいの事ですむのでしたらいいけど。」

妻には、焼夷弾よりも爆弾のほうが、苦手らしかった。

畑の他の場所へ移って、一休みしていると、またも頭の真上から火の雨。へんな言い方だが、生きている人間には何か神性の一かけらでもあるのか、私たちばかりではなく、その畑に逃げて来ている人たち全部、誰もやけどをしなかった。おのおのが、その身辺の地上で焔《も》えているベトベトした油のかたまりのようなものに蒲団やら、土やらをかぶせて退治して、また一休み。

妹は、あすの私たちの食料を心配して、甲府市から一里半もある山の奥の遠縁の家へ、出発した。私たち親子四人は、一枚の敷蒲団を地べたに敷き、もう一枚の掛蒲団は皆でかぶって、まあここに踏みとどまっている事にした。さすがに私は疲れた。子供を脊負ってこの上またあちこち逃げまわるのは、いやになっていた。子供たちはもう蒲団の上におろされて、安眠している。親たちは、ただぼんやり、甲府市の炎上を眺めている。飛行機の、あの爆音も、もうあまり聞えなくなった。

「そろそろ、おしまいでしょうね。」

「そうだろう。いや、もうたくさんだ。」

「うちも焼けたでしょうね。」

「さあ、どうだかな？　残っているといいがねえ。」

所詮《しょせん》だめとは思っていても、しかしまた、ひょっとして、奇蹟的に家が残っていたらまあどんなに嬉しかろうとも思うのだ。

「だめだろうよ。」

「そうでしょうね。」

しかし、心では一縷《いちる》の望みを捨て切れなかった。

すぐ、眼の前の一軒の農家がめらめら燃えている。燃えはじめてから燃え尽きるまで、実に永い時間がかかるものだ。屋根や柱と共にその家の歴史も共に炎上しているのだ。

しらじらと夜が明けて来る。

私たちは、まちはずれの焼け残った国民学校に子供を脊負って行き、その二階の教室に休ませてもらった。子供たちも、そろそろ眼をさます。眼をさますとは言っても、上の女の子の眼は、ふさがったままだ。手さぐりで教壇に這《は》い上《あが》ったりなんかしている。自分の身の上の変化には、いっさい留意していない様子だ。

私は妻と子を教室に置いて、私たちの家がどうなっているかを見とどけに出かけた。道の両側の家がまだ燃えているので、熱いやら、けむいやら、道を歩くのがひどく苦痛であったが、さまざまに道をかえて、たいへんな廻り道をしてどうやら家の町内に近寄る事が出来た。残っていたら、どんなにうれしいだろう。いや、しかし、絶対にそんな事は無いんだ。希望を抱いてはいけない、と自分の心に言いつけても、それでも、もしかすると、と万一を願う気持が頭をもたげてどう仕様も無かった。家の黒い板塀が見えた。や、残っている。

しかし、板塀だけであった。中の屋敷は全滅している。焼跡に義妹が、顔を真黒にして立っている。

「兄さん、子供たちは?」

「無事だ。」

「どこにいるの?」

「学校だ。」

「おにぎりあるわよ。ただもう夢中で歩いて、食料をもらって来たわ。」

「ありがとう。」

「元気を出しましょうよ。あのね、ほら、土の中に埋めて置いたものね、あれは、たいてい大丈夫らしいわ。あれだけ残ったら、もう当分は、不自由しないですむわよ。」

「もっと、埋めて置けばよかったね。」

「いいわよ。あれだけあったら、これからどこへお世話になるにしたって大威張りだわ。上成績よ。私はこれから食料を持って学校へ行って来ますから、兄さんはここで休んでいらっしゃい。はい、これはおむすび。たくさん召し上れ。」

女の二十七、八は、男の四十いやそれ以上に老成している一面を持っている。なかなか、たのもしく落ちついていた。三十七になっても、さっぱりだめな義兄は、それから板塀の一部を剝《は》いで、裏の畑の上に敷き、その上にどっかとあぐらを掻《か》いて坐《すわ》り、義妹の置いて行ったおにぎりを頰張った。まったく無能無策である。しかし私は、馬鹿というのか、のんきというのか、自分たちの家族のこれからの身の振り方に就いては殆《ほとん》ど何も考えぬのである。ただ一つ気になるのは、上の女の子の眼病に就いてだけであった。これからいったい、どんな手当をすればいいのか。

やがて妻が下の子を脊負い、義妹が上の女の子の手をひいて焼跡にやって来た。

「歩いて来たのか？」

と私はうつむいている女の子に尋ねた。

「うん、」と首肯《うなず》く。

「そうか、偉いね。よくここまで、あんよが出来たね。お家は、焼けちゃったよ。」

「うん、」と首肯く。

「医者も焼けちゃったろうし、こいつの眼には困ったものだね。」

と私は妻に向って言った。

「けさ洗ってもらいましたけど。」

「どこで？」

「学校にお医者が出張してまいりましたから。」

「そいつあ、よかった。」

「いいえ、でも、看護婦さんがほんの申しわけみたいに、――」

「そうか。」

その日は、甲府市の郊外にある義妹の学友というひとのお家で休ませてもらう事にした。焼跡の穴から掘り出した食料やお鍋などを、みんなでそのお家に運んだ。私は笑いながら、ズボンのポケットから懐中時計を出して、

「これが残った。机の上にあったから、家を出る時にポケットにねじ込んで走ったのだ。」

それは、海軍の義弟の時計であったが、私が前から借りて私の机の上に置いていたものなのだ。

「よかったわね。」と義妹も笑い、「兄さんにしちゃ大手柄じゃないの。おかげで、うちの財産が一つ殖《ふ》えたわ。」

「そうだろう？」と私は少し得意みたいな気持になり、「時計が無いとね、何かと不便なものだからね。ほら、お時計だよ、」と言って、上の女の子の手にその懐中時計を握らせ、「耳にあててごらん、カチカチ言ってるだろう？　このとおり、めくらの子のおもちゃにもなる。」

子供は時計を耳に押しあて、首をかしげてじっとしていたが、やがて、ぽろりと落した。カチャンと澄んだ音がして、ガラスがこまかくこわれた。もはや修繕の仕様も無い。時計

のガラスなんか、どこにも売ってやしない。

「なんだ、もう駄目か。」

私は、がっかりした。

「ばかねえ。」と義妹は低くひとりごとのように言い、けれども、その唯一といっていいくらいの財産が一瞬にして失われた事を、さして気にも留めていない様子だったので、私は少しほっとした。

そのお家の庭の隅で炊事をして、その夕方、六畳間でみんな早寝という事になり、けれども妻も義妹もひどく疲れていながらなかなか眠れぬ様子で、何かと身の振方などに就いて小声で相談している。

「なに、心配する事はないよ。みんなで、おれの生れ故郷へ行くさ。何とかなるよ。」

妻も妹も沈黙した。私のどんな意見も、この二人には、前からあまり信用されていないのである。二人は、めいめい他の事を考えているらしく、何とも答えない。

「やっぱりどうも、おれは信用が無いようだな。」と私は苦笑して、「けれども、たのむから、こんどだけは、おれの言うとおりにしてくれ。」

妹は暗闇の中で、クスクス笑った。そんなにおっしゃってもと、いうような気持らしい。そうして、すぐまた他の事に就いて妻とひそひそ相談をはじめる。

「それじゃまあ勝手にするさ。」と私も笑いながら言い、「どうも、おれは信用が無いので困る。」

「そりゃそうよ。」と妻は突然、あらたまったような口調で言い、「父さんは、いつでも本気なのか冗談なのかわからないような非常識な事ばかりおっしゃるんだもの。信用の無いのは当り前よ。こんなになっても、きっとお酒の事ばかり考えていらっしゃるんだから。」

「まさか、それほどでもなかろう。」

「でも、今晩だって、お酒があったら、お飲みになるでしょう。」

「そりゃ、飲む、かも知れない。」

とにかく、このお家にもこれ以上ご厄介をかけてはいけない、明日、また他の家を捜そうという事に二人の相談はまとまった様子で、翌《あく》る日、れいの穴から掘り出した品々を大八車に積んで、妹のべつの知人のところへ行った。そこのお家は、かなり広く、五十歳くらいの御主人は、なかなかの人格者のように見受けられた。私たちは奥の十畳間を貸していただく事が出来た。病院も、見つけた。

県立病院が焼けて、それが郊外の或る焼け残った建築物に移転して来たという事を、そのお家の奥さんから聞いたので、私と妻は子供をひとりずつ脊負ってすぐに出かけた。桑畑のあいだを通って近道をすると、十分間くらいで行ける山の裾にその間に合せの県立病院があった。

眼科のお医者は女医であった。

「この女の子のほうは、てんで眼があかないので困ります。田舎のほうに転出しようかとも考えているのですが、永い汽車旅行のあいだに悪化してしまうといけませんし、とにかくこの子の眼がよくならなければ私たちはどこへも行けない状態で、ほんとに困ってしまって。」などと私は汗を拭《ふ》きながら、しきりに病状を訴え、女医の手当のわずかでも懇切ならん事を策した。

女医は気軽に、

「なに、すぐ眼があくでしょう。」

「そうでしょうか。」

「眼球は何ともなっていませんからね、まあ、もう四、五日も通ったら、旅行も出来るようになるでしょう。」

「注射のようなものは、」と妻は横合から口を出して、「ございませんでしょうか。」

「あるには、ありますけど。」

「ぜひ、どうか、お願い致します。」と妻は慇懃《いんぎん》にお辞儀をした。

注射がきいたのか、どうか、或いは自然に治る時機になっていたのか、その病院にかよって二日目の午後に眼があいた。

私はただやたらに、よかった、よかったを連発し、そうして早速、家の焼跡を見せにつれて行った。

「ね、お家が焼けちゃったろう?」

「ああ、焼けたね。」と子供は微笑している。

「兎さんも、お靴も、小田桐さんのところも、茅野さんのところも、みんな焼けちゃったんだよ。」
「ああ、みんな焼けちゃったね。」と言って、やはり微笑している。

たずねびと

この「東北文学」という雑誌の貴重な紙面の端をわずか拝借して申し上げます。どうして特にこの「東北文学」という雑誌の紙面をお借りするかというと、それには次のような理由があるのです。

この「東北文学」という雑誌は、ご承知の如《ごと》く、仙台の河北新報社から発行せられて、それは勿論《もちろん》、関東関西四国九州の店頭にも姿をあらわしているに違いありませぬが、しかし、この雑誌のおもな読者はやはり東北地方、しかも仙台附近に最も多いのではないかと推量されます。

私はそれを頼みの綱として、この「東北文学」という文学雑誌の片隅を借り、申し上げたい事があるのです。

実は、お逢いしたいひとがあるのです。お名前も、御住所もわからないのですが、たしかに仙台市か、その附近のおかたでは無かろうかと思っています。女のひとです。

仙台市から発行せられている「東北文学」という雑誌の片隅に、私がこのまずしい手記を載せてもらおうと思い立ったのも、そのひとが仙台市か或いはその近くの土地に住んでいるように思われて、ひょっとしたら、私のこの手記がそのひとの眼にふれる事がありはせぬか、またはそのひとの眼にふれずとも、そのひとの知合いのお方が読んで、そのひとに告げるとか、そのような万に一つの僥倖《ぎょうこう》が、……いやいや、それは無理だ、そんな事は有りっこ無いよ、いやいや、その無理は充分にわかっていますが、しかし、私としてはそんな有りっこ無い事をも、あてにして書かずに居られない気持なのです。

「お嬢さん。あの時は、たすかりました。あの時の乞食は私です。」

その言葉が、あの女のひとの耳にまでとどかざる事、あたかも、一勇士を葬《とむ》らわんとて飛行機に乗り、その勇士の眠れる戦場の上空より一束の花を投じても、決してその勇士の骨の埋められたる個所には落下せず、あらぬかなたの森に住む鷲《わし》の巣にばさと落ちて雛《ひな》をいたずらに驚愕《きょうがく》せしめ、或いはむなしく海波の間に浮び漂うが如き結末になると等しく、これは畢竟《ひっきょう》、とどくも届かざるも問題でなく、その言葉もしくは花束を投じた当人の気がすめば、それでよろしいという甚《はなは》だ身勝手なたくらみにすぎないようにも思われますが、それでもやはり私は言いたいのです。

「お嬢さん。あの時は、たすかりました。あの時の乞食は、私です。」と。

昭和二十年、七月の末に、私たち家族四人は上野から汽車に乗りました。私たちは東京で罹災《りさい》してそれから甲府へ避難して、その甲府でまた丸焼けになって、それでも戦争はまだまだ続くというし、どうせ死ぬのならば、故郷で死んだほうがめんどうが無くてよいと思い、私は妻と五歳の女の子と二歳の男の子を連れて甲府を出発し、その日のうちに上野から青森に向う急行列車に乗り込むつもりであったのですが、空襲警報なんかが出て、上野駅に充満していた数千の旅客たちが殺気立ち、幼い子供を連れている私たちは、はねとばされ蹴たおされるような、ひどいめに逢い、とてもその急行列車には乗り込めず、とうとうその日は、上野駅の改札口の傍で、ごろ寝という事になりました。その夜は、凄い月夜でした。夜ふけてから私はひとりで外へ出て見ました。このあたりも、まず、あらかた焼かれていました。私は上野公園の石段を登り、南洲の銅像のところから浅草のほうを眺めました。湖水の底の水草のむらがりを見る思いでした。これが東京の見おさめだ、十五年前に本郷の学校へはいって以来、ずっと私を育ててくれた東京というまちの見おさめなのだ、と思ったら、さすがに平静な気持では居られませんでした。翌朝とにかく上野駅から一番早く出る汽車、それはどこへ行く汽車だってかまわない、北のほうへ五里でも六里でも行く汽車があったら、それに乗ろうという事になって、上野駅発一番列車、夜明けの五時十分発の白河行きに乗り込みました。白河には、すぐ着きました。私たちはそこで降されて、こんどはまた白河から五里でも六里でも北へ行く汽車をつかまえて、それに乗り込む事にしました。午後一時半に、小牛田《こごた》行きの汽車が白河駅にはいりましたので、親子四人、その列車の窓から這《は》い込みました。前の汽車と違って、こんどの汽車は、ものすごく混雑していました。それにひどい暑さで、妻のはだけた胸に抱き込まれている二歳の男の子は、ひいひい泣き通しでした。この下の子は、母体の栄養不良のために生れた時から弱く小さく、また母乳不足のためにその後の発育も思わしくなくて、ただもう生きて動いているだけという感じで、また上の五歳の女の子は、からだは割合丈夫でしたが、甲府で罹災する少し前から結膜炎を患い、空襲当時はまったく眼が見えなくなって、私はそれを背負って焔《ほのお》の雨の下を逃げまわり、焼け残った病院を捜して手当を受け、三週間ほど甲府でまごまごして、やっとこの子の眼があいたので、私たちもこの子を連れて甲府を出発する事が出来たというわけなのでした。それでも、やはり夕方になると、この子の眼がふさがってしまって、そうして朝になっても眼がひらかず、私は医者からもらって来た硼酸水《ほうさんすい》でその眼を洗ってやって、それから眼薬をさして、それからしばらく経たなければ眼があかないという有様でした。その朝、上野駅で汽車に乗る時にも、この子の眼がなかなか開かなかったので、私が指で無理にあけたら、血がたらたら出ました。

つまり私たちの一行は、汚いシャツに色のさめた紺の木綿のズボン、それにゲエトルをだらしなく巻きつけ、地下足袋、蓬髪《ほうはつ》無帽という姿の父親と、それから、髪は乱れて顔のあちこちに煤《すす》がついて、粗末極まるモンペをはいて胸をはだけている母親と、それから眼病の女の子と、それから痩せこけて泣き叫ぶ男の子という、まさしく乞食の家族に違いなかったわけです。

下の男の子が、いつまでも、ひいひい泣きつづけ、その口に妻が乳房を押しつけても、ちっとも乳が出ないのを知っているので顔をそむけ、のけぞっていよいよ烈《はげ》しく泣きわめきます。近くに立っていたやはり子持ちの女のひとが見かねたらしく、

「お乳が出ないのですか？」

と妻に話掛けて来ました。

「ちょっと、あたしに抱かせて下さい。あたしはまた、乳がありあまって。」

妻は泣き叫ぶ子を、そのおかみさんに手渡しました。そのおかみさんの乳房からは乳がよく出ると見えて、子供はすぐに泣きやみました。

「まあ、おとなしいお子さんですね。吸いかたがお上品で。」

「いいえ、弱いのですよ。」

と妻が言いますと、そのおかみさんも、淋しそうな顔をして、少し笑い、

「うちの子供などは、そりゃもう吸い方が乱暴で、ぐいぐいと、痛いようなんですけれども、この坊ちゃんは、まあ、遠慮しているのかしら。」

弱い子は、母親でないひとの乳房をふくんで眠りました。

汽車が郡山駅に着きました。駅は、たったいま爆撃せられたらしく、火薬の匂いみたいなものさえ感ぜられたくらいで、倒壊した駅の建物から黄色い砂ほこりが濛々《もうもう》と舞い立っていました。

ちょうど、東北地方がさかんに空襲を受けていた頃で、仙台は既に大半焼かれ、また私たちが上野駅のコンクリートの上にごろ寝をしていた夜には、青森市に対して焼夷弾攻撃が行われたようで、汽車が北方に進行するにつれて、そこもやられた、ここもやられたという噂が耳にはいり、殊《こと》に青森地方は、ひどい被害のようで、青森県の交通全部がとまっ

ているなどという誇大なことを真面目くさって言うひともあり、いつになったら津軽の果《はて》の故郷へたどり着く事が出来るやら、まったく暗澹《あんたん》たる気持でした。

福島を過ぎた頃から、客車は少しすいて来て、私たちも、やっと座席に腰かけられるようになりました。ほっと一息ついたら、こんどは、食料の不安が持ちあがりました。おにぎりは三日分くらい用意して来たのですが、ひどい暑気のために、ごはん粒が納豆のように糸をひいて、口に入れて噛んでもにちゃにちゃして、とても嚥《の》み込む事が出来ない有様になって来ました。下の男の子には、粉ミルクをといてやっていたのですが、ミルクをとくにはお湯でないと具合がわるいので、それはどこか駅に途中下車した時、駅長にでもわけを話してお湯をもらって乳をこしらえるという事にして、汽車の中では、やわらかい蒸しパンを少しずつ与えるようにしていたのです。ところがその蒸しパンも、その外皮が既にぬらぬらして来て、みんな捨てなければならなくなっていました。あと、食べるものといっては、炒《い》った豆があるだけでした。少し持っているお米は、これはいずれどこかで途中下車になった時、宿屋でごはんとかえてもらうのに役立つかも知れませんが、さしあたって、きょうこれからの食べるものに窮《きゅう》してしまいました。

父と母は、炒り豆をかじり水を飲んでも、一日や二日は我慢できるでしょうが、五つの娘と二つの息子は、めもあてられぬ有様になるにきまっています。下の男の子は先刻のもらい乳のおかげで、うとうと眠っていますが、上の女の子は、もはや炒り豆にもあきて、よそのひとがお弁当を食べているさまをじっと睨《にら》んだりして、そろそろ浅間しくなりかけているのです。

ああ、人間は、ものを食べなければ生きて居られないとは、何という不体裁な事でしょう。「おい、戦争がもっと苛烈になって来て、にぎりめし一つを奪い合いしなければ生きてゆけないようになったら、おれはもう、生きるのをやめるよ。にぎりめし争奪戦参加の権利は放棄するつもりだからね。気の毒だが、お前もその時には子供と一緒に死ぬる覚悟をきめるんだね。それがもう、いまでは、おれの唯一の、せめてものプライドなんだから。」とかねて妻に向って宣言していたのですが、「その時」がいま来たように思われました。

窓外の風景をただぼんやり眺めているだけで、私には別になんのいい智慧《ちえ》も思い浮びません。或る小さい駅から、桃とトマトの一ぱいはいっている籠《かご》をさげて乗り込んで来たおかみさんがありました。

たちまち、そのおかみさんは乗客たちに包囲され、何かひそひそ囁《ささ》やかれています。「だめだよ。」とおかみさんは強気のひとらしく、甲高《かんだか》い声で拒否し、「売り物じゃないんだ。とおしてくれよ、歩かれないじゃないか！」人波をかきわけて、まっすぐに私のところへ来て私のとなりに坐《すわ》り込みました。この時の、私の気持は、妙なものでした。私は自分を、女の心理に非常に通暁《つうぎよう》している一種の色魔なのではないかしらと錯覚し、いやらしい思いをしました。ボロ服の乞食姿で、子供を二人も連れている色魔もないものですが、しかし、幽《かす》かに私には心理の駈引きがあったのです。他の乗客が、その果物籠をめがけて集り大騒ぎをしているあいだも、私はそれには全く興味がなさそうに、窓の外の景色をぼんやり眺めていたのです。内心は、私こそ誰よりも最も、その籠の内容物に関心を持っていたに違いないのですが、けれども私は、我慢してその方向には一瞥《いちべつ》もくれなかったのでした。それが成功したのかも知れない、と思うと、なんだか自分が、案外に女たらしの才能のある男のような感じがして、うしろぐらい気が致しました。

「どこまで?」

おかみさんは、せかせかした口調で、前の席に坐っている妻に話掛けます。

「青森のもっと向うです。」

と妻はぶあいそに答えます。

「それは、たいへんだね。やっぱり罹災したのですか。」

「はあ。」

妻は、いったいに、無口な女です。

「どこで?」

「甲府で。」

「子供を連れているんでは、やっかいだ。あがりませんか?」

桃とトマトを十ばかり、すばやく妻の膝の上に乗せてやって、

「隠して下さい。他の野郎たちが、うるさいから。」

果して、大型の紙幣を片手に握ってそれとなく見せびらかし、「いくつでもいいよ、売

ってくれ」と小声で言って迫る男があらわれました。

「うるさいよ。」

おかみさんは顔をしかめ、

「売り物じゃないんだよ。」

と叫んで追い払います。

それから、妻は、まずい事を仕出かしました。突然お金を、そのおかみさんに握らせようとしたのです。たちまち、
ま！

いや！

いいえ！

さ！

どう！

などと、殆《ほと》んど言葉にも何もなっていない小さい叫びが二人の口から交互に火花の如くぱっぱっと飛び出て、そのあいだ、眼にもとまらぬ早さでお金がそっちへ行ったりこっちへ来たりしていました。

じんどう！

たしかに、おかみさんの口から、そんな言葉も飛び出しました。

「そりゃ、失礼だよ。」

と私は低い声で言って妻をたしなめました。

こうして書くと長たらしくなりますが、妻がお金を出して、それから火花がぱっぱっと散って、それから私が仲裁にはいって、妻がしぶしぶまた金をひっこめるまで五秒とかからなかったでしょう。実に電光の如く、一瞬のあいだの出来事でした。

私の観察に依れば、そのおかみさんが「売り物でない」と言ってはいるけれども、しかし、それは汽車の中では売りたくないというだけの事で、やはり商売人に違いないのでした。自分の家に持ち運んで、それを誰か特定の人にゆずるのかどうか、そこまではわかりませんが、とにかく「売り物」には違いないようでした。しかし、既に人道というけなげな言葉が発せられている以上、私たちはそのおかみさんを商売人として扱うわけにはゆかなくなりました。

人道。

もちろん、おかみさんのその心意気を、ありがたく、うれしく思わぬわけではないのですが、しかしまた、胸底に於《お》いていささか閉口の気もありました。

人道。

私は、お礼の言葉に窮しました。思案のあげく、私のいま持っているもので一ばん大事なものを、このおかみさんに差上げる事にしました。私にはまだ煙草が二十本ほどありました。そのうちの十本を、私はおかみさんに差し出しました。

おかみさんは、お金の時ほど強く拒絶しませんでした。私は、やっと、ほっとしました。

そのおかみさんは仙台の少し手前の小さい駅で下車しましたが、おかみさんがいなくなってから、私は妻に向って苦笑し、

「人道には、おどろいたな。」

と恩人をひやかすような事を低く言いました。乞食の負け惜しみというのでしょうか、虚栄というのでしょうか。アメリカの烏賊《いか》の缶詰の味を、ひそひそ批評しているのと相似たる心理でした。まことに、どうも、度し難いものです。

私たちの計画は、とにかくこの汽車で終点の小牛田まで行き、東北本線では青森市のずっと手前で下車を命ぜられるという噂も聞いているし、また本線の混雑はよほどのものだろうと思われ、とても親子四人がその中へ割り込める自信は無かったし、方向をかえて、小牛田から日本海のほうに抜け、つまり小牛田から陸羽線に乗りかえて山形県の新庄に出て、それから奥羽線に乗りかえて北上し、秋田を過ぎ東能代駅で下車し、そこから五能線に乗りかえ、謂《い》わば、青森県の裏口からはいって行って五所川原駅で降りて、それからいよいよ津軽鉄道に乗りかえて生れ故郷の金木という町にたどり着くという段取りであったのですが、思えば前途雲煙のかなたにあり、うまくいっても三昼夜はたっぷりかかる旅程なのです。トマトと桃の恵投《けいとう》にあずかり、これで上の子のきょう一日の食料が出来たとはいうものの、下の子がいまに眼をさまして、乳を求めて泣き叫びはじめたら、どうしたらいいでしょうか。小牛田までは、まだ四時間以上もあるでしょう。また、小牛田に着いても、それは夜の十時ちかくの筈《はず》ですから、ミルクを作ったり、おかゆを煮てもらったりす

る便宜が得られないに違いない。仙台が焼けてさえいなかったら、仙台には二、三の知人もいるし、途中下車して、何とか頼んで見る事も出来るでしょうが、ご存じの如く、仙台市は既に大半焼けてしまっているようでしたから、それもかなわず、ええ、もう、この下の子は、餓死にきまった、自分も三十七まで生きて来たばかりに、いろいろの苦労をなめるわい、思えば、つまらねえ三十七年間であった、などとそれこそ思いが愚かしく千々に乱れ、上の女の子に桃の皮をむいてやったりしているうちに、そろそろ下の男の子が眼をさまし、むずかり出しました。

「何も、もう無いんだろう。」

「ええ。」

「蒸しパンでもあるといいんだがなあ。」

その私の絶望の声に応ずるが如く、

「蒸しパンなら、あの、わたくし、……」

という不思議な囁《ささや》きが天《そら》から聞えました。

誇張ではありません。たしかに、私の頭の上から聞えたのです。ふり仰ぐと、それまで私のうしろに立っていたらしい若い女のひとが、いましも腕を伸ばして網棚の上の白いズックの鞄をおろそうとしているところでした。たくさんの蒸しパンが包まれているらしい清潔なハトロン紙の包みが、私の膝の上に載せられました。私は黙っていました。

「あの、お昼につくったのですから、大丈夫だと思いますけど。それから、……これは、お赤飯です。それから、……これは、卵です。」

つぎつぎと、ハトロン紙の包が私の膝の上に積み重ねられました。私は何も言えず、ただぼんやり、窓の外を眺めていました。夕焼けに映えて森が真赤に燃えていました。汽車がとまって、そこは仙台駅でした。

「失礼します。お嬢ちゃん、さようなら。」

女のひとは、そう言って私のところの窓からさっさと降りてゆきました。

私も妻も、一言も何もお礼を言うひまが、なかったのです。

そのひとに、その女のひとに、私は逢いたいのです。としの頃は、はたち前後。その時の服装は、白い半袖のシャツに、久留米絣《くるめがすり》のモンぺをつけていました。

逢って、私は言いたいのです。一種のにくしみを含めて言いたいのです。

「お嬢さん。あの時は、たすかりました。あの時の乞食は、私です。」と。

疎開記―疎開日記

井伏鱒二

疎開記

下駄箱

昭和十八年六月上旬、私は家族をつれて山梨県石和町附近の甲運村に疎開した。この地方には、昔、承久の乱のとき、帝都から疎開して来た人がずいぶんいたそうである。私たちの寓居《ぐうきよ》のすぐ近くにも、琵琶塚、藤塚というような昔の疎開者を葬った塚が今でもある。琵琶塚の主は、疎開中この部落の人にいじめ殺されたということで、以前は夜更けになるとこの塚から琵琶の音がきこえて来たものだと云い伝えられている。いったいにこの地方では、昔から落人をいたわらない風潮があったのだろう。琵琶塚のすぐそばに、在原塚といって在原業平の次男業次を葬った塚もあるが、この落人も可成りこの部落の人たちからいじめられたと云い伝えられている。大和物語に載っている業次の歌は、彼が京都の母親に着物を送ってくれと頼むとき従者に命じて届けさした歌である。しかし業次は従者の帰って来ないうちに亡くなった。当時では、都会地から流れて来た雲客《うんかく》と、地方の里人の気ごころの合う道理がないだろう。ところが私は雲客ではない。ことに田舎で生れた人間である。私たちはいじめ殺されるような不安もなく、かえってこちらが近所の人に迷惑をかけたと恐縮するような場合が多かった。

　私の長女と次男は村の小学校に転入した。長男は甲府市の中学校に転入した。これは入校の日から市外へ勤労奉仕に出かけることになった。その奉仕生活が十日ばかり続いた後、今度は学校の即席工場で木工細工の勤労奉仕をすることになった。この学校には陸軍大学校が疎開していたので、校舎の半分は大学校が使用して、中学校は下級生だけが授業を受けていた。

　或る日、この中学校に一椿事《ちんじ》が起った。陸軍大学校の教官たちの下駄箱は、金庫と同じような外見で、靴や雨具を入れて錠をかけるようになっている。尤《もっと》も、これは下駄箱というのではないだろう。私にはその名称がわからない。この金庫のようなものが校舎の廊下に幾つも並んでいた。ところが一年坊主のいたずらな或る生徒が、この下駄箱のなかに闖《ちん》入《にゅう》して内側から扉をしめた。人間が出入りすることができるほど大きな下駄箱である。しかし扉をしめた途端に錠がおりて、いたずらっ子は外に出ることができなくなった。

　この顚末《てんまつ》は他に誰も見ているものがいなかった。いたずらっ子が鍵穴から幾ら大きな声で叫んでも、他の生徒の注意をひくほどの声は外にきこえない。誰も下駄箱に人間が幽閉されているとは気がつかなかったが、いたずらっ子が第二時間目から姿をかくしたので、同じクラスの生徒は不思議に思っていた。しかし陸軍大学がここに来ているので、学校の正門のところにも裏門にも、銃剣を持った兵隊が立っている。これにきいてみても、時間中に門外に出た生徒は一人もいないことがわかった。同じクラスのものは、放課後になって隈《くま》なく校内を捜し歩いた末、運よく微《かす》かな声を下駄箱の前できくことができた。蚊のなくような声で助けてくれ助けてくれと云っていた。しかし扉は固くしまって動かなかった。いま助けてやると外から声援を浴びせたが、下駄箱の鍵を持っている大学の将校のいどころが知れないので、庶務将校の宿舎に電話をかけた。湯村の温泉宿にいることがわかった。湯村の温泉宿へ電話をかけた。

下駄箱のなかが息苦しいのは云うまでもない。内側の子が鍵穴に口をつけて外の空気をすっている音がきこえていた。そこへ鍵を持っている将校が駆けつけて来て扉をあけてくれた。いたずらっ子はくたくたになっていた。この子は散々に将校から叱られた上に、先生からも大目玉をくらった。

下駄箱の内側は金庫のなかと同じように桐の木で細工されていた。外側は金庫と同じように艶《つや》をつけた厚い鉄板で出来ていた。この下駄箱の構造のすばらしさが、当分のあいだ生徒たちの話題にのぼされていた。

勤労奉仕

秋の稲刈りと麦蒔《むぎま》きの勤労奉仕を命じられ、私のうちの長男も四十日間にわたって西《にし》郡《ごおり》という地帯の或る農村に出かけて行った。米は規定によって一升、それから毛布を一枚持参させた。

一軒の農家に生徒が一人または二人ずつ宿泊して、それぞれ宿泊している家の百姓仕事の手助けをするのである。倅《せがれ》のあてられた農家は躾《しつ》けがきびしかった。夜になると生徒を納屋に入れて外から錠をかけた。びっくりして、おじさん、なぜ錠をかけるのかときくと、こうしておかないとお前たち逃げるからだと答えた。おじさん、小便に出られないじゃないかと抗議すると、小便はそこの桶《おけ》にしろと答えた。なるほど土間に一つ桶があった。それから、板張りの床の上に座蒲団が二枚あった。一人が一枚ずつ敷いて寝るのである。連れの子供は、やはり疎開で東京の海城中学から転校して来た弱そうな生徒であった。この子はしくしく泣いてばかりいた。

朝になると、農家の主人は二人に鉄砲を担ぐように鍬《くわ》を担げと云った。そして駆足《かけあし》で現場へ赴《おもむ》かせた。この日の勤労は稲の株切りであった。

翌日、二人はその農家から脱走して、ほかの農家に泊っている引率の先生のところに行って事情を述べた。先生は村役場へ行って事情を述べた。村役場ではすべて諒解したと返答した。

今度は先生に連れられて、まだ誰も生徒の泊っていない一軒の農家を訪問した。先生がその農家の主人に、勤労奉仕の生徒を連れて来たと云うと、農家の主人は、米はどのくらい持って来たかと云った。一升ほど持って来たうち前日二合たらず使ったので、先生がそれを云うと、農家の主人は先生を怒鳴りつけた。この馬鹿野郎め、四十日も泊るのに、八合の米でどうするのだ。勤労奉仕だなんて云わずに、米を食い稼ぎに来たと云え。この馬鹿野郎と大声で云った。ところが、気がついてみると、先生はいつの間にか逃げ出して、往還をまっしぐらに駆け去っているところであった。

この農家では、食事は自分でつくって仕末しろと云った。さもなければ帰れと云った。それで先生のところに帰って行くと、よく帰って来た、あの家は怖ろしい家だと先生が云った。

三軒目の農家では無難であった。この家には三年も寝込んでいるおかみさんがいたが、主人ひとり手で一町歩あまり耕していた。

見晴らし茶屋

御坂峠のことを、甲府のバスの切符売りは、ズイドウまたは頂上と云っている。この頂上の見晴らし茶屋の次女が亡くなった。享年十二歳。電柱が風で倒れてしばらく放置してあったところ、その電線に触れて即死したのである。

私は疎開する以前から、この茶店によく出かけていた。亡くなった子供とも顔馴染《かおなじ》みで、生前この子は私のことをイブセンさんと呼んでいた。舌ったるい発音をする子供であった。いつか私がこの茶店に四十日ばかり滞在していたとき、河上徹太郎がパナマ帽をかぶってやって来た。河上が帰ってから、この子は河上のことをカンガンさんと云って噂した。そしてカンガンさんの帽子はスルメイカのようだと云った。パナマ帽のてっぺんの折り目からその聯想《れんそう》が浮かんだのだろう。この子はまた太宰治のことをタダイさんと云った。太宰治は或る年の秋から冬にかけて、この茶店に百日あまり滞在していたので、いわゆるタダイさんにこの子はなついていた。それ以上にこの子はイブセンさんになついていた。

甲運村に疎開中、茶店の主人は二度ほど私のうちに来た。私もこの茶店に三回か四回か出かけたように覚えている。一度、知人の日本画家といっしょに出かけたとき、何か話のはずみで日本画家が「人形の家」のノラを非難した。イブセンの気がしれないとその画家は云った。それよりもまだ、いま尚《な》おイブセンのノラを新しい女だと云う人がある。笑止千万だと彼は云った。この日本画家がズイドウ（隧道）の向う側にスケッチに出かけると茶店の次女は私に贔屓《ひいき》して、いまのあの人はイブセンさんのことを悪く云ったと口惜しがった。

私はこの子の疑いを解いてやろうと思って、その子にこう云った。本当のイブセンという人は遠い外国の偉い詩人である。いまここにいるこのイブセンは、日本のつまらない詩人である。あの画家が悪口を云ったのは、このイブセンではなく遠い外国のイブセンのことだから、このイブセンには何も関係がない。私はそう云った。ところが相手はまだ納得できないように見えた。いつかずいぶん以前のこと、富沢君の奥さんが私にこんなことを云ったのを私は思い出した。イブセンは偉いが、あなたは「ン」(幸運の運)が一つ足りないのだ。そういう洒落《しゃれ》を云ったことがある。しかし私は茶店の次女の前で、その駄洒落のおさらえをしなかった。相手を混乱させるだけのことだと思ったからである。

あどけない子供であった。この子の供養のため仏前にいろいろの茸類《きのこるい》が供えられていた。――シイタケ、クリタケ、コウタケ、マイタケ、シメジ、クロット、ユウレイタケ。それから柴栗をどっさり供えてあった。

疎開日記

昭和十八年六月から昭和二十二年七月まで私は疎開していた。その期間の日記の一部を中村君が出せと云われるので日記帳を切抜いた。

七月十日(昭和二十年)

甲州から広島県に再疎開。妻子を連れ八日午後一時、日下部駅発、中央線経由にて名古屋より京都に至り、大阪空襲中の故《ゆえ》をもって山陰線を選び、万能倉《まなぐら》駅に下車、午後十時生家に着く。道中、上諏訪と大津でも警報。山陰線に至り空腹しきりなるものであった。鳥取駅ではプラットフォームに野宿。蚤《のみ》多く海風寒く不眠。子供たちは疲労のため熟睡。

八月九日

午前中、サンジョサマ裏手の矢竹を伐採。午後、次男の国語復習を見てから昼寝。三時頃より深山口谷へ鮠《はや》つりに出かけ四十尾つる。帰るとロシアと交戦状態にはいったとの報をきく。驚きひとしおなり。夜、山根太郎宅に行き煙草一箱配給の分をもらう。太郎の曰《いわ》く、昨夜福山の空襲で市街は東町を残しあらかた焼失せりと。彼と共に昨夜裏山で見た火の手の工合いではもっともの話と思われる。万能倉・駅屋を襲ったと見えた爆弾による火の手は森脇であった由《よし》。最初福山駅と大峠に弾丸が落ち、次第に市街全体に落ち最後に帝国染料会社に落ちた由。

八月十日

午前中、米搗《こめつ》きの手伝いをして、小米は薬研《やげん》で粉にする。台所東側の窓に灯火管制の黒いカーテンをつるすため針金を張る。うまく張ることができた。

昨夜一時半ごろきこえた投弾の地響きは尼ケ崎であったとの噂だが確たることはわからない。比奈子が学校できいて来た話では、一分間に十発ずつの割合いで一時間投弾が続いたとのこと。

一昨夜、山上から見た福山炎上の遠望図、記憶をたどりて記せば次のごとし。（図は略す。）業火とはこのことだろう。近所の人々後より続々と来て合流、共に下山せり。

八月十一日

昨夕、裏の崖に梯子《はしご》をかけ、崖にはびこる藤蔓《ふじづる》をきりとる。夜ふけて爆音きこえた。今日は昼食前にサンジョサマの前で木の枝を片づけた。しかし十日や十五日では片づけきらない。夕方、爆音きこえる。

野菜三百匁《もんめ》、草履一足あて、福山市の罹災者《りさいしゃ》へ寄附せよと命令あり、隣組通知にて来る。俵五十俵農業会へ受取りに行くため人員を出せと隣組通知にて来る。牛車がなくては運べるものでない。毎日の警報で心に落ちつきがない。落ちつこうと思うのが無理である。ラジオをきいていても掴みどころがない。爆音がきこえても警報の鳴らないことがある。警報が鳴ってから間もなくまた同じような警報が鳴ることもある。防空壕を掘ろうという話が各戸の間に頻《しき》りにあるが各戸とも労力資材の不足しているという名目で実行にうつったというものはない。倉の白壁を黒くしようという話が出て、下陣屋の福治さんが帝染製の染料を一袋持って来てくれたが壁を黒くぬる気持が起らない。気力がないわけではないが何故《なぜ》かその気持が起らない。他に誰もまだ壁を黒くするものがないせいだろう。

八月十二日

十一時ごろ警報。四十機松山附近に来襲の由。気持ちが落ちつかないままに、つい庭を掃除してみた。

芦原部落に赤痢患者十五名出た。妙永寺の裏に見えたという怪しの火は蛍の光りであった由。今年はどういうものか八月になっても蛍がたくさんいる。昨夜村有林の方にあたって見えたという怪しの火は、落葉で灰をとるために燃していた火であった由。

八月十四日

正午からラジオの重大放送あり。陛下の御放送拝聴。ラヂオの調子わるく不明なりしは残念なり。福治さんが駆けつけて来て「敗けたんですぞ」と知らせてくれた。マンデー屋の太郎さんは榊《さかき》の木を伐《き》りに拙宅裏山へ来ていたが、榊の束を「えい、つまらん」と云って棄《す》てた由。福治さんがそう云った。

久しぶりに来信。巌谷大四《いわやだいし》、花房満三郎、小池旻氏等五通。「そうだ、まだ郵便局もあったのだ」と認識をあらためた。但《ただ》し、小池君の甲府の生家は家倉ともに焼け北巨摩の山寺に一部避難。奥さんは割合い元気の由。巌谷君は半ば失職の由。花房君の手紙は直木賞の件で、礼状と共に詮考《せんこう》慰労のためとてカワセ五十円封入してあった。それぞれ返書をしたためる。

午後二時ごろ、先刻のラヂオは日本の無条件降伏を放送されたものであると義姉が常会できいて来たと報じたが、中田屋へ疎開中の老婆なども来訪中のところ誰も信ずるものはいなかった。ところが午後五時ごろそれが確かであることが判明した。非常に淋しい心地であった。木影に立ち或いは廊下に腰をかけ、また木影に立つ。

夜九時、マンデー屋に行きラヂオをきく。鈴木内閣総辞職その他の報道あり。

八月十五日

昨夜不眠のため頭痛。配給の紙巻煙草で巻煙草をつくりながらラヂオをきく。

午前八時三十分ごろ、どういうものかほんの暫《しばら》く警戒警報があった。

八月十六日

日づけを間違っているような気もする。新聞が何日も来ないのでよくわからない。昼食後、芦原部落の安原へ、子供さんが爆死したおくやみに出かけると、主屋は立ちぐされ倉のなかに畳をしき荷物をならべてあったが誰もいない。空《むな》しく外に出て郵便局へカワセをとりに行き、疎開画家児玉英男君のところへ寄る。砂糖きび、にんにく、わけぎ、北海道産の豆を土産にもらう。夜、中井屋主人が来たので、配給の酒一合を廊下で冷やのまま飲む。中井屋主人は杯に一ぱいしか飲まなかったが「酔った」と云って「実は、ほとけ様を拝みに来たのですが、きょうは酔ったのでまた来ます」と云い残して帰って行った。

児玉君宅からの帰りに、村境で出征兵士を見送る人の群れに逢った。村長の演説中に

「御存じのような世情になりましたので、万歳三唱はやめます。しかし三君とも召集令状が来ていたのですから御見送りします。随分ともに御気をつけて……」という言葉があった。敗戦前に令状が来ていたそうである。

キリンと墓

池波正太郎

一

黒田亮助《りょうすけ》は、税務事務所の徴収員になってから、戦争という壁が隔てた過去の、少年期から青年時代に行き会い、親しみ合った人々の幾人かに、再び、めぐり会うことがあった。下町のD区、隣県境のB区。そして、現在勤務している山の手のA区と、それぞれ思いがけない場所で、思いがけない人と出会うのである。毎日、鞄の中に滞納票と領収書、差押えの赤紙まで用意して、滞納した税金を取りたてて歩くのが仕事だから、受持地域の糸くずみたいな露地一つさえ足の踏み込まない処《ところ》はない。或る意味で、目的のない尋ね人を探して歩いているのだとも言えよう。

戦災で丸焼けになった東京の下町の一隅で生れ育った亮助は、兵隊に出て行くまで住んだ同じ町内の、下駄屋とか、八百屋とか、玉突屋のゲーム取りとか、小学校の同級生とか、そうした人々が、これだけは大同小異、必ず戦争の影響を、その生活や面貌に、明るく、暗く、冷めたく刻ませて、都内の各区に散らばっていることを知った。明るくと言うのは、戦争が敗けたおかげで俺の顔も明るくなったと、公言して、はばからない連中もいたからだ。

一緒に海軍の基地で働いた戦友の顔も、数人、拾うことが出来たし、大人のする如何《いか》なることにも飽くなき探求心をもって体当りした二十歳《はたち》前後の頃に、遊廓《ゆうかく》で仲良しだった女にも出会った。二十年ぶりのことだが、この女は、かなり大きな理髪店の細君に納まって子供を三人も産み、丸々と肥《ふと》っていて、それと知らず税金を取りたてに出かけた、その土地へは転勤五日目の亮助をあわてさせたものだ。

とにかく、どの男も女も、出会った後で、出会った時の懐しい甘味が味気なく消えてしまうのは、人間が過去という饅頭《まんじゆう》の、皮だけ覚えていて、餡《あん》を忘れてしまうからだろう。しかし、蟇《がま》の武四郎――亮助にとっては「蟇ちゃん」と言う呼び方が、いちばん懐しい、その杉原武四郎には、まだ互いに噛みしめて、舌にひろがる餡の甘味が残っていたのである。

風薫る五月――ゴオルデン・ウイークの連休つづきで、月給取りにとっては書入れのシーズンだが、税務事務所にとっては決算期の滞納整理で、一年中最も多忙な、土曜も日曜もない明け暮れに滞納の税金を掻入《かきい》れの五月だ。

A区は坂と学校と寺が多く、都心の繁華な駅から私鉄で十分というところにある。

その日の午後――亮助は紺の背広が蒸し暑くなるほどの初夏の陽《ひ》を浴びて、静かな住宅地の一角にある二階建の、かなり新らしい、小綺麗な、アパートのような下宿屋のような家の前に立った。滞納票の（清水タマエ）とある名前と表札を照し合せてから、亮助は、その四期分の固定資産税を一枚、滞納票の束から抜き取り「ごめん下さい」と、表札の下の扉を叩いた。他に、十に近いだろう各部屋に通じているらしい扉がある。

しばらく叩き、呼んだが返事なく、扉を開けて、六尺に近い、ひょろ長の体を屈めて中へ入り、二、三度、声を高くして呼ぶと、棟は同じだが、この家だけはアパートと壁で区切られている一坪の玄関の廊下の左側に、二つ並んだ部屋の障子の向うから、いきなり茶碗でも叩きつけたような音がして、

「誰ッ？　誰ッ誰ッ？」

妙に上ずった女の声が飛び出してきた。若い女ではない。一寸《ちょつと》びっくりしたが、

「税務事務所の者ですが、家屋税を頂きに上りました」

間髪《かんはつ》を入れず、

「お帰りッ」と、女が怒鳴り返してきた。

『納める人の気になって頂いて来なさい』と言う課長の口癖を、亮助は、よく守って働く方だが、こういうのは我慢しかねる。相共に税金を納めている国民の一人としての人格を認めさせないわけにはいかない。

「一寸出て来て下さい。お話しますから――」

五年間の経験で、冷静さを失わない声が自分で、よくわかる。

部屋の中で、男の声がした。

「今、行くよ。一寸待っててチョウダイ」

太い声だけに、このチョウダイが、亮助の記憶に衝撃を与えた。

(おや?)と思う間もなく奥の部屋の障子が開き、浴衣の帯をしめながら、ずんぐりと肥った中年の男が現われた。

一眼見て、蟇ちゃんだとわかった。杉原武四郎の容貌は、いかにも、その愛称に呼ばれる両棲動物を連想させる。顔もふくめて、姿も声も、そう言われて見れば誰にも納得がいく杉原武四郎なのだ。

蟇は近寄って来て、これも驚きの叫びを唸《うな》った。

「キ――キリンのあんちゃんじゃないか」

「蟇――いや、杉原さん。全く、これア、思いがけなかったですねえ」

玄関の上と下とで見合ったまま、二人は立ちすくむように、しばらくは動かなかった。

背は低いが筋骨たくましかった武四郎の体には、でっぷりと肉がついて、一層、あの動物に似てきてはいたが、その肉体は重苦しくたるみ、あの鉄骨で組まれた広い工場の機械の騒音と一つに溶け合って躍動した彼の精気は、一かけらも残っていないような気がした。

けれども、亮助を、まじまじと見守った武四郎の左の隻眼《せきがん》は、共通の懐しい思い出にうるみかかっている。

「眼をどうしたんです?」

ややあって、亮助が聞くと、

「うむ。お前さんが出征してから半年ばかりたった頃にね、刃を削ってたら、グラインダアの石が割れて飛びついてきやがってな。こっちの眼はメチャメチャさ」

丸苅《まるが》りの坊主頭は昔のままだったが、かなりの白髪が眼についた。蓁も、もう五十をいくつか越えている筈《はず》だった。亮助も四十二歳になっているのだから——。

何時《いつ》の間《ま》にか、障子に半身を見せて、三十五、六の女が、不思議そうに、こっちを見ている。

シュミーズ一枚の肌の脂が、小窓から射し込む陽射しに、ねっとりと光って、鯉こくの味が舌にのぼってくるような女だ。

二

昭和十七年の春——二十八歳の亮助が、勤め先の兜町《かぶとちょう》の仲買店から令書一枚で、否も応もなく芝浦にあった航空機の部分品を生産するM製作所に徴用され、第七工場附の伍長だった蓁の武四郎組に配属されたときから、十四年もたっている。

その夜、役所の帰りに新宿駅の西口で武四郎と待ち合せた亮助は、行きつけの台湾料理店で一別以来の盃《さかずき》をあげた。

線路沿いの小路へ目白押しに並ぶ、食べもの屋と飲み屋の騒音の中に、体裁を構わず、爪のアカほども気取りのない台湾料理そのもののような小さな店だが、著名な小説家や画家の間にも愛好されているらしく、ぼろぼろの壁に、ところ狭しと飾られた歌やサインや淡彩の画の色紙が、唯一のアクセサリイになっている。亮助は、この店の、安価で豊富で、脂っ濃い、立派な味覚をもった料理を、かねがね愛好していたのだ。

「うまいね、この店《うち》は――」

武四郎は、新しい上等の背広で、ぎこちなく包んだ猫背気味の肩の肉へ埋った首から、ぎょろりと眼をむき、耳まで裂けたかと思われる唇へ焼売《シユウマイ》を放り込むかと思うと、氷砂糖の入った老酒《ラオチユー》を呷《あお》った。両膝へ突張った腕と言い、その姿勢と言い、昔の彼を彷彿《ほうふつ》とさせる以外、何物もなかったが――。

「けどさ、杉原さんも――」

「老いぼれたか」

「少々、蟇の精気が無くなりましたね」

「ハッキリ言やがるな、チクショウメ。お前さんの方だって、キリンの首も曲ったなア、って言いたいとこだが、けどお前さん相変らず長いねえ」

「今は、役所で何と言われてると思います?」

「アダ名かい?――そうだな……」

「コウモリですってさ」

「七銭のかい?」

「開いたところはバットの箱ですがね」

「ははは。何だい、傘のコウモリかい。そう言や、色が黒くなったよ」

「毎日、外へ出て歩き廻ってますからね」

武四郎は、ふと亮助の掌をとって眺めた。

「もう十年近くも、ペンと算盤《そろばん》より重いものを持ったことがないんですよ」

指先を相手の眼に任せて亮助が微笑すると、「いやまだ残ってるよ。お前さんの掌には旋坊《せんぼう》を可愛がってくれた跡が、ちゃんと、まだくっついてるよ」

そうかも知れない。亮助は今でも、一年のうちに何度か、彼の旋坊が、油に濡れて小気味よい唸り声をあげ、鋼鉄の棒やジェラルミンの銀色の胴体を回転させ操《あや》つりながら唄う声を聞いて、一晩中、眠れなくなることがある。

株屋上りの亮助が、これ以外、俺の生きる処はないと決めた安住の地から、大東亜戦争とか言う怪獣に引っさらわれて、泣きべそをかきながら、中学以来の弁当箱を提げ、カーキ色の制服と戦闘帽に、贅沢《ぜいたく》と不摂生に馴れ、だらけきった体を包み、工場の門をくぐったやるせなさは、その後、二年間の工員生活によって、中年に至った今の亮助が胸に潜《ひそ》めた唯《ただ》一つの赤く燃える火の玉に変っている。

この火の玉には創造のよろこびと労働の無心さがあり、人生に対する愛情の燃焼があった。これらはすべて、あの旋坊——旋盤という工作機械を通じて亮助が身につけたものなのだった。そしてその仲介は、まるで旋盤そのものが、人の姿を借りて、この世に生れ出たような杉原武四郎なのである。

あの、調子に乗ってやりすぎ、出たらめで、幼稚で、盲目的な戦争が、亮助を死なせもせず、苦悶《くもん》の底に突落すこともなく、人生に対するよろこびを与えたというのは、まことに皮肉なことだと言う人もあるだろう。亮助も、そう思ってはいるが、そのよろこびの底には深く鋭い哀しみが、何時も附きまとっては離れないことも知っている。

いよいよ明日から工場へ出勤だという前の晩に、細君の倹子が、

「お金なんか儲《もう》かったって、もう物が買えるわけじゃなし、それにあなたが、毎日キチンキチンと朝出て夕方帰って来る生活ってものを、私、してみたい位だわよ」

「馬鹿言え。丁度《ちょうど》、面白い盛りに、あんな処へ引張っていかれる俺の身にもなってみろ。むしろ何だぜ、すっぱり赤紙で兵隊にとられた方が、せいせいすらア」

前年のハワイ攻撃から一時は目覚ましかった戦果の拡大とやらにつれて、激しく続いている株式の波動は、戦争を、まだ昂奮剤《こうふんざい》の役目ほどにしか考えていなかった兜町の相場師達を夢中にさせていたのだった。

叫喚と人の波が渦巻く取引所で場立ちとして直接商いの手を振っている若い亮助が、あッと言う間に変動する相場の波に乗り、客の指値《さしね》のサヤを取ることなどは、お茶の子で、そんな汚いことは別にしても、思惑に次ぐ思惑、山ッ気に次ぐ山ッ気で、一《い》っぱし相場師気取りの儲けた金は、その頃、もう大分怪しくなりかけていた物資を闇で集めての酒と女に撒《ま》き散らしてしまう毎日だったのである。

「ただね、私、あなたの体が心配よ。それで保《も》つかしら？」

俊子が四ツになったばかりの、一人息子の国夫の健康そうな寝顔を見守るのへ、

「朝は六時に起きて出かけなきゃならないなんて、お前——無茶だよ、おい——そうだろ？ 俊子」

亮助は、もう涙ぐんでいた。

「私に言っても駄目よ、戦争にお言いなさいよ」

「だから、僕は、戦争なんか厭《いや》だと——」

「あら、おかげで景気がよくなったなんて言ってたのはどなたよ？」

「ふざけるなッ」

一夜にして日給二円十銭の見習工員に落ちぶれ、日曜もろくに休めないと聞く軍需工場の激しい勤務を考えると、十四貫はあるが、背が高くて、ひょろひょろしている自分の青白い体に穴でも開きそうに思えてくる。

溜息をつきつき、その翌朝、亮助は、同じ徴用を受けてM製作所に割当てられた七十六名と共に、早くも機械の騒音に湧き返る会社の門をくぐった。

各工場に割当てられ、工場長の面接がはじまった。第七工場長は大学出の技師だそうで、小柄な苦み走った、叩きつけるようにキビキビした口のきき方をする中年の男だったが、亮助の経歴を見るなり、

「株屋か。株屋じゃ職工はつとまるまいな。事務の方へ廻って貰うか」

得たりと亮助が応ずるのを、もう計算に入れているようにニヤリと笑って見上げるのへ、「株屋だから職工がつとまらないってのはどういうわけです？　冗談じゃない。そんなことを言われちゃ意地でも事務の方へは廻りません」

亮助は青筋立てて怒鳴り返した。

持ち前の、赤と言えば黒と言いたがる意固地な性格は、どの先祖から受けついだものだか知らないが、その頃はまだ、「株屋」とか「兜町」とかいう言葉は一般社会に於《お》いて「だらしがない」とか「人間の屑」だとか「こすっからい」とか「道楽者」とか、そんなところに通じるのが常識で——事実（その時の亮助は、まだ体験してはいなかったのだが——）金というものをその身から離したときの、そして兜町という（島）の中から外へ放り出されたときの、あの社会の人間の脆《もろ》さ、だらしなさは、まことに手のつけようのないものだったと言えよう。勿論《もちろん》、例外はあるにしてもだ。

ともかく、掃き溜へ捨てるように見下された自分の昨日までの職業への誇り、みたいなものが、がむしゃらに亮助をいきりたたせた。工場長は皮肉な微笑を絶やさず、

「どれだけ続くか——じゃ、まア、やって見給《みたま》い」

係の者に案内され、ごうごうと鳴り渡る機械の列の間から、ジロジロと冷笑を浮べて、こっちを見詰め、見送っているように感じられる工員達の間を、流石《さすが》に心細く縫って行きながら、亮助は、馬鹿意地張らずに事務に廻して貰えばよかったと、血が冷えるまでに後悔した。工場の中央に、各組を監督する伍長の溜りがあった。一つの工場に五組あり、そ

の伍長は、いずれも小僧上りから叩き上げた機械職工のエキスパートである。

若い係員は「蟇のおっさん」と、武四郎を呼出し亮助を紹介して去った。

グロテスクな蟇を一眼見下ろし、亮助は肌寒くなった。いきなり、この男に撲《なぐ》りつけられ軍隊式にいじめられるだろうという妄想が脳裡《のうり》をかすめた。武四郎は、しばらく、経歴を記した書類と亮助の顔を見比《みく》らべた。負けてなるかと見返したとき、亮助は、真っ白な木綿の伍長の制服が、洗濯とアイロンの利いたすがすがしさで、この男の皮膚のように、ぴったりと、むしろスマートに、一点のスキもなく、その不恰好《ぶかっこう》な肉体を包んでいるのを発見した。

「お前さん、株屋さんだってね」

「そうです」

「こっちへ来なさい」

武四郎は、工場の一角に亮助を連れて行き、その辺りで、機械にしがみついている職工達に亮助を紹介すると、広い窓際にある四尺の小型旋盤の前に彼を立たせた。

「これが、お前さんの機械《ばんこ》だ」と、武四郎は言った。

「ばんこ？」亮助が聞き返すと、武四郎はニヤリとして、

「機械ってことさ」そして「お前さん、かあちゃん、いるのかい」と言った。

「四ツになる子供がいますよ」

「ふーん。そうは見えねえ」

「どうして、そうは見えないんです？」

「気の荒い人だな、ま、そう怒ンなさんな。さ、この旋盤をよく見てチョウダイ。据えつけたばかりなんだぜ」

成程《なるほど》、機械を包んでいた油紙の残片がまだ附着していて、真新しいラッカーの緑色で鮮かに化粧された旋盤の姿は、いくらか亮助の心を明るくしたかもしれない。どんなものでも新しいものには美があるからだ。

「ねえ、お前さん」

武四郎は亮助の肩へ、ぶら下るように手をかけて話し始めた。パクリパクリと開閉する厚く長く大きい唇の間から、歯が白く光る。

「いいか、この機械はねえ、俺達と同《お》ンなじに命ってものがあるんだよ。こいつを忘れちゃ困る。おまけに、こいつは」と、旋盤の肌を、ゆっくりと撫で廻しながら、

「こいつを動かすのは、お前さんが初めてだ。つまり、こいつは、初めてお前さんのところへ嫁入した可愛い奴なんだ。なあ、旋坊」と、武四郎が機械へ声をかけたのに、亮助は驚ろいた。

（この男、どうかしてやがる）

武四郎は軽蔑の眼を向けている亮助を真向から見て、ニタニタと顔中を笑みくずし、嫁入りと旋坊という男の子供の呼び名のアンバランスには頓着《とんちやく》なしに、尚《なお》も話しつづけた。

「この旋坊をお前さんが使うときには、お前さんがお前さんのかあちゃんを可愛がるよう

に、いいかい、うまくやって貰いたいね」

隣りの旋盤で働いていた少年工が、これを聞いて、馬鹿にしたようにゲラゲラ笑い出すと、武四郎は、チラッと見て、

「子供にゃ、わからねえ」と、つぶやき、また旋盤に向い、

「旋坊。このあんちゃんに可愛がって貰えよ。このキリンのあんちゃんはね、お前が大好きだとさ」

周囲の職工達が、二人を見比べては、笑い合い囁《ささや》き合っているのが、よくわかった。亮助は自分が全く嘲弄《ちょうろう》されているような気がして、勝てるものなら、この武四郎に飛びかかって喧嘩してやりたかったが、自分の指の二倍はある武四郎の太い指が旋盤の肌を撫でているのを見ると、ただもう、げんなりと、味気ない、これからの生活が考えられて（死んだ方がマシだ）と思った。

「キリンのあんちゃん」

職工達が、また笑った。

「僕は――僕は黒田亮助ってんです」

食ってかかるのへ、武四郎は、

「俺の親父も株屋でね。鼻息ばかり荒くって、することは何一つ、人間らしいとこのねえ人らしかったよ」

三

それから三日後——亮助は、早くも悲観と絶望とに打ちのめされて会社を欠勤した。強烈な機械油の匂いも閉口だったが、たくましい職工達の遠慮のない眼の中で、ふらりと生気のない青い顔と体を持ち扱って、途方にくれている自分が情けなかった。

「ちえッ、遊び一つも満足に出来ない田舎ッぺえと交際《つき》あえるもんか。こんな処に、何も俺を引っ張って来なくてもいいんだ。おのおの、その本分をつくして戦争完遂に邁進《まいしん》せよってんなら、俺の本分を生かしてくれればいいじゃねえか、俺は場《ば》で手を振ってるのが本分なんだ。いくら戦争だからって、取引所が無くなるわけじゃないじゃないか」

ただ、もうひたすらに兜町が恋しかった。場立《ばたち》仲間と商いの合間に交す冗談や流しの自動車に飛び乗り時間ギリギリに出勤して、あわただしく帽子やコートを脱ぐと、鳴り渡る前場開始のベルの音に今日一日の相場のもつれへ胸を躍らせながら取引所へ駆け込む気分も、一日の戦果?に気勢をあげたり気を腐らせたり、どっちにしても灯がともる頃には、仲間と共に行きつけの花街で酌《く》む酒。そのあとで囲む麻雀の卓。闇で仕入れた料理の前に並ぶ妓の顔。これも金に任せて手に入れた生地でつくらせたばかりの春の背広の着心地——思惑が当って一儲けすると後輩の小店員達を引連れ、たらふく、うまいものを食べさせたり飲ませたりして「黒田さんは若いけど気前がいい」という風評を、じかに味わってみる愉快さ——。

この二月にはシンガポールを占領したし、三月には蘭印《らんいん》のバタビヤ、ラングーンを陥落させ、開戦後五ヵ月で、広大な南方地域が日本の手中に握られ、開戦の酔心地はまだ国民からさめてはいない。もちろん、亮助は、出征や徴用にとられて兜町という島を出て行く仲間達を見るたびに、恐怖と不安に居たたまれなくなることは確かにあったが、それだけに辛《つ》らさは倍加している。中学を出て十年、この島の土しか踏んでいない亮助は、海を渡る船に乗る前から吐き気を催おしていたのだ。

「けど、どっちみち、あんただって、出征しなきゃならないんだから——それ、考えれば、我慢出来るんじゃない。徴用されれば厭だから辞めますってわけにはいかないわよ。だったら、早く仕事を覚えて、一人前になった方が勝ちじゃない？」

「お前は、嬉しいのか、俺が、こんな目にあってるのが——」

「毎朝あなたのお弁当をこしらえるのは楽しみだわ」

「日給二円十銭で飯が食えるかよ」

「やってけるわよ、何とか——」

株屋の店員の家に貯金があるのは特殊なケースだ。

「だから、毎日出て下さんなきゃ、ほんとに、私達ヒボシになるわよ」

「あぁァ、畜生。何故《なぜ》、戦争なんか始めやがったんだか。何処《どこ》の国にだって、株屋がいるんだろうになア」

亮助は、朝からもぐり込んだままの蒲団を、また引っかぶった。寝巻の襟《えり》を嚙みしめて情なさに男泣きしていると、階下から国夫を抱いた母親が上って来て、俊子と心配そうに話しはじめた。

「出たばかりで、ずる休みしてると、誰か見に来るよ。今は何だってさ、軍の工場には憲兵がついて見張ってるそうじゃないか」

「だから心配なのよ、おかあさん」

「ほんとに、情ないよ。この子は意久地《いくじ》がないんだからね」と、母親は、

「亮助、外はもう春だよ、お陽さまがカンカン照って、うちの前の柳も芽を吹いてるんだよ。元気をお出しよ、ふんとに――」

揺さぶっても起きない亮助に、

「ああア、株屋なんかにしなきゃ、よかったよ。体も気持もナマになっちまって、これじゃ使いものになりやしない」と溜息をつく。

亮助は飛び起きて毒づいた。

「男一匹、あの社会にくっついてりゃ、食うに困らないと、俺にすすめたのは誰だいッ」

「そりゃ私だよ。けど戦争が、こんなになるってことは算盤《そろばん》弾かなかったんだもの」

たっぷりと肥り切って、少し血圧の高い母親は、色白の頰をふくらませて「ねえ、そうだろう、俊ちゃん」と嫁に訴えた。

このとき、いきなり空にけたたましくサイレンが鳴り渡った。

「ドンが鳴るなんて珍らしいね」などと、母親は呑気《のんき》なことを言ったが、これがアメリカ爆撃機の本土初空襲だったのだ。

その翌日の夜、まだ、ふてくされたまま蒲団をかぶった儘《まま》の亮助を、蟇が訪ねて来た。

「あなた、凄いのが来たわよ。あの人、憲兵？」

「誰だ？」

「杉原さんって人よ」

「そいつが蟇公だよ」

「じゃ、あんたの伍長さん？」

一寸会うのが怖かったが、二階へ通すと、

「こんなことだろうと思ってたよ」

武四郎は、じっと見つめて、

「俺の親父は、お前さんと同じ商売をして、相場をやり損い、借金に責められてどうにもならなくなり、たった二つの俺と、おふくろを残して自殺しちまった。生きているうちは好きなこととして面白おかしく暮してたくせに、金がなくなると、世の中のものがみんな、何も彼も自分の手の中から逃げちまったような気がしたんだろうな。俺もおふくろも残して、いや捨てられてさ、親父は一人で死んじまった。手前が死ねばあとはいいという無責任なことしか親父には出来なかったのさ」

彼の声には怒りが潜んでいたが、

「とにかく、徴用にとられれば自分の体じゃない。それともお前さん。厭でございますから辞めさせて貰いますと言えるつもりかい？　ええ？　どうだい、キリンのあんちゃん」

茶をいれていた俊子が、思わず、プッと吹き出しかけるのへ、

「馬鹿」と、亮助は怒鳴った。

「だって、キリンの……」

「すいませんね、奥さん。うっかり、口をすべらしちゃって――」

武四郎は、むき出した大きな眼を、ムリに細めて優しく詫《わ》びると、

「ねえ、黒田君。私も組の者には蟇《がま》だとか蛙《かえる》だとか呼ばれてるがね、みんな仕事だけはチャンとやってくれる。お前さんも下手なことでゴタゴタを起して貰いたくない。とにかく、やってみてくれよ、な。一生懸命、俺が教えるからよ」

「しかし、工場へ出ても、毎日毎日他人の機械の掃除ばかりしてるんじゃ仕方がないですよ。そんなら何も、わざわざ我々を徴用しなくてもいいんだ」

「鼻息が荒いね」と蟇は笑った。

「お前さん、まだ入って三日だよ。俺なんか十三の年に小僧で入った町工場で、一年もやらされたもんだ。というのが昔のやり方でね。親方だの先輩だのってしろものは、手前の腕を下の者に教えるのが惜しいんだね。自分達も苦労して覚えたもンだけに、一《いっ》ぺんに出しちまうのが勿体《もったい》ねえってわけさ、けど、俺は、そんなことはしない。いや、してる暇が

ねえ。飛行機が、何しろ足らねえじゃ戦争が出来ないってんだものな。よし、明日から教えるよ。な、それならいいだろ」

「どうぞ、よろしくお願いいたします」と、俊子が真剣な力のこもった声で武四郎に頭を下げると、

「引受けました」と、いやに頼母《たのも》しげに受合い、すぐに亮助へ、

「けどねえ、黒田君。機械《ばんこ》の掃除は、女の化粧と同《お》んなじだぜ。女ってものは、化粧が出来ねえうちは一日の仕事を始めねえもんだ。また、それでなくちゃ女とは言えねえからな。機械だって掃除が、きちんとしてねえと、プーンとふくれッ面《つら》をしやがるのだ。それればかりか、カンシャクたてて、こっちの腕へ嚙みついてきやがる。こいつは忘れないでチョウダイよ」

そして武四郎は細めた眼で俊子を、ちらりと見やって、

「こんな良い奥さんを持っててさ、お前さん、何も言うことはないじゃないかよ」と、肩をポンと叩き、首をすくめて舌を出して見せた。

やがて、武四郎が帰ると、俊子は、晴れ晴れした表情で、

「安心したわ、私——あんな良い人の下で働けるなんて、あなた幸福《しあわせ》よ」などと言うのだ。

「しあわせ？ 馬鹿も休み休み言え」

「だって良い人じゃない。それは確かよ」

「フム——ま、悪い奴じゃない」

「それに、一寸、魅力があるじゃないの」

「みりょく？　おい、お前、ああいうのが好きなのか？　へーえ、ちっとも知らなかったよ、俺は――」

「そりゃ、顔は凄いけど――でも、何だかこう、あの人の体中から、暖アい、気持の良いイもんが、フワフワと流れてくるもの」

亮助は呆《あき》れたが、

「じゃアお前、奴と一緒になってみる気があるか？　ま、これは、たとえばの話だけどさ」

「バカねえ。それこそ、バカな質問よ」

倭子は、急に、異様なカン高い声で笑い出した。その笑い声は、なかなか止まらなかった。

四

翌朝、出社すると、武四郎伍長は、亮助を機械の前に立たせ、青写真の図面を渡した。直径が十糎《センチ》ほどもある輪が描いてあり、寸法が細かく指定してある。

「このパッキングを、まずやろう」と、武四郎は図面を突きつけ、機械の性能と図面の見方について、三時間もかかり、ゆっくりと、くわしく説明した。例のごとく機械の各部分を擬人法によって、その性能を呑み込ませるのだが、馬鹿にして聞いているうちに、その説明が意外によく亮助の頭へ沁《し》み通《とお》ってくるのだ。手や足、胸や腹――それに、女の、あの部分にたとえて機械の操作と作業の進行の状態を説明するときの武四郎の身振り手振りは、異常な熱を帯び、思わず、くすぐったく顔の筋肉をゆるめかける亮助を困惑させた。

亮助は相場という魔物に取憑《とりつ》かれていただけに女遊びには、それほど執着がなかったし、

（この男、大変な助平だぞ）

蔓の妖気に、すっかり当てられた形だった。

「そうだろ？　え、そうだろ？」と、蔓は、キラキラと眼を光らせ、ぶつぶつと毛穴の開いた顔を紅潮させてしゃべりつづけた。

工作機械の中で最も重要な位置をしめるという、この旋盤という機械が不思議な、なまなましさをもって亮助に迫ってきた。金属で組立てられ電気の動力によって働くこの機械の冷めたい肌に、蔓の武四郎は全く女の体温を感じているかのようなのだ。

初めは（いやらしい）と聞いていた亮助が、終《しま》いには夢中になって耳をかたむけるほど武四郎の説明は堂に入っている。

昼休みのベルが鳴る少し前に蔓の話は終った。

「さ、これでお終い。仕事は昼飯を食ってからだ」

武四郎が、さっさと自分の溜りに引上げて行くのを、ぽかんと見送る亮助の傍へ、弁当を開らきかけた佐藤という少年工が近寄って来て、

「おっさん。蔓の話は面白いだろ」と、言う。

気がつくと、機械の間から、亮助に笑いかけている周囲の職工達の顔が、何だか自分に

好意のあるものに見え、急に亮助は一種のくつろぎに体が軽くなるのを感じた。

佐藤少年は脱ぎ捨てた戦闘帽の下から頭を現わしてボリボリ掻きながら言った。

「蟇はね、とってもスケベエなんだぜ。おかみさんも子供も居るくせしてよ、洲崎《すさき》へ女郎買いに行くんだからナ。でもな、腕はいいんだぜ。会社ン中でも、あれだけの腕持ってるやつは、居ねえってさ」

午後から、いよいよ仕事にかかった。

「こんなのは、一番やさしい仕事だが、とにかく図面を穴の開くほど見て、仕事の段取りを、じっくり考えることが肝心だよ。どうしたら順序よく、早くやれるか——職工と機械《ばんこ》が、ぴったり息を合せて、どうしたら、なめらかに仕事が進むか——そいつが決まらないうちは手を出しちゃいけねえ。が、まア、やってみることだな」

武四郎は、ジェラルミンの太い棒を旋盤のチャックにくわえさせてハンドルで締め、モーターを入れると唸り声をあげて回転するジェラルミンを木槌《きづち》で叩きつつ、その回転に狂いのなくなるのを見て心押台を引寄せ、細い錐《ドリル》で穴をあけ、錐《ドリル》を抜き取ったあとへセンターを差込んで材料を支えると、バイト台《バイト》に刃を取りつけ削り始めた。埃《ほこり》にまみれて鼠色にくすぶっていたジェラルミンの肌は、みるみる刃《バイト》に切りめくられて銀色に輝いた胴体を現わしてくる。

「ほら、見ろよ。綺麗なもんだろ」

武四郎は、亮助へ振り向き、

「今度は、自分でやってごらん」と言った。

息を呑み、亮助も、さすがに緊張して旋盤に向い、教えられたバイト台の目盛りを計って把手《とって》を押すと、バイト台は自動的に、音もなく進みジェラルミンの肌を、するすると切り裂いて行く。このとき、何とも知れない一種の昂奮が、亮助の胸に突き上げてきた。未知のものへ記す第一歩への興味を、彼はまだ失っていなかったとも言えよう。

「止めて」

武四郎の声に亮助はハッとして握っていた把手を持ち上げ、バイト台の進行を止めた。

「どうだい？　面白いだろ？」

上気した顔をあげた亮助に、武四郎は微笑した。

その日は一日中、武四郎は亮助に附添い、夕方の終業のベルが鳴るまでに十三個のパッキングを作り上げた。あの退屈そうな一本の棒から、一点の狂いもない同じ銀の輪が作り出され、それが紐に束ねられると、武四郎は、

「さ、検査へ持って行けよ。お前さんの第一回目の仕事だ」

肩を叩かれ、工場内の中央にある検査場へ行って図面と共に十三個の銀輪を差し出すと、

「御苦労さん」

若い検査係の男が威勢よく受取って、もう見向きもせずにマイクロメーターを取り上げて検査にかかった。その無雑作な態度が、自分を一人前の職工として扱ってくれたような気がして、亮助は、ふッと嬉しかった。

戻ってくると、今日は、もう帰っていい、と言うので更衣室に行きかけると、

「おいおい。機械《ばんこ》の掃除を忘れちゃいけないよ」と武四郎が言った。

「明日やりますよ」

疲れてもいたし、掃除掃除と、くどく言う武四郎が（ちえッ、何だい、先生面《づら》しやがって——）と、癪《しゃく》にもさわった。言い捨てて構わず行きかける亮助の腕を武四郎が摑んだ。無言の抵抗を見せて振り放そうとしたが、到底、離れるものではなかった。ずるずると機械の前へ引摺《ひきず》られて行き、突き放されると、

「機械《ばんこ》の掃除を、その日のうちにしねえ奴は、帰さねえぞ」

低いが重味のある声で、武四郎は亮助ばかりではなく、周囲の職工達へも睨《にら》みをくれた。面白がって、ざわめいていた職工達も、しいんとなったのは、武四郎の腕の圧力が相当なものなのだからに違いない。

亮助は口惜《くや》しさと恥かしさで耳を火照《ほて》らし、頰をふくらませて、掃除にかかった。

「ほらほら。此処《ここ》に切屑が、まだくっついてる。バイト台も、よく拭《ふ》いて——」などと、武四郎は、一点のぬかりなく指図しては亮助を小突いた。亮助が最後に機械の各部分に油を差し込み始めたとき、蟇は、

「ほうら、晩飯だよ」と、機械に話しかける。

「また始めやがった」思わず舌打ちが出ると、

「何だい？　今のは——」

蟇はニヤリとして亮助に舌打ちを返してきた。そして、掃除が全部すむと、

「御苦労さん、また明日ね」猫撫で声で機械の肌を軽く叩くのである。

その夜、帰宅した亮助は、晩飯を五杯も食べ、驚ろいている細君や母を尻眼に、口もきかずに蒲団へもぐり込むと、あッという間もなく眠りこけてしまったのだ。

それから亮助の、惨憺《さんたん》たる毎日が続いた。疲労と、絶望と、あきらめと、そしてまた、まだ温《ぬく》もりの消えない前の塒《ねぐら》へ戻《もど》り度《た》い激しい慾望の中で、自分の手が、いかに不器用であるかを、つくづくと悟らざるを得なかった。一緒に徴用された連中は、一月《ひとつき》もすると各工場で、それぞれ、旋盤やボール盤やミーリング盤を、どうやら操つるようになったが、亮助はまだ、蟇武伍長の指導なしには、製品が作れないのだ。図面を一個所見間違えても、製品は全部失敗《おしやか》になる、刃《バイト》の磨《と》ぎ方《かた》一つにも全精力をこめないと、磨石《グラインダア》に手がすべって、指や手の皮を血だらけに擦《す》りむくし、ドリルで穴をあけにかかると、チャックにくわえさせた材料が、ぶるんぶるんと躍り出してとんでもない処に穴が開くか、錐《ドリル》が折れるかする。カンシャクを起して焦《い》らだてば焦らだつほど、旋盤は意地が悪くなり、刃《バイト》を叩き割ったり、材料を振りとばしたり、歯をむき出して挑みかかる亮助に油を引っかけたり、材料や刃《バイト》の破片を突き刺させて嘲笑する。業を煮やし「この野郎」と機械を撲りつけると、ビクともせずに亮助の腕を肩のあたりまで痺《しび》れさせるだけだった。

「この野郎と言うだけ、お前さんはマシだ。機械《ばんこ》を人間扱いにしてる」と、蟇は、よろこんだ。

たまらなくなってずる休みをすると、蟇はすぐに浅草の家へやって来て、「工場長に笑われるぜ。自分で志願した癖に、ざまを見ろって言われるぜ」と、けしかけるのだ。今でも皮肉な微笑をニヤニヤさせて自分を見る工場長の顔が眼に浮かぶと口惜しくてたまらなくなり、半分は、もうヤケ気味になって亮助は、また会社へ出て行く。

蟇は、根気よく教えた。亮助の暴言にも決して怒らず、飽くまで、機械と工具に対する擬人法を守って、彼等（？）に話しかけ、いたわりつつ魔法のように素早く、みじんも狂いのない手捌《てさば》きで、亮助の出来ないことを軽々としてみせる。

工場長は工場巡回の時には、必ず亮助の前に立ち、ニヤリと笑ってから附添いの蟇に、「大変だねえ」と一言洩らして去る。これが血の気の退《ひ》くほどに口惜しく、そしてまた不器用な自分が、たまらなく情なかった。

しまいには亮助も、ヤケと口惜しさと哀しさで、無我夢中になり、朝も夜もなく、帰っては食べて眠り、工場に出ては機械と喧嘩でもするつもりに殺気立った。

こんな捨鉢な彼が仲間の職工達とはうまく溶け合わず、一寸した言葉のやりとりから摑み合いになり、さんざんに撲りつけられたことも珍らしくない。

不思議に、亮助の体だけは参らなかった、ばかりでなく、人が変ったように腹へ詰め込む食事の量の増加と共に、体重が、徴用以来、二ヵ月になると、一貫目近くも増えてきたのである。

皮膚の裏までも染《し》み渡《わた》った機械油の匂いも気にならなくなり、製品が満足に作れない劣等感をのぞけば、毎日の出勤にも習慣がついて、もう古巣へは戻れない諦めと共に、肉体的な苦痛は何時の間にか薄れていった。

習慣と――それから、二ヵ月という時間の魔力は、見えない力で亮助を新しい環境に馴らし、それが彼を落着かせ、その落着きが、いくらかずつ、手の不器用さを補《おぎ》なってきはじめたことに、彼自身は気づかなかった。

夢うつつのうちに夏が近寄って来た。

或日《あるひ》、新しい図面を受け取って仕事にかかった亮助は、夜に入ってから十六個のパッキングを仕上げ、検査場に運び終った自分を発見した。機械の前に戻って、ハッと気づいたのは、今日は丸一日、伍長の助けも仲間の助言も借りずに、自分一人で仕事を完了したことだった。

「ややッ」と、彼は驚いた。

特別うまくやれる自信が持てたわけではなかったが、とにかくスムースに事が運んだのだ。刃《バイト》の磨ぎ方が良かった為《ため》か、削り取られるジェラルミンの切屑は絶えず、シュウシュウと爽《さわ》やかな声で亮助に囁きかけていたし、モーターの唸り声はリズムになって機械へかがみ込む彼の体に快《こ》ころよい波動を伝えてきたことが、今になって思い起された。得体の知れない歓喜が、思惑で一儲けしたときのそれとは全く違った感覚で――強《し》いて言えば、じかに亮助の肉体に強烈な響きを伝えてきた、とでも言うような激しさで、彼を有頂天にさせた。

賭けたものが手に入ったのではなく、人間が、それ相応の努力と汗を惜しまなかったときに、正確にもたらされた収穫なのである。

「有難う」

思わず、亮助は機械《ばんこ》に声をかけ、ピョコンと頭まで下げてしまったのだ。同時に、杉原武四郎の太い指が、自分の腕を摑むのを知った。

亮助は、テレて赫《あか》くなり、

「け、検査はどうかな」と、上ずった調子で言い、検査場へ行きかけた。その体を押し戻して、蟇は言った。

「合格してるよ。今、俺が見て来た」

残業の電灯の光りの中に、油に濡れた機械《ばんこ》が、今は馭者《ぎょしゃ》に乗り静められた荒馬のように沈黙している。

「よかったなア」

そう言った武四郎の眼が、うるみかかっているのを発見したとき、我にもなく亮助は、涙が溢れてくるのを、こらえることが出来なかった。

この夜から二日たって、ミッドウェーの海戦があり、敵に大損害を与えたと国民にもたらされた勝報にもかかわらず、工場の空気は異常に、きびしいものになり、亮助の小さな成功を待ち構えていたかのように、気狂いじみた速度と労働を強要しつつ、殺伐な生産へ突入しはじめた。

五

「考えてみると、あのミッドウェー海戦から形勢は逆転していたんですね」

「うむ。八月にガダルカナルへ上陸されてからは、工場へ来ていた海軍の監督官の顔つきが、ガラッと変ったからな」

武四郎は老酒の盃をなめながら、この店の二階の窓を揺り動かして通過する国電の響音に耳を澄ませた。

新宿駅の屋根の向うの夜空を、ネオンの灯が、紅《あか》く染めている。窓から流れ込む風は生暖かった。

「M製作所は、今でもやってるんですか？」

「うむ。飛行機じゃないぜ」

「そりゃ、そうでしょうけど――」

「農業用の機械をやってるそうだよ」

「勿論、旋盤も使ってるんでしょうな、一度、やってみたい」

「うむ、俺もさ。だが、この片眼で、この歳になっちゃ、もう旋坊が相手にしてくれないからな」

武四郎は淋しそうに笑って、

「でも、お前さんが、そうして機械《ばんこ》のことを、今でも思い出してくれるのは、俺も嬉しいよ」

「忘れるもんですか」

亮助は力をこめて答えた。

昭和十七年の春から十九年の二月に召集を受けて海軍にとられるまで、亮助はM製作所で働きつづけた。

ガダルカナルの戦闘が始まってからは、一日置きの徹夜が強制的に命ぜられ、軍の監督下に息苦しいまでの勤務ではあったが、亮助は、次第に旋盤と仕事に対する興味と、情熱にとらえられて、他人が一日でする仕事を三日もかける不器用さを自分で持て余しながら徐々に、精密で複雑な図面と製品とに取組んでいったのだ。

「あんたの言う通り、まさに旋坊は生きものでしたからね。こっちの気持が、残らず機械《ばんこ》に映ってくる恐ろしさには驚きましたよ。でも、あんたが居てくれなかったら、私は、どうなっていたかわからなかったものなア」

「あれだけ俺が手にかけた職工の中で、本当に機械《ばんこ》を可愛がってくれたのは、お前さん一人だったものな」

武四郎は、しみじみと亮助を見守り、その盃へ老酒をついだ。

電気の動力を革のベルトに伝えて回転するにすぎない金属の物体に精神があるとは、誰も信じる筈がなく、それに工場の人達の中で、いや武四郎の部下の職工達の中で、今でも蟇ちゃんの風貌を記憶している者は何人居ることだろう。

　ふと、亮助は思い出し笑いを噛み殺した。

「何だい？　何が可笑《おか》しいんだい？」

「いや、一寸——何時だったか、あんたが徹夜作業だと奥さんに嘘をついて、遊びに行ったことを思い出したんですよ」

　武四郎が遊びに行った先は当時、産業戦士のメッカと言われた洲崎の遊廓で、てっきり徹夜作業だと信じ込み、彼の好きな炒《い》り玉子《たまご》入りの海苔で巻いた握り飯と食後のリンゴまで持たせて寄越《よこ》した蟇の細君が、突然、夜更けに会社へ電話をかけてきたのだ。子供が発熱して心配になったのだそうだが、しかし、この為に、武四郎の悪事は全部、細君の知る処となり、その翌朝、何喰わぬ顔で帰った武四郎は裁縫用の鏝《こて》でもって頭を撲られ、大変なコブをこしらえられ、出社すると、

「会社の交換手も工場の連中も、気を利かしァいいのに、定時にお帰りになりましたなアんて、うちのかあちゃんに答えやがったもんだから、ひでえ目に会っちゃった。これから、もう当分、洲崎へは行けねえ」などと、情けなそうに眼をショボショボさせていたことがある。

「ふふん。あの時分の俺はなア、女の体が機械《ばんこ》になり、機械《ばんこ》が女の体に見え、全く、困ったもんだった。けど、そのどっちにも俺は真剣だったよ」

　武四郎は亮助の盃に老酒を満たし、少し酔が廻ってきたらしい、もつれた声で、

「終いにァ、むしろ、お前さんの方が俺よりも偉くなったものな」

「どうして？」

「お前さんは、機械《ばんこ》を女や男の区別のねえ、一個の人間として扱うようになったものな」

あの旋盤《ばんこ》――粛然と、コンクリイトの床に、寸分のスキもない均衡《バランス》を保った鉄の姿態を厳しく横たえ、自分を使いこなす人間の手や心の邪念には少しも容赦なく反抗し、自分に対する愛情と理解に対しては、これに報いることに於て全力を尽してくれた旋盤――。不器用な亮助が、作業終了後に心をこめて拭き清め、油を射込み、充分な点検を怠ることのない限り機械は忠実に働き、無理な製作計画の下に強引に押し進めようとする亮助の怠慢には、いきなり調子を狂わせて刃《バイト》をへし折ったり材料を跳ねとばしたり、あと一歩という処まで漕ぎつけた製品のネジの山を無残に切崩して、亮助を絶望させた。

そんなとき、口惜しさと怒りで、

「畜生ッ」と、機械を蹴とばしていたりすると、通りかかった蟇が、

「キリンのあんちゃん。機械《ばんこ》が泣いてるぜ、痛い痛いって……」などと、眉をしかめて見せたものだった。

懸命に気持を静め、図面を検討してみると、必ず、間違いは亮助の方にあった。そしてまた、正確な計画を建直し、均衡のとれた無理のない順序で仕事にかかると、絶対に機械《ばんこ》は逆らわないで、狂いのない品物を口笛でも吹きたくなるような快適な気分のうちに作りあげてくれるのである。

他の職工達は、どういう風に機械《ばんこ》を扱い交際《つき》あっていたか、それは知らないが、とにかく、亮助は旋ちゃんに友情の誠を尽すことによって、一人前の旋盤工に育っていったのである。

その年の十二月には、株式界もすべて国家の管理下に入り、業者も自然消滅の形になるより他なかったということも、新聞で、さっと眼を通して知っただけで、何の感慨もおきてこなかった。翌年の二月にはガダルカナル撤退。四月には山本司令長官の戦死。五月にはアッツ島の日本軍全滅。ドイツ、イタリヤの敗北と共に、工場も死物狂いの喘《あえ》ぎの中で、夜も昼もない明け暮れだった。

勿論、亮助も武四郎も日本の勝利を祈り、その為の生産に従事する生甲斐を張り詰めた心の頂点に置いて働いた事に間違いはない。その頃の亮助は、もはや一年前の彼ではなかった。

M製作所の特殊な、細かい仕事の中で、その精密なネジ切りをやるエキスパートの一人として、請負制度の給料も一月に二百円近くも貰うようになっていたけれど、そのとき、はじめて、亮助は、あの当時どうして暮してきたのかと俊子にきいた。俊子は、数年前に亮助が一儲けしたとき、招待券や招待パスが貰えるので楽しみだからと無理に亮助に買わせた興行会社の株が二百ばかりあったのを売り払って赤字の足し前にしたと答えたが、そんなものがあったことを、すっかり忘れていた亮助だった。

一度、ふッ切れてしまうと、苦しんだ期間が永かっただけに、機械は両手の指のように動いてくれ、氷上を滑るスケートの快適さで殺到する仕事を亮助は捌《さば》いていった。

「一年たつと、お前さんは見違えるようになったっけね。でも大変だったな。徹夜徹夜で、冬の寒い晩なんか、コンクリイトの上へムシロを敷いて寝たもんだっけ。敗けちゃいけねえ。ただ、それだけだったものな。勝てば戦争が終る、それだけだったものねえ」

「そうなんだ、杉原さん。あの当時、あんたも、私も、つまりは、戦争が終る為に俺達はがんばってるンだ。そういう気持だったんですな」

「しかし、敗けたときには口惜しかったよ。いや、手前で手前が口惜しかったんだ。後になって、あの戦争の無茶苦茶なやり方、嘘だらけの戦果の発表ってやつに胡魔化《ごまか》されて、あんなに力一杯、機械《ばんこ》と一緒に働いたことのバカバカしさ、涙も出ねえ位だったものな。情なかったねえ。そうだろ、キリンのあんちゃん」

「そりゃ確かにそうですとも——けどねえ、杉原さん。私は、あんたや旋坊と暮したあの当時のことが、実に懐しく、たまらなく嬉しく思い出されるんですよ。それだけが、何時までも私の胸ン中に残ってるんだ」

亮助は、機械《ばんこ》と武四郎によって、あらゆるものへの愛情を摑む糸口を発見させて貰ったのだと、今でも、そう信じている。海軍にとられ、九州の航空基地で敗戦を迎えて、灰になった東京の我家の焼跡に立ち、埼玉の親戚に疎開していた妻や子や母と共に誰もが骨身に応えて通り抜けて来た終戦後の苦しみや哀しみの中にも、亮助は旋坊と武四郎の面影を抱きつづけて生きて来たのだ。

一粒の飯にも、日常使う茶碗の肌にも、一碗の酒や壺の花にも、亮助は、その背後に潜む人間と自然の営みを、細やかにいつくしむ術《すべ》を何時の間にか身につけていたのだった。

戦後、取引所が、戦前に比べて、投機性を減少した新しいシステムにより再開されたときも、彼は再び兜町の土を踏む気がしなかった。

復員した亮助は、当時、焼土に猖獗《しょうけつ》を極めた発疹《ほっしん》チブスの防疫の仕事に都庁へ雇われ、やがて主税局へ廻されて税金の取立という味気ない仕事に従うことになったのは、五年前の秋のことである。

「すると、今のお前さんの機械《ばんこ》は何だね？」と、蟇は寝転んでいた肘枕《ひじまくら》から、むっくり体を起した。

「あらゆることの中に機械《ばんこ》を見つけようとしているだけですけどね。しかし、まァ、今の私にとっちゃ、まず子供ですね。今度は私が機械《ばんこ》になって、私の子供に使って貰うつもりですよ」

亮助は、ふと、M製作所での二年間、自分と共に在った旋盤は、今、どうしているだろうかと思った。まだ、あの焼け残った芝浦の第七工場の床の上に、老いた手足を踏ん張って農具の部品を製作しているのだろうか。そして彼にモーターを入れ、彼の刃《バイ》台《ト》を動かしている人は、どんな人なのだろうか――。

戦争中、正直な彼が唸り声をあげて果した任務は、悲惨な終末によって裏切られたろうが、しかし、彼を裏切った世界の人間達は、彼を生み、人間自身を生んだ自然と大地に挑戦して、大変な怪物を生み育ててしまい、その怪物の恐ろしい怒りと力を持て余して捨て去ることも出来ず、うろうろと迷い、疑惑の眼を向け合って絶えず不安と恐怖の重圧に押し潰されかかり、天と地の罰をくらっている。

「だからこそ、私は、あの当時の旋坊が私に言い聞かせてくれたことを忘れないんですよ」

亮助は激しく胸の中を燃え上らせ、

「旋坊も私達も、生れたところは同じだってことをね」

武四郎の濁った片眼が輝いた。

「全くだ。俺達次第だ。俺達次第で、よくもなれば悪くもなる」

「杉原さんの今の機械《ばんこ》は何です？」亮助は聞き返してみた。武四郎はショボリとしおれて、

「俺の——俺の、今の機械《ばんこ》はなァ、あの女さ。今日、お前さんに剣突く喰わした、あの女さ」吐き捨てる様に言って、蟇は老酒を呷《あお》った。

六

亮助のように、外勤で、毎日足を棒にしているものにとっては、日曜日の雨は反《かえ》って楽しい。晴れていても外出は面倒になる。一日、ゆっくりと家に寝そべって足を休めたいの

だった。

女房の俊子は戦後に一度、流産をして後は産れず、一人息子の国夫は十八歳の高校生だ。亮助に似て背は高く、バスケット・ボールの選手をしている。

五月の決算期も済み、役所も一息ついたところだったし、一ヵ月も休日無しで働いただけに、久しぶりの日曜日の朝寝の床で、のんびり新聞をひろげるのは気持の良いものだった。

静かな雨の音が煙りのように、この二階の六帖を包んでいる。

此辺《このへん》は大森の奥の住宅地である。昨日までは夏めいた陽射しの強さに扇子まで持ち出したのだが、今朝は肌寒い。

亮助は薄緑色の清潔なシーツに蔽《おお》われた毛布に肩を埋め、茶を入れて上って来た俊子に、

「国夫は出かけたのか?」

「お友達と映画の約束があるんですって――その後で前島先生のところへ寄るそうです」

前島先生というのは国夫の画の先生である。国夫は美術学校へ入る準備を、今から始めているのだった。

「画家と言ってもさ、僕は商業美術をやりたいんだよ、お父さん。ウインドや、いろんなもののデザインや装飾をやりたいんだ。だから一人前になれば食べてくのには困らないし、立派な商売として通るし、大衆が日常に使ったり見たりするものにだね、自分の創造した美を発揮出来るんだから悪かないでしょ」

と、国夫が、大人っぽい表情で、両親に自分の志望を打明けたのは半年ほど前のことだったろうか。成長した子供への驚きと共に、しっかりと、自分の目的を社会というものの中へ溶け込ませている国夫を発見して、亮助は嬉しかった。あとで、

「俺が、あの時分には、丸っきり何になろうなんて考えたこともなかったがね」

「時代ですねえ、お父さん」と、俊子は、

「もっと、のびのびしててくれた方がいいんだけど――」と言った。

「しかし、商業美術なんて仕事を見つけたのは偉いよ。俺は株屋にするつもりだったんだがね」亮助は、そんな冗談を言ったものだ。

時計が十時を打った。

「お父さん、そろそろ起きたら如何《いかが》?」

俊子は、早くも床をあげる気配を見せて、

「今日は韮《にら》の味噌汁《おつけ》よ」

「そうか」

階下へ降り、顔を洗って茶の間に坐《すわ》ると、熱い飯の匂いと、焼海苔や納豆の小鉢の間に、亀戸大根が若い女の肌のような光沢を見せて、焦茶色《こげちゃいろ》の益子《ましこ》の鉢に、生き生きと亮助の箸を待っている。

「うまそうだなア」しみじみと嘆声を洩らして、亮助は、この日曜の朝のひとときに限りない幸福を覚えるのだった。

「お父さん、その後、蟇さんは、どうなの？　まだ、わからないの」

俊子が給仕にかかりながら、心配そうに聞いた。

「うむ。わからないらしい」

あの夜、新宿で別れて以来、杉原武四郎は行方不明なのである。もう半月余りもたっているのだ。

あの女——清水タマエが、二度ばかり役所へ訪ねて来て、亮助は蟇の失踪を知ったのだった。

武四郎は昭和二十年、工場で負傷した片眼が一時、快方に向い、そしてまた、急に悪化した為、下谷《したや》の病院に入院中、三月十日の爆撃で本所石原町の自宅を焼かれ、その時、妻と二人の子供を失った。

戦後、街娼《がいしよう》をしていた清水タマエと新宿の闇市で知り合い、同棲して担ぎ屋を始めたのを振出しに、タマエは持ち前の、男顔負けの押しと才能を発揮して、間もなく歌舞伎町辺に小料理屋を開いた。当時の闇物資横行時代に、しこたま儲けて、現在、A区とG区にアパートを経営し、A区の方に武四郎と住んでいるのだった。

タマエは、あれで四十一歳だそうだ。

夕方から歌舞伎町の方へ通い、午前二時頃、ハイヤーで帰って来る。それから、翌日の夕方まで、留守番をしている武四郎に求めて止《や》まないという。

「恐ろしいよ、女は——」

あの夜、むしろ青ざめて武四郎は告白したものだ。

「俺の血も肉も、みんな、あいつに吸いとられちまう様な気がする」

男妾《おとこめかけ》のような暮しを振り捨てて、新しい機械《ばんこ》を探し出し、力一杯働いてみようと思うのだが、隻眼と年齢への劣等感と、勿論、現実的に言っても、それは難かしかったし、

「それに、もう馴れちゃったんだな。乞食を三日すると止められないって言うが、まさに俺はそいつなんだよ」

タマエは武四郎の外出にも鋭く気を配り、片時も自分の傍を離さず、食べる物も着る物も贅沢三昧《ぜいたくざんまい》させてくれる代り、お勤めには、すこぶる厳格だというのだ。

「食べさして貰ってるからと思うが、もういい加減、げっぷが出かかってるんだ」武四郎は、げんなりと言った。

「けどねえ、キリンのあんちゃん。俺でなくちゃ、あの女——いや、あの機械《ばんこ》は充分に扱えねえのだ。あいつも、それは百も承知している。だから困る。困るんだよ」

あの夜、新宿の駅で別れたのは十時頃だったろうか。翌日の退庁も迫る頃には、タマエが青筋立てて役所へ怒鳴り込んで来たのだ。前の日に払った家屋税の受取りで、亮助の名前も知って来たので、役所では温厚な黒田さんにしては珍らしく滞納者と喧嘩をして来たらしいと騒がれたものだ。

「あの人を何処へやった？　さ、言って頂戴《ちょうだい》。あんたと会うって出たっきり帰らないのは、あんたが、何も彼も知ってるってことじゃないのッ。隠したりすると警察に言いつけ

ますよッ」

タマエは、体をふるわせ、こめかみに貼った古風な頭痛膏を指で揉《も》みながら叫んだ。

二度目に来たときは、亮助が関係のないことも判ったらしく、人が違ったように、しおたれて、

「お願いしますからさア。どうかどうか、あの人を探して下さい。お願いします。お願い——」

役所の応接室の人前も構わず掻きくどいて亮助に手を焼かせた。

亮助も武四郎の経歴は、あまり、くわしくは知らない。二度ばかり石原町の、小さな古びた家だが、清潔に掃除の行届いた座敷で、これも小柄な、丸々とした細君と、これもまた小柄だが健康そうな女の二児と共に配給のビールを招《よ》ばれたことがあるだけだった。

タマエもまた、手がかりになる何物も持ってはいないと言う。

「警察へは届けてあるんだそうだがね」

さすがに、亮助も味噌汁の椀を持ち上げたまま、ガラス戸越しに強くなってきた雨足を、ぼんやりと眺めた。

「何でも相談してくりゃよかったのに——蓁さん、今頃、何処をうろついているんだか——」

隣りの家の庭で、けたたましく犬が吼《ほ》えた。

「あの郵便屋さん、よっぽどタロに嫌われてるのね。あら、家へも来たらしい」

玄関のポストに、カサリと落ちた音を聞いて、俊子は茶の間を出て行った。日曜の朝の穏やかな気分が、重く沈んできて、亮助が思い出したように箸を運び始めると、

「お父さん。来たわよ。蟇さんから――」

「ど、どれ?」

箸を投げ捨てて、受取ったハトロン紙の封筒に、右の肩上りの太い字が、丹念に整然と並んでいる。四国の須崎《すさき》から来たものだ。

あの夜、名刺を渡しといてよかったと亮助は、もどかしく封を切った。

――東京にいたら、とても、あの女からにげきれません。ごういんに、にげようとすれば、きっと殺されるでしょう――

手紙には、そう書いてある。高知県の須崎市で、武四郎の死んだ細君の従兄《いとこ》が漁業をやっているのを思い出し、ぶっつけに訪ねてみた。というのも、思い立ったら少しでも迷うことは、また、あの泥沼に引き擦り込まれる危険があるので、あの夜、途中から引返し、東京駅からすぐに出発した、向うへ着くと、永年音信も絶えていたことだし危ぶんでいたのに意外に歓迎され、すべてをぶちまけて話したところ、従兄は大いに同感してくれ、今は魚市場で働き始めた。とにかく落ちついたので手紙を書いた、というのである。

――私は、かためになり、もう二度と、旋ちゃんと一しょに働くことはできませんが、何とかして、あたらしいばんこをみつけたくおもいおります。どんな形のばんこでもいいから、昔のように、毎日、めしを食うことが張りあいのあるようなばんこをみつけるよう

どりょくしております。きみも私も、おたがいにばんこをわすれないようにしましょう。

そのうちに、こちらの名物のカツオブシを送ります。おくさんと、むすこさんに、くれぐれもよろしく、おっしゃって下さい。君とも、また、いつか会えるでしょう。たのしみにおもいおります——

そして日附と亮助の名と、自分の署名を書いたあとに、あわててこう書いてあった。

——あの女にはくれぐれも、けっしてけっして、だまっていて下さい——。

Ⅲ

アンゴウ

坂口安吾

矢島は社用で神田へでるたび、いつもするように、古本屋をのぞいて歩いた。すると、太田亮氏著「日本古代に於《お》ける社会組織の研究」が目についたので、とりあげた。一度は彼も所蔵したことのある本であるが、出征中戦火でキレイに蔵書を焼き払ってしまった。失われた書物に再会するのはなつかしいから手にとらずにいられなくなるけれども、今さら一冊二冊買い戻してみてもと、買う気持にもならない。そのくせ別れづらくもあり、ほろにがいものだ。

頁をくると、扉に「神尾蔵書」と印がある。見覚えのある印である。戦死した旧友の蔵本に相違ない。彼の留守宅も戦火にやかれ、その未亡人は仙台の実家にもどっている筈《はず》であった。

矢島はなつかしさに、その本を買った。社へもどって、ひらいてみると、頁の間から一枚の見覚えのある用箋《ようせん》が現れた。魚紋書館の用箋だ。矢島も神尾も出征まではそこの編《へん》輯《しゅう》部《ぶ》につとめていたのだ。紙面には次のように数字だけ記されていた。

34	14	14
37	1	7
36	4	10
54	11	2
370	1	2
366	2	4
370	1	1
369	3	1
367	9	6
365	10	3
365	10	7
365	11	4
365	10	9
368	6	2
370	10	7
367	6	1
370	4	1

心覚えに頁を控えたものかと思ったが、同じ数字がそろっているから、そうでもないらしい。まさか暗号ではあるまいが、ヒマな時だから、ふとためす気持になって、三十四頁十四行十四字目、四字まですすむと、彼はにわかに緊張した。語をなしているからだ。

「いつもの処《ところ》にいます七月五日午後三時」

全部でこういう文句になる。あきらかに暗号だ。

神尾は達筆な男であったが、この数字はあまり見事な手蹟じゃなく、どうやら女手らしい様子である。然《しか》し、この本が疎開に当って他に売られたにしても、魚紋書館の用箋だから、この暗号が神尾に関係していることは先《ま》ず疑いがないようだ。

用箋は四つに折られている。すると彼の恋人からの手紙らしい。

矢島は神尾と最も親しい友達だった。それというのも二人の趣味が同じで、歴史、特に神代の民族学的研究に興味をそそいでいた。文献を貸し合ったり、研究を報告し合ったり、お揃いで研究旅行にでかけることも屡々《しばしば》だった。それほどの親しさだから、お互《たがい》に生活の内幕も知りあい、友人もほぼ共通していたが、さて、ふりかえると、趣味上の友人は二人だけで、魚紋書館の社員の中に同好の士は見当らない。のみならず、この本は殆《ほとん》ど市場に見かけることのできなかったもので、矢島は古くから蔵していたが、たしか神尾が手に入れたのは、矢島が出征する直前ぐらいであったような記憶がある。

それに矢島が出征するまで、神尾に恋人があったという話をきかない。そのことがあれば、細君には隠しても、矢島にだけは告白している筈であった。

矢島の出征は昭和十九年三月二日、神尾は翌二十年二月に出征して、北支へ渡って戦死している。してみると、この七月五日は、矢島が出征したあとの十九年のその日であるに相違ない。

矢島は社の用箋を持ち帰って使っていた。他の社員もみなそうで、当時は紙が店頭にないのであるから、銘々が自宅へ持ちこむ量も長期のストックを見こんでおり、矢島の出征後の留守宅にも少からぬこの用箋が残されていた筈であった。

矢島は妻のタカ子のことを考える。神尾の知人にこの本を蔵しているのは矢島の留守宅だけであり、そして、そこにはこの用箋もあったのだ。

神尾は軽薄な人ではなかった。漁色漢でもなかった。然し、浮気心のない人間は存在せず、その可能性をもたない人は有り得ない。

矢島が復員してみると、タカ子は失明して実家にいた。自宅に直撃をうけ、その場に失明して倒れたタカ子はタンカに運ばれて助かったが、そのドサクサに二人の子供と放れたまま、どこで死んだか、二人の子供の消息はそのまま絶えてしまっていた。

病院へ収容されたタカ子が実家とレンラクがついて、父が上京した時は罹災《りさい》の日から二週間あまりすぎており、父に焼跡を見てもらったが、何一つ手がかりはなかったそうだ。

タカ子の顔の焼痕は注意して眺めなければ認めることができないほど昔のままに治っていたが、両眼の失明は取り返すことができなかった。

神尾は戦死した。タカ子は失明した。天罰の致すところだと考えている自分に気づいて、矢島はあさましいと思ったが、苦痛の念はやりきれないものがあった。

タカ子の書いた暗号だという確証はないのだから、まして一人は失明し、一人は死んだ今となって、過去をほじくることもない。戦争が一つの悪夢なんだから、と気持をととのえるように努力して、買った本は家へ持って帰ったが、片隅へ押しこんで、タカ子に一切知らせないつもりであった。けれども、そういう心労が却《かえ》って重荷になってきて、なまじいに自分の胸ひとつにたたんでおくために、秘密になやむ苦しさが積み重なってくるように思われた。

そのうちに、矢島はふと気がついた。出征するまで、タカ子はいつも矢島の左側に寄りそってきた。新婚のころの甘い追憶がタカ子に残り、ひとつの習性をなしているのだ。

夜ふけて矢島が机に向い読書にふけっている。タカ子が寄りそう。矢島は読書の手をやすめて、タカ子にくちづけをしてやる。そして、くすぐったり、キャアキャア笑いさざめいて、たあいもない新婚の日夜を明け暮れしたが、当時から、タカ子は必ず矢島の左側に寄り添うのであった。寝室でも、タカ子はいつも良人の左側に自分の枕を用意した。新婚は、新しい世界をひらいてくれる。矢島はタカ子がひらいてくれた女の世界を賞玩した。時には、好奇し、探究慾を起しもした。そういう新しい好奇の世界で、タカ子がいつも左側へ寄りそい、左側へねる、ハンで捺《お》したように狂いのないその習性について思いめぐらしてみたものだ。本能である筈はない。古来からのシキタリがあり、タカ子はそれを教えられており、自分だけが知らないのかとも考えたが、二十年ちかくも史書に親しんでそれらしい故実を読んだこともないから、たぶんそうでもないのだろう。

してみると、男の右手が愛撫の手というわけであろうか。そう考えると、タカ子の左側ということが、あまり動物の本能めいて、たのしい想像ではなかったが、事実に於《お》いて右側では自分自身カッコウがつかないような感じもするから、別に深い意味のない感じの世界から発して、二人の習慣が自然に固定しただけのことかも知れなかった。

ところが戦争から戻ってみると、タカ子は左側へ寄りそったり、右側へ寄りそったり、ねむる時にも左右不定になっていた。然し、それもムリがない。タカ子は失明しているのだから。矢島はそう考えていた。

然し、暗号の手紙から、それからそれへと思いめぐらすうち、矢島はふと怖《おそろ》しいことに気がついて、一時は混乱のために茫然《ぼうぜん》としたものである。

神尾は左ギッチョであった。

★

矢島は復員後、かなり著名な出版社の出版部長をつとめていた。ちょうど社用で、仙台へ原稿依頼にでかけることになったので、仙台には神尾の細君が疎開しており、どっちみち訪問すべき機会であるから、カバンの中へ例の本をつめこんだ。

社用を果してのち、神尾夫人の疎開先を訪ねると、そこは焼け残った丘の上で、広瀬川のうねりを見下す見晴らしのよい家であった。

神尾夫人は再会をよろこんで酒肴をすすめたが、夫人もともに杯をあげて、その目に酔がこもると、いかにも生き生きと情感に燃えて、目のある女の美しさ、それをつくづく発見したような思いがした。

神尾夫人は元々美しい人であったが、目のないタカ子にくらべて、なんという生き生きとした距《へだた》りであろうか。然し、この生き生きとした人が、自分と同じように、神尾とタカ子に裏切られている被害者なのだと考えると、加害者のみすぼらしさが皮肉であり、わが現実がまことに奇妙にも思われた。

タカ子が単なる失明にとどまらず、子供たちと同じように死んでいたら、あるいは自分は今日の機会に求婚して、この人と結婚したかも分らない。ふと、そんなことを考える。そして変に情慾的になりかけている自分に気付くと、思いは再び神尾とタカ子のこと、自分が現にこうあるように、彼らがそうであったという劇《はげ》しい実感に脅やかされずにいられなかった。

神尾の長女が学校から戻ってきた。もう、女学校の二年生であった。矢島の娘が生きていれば、やっぱり、その年の筈であった。神尾の長女は、生き生きと明るい、そして、美しい女学生になっていた。その母よりも、さらに生き生きと明るく、立ち歩き、坐《すわ》り、身をひるがえして去り、来《きた》り、笑い、羞恥《しゅうち》する目。矢島は、いつもションボリ坐っている妻、壁に手を当てて這《は》いずるように動く女、またある時は彼の肩にすがって、単なる物体の重さだけとなってポソポソとずり進む動物について考える。せめて二人の子供が生きていてくれたなら、そしてこの娘のように生き生きと自分の四周を立ち歩いていてくれたなら、そんなことをふと思って、泣《な》き迸《ほとば》しりたい思いになった。にわかに心は沈み、再び浮き立ちそうもなくなって、坐にたえがたくなったので、最後に例の一件をもちだした。

「実は神田の古本屋で、神尾君の蔵書を一冊みつけましてね、買いもとめて、形見がわり珍蔵しているのです」

彼はカバンからその本をとりだした。

「神尾の本は全部お売りになったのですか」

夫人は本を手にとって、扉の蔵書印を眺めていた。

「神尾が出征のとき、売ってよい本、悪い本、指定して、でかけたのです。できれば売らずに全部疎開させたいと思いましたが、そのころは輸送難で、何段かに指定したうち、最小限の蔵書しか動かすことができなかったのです。二束三文に売り払った始末で、神尾が生きて帰ったら、さだめし悲しい思いを致すでしょうと一時は案じたほどでした」

「欲しい人には貴重な書物ばかりでしたのに、まとめて古本屋へお売りでしたか」

「近所の小さな古本屋へまとめて売ってしまったのです。あまりの安値で、お金がほしいとは思いませんけど、あれほど書物を愛していた主人の思いのこもった物をと思いますと、身をきられるようでしたの」

「然し、焼けだされる前に疎開なさって、賢明でしたね」

「それだけは幸せでした。出征と同時に疎開しましたから、二十年の二月のことで、まだ東京には大空襲のない時でしたの」

してみれば、神尾の蔵書が魚紋書館の同僚の手に渡ったという事もない。あの暗号の七月五日は十九年に限られており、その筆者はタカ子以外に誰がいるというのだろうか。

その本のなかに、変な暗号めくものがありましたが、と何気なくきりだしたいと思ったが、堅く改まるに相違ないからどうしても言いだせない。目のある人間はこんな時には都合の悪いものであると矢島は思った。

すると本を改めていた神尾夫人がふと顔をあげて、

「でも、妙ですわね。たしかこの本はこちらへ持って来ているように思いますけど。たしかに見覚えがあるのです」

「それは記憶ちがいでしょう」

「ええ、ちゃんとここに蔵書印のあるものを、奇妙ですけど、私もたしかに見覚えがあるのです。調べてみましょう」

夫人の案内で矢島も蔵書の前へみちびかれた。百冊前後の書籍が床の間の隅につまれていた。すぐさま、夫人は叫んだ。

「ありましたわ。ほら、ここに。これでしょう?」

矢島は呆気《あつけ》にとられた。まさしく信じがたい事実が起っている。同じ本が、そこに、たしかに、あった。

矢島はその本をとりあげて、なかを改めた。この本の扉には、神尾の蔵書印がなかった。どういうワケだか分らない。腑に落ちかねて頁をぼんやりくっていると、ところどころに赤い線のひいてある箇所がある。そこを拾い読みしてみると、彼はにわかに気がついた。それは矢島の本である。彼自身のひいた朱線にまぎれもなかった。

「わかりました。こっちにあるのは、私自身の本ですよ。いったい、いつ、こんなふうに代ったのだろう」

「ほんとに不思議なことですわね」

神尾とタカ子はしめし合せてこの本を暗号用に使った。そういう打ち合せの時に、入れちがったのではあるまいか。これぞ神のはからい給う悪事への諸人《もろびと》に示す証跡であり、神尾とタカ子の関係はもはやヌキサシならぬものの如《ごと》くに思われて、かかる確証を示されたことの暗さ、救いのなさ、矢島はその苦痛に打ちひしがれて放心した。

然し一つの記憶がうかんでくると、次第に一道の光明がさし、ユウレカ！　と叫んだ人のように、一つの目ざましい発見が起った。

この本をとりちがえたのは、矢島自身なのだ。矢島は神尾にこの本を貸していたのだ。そのうちに、神尾もこの本を手に入れた。矢島に赤紙がきて、神尾の家へ惜別の宴に招かれたとき、かねて借用の本を返そうというので、数冊持って帰ってきたが、その一冊がこの本だ。そしてその本を探しだすとき、二人はもう酔っていて、よく調べもせず、持ってきた。その時、たぶん間違えたのだ。

そのまま矢島は本の中を調べるヒマもなく慌ただしく出征してしまったから、矢島の本が神尾の家に残ることとなったのである。

★

矢島はたった一冊残っている自分の蔵書のなつかしさに、持参の本はもとの持主の蔵書の中へ置き残し、自分の本を代りに貰って東京へ戻った。

然し、思えば、益々わからなくなるばかりであった。

自分の留守宅にあった筈の、そして全てが灰となってしまった筈のあの本が、どうして書店にさらされていたのだろうか。

罹災の前に蔵書を売ったのだろうか。生活にこまる筈はない。彼には親ゆずりの資産があったから、封鎖の今とちがって、生活に困ることは有り得なかった。

矢島は東京へ戻ると、タカ子にたずねた。

「僕の蔵書の一冊が古本屋にあったよ」

「そう。珍しいわね。みんな焼けなかったら、よかったのにねえ。買ってきたのでしょう。どれ、みせて」

タカ子はその本を膝にのせて、なつかしそうに、なでていた。

「なんて本?」

「長たらしい名前の本だよ。日本上代に於ける社会組織の研究というのだ」

本の名を言う矢島は顔をこわばらせてしまったが、タカ子は静かに本をなでさすっているばかりである。

「僕の本はみんな焼けた筈なんだが、どうして一冊店頭にでていたのだか不思議だね。売ったことはなかったろうね」

「売る筈ないわ」

「僕の留守に人に貸しはしなかった?」

「そうねえ、雑誌や小説だったら御近所へかしてあげたかも知れないけど、こんな大きな堅い本、貸す筈ないわね」

「盗まれたことは?」

「それも、ないわ」

すべて灰となった筈の本が一冊残って売られている。その不思議さを、タカ子はさのみ不思議とうけとらぬ様子で、ただ妙になつかしがっているだけであった。

「あなたが、どなたかに貸して、忘れて、それが売られたのでしょう」

と、タカ子は平然と言った。

もとより、その筈はあり得ない。出征直前にわが家へ戻ってきた本である。

タカ子は失明している。目こそ表情の中心であるが、その目が失われるということは、すべての表情が失われると同じことになるかも知れない。すくなくとも、目のない限りは努力によって表情を殺すことは容易であるに相違ない。タカ子の顔から真実を見破ろうとする自分の努力が無役なのだと矢島はさとらざるを得なかった。

然し、まだ方法は残っていた。ここまで辿《たど》ってきた以上は、つくせるだけの方法をつくして、やってみようと彼は思った。

矢島は本を買った神田の古本屋へ赴《おもむ》いて本の売り手をきいてみた。帳簿になかったけれども、店主は本を覚えていて、それは売りに来たのじゃなくて、通知によって自分の方から買いに出向いたものであり、どこそこの家であったということを教えてくれた。

そこは焼け残った、さのみ大きからぬ洋館であった。

主人は不在で、本の出所に答えうる人がなかったが、勤め先が矢島の社に近いところだったから、そこを訪ねて、会うことができた。その人は三十五六の病弱らしい人で、さる学術専門出版店の編輯者であった。

職業も同じようなものであったが、愛書家同志のことで、矢島の来意をきくと、一冊の書物にからまる心労にきわめて好意ある同感をいだいたようであった。

その人の語るところはこうであった。

もう東京があらかた焼野原となった初夏の一日、その人が自宅附近を歩いていると、あまり人通りもない路上へ新聞紙をしき、二十数冊ほどの本をならべて客を待っている男があった。立ち寄ってみると、すべてが日本史に関する著名な本で当時得がたいものばかりであったから、すでに所蔵するものを除いて、半数以上を買いもとめた。もとめた本の多くは切支丹《キリシタン》関係のもので、書名をきいてみると、明《あきらか》に矢島の蔵書に相違なかった。タケノコ資金に上代関係のものを手放したが、切支丹関係のものは手もとに残してあるから、矢島の旧蔵も十冊前後まであるという話であった。

「外へ持ちだして焼け残ったものを、盗まれたのではないでしょうか」

と、その人が云った。

「たぶん、そうでしょう。僕の家内はその日目をやられて失明し、二人の子供は焼死してしまったのです。郷里とレンラクがとれて父が上京するまでの二週間、僕の家の焼跡を見まわる人手がなかったのですから、父が焼跡へでかけた時には、すでに何物もなかったのです。僕は然し家内が本を持ちだしたことを言ってくれないものですから、そんな風にして蔵書の一部が残っているということを想像もできなかったのでした」

然し、こうして、矢島の蔵書が焼け残ったイワレが分ってみると、解せないことは、明に矢島の家のものであった本の中に、なぜタカ子の記した暗号があったかということであった。それをタカ子が出し忘れた、否、出し忘れるということは有り得ない、いったん書いてみたけれども、変更すべき事情が起って、別に書き改めた。そして先の一通を不覚にも置き忘れたと解すべきであろう。それにしても、神尾は死んだ。矢島の家は焼けた。家財のすべて焼失し、わずか十数冊残って盗まれた書物の中の、タカ子がたった一枚暗号のホゴを置き忘れた、秘密の唯一の手がかりを秘めた一冊だけが、幾多の経路をたどって矢島その人の手に戻るとは、なんたる天命であろうか。

神尾は死に、タカ子は失明し、秘密の主役たちはイノチを目を失っているというのに、たった一つ地上に残った秘密の爪の跡が劫火《ごうか》にも焼かれず、盗人の手をくぐり、遂《つい》にかくして秘密の唯一の解読者の手に帰せざるを得なかったとは！　その一冊の本に、魔性めく執拗《しつよう》な意志がこもっているではないか。まるで四谷怪談のあの幽霊の執念に似ている。これを神の意志と見るにしても、そら怖しいまでの執念であり、世にも不思議な偶然であった。

矢島が感慨に沈んでいると、その人は曲解して

「僕も実はタケノコとはいえ愛蔵の本を手放したことを今では悔《く》いているのです。こんな気持であるだけに、あなたのお気持はよく分るのですが、僕の手に一度蔵した今となっては、それを手放す苦痛には堪えられるとは思われないのが本音なのです」

言いにくそうな廻りもった言葉を矢島は慌ててさえぎって、

「いえ、いいえ。焼けた蔵書の十冊ぐらい今さら手もとに戻ったところで、却って切なくな

るばかりです。僕はただ、わが家の罹災の当時をしのんでいささか感慨に沈んでしまっただけなのです」

と、好意を謝して、別れをつげた。

★

その晩、矢島はタカ子にきいた。

「あの本がどうして残っていたか分ったよ。あの本のほかにも十何冊か焼け残った本があったのだ。家の焼けるまえに誰かがそれを持ちだしているのだよ。君は本を持ちだされなかったと言ったね。いったい、誰が持ちだしたのだろう。君が忘れているんじゃないか。あの時のことをしずかに思いかえしてごらん」

タカ子は失明の顔ながら、かんがえている様子であった。

「空襲警報がなって、それから、君は何をしたの？」

「あの日はもう、この地区がやかれることを直覚していたわ。そこしか残っていないのだもの。空襲警報がなるさきに、私はもう防空服装に着代えていたけれど、ねていた子供たちを起して、身仕度をつけさせるのに長い時間がかかったのよ。やかれることを直覚して、あせりすぎていたから身支度ができて、外へでて空を見上げるまもなく、探照燈がクルクルまわって高射砲がなりだして、するともう火の手があがっていたのだわ。ふと気がつくと、探照燈の十字の中の飛行機が、私たちの頭上へまっすぐくるのです。一時に気が違ったように怖くなって、子供を両手にひきずって、防空壕へ逃げこんだのよ。その時は怖さばかりで、何一つ持ちだす慾もなかったわ。息をひそめているうちに、怖いながらも、だんだん慾がでてきたのよ。そのとき秋夫がお母さん手ブラで焼けだされちゃ困るだろうと言ったの。すると和子が、そうよ、きっと乞食になって死んでしまうわ、ねえ、何か持ちだしてよ、と言ったのよ。私たちは壕をでたの。そのときは、もう、四方の空が真ッ赤だったわ。けれどもチラと見ただけよ。私たちは夢中で駆けたの。あのときは、でも、私の目は、まだ、見えたのよ。空ぜんたい、すん分の隙もなく真赤に燃えていたわ。そうなのよ。ゆれながら、こっちへ流れてくるようにね、ぜんたいの火の空が」

火の空をうつしたまま、タカ子の目は永遠にとざされ、もしや、今も尚《なお》タカ子の目には火の空だけが焼き映されているのではないかと矢島は思った。その哀切にたえがたい思いであった。

真実の火花に目を焼いて倒れるまでの一生の遺恨を思いださせる残酷を敢《あえ》てしてまで、埋もれた過去の秘密をつきとめることが正義にかなっているかどうか、矢島はひそかにわが胸に問うた。彼の答のきまらぬうちに、タカ子の言葉はつづいた。

「私は臆病だから、恐怖に顚倒《てんとう》して、それからのことはハッキリ覚えがないのよ。三度ぐらいは、たしか往復したはずよ。食糧とフトンと、そんなものを運んだと思っているけど、あの時は、まだ、目が見えていたのだけれどね、目に何を見たか、それが分らなくなっているの。私が最後に見たものは、物ではなくて、音だったのよ。音と同時に閃光《せんこう》が、それが最後よ。ねえ、私はあの晩、子供たちに身支度をさせたの、手をひいて走って、防空壕にかたまって身をすりよせて、そのくせ、私は子供の姿を見ていない。私が最後に見たものは、焼ける空、悪魔の空、ねえ、子供は私をすりぬけて、何か運んで、すれちがっていたはずなのに、私はその姿を見ていないのよ。ねえ、どうして見えなかったのよ。見ることができなかったのよ。ねえ、私はどうして、何も見ていなかったのよ」

「もう、いいよ。止《よ》してくれ。悲しいことを思いださせて、すまない」

タカ子には見えるはずがなかったから、矢島は耳を両手でふさいで、ねころんだ。そして、もうこれ以上追求は止そうと思った。

然し、翌日になって別の気持が生れると、あれはあれであり、これはこれである筈、失明の悲哀によって秘密を覆う、それもタカ子の一つの術《すべ》ではないかという疑い心もわいた。一枚のヌキサシならぬ証拠がある。魔性のような執念をもって火をくぐり良人の手にもどるという事実の劇しさは女の魔性の手管を破って、事の真相をあばいて然るべき宿命を暗示しているようにも思われた。

その日出社すると、昨日会った彼《か》の蔵書の所有主から電話がきた。

「実はです」

声の主は意外きわまる事実を報じた。

「昨日申し上げればよかったのですが、今になって、ようやく思いだしたのです。あなたの昔の蔵書にですな、買った当時中をひらくと、どの本にも、頁の心覚えのような数字をならべた紙がはさんであったのです。その人にしてみれば、大事の控えだろうと思いましてね、まさか旧主にめぐり会うと思ったわけではないのですが、マア、なんとなく、いたわってやりたいような感傷を覚えたのですね、そのまま元の通り本にはさんでおいてあります。御希望ならば、その控えは明日お届け致しますが」

矢島は慌てて答えた。

「いいえ、その控えは、その本と一緒でなくては、分らなくなるのです。では、お帰りに同行させていただいて本の中から私にとりださせていただけませんか」

そして矢島は承諾を得た。

各《おのおの》の本に、各の暗号がある。それは、どういう意味だろう。なるほど、彼と神尾の蔵書は、ほぼ共通してはいた。本の番号を定めておいて、一通ごとに本を変えて文通する。それにしても、彼の手にある一通には、本の番号に当る数字は見当らない。あらかじめ、本の順序を定めておいたとすれば、本の番号はいらないワケだが、それにしても、各の本に暗号がはさんであったという意味が分らない。各の本ごとに、暗号を書きしくじる、それも妙だが、それを又、本の中に必ず置き忘れるということが奇妙である。

謎の解けないまま、矢島は本の所有主にみちびかれて、その人の家へ行った。

ワケがあって、ちょッと調べたいことがあるから、十分ばかり、調べさせてもらいたいと許しをうけて、旧蔵の本をさがすと、十一冊あった。その中に二枚あるもの、三枚のもの、一枚のもの、合計して十八枚の暗号文書が現れた。

矢島はただちに飜訳《ほんやく》にかかった。

その飜訳の短い時間のあいだに、矢島は昨日までの一生に流してきた涙の総量よりも、さらに多くの涙を流したように思った。彼のからだはカラになったようであった。なんという、いとしい暗号であったろうか。その暗号の筆者はタカ子ではなかったのだ。死んだ二人の子供、秋夫と和子が取り交している手紙であった。

本にレンラクがないために、残された暗号にもレンラクはなかった。然しそこに語られている子供たちのたのしい生活は彼の胸をかきむしった。

その暗号は夏ごろから始めたらしく、七月以前のものはなかった。

サキニプールへ行ッテイマス七月十日午後三時

この筆跡は乱暴で大きくて、不そろいで、秋夫の手であった。

イツモノ処ニイマス

という例の一通と同じ意味のものもあった。例の処とは、どこだろうか。たぶん、公園かどこかの、たのしい秘密の場所であったに相違ない。どんなに愉《たの》しい場所であったのだろうか。

エンノ下ノ小犬ノコトハオ母サンニ言ワナイデ下サイ九月三日午後七時半

ナイテイルカラカクシテモワカッテシマウト思イマス

小犬のことは、そのほかにも数通あった。その小犬の最後の運命はどうなってしまったのだろう。それは暗号の手紙には語られていなかった。

兄と妹は、こんな暗号をどこで覚えたのだろうか。戦争中のことだから、暗号の方法などについても、知る機会が多かったのだろう。

二人にとっては暗号遊びのたのしい台本であったから、火急の際にも、必死に持ちだして防空壕へ投げいれたのに相違ない。自分たちの本を使わずに、父の蔵書の特別むつかしそうな大型の本を選んでいるのも、そこに暗号という重大なる秘密の権威が要求されたからであったに相違ない。

その暗号をタカ子のものと思い違えていたことは、今となっては滑稽であるが、戦争の劫火をくぐり、他の一切が燃え失せたときに、暗号のみが遂に父の目にふれたというこの事実には、やっぱりそこに一つの激しい執念がはたらいているとしか矢島には思うことができなかった。

子供たちが、一言の別辞を父に語ろうと祈っているその一念が、暗号の紙にこもっている、そう考えることが不合理であろうか。

矢島は然し満足であった。子供の遺骨をつきとめることができたよりも、はるかに深くみたされていた。

私たちは、いま、天国に遊んでいます。暗号は、現にそう父に話しかけ、そして父をあべこべに慰めるために訪れてきたのだ、と彼は信じたからであった。

鶴の書

結城信一

一

父の標札を取外して自分の標札を貼ると、午後からあたらしく壕を掘りはじめたが、何かひとつずつきまりをつけてゆくような気持であった。

父の標札は蒼《あお》い苔《こけ》の色の浮んだ古い分厚の檜《ひのき》であったが、謙一は自分の名前を細長い紙に書くと、無造作にべったりと門柱に貼った。防火群長を兼任している隣組長がやってきて、お宅の標札をあなたの名前に書変えてほしい、と言った言葉のひびきの中には、非情な強さと尊大なあしらいがあって、威圧的な軍人の命令のようであった。謙一は暫《しばら》くむっとしていたが、肚《はら》の立つことなら、数限りなくあった。隣組長がかえると、早速に墨をすったが、紙片の白さと、濃い墨のあとと、その二つの色のささやきの気配は、亡くなったばかりの父の最期を思わせながら、同時に自分自身の死をも暗示しているようで、謙一にはぞっとするものがあった。自分が死ぬときは由美子も子供も一緒だろう。三人が死ぬときはまた多数の人々も一緒にちがいない。父の最期も大量の死の中の一粒の死に等しい呆《あっ》気《け》なくはかないもので、それは死であっても別の死のようであったから、謙一はぞっとしながら、自分ひとりが正常な死にかたをしたり、また自分だけが生残った場合のことを考えてぞっとしたようなものであった。

「死ぬときは一緒ね。逃げるときも一緒ね。逃げるときは手を放さないでね」

由美子はそれを殆《ほと》んど朝の挨拶の代りのように言い、寝《やす》むときも、その言葉を叮嚀《ていねい》に繰返していた。

謙一が出かけるとき、由美子はエプロンをしたまま表の曲り角まで必ず送ってきて、無事で帰ってね、と言った。それから小さく声を落して、早く帰ってきてね、よそへ寄らないでね、と言った。小さな声で言うのは、やはり由美子の羞《は》じらいのようだったが、謙一がそのまま歩いてゆくと、由美子は側の電柱の蔭《かげ》にかくれて半分だけの顔で謙一の後姿を見送っていた。次の曲り角で謙一が振向くと、その電柱から兎のように飛出してきて片手を高く上げて左右に振った。由美子の顔の表情はよく見えないが、高く左右に振るその手は生きていて、その片手の中に全身の思いが溢れているようだった。謙一はあたりの大気を、由美子のその手から流れてくるもののように胸いっぱいに呼吸し、自分も片手を高く左右に振りかえした。東京も最前線と同じ戦場になってしまったのだから、由美子にとっては謙一が帰ってくるまでは身も心も落ちつかないのだろう。それで早く帰ってきてね、よそへ寄らないでね、と言うのである。……妊産婦用のバターが特別配給になって、神田まで買いに行かなければならなかったときも、そんな遠くへいらっしゃるのならバターなんか要《い》らないわ、と由美子は言った。謙一は妊産婦手帖というものを、何か羞ずかしいものを預るようにしてポケットに入れると、学校の帰りに神田に廻って戻ってきたが、久振りにバターの匂いをかいだよと笑いながら渡すと、由美子はぼたぼたと大きな涙を落した。

そんな大きな由美子の涙は、謙一の胸の中に深々と沁《し》みるものがあった。涙を浮べても、拭《ふ》くことがない。頬を伝わって畳の上に大粒のまま落ちるが、その音の中から由美子の声が聞えてきそうであった。

由美子は謙一にやっと「あなた」と呼びかけるようになったが、それでもときどきは、やはり「先生」と呼ぶ癖がぬけなかった。十三も年上の謙一を「あなた」と呼び馴れるまでに一年以上もかかったわけだが、十八歳の幼い年輪にふさわしいような、また逆にふさわしくないと言えそうな、小さな男の子を生んでいた。ふさわしくない、というのはそれが男の子だからで、ふさわしいと言えるのは、余りにも小さな子供だったからだ。

標準よりかなり目方が足りなくて、謙一の片手の上にのるほどの小さな赤ん坊だったが、胸と腕の間に抱いてみても一寸《ちよつと》した重さが加わってきて、ようやく赤ん坊らしい体裁と安心感とを具《そな》えだしたころ、突然竜巻の中に呑まれるようにして、謙一の父が死んだ。

東京の下町の大半を茫漠《ぼうばく》と焼きつくしていった三月十日未明の空襲のときである。

両国の料亭で、会員組織によって闇料理が食べられるところがある、ということを謙一はきいていたが、その九日の夜に限って何時になっても父は帰らず、そのうちに空が真赤に燃出した。謙一の家は都心から遠く離れていたが、下町が焼ける火の色が全都の空を焼いて此処《ここ》にまで異様な明かるさを運び、電柱の胴を包んだ広告のブリキ板が火の色に染って無気味に光っていた。壮烈な爆撃の音と、炸裂し、空を飛んでゆく焼けた物体の音とが、そしておそらく逃げ惑う無数の群衆の叫喚とが、大きな地ひびきを伴って此処までも押寄せていた。やられたかな、と思うと謙一は茫然と立っている由美子の足許《あしもと》で、濡雑巾のように腰が砕けていった。……翌日明治座の地下室に逃込んだために黒焦げにただれて折重なった五百人の中から、父の死体が出てきた。この劇場は天井から地下室まで焼抜かれ、周囲の枠だけが崩れ残っていた。戦火の青い余燼《よじん》と死の悪臭とが、異様なガスになり、なまなましい廃墟の中から、まだ死のつづきのように白昼の空に立ちのぼっていたが、大地を舐《な》めるようにして焼払っていった劫火《ごうか》のあとは、瓦礫《がれき》と死の町々が遠く涯《はて》しもない野になって空の一端にまでつながっていた。虚《むな》しい怒りと、その怒りに包まれた気のぬけたような悲しみと、対象が幾つにも散らばっていて捉《とら》えどころのない憎悪と怨恨《えんこん》とで、謙一の眼はあけていられないほどに苦しく充血してきて、もっと燃えろ、燃えて燃えてすべてを焼きつくせと叫んでいた。

二

古い防空壕を取壊して畳三枚はたっぷり敷けるほどの広さのものを、新しく庭の真中に思いきり深く掘ると、底にすのこを置き、古箪笥《ふるだんす》を二つに分けて埋めた。三千冊ほどの蔵書の中から、その半ばの本を書棚から選びぬいて、由美子と一緒に二冊ずつ新聞紙で堅く包み、箪笥の抽出《ひきだし》に果物を詰込むようにして隙間なくぎっしりと納めたが、本は入りきれなかった。由美子の衣類や子供のものを入れると箪笥は更にもう一つ必要になり、謙一は、家にある木の箱と名づくものは総《すべ》て引張りだしてきて、入念に力いっぱいに詰込んでみた。

「どうもぼくの本は厚いのが多いから、千五百冊は無理だ。……五百冊にしよう」

三日がかりで防空壕は出来上り、万一に家が焼失しても、このささやかで哀れっぽい、といって土の小宮殿と思えば思われる穴蔵が残りさえすれば、当分は生きて行かれそうであった。日中は横手の四角い蓋《ふた》を外しておけば、太陽と新しい風がこの穴の奥の突当りまで送りこまれるだろう。

しかし生延びた先に何が待っているのか。おそらく次は敵の上陸軍を本土に迎えての焦土化かも知れないが、日本人の悉《ことごと》くが爆死したり射殺されたりすることはあり得ないだろう。何とかして生延びたい。……謙一は五百冊の書物と一緒に、陶器の肌のように滑らかな八百枚の原稿用紙と、下書き用の半紙十五帖を、新聞紙と布に二重に包んで古箪笥の抽出に封じこめておいたのだ。

戦ひはいつ終るらむくちびるをかみつつ今日も書《ふみ》を埋めぬ
いつの日か土ほりかへし埋めたる書を背負ひてさすらひ行かむ

壕の周りや、三年ほど前に庭を潰してこしらえた菜園の中を歩きながら、謙一は即興の短歌を手帖に書きとめた。

「米や味噌ばかりでは駄目だね。お鍋も茶碗も、小皿も入れておくんだね」

学校から帰ってくると、考えておいたことを由美子に伝えた。

「七輪も一つ入れたら?」

廣田が訪ねてきて壕をのぞきこみ、其処《そこ》に箪笥まで入っているのを見ると、

「思いきったことをやったね。これじゃ箪笥は台無しになるだろう」

謙一は、大学を同期に出たこの古い友人の、縁なしの眼鏡をかけた蒼白い横顔を見つめながら、ふッと苦笑した。

「思いきったことじゃないね。思いきりが悪いから、こんなことをしてみるのさ」

家族を疎開させて、父親と二人で交替で自炊をしているという廣田の話をきくと、謙一は、自分の三倍以上もの蔵書で飾られた彼の瀟洒《しようしや》な書斎を思浮《おもいうか》べながら、性急に訊《たず》ねてみた。

「本はどういう風にしている?」

「本も一緒に疎開させたよ」

「あ、そうか。しかし淋しいだろうな、君のような愛書家が座右に本がないなんて……」

そのとき謙一は、ふと「晩冬雑記」のことを思出して、急に気が重たくなってきた。去年謙一は、その題で三十枚の小品文を書き、それを廣田に見せた。東京には最早《もはや》謙一の書いたものを見てくれる友人は一人もいなくなっていたし、その小品文の中には、廣田の書斎の描写や其処での会話が数行ほどあったからである。

すると廣田は、ここのところを訂正してくれ、と謙一に抗議した。

「このぼくの書斎に、煉炭火鉢《れんたんひばち》があったというのはまずいよ」

「まずい？」

「煉炭はよくないよ……火鉢に炭をおこしていた、と書きかえてくれよ」

謙一は駭《おどろ》いた。

「だが今はガソリン車の代用に木炭車が走っているようなものだろう。木炭車が哀れな現代の象徴であるのと同様に、煉炭火鉢も象徴だよ」

君自身も、今こうして使っているじゃないか、と心の中で呟《つぶや》きながら、謙一は十幾つの穴からガス色の焔《ほのお》を筆の穂のように出している煉炭を改めて見つめ、その火鉢の縁をおや指の腹でさすったり、人差指の頭でコツコツと二つばかり叩いたりした。

しかし廣田は執拗《しつよう》に抗議した。

「煉炭と書くのは止《や》めてくれ。感じが出ない」

「感じならこの方が出る。一つの記録にもなる」

「ますます厭《いや》だな」

「それじゃ桜炭の上等とでも書けばいいのかね」

謙一は強《し》いて微笑をつくってみたが、心の中では「何という見栄坊か」と呟き、廣田に見せたというそのことまで不愉快になっていた。

箪笥を台無しにすることは、謙一は初めから覚悟していた。また土の中に埋められて台無しにならぬわけはなかった。大切なものを守ってもらうために一つのものを犠牲にしたわけだが、その大切なものは常に座右になければ意味がなかった。それは一度《ひとた》び直撃弾でも受ければ一瞬にして散乱し焼失してしまう運命を持っていたが、更に別のもう一つの大切なものは、やはり常に座右にいて、死ぬときは一緒ね、逃げるときも一緒ね、逃げるときは手を放さないでね、と天使のような甘みをふくんだ優しい声でささやき、どんなことがあっても疎開はしないと謙一に指きりをしてみせていた。手を放さない、という約束を守るために、謙一は必ず右手をあけ、由美子の方は左手をあけ、そのあいた同士の手を握りしめながら逃げるときには二人並んで逃げることになっていた。

三

暗い夜がつづいていた。月も星もない漆黒の闇の夜とは違っていたが、しかし月も星もない夜だといえばいえる暗鬱な、黴《かび》が吸いついたようなべったりとした暗い夜であることに変りはなかった。それは皮膚から染《し》みこんでいって骨の髄まで黒く染めつくしたような夜であった。……謙一は一つの部屋を完全に外部と遮断した。暗幕をめぐらした部屋の、出来るだけ低く吊下げた電燈の笠には、筒型の厚紙がかぶせてあって、控え目な電燈の光は、二尺ほどの円を小さな卓子の上に落していた。その光は、突然にいつ消えてしまうか予測を許さぬ、はかない頼りなげなものであった。昔の山里のともしびにしても、これよりははるかに明かるく、ともしびらしい温かさも光のうるおいもあったにちがいなかった。それらのともしびは生活をもち、明日という未来につながっていた筈《はず》であった。謙一は眼を閉じると、敗れてゆく山河の荒涼のさまが浮び、この暗さは古代の暗さかと思い、しかし古代には月も星もあったろうと思った。

今は三日月の夜さえ怖れられていた。燈火管制を厳重にして人工の闇の都会を作りあげてみても、月の明かるさは、容易に敵機に明確な目標を与えてしまうからというのだ。煙草の小さな火ひとつにしても、大きな火に見えるというのである。そんな暗さの底に沈み、遠い微《かす》かな細い月の光に浮び上ってくる大都会の暗さも、山河の荒涼と同時に謙一の眼に侘《わ》びしく染まっていた。

周辺の探照燈の光芒《こうぼう》が、真黒な空を鋭く切りながら、コンパスの脚のように左右に移動していた。消えたかと思うと、またさッと新しい青い強い光を空の果てまで投出していた。一つの光と、別の方角からの光とが空の一点を求めて交叉し、その中に船のように一つの機影が銀色に浮ぶことがあったが、すると間もなく光は消え、機影もまた何処へともなく消えて行った。……あんな演習をまだやっているけれど、もう無駄になったのではないか、敵は何十機、何百機という編隊を組みながら、この日本の空を縦横にほしいままに駆けめぐってきているではないか、と謙一は嘆くように由美子に呟いた。

二尺の円の燈下の卓上に、いつもニッケル側の時計が置いてあった。この円《まる》い平べったい時計は卓上にあるときは置時計になり、その滑らかな透明な硝子《ガラス》の蓋の中から、静かに刻まれる時の音をかなり離れたところまで秋の虫のささやきのように伝えていた。それは今夜も或る時刻が来れば俄《にわ》かに慌《あわただ》しく謙一のポケットに蔵《しま》いこまれ、騒然と揺れ狂う空襲の恐怖の中で、主人公とともに右往左往するかも知れぬ運命を与えられた、一つの生きものであった。それはさながら家族の一員のように、その日の太陽が落ちたときから、小さな卓子の上で柔らかい黒いビロードの小切れを座蒲団のように敷いていた。

「時計を見ているとね、一分という時間の長さが、実に長いが、これはどんな長さだろう」

謙一は卓子の傍で防空頭巾の繕《つく》ろいをしている由美子に話しかけた。

「長いんでなしに、短いんでしょう?」

由美子はチラリと笑った。

「あと十五秒で七時の時報になります、なんてよくいうでしょ。直《す》ぐ七時になって、その十五秒の四倍だから、短いわ」

「その一分とだね、ぼくの言う一分と、同じ一分だということが、おかしいほどなんだ」

そこで謙一は、兎の毛のように細い秒針が、六十のところから廻りだして、再び六十のところに戻ってくるまでのあいだ、呼吸をぴったりと止めて文字盤を見つめているように由美子に言ってみた。

由美子の眼は、切れの長い二重瞼《ふたえまぶた》の下で、朝の花びらのようなみずみずしさと、澄んだ艶《つや》のやさしさを見せながら、心の中までそのまま見えてくるような素直な眼であった。謙一はそんな透明な、こちらから吸込まれて行きそうな少女の眼に、長いあいだ気がつかずにいた。その眼の穏やかな素直さを初めて見たのは、由美子の母が亡くなった通夜の席に、クラスの代表に選んだ二人の女生徒をつれて焼香に出かけたときであった。謙一に向って大きく見開いた二つの眼に、こぼれ落ちそうにいっぱいに浮んだ涙が、祭壇の蠟燭《ろうそく》の光の揺曳《ようえい》の中で茜《あかね》の色に滲《にじ》んでいた。その雫《しずく》が音もなく落ちると、深海の宝石のような瞳が謙一の胸の奥底で光って見えていた。ああうつくしいと思いながら由美子の父の姿を探したが、由美子には父は無く、謙一が父とばかり思いこんでいたひとは、由美子の叔父であった。家庭が複雑なものでございますから、あの子の心がひねくれずに伸びることだけがわたくしのいのちの願いでおります、と父兄との懇談会の折に由美子の母が言っていたのを、謙一は、その主人が大きな軍需工場を持っていることの多忙と、多忙のもたらす生活の複雑さか、或いは主人の隠れた二重生活の匂いの複雑さでもあるのか、とぼんやり聞きのがしていたが、その複雑な家庭という意味が思いがけない通夜の席に列《つら》なってみて初めて判ったことも意外であった。

由美子の躊《ため》らい気味に訴えるような、何か脅《おび》えすら含んだうるんだ眼が、息苦しいほどに謙一の全身に沁みわたっていて、欠席をつづける由美子の教室の虚しさから、殆んど気の抜けたような一ト月を送りすごすと、父の反対を押切って由美子を引取った。引取るのと同時に学校の方には退学届を出し、自分も転任願を校長に提出した。

謙一は、その母の死の夜に喪服を著《き》せられた由美子に、少女の姿を見ながら少女ではない別のものを見ていたのではなかったか、と時折振りかえってみたが、確かにあのとき別のものを見たように思い、それを自分以外の男にやがて奪われてゆくことの苦痛が、既に奪われてしまったあとのような激しさで、彼の若い血を襲った記憶は強く残っていた。少女の肩に触れることさえ怖れていた彼の指が、由美子の細い手で抱かれたとき、謙一は一瞬神を感じたが、その神を一日一日裏切ってゆくことで由美子への愛は深まった。……由美子のからだに変調が見えてきて、謙一はそれとなく父にもらした。すると、そんなことは前から判っていた、それにしてもあの子はいい子だ、と父はたった一言吐きすてるように言った。

夕方になると昼の疲れが出てくるのか、謙一が今日も無事で帰ってきたことに安堵《あんど》するのか、由美子の眼は、二重瞼の絹のような細い溝がはっきりしてきて、物憂いような光をうっすらと浮べていた。

「……一分って、長いわね。五分ぐらいあるわ」

「そうか。五分かね。ではあと一年生きたとして、五年生きたことになる」

「厭、厭。そんなの厭。私は先生といつまでも生きてゆくの」

「おっといけない。『先生』はおよし」

謙一は卓上の懐中時計の顔を、汗ばんだ手の平でなでてみたり、ビロードの小切れで磨いたりしていたが、その小切れの黒い発光は、由美子が著せられていた喪服の色に似ていた。

由美子は急に懐しそうに眼を耀《かがや》かせて謙一を見た。

「おぼえていらっしゃるかしら……。私たちが勤労作業にはじめて工場に行ったころ……」

「下丸子の工場に行ったときのことだろう」

「うれしかったわ、あのひとつき。私たちの班の監督に先生が来て下さったわ」

「そうだ。あの班に由美子がいたことはよくおぼえているよ」

「学校にいるときより、あの工場にいたときの方が純粋で幸福だったわ。……ほかの先生がたの顔が見られずに、先生ひとりの顔が見られたんですもの。一日に四回、私たちの作業場に廻っていらしたでしょう。そのたびドキドキしていたわ。何も仰言《おつしや》らずに、黙って出て行かれたときは、とてもさびしかったけど……」

あのとき由美子たちが、航空機の小さな部品の磨きをやっていたことは謙一の記憶にあったが、増産の一助になるのだから頑張って欲しい、と言う一方、無理をして体をわるくしないように、体の方が大事だよ、と毎朝生徒たちを工場の裏門の前に集めると、寧《むし》ろそのあとの方を強調して訓示したことを、妙にはっきりと思出していた。

四

謙一は学校から戻ると、先《ま》ず防空壕の中に入ってみる。そして湿気の度合いを確めたり、すのこの上に腰をおろしながら、戦火を避けて三人で身を寄せあうときのことを空想してみたりする。湿気がひどく感じられると、七輪に火をおこして壕の中に煖気《だんき》を漂わせ、時間に余裕があれば中のものを交互に搬《はこ》びだして卵いろの春の日にさらし、夕方の気配が近くなるころ、暫くの別れを惜しむかのようにまた元のところに丹念に蔵《しま》いこむのである。行届いた神経と、温かい心とが籠《こも》りすぎていて、却《かえ》って物慾のあわれさを感じないこともなかったが、これらは物質であっても最早物質ではなかった。「わがこころ宿りていのちあるごときこのもの守らむつひの日までも」と即興の歌を口吟《くちずさ》みながら、この憂鬱な営みの中に重たい暗い疲労はあったが、助かるものならこの壕に納めてあるものだけは助かるだろうと、今住んでいる家よりも、寧ろこの壕の方に深い愛着があるような気さえしていた。

しかし壕が無事に焼失を免かれたとしても、家が焼けてしまったのでは住むところがなくなり、この狭い壕の中では親子三人起居をともにするわけにも行かなかった。焼け出されて落ち延びてゆく先がなければ、やはりこの壕を小さな円の中心として生きて行かなければならないだろうし、その辺から焼トタンでも集めてきて、この壕に隣合せて小屋を作るよりほかはないだろう。

その小屋も「広さは方丈、高さは七尺がうち」と方丈記の言葉を呟いていると、この家を死守せよ、この家はお前にのこした唯一の遺産だ、という父の声が聞えてきた。

父が謙一に残したものは、この一軒の家だけである。

二十年前に父が自分の手で建てた家で、部屋数は七つある。大工を呼んで手入れをしたのは一度だけであったから、家にかなりの狂いも腐れも見えてきて、壁もところどころ落ちているところがある。木舞《こまい》の網目まで見えるところもあったが、戦争になって修理が間に合わないままになっていた。父が亡くなって家が残ったが、父のいなくなった家の中から却って父の匂いが滲みだしてきて、その苦笑した顔の裏に、由美子へのやさしい思いが隠れていたのだ、と謙一は懐しく思出した。

紙に筆で書いた新しい標札は、見馴れてくると今度は「忌中」が毎日続いているような気がしてきた。隣組長などに標札のことまで干渉する権利は一向にない筈だ、と思うと、或る日謙一はその紙を破りすてた。

「一発ぐらいの焼夷弾だったら、ぼくが消しとめる。だが何発も落ちてきたら、おそらく消しきれないだろう。そのときはさっぱりと諦めて逃出そう。逃げるときは防空壕の中に、投げこめるだけのものを投げこんで、それから蓋をして土をどっさりとかける。隙間が少しでもあると煙が入るから、土は、たっぷりとかける。これもぼくがやるよ。逃げる方向は、用水の向うの広い原っぱだ。由美子は子供をおぶって、右手には何か持っても、左手は絶対にあけておくんだ。ぼくは必ず右手をあけておくからね」

謙一は由美子に何度も注意を与えて、逃げるときの練習もした。

「運動会の買物競争みたいね」

と由美子は笑った。

「買物競争というのは、こんなのじゃなかったようだ。といって二人三脚でもなし、二人三腕というところか。……しかしぼくたちが今走ってゆくところには、テープの張られたゴールというものなど、ないんだ。金魚鉢の中で逃廻っているようなものさ」

……そのとき謙一は、明かるい由美子の顔を見ながら、由美子だけが死んでしまうことがあるかも知れぬ、ということは考えてもみなかった。

夜中に眼をさましたときに真暗だと子供が泣くので、外部には髪一筋の光も洩れることのないように暗く低くしてある電燈を、更に用心を重ねて一層低目にして寝《やす》むことにしていたが、謙一は平和な眠りの中にいる由美子の穏やかな微かな寝息をうかがいながら、枕許に灰皿を引寄せた。警報が毎夜のように出るほどに情勢は逼迫《ひっぱく》していて、必ずしも東京が目標でなく他県の都市が爆撃されるときでも、遠く南方の基地から北上してくる敵の編隊が、どの方面を空襲してくるものやら真際になるまでは全くわからぬものであったから、警報のサイレンは夜半前後の或る時刻になると、区役所や国民学校の屋上などから、殆んど例外なしに喚《わ》めくように鳴りひびいた。その重たくのしかかるようにして響き合う沈鬱な木魂《こだま》は、太古の巨獣の夜泣きのようでもあった。もうそろそろあれが鳴りだす頃だ、と思っていると、不思議に必ず鳴りだすのだ。警戒警報がいつ空襲警報になって火の雨が降りそそいでくるかもわからぬ夜の不安は、その不安だけで一向に睡《ねむ》くはなく、謙一はそうして毎夜半を目覚めていて、枕許の灰皿には、吸殻が二つ三つと増えていった。……由美子のあどけないばかりの安らかな寝顔は、ぼくが眼をあけているからゆっくりおやすみ、という謙一のいたわりの心の上で、安心して穏やかな夢を結んでいるかと見えたが、謙一の唇がそっと由美子の唇に触れると、二重瞼がそれに答えるようにぱッとあいて、その中から蛍のような光が見えてきた。……やはり由美子も眠ってはいなかった。

五

来月は子供の初節句だから、こんな時代で何もしてやれないにしても、何か人形の一つぐらいは買ってきてやりたい、と謙一は由美子に言っていたが、ふと学校の帰りに日本橋の百貨店に寄ってみた。

おそらく何もないのではないか、と思っていたが、五月人形の売出しのポスターが店内に吊下っていた。勿論《もちろん》時節柄いい人形などあるわけもなかったが、カーキ色の軍服を着て小銃を担った人形や、日本刀を大上段に構えているなどの押しつけがましいものばかりで、由美子の生んだ小さな男の子にふさわしいようなものは一つとして見えないばかりか、謙一は眼をそむけたくさえなってきた。無邪気なものである筈の人形の、それらの眼はどぎつく怒っているようであり、よく見ると哀れに曇っているようでもあり、負け戦さが続いていることへの愁恨を現わしているようでもあったからである。一通り売場を見て廻ったが、その戦意昂揚《せんいこうよう》をうたった勇壮ないでたちにも拘《かか》わらず、人形たちの顔には活気も明かるさも愉《たの》しさもなかった。謙一は心の中で、生れてようやく半年つか経たずの自分の子供に呼びかけた。可哀そうだがお前に買ってやる人形はない、もし再び平和の日がやってきて五月の人形が飾れるのだったら、そのときは自分も満足が出来、お前も喜びそうなお節句をしてやろう、だがそのときでも武者人形は飾るまい、鯉のぼりは勇ましくて、広々とした青空まで見えてきて盛んでいいけれど、武者人形はやめにしようじゃないか、折紙細工の得意な由美子が、きっといい智慧《ちえ》をしぼってくれるだろう、そしてそのときはお前のために全然ちがった独自のお節句がしてあげられるだろう。

しかしそんな平和な日はいつくるか。

謙一は二階へ上って行った。商品がなくなってしまったために、八階もあるデパートだが、売場は二階までしかない。

何気なく二階まで来たのだが、するとその一隅で、謙一は意外な思わぬ発見をした。色とりどりの美しい鉢や額皿、壺、茶碗、土瓶などが、さながら豊かな美の殿堂を築きあげているのだ。それらの品々の殆んど大部分は大きな硝子張りの立派な棚の中に並び、人々の落ちついた鑑賞を待っているかのようにゆったりとした間隔を置いて静かな呼吸をしていた。一つ一つには作品と作者の名と値段とをしるしたカードが叮嚀《ていねい》に添えられてあったが、これらの焼物の作者たちの名は、美術展や銀座あたりの特殊の店などで親しんだ名前ばかりであった。

一人二人の姿は見えたが、客らしいものは全くなかった。この二三十坪ほどの一廓《いっかく》だけが世界から遠く隔絶されているようで、消え残った夢のようでもあった。人々はこんなところには、もうやって来ないのだろう。……窓の外には、焼跡が何処までも拡がって続いているのだ。

そのうちに、一つの作品が眼に映ってきて、それだけが眼の中で大きな拡がりを持ちはじめると、あとのものはもう少しも見えなくなった。

謙一は棚の硝子ケースに顔を押しつけて、その扁壺《へんこ》に見入っていた。光沢のよい渋い小豆色の地に、萌黄《もえぎ》をふくんだ砂色の太い輪郭で、大きく開いた花の形が描かれていた。その抽象風の豊かな花びらは、どんよりと沈んだ白であったが、白の深さとうるおいに、謙一は固唾《かたず》をのんだ。壺の高さは七寸ほど、横は幅の一番あるところで五寸位、全体からみて思いきり大胆に広くとってある円口の直径は、三寸あまりもあるように見える。

売場の係のところに歩いて行って謙一はその扁壺を指さした。「あれを包んでくれ」と言ったが、握りしめた手の中が、興奮からべたべたと油のように汗ばんでいた。謙一は自分の異様な決心に自分ながら駭《おどろ》いていた。欲しいものは、こうして手に入れるものだ、ということを、自らの行動によって自らに教えているような気持にもなってきたが、体の中に、ともしびが一つ灯《とも》ったような晴れやかさであった。

五月人形のために用意してきた金が、壺に変ったことに気の咎《とが》めはあっても、悔《く》いの思いは全然なかった。

（こういうものを、生れてはじめて買った）

興奮の波になお洗われながら、暫くして謙一は思わず呟きなおした。

（しかし死線に立たされているような今、壺なんか買ったのは、縁起が悪いのじゃないか）

その夜も晩《おそ》く無気味なサイレンの咆哮《ほうこう》が闇をふるわせながら、地の底にまで沁みこむようにひびいてきて、謙一はさッと跳ね起きたが、由美子の甘い匂いと体温が全身にやわらかく残っていた。

苛立《いらだ》たしい不安が襲ってきて、

「今夜こそ危いかも知れぬ」

身支度をしながら声をすべらせると、

「あら、空襲警報よ、ほら、連続で鳴ってるわ」

「よし引受けた。由美子は支度して外で待っておいで」

ラジオから、敵の第一目標は京浜地区に向い北上しつつあり、というアナウンスが出た。

謙一は卓上の時計をビロードで包むとポケットに納め、細かなものを入れた鞄を肩に吊った。由美子が子供を背負い、自分にも子供にもかぶさるように作った頭巾をこっぽりとかぶり、モンペをはいて身を固めている間に、彼は今まで寝ていた蒲団を抱え出して防空壕に投げ入れ、買ってきたばかりの扁壺をぐるぐるに布で包んで押しこみ、投げ入れられるものは総て投げ入れておこうと暗い光をたよりに家の中を物色していると、

「早く出て下さい、あっちの空がもうあんなに明かるいわ！」

謙一は最後の一包みを壕の中に投げこむと、その中に三人で待避することは諦めて、夢中で山のように土をかけた。

(助かるものなら、この壕の中のものだけは助かる。隙間が少しでもあると其処から煙が入るから、土はたっぷりとかける)

由美子に言っていた言葉を自分自身に命令して、力いっぱいにシャベルを揮《ふる》ったが、もうヘトヘトに疲れていた。爆音は早くも頭の上に来ていた。

表に廻ると由美子は足踏みをしながら待っていたが、見ると乳母車の把手をつかんでいて、乳母車の中には風呂敷包が幾つも入っていた。

「乳母車なんか、よせ」

謙一は手荒く叫んだ。

暫く前に米屋の店先にあったのを譲ってもらった古い乳母車だった。この町の中でも、幼い子供を持っている女たちは、子供と一緒に総て疎開していた。乳母車を必要とする女たちは一人もいなくなり、そんな乳母車は配給の米や藷《いも》を運ぶ用を足すだけになっていた。赤ん坊のいるのは謙一の家だけで、この乳母車は三本の手拭《てぬぐい》と交換したばかりだった。

「二人で手を放さないで逃げることになっているのに、よしなさい」

「でもこの中に子供のものが入ってるの。焼出されたら、私たちより先に子供のもので困るわ。それに乳母車も大事よ」

「子供のものなら、防空壕の中に一通り入っている」

「其処もやられたら、何もなくなるのよ、だから」

「乳母車なんか、二人の約束には入っていない」

「ごめんなさい。押しながら、手を放さないで逃げれば……。あらあら、またあんなに明かるくなってよ！」

身近な空が烈《はげ》しい夏の夕焼のように燃えていた。家の前の道には荷物を背負って走る人々の塊が泥になって流れていた。

(何て早いのだ、父が死んだときもこんなに早かったのか)

空の一方がまた明かるくなり、頭上の低空を爆音が通りすぎたかと思うと、また別の方向から爆音が近づき、大きな滝の水を落すような凄《すさ》まじい焼夷弾の落下音が、喰込むように首筋を襲ってきた。

「逃げる？　消してなんかいたら、かえって危いわ！」

「よし、逃げよう」

「狙われているのよ、このへん」

二人は並んでガラガラと乳母車を押しだした。謙一は右手を由美子の左手の甲の上に重ねて、今はここのところで由美子と繋《つなが》っているのだと思った。

耳を裂く轟音と雑沓《ざっとう》の叫声の中で、原っぱに辿《たど》りついたときのことや、逃出したあとの家がどういうことになるのかを考えながら歩いていたが、やがてこの乳母車をゆっくりと押しているわけには行かなくなってきた。小さな流れを幾つも集めた川の勢いが、次第に膨らんでゆくように、後ろからひた押しに走ってくる群衆の圧力がいつのまにか謙一と由美子とを小走りにさせ、遂《つい》には懸命に走らなければならない濁流の勢いを持って迫っていた。乳母車を押しているのは二人だけだったが、リヤカーから大八車まで引摺《ひきず》って走っている男たちも、あちらこちらにいた。それらの車は、左右に大きく揺れてこぼれ落ちそうな荷物の山の下で、よろめきながら走っていた。ごうごうと天地が渦のように鳴って、火に囲まれた町々は昼のように明かるかった。凄まじい落下音は更になお息もつがせぬ間隔で烈しく繰返されていて、こうして逃げているあいだに一瞬にして死に引込まれそうであった。走ってゆく前方にも、紐の切れた数珠《じゅず》が群がり落ちてくるような、熾《さか》んな焼夷弾の火の雨が見えていた。それはこんな恐怖の中で、不思議なことであったが、夏の夜空に打上がる花火の色よりも美しく鮮明に灼《や》きついてきて、思わず、あ、きれいだな、と声に出して呟いた。まぼろしのようだ、と由美子に言おうとして、謙一はぎょっとした。右手の下にあった由美子の手がいつのまにかなくなっていて、乳母車を押して走っているのは、自分ひとりだった。……

謙一は乳母車の頭を返して引戻ろうとしたが、流れ合った群衆の浪《なみ》の塊が、最早戻ることも横にそれることも許さぬほどに広い道にいっぱいにくろぐろと詰っていた。立停ることすら既に危険に見えたが、謙一は乳母車を捨て、帯のような人浪の中を一筋、左に右に手荒く縫いこんでゆき、殺気立った男たちにしたたかに殴られたり突倒されたりしながら、道を元の方に懸命に走りだした。逃げるときも一緒ね、逃げるときは手を放さないでね、という声が天使の羽搏《はばた》きのように胸の中を駈けめぐり、由美子、由美子、と休む間もなく叫びつづけて行った。

謙一は自分の家の前に来ていた。家の前には誰もいなかった。明け放しの門を潜《くぐ》ると、中の闇に向って大きく叫んだ。

「由美子、由美子、由美子はいるか！」

由美子の声はなく、彼は自分の家が塔のような静けさで残っていることに、はじめて気がついた。防空壕も、そっくりそのまま残っていた。

（逃げるんじゃなかった。ああ、乳母車なんか！……）

再び表に飛出しかけたが、由美子が戻ってくるだろうと思うと、動かないで此処で待っていようという気になった。

夜が明けてきた。

夜明けの空は海の色に似ていた。明かるい星が少しずつ薄らいでゆき、一つずつ消えて行った。深い空の蒼さは、謙一の頭の中を、遠慮深く岸を洗う物憂い海になって、静かな音を立てながら流れていた。謙一は庭の中に立ちすくんだまま、由美子が駈けこんでくるのを唇をかみしめて待ちつづけていたが、こちらから由美子を探しに出ることが怖ろしかった。もうあれから一時間以上も経っている。夜が明けてきてなお帰らぬ由美子が、子供とともに何処かで焼死しているにちがいないという思いが、謙一を庭先に釘づけにし、彼はその不安とおののきで刻々に痩せ細ってゆくのを感じていた。

父が一ト月前の劫火に追われて焼死した朝も、謙一は此処で空を見ていたのだ。

その三月十日の朝の空より、この四月五日の夜明けの空の方が蒼さは深く、雫を含んでいるような柔らかい蒼さだった。

謙一は、火の豪雨を降らせていった敵機が最早全く姿を消し、海の広さと蒼さを持ったこの空の中に、愛すべき二つのいのちが立昇ってしまったか、とぞっとしながら、残りの星が一つずつ消えてゆくのを、自分の眼が少しずつ塞がれてゆくように思った。空にはなお風があるらしく、やはり海のように、蒼い空は揺れ、その風に乗って由美子の声が聞えていた。

(押しながら、手を放さないで逃げれば……)

(あらあら、またあんなに明かるくなってよ!)

謙一は原っぱへの道を歩いて行った。広い道の片隅に、ボロ切れが積まれたような塊があった。それが由美子と子供との醜くゆがんだ死の姿であるのを確かめるのと同時に、倒れるようにべったりと其処に坐《すわ》りこんだ。あの壮絶な群衆の圧力の下で、さんざんに踏まれて押し潰されたらしく、由美子も子供も頭が歪形に割れていた。

六

火葬場の入口に桜の花が咲いていた。淡く白く、乾いて色褪《いろあ》せた、薄紙の造花の色であった。今は花びらも自分の思いのままには染まらぬか、と謙一は思ったが、一年ぶりにふと眼にとまった桜の花も、花を見るよろこびを謙一には与えなかった。

父のときには葬儀屋の手で棺《ひつぎ》が間に合ったが、由美子の棺は謙一の手製であった。その由美子と子供とを二人ならべて、人形箱に人形を蔵《しま》いこむような具合に入れた棺を、謙一は借りたリヤカーでひとりで火葬場まで曳《ひ》いてきた。

しかし父のときも、はじめ葬儀屋の主人は、材料がないから、と断わり、板と釘を持ってきてくれればこしらえるが、と言った。そこで謙一は父が外出に着たことのある着物を二枚、風呂敷に包んで持って行った。材料がないからこれで作ってくれと言うと、葬儀屋は二つ返事で隠してあった板を取出し、すぐその場で父の棺を作りだした。

その葬儀屋も今度の空襲で焼け、ほかの葬儀屋を探してみたが、葬儀屋という商売がもう東京からは全く消えてしまったのか、何処にも見当らず、同僚の一人は、今じゃ死人は莚《むしろ》に包んでいきなり火葬場に持ってゆくようだ、と言った。その火葬場さえ燃えてなくなってしまったかも知れぬ、とも言った。……謙一は台所の棚板を外し、押入の中板をはがして自分で由美子の棺を組立てたのだ。

火葬場でも、こう言った。

「燃料はないし、こう罹災者《りさいしゃ》が多くては、いつになったら焼けるかわからない。早くて四五日、まずまず一週間はかかるだろう。間違いのないように、札をつけて置いてってくれ」

空《から》っぽになったリヤカーを曳いて帰るあとから、子供を背負った由美子が泣きながら追いかけてきそうで、謙一は火葬場を幾度となく振返り、色の褪せた桜の立っているあたりをすかして見るようにして見つめながら、

「早くおいで。リヤカーに乗せてってやるから」

一週間目に台所の揚板の下から甕《かめ》を取出すと、それを持って由美子と子供を迎えに行った。火葬場の腰の曲った男はその甕の中に、配給の米をあけるように、無造作に白い骨を流しこんだが、謙一はこのザラザラと悲しい音を立てながら流しこまれたものを、由美子と子供だと思うことが出来ず、何か間違ったものを貰いに来たような気がしていた。あのまま火葬場に置いていた方が、由美子たちがいつも其処にいるのだと思うことが出来そうだった。謙一は自分とは無縁のものを預ったかのような索漠とした思いで、火葬場から出るとそのまま、父の骨が埋められてからまだ一ト月しか経っていない寺に持って行った。家に置くことが危険だったからである。

この町から離れた藪の中の寺への道は、父の埋骨の日にも歩いて行ったが、あの日は由美子も一緒だった、と思出すと、腕の中に抱かれている甕に向って涙ぐんだ。

「由美子、この道は、お前と一緒に歩く、最後の道ではないか」

空襲警報が発令されても、無気味な敵機の唸《うな》りや激しい炸裂音が上空から聞えてきても、謙一は身支度をととのえることもなければ、防空壕に待避することも考えなくなった。漆黒の闇になった座敷の中で、爆弾が落ちるのなら落ちてくればよし、焼払われるのなら悉く焼払われよ、この身が粉微塵《こなみじん》になるのならそれもよし、と思った。

座敷の暗黒の中に、空の燃える色が入ってきて、天井や壁が木洩日《こもれび》を受けたようにチラチラと耀いて浮かび上っていた。その薄明りの中で、小さな一つの鳥が飛んでいた。飛びながら何処にも去らず、舞い下りもせず、はかなげに漂っている小さな鳥であった。

由美子が赤ん坊のために作ってやった折鶴だとわかったが、糸で吊られて、その糸の端はなげしの隅にうたれた釘に結びつけてあった。敵機の猛《たけ》るままになっている空が揺れるので、それで鶴も飛立つのかと見えた。謙一は、赤ん坊をあやしている由美子の指と、その指の先で舞いつづける鶴を瞼の中に見ていた。子供に与える玩具もない時代だから、由美子は厚紙で風車や、大豆を入れてガラガラと鳴る箱を作り、七色の折紙もなかったから、便箋《びんせん》を四角に切って白い折鶴をこしらえたのだ。小さな鶴は由美子の細い指のあいだから何羽も生れた筈であったが、一羽の鶴だけが糸に吊られて残っていた。

その鶴が飛んでいるのを、由美子が飛んでいる、と謙一は見た。早く出て下さい、あっちの空が、もうあんなに明かるいわ、という声が、その羽搏《はばた》きの中から聞えてくるようだった。

七

謙一の家は焼残り、その小さな町は、あたりの廃墟の中で島のように残った。

この無傷の町の中で、由美子だけが死んだことが、謙一には耐えられない。

（おれだけ生きている）

十七歳の純潔を奪い、十八で死なせたことへの厳罰を与えられた気までしてくる。

こんな時代でなければ、由美子は明かるく生きていただろう。一度も逆らうことのなかった由美子は、謙一自身の内部に慕い寄るようにして、そのあるだけの優しさの翅《はね》をひらいてみせていた。純潔を奪われた悔いの涙など、由美子の瞼の裏には一滴もなかったようだ。

しかし一度も逆らったことのなかった由美子は、最後には大きく逆らったのではないか……。つまり、あのとき謙一を遮《さえぎ》って、乳母車を押したのである。

乳母車さえなければ、由美子も子供も死なずにすんだにちがいない。由美子が急に乳母車に拘泥《こうでい》しだしたのは、そのとき既に「死」がやってきていたのかも知れなかったが、それを最後まで抑える力を持たなかったのは、やはり自分が無力であったからか、と謙一は日に幾度となく茫然と自失していた。

五月二十五日夜半の空襲があった翌朝、謙一は廣田の家に向って歩いていた。廣田の家が焼けたような気がし、交通の杜絶《とぜつ》した路線の枕木を一つ一つ踏みながら四十分も歩いたが、由美子の死を知らせておこうという気持もあった。

謙一と同じように枕木を踏みながら、前からも後ろからも、忙しい蟻の行列のように人の群がつづいていた。立停ってあたりを見廻すと、焼跡は何処にも拡がって見え、それは何処まで続いているものかわからなかった。電車が不通であるのは、たった三台を残してあとはみんな爆撃されたのだ、と歩いている罹災者の一人が言った。

「電車も待避させればいいものを、車庫にそっくりかためておいたというから、全くあきれるじゃないか」

廣田の家も劫火から免かれていたが、やはり偶然だったようだ。

「危いところだった。この裏の百メートルあたりのところから、ずっとやられたんだ。まるで一望千里だ」

廣田は赧《あか》らんだ顔をして出てきた。ひどく興奮していて、家にあがれとも言わなかった。

謙一が由美子も子供も死んだと言おうとすると、

「沖縄のアメリカが降伏したってね」

「いつの話だ」

「ゆうべそこの焼跡で、大勢の万歳がするんだ。火を焚《た》いての乱舞だ。きいてみると、沖縄に上陸していたアメリカが無条件降伏したというんだ。アメリカが降伏したのなら焼出されても万歳だ、という話だった。万歳をしていた連中は、みんな罹災者だぜ」

「あべこべだろう。話は何か逆のようだ」

「逆とは、日本が降伏した？」

「勿論そうだろう。もう沖縄は、殆んど占領されている筈だ」

「じゃ何故万歳なんかしたんだ」

「デマじゃないのか。ぼくもよくわからない」

由美子が死んだ、と言おうとしてやはり言えなかった。

「君の顔を見たから帰るよ。渋谷を廻ってきたが、ひどいやられかただ。すっかりなくなって、坂だけが残っている」

「渋谷まで送って行こう」

「君の顔を見たから、これでいいんだ。……そのうち、本土決戦か。隣りの家で竹槍を削っていたが、厭な音だな」

「渋谷まで送るよ。君が歩いてきたのに、このままじゃわるい」

廣田は謙一と並んで十分ほど歩いてきたが、立停ると、

「わるいけど」と言った。

「どうも歩かれなくなった。足に豆が出来てるんでね。……ひとりで帰れる？」

謙一は茫然として廣田の照れ臭そうな顔を見た。ひとりで来たのだからひとりで帰る、と答えようとしたが、廣田があらぬ嘘を言っているのがはっきりと読みとれた。

「さよなら」

廣田の方を振向きもせずに、また枕木を一つ一つ踏みながら歩いた。足に豆が出来たからとは何だ、と次第に不愉快になってきた。

（あいつは見栄坊のお体裁やで、その上もともと薄情に出来ていたのだ。今日も、あがれとも言わなければ、水一杯出さなかった）

（ところで、こう歩きづめじゃ、喉《のど》が渇いてたまらない）

不愉快な男に会って帰ってきたのだから、由美子の顔が見たかったが、その由美子は死んでいる。それでも一度「由美子！」と声をかけて縁側から廻って家に入ったが、靴をぬぐ気力もなくてそのまま縁側に倒れた。午後の陽《ひ》が翳《かげ》って、薄暗い部屋の中で白帆のような鶴の姿が見えていた。由美子が死んでから、その鶴に触れたことはなかった。今突然その鶴が見えてきて、謙一は由美子の微笑を見たような気がしたが、それが由美子の微笑であれば、この自分の眼は曇り、悲しいつらい色を浮べている筈だ、しかもこの悲しい色をさえ見せたい相手はやはり由美子以外にはないではないか、と謙一は思わず声を出した。

謙一は靴をぬぎ、鶴に近づき、それを糸から離すと、縁側に連れてきた。

鶴の頭には赤鉛筆で染めぬいた円があった。尾のところには墨が塗ってあり、由美子は丹頂鶴を考えたのだろう。便箋の罫《けい》がそのまま鶴の羽目《はねめ》に見えてくるのにも愛らしさと面白さがあったが、鶴の内部にほんのりとした黒さが漂っているのに気がついた。折目を傷めぬように少しずつほぐしてみると、内側から由美子の文字が見えてきた。書き損じの便箋で鶴を折ったのでもあろうかと思ったが、すっかり開いてみると、そうではなかった。

死ぬときは一緒ということになっておりますけれど、もしかすると私ひとりだけ先に死ぬことがあるかも知れません。そのときは、あのお寺の墓地の中ではあまりに淋しすぎて、私ひとりではたえられませんから、どうかこのお庭のすみっこに、小鳥のお墓のようにして埋めて下さい。先生がおいでになる限り、私はその下から、生徒であった日と同じように、いつも先生のお声に耳を澄ませております。これはもしかしたら私のお願いです。おゆるしくださいますわね。

この鶴を折った日、昭和二十年三月二十三日。　由美子

由美子が遺書をのこしていたとは謙一には思いがけなかった。しかも「もしかすると」という由美子の不吉な予感は、不幸にして当ってしまっていた。

由美子は遺書を書いてみて、その置場に困ったのにちがいない。それで子供の玩具とみせて折鶴にしたのだろう。それも一番眼につきやすいところに置かれて、一度は確実にひらかれて読まれる日のことをこの折鶴は待っていた。

謙一は、思いがけなく由美子の大切ないのちを拾いあげたような気がして胸がむせてきたが、由美子の顔と指とを思い描きながら、折られていった通りに元の鶴の形に折戻すと、

そっとポケットに入れ、再び靴をはいた。やがて寺の方角に向って歩きだしたが、土を踏んでいるような気がしなかった。何か別の地上を歩いているようで、これは鶴が舞上ろうとしているところの感じかも知れぬ、と思った。

その一夜

内田百閒

一

隣りの二階の閉め切った窓の戸袋へ、斜に飛んで来た不発の焼夷弾が当たった音を聞いたとは思わなかったが、雨戸樋《あまどい》の切れ端の様な物が、はずみで逸《そ》れて家の玄関口のコンクリートのたたきに落下した。私と家内はその前から往来に起《た》っていたけれど、すぐ後ろに落ちたその音も聞いた様には思わない。

何しろ辺り一面、轟轟《ごうごう》、がらがら、カチン、カチン、大変な騒ぎなので、ちっとや、そっとの物音は聞き取れない。こわいのと緊張とで周囲のいろんな音響を聞き分ける事なぞ出来なかったが、ただその中で無気味だったのは、屋根瓦や往来の鋪道の上に、小さな、鋭い音でカチン、カチンと落ちて来る味方の対空弾の破片であった。身体に当たればそれ切りである。それがこわいなら屋根の下、家の中にいればいい。しかし、こわいのはそれだけではない。じっとして家の中になぞいられるものではない。

爆弾や焼夷弾が落下して来る時は、頭の上でシュッ、シュルシュルシュルと云う音がすると云う事を前から教わっていた。現に今のこの話の晩より余程前の寒い日の昼間、空襲警報で表へ出ていた頭の上近くにB29が飛んで来たと思ったら、果してシュッ、シュルシュルシュルと云う音がした。

呼吸が詰まる思いがした。二百五十キロの爆弾だったそうで、つい近くの横町の鉛版屋へ落ち、屋根を突き抜け、床を破って縁の下の土の中へ這入《はい》ったが、幸い不発だったので大事には到らなかった。後の騒ぎは別として、その無気味だった音はまだ耳に残っている。ところが今夜はそんな音は引っ切りなしで、B29が非常に近い低空を、すぐ傍の土手の上すれすれに襲って来る。すでに一面炎の海と化しているお濠《ほり》の向うの四谷から飛んで来るのだが、一帯の火の色を機腹に受け、巨大な胴体が井守《いもり》の腹の様に赤い。それが遠慮なく爆弾、焼夷弾を落として行く。小爆弾と焼夷弾を一緒に組み合わせた「モロトフの麵麭《パン》籠《かご》」と呼ばれる物騒な代物《しろもの》をどんどん落として行く。シュルシュルも何もあったものではない。ついそこに見えている往来の四ツ角の自動車屋の二階が炎を立てて崩れ落ちた。横町に曲がる坂の角には小爆弾が落ちたらしい。

二

編隊でやって来るので、一しきりすると行って仕舞う。後続編隊があっても、それも一しきり。間もなく頭の上は静かになった。しかし今夜は下町、山の手一帯に掛けての大空襲の様で、空一帯はちっとも穏やかにはならない。

神田下谷《したや》浅草方面の空は真赤である。得態《えたい》の知れない轟轟と云う響きが伝わって来る。遠くの空でモロトフの麵麭《パン》籠《かご》が散らかって行くのだろう、花火の傘がパッと開いた様な綺麗な物が、ひらひらと舞い降りて行くのが見える。

頭の上は静かになっているが遠くの空から、美しく華やかで物騒な物が飛んで来る。B29が火を吹いて燃え盛りながら、大きな弧を描いて旋回しているのである。あれよ、あれよと見上げる内に、段段こちらへ近づいて来る。乗っていた者はどうしたのだろう。全機が燄《ほのお》に包まれて、その燄の尾を後ろに曳《ひ》きながら東から北の空へ廻り、相当高い所を飛んでぐんぐんこちらへ近づいた。味方の高射砲が命中したのだろう。綺麗だけれども、見ていてあぶなくて仕様がない。もし燃えながらこの辺へ落ちて来たら、どんな事になるだろう。

しかし、あんなに燃えていて、燄に包まれながら、よく同じ高度を保って飛んでいられるものと感心する。東から北の空を大きく廻り、西に出て四谷の空をかすめ、左に折れて南へ曲がって赤坂の方へ行ったと思ったら、その後はもう見えなくなった。見附下の料理店「幸楽」の上へ落ちたのだと云う。大変だったろう。想像に絶する。

燃える飛行機の姿を追い、落ちられたよその災難を思っている内に、こちらがあぶなくなった。私共のいる所から近い表通の電車道一帯に火が廻り、道に面したお寺が今燃え出したと、同じく往来に出ている近所の人が教えてくれた。その火は今にこちらへ来る。逃げるつもりにならなければならない。

頭の上はすっかり静かになって、空から何か落ちて来る心配はなくなったけれど、大きな火事が段段に近づいて来て、辺りは一面に明かるく赤い。暫《しば》らくすると、パチパチと焼ける柱の爆《は》ぜる音が聞こえ出した。往来の向う側の家並に火が廻り、襖《ふすま》や戸の外れた見通しの家の中を、白光りのする大きな炎の舌が、水が流れる様に横倒しに動いているのが見え出した。

もう往来一つで、すぐにこちらへ迫って来るのがわかっている。いよいよ逃げなければ焼き殺される。玄関の上り口に出しておいた持ち出しの荷物を家内と私とで分けて背負い、その外《ほか》に私は飲み残したお酒が底の方に少したまっている一升壜《いっしょうびん》をさげ、片手に目白籠を抱えて家の裏庭から、外の土手沿いの道へ出た。

出がけに庭続きにある大屋さんの所へ声を掛け、火が迫ったから、一足お先に逃げますと挨拶した。何年か雨露を凌《しの》がして貰った家も、今すぐ燃え上がるところである。

裏の土手沿いの道に出て、右に行けば市ケ谷駅、左へ行けば雙葉女学校の前から四谷駅へ出る。どっちへ行こうかと、家内と相談したが、市ケ谷駅の方が明かるい。明かるいからそっちへ行こうかと思ったけれど、何となく暗い左の方へ行く事にした。何さまのお導きだったか知らないが、その晩市ケ谷駅のまわりでは沢山の焼死者が出た。難をのがれて今まで生き延びる事が出来た。

三

土手沿いの暗い道を左の方、四谷駅に向かって少し歩いて行くと、背負い馴れない荷物と両手もふさがっているので、もうへとへとになってしまった。そこいらの石垣の下に一休みし、息を入れた。

大きな建て物の暗い陰で、手足を伸ばし、くつろいでいると、暗い中に巡査だか消防署員だかわからなかったが、こんな所に休んでいてはいけません、今にこの大きな屋敷が燃え出し、その火の勢いで旋風《つむじ》が起こって、あなた方は捲《ま》き上げられてしまう。早くどこかへお移りなさい。

暗い中のその時の人の親切を難有《ありがた》く思う。まだ燃えてはいない、黒黒と聳《そび》えているだけだが、石垣の上の屋敷はもと三菱の何かだったそうで、後に越後の大地主の東京邸となり、戦時になってからは東条大将の軍需大臣官邸であった。今までいた私の住まいの地続きのお隣りなので、その建て物に馴染《なじ》みも深い。燃え出したら、火の手があがったら大変だと思われる。そうしてそれが、その後じきにそうなったのだから、暗い中の巡査か消防署員の注意は更に難有かったと思った。

そこでまた神輿《みこし》をあげて、四谷駅の方角へ歩き出す。

その前に背中の荷物を降ろした儘《まま》の身軽な足で、一寸《ちよつと》後へ引き返し、私の家はどうなっているかを見に戻った。

丁度《ちょうど》その時が、燃え盛っている最中であった。舞い上がった炎がきりきりと渦を巻き、家の形ははっきりしないが、大きな火の筒になって、轟轟と音を立てているらしい。住み馴れた住まい、いろいろの心残りの大事な物、あの額も焼けている、あの軸も焼けたろう、あの本、あの記録。巻き揚がる炎を見て、一一そんな未練を起こしたわけではないが、いい工合に焼けてしまって、さっぱりしたと思った物もある。不思議にその方はちらりと、しかしありありと向うに見える火の筒の中に思い出した。

四

旋風《つむじ》が起こると注意された大廈高楼《たいかこうろう》が果して燃え出した。私共が土手の斜面の青草の上に腰を下ろして間もなくである。

見上げる屋根の、瓦の一枚一枚の隙間から、煙を吹き出した。広い屋根全面にわたって青白い煙が昇っている。

その青白い煙がすぐに、別別の赤い炎になり、見る間に一面の火のむしろに変った。広大な屋根全体が燃え出した。

勿論《もちろん》屋根の下全体はすでに火が廻っているのである。建て物が一つの巨大な火の塊まりになったのはすぐその後の事で、離れた土手の青草の上にいる私の顔も、火照《ほて》りで熱くなった。

燃え盛って、焼け落ちる迄《まで》には大分時間がかかったが、結局は低くなり、もとあった所には何もなくなってしまった。火勢が強く、よく燃えたものと思われる。

暫らく経ってから、大厦高楼の焼け落ちたほとぼりが冷めた頃を見計らい、土手の腹の青草から起ち上がって、往来を見渡す道の端に出て見た。

実に目を見張るあざやかな景色であった。私の家のあった辺り一面、その両側は焼け落ちて何もなく、平ったい余燼《よじん》の焼け野原であったが、まだ焼け残っている道路の木柱の電柱が、こちらから目の届く限りの向うの端まで、ずらずらと列《なら》んで燃えている。粲然《さんぜん》たるその美しさ、照明の燈がまだ生きて燃え盛っているだけ、銀座の夜景よりはもっと生き生きとして豪奢《ごうしゃ》であった。

明かるく燃えている電柱の両側には何もない。しかし、あの見当の郵便局の前では、今夜の空襲が始まったしょっぱなに、今日は空襲があるらしいからと云うので、近県の応召先から帰された息子さんが、家に帰《かえ》り著《つ》いて応召袋を上り口に置いたばかりのところへ、空襲警報が鳴ったので、その儘表へ出て郵便ポストのわきに起って空を見上げた時、「モロトフの麵麭《パン》籠《かご》」から飛んで来た焼夷弾がその頸《くび》の附け根に当たって、首が無くなってしまった。

こっちの帯坂の角にあった鰻屋さんの所では、御亭主一人を残して家族全員が小爆弾の為《ため》に亡くなった。後の話だけれど、葬式も焼き場もあったものではない、生き残った御亭主が、家族のみんなを、鰻を焼いた覚えの腕前で、道ばたに火を燃《も》して始末してしまったと云う。

町内にも空襲で死んだ人は大分いる。銀座の夜景になぞらえて、電柱の燃えさかる美観を褒めてばかりはいられない。

騒ぎで昨夜からまんじりともしなかったが、別に眠いとも思わない。土手の腹の青草の傾斜にもたれていて、大変な事があったにも拘《かかわ》らず、気は落ちついている。そろそろ夜が明けそうである。

何となく空の色が変って来た。しかし夜明けの色ではない。煙か、ごみか、霧か、よくわからないが、何だか空一面をおおい、蓋《ふた》をしていて、黎明《れいめい》の様ではない。そうしてその儘次第に明かるくなって来た。土手の青草の上の身のまわりも段段に、はっきりして来る。棲《とま》り木《ぎ》が一本しかない小さな袖籠《そでかご》に入れて連れて来た子飼いの目白が目をさまし、小さな声でチチと云った。うまそうに餌を食べ出した。摺《す》り餌《え》はたっぷり入れてある。うちで育てた目白だから、こんな際にも連れて来たが、お前も無事でよかった。もうこれからは大丈夫だろう。

朝の色を見て、私もほっとしたから、一盞《いっさん》を傾けようと思う。尤《もっと》もお酒は大きな一升《いっしょう》罎《びん》の底の方に飲み残しが一合ばかりしかない。一どきに飲んでしまっては勿体《もったい》ないし、いつ後《あと》が手に入るか見当もつかない。そこで先《ま》ず差し当たり、ほんの一杯だけにしよう。手《て》許《もと》の袋の中に小さなコップが入れてある。それを取り出した。

その時分はまだ歯が揃っていたから、空襲の濁れる空のしののめの、歯にしみ通る酒はすなわち、少しく飲む可《べ》かりけり。勿論冷酒であるがその味のうまいの何のて、それは到底口に出して言える事ではない。筆舌の尽くす所にあらざる也。

櫟の家

高井有一

　庭に十二本の櫟《くぬぎ》の木があった。それは東南のかなり広い一画を占め、街路樹の並木のように、六本ずつ二列に並んでいた。深い裂れ目《きめ》の走る褐色の幹の根方に立って見上げると、遥かに高い所で枝が入り組み、空を隠しているのであった。晴れた朝には、食事をする茶の間の障子に、先の尖《とが》った櫟の葉の影がゆらめいた。曇った日、葉末は黒ずんでいた。

　この、櫟のある家で、私は十三歳になるまでを過した。それが喪《うしな》われたのは、昭和二十年の四月十五日、東京に三度目の夜間空襲のあった日である。その夕方、私は隣家へ風呂を貰いに行った。乏しい燃料を節約するため、風呂は三日おきに隣家と交替で立てる事になっていたのである。上って帰ろうとする勝手口で、私は隣家の主婦と顔を合せた。

「あら、もういいの。お湯加減、よろしかったかしら」

「はい」

「そう。湯冷めをしないようになさいね」

　早目に夕食を済ませて、私は八時過ぎに二階の寝間へ行き、直《す》ぐ眠った。まだ春先の淡い冷たさを遺《のこ》している牀《とこ》に、湯の火照《ほて》りが快かった。

周りで動くもののある気配に眼を醒《さま》したのは、夜半過ぎであったろうか。南に向いた窓の戸が開け放され、父が寝間着のまま牀の上に坐《すわ》って外を見ていた。私の隣の母の牀は空《から》であった。起上ろうとすると、父が言った。

「また空襲だよ。いいから、寝ておいで」

「母さんは」

「さあ、下だろ。逃げる時の支度でもしてるんじゃないか」

私は、牀から出て父の傍に寄添った。風もなく、夜は静かであった。斜め左手に見える櫟の梢の向うに、探照燈の光芒《こうぼう》が二本、ゆるやかに空の表面を撫で廻していた。東部軍管区情報を告げるラヂオが声高に鳴っていたが、それが何処から聞えて来るのか、よく判らなかった。

「逃げる支度って、此方《こっち》が危いの」

「そんな事はないさ。母さんは心配性なんだ。一昨日だってそうだったじゃないか」

前々夜には、東の空が一面に赤く燃え立ち、私たちのいる部屋の窓硝子《まどガラス》も、その色を鈍く映した。母は、日頃から用意している三箇のリュックサックを持出して仔細《しさい》に中を点検し、早く着替えるように父を促した。しかし、父は動こうとしなかった。

「この家が焼けると本気で思ってるのか。若《も》しそうなったら、総《すべ》てがお終《しま》いだよ。それっぱかりの物を持出して何になる。気休めにもなりやしないじゃないか」

母もそれ以上は何も言わず、荷物を部屋の隅に寄せ、父と並んで坐った。門の外の道では、頻《しき》りに呼び交す声もしていたが、父も母も、それに心を動かされた様子はなく、凝《じっ》と遠い炎の色を見ていた。時折、顔を寄せて何か囁《ささや》く母に、父が痩せた長い頸《くび》を動かして頷《うなず》くのが、燈を消した部屋に影となって浮いていた。そうした両親の間に、私が甘えて入り込む余地はないようであった。やがて私は飽き、疲れて眠ったらしい。眼醒《めざ》めた時には陽《ひ》は高く、母は既に起きて、朝の遅い父だけが、常のように蒲団を顔の半ばまで掛けて眠っていた。

私は、その時の陽の眩《まぶ》しさを思い出しながら、膝を抱えている父に向って言った。

「一昨日、西条君の家、焼けちゃったんだよ」

「そうか。運が悪かったんだな」

「それで、今日、先生がね、これから敵機はだんだん郊外の方へも来るようになるから、気を付けなくてはいけないって」

父は、意外な事を聞くという風に、瞬かない眼で私を見返した。その視線に追い立てられるように私は続けた。

「警報が鳴ったら、直ぐ防空壕へ入らなくてはいけないって。この頃の焼夷弾は大型で、凄く火の廻りが早いんだから」

「先生がそんな風に言ったのか」

父は呟《つぶや》いた。

「壕で直撃を受けて死んだ人だってある。あんなものに頼るのはおかしいよ。こんな時代に本当に頼りになるものなんて、ありやしないんだ」

壕は、櫟の列の恰度《ちょうど》中間にあったが、つい一箇月前までは素掘りのままであった。十二月の寒い日、その傍で落葉を燃していた私は、ふと思い立って穴の底に降り、蹲《うずくま》って空を見上げた。日暮に近く強くなった風に、煙は渦を巻いて穴の縁を行過ぎ、その上の翳《かげ》り始めた空には、葉の薄くなった櫟の枝が、大きく撓《たわ》んでざわめいていた。穴に覆いをして土を盛り、防空壕らしい形を整えたのは、三月十日の大空襲の後、避難設備を完全にしなくてはいけないと、警防団から警告されたからである。しかしそれも、ただ上辺を繕《つくろ》ったに過ぎなかったから、土を刻んだだけで支えもしていない入口の階段は、踏む度《たび》に脆《もろ》く崩れ落ちた。

家の焼けた日の、ほぼ一年前の事である。輪番で防空群長を引受けさせられていた父は、茶の間で十二軒から成る隣組の絵図を作っていた。方眼紙に、それぞれの家の平面図を正確に描き、防空壕、防火用水の位置や、火叩きに砂袋など防火器具のある場所を、色鉛筆を使って、克明に書き込んで行くのであった。

「こうしてみると、家は随分おかしな恰好《かっこう》をしているね」

傍から覗込《のぞきこ》んでいる私に、父は話しかけた。確かに奇妙な形の家であった。私たちが母屋《おもや》と呼び慣わしている階下三間、二階一間の建物が敷地の西南の隅にあり、其処《そこ》から北へ一間幅の廊下が延びて、納戸に使っている十畳程の板敷の部屋がある。その部屋を抜けるとまた廊下になり、赤い瓦を載せた急傾斜の屋根を持つ、父のアトリエに突当るのである。

「串刺しの団子みたいだ」

と私は言った。

「そうだ。全くそうだな」

父は笑ったが、ふと鉛筆を持つ手を休めて真面目な顔になった。

「でも、どうしてこんな恰好になったか、お前は知らないだろう」

「うん、知らない」

私は、自分の家がそういう平面を為《な》している事にさえ気付いてはいなかった。

「この家は、四回に分けて作ったからなんだよ。初めは、今の座敷と茶の間の所くらいしかない、ちっぽけな家だったんだ」

父の喫《す》い付《つ》けた煙草の烟《けむり》が淡く拡がった。父は終日殆《ほとん》ど煙草を手から離さなかった。

「父さんたちが結婚した時、お祖父さんが建てて呉《く》れたのさ。お祖父さんは、あの櫟の木を見て、すっかりこの場所が気に入ったんだそうだが、何しろ淋しい所でね、周りには畑と雑木林の他は、何にもありやしなかった。其処の縁側から見える家と言ったら、ずうっと離れて、農家が一軒あるだけだったんだよ。夜、何かの加減でその家の窓に電気が点《つ》かない事でもあると、随分心細い思いをしたものさ」

父は、自分の言葉が呼び起す昔の光景を懐しむように、ゆっくりとこれを話し、私はお伽噺《とぎばなし》のように聞いていた。

「今の納戸を建て増したのは、お前の生れる二年ばかり前だったかな。彼処《あそこ》が、以前は父さんのアトリエだった事は知ってるね」

それは私も知っていた。床にこびりついて取れない油絵具の色を見て訝《いぶか》しがった私に、母が教えて呉れたのである。しかし、母も詳しくは何も言わなかった。

「あの部屋も、お祖父さんが建てて呉れたんだ」

和《なご》やかな口振りで、父は続けた。当時、漸《ようや》く画壇に認められ、所属する団体の正会員に推挙された父を祝って、祖父がアトリエを贈ったのだという。祖父は美術専門の出版社を経営して居り、家を継ぐ息子に援助を惜しまなかったから、若い時代の父は生活の資を稼ぐ必要すらなかった筈《はず》である。のち、祖父が事業に失敗して退隠した時、母屋に二階を増築して隠居所としたのは、父の感謝の現れであったかも知れない。

「お祖父さんが歿《なくな》った時、父さんは本当に号泣なさったわ。傍で見ていて怖くなってしまったくらい」

と母が言った事がある。しかし、私には、祖父の隠居の生活も、その死も、全く記憶にない。おぼろながら憶えているのは、私が五歳の時、父が新しく建てたアトリエの普請《ふしん》中《ちゅう》の光景である。私は、夏の暑い盛りに庭の木蔭《こかげ》を選んで立ち、陽を反射して眩しい赤い瓦が、そそり立つような屋根に正確に並べられて行くのを、飽かずに眺めていた。

「お前には、父さんの若い頃なんて、まるで想像もつかないだろうな」

父は眼を細めて私を見た。灰皿に吸殻が重なり、周りには灰が飛び散っていた。

「でも、写真で見た事あるよ」

「写真で解るのは形だけさ。お前に解らないのは当り前だけど、若い頃っていうのは、自分の始めた仕事が、少しずつ拓《ひら》けて、だんだんに大きく育って行くのが、実に新鮮に感じられるものなんだ。この串団子みたいな家は、そういう風に父さんが大きくなるのと一緒に大きくなって来たんだよ。世間にはまるで趣味みたいに方々引越して歩く人がいるけど、父さんは、とても此処《ここ》から動く気になれないな」

「ふうん」

私にはよく解らなかった。父の仕事の世界は、まだ私からは遠かった。

父は毎日十一時を過ぎて起きる。軽い食事を済ませると、直ぐにアトリエに籠《こも》り、日が落ちるまで仕事をする。そして、夕食後には多く外出した。秋の展覧会のための制作を始める時分には、弟子たちも大勢訪ねて来てアトリエは賑《にぎ》わったが、私は其処へ近付くのを禁じられていた。

だから、私がアトリエを覗いた事は数える程しかない。何のついでであったか忘れたが、父のいない夜、母とともに行った覚えがある。恰度弟子とともに制作をしていた時であったらしく、六つの画架がモデルの横たわるソファを囲んで半円形に並べられ、それぞれ五十号以上の大きなカンヴスに、とりどりの色彩で裸婦が描かれていた。高い天井から吊された飾燈の光に、生乾きの画面が輝き、私は、裸婦の肌が息づいているようだと思った。

「このモデルさんは、父さんのお気に入りよ」

と私の肩に手を添えて母は言った。

「でも、この人、唖なのよ。口が利けないの」

それから暫《しばら》く、私たちは、音のしないアトリエで裸婦を眺めていた。唖のモデルは、分厚い唇を心持ち開いて、何処か遠い方に焦点の定らない眼を投げているのであった。

同じく父のいない日、夕方に一人でアトリエに行った記憶もある。その時父は、中年の男の肖像画を描きかけていた。画架の上の方に四つ切大の写真が貼り付けられ、その下に、顔の部分にだけ色を塗った半身像が正面を向いていた。同じ顔が、写真と絵とで奇妙な対照を為し、私を正面から見据えていた。一方の眼が半ば閉じているように細く、それが表情に嶮《けわ》しさを加えていた。顎《あご》は張り、頸筋は木の根のように太かった。私は、独りでこの肖像と向い合って筆を加えている父は、どんな顔をしているのだろうかとふと思った。肖像の大きく開いた方の眼が、光を帯びて迫って来るように見えたのは、次第に周囲を濃く浸して来た暗さのせいであったに違いない。

日の落ち際に、父が櫟の列に沿って、何回も往き来するのを、私は繰返し見ている。恐らく仕事に倦《う》んだ時であろう。痩せた肩をすぼめ、俯《うつむ》いて、ゆっくりと大股に歩を運ぶのであった。そうした時にも手離さない煙草の火が、木の幹の間に見え隠れした。風のある日には、父の手先から赤い火の粉が散った。そして凡《およ》そ三十分も経つと、変らない足どりで、またアトリエの方へ引返して行くのであった。

家の焼ける日が来るまで、私が父の世界について持っていたのは、こうした切れ切れの印象の積み重ねでしかない。

探照燈の光が敵機を捉《とら》えたのは、鎮まった夜更けの時間が、かなり過ぎてからである。夜気は冷えて、私は、蒲団にくるまって腹這《はらば》いになっていた。二本の光芒が十字に交叉し、その中央に、敵機の影が浮き上った。更に新しい光の条《すじ》が其処に加わり、飛行機の進む速度に合せて、東から西へと動いて行った。

「綺麗なものだな」

と父は低く言った。声がよく徹《とお》った。

やがて、飛行機の主翼の辺りから、不意に火炎が上った。それで私は、先刻から遠くで重く鳴り響いていた轟音が、高射砲のものであるのに漸く気が付いた。敵機は花火のような炎を噴きつつ、やや暫く水平に飛んだが、急に速度を失って、機首を下にして垂直に墜《お》ち、地上に、焔《ほのお》が燃え立った。探照燈の光は交叉を解き、思い思いの方角に離れて行って、空は再び静かになった。

「撃墜するのもいいが、あれじゃ困るな。却《かえ》って被害が大きいじゃないか」

父は牀《とこ》の上に仰向けに寝転んだ。嘲笑うような気配があった。私も父に倣《なら》って仰向けになり、枕許《まくらもと》の窓の辺りだけが淡く明るんでいるのを眺めた。

「なあ、戦争って、面白いものだと思わないか」

父が話しかけて来たのは、私が眠りに落ちかけていた時である。咄嗟《とっさ》に、私は父が何を言いたいのか判らなかった。

「父さんの友だちは、大勢、戦地に絵を描きに行ってるよ。絵を描くったって生やさしい事じゃない。本当に戦争の凄い所を描こうとすれば、弾の飛んで来る所まで行かなくては駄目なんだから。そう、鶴田の事は、何時《いつ》かお前に話してやったな」

鶴田というのは、父が親しくし、屢〻《しばしば》家へ訪ねて来た事もあった画家である。中支へ従軍して、砲弾のために右腕を失ったのであった。

「鶴田はもう二度と絵は描けやしない。でも、あいつが支那で描いて来た絵は、とても素晴しいものなんだよ。あれだけの物が描ければ、もう手が失くなっちまっても、ちっとも可哀想じゃないな。あいつが、そんな仕事が出来たのは、戦争のお蔭さ」

父はそこでふと口を噤《つぐ》んだ。何を思い出したのか、その表情は私の方からは見えなかった。

「父さんは、どうして戦争へ行かないの」

私は無邪気に訊《き》いた。

「ふん」

微《かす》かに父は笑った。

「行けるなら歓《よろこ》んで行っていたさ。行けば父さんだって、鶴田に負けやしない」

これだけで、父は言葉を断ち切るように黙り込んだ。恐らく、不用意に私に話し掛けた事を悔《く》いていたのに違いない。

父の兄弟は何《いず》れも早逝《そうせい》している。兄は大学へ進んだ年に胸を病みつき、二年間寝た後に死んだ。喘息《ぜんそく》の持病のあった弟は、兄と同じ齢頃に同じく胸を患《わずら》い、喀血の血を咽喉《のど》に詰らせて死んだ。父自身も虚弱な体であった。鳩尾《みぞおち》から下腹にかけて、直線に切り裂いた傷痕は腹膜炎で危篤にまでなった時の名残りである。一緒に風呂に入って触ってみると、糸の形がそのままに残っている昔の傷は、太い麻縄のように粗く堅かった。茶色の肝斑《かんぱん》が散った胸には、肋骨が明瞭に浮き、背骨は左前へ大きく彎曲《わんきょく》していた。屢〻気管を傷め、寒くなり際には、湿布を咽喉に巻いて、胸から出る深い咳をしている事が多かった。

「お前、中学へ入ったら、弓をやってみるといいよ。あれは、胸幅を広くするのに役立つからな」

私が発熱して寝ていた時にこう言ったのは、父が自分のようにはなって欲しくないと、真剣に考えていたからであろう。

父が私に向って昂《たか》ぶった感情を露《あら》わにしたのは、唯《ただ》一度しかない。それだけにその経験は、私の記憶に執拗《しつよう》に纏《まつ》わっている。

小学校三年の時であったと思う。私は友達に石を投げられて鼻血を出した。極《ご》く些細《ささい》な事から、腕力に秀でて暴君を気取っている生徒を怒らせ、校庭の隅に立たされて、彼の仲間から交《かわ》る交《がわ》る石を打《ぶ》つけられたのである。一つが鼻柱に当り、血は音を立てて噴き出した。私刑はそれで中止になったが、私は、教師にも親にも決して事実は話さない、若し訊かれたら、近所の中学生に苛《いじ》められたのだと言うように約束させられた。しかし夜になると私の顔は腫れ上って熱を出し、その苦しさのために、母に総てを打明けてしまった。母は翌日電話でそれを担任の教師に告げた。四日経って腫れは退《ひ》いたが、私はなお暫く、気分が悪いと言って学校を休んだ。教師に罰せられたに違いない友達の報復が怖かったのである。所在なく座敷で本を読んでいると、背後に人が立った。父であった。

「お前、苛められて何にも抵抗出来なかったそうだな」

「だって、向うは大勢いたんだもの」

「ちょっと、立ってみろ」

押殺した嶮しい声に呑まれて立上った私を、父は、二三歩退いて、きつく見据えた。

「おどおどしてるから、莫迦《ばか》にされるんだ。幾ら強い相手だって、そんなに違いがあるものか。いいか、向うが何かしそうになったら、此方から先に跳びかかって行くんだ。何だそんな自信のなさそうな顔をするんじゃない」

父は嗄れた声で叫び、半ば腰を下し、手を拡げて構えた。

「そら、かかって来い。頭から突込んで来るんだ」

私は怯《おび》えた。そして暫く躊《ため》った後、眼を瞑《つむ》り、畳を蹴って父にとびついた。私の額が父の腰骨に当り、父は、

「うっ」

と声を詰めてよろめいたが、直ぐに私の両肩を強く突き放した。手荒い事をされようとは予想もしなかった私は、虚を衝《つ》かれ、脆く重心を失って、後ろの襖《ふすま》に倒れ込んだ。けたたましい音を立てて襖は破れた。

「莫迦《ばか》。何て事だ」

私の前に立ちはだかった父は、肩をそびやかして大きく息を吐いた。悪い咽喉が笛のように鳴り、続けて何か言おうとしても言葉にならないらしかった。

「どうしたの。何か、悪い事でもしたの」

物音を聞きつけて、母が来た。父は、眉をひそめている母を見ようとはしなかった。

「悪い事が出来るような、甲斐性のある奴じゃない」

父の額に汗が滲《にじ》んでいた。

「こいつが、あんまり意気地がないのが嫌なんだ。女々《めめ》しい奴」

「でも、急にそんな風に言ったって」

「お前、解らないか。こいつのやった事が、どんなにみっともない事だか解らないか。それなら、黙っていろ」

父は打って変った奇妙に沈んだ声でそう言い、母を無視してアトリエへ去って行った。遠くで、激しく扉の鳴るのが聞えた。破れた襖は、翌日、経師屋《きようじや》の手で張り替えられたが、私はその一枚だけ新しい紙の色を見るのが心に重く、長い間座敷に立入らなかった。

父の描いた絵は、総て空襲で焼かれ、今、私の手許には小品の一つすら遺ってはいない。銀座裏の小さな画廊で、父の遺作展が催されたのは、戦争が終って五年も経ってからであったろうか。父の友人や弟子たちが、所蔵している父の絵を出品して、個展を開いて呉れたのである。初日の午後、私は会場へ行ってみた。褐色の布を張った壁面に、大きくても十五号を越さない絵が、二十点ほど並べられた場内は人影がなく、入口に置かれた記名帳の頁は白かった。私の姿を見て、奥の事務所から人が出て来た。

「やあ、いらっしゃい。待っていたんですよ」

親しくそう言いかける父の友人の顔に私は見覚えがあった。昔見た時と殆ど変らないその画家に、私は黙って頭を下げるよりなかった。

「どうです。落着いた感じの展覧会になったでしょう。貴方《あなた》のお父さんは、派手な事の嫌いな人だったからな」

　私は画家と肩を並べて会場を一巡りした。絵は、二点の裸婦を除いて、総て静物と風景画であった。満開の辛夷《こぶし》の花を描いたのが三点あった。その辛夷は私もよく知っている。家から北へ五百米《メートル》あまり行った所に小さな池があり、その畔《ほとり》に、水の上に半ば身を乗り出すように植えられている辛夷である。春先の、まだ寒さが残っている頃に、辛夷は匂いの高い花を付ける。その木からやや離れて画架を立て、時に筆を休めては、水に映る花の影を見ている姿は、私が最も親しく思う父の像である。

「貴方のお父さんの絵はね」

　青い空を背景に浮き出ている白い花の絵の前で、画家は言った。

「年を取るに従って、色彩が澄んで来たのですよ。この分では、日本でも有数のカラリストに成長するだろうって、皆、楽しみにしていたんだが、残念な事をしましたなあ」

「カラリストか。そうですか」

私は今でも、好意の籠った画家の声の響きとともに、このカラリストという言葉をよく思い出す。そして同時に、作品の見せる明るく澄んだ色調からは想像も出来ない、最後の日の父を思う。

遠くに敵機が墜ちてから、またかなりの静かな時間があった。私は、一昨夜と等しく、空襲は何事もなく終ったのだと思った。懐中電燈で足許を照らしながら、母が部屋に戻って来た。

「何処へ行ってたの」

「大事な物を、防空壕へ入れたのよ。丸焼けになって、何にもなくなったら困るでしょう」

母の髪は乱れ、険しい顔をしていた。動こうとしない父への怒りがあったかも知れない。

「だって、もう直ぐ解除になるよ」

騒いでも無駄なのに、と私は言おうとした。轟音が頭上に襲って来たのはこの時である。窓硝子が鳴り、隣家の屋根を越した向うが赤あかと染まった。母は、私に蒲団を被せようとしたが、私はそれを振払った。更に続いて、高架を走る電車の音のような落下音が響き、櫟の影が赤い色に浮き立った。梢が大きく揺れているのは、風が出たのであろう。母が立上って、厳しい声で言った。

「逃げましょう。こんな所にいたら、死んでしまうわ」

「父さん」

と私は呼んだ。父は、漸く視線を炎の色が見る間に拡がって行く表から逸《そ》らし、緩慢に振向いて私を瞶《みつ》めた。そして独り言のように言った。

「仕方がない。着替えよう」

気が付くと、私も父も、まだ寝間着のままであった。落下音は二発だけで一応熄《や》んだが、火勢が募っているのは、俄《にわ》かに騒がしくなった外の気配からも知られた。子供を呼ぶらしい女の声が、悲鳴に似て聞えた。

「電気を点けろ。もう同じ事だ」

と父が言い、私はスイッチをひねったが、既に燈は点かなかった。母はそうした私に苛《いら》立《だ》たしげに近寄って、服を着せかけ、釦《ボタン》を嵌《は》めた。指先が冷たかった。

「さ、早く」

私たちは階段を駈け下りた。櫟の木の間を走り抜ける時、防空壕の入口が土で覆われているのが見えた。中に蔵《しま》った荷物を守るために、母がしたものであったろう。道へ出た時、また落下音が轟《とどろ》いた。私は母とともに家の垣根に凭《もた》れかかるようにして蹲った。垣根の檜《ひ》葉《ば》の堅い尖った葉が頸筋に痛かった。轟音は三度、四度と殆ど間を置かずに続き、足許の土地までがゆらぐと錯覚するような響きが伝わった。

一しきり息の詰まる時間が過ぎ、顔を上げると、隣家の二階が半ば崩れて火に包まれていた。そして、私たちの直ぐ眼の前に、佇立《ちょりつ》してそれを眺めている父の姿があった。父の顔は正面から火の反射を受けて、不精鬚《ぶしょうひげ》の延びた肌は赤かった。

「焼夷弾だけだ。爆弾じゃない。吹飛ばされはしないな」

と父は言った。爆風に飛ばされさえしなければ、生命には関るまいと思っていたのであったろうか。

防空頭巾を深く被り、子供の手を引いた一家が、私たちの傍を擦《す》り抜《ぬ》けて行った。つい先刻までざわめいていた人声も総て消え果てていた。

「さあ、今のうちよ」

急《せ》き立《た》てる母の声に、父は、初めて気が付いたような眼を向けた。

「お前たち、逃げるんなら、逃げろ。池まで行けば安全だろう」

「貴方は」

父は、また燃えている隣家の方に眼を移した。

「風向きが逆なのは助かるな。あの火が拡がって来ないように防ぐんだ」

そして、母が何か言いかけるのを遮《さえぎ》った。

「いいから行け。俺は残る」

有無を言わせまいとする口調であった。この時の父は、延焼を阻む事に力を尽し、焼けるならば最後まで見届けようという意志とともに、直撃弾によって家が潰れる事への怖れ、更には、母と私への気遣いなどが、鬩《せめ》ぎ合うのを感じながら、敢《あえ》て止《とど》まろうと決めたのであろうと、今になって私は思う。しかし炎の中で幼い私の眼に映じた父は、ただ異様なだけであった。母が何を感じていたかは判らない。

黙ったまま母は歩き始め、私も従った。角を曲ろうとして振返ると、背を向けた父は、やや足を開き、頭を高く挙げて、衰える兆しもない火を見ていた。

池は、ゆるやかな坂を下った窪地にある。周囲の草原に、火に逐《お》われて来た人々が群れていた。私たちは空いている場所を探して、腰を降した。恰度、楕円形の池の幅が最も広くなっている場所で、対岸には、父の好きな辛夷が、其処までは火の光も届かない闇の中に、白い花を咲かせていた。人々は数人ずつ肩を寄せ合い、声をひそめて何かを話していて、辺りは静かであった。時に幼い子の泣き立てる声が尾を曳《ひ》き、石を投げ込んだらしい水音が聞えた。誰かが煙草を喫おうとして火を点け、窘《たしな》められて直ぐに揉《も》み消《け》した。風が吹き過ぎて、夜は寒かった。

「父さん、どうしたろう」

肩をすぼめ、堅く腕を組んで私は言った。

「父さんは、昔から何でも一人でなさるのが好きなんです。任せておくより仕方がないわ。でも、きっと直ぐにいらっしゃるわ。もう、その辺に来てるかも知れない。明るくなれば判るわ」

母は歌を口ずさむようにそう答えた。私は闇を透かして坂の方を見たが、近付いて来る人影はなかった。

「おうっ」

数人が一斉に声を挙げた。逃れて来た家のある高みに、火の柱が立ったのである。火は風に煽《あお》られたのか、渦を巻いて空に舞い立った。

火が収まり、夜が白むまでに長い間があった。朝は晴れて、辛夷の花の向うに赤い陽が昇った。池の畔を離れたのは、私たちが最も遅かった。父を待っていたからである。しかし、父は来なかった。

陽を浴びて、私たちは鈍く坂を登った。家は骨組さえも残さずに焼け落ちて、瓦礫《がれき》が堆《うずたか》かった。熱のために白く変色して砕け散り、それだけは元の形を留めていると漠然と予想していたアトリエの瓦も、黒く爛《ただ》れた幹だけが、棒杭のように虚《むな》しく直立していた。

母は懶《ものう》い動作で、灰の積もった土台石の上に坐った。私も意志なくそれに倣った。此処でこうして父を待つのだと思ったが、父が現れようとは、既に信じられなかった。時折、前の道を過ぎて行く人があったが、母は、その方を見ようとせず、私が話しかけるのにも、厭《いと》わしい気持を露わに顔に見せた。やがて私は諦め、総ての家が消えて、ゆるやかな土地の起伏が明らかになった焼跡を、ただ歩き廻って長過ぎる時間を消した。土の余熱で革靴の底は熱かった。西の方に拡がる麦畑だけが、葉の緑を鮮やかに際立たせていた。父に連れられて、何度も散歩に行った畑である。裏口から出て、路地を五分程歩いて畑に出ると、父は必ず立止り、

「此処へ来ると、空気の匂いが違うな」

などと言ったものであった。その畑の変らない緑が、私の眠り足りぬ眼に染《し》みた。

母が立上ったのは、恐らく正午に近かったであろう。少し離れた場所から眼聡《めざと》くそれを

見付けて、私は走り寄った。

「行きましょう」

と母は言った。

「お祖父さまの家へ行きましょう」

母方の祖父の家は郡部にある。其処までは火も及んでいない筈であった。空襲の後にも拘《かか》わらず、電車は動いていた。空いている車内で私と同じ齢頃の女学生が、何か話しては声高に笑っているのを、私は、遠い気持で眺めたのを忘れない。

一箇月後、父の郷里へ疎開する事になった私たちは、再び焼跡を訪れた。拾う術《すべ》もない父の遺骨の代りに、焼跡の灰を集めて、郷里の墓に埋めるように祖父が薦めたのである。家のあった場所は、遠くから直ぐに判った。黒く焼けた櫟の幹が、その日も晴れて蒼《あお》い空を支える杭のように、立並んでいるのが目立ったからである。一箇月を経た廃墟は、瓦礫の間に痩せた草が芽生えたほか、何の変りもなかった。麦の畑は黄ばんでいた。母は手で灰を掬《すく》い、用意して来た小ぶりの壺に投げ入れた。石が混ったのか、硬い音がした。

初夏の午後の陽は眩しく、黒い骸《むくろ》のような櫟の木の影は、十二条の縞《しま》となって、白じらと乾き切った昔の家の跡に落ちていた。

赤牛

古井由吉

先夜、私はその静かさを耳にした。家の四方で車の音が絶えた。夜中でも車の流れが遠く近くで一斉に跡切《とぎ》れるはずはない。騒音と騒音の、相殺効果のような現象が生じたのかもしれない。地平のざわめきが消えて、重い唸《うな》りの気配が空にこもった。遠のきかけてはふくらみ、真上からのしかかり、人のすでに退避した家のガラス戸を顫《ふる》わせ、膝を抱えて待つ身体の底からも共振れを呼び起しかける。そして暗闇のあちこちから、今まで黙りこんでいた人間たちの、話し声が立ちはじめる。息はおのずとひそめているが、喉《のど》に固くかかった声はかえって甲高《かんだか》くて、爆音の中をよく徹《とお》る。女たちの声がことにあざやかに、なまなましく響いて、不安な髪の匂いまで運んで来そうに感じられた。

——今夜はいけないかもしれない。わたし、食べておくわ。あなたたちも、そうなさい。

——裏のお爺ちゃんとお婆ちゃん、防空壕へ入ったかしら。いっそ寝たまま焼かれたほうがいいなんて言っていたけど。

——どうしましょう、風呂敷包みを茶の間に置いてきてしまった。写真帳も入れて持ち出すばっかりにしておいたのに。

——いまから逃げ出したって、どこが安全だかわかりやしない、逃げた先でやられたらしようがないしね。

その前に、私はまた音楽を聞いていた。これは近頃、良くない癖だ。一人で音楽にしつこく聞《き》き耽《ふけ》ることを私は好まない。その情景を他人事として思うと、守銭奴が夜中にわずかな酒を吞みながら札束を数えなおしているような、そんな陰惨ささえ覚える。かりそめにも陶酔させられたその分だけ、心は冷《つめた》くなる。音楽こそ人生の苦悶《くもん》の精華ではないか。どこかで血が流れていると、響きがいよいよ冴える。阿鼻叫喚《あびきようかん》さえその奥から聞えるのではないか。こちらの恐怖心を甘くおびき出しておいて、最後には沈黙するではないか。会衆は儀式が果てれば目を伏せて帰って行く、あるいは悪所へ飛んで行く。ところがたった一人の恍惚者は果てた後の沈黙を心の静かさと取り違えて、祭司みたいな手つきでレコードを替えて塵《ちり》を払い、また始める。これにはよほどの神経の鈍麻《どんま》が必要だ。

そうそう自らを固く戒《いまし》めてきたはずなのに、近頃私はまた、夜中にステレオの前に坐《すわ》りこんでレコードを取っ替え引っ替え回す悪癖に馴染《なじ》んでしまった。昂《こう》じてくると音楽が苦痛なぐらいになる。ただ、音の流れが跡切れると、間がもてない。音が消えたとたんに、自分を囲む空間のまとまりがつかないような、物がひとつひとつ荒涼とした素顔を見せて、私を中心にまとまるのを拒むような、そんな所在なさを覚える。しかしさいわい、音楽と私とは、相変らず折合いが良くない。一節がこちらの身体の奥へすこし深く響き入って来ると、私の神経はたちまちざわめき立ち、音楽のほうもなにか耳ざわりすれすれのところまで張りつめ、両者は互いを憎むことにならぬようあっさり別れる。私は手近に転がっている雑誌のたぐいを引き寄せて読みはじめる。音が消えても、なにか聞き耽っているみたいな気分が残って、面白くもおかしくもない記事を漫然と拾い読みしている。それでしばらくは落着きもするのだ。

その夜も私はたまたま手にした週刊誌の記事に引きこまれていた。ヴァイオリン・ソナタは勝手に余韻を残して、とうに終っていた。なんでも、ビルとビルとの、側壁の間隔がたった二十何センチかで、その中へ四階か五階の窓から女が墜《お》ちた、いや、間が狭すぎて下まで墜ちもやらず、壁に挟みこまれるかたちで引っ掛って身動きもならず、長いこと一人で泣き叫んでいたという。墜ちたのはそのビルの中にある酒場のホステスで、つねづね酔いを醒《さ》ましに来る窓のところに立っているうちに、本人が言うには、気がついたら壁と壁の間に引っ掛っていた。いくら叫んでも、なかなか気がついてもらえない。そのうちに泣き声をようやく聞きつけた店の者たちがあちこち探しまわったあげく、窓から珍妙な落下物を見つけて、通報する側もされる側もさぞや事態の了解までに手間取ったことだろうが、とにかく消防署が駆けつけた。しかし生身のからだは、二十何センチかの隙間から引っ張り上げることも引きずりおろすこともならない。しかたなしに技術班が建物の内側から電気工具で慎重に穴をあけて、軽傷程度の女を無事に救い出し、今後かかる事故の起らぬよう管理責任者に厳重に注意して引きあげた。ところが日数を経ずして、同じ窓から、もう一人の女が墜っこった。

この前の今度だから、お上の助けを呼ぶのはさすがにむつかしい。そこで店いちばんスマートな青年が綱を腹に巻きつけて窓から降り、女の挟まれているところまでたどりついたはいいが、女のほうへ手を差し伸べたとたんに、彼自身も動きが取れなくなった。頭とか肩とかが壁につかえて動けなくなったという。救出の動作には、ただ降りて行く動作よりも、よけいな空間が必要なことは、これは道理である。結局、消防署がまた駆けつけ、おそらくこの前の三倍あまりの穴を内からあけて、二人を救い出すことになった。

墜ちた当人も、まわりの衆もさぞかし憮然としたことだろう、読んだ私も憮然とした。人間、そんな狭いところへ、墜ちこめるものだろうか。私は物差しを持って来て、壁に背をぴったりつけ、自分の身体の厚みを測ってみた。なるほど、私は身長一七一体重六二、五尺七寸十六貫あまりの男であるが、このいささか太目の私でも、二十五センチも隙間があれば立派に墜ちこめる。ただし、はっとして身体をすこしでも動かしたら、たちまちつかえてしまう。気がついて見たら変なところに引っ掛っていた、という女の言葉はたぶん嘘ではない。まったく無意識無抵抗のままであれば、下までストンと墜ちたことだろうが、そこは物体ならぬ人体である。

壁の間の女の写真が載っていた。場所が場所だけにカメラマンも苦労したことだろうが、縦・横・高さ、つまり三次元のおよそ摑みにくい写真である。暗いところに女が横たわっている、と見える。ドレスが引っ張られて肌に貼りついているので、身体の線が露《あら》われて、裸体写真に近い。しかし全身が硬直しているので、寝ているふうにも見えない。下から受け止められている感じがない。縦横を変えれば、凝然と立ちつくす姿に見えないでもない。もう一枚の写真は女が同じように横になっていて、男のほうがなるほど、自分から降りて来た恰好《かっこう》で縦に立っている。頭を斜めに向けたまま動きの取れぬ様子だ。三人ともおそらく、壁の間に奇怪な釣合いで止まった我身の、手足のありかも、肩やら腰やらのありかも、感じ分けられなくなっていたことだろう。壁に触れた身体の部分のひとつひとつがてんで勝手に、一所懸命壁を突っ張っていたにちがいない。

しかしどんな具合に窓から墜ちたのだろう。私は想像してみた。二十何センチの谷間から吹き渡ってくる風は、窓から顔を出したぐらいでは、涼しくも何ともない。酔いの息苦しさのあまり、窓の桟《さん》に腰をおろし、隣のビルの壁に背からもたれかかる。心地良さにうつらうつらするうちに、尻がすこしずつ谷間へ沈んでいく。女体の柔かさと、酔って眠りこんだ身体の柔かさを思えばよい。尻から背から、全身がひとつながりの流れのようにおもむろに谷間へ吸いこまれ、それから、いきなり墜ちる……。

二番目の女のほうは、消防署に叱られて急ごしらえに渡した木の手摺《てす》りを破って墜ちたというから、あるいは手摺りに腹からもたれこんで、向かいの冷い壁に火照《ほて》った額を、頰を、そのうちに胸まで押しつけていたのかもしれない。手摺りが破れたとき、思わず壁へ全身でへばりつくようにして、それから滑り落ちた。いずれにしても最初は無抵抗の夢心地であったにちがいない。

それにしても、ビルとビルの間の、およそ非現実みたいな空間に横ざまに挟みこまれて、我身の手のありかも足のありかも知らず、ひとり大声に人を呼ぶ気持はどんなだろう。両側の壁がはてしなく大きくなり、唯一の世界となり、人の時間を知らない。この生身は、一刻一秒がせつない。壁の奥に人の世界のざわめきが鈍くこもって聞える。エレクトーンのベースの音、トイレの水の流れ落ちる音。首をほんのわずか回すことができれば、往来を行く人の影ぐらいは見えるのに。誰もがちょっと窓から顔を出してくれれば、それで人の世界とつながりがもどるのに。助けて、わたしがここに居るのに気がついて、わたしがそこにいないのに気がついて。声は耳に入っているでしょ、おやとぐらい思ってもいいでしょ。しかし声は壁に吸いこまれて、かすかな答えもない。暴れようとすると、壁が両側からまた押しつけてくる。やがて、声も人らしい響きも失って、獣のように吠えはじめる。

私も子供の頃に覚えがある。一人で木から飛び降りそこねて服の袖を小枝にひっかけてしまい、長いこと片手吊りにぶら下がっていた。左手では片手懸垂に身体を枝へ引き上げることもできない。足を踏ん張ろうにも幹に届かない。策尽きて、人の姿の見えない昼下がりの町の風景の中へ、大声に助けを呼んだものだった。声は聞えているはずなのに、誰ひとり家の中から出て来ない。左腕がなまるにつれ、服の襟《えり》が首すじに喰いこんでくる。その力を喉もとから逸《そ》らし逸らし、喚《わめ》きつづけるうちに、声の質が変った。自分のものとも思えない喉太《のどぶと》な吠え声だった。しかしそれと同時に、身体は妙なふうに静まって、われとわが声をしいんと聞いていた。まわりの風景がいつもより穏かに、のどかに目に映った。

あちこちで人の立てる物音が、獣めいた吠え声に触れられずに、くっきり響いた。私の頭も、この片手吊りの窮地におよそふさわしくない日常のことどもを考えていた。

身動きのならないところでは、恐怖は恐怖のまま静まるようだ。身体で暴れ回れなくては、空《むな》しい足掻《あが》きでもできなくては、恐怖は溢れ出ない。意識を押し流しはしない。吠え叫ぶだけでは、逆に冷く沈んでいく、透明に結晶していく。そして残された唯一の行為である自分自身の叫びを、遠吠えのように聞く。今は隔てられていて、助けとはならない日常が、鮮かに見えてくる。この取りとめもない明視も、ひとつの恐慌なのだ。

壁の間へ金切り声を張り上げながら、女は暮れ方に急いで出てきた自分の部屋を、訝《いぶか》るような気持で目に浮べていたかもしれない。毎夜毎夜、部屋にもどった自分の顔の、疲れの濃さ淡さが見えてくる。部屋に入って来る男の、近頃微妙に変ってきた表情も見えてくる。惰性とはいえ、よくもまあ、あんな無理を続けて来れたものだ、芯にはもう罅《ひび》が入っているのに、と驚かされる。それから、こんなところでこんなにも物の見える空しさに怯《おび》えて、また叫ぶ。両側の壁がますます巨大に、無表情になる。しかし怯えがきわまると、店の中の情景が常日頃と変らぬ雰囲気で浮んできて、そこで自分もいつものように喋《しゃべ》っていて、仲間たちの顔も見え、自分にたいする好意悪意がいちいち読み取れる。ああ、あれはそういうことなのかと思わずうなずいている。あたしも、そろそろ自分の生き方を考えなくては……。

そんな勝手なことを想像しながら、私は自然に肩から腰を斜めに捩って、固く横たわる自分の身体を、珍しいもののように眺めやっていた。なるほど、二十何センチかの隙間に挟みこまれるとすれば、こんな恰好だ。あるいは頭のほうが腰より下になっているかもしれない。とにかく態勢を一応立て直そうにも支点がない。手を突っ張ろうとすれば肘《ひじ》がつかえ、足を踏んばろうとすれば膝がつかえる。それに、もがいていると、なにかのはずみで全身がずるずると落ちかける。しかし意識してずり落ちようとすると、まるで動かない。身体が物体の本性を露わすことほど、始末の悪いことはない。

頭を動かそうにも、こめかみがつかえて、狭い角度しか見渡せない。せいぜい片側の壁が或る高さまで見えるだけで、壁を這《は》う虫の視野にそうそう変らない。視野がいよいよ狭まるのを、窒息のように恐れる。しかし視野が少しでも広がっているうちは、日常のことを考える。

しかし人間、いつなんどき、似たような状態へ落ちこまないともかぎらない。死病に取《と》り憑《つ》かれれば、同じようなことだ。人は私が苦しんでいるのを見れば同情もしてくれようが、親兄弟でも長年の同棲者でも、私がじつはこんな空間へ陥ってもがいていることを知らない。いくら助けを求めても訴えても、安心なさい、わたしたちがついているから、などと頼もしげなことを言って、ほんとうの怯えに気がつかない。

いや、一度でもそんな空間の中へ陥没したことのある者ならば、他人と一緒に平らな地面の上を歩き回っているようでも、命が剝《む》き出しになって怯えの風に吹きつけられるたびに、相も変らず同じところに挟みこまれている自分に気がつくではないか。刻一刻せつない釣合いを、絶望してもどうにかなるわけでないのでひたすらこらえて、偶然の救いを待っている。救いと言っても、身体の向きがちょっと変るぐらいのものだ。それだけの解放感でも、五年や十年はもつ。

そうは言うものの、私の身体は絶体絶命を真似ながら、見れば見るほど横着に、安心しきっている。底が突然抜けることがあり得るとは、夢にも思っていない様子だ。不安はないのか、と私はたずねる。ああ、安穏なのが夢のようだ、と私の身体は答える。

――癌《がん》かもしれないな。

――ああ、明日にでもはっきりと徴《しるし》が出るかもしれない。明日の晩、ここでこうして。

――病床《とこ》についたら、堪えられるだろうか。

――駄目だな、この前のは思春期だった、上り坂だった、今度は意気地がないだろうな。生き死にのことは、繰返すほど、臆病になる。

――しかし怯えてはいないじゃないか。

――そこが、身体は心と違うのだ。敵がすこしでも遠ざかれば、犠牲になった仲間の血が流れていようと、ひたすら草を喰らう。口に入れた物は、逃げながらでも噛んでいる。しかし恐怖のことは、身体しか知らない。

――怯えながら、肥え栄えていくわけか。

――不安などというものは、身体の与《あずか》り知らぬことだ。獣が身をふるわせながら物を喰うだろう。牡《おす》が牝《めす》の上に乗りながら、目をキョトンとひらいて三方を見まわしているだろう。耳がたえずひくついているだろう。あれは、お前らのいう不安なんてものじゃない。お前らはつらい役目を身体に押しつけて、何も知らずにいる。身体が三方を見まわしているそのあいだ、女の恍惚の顔を見つめていたりする。そのくせ、肉体の盲目の衝動などと言う。肉体の罪などと言う。安心しているくせに、滅びについて偉そうなことを口走る。予言者どもの身体に聞いてみろ、滅びのことをほんとうに知っているのは身体だけだ。

――しかし、そうやって我身を守って、他人にも守られて、安穏に腰を落着けながら、恐怖と恥を語っているのだから、横着は横着だ。

そう私はつぶやいて固く捩っていた腰を引き、片手を床についてゆっくり起き上がった。かったるそうな動作の節々に、恥じているような横着なような表情が粘りついた。それを振り切ってベランダに立ち、芯にかすかな悪臭の潜《ひそ》む夜気を胸いっぱいに吸いこもうとしたとたんに、その静かさが甦《よみがえ》った。

――しつこく真上を飛ぶわね。でも、この前の空襲のほうがひどかったのじゃないかしら。ほら、戸越の叔母さんたちが逃げてきた時。

――ケンジさん、何してるの、早く防空壕へ入りなさいな。あら、厭《いや》だわ、畑におしっこなんかしている。味方の戦闘機は近頃ちっとも飛ばないようね。

――畑の茄子は根がついたようね。でも、あれがぜんぶ実ったら、毎日茄子ばっかり食べるのかしら。ああ、お台所の小豆、べつにお祝事はないけど、せっかくいただいたから、お赤飯にしようと思ってね。お砂糖使えなくては、ほかにしようがないでしょう。

——着物はね、いくら箱を頑丈にして埋めたって、駄目ですよ。どのみち、土の中で湿《し》気《け》るか、家の中で焼けるか、あきらめたほうがいいですよ。物に心が残ると、命を落しますから。裏のお婆さん、恐くなると電燈をつける癖があるけど、大丈夫かしら。

——お友達のところでは、焼跡から、お人形が焼け残って出てきたんですって。そんなことって、あるのかしら。

——女も乗っているんですってね、B29には。厭らしい……。

大勢のいる静かさだった。大勢が息をひそめて、生温い匂いを暗闇の底にひろげて、ことさら日常のことをひそひそと話している。

私ひとりの、怯えの静かさではなかった。

恐怖は肉体のものだ。精神は恐怖を受け止められない。どうかすると肉体から置き残されて、のどかに物を眺め考える。

防空壕の中へ閃光《せんこう》が射して、女の顔がふたつ浮んだ。私の母親と姉だが、常の顔とは違う。顔というよりも恐怖の面相そのものだった。母子三人、剝出《むきだ》しの面相はそれでも目を見かわした。一瞬、お互いの目を、恐怖の対象であるかのように、見つめあった。

壕から飛び出すと、目の前に家がいつもと変らぬ表情で立っていた。二階の瓦屋根の上で鬼火の大きいのが幾つかちろちろと炎を伸ばしていた。白い煙が建物の隙間という隙間からゆっくりと湧き出して軒の下にこもり、すこしずつ庇《ひさし》を回って昇っていく。雨戸を立てていない階下の縁側から、ひっそりと閉じた障子が見え、内からほの赤く染まっていた。家具のような角ばった影がそこに映って、斜めに揺らめき上がったり沈んだりしていた。おかしなことに、男の子の私が、家の中にある人形のことを思った。二階の床の間の左右に、四角いガラスケースに入った汐汲人形《しおくみにんぎょう》と、釣鐘型のガラスケースに入った西洋人形。西洋人形は騎士風の男装の麗人。ほかに、本棚の脇に壁掛け人形が扇型に開いたスカートから細長い脚をぶらぶらさせている。押入れの奥に蔵《しま》われた雛人形は顔を和紙で被《おお》われている……。

——ああ、手のつけようもない、あなたたち、先に角のところまで逃げなさい。

母親が叫んだ。その嗄れたような声だけは、身体からじかに覚えている。恐怖とひとつに融《と》け合った恥、ほとんど肉体的な恥辱感だった。

家の外へ走り出る途中、庭にいくつも燃えている小さな炎のひとつを、姉が踏み消そうとした。学校で教えられたとおりのことをけなげに実行したわけだ。ところが炎は靴のほうへ粘りついて来て、姉はあわてて地面に足をこすりつけた。靴からはようやく火が消えたが、こすりつけた地面で炎がまた燃え上がった。後に知ったところによれば、焼夷弾の中身は重油をゼリー状に固めたものだというから、火の粘りついてくるのは当り前である。それにしても、周囲ではすでに白煙の中からあちこち火の手が上がっているのに、庭に飛び散った炎のひとつを踏み消そうとした少女の生真面目《きまじめ》さは烈《はげ》しいと言えば烈しいが、悲惨な空襲を何度も体験したはずの二十年五月末にもなって、そんな無意味な教えが生徒たちに訂正されなかったというのも罪な話だ。人が防火に身を挺している様子はどこにもなく、大勢の走る音と、ときどき名を呼びかわす女の声だけが聞えた。高射砲陣地のある女学校の方角で、間遠《まどお》に立つ男の叫びが、犬の遠吠えのようだった。そう言えば、空襲の夜に犬が遠く近くで一斉に吠えはじめることはよくあった。

母親はそのあいだに庭に留まって、せめて防空壕の中へは火を入れまいと、壕の入口の蓋《ふた》にスコップで土をかぶせ、その上から、これも教えられたとおり、水をかけていた。ところが壕の蓋は斜めに傾いているものだから、土をかぶせて水をかけると、土はずるずると流れてしまう。火を吹きはじめた家の前で、あせりにあせって同じ無駄骨を繰返すうちに、やることもちぐはぐになってきたので、スコップを放り出して逃げてきたという。

母親の来るのを待って、私たちは両側で火の燃え盛る長い坂道を大通りまで駆け下った。八歳の私はときどき女たちに両手を引っ張られて宙へ浮くようなかたちになったが、お荷物にならぬ程度には早く走ったらしい。大通りへ走り抜けたのと間一髪の差で、背後で燃えた塀が道の上へ崩れたと後で母親に聞かされたが、その時には何も気がつかなかった。恐怖感の記憶はない。しかしこれは身体に聞いてみなくてはわからない。

大通りには避難者たちが道幅いっぱいにひろがって続々と連なっていた。かなりの早足で、ザッザッザと音を立てて歩いていた。これからいよいよ猛火の中を潜《くぐ》るのだ、と私は緊張した。ところがしばらくして気がつくと、なにやら周囲の雰囲気がだらけて、足取りも鈍くなった。空から敵機の爆音が消えていた。そして私たちの逃げてきた高台のほうで、家々の炎上する音がターンターンと空へ昇りはじめた。あちこちで火柱がむしろのどかな感じで上がった。大勢の男たちの歓声に似たざわめきが聞えて、火の粉が勢いよく舞い上がるのは、棟の焼け落ちる音だ。やがて避難者の群れは動かなくなった。大通り前方の踏切りの近くで、一軒の家がもう二階の梁《はり》を剝き出して燃えている。二、三人の男が高いところに登って消火に当っていた。そのいかにも徒労な、スローモーションめいた奮闘を、皆そろってぼんやり眺めていた。

避難者の群れが早足で歩いていたというのは、潮騒みたいな足音は別として、私の記憶違いである。大学生になってからその場所を歩いてみたら、私たちが坂道を駆けおりてきたその角から、踏切りのところまでは、ゆったりした足取りでも五分とかからない。早足ではたちまち通り抜けてしまう。おそらく、私たちが大通りへ出た時には、群衆はもう進むとも止まるともつかない、あてどもない足取りになっていたのだろう。火の中を駆けてきた私が、切羽詰った気持を群衆に投影したのにちがいない。大きな荷物を背負って黙々と歩く姿が、私たち自身は取るものも取りあえず逃げてきたせいか、私にはなにか空恐しいもののように、身体と荷物が一体のように感じられたものだった。避難者たちのほうにも、早足でひたすら歩む者の表情がまだこわばりついていたかもしれない。もっと都心のほうへ寄った、家の密集した地域から、長い道を郊外へ避難してきた者たちも多かったはずだが、考えてみれば、敵は都心から郊外へと順序正しく焼夷弾を降らせたわけでもあるまいから、行く先々で変らず盛んな火の手の上がる道をただ郊外へ郊外へとの一念から、目をつぶるようにして歩いてきたのかもしれない。それが、いつのまにか空から爆音が消えて、進むことがだんだん無意味に感じられる。

避難者たちは惚《とぼ》けたような炎上と消火活動を眺めていた。炎上ならば高台のほうにふんだんに見える。大半の人間は自分自身の家が今頃燃えているか、すでに焼け落ちてしまっている。線路際と道路端は家々が強制疎開で取り壊され、その家だけがどういうわけか一軒だけ残っているので、類焼の恐れはない。誰一人として救援に駆けつけない。家はいまさら消しても住めそうにもないほど二階がひどくやられている。踏切りを《突破》するには、多少の火の粉はかぶるだろうが、べつに差《さ》し障《さわ》りはない。それなのに人々はすっかり動かなくなり、道端やら強制疎開の跡地にてんでに腰をおろしはじめた。薄い煙のあまねく立ちこめる中で、赤い目をしょぼつかせて、長いこと坐っていた。私は隣の女の人に握飯を貰ってがつがつと食べた覚えはあるが、人の話し声の記憶がない。あれだけ大勢の、しかもまだ興奮醒めやらぬはずの人間たちが流れを堰《せ》き止《と》められて中途半端な状態の中にしゃがみこんでいるのだから、重い声のざわめきが道路を覆っていてもよいはずなのに、その感じが私の記憶にまるで残っていない。後々になっても私は、大勢が暗がりに坐りこんで何事かの始まるのを待っているところへ居合せると、ついあの夜の記憶を探る癖があるが、周囲のざわめきと記憶が共振れを起したためしはない。ところが、なにかのはずみで、ざわめきが全体から引くことがある。すると、記憶らしい感覚が身体の中で動きかける。煙のにおいを感じる。大勢が集って黙りこんでいる静かさはおそろしい。私はやはり怯えていたのだ。

そのうちに、例の一軒家は焼け爛《ただ》れた二階の骨組みを晒《さら》して、それでも下火になった。高台のほうでも炎上の音がおさまって、黒煙に汚れた空が白みはじめた。太陽は日没めいた赤味を帯びて昇った。そして人の影の長く落ちる道路を、いままでどこにつながれていたのか、一頭の赤牛がでかい図体《ずうたい》を弾ませて走り出した。百姓風の男があたふたと後を追いかけた。皆、ようやく吃驚《びっくり》したような顔つきでしげしげと見ていた。くすんだような朝の光の中で、妙に赤っぽい牛だった。

我家の焼跡に立ったとき、私は底の抜けたような気楽さを覚えた。これでもう焼かれるものはない、これでもう空襲を恐がることはない。四方の明るい灰色のひろがりの中に点々と焼け残って、陰気に煤《すす》けた羽目板を晒して立つ家々のほうが、むしろ厄災の姿のように見えた。衣類の焦げる臭いの充満した焼跡を棒の先で掘り返すと、見馴れた品がいろいろと、すっかり火が通っていながら、あんがい原形を留めて出てくるのが面白かった。防空壕の中でぐっすり眠って目を覚ますと、父親がいつのまにか戻って来ていて、庭の隅に、焼け残った門扉を床にして焼トタンでまわりを囲ったバラックが立っていた。日の暮れに焦げ臭い握飯が配られてきた。夜の眠りも安らかだった。定期便と言われた敵機の来襲がその夜もあったらしいが、親たちも起き出さなかったという。夜明け近くの夢の中でも、焼跡が見渡すかぎりひろがり、人の姿の見えない大通りを、昨日の赤牛が飛び回っていた。耳から足の先まで痺《しび》れさせるような重い声で吠えながら、太い図体を妙なふうにくねらせて、踊り狂っていた。

次の夜、敵機がまた多数来襲して、私は起されて外へ出たが、防空壕にも入らず、庭に腰をおろして空の戦闘を眺めていた。探照燈が敵機を十字に捉《とら》えて、くっきりと浮き出した機影を粘り強く追って離さない。迎撃機の軽い爆音がその夜は珍しくしきりに攻撃を加えるようだった。ときどき大きな火の玉が空を斜めに滑って墜ちた。そらまた一機、と父親がいつのまにか樹の上に登って叫んでいた。酔っぱらっていた。なぜ空の戦闘を見るのに樹に登ったのか、わからない。およしなさい、と母親が外聞をはばかって下からたしなめていたが、面倒になってやめてしまった。あちこちの焼跡からも気楽な歓声が上がっていた。気ままそうに歩き回る人影も見えた。私は墜落する火の玉を十何機か数えた。どちらの飛行機だかわかるものですか、と母親は憮然としたように言っていた。しかし後で知ったところによれば、その夜は実際にだいぶ敵機を撃ち落したものらしい。東京でそれまでに焼け残ったのが、わずかな地域と、それに皇居だけとなったので、温存されていた迎撃機が一斉に飛び立ったという。

空の地獄図を、地上の地獄をひとつ潜り抜けてきた者たちがひさしぶりにのびのびした気持で眺めていたわけだ。

——そら、また一機、墜っこった。

それが昭和二十年五月二十五日の夜半から未明にかけてのことで、私の家の焼かれたのは二十四日の未明である。芝、麻布、渋谷、目黒、荏原《えばら》、大森と、おもに城南の山手から郊外にかけて広い地域が焼き払われた。消防庁の資料では被害家屋約六万戸にたいして死傷者四千人ということだから、大空襲は大空襲にしても、阿鼻叫喚の地獄が至るところに現出したわけではない。民衆は逃げ足が早くなっていた。私自身もさほどの恐怖の覚えはない。もっとも、これも身体の奥底にたずねてみなくてはわからないが。

私が恐い思いをしたのはむしろそれから後だった。私たちは焼跡のバラックで数日暮してから都下の八王子に移り、半月ほどして母子三人、機銃掃射の多い東海道を避けて中央線廻りで岐阜県大垣市の父親の実家に落着いた。親たちはその前年の夏から私の兄たち二人を同じ岐阜県のもっと奥まったところにある母親の実家へ疎開させていた。女の子と末の男の子と、心細いほうの二人を手もとに残したのは母親の情というものであろうが、東京でも郊外までは空襲は及ぶまい、と多寡《たか》を括《くく》ってもいたようである。今度もまた、こんな静かな地方小都市までは焼かれまいと思ったのが見当違いだった。途中車窓から眺めた名古屋の市街はすでにひどいありさまだった。もっと安全であり気楽でもあり、子供をすでに二人あずけている自分の実家には行かずに、一人暮しの姑のところへ身を寄せたのは、これは嫁の立場である。

焼き払われるということはおそろしいもので、その場所その土地についての記憶までが壊れる。記憶がおぼろげというのとも違う。記憶の気分はむしろ憂鬱なほど濃いのに、具体的な細部を手繰《たぐ》り出すその糸口のところに、なにか固い結節がある感じだ。私が生まれてから八歳まで過した家のことにしても、その内部のことを思い出そうとすると、あの夜の炎上寸前の家の姿が立ちふさがる。大屋根の瓦に鬼火のような炎をゆらめかせ、障子の内にはすでに赤い光をこもらせて、いよいよ静かに立っている。

焼かれる前の大垣の町について私の思い出せる風景の断片はひどくのどかなものしかない。駅前から乗る人力車の記憶がある。私はたいてい母親の膝の上に抱かれていた。股引《ももひき》をはいた車夫の脚がガニマタ気味に地面を調子よく蹴り、車は断続的な感じで滑っていく。ああいう乗り心地はほかに知らない。母親は人力車の中ではよその女の人のようだった。マル通の荷車を犬が引いていた。人夫がひとり前を引き、ポインターに似た犬が四、五頭車に繋《つな》がれて、長い舌を垂らしながら、人と一緒に前のめりに綱を引いていた。チッキの荷物も犬たちに運ばれてきた。

水が豊かで、庭や台所の土間では掘抜き井戸が四六時中水槽を満たしていた。小路の両側にも清水が流れ、家ごとに自宅の前の溝を仕切って魚を泳がせていた。そんな路を或る朝散歩しながら、たしか空襲の前年の夏のこと、父親が私の歩き方をつくづく眺めながら、秋になったらマッサージ師にかかって療《なお》さなくてはならんな、とつぶやいていた。

小さな城があって、石垣があり濠《ほり》があり、濠をめぐる道は静かだった。小路には家が軒を並べて立てこんでいた。たしか間口のわりには奥行きが深くて、格子窓の脇の格子戸からのぞくと、薄暗い土間が奥へ細長く続いていた。廓町《くるわまち》と呼ばれる一郭《いっかく》だった。

その静かなたたずまいが、私をまず怯えさせた。近所を歩くたびに私は家々の土間やら路地の奥やらをのぞきこんだ。しかし防空壕はほとんど見当らなかった。道を行く人たちの顔は、ここにも空襲が及ぶことを予想もしていないように見えた。焼夷弾が落ちたら逃げ場もないと考えると、私は湿っぽく沈んだ町の空気にすでに煙のにおいを嗅ぐ気がした。夜にはやはり敵機の襲来があり、警報も出された。しかし私の家では外へも出なかった。庭の隅に防空壕は掘ってあったが、水の多い土地なので底に水が浅くたまって、蚊の巣窟になっていた。

警報のサイレンが鳴ると私は寝床の中でかならず目を覚ました。空襲の恐さを知らない祖母はともかく、母親までが起き出そうとしないのが不可解だった。姉も眠っているらしく声をかけて来ない。敵機はたいてい一、二機だったが、かなりの数が頭上の高いところをゆっくり通り過ぎて行くこともあった。そんな時、私は枕もとに畳んだ服を片手で引き寄せて息をこらした。高空の爆音がどうかすると天井から部屋の闇に重くのしかかってくる。家の外で低い話し声が聞える。内に炎をゆらめかせて静まっている家の姿を、私は思い浮べる。爆音はたしかに本格的な空襲の時のように差し迫ってはいない。しかしその下でただじっと横たわっているのが、肉親たちの眠りに縛られて身動きのならないのが、恐しかった。怯えの中をやがて赤い牛が跳ね回り、気狂いじみた陽気さへ羽目をはずしていく……。

祖母のところに或る日中年の男が御機嫌伺いに現われて、茶を呑みながら世間話をするうちに、毎夜のように敵機が市の上空へ飛来するわけをしたり顔に説明した。なんでも、敵機はどこそこ上空で本土に進入し、どこそこを経由してこの町の上空を抜け、どこそこ方面へ向かう、つまり、この町は爆撃隊の途中経由地点にすぎない、とかいうことだった。祖母はこの説明がたいそう気に入って、来る客ごとに熱心に受け売りした。枯枝のような手を上げ、欄間から天井のほうを指差して、敵機の通る道筋を講釈したりしていた。客のほうもしきりに感心したふうにうなずいて、あちこちの都市の悲惨な状況の噂話をひそめ声でした。すると祖母は私の母親から聞いた東京の空襲の話をやはり噂話の口調で、すこしばかり大げさにまた受け売りする。おそろしい、などと客はつぶやいて、傍で黙って聞いている私の顔をちょっと気疎《けうと》そうに眺めたりした。

その私は大人たちの気やすめの言葉を信じていなかった。と言っても、子供の私に戦争の状況判断などができるわけもない。東京の郊外の家も、ここまでは焼かれまいと思っていたのに結局は焼かれたではないか、と子供心に思ったことも確かだが、不信の念はそんな類推から来るのでもなかった。まず怯えが先だった。静かな町に来てかえって解き放たれた怯えが、子供の目を冷くしていた。昼夜のべつ僅《わず》かずつ怯える目が、何も見えないくせに一種明視のような敏感さを帯びて、見るものいちいちに悲惨の到来の気分を感じ取った。肉体的にも変調を来たしていたらしい。水が変ったせいと大人たちは言っていたが、手足につぎつぎにデキモノができて、いつもリンパ腺を腫らしていた。おまけに祖母という人が孫たちに甘い言葉ひとつかけない厳しい人で、東京で度重《たびかさ》なる空襲のためにすっかり安直に流れていた私の行儀に我慢がならず、立居振舞いの端々に小言をいう。男の子のくせに元気がないと言われて、朝早く庭を走らされたこともある。しかし叱咤《しった》されればされるほど、私の身体は重くなり、寝そべりがちになった。そして不吉なことを考えた。母親は姑にたいしてこわばっていて、子供たちにたいしてもめっきり口数がすくなく、空襲の不安さえあまり口にしなかった。

この家では聞き分けのない振舞いをするなと母親からきつく戒められていたので、私はおおむね穏和《おとな》しい、居るのだか居ないのだかわからないような子供だったが、ときどき、誰にたいしてと言わず、大声で叫びたいような衝動を覚えることがあった。毎日、午前中に私は母親か女中に連れられて牛乳の配給を受けに行った。祖母はその頃医者にすすめられて牛乳を毎日二合ずつ吞んでいた。牛の乳はさすがに気色が悪いと言って、煮え立ちそうになるまで火を通させ、熱のために表面に凝《こご》った薄膜をスプーンですっと掬《すく》い取って、子供たちの見ている前で、貴重な砂糖をふんだんに入れて一人でゆっくり美味そうに吞む。その牛乳を買いに行くわけだが、その途中、同様に小鍋のようなものをさげて薄暗い土間の奥からのんびり出てくる女たちと一緒にぞろぞろと小路を歩きながら、私はあまりにも無事平穏な空気の中で、膝頭がおもむろに重苦しくなってくる。この町にもいまにかならず大空襲がやって来る、その時には、このままでは大勢の人間が逃げ場を失って焼け死んでしまう、今夜かもしれない、と私は思った。そして、空襲だあと火のつくような声で叫んで道に大の字に寝転んでしまいたいような焦りに取り憑かれ、びっくりして見ている大人たちの顔まで思い浮べたが、表面では穏和しくて陰気な子供の顔を守っていた。

叫びこそ立てないが、まるで盲目の民に滅亡を告げ知らせる予言者みたいなものだ。正体はもちろん、逃げ足の遅い子供の怯えである。しかし怯えの中へ沈みこんで恐怖から逃れようとすることは、子供でもやることなのかもしれない。怯えを強く抱きしめれば、恐怖はこちらを物の数に入れずに通り過ぎるとでもいうような、そんなはかない気やすめは、追いつめられた人間の中にとかく生まれるようだ。

最初の厄災は朝のうちに呆気《あっけ》なくやって来た。その前日、私はこのまま学校へ通わずにいるわけにもいかないので、母親に連れられて、最寄りの国民学校へ転校手続きをしに行ってきた。私ははなはだ気が向かなかった。まず、警報が出ても生徒をいっさい帰さない決りになっているという。そのくせ、集団登校もやっていない。それに、入れられた学級が男女組だった。同じ組の女の子が私の向かいの家にもいて、ここしばらく学校へ出て来ない。明日から誘い合せて一緒に来なさい、と胡麻塩頭の担任教師が同様にもう一カ月あまりもずるずると学校を休んでいる私の肩を叩いて笑ったが、転校早々から女の子と一緒に登校したら、地元の子に何と言われるかわからない。ちらりと見かけたところでは、私に似てどこか陰気な、おじけたような女の子だった。あんな女の子と、途中で空襲に遭ったら、どうしよう……。そんな気持が働いてか、私はその朝になって熱を出した。おかげで今日のところは学校へ行かずに済むことになって、たしか九時頃、台所脇の四畳半に寝かされ、母親が床のそばで針仕事をしていた。空襲警報は出ていたはずだ。

爆風の記憶はない。ドドッと地の底から来た。母親に荒々しく抱き上げられて部屋を出た時には、家じゅうの障子から襖《ふすま》から建具のすべてが無残に破れて、ガラスの破片の一面に散った台所の土間を、祖母と姉と若い女中が互いに名を呼びかわしながら、足袋はだしで走っていた。近所には火の手ひとつ立たず、平生《へいぜい》とまるで変りがなく、ただ南の空に埃《ほこり》のようなものがさかんに立って、男たちの叫びが妙にゆっくりと、牛の吠え声のように昇った。水のたまった防空壕に落着いて見ると、女中が額から血を流していた。

たった一機気紛《きまぐ》れのように飛来した敵機が大型爆弾を一発、後で聞けば一トン爆弾ということだったが、私の家からさほど遠くない市中を流れる川の縁に落して行った。その程度の空襲で壕に入る習慣のない市民たちが多数死んだ。血まみれの負傷者が続々と運ばれていく、という情報がまもなく私たちのところにも入った。手のつけようのない重傷者もすくなくなくて、私の家の前の小路を運ばれてくるのもあるという。それでも私の家では、とりあえず蚊取線香と茶の道具と、ちょうど沸いていた鉄瓶の湯が、湿っぽい壕の中へ運びこまれた。家の中を見回ってきた母親が、私の寝ていた蒲団の上に簞笥《たんす》がまともに倒れていたと話した。私を抱き上げた時には、まるで気がつかなかったという。生徒たちに犠牲者が出たという噂は入って来なかったが、その朝から私の行くはずだった学校も同じ川縁にあった。母親はしかしそのことを口にしなかった。額の出血の止まった女中がていねいに茶をいれながら、また説教をはじめた祖母に潤んだ目でうなずいていた。なんでも、叱られるとすぐにふくれづらをして女中部屋に閉じこもる、そしてガラス窓のそばに坐って外などぼんやり眺めているから、こういう目に遭うのだ、というような理不尽な説教だった。

それが六月の末のことだったと記憶している。家の中が寝起きできる状態ではなかったので、私たちはひとまず郊外のほうの知合いのところへ身を寄せることになり、その暮れ方、私はどういうわけか一人で、物も言わない中年の男の引く荷車の尻に後向きに腰かけて、薄暗く沈んだ町を田舎のほうへ運ばれて行った。貰い子に出されるような気がしたが、しかし不思議に安らいだ心地だった。

それにひきかえ何日かして家族と一緒にもどって来て、家がすっかり元どおりになり、近所の家々も元のままのどかに軒を並べて立てこんでいるのを目にした時には、蔵の中へ押しこまれるような息苦しさを覚えた。

まもなく大阪から伯父が、東京から私の父親がようやく駆けつけ、途中の町々はもうほとんど廃墟であったようなことを話して、人を頼んで庭にもうひとつの防空壕を掘らせた。湧き水を避けて前の壕よりも浅くしたかわりに、盛り土を高く堅固にして、よほど頼もしげに見えたが、その夜さっそく多数の敵機の襲来があった。祖母もさすがに壕へ入るようになった。私たちがこの町へ来てからはじめての空襲らしい空襲で、頭上にふっと生じる切迫感がやがてザザザッとずり落ちるような音に変り、キューンと甲高い唸りを立て、こちらをまっしぐらに目指して落ちてくる。爆弾だ、いや焼夷弾だ、と伯父と私の父親がそのつど押し殺した声で叫び、祖母が念仏の声を張り上げるが、落下音はそのつど途中で消えてしまう。しかし次にまた始まると、真上から落ちて来るようにしか聞えない。爆弾なら、次の瞬間にはもう生命がない。私は膝をきつく抱えこんで、今の今の瞬間の中へうずくまりこんだ。爆弾だ焼夷弾だと競って叫んでいる父親たちの声が、なにか羽目をはずして燥《はしや》いでいるように、赤牛の踊りのように感じられた。爆弾が投下された場合には親指で耳の穴をふさぎ、残りの指で目と鼻を守り、口をゆるく開け、と学校で教えられたことを思い出したが、そんなもっともらしい教えの中にも、赤牛の踊りの破れかぶれがひそんでいるように思えた。落下音がいよいよ迫ると、身体をつつむ空気が異様な固さを帯びて、窒息感の中から、道端で揺れる草花のような、今この瞬間と何のかかわりもない物の像が、ぽっかりと目に浮んだ。その静かさ、たわいなさが、空恐しかった。

あの夜は、市内の空が赤く焼けたような覚えはない。近隣の中都市か軍事施設への爆撃だったかもしれない。低空から頭上へ侵入され焼夷弾を降らされる時には、落下音などは耳につかないものだ。それにしても、空も焦がさぬ程度の空襲にあれだけ騒いだ伯父と私の父親がその翌日か翌々日、夜毎《よごと》に多数の死傷者の出るという都会へ、それぞれまるで平気な顔で帰って行ったのは、私にはどうも腑に落ちなかった。しばらくは無事が続いた。梅雨がしつこく居坐り、私は相変らずリンパ腺を腫らして、ごろごろと寝そべっては、今度こそかならずこの町は焼き払われると呪いのように考え、祖母はそんな私のだらしなさを口やかましく叱り、母親は相変らず口数がすくなく、姉までが妙に無表情を守っていた。女中は里へ帰ったようだった。そして半月ほどした或る夜、私たちは防空壕から飛び出して、八方に火の手の上がっているのを見た。赤い光を背負って私たちの家は黒く浮き立っていた。

　母親は逃げなかった。子供たちを祖母にあずけて、自分は夫の実家に踏み留まった。あのとき私がどんな気持へ追いこまれたかは、不思議に覚えがない。一緒に逃げてと泣き叫びも、早く逃げなさいと突き放されも、しなかったようだ。とにかく、私と姉と祖母は門を出て小路から濠端へ全力で走った。両側の家はすでに燃えていたはずだが、これも記憶にない。私は七十歳の老人を引っ張るかたちで走っていた。祖母は喉の奥からヒイヒイ喘《あえ》ぎながら、なにか呆《あき》れ返《かえ》ったようにのべつ口の中で呟《つぶや》いていた。どこまでも従《つ》いてくる、と私は手を固く握っていながらそんな薄情なことを思ったものだった。

　城の壁は白く静まっていた。濠端をしばらく走ったところで私たちは振向いた。すると百米《メートル》あまり背後の路上で土煙を上げて火柱が立った。こちらへよたよたと走ってくる人間たちの影が、それに一瞬遅れるような呼吸で、左右へ緩慢に倒れこんだ。そしてもう一発、さっきよりすこし手前で炸裂した。その二発しか私は目にしなかった。しかしそれで充分だった。まわりの人間たちが腰を屈《かが》めてざわざわと駆け出し、濠のすぐ縁の草むらへ飛びこんだ。手を摑まれていた身体がふいに自由になったのを覚えている。

　気がついてみると、水溜めか濠の取水口か、小さな水場のまわりに女たちが五、六人うずくまり、私はその中に包みこまれていた。濡れた毛布が輪の上へかけられ、重い息が内にこもった。真上から唸りがまた迫った。女たちは水の上へ頭を寄せ合い、太い腰が私の身体を両側からじわじわと締めつけ、苦しさのあまり私が背を伸ばそうとすると、誰かが

た身体をヒクヒクと動かしていた。

両手で私の頭を生温く濡れたモンペの膝の上へきつく押えこんだ。
——直撃を受けたら、この子を中にして、もろともに死にましょう。
喉をしぼって叫ぶ女があった。もろともに、とあの耳馴れた凛々《りり》しい言葉がこんなところで、こんなふうに命剝き出しに叫ばれたことを、私は直撃に劣らず恐しく感じた。死にたいする言葉の空しさに、身体から恐怖が一度に溢れ出した。輪から離れて逃げ出したい、足の続くかぎり一人で走りたい、とたったひとつのことを夢見ながら、私は挟みつけられた身体をヒクヒクと動かしていた。

あれも恐怖が宙に掛けたのどかな想念のひとつにすぎないな、と私はつぶやいた。そして自分の身体の、顔色をそっとうかがうような気持になった。四十歳に近づいた身体は今のところおよそ恐怖などに縁がなさそうに寛《くつろ》いでいる。私が不吉なことを思えば思うほど、横着そうに寝そべる。しかし近頃、今にもなにか恐いことをさりげなく切り出しそうな気配がある。

あの程度の恐怖だって、そんなものじゃなかった、と私は及び腰で自分の身体に鎌をかける。恐怖というのは、物理的に異質な空間へ踏込むようなものだ。その境目のところで心のほうはもう麻痺してしまって、その場の切迫感とまるで結びつかないことを取りとめもなく考えるか、そうでなければ、恐怖を叫びながらどこまでもうわずっていく。赤牛の踊りだ。しかし火炎の勢いは、そんなものじゃない。軒から軒へ水平に走ったりする。形象だとか象徴だとかはどこまでも軽薄にできている。無事平穏な場にいる人間の心が紡ぐ形象や象徴なら、咎《とが》め立《だ》てするにはおよばない。ひどいのは、恐怖の真只中《まつただなか》にあってそれどころではないはずの人間がそんなものを思う、ときには見る、ということだ。そして無事に境を越えて外へ出ると、恐怖の体感を忘れてしまう。覚えているつもりでじつは忘れている。

あの水場のまわりから、私たちはまもなく立ち上がって、濡れた毛布を畳んだ。空には音がなく、まわりには敵弾の跡もなく、濠端の道には新手《あらて》の避難者たちが大勢ぞろぞろ歩いていて、何とも間の悪い気持だった。私はまた祖母と姉と三人で歩き出した。祖母は私の手を摑んで、あいたほうの手で、片手拝みを繰返していた。数カ所で火の手が盛んに上がっていたが、家々はそれとは別世界のような静かな瓦屋根を並べていた。母親のことは、この程度の火なら、どこかへ無事に逃げのびている、と思った。明け方にもどって来ると、あちこちで焼跡のくすぶる中で、私たちの家は元のまま立っていた。防空壕のそばに母親が疲れはてた顔で坐りこんでいた。祖母がまっさきに庭に走りこんで母親の手を握りしめて泣いた。しかし私はむしろ怯えたような気持で、傷ひとつなく残った家を見上げた。重苦しい暮しがまた続くことになった。と、玄関脇の大きな水溜りが、水がいきなり燃え出した。母親と出入りの男たちが血相を変えて駆けつけ、バケツの水を炎に叩きつけるようにして消した。後から聞くと黄燐《おうりん》焼夷弾の落ちた跡で、直径一米ほどのかなり深い穴になっていた。水をかければかけるほど燃え上がるような気がしたという。もう数米もずれていたら、家は直撃を喰らって助からないところだった。それにしても男ふたり女ひとりでよくも消し止めたものだ。

しかしこの黄燐焼夷弾のおかげで、私たちはまもなく例の郊外の知合いのところへ難を避けることになった。弾の残骸は処理されて、自然発火の恐れはなくなったが、家の羽目板やら門やら至るところに付着した黄燐の飛沫が、夜ともなると青く光り出す。空からの目標になると脅かされて、人を頼んで水洗いしてもらったが、すっかりは落ちない。そうこうするうちに、次の空襲では町全体が焼き払われるという噂もようやく広まってきた。噂は正しくて、およそ半月後に私たちは疎開先の郊外のほうから、炎上する大垣の空を眺めた。その夜、その家の人たちと私たちは総勢十人ほど防空壕の中で、ひっきりなしにザザザッと空をこするような音を立てて落下する焼夷弾に息をひそめていたが、音がやや間遠になると、二、三人ずつ交替で畑の縁へ用を足しに走り出たりした。怯えが妙に燥《はしゃ》いだような気分に変っていた。町の方角の空では、地上から押し上げる赤光の中へ、焼夷弾がさらに投下されていた。親弾が中空ではじけると、無数の火の玉が八方へ散り、枝垂《しだ》れるような感じで落ちて行く。照明弾の必要はもうなさそうだし、焼夷弾が空中から発火することもなかろうから、落下する弾のひとつひとつが地上の猛火を映して輝いていたのだろうか。畑の縁にしゃがみこんでいた同じ年の女の子が腰を浮せて、ズロースとモンペを上げかけたまま、禍々《まがまが》しい美しさに見入っていた。

あの老婆は無事だったろうか。たしか新しい防空壕のできたその翌日、はじめて夜の空襲らしい空襲のあったそのあくる朝のことだった。夏めいた光が濠端の道に爽《さわ》やかに降っていた。敵機が多数来襲したその翌朝は、私の記憶するところでは、かならずといってよいほど晴れあがる。私は伯父と父親に従《つ》いて散歩をしていた。明るい城の壁を眺めては、あの白さは夜になると敵の目標になるな、とそんな子供らしくもないことを一人で考えていた。老婆はすこしだぶついたモンペをはいて、町の中心部のほうから濠にそってせかせかとした足取りでやってきた。ただならぬ焦りが全身に見えた。そして私たちの姿をまともに見つめながら、一人ぶつぶつと呟き呟きそばを通り過ぎかけ、ふいに思いあまったふうに足を止めてたずねた。

——大垣がいまに全滅すると町では言うとるが、ダンナさん、ほんまやろうか。

おろおろ声だが、詰問の口調に近かった。そんなことあるものか、と伯父と父親は笑った。晴れやかな、わだかまりのない笑いだった。昨夜の今朝なのに、全滅した町をあちこちで見てきたと言っていたはずなのに、それで頑丈な防空壕を掘らせたのに、と私は呆気に取られて顔を見上げた。

老婆もおもねるような疑うような薄笑いを浮べて見上げていた。肩から膝にかけて、瘠《や》せこけた身体が小刻みに顫《ふる》え、妙なにおいをひろげた。それから急に笑いをとめると、会釈もせずに離れた。いくらか気の紛れた後姿が、濠端を遠ざかるにつれて、また独り言を呟きつのるような早足になり、ふっと前へ弾き出されたかと思うとあたふたと駆け出した。澄んだ光の中に、生温い顫えのにおいがまだ近くに残っていた。防空壕の中で息をひそめる時の、そして異様な気配の近づきを感じる時の、あのにおいだった。

あの老婆もおそらく、自宅にたどりついて家の者に町で耳にした噂を話して聞かせた時には、恐怖の感覚をなかば忘れていたにちがいない。勝手に尾鰭《おひれ》をつけさえしたかもしれない。言葉で誇張しなくとも目つき顔つきで誇張して、その分だけ恐怖から離れていく。しかし身体は覚えていて、今の無事平穏をしばしの仮りの状態と感じている。そして時が至れば、何もかも承知だった表情で黙々と逃げ回る。しかしそれで恐怖が減じるわけでない。むしろ募るばかりだ――。

夏草

前田純敬

一

沖縄が攻撃される直前、鹿児島市街のある部分は痛烈な爆撃をうけていた。昭和二十年三月十八日のことである。郊外鴨池の軍事施設である海軍航空隊の基地は爆破、炎上、倒壊して、その機能を瞬時にうしなっていた。敵機動部隊から市攻撃のため出動したグラマン戦闘機は延千《のべ》二百機とつたえられ、市街武岡ではこの艦載戦闘機一機が撃墜された。あらそってこの撃墜機を見にはしった人々のうしろに慶二はいた。焼けくずれた艦載機からはすでに死んでいた搭乗員がひきずりだされ、その死骸は群衆の手によってめったうちにされていた。慶二がついたときも、まだその死骸を棒でなぐるものがいた。慶二は、ぐらしかな（かわいそうだな）と思い、急いで自宅のほうに逃げもどっていた。

慶二の家は山手の上之平《うえのひら》町にあった。背後は城山。石垣塀の家が多い。この夜、隣の岩崎家に営外居住していた海軍の藤田軍医大尉の奥さんの昌子が、慶二の母の夏子のところに、移動のため別れの挨拶にやってきた。軍医は鴨池航空隊に所属していたが、空襲には助かっていたらしい。昌子は慶二の母に、「夫は、今後どういうことになるか分らぬので、私にはさとの岡山へ帰れというのですよ」と訴えていた。

翌朝、慶二は昌子を電車道まで送っていった。電車が動き出すと、窓に立ってハンカチをふっている昌子の姿はみるみる内に小さくなって視野から消えていった。葉桜の並木の茂みごしに昌子の振るハンカチが一、二度ひるがえるのを見て、慶二は、昌子小母さんもとうとういってしまったのだ、と思った。南泉院馬場のほうには女子師範学校の塀がつづいている。この附属小学校を慶二は出ていた。附属の反対側が第七高等学校の堀端で、柳の頃がよかった。柳の新芽が芽吹き、風にそよぐ頃になると、暗い濠《ほり》の水面にも蓮の花がただよう。慶二はそこから家のほうに電車道を横切ろうとしていた。そのとき、背後から「倉田くーん」と声をかけられていた。比嘉《ひか》伸という慶二の県立中学の同級生の姉でミツという女子師範の生徒だった。伸も一緒である。

「どこへいってたの?」とミツは言う。慶二は黙っていた。ミツはそれには構わず慶二のほうに近づいてくると、肩を並べて歩きだし、慶二の背中に自分の手をちょっとかけると、「弟は、あなたが好きと言うとるのよ、伸と仲良くしてね」と言った。

比嘉ミツと伸の姉弟は奄美大島の出身で、名瀬から出てきて、市内田上《たがみ》町のある家に下宿してそれぞれの学校に通っていた。鹿児島の人間は一般に奄美大島の人たちを「島人《しまじん》」といって軽蔑している。というわけからではなかったが、慶二はこれまで伸と口をきいたことがなかった。伸はミツのあとに黙ったままついて歩いていた。「うん」と、慶二はその伸を見ながらミツに肯定の返事をしていた。

　家の背後の城山は要塞地帯になっていた。なだらかな岡だが、大樹におおわれていて昼もなお小暗い場処が多い。そこには陸軍野砲と高射砲隊が配置されていた。これは軍が市民の協力をえてつくった半恒久陣地だった。

　慶二の家は前述の通り、この城山の中腹部の山手、上之平町の四十九番地にあった。鴨池空襲のときは、夜に入ってからも対岸の桜島の波打際《なみうちぎわ》の辺りに、差違えたゼロ式戦闘機とグラマン機が、暗い湾口をうかがわせて燃えつづけたりしていたが——それから二十一日目にあたる四月八日昼間のことである。慶二はふと耳鳴りをおぼえた。母の夏子は女中と一緒に外出して留守だ。素早く立上って、すべすべと拭《ふ》きこまれた廊下に出た。急に明るいところに出たので軽いめまいがする。ガラス戸を開けるのがもどかしい。

「新型機！」。二十数機がつぎつぎと城山の背後に没していった。と思う間もなく、眼に見えぬ高度からすでに爆弾は投下されていたのだ——慶二の立っていた廊下のガラス戸が突然、全部、散乱した。

　カーチス（P51）を先導として、重爆撃機（B25・B29）の混成編隊がやってきていたのだ。

「うわあ！」と叫んで、慶二は庭先にとびおりていた。耳の奥が、があん！　と鳴った。

隣の岩崎の壕まで約十五メートルある。慶二は前々から考えていた。それは、岩崎の壕は頑丈につくられている。家の壕は邸《やしき》の中庭に母と女中とだけで掘ったものだ。脆《もろ》い。それに比べれば岩崎の壕は人を雇ってつくったもので、掩蓋《えんがい》もうず高く堅牢《けんろう》だった。しかも庭伝いに、三十センチ余の垣根さえとびこせばすぐに馳《か》けこめる。それで、無意識のうちに慶二はその壕めがけてはしりだしていた。その間も爆弾はまわりに落下をつづけていた。

慶二はつんのめるようにして地面に伏せた。「ごおっ！」という凄《すさ》まじい爆弾の落下音が頭上から聞えてきた。それと同時に、激しい爆発音があった。耳を聾《ろう》するばかりの大音響であった。慶二は爆風にあおられながら、ふしぎに岩崎の壕の掩蓋のかげにとりついていた。そこが死角になっていた。それでもしたたかに土砂をあびていた。

眼を見開いてみると、眼の前の岩崎の家も背後の自分の家もつぶれてなくなっていた。岩崎のもう一つ先の長島家の洋館が倒れて、そこの家の赤煉瓦《あかれんが》が、すべて岩崎のくずれた石垣の上になだれこんでいた。

慶二は、倒壊物の間を抜けて、岩崎の壕でなく、わが家の壕の中にむりやりにもぐりこんでいた。

「空襲！　空襲！」という誰かの声が、遠くのほうでやっと断続的に聞こえはじめた。

慶二の家にもっとも近い、城山要塞の横穴洞窟の辺りからの声だ。そこには海軍の通信小隊がいるはずである。

慶二がそのまま壕の奥から動かずに、息をひそませているところに、また凄まじい落下音がした。その前に重爆の影が壕の上を通った。まわりの轟音の度毎《たびごと》に、慶二は壕の奥の柱にしがみついていた。壕の支柱が揺れて、壕内のあちこちから土がくずれる。爆弾の音にまじって、やっと味方の高射砲音が聞こえ、それに加えて機関砲の音が、城山の樹木の茂みをゆるがせていた。時々、爆発音をぬって激しい怒声が山側から意味をとらず、ぼんやりと聞こえてくる。慶二はその声を耳にすると、そうだあの兵隊さんたちのところへいって身を守って貰おうと思った。

躊躇《ちゆうちよ》せず、壕をとび出すと、石垣と石垣の間の道をはしって、山側にむかってはしりだしていた。途中に、幾つもの死骸が、男女の区別なく転がっていた。

「おい、倉田！　こっちだ、こっちへ入れ！」

一つの茂みの中から出てきたのは海軍の横川少尉だった。少尉は横穴洞窟の通信班隊長であった。顔見知りである。いきなり慶二の手をとって壕内におしこんでくれた。壕内には通信器材がおかれ、曹長が発信機の前にいて、水兵が一人手廻発電機をまわしていた。

洞窟は幅一メートル、高さ二メートルぐらいに刳《く》りぬかれていた。左右に幾つか小さい部屋も出来ている。

「どした？　どした？」と、横川少尉が慶二に声をかけた。「こんなことでびくついてたら仕様がないぞ」

少尉は曹長以下にも大声をあげていたが、通信班は戦闘隊ではない。

洞窟の入口から見える城山の樹木越しに、鹿児島駅の方角の市街に白煙が上がるのが見えた。慶二は、毛布を折ってのせた木の椅子に少尉に言われて腰をおろしていたが、今頃になって体が小刻みにふるえてきて、震えずにじっとしていようと思ってもとまらなかった。ふと壕内の足許《あしもと》を見ると、すぐ眼の前のところに空襲でだか何のせいであったかよく分らなかったが、鼠が一匹叩きつけられたような恰好《かっこう》になって死んでいた。腹にこたえるような爆弾の爆発音がその後も何度かあって、城山の大木が倒れる音がした。

むっとした熱気が、横穴洞窟の前をかすめていった。

「敵機はもういないぞ、警報解除だ」

とやがて洞窟の入口の辺りで横川少尉の声がした。これは慶二が海軍の洞窟内に逃げこんでからほぼ一時間後のことであった。

やがて慶二が壕を出てみると、山の茂みのあちこちの小道のそこここで、汗臭い兵隊たちがそれぞれかたまって何かむさぼり食っていた。これは陸軍の兵で、彼らのそばの樹木には小銃がたてかけられ、弾薬箱があちこちにあった。竹林を出て、坂の石垣の道に出た慶二は愕然《がくぜん》として、そこで思わず息をのんだ。上之平町の住宅の大部分が破壊されていたのである。

石垣の間の道をゆくと、あちこちの邸からめらめらと炎が吹きつけてきた。ある邸の前の壊れた石垣の上には、若い女の死骸が仰向けになって倒れていたが、爆風のためか、その死骸は全裸だった。

慶二の家から右側の辺りの、被爆しなかった家のそばの空地に多勢の人があつまって、市中の被害の有様を口々に語りあっていた。「田上町が全滅した」とか、「新上橋《しんかんばし》の横穴で千人ばかり生埋めになっている」とか、「田上の予科練の生徒は全部どこかに逃げた」とか、「いや、西千石町もだいぶやられている」などというものだった。みな、慶二がいま立っているところから、市中を見おろして、桜島に対して右手寄りの町々であった。新上橋の横穴というのは、甲突川《こうつきがわ》につきあたった城山が絶壁になっているところにつくられた大横穴のことである。斜め頭上に新上橋がかかっている。

慶二の家の近所の被爆地では、被爆したことでかえって大人たちは陽気になっているように見えた。下手の被爆地の中程を、遠く甲突川が音もない流れを見せていた。煙がその川向うのそこここに上っているので、その静けさがことさら異様に見えた。隣の岩崎の楠の大木は裂けて無残な折れ口を見せ、太い枝がたれ下っていた。その下に、いまは被災者どうしとなった隣組の岩崎、長島、久我、倉田の家の人々が、それぞれ食物を持ちよって一緒に食事をした。あちこちの屋敷からはまだ消火をつづけている騒然とした物音が聞こえていた。慶二の母は女中と一緒に外出先から城山の後側に退避していて助かっていた。慶二は母にはげまされて、倒壊した自宅の台所の下にもぐって朝の残りが入っている釜を持出していた。その壕内には、非常用の塩、味噌、食用油などが保存してあった。

慶二たちが丁度《ちょうど》食事をはじめたところに、智敷という姓の叔母がおろおろと倉田の壊れた家にやってくると、母に、「夏子どん、どこを探しても智敷の姿が見当らんとよ、一緒に探してみておくれんか」と言うのだった。そこで、すぐ手分けして親戚一同で探しに出てみると、叔父は、川向うの薬師町《やくしちょう》の自宅を出て、勤め先に向う途中の中之平の通りの道端の壕の中で死んでいた。これは煙による窒息死だった。

叔父の死骸が発見されてしばらく経った頃、どこからとなく、「西千石町が燃えている」という叫び声が聞こえてきた。その声を聞くと、慶二はすぐに中之平に住む中島という友人の家をめがけて上之平の道をかけおりていた。中島の家は、中之平の通りを右側へいったところで、天主教会のすぐそばだった。この辺りもすべて被爆していたのだが、その倒壊家屋が燃えだしているのだった。慶二が中島の家に入ろうとすると、「危いから逃げろ」と、どなりつける警防団員の声がした。しかし、そこには中島の父母、姉妹、そして友人の中島の死体があった。慶二は、炎の中に入ってゆき、友人の死骸を外に引きずりだしていた。死んだ中島の体は生きている時より重かった。通りの道角には引取人のない死骸がすでに幾つもおいてあった。慶二は友人の死体をそこにおいてくるより仕方がなかった。

わが家にもどってくると、隣の岩崎がブランディで元気づいて何かしきりにしゃべっていた。岩崎の一家は市中にデパートを持っており、氏自身は釣好きで、同時に狩りが好きで猟銃の蒐集家《しゅうしゅうか》でもあった。この時、慶二を見つけると岩崎は、「慶二君、これを上げもそ」と言って、肩につるしていた器械をくれた。やわらかい鞣皮《なめしがわ》の紐とケースがついた携帯用短波受信機で、同時に中波も聞ける英国製のラジオだとのことであった。

夕刻からしょぼしょぼと雨になった。真暗な夜の雨の中を、口汚なく何かをののしりながら、倒壊家屋の中から荷物を引きずって外に運び出している久我の主人の声がいつまでもしていた。

母の夏子が壕の奥で、

「爆弾が雨を呼びましたね」と言った。もぞもぞと先刻から眠れぬ様子の女中が、

「火事ぃならんでよかったですね、奥さん」と言っているのが聞こえた。

「ほんとに」

岩崎、久我、倉田の家はともに倒壊はしたが、このとき火は出していない。しかし、みなこの夜は壕で寝ている。いずれにせよ、罹災《りさい》証明の下附や、給食の都合で、しばらくは誰もが各自の家の壕から動けぬのであった。

「だーん!」

夜中に、下手の市街のほうで物凄い爆発音が聞こえたかと思うと、すぐに警報が出た。この日の朝の空襲ではサイレンは鳴っていなかった。この爆発音はあとで倒壊家屋の中に埋っていた一発の不発弾が、類焼してきた火災のため暴発したものと分ったが、その時はそれと知らず、慶二たちもまた避難していた。城山には、今日千余名が生埋めになったという新上橋の横穴と同じくらいの規模の平之町横穴があり、群衆はその壕をめがけて城山をのぼっていたが、慶二たちは海軍の壕近くにあった小さな別の壕の中にもぐりこみ、そこにひそんだままで、山をのぼる市中の避難民の列を見送っていた。壕の前の濡れた椿の硬い葉が、遠くにちらちらと燃える炎を宿していた。慶二たちは、平之町横穴がまたくず

れて新上橋横穴の時のように生埋めを出すことを怖れていたのである。

　壊れた石垣の上にのっていた全裸の女の死骸は、翌朝になっても同じところにあった。慶二は、任官して戦場にいるらしい兄の重彦の中学の時の編上靴を壊れた物置のそばで見つけてそれをはいた。玄関だったところからは非常用箱を入れた雑嚢《ざつのう》がみつかった。

　その数日後、倒れかかっている倉田の家の玄関の石門の鉄扉を押して県立中学の上級生の一人が入ってきて、「倉田、召集じゃっど」と告げた。学校の召集である。上級生はそれを生徒のいる各戸に伝達して歩いていたのだ。これまでも放課後、召集ということで今下校したばかりの学校へ呼寄せられることがしばしばあった。何を措《お》いてもとんでゆかねばならぬものと教育されていた。慶二は念のためにここ数日肩にさげたまま離さなかったラジオを壕の奥に移した。それから母を呼び、くずれた赤煉瓦の山が出来ている長島の洋館の前にいた母の夏子にわけを話した。

「それではいって参ります」

「気をつけてね」

　慶二は家の壊れかけた石門の前で母と別れた。戦闘帽をかぶり、教練服を身につけていた。その他、肩からさげた雑嚢の中には、生米、貯金通帳の他、前に母から貰った現金百円が入っていた。防空頭巾とそれを肩から交叉させてかけた。

　市庁前が指定の集合場処である。慶二は中之平の通りを左に約百メートルほど歩いて南泉院馬場に出た。馬場の山側は境内で、島津斉彬、久光をまつった照国《てるくに》神社である。鹿児島市街はここを扇の要《かなめ》にして左右に街筋が並び、まっすぐ正面は鹿児島湾にむかって道が通じている。境内の前の図書館の角を曲ると、いつか慶二が藤田昌子を送った第七高等学校の前へ出る。慶二はまっすぐ馬場を下って、裁判所の横から西本願寺別院のほうへ左に道を曲って市庁舎前に出た。市庁の前は朝日新聞社である。電車道越しに見ると、人が一杯新聞社の掲示板の前に群れていた。市庁舎前の広場にもすでに中学生が一杯あつまっていた。医専、経専、商船、高農、師範の学生たちは、あるいは軍隊に、あるいは勤労動員のために動員されていたから、鹿児島に残っている学生は今は中、女学校の下級生が主であった。

午前八時、市長が簡単に集った学生たちに演説をした。「諸子は事毎《ことごと》に行動をともにして欲しい」というものだった。そのあとで、各隊の軍事教官が、「諸君の中で、いま体のわるいものは前に出てくれ」と言ってまわった。この日の市中の公、私立中学の動員者は約七百名であった。上級生の大部分は勤労動員にすでに取られていたが、命令をうけながら出てこなかった者や、また家が空襲による被害をうけたためか布告を受取っていないもののもかなりいた。体格検査といっても、大体が余り齢のいっていないものを除くためのものであった。が、慶二は背が高かったので、上級生の組の中に残されていた。慶二は今年算《かぞ》えで十四歳である。その隊列の中には、比嘉伸も残されていて、「倉田君」と声をかけてきた。

「あっ、君か」と、慶二は比嘉と一緒にその日出された昼食を食べた。午後はそのままこの日は無為に暮れていったのだが、そのうち慶二はこの日残されたものの中に、牟多口、薬院、重藤等の附属小学校以来の上級の友人たちがいることが分った。奄美出身の比嘉は、はじめの内は黙りこくっていて、慶二の友人たちの話を聞いていたが、その内、やがても う陽《ひ》もくれようとする頃、慶二に向って、

「倉田君、姉のミツが死んだ」と言った。

「えっ、どうして?」

比嘉は黙っていた。

「田上でやられたんだな」

「うん」

「君の下宿が焼けたんだな? 姉さんは爆弾でやられたんかな? それとも火事で?」

と聞いてみた。

「行方不明じゃっと」

と比嘉は言った。

夜になってから、慶二たちは教師や配属将校の軍事教官らに引率されて、汽車にのせられた。慶二たちが乗った汽車は、鹿児島西駅発の臨時列車だった。夜中になってから、誰かが、「単軌線だ」と言い、間もなくそれは「南薩線」であることが分った。知覧《ちらん》という駅についたのは、午前二時頃のことである。教練に往復することになる吹上《ふきあげ》は海辺まで砂

丘のつづく寒村で、海は支那海と太平洋が合する外洋だった。知覧一帯には、黒々と兵舎が立並んでいた。この兵舎は予科練のために急造されたもので、兵舎の向うの砂丘には滑走路がつくられていた。

汽車が知覧駅につくと、下車した中学生を集めて一人の陸軍中佐が訓辞をあたえた。慶二たちはあとで知ったのだが、この「部隊」の長ははじめからこの中佐だったわけで、中佐は鹿児島から一緒だったのである。中佐は集合した中学生を前に、夜の駅頭で、「これから行く浜へ敵が上陸してくる。貴様たちはその敵と戦わせるためにつれてきたのだ」と言った。

この「召集」で、第一次として集められた七百名の中学生たちは、そこで「中隊」に区分され、中隊長として陸軍将校がやってきていた。各中隊ごとに区分された兵舎に入ると、そこには下士官が待っていた。各校から生徒について出てきた教師らが、彼らと同じ「教官」ということで、生徒の監督にあたることになった。慶二の隊の中隊長は小柴という中尉で、ここで慶二は、牟多口、薬院、重藤など年長の旧友とは別々になってしまった。兵舎の「内務班」の板敷に腰をおろすと、慶二のまわりは見知らぬ他校のいずれも歳上の中学生ばかりであった。

内務班の生徒たちは、そこから毎日、ぎらぎらと陽光を浴びてあつい白砂浜に出て「訓練」をうけた。南国薩摩の四月は、陽ざしはもう相当にきびしい。訓練は主に竹槍の操作で、朝から晩まで際限なく、竹槍訓練ばかりだった。余りのやりきれなさに、その内訓練をなまけて、下士官に殴打されたり、懲罰されるものも出てきはじめた。

この月の終り頃になると、各隊から逃亡するものも現われはじめた。逃亡者は大抵二名ずつ組んで、夜の点呼後、隊を離れていたのだ。点呼は毎夜午後八時だったので、その後彼らは便所へゆくふりなどをして、そのまま離隊してしまうのだった。逃亡者が出た翌朝は、残ったもの全員が下士官に木銃で尻をなぐられ、「貴様たち全員の責任である」と言われるのであった。これは残ったものに、逃亡した場合の処罰について恐怖感をあたえるのが目的のようであった。事実、逃亡者の氏名はその都度《つど》、各内務班の掲示板に、「左記のものは即日、退校処分に附す」と貼紙がしてあった。しかし、この貼紙はまもなく掲示板一杯になり、それでも日増しにその数がふえていった。ある日、慶二がはだしで砂浜に出ていると、他隊の下士官らが逃亡生徒のことについて話しあっているのが聞こえ、彼らは、「以後、逃亡者は見つけしだい殺してやる」と殺気立っていた。

慶二たちのいる小柴中尉の隊も、はじめの内《うち》百二十四名だったものが八十二名に減っていた。そのため、夜は隊員が交互に立つ不寝番の回数がふえるようになり、また知覧駅には見張りの歩哨さえ立つようになっていた。その五月初めのある日、慶二は偶然他隊にいる薬院と会った。互いに軍隊式に挙手の礼をかわしたあと旧友の薬院が慶二に言った。「倉田、元気にしちょるか？」。「うん、おいどんな、もう二十歳まではとても生きられんごとある」。慶二はそういって、また手を挙げて薬院と別れた。時々、焼けつくような砂の上や人眼をさけて、浜茄子や浜牛蒡《はまごぼう》の上をえらんで腰をおろして海を見ていると、吹上浜は蜿々《えんえん》とどこまでもつづき際限もないように見えた。

ある日、竹槍の訓練が打切られ、今度は海岸の砂の中に蛸壺型《たこつぼがた》の壕をつくる作業がはじまった。隊員の各自が一名ずつ入るための竪穴壕であった。竪穴壕というのは、敵機が頭上を掠《かす》めて飛ぶときは随分と怖ろしい気がするものである。なぜなら、頭を覆うものが何もないので、自分の体全体が敵にさらされている気がするからである。各自の竪穴壕が完成したとき、小柴中尉は隊員をその壕の一つの前に集めて、「この壕の使用法を今からお前たちに説明する」と言った。

「この壕に入るとき、お前たちはまずこの手榴弾をわすれずに持って入らねばならない。敵の機動部隊はかならずこの吹上浜にやってくる。その時は上陸用舟艇《しゆうてい》がやってくる。舟艇には戦車がのっている。真先に上陸してくるのは敵の戦車なのだ。いいか、敵の戦車がこの浜に上陸してきたら、お前たちはすぐにこの手榴弾を一個ずつ持って、各自の壕の中にかけこみ、戦車が自分の壕の上にくるのを待つのだ。もし、その時、敵の戦車がお前の壕めがけて突進してきたら、そのときはすかさず、この信管を靴の底で叩いて手榴弾を目の前に持ってゆくのだ。分ったか、こうだぞ！」と言って、中尉は両手で手榴弾を捧げ、それを自分の額におしつけるような真似をしてみせた。「いいか、よく分ったか。お前たちの仕事というのは、たったそれだけのことだ！」。そして、「相手の戦車は、シャーマン（M４）だ」と言ったが、それがどのくらいの大きさのものかとか、わが軍のものに比べた性能差などについては一切、彼も知らぬのか、触れなかった。慶二の頭に焼きついて離れなかったのは、中尉が手榴弾を眼前に捧げ持つようにして持っていって押しあてたその仕草だけであった。恐怖感が胸をしめつけた。

五月の中旬、慶二たちが知覧にきてから一ヵ月余たったある日ふいに、この召集が一時解除されるということが、左の布告とともに達せられた。

「諸子は、敵機動部隊近接の折は再召集される。それまでは市で学業をつづけよ。もしその期《ご》に及んで姿を見せぬものがあれば厳罰に処す」

そして、その日の内に、慶二たちは本部前の兵舎にいって、「各自の住所を登録せよ」と言われた。登録がすむと、軍発行の身分証明書を持たされて、「知覧駅で単独行動をとってよし」ということが言いわたされた。慶二たちは、兵舎から暑く焼けただれた砂道を一散にかけ、知覧駅で市にゆく汽車がくるのを待ち、その間に他の隊から同じようにかけてきた旧友の牟多口、薬院、重藤、それに比嘉とも再会した。みな、塩風と熱砂の上に照りつける太陽の光線とに焼かれ、真黒な顔をし、また揃って痩せこけてしまっていた。痩せた色黒の荒々しい顔というものは、他から見るとそれぞれに悲しげに見えるものである。

二

鹿児島西駅についたのは夜の八時頃のことである。慶二たちが知覧で貰った身分証明書を見せて、つぎつぎと出札を出てみると、西駅の前はすっかり焼野原になってしまっていた。この日は、正確には慶二たちがいきなり吹上浜に召集ということで連れてゆかれてから四十日目の五月十六日のことであった。

「思ってた通りだ」

と薬院が言った。

「そいじゃまた、さよなら」

慶二が手を出すと、それを握り返した薬院たちがつぎつぎと各自の家のほうに向って闇の中に姿を消した。慶二は、さいごに取り残されていた比嘉にむかって言った。

「比嘉、汽車の中から考えてたんじゃが、おはんはおいどんと一緒においどんが家《や》へゆこう。家も被爆しとるけど、おはんは他にゆくとこがなかろう」

比嘉はふとその時のどを詰らせて何か言ったが、それは大島の言葉で慶二には分らなかった。二人が並んで歩きだすと、

「誰か？」という誰何《すいか》の声が闇の中でした。これはあとで警防団員の歩哨だと分った。慶二たちは、口々に、

「第二戦闘隊員」と、そう言えといわれたことを口にしながら、そこを通り抜けていった。

西田橋を渡って、まっすぐ千石馬場を歩き、天主教会の横から山手の坂道をのぼった。天主教会も倒壊していた。通りすがりの焼跡のあちこちに亜鉛や板葺《いたぶき》の乞食の小舎のようなものが幾つも建っていて、人々は今みなそこで暮しているのだとすぐに分った。もう一

つおどろいたのは、夜眼に見える各屋敷のあとが意外に小さく狭く見えたことである。

上之平の自宅の近くにやってくると、まず長島の洋館あとにコンクリートの床が、これも狭く、あるのが眼についた。石垣の他は、各邸の倒れた建材の類はなくなっていた。バラック用に持去られたものもあったかも知れないが、火の舐《な》めたあとが明らかであった。どの敷地にも焦げ跡が真黒くついていた。わが家の中も何もなく、僅《わず》かに三方を石垣で取囲まれた中の庭の隅に、防空壕の入口があった。慶二と比嘉は、その壕の中に入ってその夜は眠った。防空壕の中は黴臭《かびくさ》く、そして湿っていたが、他に二人で眠れる個処はなかった。慶二は壕の奥にたたんであった毛布をむしろの上にひろげ、比嘉に分らぬように、母のことを思って、少し泣いた。母はどこにいったのか分らなかった。また、比嘉が寝つけぬようなので、しばらくして、「君の姉さんはどこかで生きているかもね」と言った。

中通りを歩いてゆくと、焼跡の塀の一つに貼紙がしてあった。

「罹災者ノ給食ハ、西部第十八部隊デ行ウ」

これは昔四十五連隊と呼ばれた鹿児島の連隊名であった。元町内会事務所だったところまでくると、そこにも同じ貼紙がしてあった。

「よし、伊敷《いしき》にゆこう」

慶二と比嘉は、城山の裏側の草牟多《そうむた》の墓地を抜けて、伊敷まで歩いていった。市電が動いていないので歩くことにしたのだが中々遠い。途中は、ずっと田畑で、草牟多の町は焼けていなかった。しかし、変に見すぼらしく見えた。

貼紙が雨露で古びていたので気にしていたが、兵営の前にいって事情を話すと、衛兵が「証明書は持っとるか?」と聞いた。慶二と比嘉が吹上で貰った第二戦闘隊の身分証明と罹災証明書を出すと、「よし、配膳へゆけ」と、部隊の炊事の方角を乱暴に教えてくれた。士官将校以外は軍人と思わぬ薬院なら、何だ兵隊のくせに生意気なと蔭《かげ》で非難したかも知れぬが、しかし慶二と比嘉は黙っていた。

炊事場には洗った野菜が山とつまれていて、湯気があちこちの鍋や大釜から上り、二人の眼にはおどろくばかりの贅沢《ぜいたく》と見え、またこの日二人は与えられた玄米飯と豚汁を中々食《く》い了《おわ》ることが出来なかった。

そのあとで慶二は比嘉と一緒に田上町の比嘉のいた下宿跡にいってみた。もしかしたら、焼跡のあたりにいる仮小舎の住人たちの口から、前にそこに下宿し、三月の大空襲の時以来行方不明になっている比嘉の姉のミツの消息が分るかも知れぬと思ったからだ。しかし、その辺りの誰に聞いてもミツの消息は分らず、聞いた中の一人の老婆は、慶二に向って、「われわれでさえ、こげなことになっているのに、沖縄人や大島人が、いけんなろうと知ったことじゃなか。おはんも放っとっきゃんせ」と言った。「もうよか、慶ちゃん、壕へもどろ」と伸が言い、慶二はそれに従った。

田上の下手の方角である荒田町のほうには、樹々が茂って青く、ポプラ並木の向うに赤い屋根が点在して見えたりして、爆撃をうけた場処とそうでない場処の違いが余りはっきりしすぎていた。慶二は胸の中で、「みな燃えろ！」と、ふと思った。

「こうしてみると、市は広かね」と伸は言った。

慶二が壕の奥の腐った蓆《むしろ》をはいでみたところ、石油缶の中から携帯用のラジオが出てきた。これは隣の岩崎の主人に貰い、召集がきた時、市庁前の集合に出る前、埋めて出たものだった。そのラジオは埋めておいた間にどこかが故障したらしく鳴らなかった。しかし、慶二は壕の中に煉瓦を低くつんで、その上にこのラジオを置いて、毎日少しずつあちこちの部品を点検してみた。母の消息は、薬師町と草牟多の親戚のものに聞いてみたが分らなかった。

慶二と比嘉は、壕の天井の一部に明り取りの窓を開けることから営みをはじめた。水は——城山へのぼる道の途中に天然の竜吐《りゅうど》として造られた湧水がこんこんと水を溢れさせていた。山蔭の椎《しい》の林の下で、そこはいつも冷やりとしていた。それと石垣の壊れたところから家の前の道を右へ出ると、一段低いところにある久我家の鉄管がこわれて水を吹いているので——これも使った。

毎日、慶二と伸は交替して、市中の焼けていない電気屋にコイルとバッテリーを探しに出、また市庁に罹災者用の乾パンを取りにいったついでに、二人で交互に新聞社の掲示を読んでくることに決めていた。その間も、空襲は連日つづき、慶二たちは、今飛んできているB29という重爆は幾らわが軍の戦闘機が攻撃しても撃墜できぬようになっているらしいとか、前日の飛来機が艦載戦闘機の「シコルスキー」であることなどを知っていった。「グラマン」も「スピット・ファイヤー」も「カーチス（P51）」も、今では二人とも大体すぐに識別できるようになっていた。

B29から落される爆弾は頭上にドラム缶が落ちてくるような音がした。これは一トン爆弾であった。かなり離れたところに落下してくるものでも、今にも直撃をうけるような恐怖感がいつもあった。そんな中で、コイルとバッテリーを替えたラジオが急に音を出した。周波数を調節してみると、沖縄が投降勧告をうけていた。那覇市は艦砲射撃をうけていて、それを報じているのは那覇放送局だった。その切れ切れの放送の合間に、数字モールスらしいものが紛れこんだ。比嘉が、壕の壁土に指で大体の沖縄地図を書き、今被害をうけている個処を慶二に口重く説明しつづけた。「ここが先原《さきばる》岬、この裏側が中城《なかぐすく》湾、ここが嘉手納《かでな》、そして名護《なご》湾」。慶二は中学入学が決定した時、父母のはからいで沖縄と大島へ一人で旅行したことがあったので、その比嘉の語る地名の幾つかがはっきりと分り、またその風物があざやかに記憶によみがえったりした。浜辺を洗う波とか、アダンゲのそよぎが眼に見えた。その何度目かの傍受の時、突然、アメリカ側の日本語放送が入った。

「皆サン、タダイマ、ナハ高等女学校ノ生徒サンタチガ、校長サンニツレラレテ突入降伏シテキマシタ。怪我アリマセン。ドウゾアナタタチモ無駄ナタタカイヤメテ、早ク降伏シナサイ……早ク、降伏シナサイ……」

「ばかな！」と慶二は言った。「降伏しても、みなシャーマンに引きつぶされて殺されてしまうんだぞ」。「うん」と比嘉も言った。

相変らず、慶二と伸は昼間は焼けた市中を目的もなくふらふらと歩き、夜は壕で眠った。そして、警報が出ると、ところ構わず辺りの手近かな壕にとびこんだ。二人のあとを追いかけてくるシコルスキー機には目がついているようであった。猛烈なスピードで頭上を飛び、そして歯軋《はぎし》りするような金属音が耳をつんざいて残った。肝《きも》をつぶして通りをどこまでも逃げたこともあった。その結果「家の壕がいちばんよか」ということになった。第一、空襲があっても、家の壕にいる限り、退避しなくてよかった。そして、「ドラム缶」の時には、二人とも腹からしぼり出すような大声をあげて、防空頭巾の上から両手で耳をおさえて、それに慣れるようになっていった。

二人で風呂を沸かしたことがある。長島の家の赤煉瓦の山をくずしていたら、同家の洋風呂がそっくり出てきたのだ。さっそく、二人で手分けして噴出している久我の水道から手桶《ておけ》で水をくみ、風呂を焚《た》いた。頭髪ものび、教練服、下着のシャツ、猿股、ゲートルも泥々なので全部洗った。その時、「こら、お前たちはここで何をしちょっとか?」と、憲兵が二人、長島の家に入ってきた。慶二が事情を説明すると、憲兵は、「いまこの辺りに住んじょっとはお前たちだけか?」と言い、「おいどもは、通信妨害者をさがしているのだ」と附加えた。憲兵二人が出てゆくなり、慶二は自宅跡の庭にかけこみ、壕の中から岩崎の主人にもらったラジオを取出して、長島の家の風呂の焚口の中にむりやりつっこんだ。「通信妨害は、きっとこのラジオだったに違いなか」と慶二は言った。「短波が受信できる器械を無届けで持っちょると死刑だよ。それで岩崎どんの小父さんがぼくにくれたのだ」。

それで、翌日、慶二は伸をつれて裏の城山内にいる海軍通信隊の壕を久し振りにたずねてみた。母がいた頃は、横川少尉をはじめとし、通信隊の水兵たちがよく湯茶を貰いにきたり、その他ちょっとしたものを借りにきたりしていたのだが、慶二たちが吹上浜から帰って以来、一度も相互にゆききしていなかった。通信隊の壕のそばにゆくと、そこにいた一人の水兵が、「よう、生きとったんか」と声をかけた。「空襲でけ死んだと思っちょったぞ」。すぐに隊長に声をかけてくれ、隊長は「入れ」と言い、慶二たちが狭い壕内に入ると、横川少尉は壕内の机で何か書類に書きものをしていた。バッテリーを使ったランプの光が机の上に差し、赤いつつじの花がそばの空瓶にさしてあるのが眼についた。

「よっ、倉田、お前、お母さんに会ったか？」

「あっ」と思わず、慶二は声をあげた。その慶二に向って少尉はつづけて、

「何だ、知らなかったのか。お母さんは入来《いりき》の温泉場にいっとられて無事だぞ」と委細を教えてくれた。

「お母さんの住所は分ってる。俺からすぐにはがきを出しといてやる。軍用便のほうが確実につくだろう」と少尉は約束してくれ、そして二人に、着換えの海軍の襦袢《じゆばん》をくれた。
四、五日して、母が女中と一緒に上之平の壕に帰ってきた。話を聞くと、母は慶二たちの行先を一切知らずにいたらしい。学校でも「軍秘匿《ひとく》」ということで教えなかったのだと

いう。一方、母たちは、師範学校の荒河という学生が指揮して、どこからかトラックを徴発してきて、入来の温泉場へつれていってくれたのだという。母は、「あなたが帰ってきたのだから、薬師町の水間《みずま》さんの家に移りましょう」と言い、四人でそちらのほうに移ることとなった。水間の家というのは、母の友人の家で、友人とその夫は勤めの都合で福岡にいっており、今は老人夫妻が残っているのみで、慶二たちの家が罹災してから後、帰省した友人に母が「住んでくれるように」と言われていた家だそうであった。

慶二たちが薬師町のその家にゆくと、待っていたかのように水間老夫妻は、今度はそこが出身地だという大隅半島の志布志《しぶし》のほうに疎開していった。既に六月になっていた。薬師町は平之町側からは甲突川を渡った右側の川向うの町筋であったが、地形の関係か、大半が空襲の被害をまぬがれてそのままだった。慶二たち母子は罹災していない社会へもう一度帰ってきたが、罹災者に対する差別は入来以上に市内のほうがひどいようであった。もう一度、只《ただ》の中学生に引戻された慶二の考えたことは、非罹災地では大人たちは下らぬことのおしゃべりが多過ぎるということだった。吹上浜の陸軍の訓練所で、連日竹槍訓練や壕掘りの労働に追われ、また上之平の焼跡の壕に比嘉と帰ってからは殆《ほと》んど二人切りで暮した慶二にとっては、日常の会話の無意味な饒舌《じょうぜつ》というものが、何か自己の精神に害を与えそうな気がしてならなかった。薬師町の大人たちの言うことは、「沖縄」が陥《お》ちたとか、「アメリカ」がくると女たちはどうなるだろうかという話だとか、または昨日は残存の「連合艦隊」の総数が鹿児島沖を通って南へ向ったというが、勝目ははたしてあるだろうかなどといったものばかりであった。しかし、鹿児島からは見えるはずもない海上に黒雲が上った折は、弩級《どきゅう》戦艦「大和」の撃沈という噂が、殆んど真実のものとして慶二たちの心も動揺させた。「もう、海軍はなくなっちしもた」と比嘉も言った。そうすれば、いよいよ吹上浜に再召集があるかも知れない。そうすれば、自分たちもいよいよ戦って死ぬより他はない。しかし、考えてみると、その戦いというのは、ただ手榴弾一個を持って、シャーマン戦車の下敷になるということではなかったか。それらのことを想像することは、只々、頭蓋《ずがい》がわれるばかりの思いをくり返すことであった。慶二は、自由に暮したいと思った。ちょっとの間だけだ、そうだ、どこかへいってちょっとの間だけ自由に暮してみたいと思った。慶二は汽車にのって川内《せんだい》にいってみることを思いつき、それを母に話した。母は、「桐原と浅井の他はゆかないでね。それからお友だちの消息がわかったらすぐ帰ってきなさい。ぐずぐずしてないで、すぐ帰ってくるのよ」と言ってそれを許してくれた。

慶二と比嘉は、鹿児島西駅から無蓋の貨物車に乗って川内に向った。無蓋車の上にのって風に吹かれることには幾分の解放感があったが、まわりの疎開者たちの姿や母の言葉を思い出すと、こうして市を離れると、その間に母に何か不吉なことが起るのではないかという不安感もあった。

川内は九州の有数の大河川内川《せんだいがわ》をはさんで南北に市街があり、駅側が向田《むこうだ》町、可愛《えの》山陵のある対岸の町の入口が大小路《おおしようじ》だった。慶二たちはその大小路にある桐原という遠い親戚の家にまず泊った。

川内は、それまでにまだ空襲の被害をうけていなかった。で、夜中に警報があったが、「寝てろ、寝てろ」と慶二の二つ上の従兄《いとこ》も言い、家族の中で退避するものは一人もいなかった。空襲警報が出ても、退避する必要がないということは何という幸福だろうと、慶二は布団の上に思い切りなげだした足を心よく感じていた。しかし、桐原に二日泊り、別な親戚の浅井家に泊って寝ていた六月十三日のことだった。

「大変だ、慶二どん、早う起きてみやい。鹿児島市が大変じゃ」

という浅井の小母の声で、庭にとび出て市の方角を見てみると、鹿児島市の方角の空が異様に明るかった。

小さい火の粉をまぶしたような半円に空がおおわれていて、その明るさはしだいに脹《ふく》らみ、夜空に赤みが増していった。そして暁とともにその明るみは、薄黒い――鼠色といってもいい煙の色に変っていった。一晩中眠れずに暁を待っていた慶二は比嘉と一緒に、さっそく夜明けを待って川内駅にかけつけた。

駅についてからも、ひっきりなしに空襲警報のサイレンが鳴りつづけていた。たまに無蓋車が駅構内に入ってくると、それを退避線に引きこむために駅員が総出で出てきたが、鹿児島本線を市に向う「下り」の汽車がいつ出るかは誰にも分らなかった。駅長室にどなりこむ男の声がし、小荷物掛の窓口でガラスの割れる音がした。汽車の予定時刻などというものはもうとっくにないのだから、慶二たちは駅を離れるわけにはゆかなかった。

その内、午後四時過ぎ、川内駅に鹿児島発の「上り」列車が入ってきた。この各車輌は、市からの避難民を満載していた。異様な姿で乗客たちがぞろぞろと外へ出てきはじめた頃から、激しい雷鳴をともなった雨が川内に降りはじめてきた。血まみれになった繃帯姿の避難民がいる。慶二は、もしや母が、と思うので、便所のわきの塀の上によじのぼってそこから難民の中に母の姿を見つけようとしていたのだが、見えるのは余りの数の怪我人であり、そして誰が誰か分らぬのだった。何どか便所の塀から振りおとされそうになった。その中に、川端という級友の姿があった。

「川端！　川端！」

　と叫ぶと、やっと出札の外へ出てきた級友は、

「倉田、鹿児島は全滅したよ。もう市で焼けていないところはどこにもなか」と涙声で言った。

　旧友の薬院は、昨日動員で八幡につれてゆかれた、ということも聞いた。薬院は、慶二より学年が上であった。召集の前に、工場のほうに学徒「動員」されてしまったらしい。川端は、家族はどうなったか分らぬが、これから自分だけは川内に親戚がいるからそこへゆく、と言って慶二たちの前から雨の中に姿を消していった。到頭《とうとう》、篠突《しのつ》くような豪雨となり、駅の構内は真暗くなってしまった。

　深更になってから、「下り」の汽車が出るということを、ゴム合羽《がっぱ》を着た駅員が駅の構内で仮眠している者たちに大声で告げた。ただし、乗車できるのは「公用者」のみだとい

う。この汽車は、今朝未明、退避線に引きこまれていた「下り」だとのことであった。黒い提鞄《さげかばん》を持った男が何人か改札をくぐっていった。慶二は仲に、「あれだ」というと、さっと改札口の中に割りこみ、

「第二戦闘隊の召集だ！」

と言って、駅員が手に取った身分証をひったくると、雨でずぶ濡れのフォームを比嘉と一緒にはしっていた。

列車が伊集院《いじゆういん》、饅頭石《まんじゆういし》を通過する間、眼についた灯《あか》りは、雨が掠める緑のシグナルだけだった。鹿児島市の手前にトンネルがあり、そのトンネルを抜けると、いつもは家々の屋根の向うに桜島が姿を見せる。しかし、今度は家々の屋根がなく、ただ遠くにその島のみが感ぜられた。西駅は焼けただれていた。そこに雨がしぶきをあげていた。構内にかかった鉄骨の折れ曲ったものが、汽車の屋根をかすっていって、重苦しい擦過音のみが頭にひびいた。「西駅で降りたら、警防団の交通遮断にひっかかって、もうどこにもゆけんごとなるぞ。本駅まで乗ろう」と慶二は仲に言った。

汽車が西駅を離れ、城山のトンネルに入る前に、もう一度市中の戦火の跡が見えた。焔《ほのお》が赤い舌を出して、濡れた地面をはいまわっていた。時々、ぱっとどこかで火の手が上っていたが、それはすぐ白雨《はくう》にとりかこまれていた。

本駅の真暗いコンクリートのフォームも雨の飛沫が上っているのみであった。列車をとび降りた慶二の耳に、頭上に迫る敵機の異様な物音が聞こえた。「空襲だ！　仲、早く！」

と、慶二は比嘉の手を握って構外へかけた。きゅーんという耳をつんざく敵機の急降下音が二人の方角に迫っていた。それと一緒に先に聞こえてきた重爆（Ｂ25）二機が、ごおーっという音とともに頭上をとび離れていた。本駅を中心に爆弾の投下が行われたらしい。ずしんずしんとまるで巨人の足音のように地面をゆるがす爆発寸前の落下音が、慶二の耳には聞こえてくる。

「こっちだ！」

と慶二は、伸をつきとばし、そのつきとばしたほうに伸を引っぱって、城山際の吉野の壕を目がけて一気にはしっていた。投下された爆弾は足音のあとで間髪《かんはつ》を入れず轟音となる。近くにおればその風圧のみで即死である。壕に入る前、慶二は木の枝でしたたか頭を打っていたが、それでも冷んやりとした濡れた壕の壁土に体をこすりつけ、四囲がゆらぐ音の中で息をひそめて、伸と抱きあった時は、さすがにほっとした。

慶二と伸が泥だらけの濡れた服でたがいに壕の入口で抱きあっている時、この壕の奥の真暗なところに岡野という県の視学がいた。この壕は「御真影《ごしんえい》」を入れるための奉安壕だったので、視学は空襲のためにこの壕に家族と共に入っていたのだ。この時は他に県の学務課の職員二人も入っていた。視学は倉田の家を知っていて、倉田のところに時々くる人だったので、先方からこの時は、「そこにいるのは、慶ちゃんじゃないかや」とあとで声をかけてきた。

この豪雨の夜から六月十五、六、七日と爆撃は引きも切らず、壕にかけこんでくる難民も少なくなかった。しかし、この壕は御真影の奉安壕だということで、一般民はすぐに追い出されてしまうのだった。天皇に叛《そむ》くものが非国民であるのと同じく、御真影もまた、只々おそれ多いものだったからである。慶二たちは、この横穴壕からまる三日間一歩も外へ出られなかった。グラマンとカーチス（P51）が絶えず機銃弾を頭上から浴びせつづけていた。

視学の奥さんが慶二に握り飯をくれたので、慶二はそっとそれを伸と分けて食べた。横穴から本駅に通じる道はすべて交通が遮断されていた。三日目、サイレンのやんだ間にちょっと外へ出ようとして、慶二は警防団員に「どこへゆくのか？」とどなられた。慶二は、母のいる薬師町にはいつゆけるのかと、母のことが不安でならなかった。

六月二十日、視学の奥さんがまたそっと慶二に握り飯をくれた。腐っているかも知れなかった。いや、それより、慶二は比嘉にはなく、自分のみ視学の奥さんから握り飯を貰うことが恥ずかしかった。全員が飢え切っていた。自分と同じ歳の岡野の長男は、奥さんの膝を枕にして壕の奥で眠っていた。慶二は比嘉に言った。「死ぬときは一緒に死のな」。伸はそくざに答えた。「慶ちゃん、薬師町にゆこう」。この白昼、慶二と伸は、岡野視学他に一言も口をきかず、そのままいきなり壕をとびだしていた。そうすれば、もうどんなことがあってもこの壕へは二人とも帰ってこれぬことも分っていた。が、そうしたのだ。

壕を抜けでて向う道は至るところ交通が遮断されていて、恵美須、和泉などという本駅近くの町は、警防団と巡査の監視がきびしかった。警防団や巡査は、慶二らの苦悩を察することより、被害をうけた住民の財産を守ることのほうに忙がしかったのだろうか。分らなかった。慶二は伸と共に、城山下の木の茂みをわけて歩いていた。

七高の上手を通る時、この鶴丸城跡の向う側の市街もまる焼けになっていることが分った。照国神社の境内を通して見る南泉院馬場の通りも、左右いずれも焼けていた。慶二が「召集」でこの道を通って、その向う際の市庁舎前に集合したのは二ヵ月前のことである。もう何年も前のことだったような気がした。

中之平の通りでは、一粒もないはずの焼米の山があった。配給所に貯蔵してあった米が、俵もろともまる焼けになって出来た焼米の山らしかった。しかし、食べるために焼いたのでない米などというものは木炭と同じであった。苦いばかりでとても食えたものではなかった。咽《のど》が痛くなってきた。しかし、二人はそれでも詰められるだけの焼米を雑嚢に詰めこんで、上之平の焼けあとのわが家の庭先の壕に向った。上之平の町は倒れた石垣や傾いた石門の間で、はげしい南国の烈日《れつじつ》に照りつけられてまるで廃墟で人ひとり居なかった。蛇口のところが錆《さ》びてしまってすっかり壊れてしまっていたが、それでも久我の水道からはまだ水が出た。壕内は何とも言えぬ嫌な臭いがした。しかし、二人はここを清掃して使うより他ないのだった。

焼米を詰めた雑嚢を壕の中にかくすと、二人は炎天下を一先《ひとま》ず薬師町のほうに向った。

平之町の通りにもまるで人影がなかったので千石馬場に下っていった。天主教会がここでは破壊されてしまって、石で出来た門のみが残っていた。これはフランシスコ・ザビエルを記念して建てた天正年間の石造の教会堂であった。

西田橋を渡って薬師町に入ると、焼跡の中にまだかなり家が残っていた。しかし、母がいた水間の家は焼失してしまっていた。その入口のところに小さい立札が立っていた。

「倉田慶二様、母は無事、薩摩郡入来村の荒河様方に行きます。夏子」

慶二たちにはあとで分ったのだが、この連日の大爆撃は例によって、B25、B29によるもので、それに艦載戦闘機のグラマン、カーチス（P51）、シコルスキーが加わっていた。後者は、銃撃が主なので、薬師町の焼跡の至るところに薬莢《やっきょう》が落ちていた。空襲の時は、落下してくる焼夷弾で即死するものも多いのだ。焼夷弾はそのあとで火葬までやってくれる。「信管に気をつくっとじゃっど」と言いながら、慶二は伸としばらく薬莢を拾って遊んだ。

薬師町の人気《ひとけ》のない通りにひらひらとしているものがあった。半分黒焦げになった電信柱と塵埃箱《ごみばこ》の間の湿ったところに、それと同じものらしい紙がかたまっていたので、一枚ひきはがして読んでみると、それは「降伏」のための勧告ビラだった。「捕虜になっても生きている事」と書かれた横に、瘦せこけて奇妙な顔をした――笑っているつもりなのであろうか――真黒い顔をした軍服姿の男の写真が印刷されていた。慶二たちは、靴底でそれらのビラはみな踏みつぶしておいた。しばらくして、比嘉が、

「慶ちゃん、ちょっとそこまで行たてくって」と言った。

「うん、用事なら。はよう戻ってきやんせ。水間どん屋敷で待っちょって」と、慶二は返事をした。

比嘉は、ひょいと通りを曲っていってそのまま戻ってこなかった。

二時間ばかり、そこらにいる内、日が暮れかかってきた。段々辺りが暗くなってくるので慶二は気がきではなかった。しかし、今にもそこらの通りに汚れ切った教練服を着た比嘉が帰ってきそうで動けなかった。

通りに風が吹きだしていた。慶二は突然、比嘉に「置去りにされた」ことに気づいた。比嘉が逃げ出したのだとは思わず、そう考えた。慶二は立上り、今はとっぷり暮れてしまった通りを町角まではしり、そこであらん限りの声をあげてどなった。

「比嘉！　比嘉！」

その声は闇にのまれ、風にすぐ消えていった。慶二のまなじりからは涙がふきでていた。

三

新上橋を渡って、いつか伸と歩いたことのある伊敷に通じる道を慶二は歩いていた。慶二は一人切りになり、夜の風に吹きまくられて急に闇が怖ろしく感じられはじめていた。いつの間にか、草牟多の須山という軍人の叔父の家を探していた。あそこはまだ焼けていないのではないかという気が不意にしたからだ。新照院町の電車道にそってとっとと走り出していた。途中に草牟多の墓地がある。闇の中に慶二のはいた編上靴のみががっがっと鳴っていた。その音につれて、「負けるな、負けるな、頑張れ、頑張れ」という声がどこからか聞こえてくるようであった。軍隊にいる兄の重彦の声だった。

須山の家の玄関の戸を、

「叔母さん、叔母さん、倉田慶二です」

と、がんがん叩いたが誰もいなかった。近くの闇の中の低いところから声がして、「須山どんなら、そこの裏山の壕じゃっど」という声がした。探しあてた横穴壕の中には、須山の叔母と県立高女にいっている従姉《いとこ》たち二人がいた。「まあ、慶ちゃんね。よう来てくれた」と言われた。叔父は今、天草で大隊長をやっているということだった。慶二はその夜、従姉たちと同じ壕の中で、疲れ切っていたせいか、大して話もせぬ内に投げこまれるような眠りにおちた。が、朝目覚めて考えたことは、このままここにいて須山に迷惑をかけてはならないということだった。軍人であった叔父の一家は、昔から親戚中でいちばん生活が辛いということを何となく耳にしていたからだ。で、慶二は叮嚀《ていねい》に叔母に昨夜の礼を言って、上之平に戻るということを言った。「だって、上之平は誰も居らんとでしょう?」と従姉たちは言ったが、「学校の連絡がくるかも知れんから」と言って、思い切って出た。叔母は握り飯をつくってくれた。

上之平の焼け跡の壕から、母のところへゆこうとして、市中の入来方面へゆく林田バスの発着所へ何度もいったが、バスは来ず、乗客は誰もいなかった。まるで袋小路に閉じこめられたような気がした。どこにも抜け道がない。鹿児島から、山間部をどこまでもゆけば入来村にゆけるはずである。しかし、前に川内にいった時、誰かから入来には単軌の宮《みや》之城《のじょう》線が川内から出ているということを聞いていた。そこで憑《つ》かれたように慶二はまた川内へいった。しかし、川内へゆくと、宮之城線は「不通」で、いつ汽車が出るのか誰にも分らぬのだった。川内駅の近くで、慶二は警防団員に咎《とが》められたことがある。浮浪者のように見られたのかも知れない。

「おい、お前は誰だ?」

「倉田慶二です」

「何をしちょっとか?」

「第二戦闘隊、鹿児島義勇隊員です」

「家のものたちは?」

「はい、母が入来村の温泉場に疎開しちょりもす」

そんな具合であった。何よりも、「学校から召集がくる。俺《おい》は学生だから市から出ちゃいけないのだ」という意識、観念がつよかった。

「召集がくればよい」

という絶望的な心理状態も生じていた。

第二戦闘隊、吹上浜、竪穴壕、艦砲射撃、空襲、シャーマン戦車の来攻。手榴弾を持って、そのシャーマンの進撃を待つという考えには想像を絶する恐怖があったが、それさえ考えなければ、「召集」があれば、再び旧友たちと身近かにくらせるはずであった。しかし一方では、薬院同様、牟多口も重藤もすべて、既に八幡辺りに動員されてしまっていて、附属小学校以来の上、同級生の旧友たちは、おれ一人を除いてもう誰もこの市中にはいないのではないかという思いもあった。

ある日、薬師町の水間の焼跡の家の近くを通っていると、焼け残った家の人々が、「昨晩、横山中尉の家が焼けた」ということを噂していた。横山中尉というのは、真珠湾を攻撃した特殊潜航艇の乗組員の一人のことで、その前夜、故中尉の母、狂人の兄、弟妹のすべてが空襲のため焼死してしまったという話だった。薬師町の焼残った人々は、すべて、各自の家につくられた掩蓋壕《えんがいごう》の中でくらしているようであった。町の中には、栄養失調症の病人が続出しているらしかった。これは胸部は肋骨が見えるほど薄くなり、それとは反対に腹部が異様にふくらんでくるので、見慣れぬ内は逆に、あの人はよく肥《ふと》っていると錯覚するのだった。薬師町では、慶二は十人ぐらい入れる共同壕にもぐって、その片隅にそっと寝た。

曇天で少し動けばたちまち汗になる暑い日、慶二はまた川内にやってきていた。入来ゆきの宮之城線はあいかわらず不通である。

七月二十二日、午後二時頃、慶二は川内川にかかった大橋太平橋上をうつむいて歩いていた。

そこへグラマンが四機、急降下爆撃してきた。頭上を、機首を上げて鋭い金属音とともに敵機が急旋回するのが見えたのと殆んど同時に、いま慶二が通り過ぎてきた背後の橋際の日銀支店と郵便局が吹きとんでいた。木片が四囲に降ってくる。グラマンは直《ただ》ちに機首を立直して、反覆同じルートを急降下してくる。このほんの僅かの間に、慶二は橋上をひたむきに走り、対岸の橋桁《はしげた》のわきの階段をとびおり、土堤《どて》の下の草群らに転げこんでいた。土堤の下に蛸壺壕が穴をあけているのが眼につき、夢中でそこへとびこむ。

土堤の上には、陸軍の高射砲陣地があり、それが火を吹いていた。しかし、グラマンは縦横に低空で飛び、この陣地を銃撃した。グラマンから発射される機関砲弾と、いちばん近くの味方の機関砲の発射音で、慶二は体がおどりあがるようだった。再びグラマンが近づいた時、慶二は思わず壕をとび出して、橋の下に退避の位置を変えようとした。余り怖ろしかったからである。グラマンの中からは敵の顔がはっきりと見え、その眼も慶二を見たように思えた。その時、別のグラマン一機がすぐそばの川の中に火を吹いて撃墜されていた。それと同時に他の三機はすぐに姿を消してしまったが、その時すでに今は前方に見える向田町は炎の中にあった。また土堤にいた陸軍兵たちは、川岸にあった伝馬船《てんません》にのって、その撃墜機目がけて、漕ぎよせていた。たちまち、半分沈んだ機の中からは、生きているのか死んでいるのか分らなかったが、敵の搭乗員二名の体がひきずり出されていた。前に、鹿児島市中の武岡にはじめて敵機が墜《お》ちた時、それにのっていた敵搭乗員の死骸は、それを引きずり出した人々の手によって、無残な扱いをうけていた。慶二は、急に階段をかけ上って、再び橋の上を川内駅のほうに向って走っていた。駅前の通りもすべて火炎と煙がうずまいていたが、慶二は駅構内の壕に入って、汽車のくるのを待った。経験上、慶二は川内がもう安全なところでないことを知っていた。そのため、川向うの桐原の家にいって泊っても、今後の危険に対して何の保証もないことを考えて、川内で空襲のために殺されてしまうよりはと考えて、駅構内の壕にいて、下り鹿児島ゆきの列車の到着を待とうと腹に決めたのであった。

列車の運行はまったく予想出来なかったが、九時頃になると、鹿児島ゆきの臨時列車が川内に入ってきた。慶二はそれに乗り、十時頃、鹿児島本駅につき、疲れ切って駅前の壕を探してそこに入ると、そのまま泥のように眠った。この夜、この壕の中で慶二はふしぎな夢を見た。

――慶二は渚の白砂の中に掘られた壕の中にいた。慶二の入っている壕の掩蓋はとても薄いもので、潮風がそのトタンの掩蓋を少しずつずらしていた。やがて潮風がその隙間から吹きこみはじめたかと思うと、いつの間にか押しよせる高波の中に立っていた。それから、その波に呑みこまれまいとして一所懸命に白砂の渚をはしっていた。しかし、体は動くのに、足はちっとも前に進まぬのだった。まるで高速映画の中の人物のように、ゆっくりと手を振り、足をあげようとしている自分自身の姿が見えていた。

眼の前に、眼を閉じて、髭《ひげ》ののびた色の青黒い男がいた。暗い鈍った色の瞳孔がわずかに開かれた眼の中に見えていて、まわりから嫌な臭いがただよってきた。

今度こそ、慶二ははっきりと眼が覚めた。しばらくは恐怖から動けなかった。慶二は壕の中で、死骸と頭をならべて寝ていたのである。しばらくは恐怖から動けなかった。男の体はすでに硬《こわ》ばってしまっていた。慶二はやっとの思いで、朝の冷気が身にしみる鹿児島駅の前に立っていた。ふっと、どこかへこのまま消えてなくなりたいような気持におそわれた。「ちょっとそこまでいってくる」。そう言って比嘉はあの時はどこかへ本当にいってしまったのだな。その仲のことや、別れ別れになってしまった他の学友たちのことが思われてきた。

「そうだ、照国神社へいってみよう」

そこにいって別にどうというあてはなかったのだが、慶二の足は上之平に近い、その神社のほうに向って歩きだしていた。眠りが足りないので、無性に頭が痛かった。それに空腹だった。

慶二は七高の前の堀端の道を歩いていた。濠の水は汚物で一杯になり、堀端の柳の木も大半は火を浴びて、倒れてしまっていた。電車道には、電線が乱れている。七高の建物もすでに燃えつきてしまっていた。慶二は斜めに通りを横切って、それら一面も焼野原になっている女子師範の焼跡のほうに出ていた。

海軍軍医の藤田大尉の奥さんをこの電車道まで送ってきたことがある。大尉の奥さんは電車の中からハンカチを振りながら去っていったが、今どこで生きているのであろう。仲と一緒に歩いてくる比嘉ミツと初めて会ったのもこの辺りだったが、その仲の姉はもうとっくに亡くなっていた。

慶二が照国神社の境内に入ったのと殆んど同時に、鹿児島本駅が完全に跡形もなく吹きとんでいた。慶二が本駅前の壕を立去ったほんの僅かな時間の後、B29数機が、高々度から市上空に飛来していたのである。高々度をとび、侵入の直後エンジンを止めてしまう爆撃機は捕捉できないという説がある。それだったのだと思われる。この日、市は本駅を中心に、決定的な一トン爆弾の雨を浴びていたのである。無数のドラム缶が空を切って落下してくるような音を聞き、地軸をゆり動かす激烈な爆発音を聞いた後、しばらくして慶二は、その結果を見に再び本駅のほうに引返していた。

昨晩、慶二がそれと知らずに死骸と寝ていた壕の辺りと、専売公社の赤煉瓦の塀には、吹きとばされた汽車の車輛がのめりこんでいた。専売公社の場合は、駅からほぼ五百メートルは離れた距離である。

サイレンは鳴らず、空襲警報は何一つ出されなかったこの空襲の被害者の内でもっとも悲惨だったのは、丁度この時、北九州の八幡製鉄所へいっていた高専、中学の上級生からなる動員学生ら六十余名が、「一時帰休」で鹿児島駅に到着したばかりの列車内で、この重爆数トンの投下に遭っていたことである。

爆死体の取片附けを手伝わされた慶二は、そこで上体だけになってしまっている薬院の教練服姿の死体を見た。薬院は上級生だったが、慶二にとっては附属以来の年長のもっとも親しい友人の一人だった。彼は適齢に達しさえすれば、海兵か陸士を受けるつもりでいた。そして、「この戦争は百年戦争なのだから、どんなことでも辛抱して、かならず勝たねばならん」とかねて言っていたような子であった。駅員や警防団員や警察のものたちが、駅のそばに仮の墓穴を掘っていた。慶二もそれも「手伝え」と言われて手伝っていた。市では、被爆者の死体は初めの頃は一体ずつ棺《ひつぎ》に入れて、ガソリンで焼き、それから骨拾いをしていた。その骨はどこに持ってゆくのか慶二は知らなかった。その内、それは二体が一棺ということになり、今は墓穴を掘って、そこにありたけすべての死体を投げこむという葬り方になってしまっていたのである。

慶二はもう伊敷の部隊まで食事にゆく気力がなくなっていた。市中の焼跡で、時々被爆者のための臨時の給食があった。そこへ列《なら》んだ。戦闘隊身分証明書と罹災証明書だけが命のつなだった。給食の配給は、大抵生米と乾パンだった。焼跡で拾ったバケツに乾パンを一杯貰ったことがある。慶二は新上橋の上に立って、そのパンを一個ずつ水に投げて遊んだことがある。その川で、空襲の合間を見ては水浴をした。甲突川の流れも、川下の彼方に見える桜島の眺めも変らなかった。まわりに家がなくなったので、桜島などは却《かえ》ってはっきりと、そして近く見えるほどであった。川の浅瀬の澄んだ水の中には目高がすいすいと泳いでいた。もっと稚《おさ》なかった子供の頃、慶二は母を心配させながらこの川辺で薬院たちといつまでも帰るのを忘れて遊《あそ》び呆《ほう》けていたことがある。

「倉田君」

とある日、新上橋の上で他校の中学生に呼びかけられたことがある。その中学生は、海岸近くの家を焼かれて、家族と田舎に疎開してゆく途中だった。

「倉田君は、今どこに居《お》いやっと？」

「あちこち」

と慶二は答えた。

「比嘉伸に会いもしたよ」

「どこでな？」

「築港のそばで」

「そいで？」

「大島へ帰っちゅて、波止場の辺《あた》いを一人で歩いちょいもしたよ」

しかし、その築港の辺りが空襲で焼払われてしまったため、この他校の中学生もいま疎開しようとしているわけである。奄美へ帰ろうとした比嘉が、築港の辺りで大島ゆきの船便を求めつづけていたかも知れぬということは察しがついた。しかし、もう伸は死んでしまっているのではないか。

慶二はただ黙って、その他校の生徒の言にうなずいているばかりだった。

薬師町の水間の焼跡の壕内に僅かばかり入れてあった残りの非常用食品や日用品の包みなどは、とっくに盗まれてしまっていた。その上、それを盗んだと思われる水間の壕近くの屋敷の人たちは、今では慶二が水間の壕にくるのを露骨に嫌がり、そのことを悪し様《あざま》に面と向って慶二に言うようになっていた。慶二がくれば、隣組の配給がその分だけ減るということもあったのかも知れない。戦災者の本質は本人がそれを知らぬ浮浪者である。慶二は、水間の壕を出ると、甲突川の橋の下で二、三日過ごした。つぎに、いつか比嘉と一緒に無断でとびだした岡野視学のいる御真影奉安壕にいってみた。道を歩くのが辛いほど頭が重かった。本駅のそばの城山の東側の山裾にあるこの横穴壕はつぶれていなかった。視学はじめじめした壕の奥に家族とともにいて、慶二が壕に入るのを許してくれたが、ただ家族も視学も二度と慶二に構ってくれることはなかった。慶二は、この壕の中では一週間ばかり、ただうとうとと寝てくらした。

　時々ふっと眠りからさめ、混濁した意識がやや明瞭になった眼で、「誰か見たような人じゃない」と思いながら、眼の前で何かをむさぼり食っている髭だらけの男の顔を見ていた。そして、はっと気がついてみると、それは視学の顔だったり、またその家族のものの顔だったりした。それに気附きながら何度も同じことがあった。ある日、慶二は決意して、ついにその壕を出た。「ここで死ぬより、上之平の自分の家の壕にゆこう」と思ったのだ。上之平の自宅の壕には、薬師町で比嘉と別れて以来、一度もよりつかないでいた。

　足が重く、体がふらふらしているので、自宅の焼跡の上に立つまで随分時間がかかった。焼跡の上には静かに風が吹き、また陽が照りつけていた。誰も住んでいない廃墟の屋敷跡だった。倒れている石垣、鉄扉が曲ったまま辛うじて立っている石門。たとえようもなく寂しかった。

海軍の横穴壕へいってみると、横川中尉がいた。「俺はちょっと書き物の用事があるから、ゆっくり遊んでゆけな」と中尉は言ったが、まるで人が変って見えた。一切が、つっけんどんなのである。壕内の板壁の隙間からは雑草が伸びてきていた。

「また来ます」

「そうか、もう帰るのか」

壕を出る慶二の背に、少し遅れて中尉の声がまた追いかけてきた。

「上之平は時限爆弾があちこちに落ちているから、気をつけろよ」

慶二は、焼跡の敷地のコンクリートの床の上に、焼炭で横に数字を書きつけていた。8、とあるのが月で、後は1、2、3、4、5、6、7、と日附だった。八月の何日か不詳のため、横に棒を引いてその内の数字を幾つか消していた。壕の中にいると、よく人声がして幻影におそわれた。白昼、剝《む》きだしになった坂道を誰かがのぼってくるのであった。眩《まぶ》しいような光線の中に形づくられたその虚像は、その内学校の伝令の姿に形を変えて、「倉田、召集じゃっど!」と、慶二を脅やかすような声を出して近づいてくるのだった。

そんな中で、壕の外へ出て、歪《ゆが》んだ石門の鉄扉越しに市中を俯瞰《ふかん》してみると、辺り一面焦土になった市街が異様に小さく見えてくるのだった。鹿児島というのはこんなに小さくて狭苦しい町だったのであろうか。

時々、海上から市中を目がけて飛来する敵機の中には、グラマンやカーチス、シコルスキーの他に、双胴のロッキードという機と、モスキートと呼ばれる機が現われていた。慶二は、新聞社の掲示板で、前にその図解を見ていた。今まで見たこともない機が混じるということは、有力な敵機動部隊が本土に接近してき、また領海の制海権を完全に米海軍にうばわれてしまったことを意味するのであろう。

確《たしか》に八月になっていた。

その証拠にすべての石の面が灼熱して、白い光を放ち、きらきらと眩しかった。広島が一瞬の内に灰になったという流説がいつの間にか慶二の耳にも届いていた。その爆弾の下ではどこにも身をかくす場処がない上、一度その爆弾を浴びた土地は何十年か生物は存在できないということだった。

その噂を聞くと、慶二はこれはどうしても母に会わなければと狂おしく思いつめるようになっていった。外国にいる父のことは余り考えなかった。欧州で抑留されているという噂のある父たちの生活もひどいものだと聞いてはいたが、その境遇は想像がつかなかった。その上、慶二と兄の重彦は父なしの生活に慣れていたので、やはり母のことがいちばん気になった。母も自分を探しにきてどこかで擦《す》れ違《ちが》っているのかも知れなかったが、多分じぶんが入来にゆけぬ以上、入来からも出てこれぬのではないかと思われた。そこで今一度川内にゆき、どうしても宮之城線に乗れぬ折は、大小路町の桐原にじぶんの消息を伝えておきたいと思った。そうして慶二は家の庭に書いた日附の上に出発の印をつけた。そうする間に、長崎にまた新型爆弾が落ちたという噂を聞いた。今はもう一刻も猶予がならぬと思って、西駅にゆき、汽車を待ち、暗夜出発する汽車に乗って川内に向った。

この臨時列車が川内駅に入ると、また空襲のサイレンが鳴った。駅員が、暗闇の中から「艦載機だ、艦載機だ！」と絶叫していた。フォームの時計の針は九時を指していた。

駅や、汽車が狙われるのだ！　慶二は、他の下車客をつきとばして、鉄路をはしった。危く退避する他の汽車の機関車にひき殺されるところだった。改札口をはしって、前に入ったことのある駅前の通りの壕へとびこんだ。中はぎっしりと人が詰っていて、慶二は入口の近くである。思い切り体をかがめて、両耳をおさえながら、慶二は壕の盛土を見ている内に、ふいに「ここは危なか、みな逃げろ！」と、他の壕めがけて、暗い通りをはしっていた。しかし、壕がないので、二十メートルぐらい通りから離れた水田めがけてとびこんでいた。道路の崖からとんだのだが、水田際の崖下に腐ったような壕があって、そこへもぐった。

その時、四囲に衝撃をうけた。慶二の入った壕は掩蓋が傾いて、泥が頭からくずれてきて、体が半分その泥の中に埋まった。附近を機関砲の弾が連続してはしり、つぎの機も同じように弾を放って頭上をとび去ってゆく。同時に附近で鼓膜が破れるような大爆発音が起った。駅が、雷撃をうけたのである。泥に埋まっていた体が半分今度は空中に持ちあがっていた。この大爆音は、慶二が今まで体験したこともないような物凄いものであった。じつはこの時、川内は、駅の近くの陸軍火薬庫が来攻した艦載雷撃機の直撃弾をうけていたのである。艦載機の退去までどれだけの時間が経ったのか慶二には分らなかった。内臓が痛み、嘔気《はきけ》がして少し黄色い胃液をはいた。怖ろしい勢いで火焔《かえん》の上っている火薬庫周辺を除いては、敵機退去後のあの静寂があった。壕というものもあてにはならぬものである。慶二が最初入った壕は頑丈につくられていて、壕内の雑草も叮嚀に引抜かれて注意深く保護されていた。しかし、その壕に入っていた人々はみなつぶされて死んでしまっていたのである。

慶二は水田から駅のほうに少し歩いてみたが、まわりは本当に何もなかった。暗い夜空に星だけがきらめいていて、背後の火薬庫附近の火炎のせいで、駅附近の惨状がはっきりと分るのみであった。まわり一面、鉄筋や、タールを塗った鉄道用の黒い木材や、裂けた鉄板が散乱しているだけである。あちこちで、人の呻《うめ》き声がするが、どうすることも出来ない。慶二はそこに逃げて助かった水田のそばの壕のほうにゆこうとして、崖がくずれて、その水田の中に引きずりこまれていた。そこは苗床の近くだったらしく、田植がされず、そのまま繁茂して咽元に届くほど高く稲が近くに群生していた。慶二は横倒しになった。半分泥田に埋った体を起して、その稲をおしのけながら田の中を歩いた。しかし、足が泥の中に埋るばかりで、田の中から見た場処には、どこにも避難する場処がみつからない。やっと崖の上にあがった慶二は、その晩はそのままそこの地面にうずくまって寝た。

翌朝、身を起してみると、何もなくなった駅の前の辺りに人が群れていた。慶二は初め、それは死体収容所か、または負傷者の仮救護所だろうと思ったのが、いってみると、それは罹災者に茶を飲ましている仮接待所だった。慶二は飢えていたが、茶の他は何もないのだった。茶碗をうけとって、少し離れたところに屈《かが》んで、ゆっくりとその茶をすすった。

運ばれてくる死骸には黒いものがむらがっていて、蠅《はえ》は、死骸の顔にかぶせられた古新聞紙の上にも群れていた。町中が煙の臭いがしていたが、臭いはそれだけではなかった。「もう川内はおしまいだ」と慶二は思い、「歩いてでも鹿児島へ帰ろう」と考えた。「生きている限り、自分の住家は上之平のあの壕を措いてない」と分ったのだ。「そこで生れたのだから、そこで死のう」とも考えた。

破壊された鉄路を少し歩いてゆくと、車輛が一つしかない汽車が市に向って蒸気をふき、動きはじめたところだった。慶二は走り、ステップによじのぼっていた。

それからは慶二は殆んど家の壕にいた。焼け野原となった市中にはおりることがなくなった。上之平から市への通路のあちこちには時限爆弾が随分落ちていた。本当は不発弾と中々区別がつかなかったのだが、時限爆弾の爆発と同時に不発弾が破裂することがあり、至るところが危険だった。城山にはすすきの穂が背丈《せたか》く見えはじめた。時々、どおんと時限爆弾が爆発し、その衝動で傾いていた石垣が横倒しになってしまう物音を聞いたりしながら、慶二は桜島ばかり眺めてくらした。ただ、くり返し母のことを思った。

双胴のロッキードが、度々市の上空には飛来していた。その向う側に桜島があるので、翼のきらめきがよく分った。

鹿児島湾に、今にも敵の機動部隊が入港してくるのではないかと思われることがあった。鹿児島湾を真珠湾に擬して、連合艦隊の航空機が予行演習をしたと言われていたので、逆にそういうこともあるかも知れないと慶二は想像したのだ。背後の城山は黙しているばかりであった。伊敷の部隊から軍隊が市へ出動したことは一度もなかった。市がどんなに被害をうけようと軍隊の救援などないのだ。もうゼロ戦の姿を見ることもなくなっていた。たまに、鴨池あたりにいるらしい練習機がとんだが、それはロッキードなどに遭遇すると、すぐに撃墜されていった。

「もし、敵が上陸してくるならば」

どうして戦えばよいのか、慶二には分らなかった。手榴弾も機関銃もない。どうして戦うのだ。城山の横穴洞窟壕はその頃数百名の罹災者たちで一杯だった。ある日、焼跡のコンクリートの上に立ってみると、自分の影が非常に長く見えた。稚い時から背が高いと言われてきたが、随分痩せたな、と思った。日課だったので、焼炭をとってかがやくような白く熱いコンクリートの上へ棒を引っぱった。正確ではないが暦なのだ。前から数えてみると、今日は八月十三、四日のように思えた。死骸に先ず蝿がたかり、やがて蛆《うじ》がわき出すように、まわり一面に、石垣の間にも、敷石の割目からも、いつの間にか夏草がのびて茂りはじめていた。

火《ほ》垂《た》るの墓

野坂昭如

省線三宮駅構内浜側の、化粧タイル剝《は》げ落ちコンクリートむき出しの柱に、背中まるめてもたれかかり、床に尻をつき、両脚まっすぐ投げ出して、さんざ陽《ひ》に灼《や》かれ、一月《ひとつき》近く体を洗わぬのに、清太の痩せこけた頰の色は、ただ青白く沈んでいて、夜になれば昂《たか》ぶる心のおごりか、山賊の如《ごと》くかがり火焚《た》き声高にののしる男のシルエットをながめ、朝には何事もなかったように学校へ向かうカーキ色に白い風呂敷包みは神戸一中ランドセル背負ったは市立中学、県一親和松蔭山手ともんぺ姿ながら上はセーラー服のその襟《えり》の形を見分け、そしてひっきりなしにかたわら通り過ぎる脚の群れの、気づかねばよしふと異臭に眼をおとした者は、あわててとび跳ね清太をさける、清太には眼と鼻の便所へ這《は》いずる力も、すでになかった。

三尺四方の太い柱をまるで母とたのむように、その一柱ずつに浮浪児がすわりこんでいて、彼等が駅へ集まるのは、入ることを許される只《ただ》一つの場所だからか、常に人込みのあるなつかしさからか、水が飲めるからか気まぐれなおもらいを期待してのことか、九月に入るとすぐに、まず焼けた砂糖水にとかしてドラム缶に入れ、コップいっぱい五十銭にはじまった三宮ガード下の闇市、たちまち蒸し芋芋の粉団子握り飯大福焼飯ぜんざい饅頭《まんじゆう》うどん天どんライスカレーから、ケーキ米麦砂糖てんぷら牛肉ミルク缶詰魚焼酎ウイスキー梨夏みかん、ゴム長自転車チューブマッチ煙草地下足袋おしめカバー軍隊毛布軍靴軍服半長靴、今朝女房につめさせた麦シャリアルマイトの弁当箱ごとさし出して「ええ十円、ええ十円」かと思えば、はいている短靴くたびれたのを、片手の指にひっかけてささげ持ち「二十円どや、二十円」ひたすら食物の臭いにひかれてあてもなく迷いこんだ清太、防空壕の中で水につかり色の流れあせた母の遺身《かたみ》の長じゅばん帯半襟腰ひもを、ゴザ一枚ひろげただけの古着商に売りなんとか半月食いつなぎ、つづいてスフの中学制服ゲートル靴が失せ、さすがズボンまではとためらううち、いつしか構内で夜を過ごす習慣となり、疎開から引き揚げて来たらしくまだ頭巾をきちんとたたんでズックの袋にかけ、背負ったリュックサックには飯ごうやかん鉄かぶと満艦飾の少年と家族連れ、さだめし列車中の非常食に用意したのだろう、糠《ぬか》のむし団子糸ひいたのを、ここまで来れば安心とお荷物捨てるようにくれたり、あるいは復員兵士のお情け、同じ年頃の孫をもつ老婆のあわれみ、いずれも仏様に供えるようにやはなれた所にそっとおく食べ残しのパンおひねりのいり大豆、ありがたく頂戴《ちようだい》し、時には駅員に追い立てられたが、改札に立番の補助憲兵逆にこれを張りとばし守ってくれ、水だけはいくらもあるから、居つくと根が生え、半月後に腰が抜けた。

ひどい下痢がつづいて、駅の便所を往復し、一度しゃがむと立ち上るにも脚がよろめき、把手《とって》のもげたドアに体押しつけるようにして立ち、歩くには片手で壁をたよる、こうなると風船のしぼむようなもので、やがて柱に背をもたせかけたまま腰を浮かすこともできなくなり、だが下痢はようしゃなく襲いかかって、みるみる尻の周囲を黄色く染め、あわてた清太はむしょうに恥かしくて、逃げ出すにも体はうごかず、せめてその色をかくそうと、床の上のわずかな砂や埃《ほこり》を掌でかきよせ、上におおい、だが手のとどく範囲はしれたもので、人が見れば飢に気のふれた浮浪児の、みずから垂れ流した糞とたわむれる姿と思ったかも知れぬ。

もはや飢はなく、渇きもない、重たげに首を胸におとしこみ、「わあ、きたない」「死んどんのやろか」「アメリカ軍がもうすぐ来るいうのに恥やで、駅にこんなんおったら」耳だけが生きていて、さまざまな物音を聞き分け、そのふいに静まる時が夜、構内を歩く下駄のひびきと、頭上を過ぎる列車の騒音、急に駈け出す靴音、「お母ちゃーん」幼児の声、すぐ近くでぼそぼそしゃべる男の声、駅員の乱暴にバケツをほうり出した音、「今、何日なんやろ」何日なんや、どれくらいたってんやろ、気づくと眼の前にコンクリートの床があって、だが自分がすわってる時のままの姿でくの字なりに横倒しになったとは気づかず、床のかすかなほこりの、清太の弱い呼吸につれてふるえるのをひたとみつめつつ、何日なんやろな、何日やろかとそれのみ考えつつ、清太は死んだ。

その前日、「戦災孤児等保護対策要綱」の決定された、昭和二十年九月二十一日の深夜で、おっかなびっくり虱《しらみ》だらけの清太の着衣調べた駅員は、腹巻きの中にちいさなドロップの缶をみつけ出し、ふたをあけようとしたが、錆《さ》びついているのか動かず「なんやこれ」「ほっとけほっとけ捨てとったらええねん」「こっちの奴も、もうじきいてまいよるで、眼ェポカッとあけてるようなったらあかんわ」むしろもかけられず、区役所から引きとりにくるまでそのままの清太の死体の横の、清太よりさらに幼い浮浪児のうつむいた顔をのぞきこんで一人がいい、ドロップの缶もて余したようにふると、カラカラと鳴り、駅員はモーションつけて駅前の焼跡、すでに夏草しげく生えたあたりの暗がりへほうり投げ、落ちた拍子にそのふたがとれて、白い粉がこぼれ、ちいさい骨のかけらが三つころげ、草に宿っていた蛍おどろいて二、三十あわただしく点滅しながらとびかい、やがて静まる。

白い骨は清太の妹、節子、八月二十二日西宮満池谷《まんちだに》横穴防空壕の中で死に、死病の名は急性腸炎とされたが、実は四歳にして足腰立たぬまま、眠るようにみまかったので、兄と同じ栄養失調症による衰弱死。

六月五日神戸はB二九、三百五十機の編隊による空襲を受け、葺合《ふきあい》、生田、灘、須磨及び東神戸五ヵ町村ことごとく焼き払われ、中学三年の清太は勤労動員で神戸製鋼所へ通っていたのだが、この日は節電日、御影の浜に近い自宅で待機中を警報発令されたから、裏庭の家庭菜園トマト茄子胡瓜つまみ菜の中に掘った穴に、瀬戸火鉢を埋め、かねての手筈《てはず》に従い台所の米卵大豆鰹節バター干鰊《ほしにしん》梅干サッカリン乾燥卵をおさめて土をかけ、病身の母にかわって節子を背負い、父は海軍大尉で巡洋艦に乗組んだまま音信なく、その第一種正装の姿写真立てからはずして胸に入れ、三月十七日、五月十一日二度にわたる空襲で、とても女子供連れでは焼夷弾消しとめるのは無理、家の床下に掘った壕も頼りにならぬと、まず母を町内会で設置した消防署裏の、コンクリートで固めたそれへ避難させ、洋服簞笥《ようふくだんす》の中の父の私服、リュックにつめはじめると妙にはなやかな感じでカンカンキンキンと防空監視哨の鐘が交錯して鳴り、玄関にとび出る間もなく落下音に包まれ、第一波がすぎると、その落下音のすさまじさに、ふと静寂がおとずれたような錯覚があったが、ウォンウォンと押えつけるようなB二九の轟音切れ目がなく、ふりあおげば、これまではあるかなきほどの点からもくもくと飛行機雲ひいて、東へとぶ姿か、つい五日前大阪空襲の際、大阪湾上空を雲のあいまぬって進む魚のような群れを、工場の防空壕でながめただけ、今は、両手にあまる低空飛行で胴体下部にえがかれた太い線まで識別できる、海から山へむかいつと翼かたむけて西へ消え、ふたたび落下音、急に空気の密度がたかまったように、体が金しばりとなって立ちすくんでいると、ガラガラと物音がして屋根からころげた青色の、径五糎《センチ》長さ六十糎ばかりの焼夷弾、尺取虫のように道をとびはねつつ油脂をまきちらし、清太はあわてていったん玄関へとびこんだが、家の中からすでに黒煙がゆっくりと流れ出し、ふたたび表へ出て、しかし何事もなかったような家並み、人影はなく前の家の塀に防火はたきとはしごが立てかけられ、とにかく母のいる壕へと、背中の節子しゃくり上げ歩きはじめたら、角の家の二階の窓から黒煙が噴き出し、申し合せたように、それまで天井屋根裏でくすぶっていたらしい焼夷弾、いっせいに火の手上げて庭木のバチバチはぜる音、軒端《のきば》を走る火やら燃えながらはずれておちる雨戸、視界は暗くなりみるみる大気は熱せられ、清太は突きとばされたように走り出し、かねて手はずは、石屋川の堤防へ逃げるさだめだから阪神電車の高架に沿って東へ走ったが、すでに避難の人でごったがえし、大八車ひいた人や布団包みかついだ男、金切声上げて人を呼ぶ老婆、じれったくなって海へむかい、その間にも火の粉が流れる、落下音に包まれる、三十石入りの酒樽の防水桶《ぼうすいおけ》がこわされて水びたしになっていたり、病人を担架で運び出そうとしていたり、ある一画にまったく人がいないと思うと、通り一つ隔てて畳まで持ち出し大掃除のようなさわぎ、旧国道を抜け、せまい道を走りつづけ、すでに逃げた後なのか人っ子一人いない町のはずれに、見なれた灘五郷の黒い酒蔵、夏ならばここまで来ると、潮の香ただよい、幅五尺ばかりの蔵と蔵の間から夏の陽に輝く砂浜と、思いがけぬ高さに紺青の海がのぞく、今はそれどころでなく、海岸へ出たところで壕一つあるわけでなし只火からのがれるには水と、反射的に逃げて来たので、同じ思いの避難民、幅五十米《メートル》ばかりの砂浜の、漁船や網を捲《ま》き上げる轆轤《ろ》のかげに身を寄せ、清太は西へ歩いて、石屋川の川床の、昭和十三年の水害以後二段になったその上段のところどころにあるくぼみに身をかくした、おおいはないが、とにかく穴にひそんでいれば心強く、腰を下すと激しい動悸《どうき》、喉《のど》がかわき、ほとんどかえりみるゆとりもなかった節子を、おぶい紐から解いて抱きおろそうとすると、それだけのことで膝ががガクガクとくずれそうになり、だが節子は泣きもせず、ちいさなかすりの防空頭巾かぶり白いシャツに頭巾と同じもんぺ赤いネルの足袋片方だけ黒塗りの大事にしていた下駄はいて、手に人形と母の古い大きな蟇口《がまぐち》をしっかりと抱える。きな臭いにおいと、風に乗ってすぐそこのようにきこえる火事の物音、はるか西の方に移って俄《にわ》か雨《あめ》の如き落下音、時に怯《おび》えながら兄妹体を寄せあい、思いついて防空袋から、昨夜、母がもう残しといてもしかたないからと思い切って白米だけの飯を炊き、その残りと今朝の大豆入り玄米の、白黒半々にまじった弁当ひろげれば、うっすらとすでに汗をかいていて、その白い部分を節子に食べさせる、見上げる空はオレンジ色に染まり、かつて母が、関東大震災の朝、雲が黄色くなったといったことを思い出す。

「お母ちゃんどこにいった？」「防空壕にいてるよ、消防裏の壕は二百五十キロの直撃かて大丈夫いうとったもん、心配ないわ」自分にいいきかせるようにいったが、時折り堤防の松並木ごしに見すかす阪神浜側の一帯、ただ真赤にゆれうごいていて、「きっと石屋川二本松のねきに来てるわ、もうちょっと休んでからいこ」あの焔《ほのお》の中からは逃げのびたはずと、考えをかえ、「体なんともないか節子」「下駄一つあらんようなった」「兄ちゃん買うたるよ、もっとええのん」「うちもお金もってるねん」蟇口をみせ、「これあけて」頑丈な口金をはずすと一銭五銭玉が三つ四つあって、他に鹿の子のおジャミ、赤黄青のおはじき、一年前、節子はおはじきをのみこみ、その日から庭に新聞敷いてウンコをさせ、翌日夕方首尾よくあらわれたそれと同じもの。「お家焼けてしもたん？」「そうらしいわ」「どないするのん？」「お父ちゃん仇《かたき》とってくれるて」見当ちがいの答えだったが清太にもこの先どうなるかわからず、ただようやく爆音遠ざかり、やがて五分ほど夕立ちのように雨が降って、その黒いしみをみると、「ああこれが空襲の後で降るいう奴か」恐怖感ようやくうすらぎ、立ち上って海をながめると、束の間《つかま》に一面黒く汚れおびただしい浮遊物が浮き沈みしている、山はそのままで、一王山の左に山火事らしく、むしろのんびり紫の煙がたなびき、「よっしゃ、おんぶし」節子を堤防にすわらせ、清太が背をむけるとのしかかってきて、逃げる時はまるで覚えなかったのにズシリと重く、草の根たよりに堤防を這いずり上る。

上ってみると御影第一第二国民学校御影公会堂がこっちへ歩いてきたみたいに近くみえ、酒蔵も兵隊のいたバラックも、さらに消防署松林すべて失せて阪神電車の土手がすぐそこ、国道に電車三台つながって往生しとるし、上り坂のまま焼跡は六甲山の麓《ふもと》まで続くようにみえ、その果ては煙にかすむ、十五、六ヵ所でまだ炎々と煙が噴き出し、ズシーンと不発の発火か時限爆弾か、かと思えば木枯しのような音立ててつむじ風がトタン板を宙にまき上げ、節子の背中にひしとしがみつくのがわかったから、「えらいきれいさっぱりしてもたなあ、みてみぃ、あれ公会堂や、兄ちゃんと雑炊食べにいったろ」話しかけても返事がない。ちょっとまってなとゲートルまき直し、堤防の上を歩き進むと、右手に三軒の焼け残り、阪神石屋川の駅は屋根の骨組だけ、その先のお宮もまっ平らになって御手洗《みたらし》の鉢だけある、次第に人の数が増え、皆家族連れ道ばたにへたりこんで、口ばかりいそがしくしゃべり合い、やかんを木の先にひっかけ、くすぶる石炭で湯をわかし、干藷《ほしいも》を焼いたり、二本松は国道をさらに山へ向かった右側にあり、たどりついたものの母の姿なく、みな川床をのぞきこんでいるからみると、うつむいたり大の字になってたり窒息の死体が五つ水の涸《か》れた砂の上にいて、清太はすでにそれが母ではないかとたしかめる気持がある。母は節子を産んで後、心臓を患《わずら》い夜中に発作を起しては、清太に水で胸を冷やさせ、苦しいと上半身起し座布団つみかさねて体をもたせる、その左の乳房は寝巻きの上からでも、鼓動につれてブル、ブルンと震えるのが見えて、もっぱら薬は漢方薬、赤い粉を朝夕のんで、手首など掌が二まわりするほどに細い。走れないから先に壕へ入れたのだが、いったん壕が火にとりかこまれたら、多分そこが母の終焉《しゅうえん》の場所となろう、わかっていながらただ壕への近道を火にさえぎられただけで、母の安否念頭から失せ、一散に逃げ出した自分を、清太は責めたが、しかしかりにたどりついていてもどうなろうか、「節子と一緒に逃げて頂戴、お母ちゃんは自分一人なんとでもします、あんたら二人無事に生きてもらわな、お父ちゃんに申しわけない、わかったね」冗談のように母はいっていた。

　国道を海軍のトラックが西へ向かって二台走る。自転車に乗った警防団の男がメガフォンでなにか怒鳴っている、「直撃二発おちよってん、むしろかぶせてほったろか思うたって油脂こぼれよってからになあ」同じ年頃の少年が友人と話をしている、「御影国民学校へ集合して下さい、上西、上中、一里塚の皆さん」清太の住む町名を呼ばれ、とたんにそや学校に避難しとるかも知れん、堤防降りかけると、またも爆発音がする、まだ瓦礫《がれき》の中の火はおさまらずよほど広い道でないと熱気にあおられて歩けず、「もうちょっとここにおろ」節子にいうと、声かけられるのを待っていたように「兄ちゃんおしっこ」よっしゃとおろし、くさむらにむけて節子の脚をかかえる、思いがけず勢いよく小水ほとばしり、手ぬぐいでふき、「もう頭巾とってええわ」みるとすけた顔だから、水筒の水で「こっちはきれいやからな」手ぬぐいの一方の端しめらせて清める、「眼エいたいねん」煙のせいか赤く充血していて、「学校へいったら洗うてくれるよ」「お母ちゃんどないしたん?」「学校におるわ」「ほな学校へいこ」「いこいうたかてまだ熱うて歩かれへん」学校いこと節子は泣き出し、それは甘えているのでも、痛がっているのでもない、妙に大人びた声だった。「清太さん、お母さんに会いはった?」向いの家の嫁ぎおくれた娘に声かけられ、清太は学校の校庭で衛生兵に節子の眼を洗ってもらい、一度ではまだ痛がるのでまた行列のしりにならんだところで「ううん」「はよいったげな、怪我しはったのよ」すいませんけど節子を頼むというより先に娘は「うちみてたげる、怖かったねえ節ちゃん、泣かんかった?」日頃特に親しくもしてなかったのに、いやに優しいのは母の状態のよほどわるいと知ってのことか、清太は行列をはなれ、六年間学んだ校舎、勝手知った医務室へ行くと血の色をみたした洗面器、ほうたいの切れはし床看護婦の白衣すべて血潮ににじみ、うつぶせになりぴくとも動かぬ国民服の男もんぺの片脚むき出してほうたい巻かれた女、なんとたずねていいかわからずだまって立っていると、町会長の大林さんが「ああ清太くん探してたんや、元気やった?」肩に手をかけ「こっちや」廊下に連れ出し、大林さんはもう一度医務室へもどると、膿盆《のうぼん》のガーゼの中からリング切られたヒスイの指輪をとり出し「これお母さんのや」たしかに見覚えがある。

二階のはずれの工作室、ここに重傷者が収容されていて、そのさらに危篤に近い者は奥の教師の部屋にねかされ、母は上半身をほうたいでくるみ、両手はバットの如く顔もぐるぐるまきに巻いて眼と鼻、口の部分だけ黒い穴があけられ、鼻の先は天婦羅の衣そっくり、わずかに見覚えのあるもんぺのいたるところ焼け焦げできていて、その下のラクダ色のパッチがのぞく、「今ようやく寝はったんや、どっか病院あったら入れた方がええねんけどな、きいてもろてんねん、西宮の回生病院は焼けんかったらしいけどな」寝入るというよりは昏睡状態なので、呼吸は不規則だし「あの、お母ちゃん心臓わるいんですけど、その薬もらえませんか」「ああきいてみような」うなずきながら、しかしとてもそれは無理と清太にもわかる。母の隣に横たわる男は呼吸のたび鼻口から血泡を吹き、気持わるいのかいたたまれないのか、あたり見まわしてはセーラー服の女学生てぬぐいでふきとり、その向うの中年の女は下半身あらわにしわずかに局部にガーゼ置いただけ、左脚が膝からなく、「お母ちゃん」低く呼んでみたが実感がわかず、とにかく節子のことが気になって校庭へ出ると、鉄棒のある砂場に娘といて、「わかった?」「はあ」「お気の毒やねえ、なにかできることあったらいうて頂戴、そや乾パンもうもろた?」首をふると、ではとってきてあげると去り、節子は砂の中から拾い出したアイスクリームしゃくる道具を玩具にしている。「この指輪、財布へなおしとき、失くしたらあかんで」蟇口におさめ「お母ちゃんちょっとキイキわるいねん、じきようなるよってな」「どこにおるのん?」「病院や、西宮のな。そやから今日は学校へ兄ちゃんと泊って、明日西宮のおばちゃん知ってるやろ、池のそばの、あしこへ行こ」節子はだまって砂のかたまりをいくつもつくり、「うち二階の教室やねん、みんないてるからきいへん？」茶色い袋の乾パン二つ持って娘がもどってきた。後でいきますと、両親そろっている家族に立ちまじれば、節子がかわいそうで、というより清太自身泣き出すかも知れず「食べるか」「お母ちゃんとこいきたい」「明日ならな、もうおそいやろ」砂場のふちにすわりこみ、そやと「みてみ、兄ちゃんうまいで」清太は鉄棒にとびつくと、大ぶりで体を乗せ、くるくると果てしなく前まわりをはじめ、国民学校三年十二月八日戦争のはじまった朝、同じ鉄棒で清太は四十六回の前まわり記録をつくったことがある。二日目、病院へ運ぶといっても背負ってはいけずようやく焼け残った六甲道駅近くの人力車を頼み、「ほな、あんた学校まで乗りなはれ」生れて始めて人力に乗り、焼跡の道を走って、着くとすでに危篤で、動かすことなどかなわず、車夫は手をふって車代を断り帰り、その夕刻、母は火傷《やけど》による衰弱のため息をひきとった、「ほうたいとって顔みせてもらえませんか」清太の頼みに、白衣を脱ぐと軍医の服装の医者は「みない方がいいよ、その方がいい」びくとも動かぬほうたいだらけの母の、そのほうたいに血がにじみ、おびただしいハエがむらがって、血泡の男も片脚切断の女もすべて死に、警官が一言二言遺族にたずねては、何ごとか記録し「六甲の火葬場の庭に穴掘って焼くよりしゃあない、今日からでもトラックで運ばな、なんせこの陽気ではなあ」誰にともなくいい、敬礼して出ていく、香華《こうげ》もなく枕団子も読経《どきょう》もなく、泣くものさえいなくて、遺族の女の一人、眼をつぶったまま年寄りに髪をとかさせ、一人は胸はだけて赤ん坊に乳ふくませ、また少年はすでにしわくちゃのタブロイド版の号外片手に、「すごいなあ三百五十機来襲の六割撃墜やてえ」感歎《かんたん》していい、清太もまた三百五十機の六割は二百十機かと、母の死とは縁遠い暗算をする。

節子は西宮の、遠い親戚にとりあえず預け、ここはお互いに焼けたら身を寄せあう約束の家で、未亡人と商船学校在学中の息子と娘、それに神戸税関へ勤める下宿人。六月七日昼から一王山の下で荼毘《だび》に付すという母親の死体、手首のほうたいをとって針金で標識を結び、ようやくみる母の皮膚は黒く変色していて人のものとも思われず、担架にのせたとたんころころと蛆虫《うじむし》がころげおち、気がつくと幾百、千という蛆虫が工作室をはいずり、委細かまわず踏みつぶしながら死体搬出され、焼け焦げた丸太棒状はむしろにくるんでトラックに積み、窒息死傷害致死などは座席はずしたバスにそのまま一列にならべて運ぶ。一王山下の広場に径十米ほどの穴、そこへ建物疎開の棟木《むなぎ》柱障子襖《ふすま》が乱雑に積まれていて、その上に死体を置き、警防団員が重油の入ったバケツを、防火訓練のようにたたきつけ、ぼろに火をつけて投ずるとたちまち黒煙上げて燃えさかり、火のついたまま ころげおちる死体は、鳶口《とびぐち》でひっかけて火中にもどし、かたわらの白布をかけた机の上に、粗末な木箱が数百あって、これに骨を収めるのだった。

遺族がいては邪魔と追い立てられ、乞食坊主すらいない火葬の果ては、夜になって配給うけとるように消炭で名前しるした木箱の骨渡され、標識がどれほど役に立ったものやら、黒煙のわりには真白な指の骨が入っていた。

夜ふけて西宮の家へたどりつき「お母ちゃんまだキイキ痛いのん?」「うん空襲で怪我しはってん」「指輪もうせえへんのかな、節子にくれはったんやろか」骨箱は、違い棚の上の戸袋にかくしたが、ひょっとあの白い骨に指輪をはめたさま思い浮べあわてて打ち消し、「それ大事なんやからしもうとき」敷布団の上にちょこんと坐《すわ》り、おはじきと指輪であそぶ節子にいう。清太は知らなかったが、母はこの西宮の親戚に着物夜具蚊帳《かや》を疎開させてあって、未亡人は「海軍さんはええわ、トラック使うてはこぶんやから」いや味ともつかずいいながら廊下の隅に、唐草の風呂敷でおおわれた荷物をしめし、中の行李《こうり》をあけると節子、清太の下着類から、母のふだん着があらわれ、洋服箱にはよそいきの、袖の長い着物もあり、ナフタリンの臭いがなつかしい。

玄関わきの三畳をあてがわれ、罹災《りさい》証明があれば、米鮭牛肉煮豆の缶詰が特配になったし、ほとぼりのさめた焼跡の、これがまあ我が住んでいたところかとあきれるほど狭い敷地の、心当りを掘ると瀬戸火鉢におさめた食料は無事で、大八車を借り石屋、住吉、芦屋、夙川《しゆくがわ》と四つの川をわたって一日がかりで運び、玄関につみ上げれば、ここでも未亡人「軍人さんの家族ばっかりぜいたくして」文句いいつつ、うれしそうに我物顔で近所にまで梅干しのおすそ分けをし、断水が続いていたから清太の男手は、三百米はなれた井戸の水汲みにもありがたいはず、しばらくは女学校四年で中島飛行機へ動員の娘も休んで節子をあやす。

水汲みには、近くの出征兵士の妻と、同志社大学の、半裸体に角帽かぶった学生が大胆にも手をつないであらわれ、近隣の噂の的となり、また清太と節子も、海軍大尉の家族で、空襲により母を失った気の毒な子供と、これは恩着せがましい未亡人の吹聴《ふいちょう》したためで同情をひいた。

夜に入ると、すぐそばの貯水池の食用蛙が、ブオンブオンと鳴き、そこから流れ出る豊かな流れの、両側に生い繁る草の、葉末に一つずつ平家蛍が点滅し、手をさしのべればそのまま指の中に光が移り、「ほら、つかまえてみ」節子の掌に与えると、節子は力いっぱいにぎるから、たちまちつぶれて、掌に鼻をさすような生臭いにおいが残る、ぬめるような六月の闇で、西宮とはいっても山の際《きわ》、空襲はまだ他人《ひと》ごとのようだった。

呉《くれ》鎮守府気付で父に手紙を出したが、返事はなく、そのかえり母にねだったので覚えている神戸銀行六甲支店、住友銀行元町支店をたずね預金を確認し、その七千円ばかりの額をつげると未亡人は、「私の主人が亡くなった時は退職手当七万円やった」胸を張り、「幸彦は中学三年やったけど、社長さんに立派にあいさつして賞《ほ》められたもんです、しっかりしとったわ、あのこは」息子の自慢、夜なかなか寝つかず、時おり怯えたように泣きさけび、そのつど目覚めて、つい朝おそくなる清太へのあてこすりときこえ、十日ばかりのうちに広口瓶の梅も乾燥卵バターたちまちなくなり、罹災者特配も消えて二合三勺《じやく》も半分は大豆麦唐きびとなっては、食べ盛りの二人だけに未亡人、おのが分まで食われるのではないかと疑い、三食の雑炊もやがてぐいと下までしゃくって飯のあたりを娘によそい、清太節子にはすいとつまみ菜ばかりの汁を茶碗にもり、時に気がとがめるのか「こいさんお国のための勤労動員やもん、ようけ食べて力つけてもらわんと」台所ではいつも、焦げた雑炊の底をお玉でがりがりけずる音がし、さぞかし味がしみて香ばしく歯ごたえのあるそのお焦げ、未亡人のむさぼる姿思うと腹が立つよりつばきがにじむ。税関に勤める下宿人は闇のルートにくわしく、牛肉水あめ鮭缶を未亡人におくって、ごきげんとり結び、娘に気があった。

「海行ってみよか」梅雨の晴れ間に、清太はひどい節子の汗もが気になり、たしか海水でふいたら直るはず、節子は子供心にどう納得したのかあまり母を口にしなくなり、ただもう兄にすがりついて、「うん、うれしいな」去年の夏までは、須磨に部屋を借りて、夏を過ごし、節子を浜に置去りにして、沖に浮かぶ漁師の網の硝子玉《ガラスだま》まで往復し、浜茶屋といっても一軒、甘酒をのます店があって、二人でしょうがのにおいのそれを、フウフウと飲み、かえれば母のつくったハッタイコ、節子は口いっぱいほおばってむせかえり顔中粉だらけ。節子覚えてるやろかと、口に出しかけて、いやうっかり想い出させてはあかん。

小川に沿って浜へむかうと、一直線に走るアスファルト道路の、ところどころに馬力がとまっていて、疎開荷物を運び出している、神戸一中の帽子かぶり眼鏡かけた小肥《こぶと》りの男が、むつかしそうな本を両手いっぱいにかかえて荷台に置き、馬はただものうげに尻尾をはねかしている、右へ曲ると夙川の堤防に出て、その途中に「パボニー」という喫茶店、サッカリンで味をつけた寒天を売っていたから買い喰いし、最後までケーキを出していたのは三宮のユーハイム、半年前にこれで店閉《みせじ》まいだからと、デコレーションケーキをつくり、母が一つ買って来た、あすこの主人はユダヤ人で、ユダヤ人といえば昭和十五年頃、清太が算術なろうとった篠原の近くの赤屋敷に、ようけユダヤの難民が来て、みな若いのに鬚《ひげ》を生やし、午後四時になると風呂屋へ行列つくって行く、夏やいうのに厚いオーバー着て、靴かて両方左のんをはいて、びっこひいとんのがおった、あれどないしてんやろ、やっぱり捕虜で工場へ入っとんやろか、捕虜はよう働く、一捕虜二セイガク三徴用四本工いうて、本職はジュラルミンで煙草ケース作ったり合成樹脂でさしつくったり、いったいこれで勝てるのやろか、夙川の堤防はすべて菜園になっていて、南瓜や胡瓜の花が咲き、国道まで人影ほとんどなく、国道に沿う木立ちの中には、本土決戦のため温存の中級練習機が、申しわけばかりの擬装網まとって、ひっそりといる。海岸には、海水を一升瓶に汲む子供や老婆の姿があり、「節子、裸になり」清太はてぬぐいを水に浸して肩やともものの、すでに女の子らしくふくよかな肌の、びっしり赤い斑点のできたあたりを、「ちょっと冷たいかも知れん」いく度も洗い、満池谷での風呂は、一軒置いた隣へもらいにいくのだが、常に最後ではあるし燈火管制の昏《くら》い中で洗った気がせず、あらためてみる節子の裸、父に似て色が白い、「あれどないしたん、寝てはるわ」みると低い護岸堤防のそばに、ゴザをかけられた死体があり、突き出た二本の脚だけ体にくらべてやけに大きくみえ、「あんなんみんでもええよ、もうちょっと暑なったら泳げるわ、教えたる」「泳いだらお腹減るやん」空腹は、清太にとっても近頃耐えがたく、気まぐれにできた面皰《にきび》つぶしてその白いアブラを思わず口に入れるほど、金はあったが闇で買う知恵はない、

「魚釣りしてみよか」ベラ、テンコチがたしか釣れたはず、せめて海草でもと探したが、腐ったホンダワラのたよりなく波にゆれるのみ。

警報がでたから戻りかけると、回生病院の入口でふいに「いや、お母さん」と若い女の声がひびき、みると信玄袋かついだ中年の女に看護婦が抱きついていて、田舎から母親が出てきたものらしい、清太はそのありさまぼんやりながめ、うらやましさと、看護婦の表情きれいなんやと半々にながめ、「待避」の声にふと海をみると、機雷投下のB二九が、大阪湾の沖を低空飛行していて、もはや目標を焼きつくしたのか、大規模な空襲はこのところ遠ざかっていた。

「お母さんの着物な、いうてはわるいがもう用もないのやし、お米に替えたらどう？　小母さんも前から少しずつ物々交換して、足し前してたんよ」その方が死んだお母さんも喜びはると未亡人はいい、清太の返事きかぬ先から、洋服箱あけて、不在中にさんざん調べたのであろう、なれた手つきで二、三枚とり出すと畳にどさっと置き、「これで一斗にはなる思うよ、清太さんも栄養つけな、体丈夫にして兵隊さんいくねんやろ」

母の若い頃の着物で、清太は父兄会の授業参観の時、ふりむいて母のいちばん美しいことをたしかめ、誇らしく眺めたこと、呉まで父に会いにいった時、母が思いがけず若造りになって、一緒に汽車に乗りながらうれしくさわってばかりいたことを思い出し、だが今は米一斗、一斗の言葉をきいただけで、なにやら体のふるえるほど喜びがこみ上げる、たまの米の配給は、節子と二人分で、ざるに半分足らず、それで五日を喰いつながねばならぬのだ。

満池谷は周囲のほとんどが農家で、やがて未亡人米袋をかかえてかえり、清太の、梅干の入っていた広口瓶にいっぱい満たすと、残りは自分宅用の木の米びつにざあっとあけ、二、三日はたらふく喰ったが、すぐ雑炊にもどり不平をもらすと、「清太さんもう大きいねんから、助け合いいうこと考えてくれな、あんたはお米ちっとも出さんと、それで御飯食べたいいうても、そらいけませんよ、通りません」通るも通らんも母の着物で物々交換して、娘の弁当下宿人の握り飯うれしそうにつくっときながら、こっちには昼飯に脱脂大豆のいった飯で、いったんよみがえった米の味に節子は食べたがらず、「そんなことというたって、あれうちのお米やのに」「なんや、そんなら小母さんが、ずるいことしてるいうの、えらいことというねえ、みなし児二人あずかったってそういわれたら世話ないわ、よろし、御飯別々にしましょ、それやったら文句ないでしょ、それでな清太さん、あんたとこ東京にも親戚いてるんでしょ、お母さんの実家でなんやらいう人おってやないの、手紙出したらどう？　西宮かていつ空襲されるかわからんよ」さすがすぐに出ろとはいわなかったが、いいたい放題いいはなち、それもまた無理ではない、ずるずるべったりにいついたけれど、もともと父の従弟《いとこ》の嫁の実家なので、さらに近い縁戚は神戸にいたが、すべて焼け出されていて連絡とれぬのだ。荒物屋で貝に柄をつけたしゃもじ、土鍋、醤油さし、それに黄楊《つげ》の櫛《くし》十円で売ってたから節子に買ってやり、朝夕七輪借りて飯を炊き、お菜は夕コ草南瓜の茎のおひたし、池のたにしのつくだ煮やするめをもどして煮たり、「ええよ、そんなにきちんとすわらんでも」節子は貧しい、お膳もなくて畳にじかにおいた茶碗に向かうと、以前のしつけのままに正座し、うっかり食後、清太がねころぶと「牛になるよ」注意した。台所を別にすれば、気は楽だが万事いきとどかず、どこでうつったのか、黄楊の櫛ですけば節子の髪から虱やその卵がころげおち、うっかり干すと「敵機にみつかりまっせ」未亡人にいやがらせいわれる洗濯も、必死に心がけているのだが、なにやら垢《あか》じみて来て、なによりも風呂を断たれ、銭湯は三日に一度、燃料持参でようやく入れてくれ、これもついおっくうになり勝ち、昼間は夙川駅前の古本屋で母のとっていた婦人雑誌の古本を買って、ねころんで読み、警報がなると、それが大編隊とラジオが報ずれば、とてもなまなかな壕に入る気はせず、節子ひっちょって、池の先にある深い横穴へ逃げこみ、これがまた未亡人はじめ、戦災孤児にあきた近隣の悪評をかう、清太の年なら市民防火活動の中心たるべしというのだが、一度あの落下音と火足の速さを肌で知れば、一機二機はともかく、編隊に立ち向かう気は毛頭ない。

七月六日、梅雨の名残りの雨の中を、B二九が明石を襲い、清太と節子横穴の中で、雨足の池にえがく波紋をぼんやりながめ、節子は常にはなさぬ人形抱いて、「お家かえりたいわあ、小母さんとこもういやや」およそ不平をこれまでいわなかったのに、泣きべそかいていい、「お家焼けてしもたもん、あれへん」しかし、未亡人の家にこれ以上長くはいられないだろう、夜、節子が夢に怯えて泣き声立てると、待ちかまえたように未亡人やって来て、「こいさんも兄さんも、御国のために働いてるんでっさかい、せめてあんた泣かせんようにしたらどないやの、うるそうて寝られへん」ピシャリと襖をしめ、その剣幕にますます泣きじゃくる節子を連れ、夜道にでると、あいかわらずの蛍で、いっそ節子さえおらなんだら、一瞬考えるが、すぐに背中で寝つくその姿、気のせいか目方もぐんと軽くなり、額や腕、蚊にくわれ放題、ひっかけば必ず膿む。少し前未亡人が外出したから、娘の古いオルガンをあけ、「ヘトイロハロイロトロイ、ヘトイロイヘニ」国民学校になってから、ドレミはハニホヘトイロハにかわり、そのいちばん初めにならった鯉のぼりの唄を、おぼつかなくひき、節子と唄っていると、「よしなさい、この戦時中になんですか、怒られるのは小母さんですよ、非常識な」いつの間にかえったのか怒鳴り立て、「ほんまにえらい疫病神がまいこんで来たもんや、空襲いうたって役にも立たんし、そんなに命惜しいねんやったら、横穴で住んどったらええのに」

「あんなあ、ここお家にしようか。この横穴やったら誰もけえへんし、節子と二人だけで好きにできるよ」コの字型に掘られていて、支柱も太い、ここに農家から藁《わら》を買うてきて敷いて、蚊帳吊ったら、別に困ることはないやろ、半分は、年相応の冒険ごっこのようなはずみもあって、警報解除になると、何もいわずに荷物をまとめ、「えらい長いことお邪魔しました、ぼくらよそへ移ります」「よそて、どこへ行くの」「まだはっきりしてませんけど」「はあ、まあ気イつけてな、節ちゃんさいなら」とってつけたような笑顔うかべ、さっさと奥へひっこむ。

行李布団蚊帳台所道具に洋服箱母の骨箱どうにか運びこんで、あらためてみれば只の洞穴、ここへ住むかと思うと気が滅入《めい》ったが、当てずっぽうにとびこんだ農家は藁をわけてくれたし、お金でわけぎ大根も売ってくれ、なにより節子がはしゃぎまわり、「ここがお台所、こっちが玄関」ふっと困ったように「はばかりはどこにするのん?」「ええやんかどこでも、兄ちゃんついてったるさかい」藁の上にちょこんとすわって、父が「このこは、きっとろうたけたシャンになるぞ」そのろうたけたの意味がわからずたずねると、「そうだなあ、品のいいってことかな」たしかに品よくさらにあわれだった。

燈火管制にはなれていたが、夜の壕の闇はまさにぬりこめたようで、支柱に蚊帳の吊手をかけ、中に入ると、外のわんわんとむらがる蚊の羽音だけがたより、思わず二人体を寄せあって、節子のむき出しの脚を下腹部にだきしめ、ふとうずくような昂まりを清太は覚えて、さらにつよく抱くと「苦しいやん、兄ちゃん」節子が怯えていう。

散歩しようかと、寝苦しいままに表へでて二人連れ小便して、その上を赤と青の標識燈点滅させた日本機が西へ向う、「あれ特攻やで」ふーんと意味わからぬながら節子うなずき、「蛍みたいやね」「そうやなあ」そして、そや、蛍つかまえて蚊帳の中に入れたら、少し明るなるのとちゃうか、車胤《しゃいん》を真似たわけではないが、手当り次第につかまえて、蚊帳の中にはなつと、五つ六つゆらゆらと光が走り、蚊帳にとまって息づき、よしと、およそ百余り、とうていお互いの顔はみえないが、心がおちつき、そのゆるやかな動き追ううち、夢にひきこまれ、蛍の光の列は、やがて昭和十年十月の観艦式、六甲山の中腹に船の形をした大イルミネーションが飾られ、そこからながめる大阪港の聯合《れんごう》艦隊、航空母艦はまるで棒を浮かべたようで、戦艦の艦首には白い天幕が張られ、父は当時、巡洋艦摩耶《まや》にのりくみ、清太は必死にその艦影をさがしたが、摩耶特有の崖のように切り立った艦橋の艦は見当らず、商大のブラスバンドか、切れ切れに軍艦マーチがひびく、守るも攻むるもくろがねの、浮かべる城ぞたのみなる、お父ちゃんどこで戦争してはんねんやろ、写真汗のしみだらけになってしもたけど。敵機来襲ババババ、蛍の光を敵の曳光弾《えいこうだん》になぞらえ、そや、三月十七日の夜の空襲の時みた高射機関砲の曳光弾は、蛍みたいにふわっと空に吸われていって、あれで当るのやろか。

朝になると、蛍の半分は死んで落ち、節子はその死骸を壕の入口に埋めた、「何しとんねん」「蛍のお墓つくってんねん」うつむいたまま、お母ちゃんもお墓に入ってんやろ、こたえかねていると、「うち小母ちゃんにきいてん、お母ちゃんもう死にはって、お墓の中にいてるねんて」はじめて清太、涙がにじみ、「いつかお墓へいこな、節子覚えてえへんか、布引の近くの春日野墓地いったことあるやろ、あしこにいてはるわ、お母ちゃん」樟《くす》の木の下の、ちいさい墓で、そや、このお骨もあすこ入れなお母ちゃん浮ばれへん。

母の着物を農家で米に替え、水汲みの姿を近所の人にみられたから、二人壕で暮すとたちまちわかったが、誰もあらわれず、枯木を拾って米を炊き、塩気が足りぬと海水を汲み、道すがらP五一に狙われたりしたが、平穏な日々、夜は蛍に見守られ、壕の明け暮れにはなれたが、清太両手の指の間に湿疹《しっしん》ができ、節子また次第におとろえた。夜をえらんで貯水池に入り、たにし拾いつつ体を洗ってやる節子の貝殻骨、肋骨日毎《ひごと》に浮き出し、「ようけ食べなあかんで」食用蛙とれんものかと鳴きさわぐあたりをにらみすえたが、すべはなく、食べなあかんといっても、母の着物ももはや底をつき、タマゴ一箇三円油一升百円牛肉百匁《もんめ》二十円米一升二十五円の闇は、ルートつかまねば高嶺《たかね》の花。都会に近いから、農家もずるく、金では米を売らず、たちまち大豆入り雑炊に逆もどりして、七月末になると節子は疥癬《かいせん》にかかり、蚤《のみ》虱はいかにとりつくしたつもりでも翌朝またびっしりと縫目にはびこり、その灰色の虱のポツンと赤い血の色は、節子のものかと思うと腹が立って、こまかい足の一本一本むしりなぶり殺してみたが、せんないことで、蛍さえも食べられぬかと考え、やがて体がだるいのか海へいく時も、「待ってるわ」人形抱いて寝ころび、清太は外へ出ると、必ず家庭菜園の小指ほどの胡瓜青いトマトを盗みもいで、節子に食べさせ、ある時は、五つ六つの男の子、まるで宝物のような林檎をかじっているから、これをかっぱらって駈けもどり、「節子、リンゴやでさ食べ」さすがに節子、眼をかがやかしてかぶりついたが、すぐにこれちがうといい、清太が歯を当ててみると、皮をむいた生の甘藷《かんしょ》で、なまじ糠よろこびさせられたからか、節子涙をうかべ「芋かてええやないか、はよ食べ、食べんねんやったら兄ちゃんもらうで」強い口調でいったが、清太も鼻声となる。

配給がどうなってるのか、米にマッチ岩塩はもらえたが、時おり新聞でみる配給だよりの品は、隣組に入ってないからまるで縁がなく、清太は夜になると、家庭菜園で足りずに農家の芋畠《いもばたけ》を荒らし、砂糖きびひっこ抜いて、その汁を節子に飲ませる。

七月三十一日の夜、野荒しのうちに警報が鳴り、かまわず芋を掘りつづけると、すぐそばに露天の壕があって、待避していた農夫に発見され、さんざなぐりつけられ、解除と共に横穴へひったてられて、煮物にするつもり残しておいた芋の葉が懐中電燈に照らされて、動かぬ証拠、「すいません、堪忍して下さい」怯える節子の前で、手をついて農夫に詫《わ》びたがゆるされず、「妹、病気なんです、ぼくおらな、どないもなりません」「なにぬかす、戦時下の野荒しは重罪やねんど」足払いかけて倒され、背筋つかまれて「さっさと歩かんかい、ブタ箱入りじゃ」だが交番のお巡りはのんびりと、「今夜の空襲福井らしいなあ」いきり立つ農夫をなだめ、説教はしたがすぐ許して、表へ出るとどうやってついて来たのか節子がいた。壕へもどって泣きつづける清太を、節子は背中さすりながら、「どこ痛いのん、いかんねえ、お医者さんよんで注射してもらわな」母の口調でいう。

八月に入ると、連日艦載機が来襲し、清太は空襲警報発令を待って、盗みに出かけた、家人夏空にキラキラと光り彼方とみるうち、不意に頭上に殺到する機銃掃射の恐怖に、家人すべて壕へ首をすくめるそのすきをねらい、あけっぱなしの門から台所へ忍び手当り次第にかっぱらう、八月五日夜には西宮中心部が焼かれ、さすがにのんびりした満池谷の連中もすふるえ上ったが、清太にとっては稼ぎ時、爆弾もまじるらしくすさまじい音響の交錯する中を、六月五日見受けたような、人っ子一人いない町の一画に忍び入り、米とかえるための着物、置き去られたリュック、持ち切れぬのは火の粉払いつつどぶの石ぶたの下にかくし、なだれうって逃げて来る人の波を避けうずくまり、夜空見上げると、炎上の煙をかすめてB二九が山へ飛び、海へむかいもはや恐怖はなく、ワーイと手でも振りたい気持さえある。

どさくさにまぎれても、交換に有利な派手な着物をえらんだのか、翌日眼のさめるような色の振袖、包むものもなくてシャツとズボンの下に押しかくし、歩くうちずり落ちて、下腹蛙のようにふくれ上るのを両手でかかえて、農家へ運び、だがこの年、稲作不良のけはいに、いちはやく百姓は売惜しみをはじめ、さすが近所ははばかられたから、水田のいたるところ爆弾孔のある西宮北口、仁川《にがわ》まで探し求めて、せいぜいトマト枝豆さやいんげん。

節子は下痢がとまらず、右半身すき通るよう色白で、左は疥癬にただれ切り、海水で洗えば、しみて泣くだけ。夙川駅前の医者を訪れても、「滋養つけることですな」申しわけに聴診器胸にあて、薬もよこさず、滋養といえば魚の白身卵の黄身バター、それにドリコノか、学校からかえると父から送られた上海製のチョコレートが郵便受けにあったり、少しお腹こわせば林檎をすってガーゼでしぼって飲み、えらい昔のように思うけど、おととしまではなんでもあった、いや二月前かて、お母ちゃん桃を砂糖で煮たり、カニ缶を開けたりしとったのに、甘いもんいらんいらんいうて食べんかったヨーカン、臭いいうて捨てた興亜奉公日の南京米の弁当、黄檗山《おうばくさん》万福寺のまずい精進料理、はじめて食べたスイトンの喉を通らんかったこと、夢みたいや。

抱きかかえて、歩くたび首がぐらぐら動き、どこへ行くにも放さぬ人形すら、もう抱く力なく、いや人形の真黒に汚れたその手足の方が、節子よりふくよかで、夙川の堤防に清太すわりこみ、そのそばで、リヤカーに氷積んだ男、シャッシャッと氷を鋸でひき、その削りカス拾って、節子の唇にふくませる。「腹減ったなあ」「うん」「なに食べたい？」「てんぷらにな、おつくりにな、ところ天」ずい分以前、ベルという犬を飼っていて、天ぷらのきらいな清太、ひそかに残してほうり投げてやったことがあった、「もうないか」食べたいもんいえ、味思い出すだけでもましやんか、道頓堀へ芝居みにいって帰りに食べた丸万の魚すき、卵一コずつやいうのんで、お母ちゃんが自分のくれた、南京町の闇の支那料理、お父ちゃんと一緒にいって、飴煮の芋糸ひいてんのを、「腐ってんのんちゃう？」いうて笑われた、慰問袋へ入れるくろんぼ飴、一つくすねて、節子の粉ミルクもようくすねた、お菓子屋でニッキもくすねたった、遠足の時のラムネ菓子、グリコしかもってえへん貧乏な子に林檎わけたった、考えるうち、そや節子に滋養つけさせせんならん、たまらなく苛立《いらだ》ち、ふたたび抱き上げて壕へもどる。

横になって人形を抱き、うとうと寝入る節子をながめ、指切って血イ飲ましたらどないや、いや指一本くらいのうてもかまへん、指の肉食べさしたろか、「節子、髪うるさいやろ」髪の毛だけは生命に満ちてのびしげり、起して三つ編みにあむと、かきわける指に虱がふれ、「兄ちゃん、おおきに」髪をまとめると、あらためて眼窩《がんか》のくぼみが目立つ。節子はなに思ったか、手近かの石ころ二つ拾い、「兄ちゃん、どうぞ」「なんや」「御飯や、お茶もほしい？」急に元気よく「それからおからたいたんもあげましょうね」ままごとのように、土くれ石をならべ、「どうぞ、お上り、食べへんのん？」

八月二十二日昼、貯水池で泳いで壕へもどると、節子は死んでいた。骨と皮にやせ衰え、その前二、三日は声も立てず、大きな蟻が顔にはいのぼっても払いおとすこともせず、ただ夜の、蛍の光を眼でおうらしく、「上いった下いったあっとまった」低くつぶやき、清太は一週間前、敗戦ときまった時、思わず「聯合艦隊どないしたんや」と怒鳴り、それをかたわらの老人、「そんなもんとうの昔に沈んでしもて一隻も残っとらんわい」自信たっぷりにいい切って、では、お父ちゃんの巡洋艦も沈んでしもたんか、歩きながら肌身はなさぬ父の、すっかりしわになった写真をながめ、「お父ちゃんも死んだ、お父ちゃんも死んだ」と母の死よりはるかに実感があり、いよいよ節子と二人、生きつづけていかんならん心の張りはまったく失せて、もうどうでもええような気持。それでも、節子には近郷近在歩きまわり、ポケットには預金おろした十円札を何枚も入れ、時にはかしわ百五十円、米はたちまち上って一升四十円食べさせたがすでにうけつけぬ。

夜になると嵐、清太は壕の暗闇にうずくまり、節子の亡骸《なきがら》膝にのせ、うとうとねむっても、すぐ眼覚めて、その髪の毛をなでつづけ、すでに冷え切った額に自分の頬おしつけ、涙は出ぬ。ゴウと吠え、木の葉激しく揺りうごかし、荒れ狂う嵐の中に、ふと節子の泣き声がきこえるように思い、さらに軍艦マーチのわき起る錯覚におそわれた。

翌日、台風過ぎてにわかに秋の色深めた空の、一点雲なき陽ざしを浴び、清太は節子を抱いて山に登る、市役所へ頼むと、火葬場は満員で、一週間前のがまだ始末できんといわれ、木炭一俵の特配だけうけ、「子供さんやったら、お寺のすみなど借りて焼かせてもらい、裸にしてな、大豆の殻で火イつけるとうまいこと燃えるわ」なれているらしく、配給所の男おしえてくれた。

満池谷見下す丘に穴を掘り、行李に節子をおさめて、人形蟇口下着一切をまわりにつめ、いわれた通り大豆の殻を敷き枯木をならべ、木炭ぶちまけた上に行李をのせ、硫黄の付け木に火をうつしほうりこむと、大豆殻パチパチとはぜつつ燃え上り煙たゆとうとみるうち一筋いきおいよく空に向い、清太、便意をもよおして、その焰ながめつつしゃがむ、清太にも慢性の下痢が襲いかかっていた。

暮れるにしたがって、風のたび低くうなりながら木炭は赤い色をゆらめかせ、夕空には星、そして見下せば、二日前から燈火管制のとけた谷あいの家並み、ちらほらなつかしい明りがみえて、四年前、父の従弟の結婚について、候補者の身もと調べるためこのあたりを母と歩き、遠くあの未亡人の家をながめた記憶と、いささかもかわるところはない。

夜更けに火が燃えつき、骨を拾うにもくらがりで見当つかず、そのまま穴のかたわらに横たわり、周囲はおびただしい蛍のむれ、だがもう清太は手にとることもせず、これやったら節子さびしないやろ、蛍がついてるもんなあ、上ったり下ったりついと横へ走ったり、もうじき蛍もおらんようになるけど、蛍と一緒に天国へいき。暁に眼ざめ、白い骨、それはローセキのかけらの如く細かくくだけていたが、集めて山を降り、未亡人の家の裏の露天の防空壕の中に、多分、清太の忘れたのを捨てたのだろう、水につかって母の長じゅばん腰ひもがまるまっていたから、拾い上げ、ひっかついで、そのまま壕にはもどらなかった。

昭和二十年九月二十二日午後、三宮駅構内で野垂れ死にした清太は、他に二、三十はあった浮浪児の死体と共に、布引の上の寺で荼毘《だび》に付され、骨は無縁仏として納骨堂へおさめられた。

三ノ宮炎上

井上 靖

その頃、わたしは三ノ宮ではいい顔だった。三ノ宮のオミツと言えば、阪神間ならどこへ行っても大きい顔で通れたものである。

わたしが三ノ宮の不良《デンコ》の仲間入りしたのは、女学校の卒業の前年十八年の夏だったから、それから終戦までまる二年間を、わたしは三ノ宮でしたい放題のことをして遊《あそ》び呆《ほう》けたわけである。その間、六軒町に一カ月、住吉に二カ月ちょっというように、一時的にはよそに塒《ねぐら》を移したこともあったが、まあ不良時代の殆《ほと》ど全部を、わたしは三ノ宮で過したと言っていい。

あの頃の三ノ宮はほんとうに楽しかった。「蘭」「くれない」「三ノ宮茶房」といった喫茶店の扉を開けると、必らず、仲間の誰かがいた。貞子、オシナ、ジャンバ、清子、マサチャン、オリョウ、チャナ、カオル、そんな連中が煙草を喫《の》みながら、わいわい言ってとぐろを巻いていた。男の不良の溜りは違っていたが、それでも、秋野の兄さん、服部勇、大パテ、小パテ、小虎、バッチ、ジャック、そうした顔のどれかはすぐ見受けられた。

あの頃の不良たちは、人のいい連中の集りだった。男の不良たちのなかには、強請《ゆすり》や恐喝をやっていた者もあったが、しかし大きな事は殆どしていなかったのではないかと思う。戦争中で国全体が上から下までいやにちゃっかり組み立てられてあって、あんまり大きな事はできなかったようである。

女の不良たちは、男の連中がなんとなく摑ませてくれる小遣いでさして不自由はしていなかった。それに金があっても、時節柄たいして買うものもなかったので、誰も金にはあまり執着はなかったようである。金以外の何か他のものにわたしたちは惹《ひ》かれていたのだ。わたしたちをうっとりさせ、惹き付けて放さない何か他のものが、あの頃の三ノ宮には、三ノ宮のわたしたちの生活には残っていたのだ。ほんとうにわたしたちはたいして悪いことはしていなかった。他場《よそ》の不良で大きな顔をして三ノ宮をほっついていた連中とか、よほど、癇《かん》にさわる女でも歩いていると、喧嘩を吹っかけて行ったが、そうでもないかぎり手荒なことはしなかった。

家出をして三ノ宮界隈《かいわい》にとぐろを巻いていること、何もしないで集団をなして一日遊び呆けていること、賭場へ顔を出すこと、入墨をしていること、時々不良狩でブタ箱へ叩き込まれること、男の不良たちと友だちになっていること、そんな点が、他の女の子と違うだけの話で、実のところたいしたことはしていなかったのである。

いま思い出すと、三ノ宮の二年間の生活は、賑《にぎ》やかな海水浴場のようにいつも雑然としていたが、舗道も店舗も通行人も、風も空気もみんな妙にきらきらして、快い眩暈《めまい》の波がわたしたちを四六時中襲っていた。絶えず音楽が聞こえ、絶えず光の細片がちかちかと、あたりに舞っていた。眩《まぶ》しいほどの明るさ。わたしたちはほんとうに水着を着た海辺の女の子のように、寝そべったり、駈け出したり、きゃっきゃっ騒いだりして、野放図もない開けっ放しの自由の中に、戯《たわむ》れることがただ一つの生き甲斐のように戯れていたのだ。ちょうど国中が戦争戦争で陰気にじめじめして息苦しい最中だったので、わたしたちはあそこに集まって、いやなことはいっさい御免蒙《ごめんこうむ》って、やりたいことをやり、したいことをしていたのだ。

と言っても、何もわたしは遊び廻ってばかりいたわけではない。わたしは「蘭」や「くれない」で小説本を読んでいたことが多かった。マサチャンが古本屋をしている親父さんのところから掻《か》っ払《ぱら》って来てくれる岩波文庫の漱石なんかを読んでいたのだから感心なものである。女学校で小説を読むことも禁じられていたので、三ノ宮へ行ってから、誰に遠慮も気兼もなく、恋愛小説を片っぱしから読《よ》み漁《あさ》ったものである。世界文学全集の『女の一生』『ナナ』なんてとても面白かった。

「あんまり勉強せんとき、気違いになるで」

そんなことをよく貞子などから言われたが、ほかの女の子は全然本なんか手にしなかったので、わたしは勉強家としていくらか尊敬されていた。

しかし、腕っぷしも度胸もわたしが一番あったし、喧嘩もわたしが一番上手だった。

「やっぱり喧嘩も頭やな。貞子もチャナも字でも読めば、もうちっとはましになるやろに」

と、よくカオルが言った。カオルは孤児の三ノ宮の新聞売子上がりで、自分も新聞売子をしていた時、新聞の小説などをよく読んだので他の連中より教養があるということを、いつもわたしに言いたいふうだった。

しかし、そういうカオルが字は一番知らなかった。流行歌を写すとき驚いたのだが、カオルは全部、カナ書きで、それも、ヒラガナとカタカナをちゃんぽんにしていた。夜嵐のカオルと言えば、三ノ宮ではわたしに次いでいい顔だったが、十九の女の子とは思われぬ下手糞の金釘流《かなくぎりゅう》の字だった。顔が不思議に品があって啖呵《たんか》を切る時など思い詰めた目がちかちか光って凄いくらい美しかったので、そんなことでカオルは一割も二割も得をしていた。

それよりカオルが軽蔑しているチャナなどの方が、ずっと字も知っていたし、字もうまかった。チャナは本名田越トシエというのだが、チャイナタンゴがうまいので、チャナ、チャナと呼ばれていた。おそろしく向う見ずで、十三の時から不良仲間に身を投じているので、さすがに凄むときなど貫禄というものが身に着いている感じだったが、男にだらしないところがあって、誰彼の見境なく、チンピラを次々に情夫にしていたので、いざと言うとき仲間に押しがきかなくなり、夜嵐のカオルなどに結局は押さえられていたのである。

ココデ別レチャ未練ガ残ル
セメテカチノ宮ノ端マデ

軟派張ルノナラカチノ宮オイデ
ハクイナオスケタクサンイルヨ

わたしたちはその頃仲間の間ではやった唄を口ずさみながら、五、六人つるんでいつも街を歩いていた。昭和十八年から十九年にかけての冬が、一番楽しく遊んだ時期だった。軍歌以外あまりはやらないころだったので、こんな唄にもちょっとした刺戟《しげき》があった。ジャンパーの前をはだけて、赤の入ったマフラーで顔を包み、マフラーの端を首の横で結んでその端をぽんと肩のうしろに投げた。手はズボンのかくしに突込み、すこし前屈《まえこご》みになって歩くのである。これは当時の三ノ宮の不良の女の子が殆ど例外なく採用したスタイルであった。手をズボンに突込み、前屈みになって歩くのは、最初は男の子から来た流行で、当時不良のなかで美貌と腕っぷしで鳴っていた秋野の兄さんのスタイルである。それがいつかわたしたち女の子の間でも流行するようになったのだ。

冬の間はマフラーで顔を包んだが、夏は前をはだけた上着の間からハンケチとかシャツとか何か赤いものを覗《のぞ》かせた。その後モンペでなければ街を歩けなくなった時期でも、わたしたちはモンペの上着は必らずボタンにして、ボタンを掛けないで前をはだけていた。そして歩く時はやはりモンペのポケットに手を突込んで歩いたものだ。

わたしたちは、しかし、なぜあんなことをしたのだろう。いま思えば、わたしたちは誰からも違った部類の人間に見られたかったのである。一見して他の者とは違う人種だということを、服装や身のこなしで判らせたかったのである。

道を歩く人間は、わたしたちとぶつかると男も女も大抵は道をよけた。わたしたちは前屈みになって、ゆったりと肩で泳ぐようにして歩く。ハクイナオスケ（美しい女の子）タクサンイルヨ。唄の文句のとおり、わたしたちはわたしたちで、他の堅気な女の子たちよりも自分たちの方がどこかすぐれているに違いないと思っていたのだ。

夕方から夜へかけて、一回はわたしたちは三ノ宮の通りを歩くことを日課にしていた。ビールの券を握って長い列を作っている男たちの前を過ぎる。壮行会の酒に酔っ払って、軍歌を呶鳴《どな》っている男たちの渦の中を突切る。国防婦人会の襷《たすき》をかけた意地の悪そうな小母さんたちの前を故意にうろつく。早くから店を閉めている魚屋とか八百屋とか雑貨屋の裏口で、内儀《かみ》さんたちが二、三人でこそこそ話していると、何や何や、ええことあるんかとか、うちも欲しいわとか、わいわい言いながらいやがらせに覗き込みに行く。

ときどきS座とかM館とかの映画館の切符売場へ黙って手を突込む。切符を何枚か握らせてくれるまでは、手を突込んだまま、往来の方を向いて煙草を喫んでいる。窓口から覗いた女の子の顔が変わる。暫《しばら》くすると、事務所から男の人が降りて来て、切符を十枚ぐらい摑ませてくれる。時には煙草とか、いくらかの包金を添えてくれることもある。

「おおきに、すまんなあ。また来るで」

礼だけは言って、わたしたちは出て来る。その切符を、わたしは母さんのところへ送ってやり、チャナは男の子とよくそこの二階へ行く煙草屋の小母さんに、カオルは自分が目を掛けている十三だが、おませのチイコにくれてやり、博打《ばくち》でいつもすっからかんの貞子だけは、駅で女学生に「すまんが金貸してんか」と、三倍ぐらいの値段に切符を売り付けてしまう。

そして、わたしたちは、いつも「入るで」とひと言言って、どこの映画館へでも木戸御免で入って行った。映画は大抵欠かさず観たが、どれもあまり面白くなかった。戦争で未亡人になった女が工場で一心に働く話とか、恋人の遺骨を抱えて国へ帰って来る従軍看護婦の話とか、そんなどこかに嘘の感じられるしょうもないものが多かった。

「阿呆《あほ》やな、そこで接吻《キッス》せんかいな」

とか、

「ほかに男作らはったらええに！」

とか、いつも大きな声で茶々を入れて、わたしたちをはらはらさせるのはオシナだった。その罵詈《ばり》の調子には、妙にねちねちした執拗《しつよう》な感じがあった。嘘かほんとうか判らないが、オシナは許婚者《いいなずけ》が出征して、四年になるのにいまだに帰って来ないということで、そんなわけで他に男を作っていたが、やはり心のどこかでは、その男を待っているふうだった。

そのくせ、

「昨夜《ゆうべ》、あの人が帰って来て、うち、殺される夢をみた！」

なんて言っていることがあったのをみると、その男の帰還を待ってはいたが、やはり自分にうしろめたいところがあるので、それを恐れてもいるようだった。

「うちみたい不運なものあらへん」

「勝手に男作って、何言うてんね」

「そうやね。男作ってやったんや。目瞑《つむ》ってあの人の顔を思い出して、ほかの男に抱かれてるんや」

自分が勝手に呼び寄せた自分の運命に、残酷な目を向けているようなところが、たしかにオシナにはあった。しかし恋愛の話をしていない時はオシナは一番快活で、花札をひかせると天才だった。わたしたちの仲間では彼女が一番年長で二十二歳だった。

とにかく、わたしたちは三ノ宮で伸び伸びと手足を伸ばして生きていた。警察でよく、二度と三ノ宮へ顔を出すなと極付《きめつ》けられたが、そう簡単にはいかなかった。何故《なぜ》なら三ノ宮以外そんなに自由で明るくて楽しい天地はなかったからだ。その頃、わたしたちはお洒落《しやれ》で、お喋《しやべ》りで、お侠《きやん》で、どんなちっちゃなことにもすぐ真剣に怒ったり、笑ったりしていた。そして喧嘩となると鉄火——そのころの言葉で言うと心も腕もくろがねだった。

これらの昭和十八、九年の世の中で、もうすっかり影をひそめていたものを、カオルも、チャナも、オシナも、マサチャンも、貞子も、わたしたちみんなが持っていたのである。

「お任しあれ」というのが、その頃のわたしたちの合言葉だった。誰かが汽車の切符を欲しいと言うと、貞子が、

「お任しあれ」

と言って、十分もしないうちにどんな遠くまでの切符も簡単に手に入れて来た。旅行証

明もいらなかったし、駅員にお使いものもいらなかった。助役の前で嘘八百を並べて、ぺこぺこする必要もなかった。砂糖が欲しいと言うと、

「お任しあれ」

と二つ返事で、マサチャンが飛び出して行った。

こうして、ビールでも、煙草でも、卵でも、牛肉でも、何でもござれ「お任しあれ」で手に入れることができた。

わたしたちは誰にもお愛想笑いなんかしなかった。わたしたちは、また他の女の子のように工場へなんか行かなかった。そこで海草麺とかいう得体の知れぬものを食べて、何もしないでアンモニア臭くなることはまっぴらだった。

三ノ宮の二年間のうちで、十九年の五月の終りに、わたしはちょっとした思い出になる事件にぶつかった。宝塚が閉鎖するちょっと前のことである。

その日、わたしはチャナと貞子とそれから男の子十人ほどと宝塚へ遊びに行った。ちょうど宝塚《ヅカ》の者が警察《サツ》へ上がって間もない頃だったので、みなフケてしまって誰もいなかった。仕方ないので、わたしたちは歌劇を見て、七時頃三ノ宮へ帰って来たのだが、三ノ宮の出札口を出たところで、私は母に手を掴まれた。

「帰りましょう」

母はただそれだけ言った。見ると私の家のある本山《もとやま》の不良で顔見知りの連中もいる。

訊《き》いてみると、本山に起こったある恐喝事件の嫌疑がかかっているとかで、本山の不良の一人はわたしを探し出して来るということで留置場を出して貰ったということであった。家の方へもA署から手配があり、母は連日わたしの居場所を探していたということだった。

わたしはその頃、二つ下のオリョウという十七の女の子といっしょに、三ノ宮の小さい中華料理店の二階に寝泊まりしていたのであった。

わたしはその晩、すぐA署へ出頭した。

「うち、何もせえへんぜ」

「何が何もせえへんねん、それで何もしていないのか」

刑事室で、わたしははじめから刑事と言い合いをしたが、三時間ほどで、結局事件と無関係なことが判って、夜遅くわたしは放免された。

放免されてA署の扉を押して屋外へ出ると、すぐ前の右の階段のところに母はそこへ寝るつもりでいたのか、毛布を持って立っていた。わたしは、その晩、殆ど一年振りで自分の家に帰った。

「どや、家の方が寝やすいやろ」

と母は言った。

「寝やすいことあらへん」

実際、わたしは自分の家が寝やすくはなかったのだ。

わたしは小学校一年の時、父を喪《うしな》っていた。父は亡くても父が軍医だったお蔭《かげ》で生活は恩給でたいして不自由なく支えられていた。わたしは二人の兄を持っていた。長兄はわたしと六つ違いであり、次兄は四つ違いだった。長兄は一高時代に左翼運動に走り、退校となり、その後地下運動に走って検挙され、とうとう獄中で病死してしまった。その兄の死の報《しら》せがもたらされたのは、私が家出をする半年ほど前のことだった。

次兄の方は幼年学校から士官学校に入り、少尉に任官したが、この方はたいへんな右翼で所謂《いわゆる》少壮将校と呼ばれる部類の一人だったが、その極端な思想を敬遠されたのか、任官すると間もなく大陸へ派遣されて、これもあっと言う間に、その気負いたった短い生涯を終えていた。次兄の戦死は長兄の死より一年ほど前だった。

わたしは性格のまるで違った二人の兄のいずれもが好きだった。わたしは小さい時二人に可愛がられて育った。二人のどちらも小さいわたしには間違った人間には思われなかった。

二人の兄を相次いで喪ったわたしの悲しみは深かった。わたしはほんとうに、二人の大好きな兄たちの遺骨の納められた家内には安らかに眠れなかったのである。わたしが二人の兄たちから共通して教わったものは、今考えてみれば反逆だけであったようである。二人の兄たちが自らの死をもってわたしに教えてくれたものは反抗であったのである。

わたしは世の中のことが、ひどく莫迦《ばか》らしくなっていたのだ。学校も莫迦らしかったし、親戚の人たちの言うことも、急に気難かしく、厳格になった母の言うことも莫迦らしくなったのである。

母は知らなかったが、二人の遺骨の納められた部屋の隣で、わたしは幾度、「うちかて、やったるわ」と思ったことであろう。

わたしは一年振りで家へ帰って来たのだが、母の顔を見るのも辛かったし、父の写真を拝ませられるのも辛かった。それからまた、兄たちの位牌《いはい》へ焼香するのも辛かった。

「うちかて、やったるわ」

その晩もまた、わたしはそう心の中で自分で自分に言ったのである。

わたしは母を一人ぼっちにすることは、さすがに辛かったが、わたしはこの家はやはり出なければならぬと思った。あの心やさしい二人の兄たちが、曽《かつ》てやはり一度はそう思って、しかも敢《あ》えて母を捨てたように、わたしもまたそうしなければならなかった。ただ違うところは兄たちは自己犠牲の苦しい道を選んだのに反して、わたしはそんな莫迦らしい道は御免だったのだ。わたしの手足を思う存分伸ばし、大きく自由に呼吸するために、カオルやチャナや貞子やオシナやマサチャンのいる三ノ宮に帰らねばならなかったのである。

わたしは翌朝八時には、母の隙を窺《うかが》ってもう家を抜け出していた。わたしがボロ雹《ひょう》と呼んでいるH電信学校の不良学生たちと阪急の中でいっしょになった。

「早いな、どこへ行って来たんや」

「警察《サツ》や、パクられかけたんや」

「なんでや」

「家出《トンコ》しとってん」

それから、そののろまそうな学生たちに、

「三ノ宮まで送ってんか」

とわたしは言った。五、六人の学生が三ノ宮までわたしを送って来た。

「さいなら、お帰り」

わたしは「くれない」の入口まで来ると、こう言った。

「さよなら」

学生たちはわたしを見送って来たということだけで十分満足して帰って行った。

その日一日、いっしょに中華料理店の二階にいるオリョウとは顔を合わせなかった。夜、帰宅してもオリョウはいなかった。わたしがパクられたのを聞いて、自分も万一を慮《おもんぱか》って身を匿《かく》したのかも知れなかった。

わたしは、この十七の小柄な不良を可愛がっていた。オリョウは繊弱な肢体を持って非力だったが、身のこなしはひどく敏捷《びんしょう》だった。少女から娘へなりかかりの幼さをまだ身に着けていて、少し甘ったるい声で、啖呵を切る時など食べてしまいたいほど可愛かった。オリョウは耳朶《みみたぶ》を兎のように動かせることが得意だった。

「姉ちゃん、動くやろ」

そんなことを言いながら、よく窓際で彼女はぼうっと薔薇色に明るんでいる形のいい耳をぴくぴくと動かした。

そんな時、わたしはこの小娘に愛情を感じた。

「ほかの人に、そんなことして見せたらあかんし」

わたしは、オリョウを窘《たしな》めて、なんとなく心が騒ぐのだった。

その夜、わたしは久しぶりで母に会ったためか、ひどく寂しかった。オリョウのいない部屋は寂しくてやり切れなかった。

八時に外へ出ると松竹座の前で、ばったりと秋野の兄さんに会った。

「オミツ、どこへ行くんや」

「行くとこあらへん」

「俺のところへ泊まりに来るか」

「行きまっさ」

わたしはふらふらと、ぞっとするような美貌の秋野の兄さんの後へついて行った。

六甲の中腹だった。どこかの金持の別荘でも借りているのか、植え込みの多いがらんとした、大きい邸宅だった。何も置かれていない八畳、十畳という広い豪壮な部屋がいくつも並んでいた。そしてその一番奥の部屋だけに、洋箪笥《ようだんす》と、いやに艶《なま》めかしい屏風《びょうぶ》と新しい桐の箪笥があった。男の部屋と言うより女の部屋の感じだったが、誰もいなかった。

どこか料理屋からでも運ばれたらしい吸物付きの食膳が部屋の隅に置かれてあった。秋野はそれをわたしに食べさせた。そしてわたしが食べ終えて箸を置くと、

「蒲団引っ張り出して隣の部屋にでも寝ろよ」

と秋野は言った。

わたしはそのとおりにした。艶めかしい赤い絹夜具だった。寝る前に窓を開けると、神戸の町の灯が美しく下の方に見えた。

さすがに三ノ宮より場所が高いだけに、夜気は幾分、ひんやりしていた。何より枕許《まくらもと》で市電の音がしないのが有り難かった。わたしは床に入った。秋野は隣の部屋で、窓へでも腰かけているらしく、素人《しろうと》ばなれしたうまさで昔の外国映画の主題歌か何かの口笛を吹いていた。わたしはいつか眠りに落ちて行った。

明方近くになって目を覚ますと、秋野はわたしの横に腹這《はらば》って寝ながら雑誌を読んでいた。わたしが目覚めたのを知ると秋野は枕許のスタンドを消した。スタンドの灯が消されると、戸を閉めていない障子はもううっすらと白んで見えた。

わたしは秋野の思うようになった。はじめての経験だった。

わたしは六時に床を出ると、眠っている秋野を置いて、その家を出た。誰か女でも帰って来そうな気がしたからである。夏の朝のひんやりした空気の中を、わたしはたいして後悔もせず、松林の中の小径《こみち》を降りて帰った。

その日の夕方、もう一度、わたしは秋野の家を訪ねた。庭伝いに縁側の方へ廻って行くと、こんどは秋野は年上の豊満な色の白い女といっしょに畳の上に寝そべっていた。

「よう」

と言ったまま、秋野は静かな顔をしていた。

わたしは縁側へ腰かけて女の出してくれた紅茶を御馳走になった。

そのうち女は突然、袂《たもと》からダイスのサイコロを出すと、茶碗の中に入れ、ぽんと食卓の上に伏せた。そして茶碗を取ると、

「今日は面白いかしれん。行っといで！」

と秋野に言った。秋野は聞いているのか、いないのか、その方は見ないで、仰向けに寝たまま庭の木の梢のあたりから視線を離さなかった。

女は立ち上がって行くと、今朝まではなかった部屋の隅の洒落《しゃ》れた婦人持ちのボストンバッグから、ちょっとどのくらいか見当の付かない紙幣束《さつたば》を三つ出して来ると、黙って秋野の寝転んでいるそばに置いた。

それから五分も十分も経ってから、秋野は、

「行こうかな」

と言って起き上がると、はじめて紙幣束の方へ視線を投げた。

女は洋箪笥をあけて、秋野の服を出してやった。そして煙草、紙、ハンケチ、ポケット用の櫛《くし》といったこまごましたものを、いかにも世話女房らしく順々に秋野に手渡した。

わたしはその時妙にその女に太刀打ちのできないものを感じた。口数少ないくせに、いやに物なれた思いやりのこもった仕種《しぐさ》の一つ一つに、とうていわたしなどの真似て及び難いものがあった。それにきれいな目をしていた。

「お金、はたいてもいいわよ。遊んだだけで、あんた本望じゃあない!?」

女は言ったが、秋野はそれに返事しないで黙ってそのまま出て行った。

「わたしも帰ります」

そう言って、わたしは女に挨拶すると、秋野といっしょに山を下りた。

秋野は屈託なく口笛を吹いて先に立って下りて行ったが、途中で道が二股になっているところへ来ると、ふいに立ち止まって、

「ここから一人にしてくれ。これだ」

と言って、ちょっと紙幣束の入っている上着のポケットを叩いてみせて、やさしく笑った。賭場へ行くまでの時間を一人になっていたいのだろうと思って、わたしは彼の言うままに、素直にそこで別れた。わたしたちは結局、秋野の家でも、坂道でも、言葉らしい言葉は交わさなかった。今朝方、二人の間には何事もなかったようであった。実際に秋野は何事も覚えていないのかも知れなかったし、あるいは覚えていてもまったく意に介していないのであった。

わたしは、だから、もしかするとあれは夢であったのかも知れないと、ほんとうに思った。少なくともそう思うように自分に言い聞かせた。

その後わたしは秋野の兄さんとは会わなかった。あの日金を渡して秋野を賭場へ出してやった色白の女のひとのことを思うと、妙に六甲の中腹の秋野の部屋を訪ねる気にはなれなかった。

それに秋野は街に殆ど顔を出さなくなっていた。長身の背を少し曲げて、三ノ宮の不良《デンコ》の憧憬《あこがれ》の的である秋野のおっとりした、そのくせどこかに精悍《せいかん》さを匿し持っている、がっちりした背後姿《うしろすがた》を目にしないままに、いつか夏は終り、海岸通りからひんやりした風の吹いて来る秋になっていた。

十月にはいったばかりのある日のことである。わたしはオリョウと二人で大阪梅田の阪急百貨店へ遊びに行ったが、階段を一階へ降り切ったところで、突然見知らない若い学生ふうの男の子から声を掛けられた。

「オミッちゃんじゃありませんか」

と、その男の子は言った。

「そうよ、なんか用?」

と訊くと、

「加古川の者ですが、春次という者が応召しますんで、明日いろんな人が集まって来ます。来て戴《いただ》けませんでしょうか」

言葉はひどく丁寧だった。

「あら、春次さん、応召するのん」

と、突然、オリヨウが、横から真剣な声を出して言った。

「そのひとうちの幼馴染《おさななじみ》なの。姉ちゃん、すまんが行ってやってんか。うちも行くによって」

わたしは、実のところはあまり乗り気ではなかった。田舎の不良の壮行会などに引っ張り出されるのは有り難迷惑だったが、オリョウがひどく身を入れているふうだったので、オリョウの顔を立てて出かけてやることにしたのだ。

翌日、約束した時間に三ノ宮の駅に、オリョウのほかにカオルを誘って出掛けて行くと、加古川の若い者が五人出迎えに来ていた。応対はひどく丁寧だった。

わたしもカオルも、電車へ乗ってからずっと大きな顔をしていた。省線の終点明石駅で降りて、駅前の喫茶店へ行くと、ここにも明石と加古川の不良たちが男女十数名出迎えに来ていた。全部で二十何名かの男女が、そこからもう一度汽車に乗って加古川に向かった。加古川に行ってみると、ここにも七、八名の女を混えた十何名かの出迎えが、ものものしく待っていた。

わたしもカオルも悪い気持はしなかった。

「姉ちゃん、春次って、この辺ではたいしたもんよ」

と、オリョウは、これで自分の顔が立つといった面持《おももち》で言った。

訊いてみると、春次はこの近在では一、二の旧家の次男坊で、何年か前から家は勘当同様の身だったが、ほかのことと違って、今度は応召なので、両親も春次を家に入れて、彼の不良としての最後の望みをかなえてやっているふうだった。

神戸あたりではちょっと想像できぬ古い大きい構えだった。二十畳ほどの大広間に三十人近い男女が並び、なお廊下にも十何人かがはみ出していた。姫路、明石、三田《さんだ》、三木、土山といったところの連中が顔を揃えているのであった。

春次は二十八、九の、頰の髯《ひげ》の剃跡《そりあと》を青くしたちょっと苦み走った、いかにも育ちのよさそうな青年だった。

彼は、わたしたちの前へ来て、

「僕は加古川の春次です。今日は遠方を有り難う」

と挨拶した。そしてオリョウを見付けると、

「おや、オリョウちゃんも来てくれたんか」

と、オリョウにも、丁寧に頭を下げた。

そのとき、わたしはオリョウが、柄になくほおずきみたいに真赤い顔になっているのに驚いた。オリョウはすっかり上気して満足に口が利けないのであった。

「あんた、あの人に惚れているんやろ」

春次がほかへ挨拶に廻ってから、わたしはオリョウに言葉を掛けた。

「姉ちゃん」

と、ただそれだけ、たわいもない声を出して、オリョウはぽきぽきとやたらに手の指を鳴らしていた。こんなだらしない惚れ方があるものかと、わたしは呆《あき》れた。しょうもないとわたしは思った。

「隅へおけん子やな、どこで知り合ったんや」

「うち、むかし小学校のとき加古川に住んでたことがあるわ」

阿呆らしいとわたしは思ったが、訊いてみると、オリョウは春次と幼馴染ということ以外べつだん何の関係もないのだった。オリョウはこの春、加古川の親戚を訪ねた時、その家で何年かぶりで春次に会って、とたんに堪《たま》らなく春次が好きになってしまったということであった。

「好きやったら、好きやって言わんことには、相手に通じんやないか」

「そんなことよう言わん」

「よし、うち言ったろうか」

「姉ちゃん！」

と、またオリョウは、間の抜けた頓狂《とんきよう》な声を上げて、身を震わせた。

十六、七で色気の出た子には助からないと、わたしは思った。そしていやに上《う》わずっている日頃の彼女とは違うオリョウを半ば憎らしい思いで眺めた。

豪勢な酒宴だった。文字どおり一升瓶が林立し、田舎料理ではあったが、山のもの海のものが次々に運ばれた。

一時間もすると、一座は乱れた。

新開地からも女の子が二人来ているというので、注意して見ると、なるほど、わたしたちの向い側の席に、二十ばかりの女の子が二人、ちょっと垢《あか》ぬけた恰好《かつこう》で酒を飲んでいた。

座が乱れると、次々に大勢の者が名刺を持ってわたしのところへ挨拶に来た。わたしもカオルも一つ一つ盃《さかずき》を受けていたので、酒がひどく廻った。

気が付くと、わたしのすぐ横で、春次とオリョウが何か話しながら、盃をやり取りしていた。オリョウの子供っぽい笑い声が、平生《へいぜい》になくしなを作って変梃《へんてこ》にわたしの耳に聞こえた。

わたしはそんな二人の横で、酔眼で一座を見廻しながら、いつからともなく秋野のことを考えていた。あの日から一度も会っていないのである。やり切れぬ寂しさが次第にわたしの心に、妙な荒さで込み上げてきた。

そのとき新開地の女の子が一人座を立って、乱れた席のまん中で、映画「支那の夜」の解説をやっていたが、ふと途中で止《や》めて、盃を持ったままふらふらとわたしたちの席の方へやって来た。わたしは誰かに突っかかりたくなった。

「何よ、中途で止めるなんて！　知らないなら、はじめから出て来るな」

気が付いたとき、わたしは立ち上がっていた。

ばらばらと二、三人の男が「まあ、いいやないか」と仲裁に立って来た。

「ふん、途中で止めて悪かったな」

相手が言うや否や、わたしは足元の盃洗《はいせん》を取って、相手の顔にぶちまけた。

相手が武者振りついて来た時、ちらっとそばを見ると、カオルもオリョウもビール瓶を握って立ち上がって「何か知らんが、うちらもやるで」といった顔をしている。

次の瞬間、わたしも新開地の女の子も、わあっと大勢の男たちにたかられて、忽《たちま》ち引き離されてしまった。

二人とももとの席に坐《すわ》らされて、騒ぎはけろりと収まり、また賑やかな酒宴が再開した。妙にやり切れない寂しさは酔ってもそこだけしっかりしているわたしの心に、さらに重く降りつもるばかりであった。

「どうせ兵隊へ行けば、三月《みつき》もすれば遺骨や。オリョウ、あとで後悔するんなら、あんた泊まって行き」

そんなことを何回か繰り返して言っていたまでは覚えていたが、あとは誰かに次の間に運ばれて、わたしは正体なく眠ってしまった。

オリョウに揺り起された時は、もう暗くなっていた。

上《のぼ》りの連中がみんな帰るというので、わたしたちもいっしょに帰ることにした。わたしの方は酔いが醒《さ》めていたが、カオルとオリョウはへべれけだった。

加古川から十何人かどやどやと列車の中へ乗り込んで行った。列車の中は買出し人で満員だった。いつ仲直りしたのか、新開地の女の子とカオルは、二人とも、ふらふらしながら肩を組んでいた。

「オリョウ、あの人になんとか言ったんか？」

と、わたしが訊くと、

「言う暇あらへん。二人とも酔っ払っちゃったやないか」

それから、珍しくわたしに絡んで来る口調で、

「くよくよすな、三月たてば会えるやろ」

あとは唄うような調子で、白木の箱に収まって、と妙に引きつった声で叫んだ。

周囲で何人かの乗客が笑った。

と、それに反発するように、オリョウは、

「軒下三寸借り受けまして仁義失礼さんでござんす」

と、不思議にこの時だけはよく透る澄んだ声で仁義の練習をはじめた。

摂津摂津と申しましてもいささか広うござんす。六甲山は吹き下ろし、金波銀波にとどろく神戸港、清き流れの新生田川に沿いやして、ずらりと一号館から七号館まで、それに少し西へ寄りまして花の都と言われました三ノ宮、今は寝ている子も起きると言われた番丁にくすぶる身、本名清川れい子、通称オリョウと申します駈出し者でござんすが……

わたしは汽車の動揺に身を任せながら、どこか唱《うた》歌でも唱っているような、そんなオリョウの仁義を聞いていた。汽車の騒音の中に、その声だけが鈴のように細く透って響いていた。

気を呑まれたのか、不気味に思ったのか、周囲の乗客はオリョウを中心とするわたしたち一団から視線を他に転じ、こっちは見ないふりしていたが、彼らの耳はオリョウの仁義に聞き入っているふうだった。

わたしは途中から、この酔っ払いの少女が泣くのを必死に我慢して、べらべらと声を口から発射していることに気付いていた。

不良狩は何回か周期的に行なわれたが、もっとも大がかりに三ノ宮の不良が根こそぎ上げられてしまったのは十九年の暮だった。

ひどく寒い日だった。

わたしはオリョウと二人で、三ノ宮の中華料理店の二階に寝ているところを警察の人に踏み込まれて、そのまま連れて行かれたのだが、その時はどういうものかK署のブタ箱に入れられた。

あの時は賑やかだった。わたしたちが入って行くと、わあわあと歓声が湧き起った。マサチャン、カオル、チャナ、貞子、オシナ、それにジャンバ、清子、そんな連中が狭いところにぎっしり詰め込まれている。

べつにたいして悪いことはしていなかったから、わたしたちは案外平気だった。

「何を訊かれても言うたらあかんで。決して言うなよ」

カオルが一同に言い聞かせた。

わたしたちが入ってからも、次々に不良という不良はみんな入って来た。

男の子たちは次の室だった。

「お前、また来たんか」

室外からそんな巡査の声が絶えず聞こえて来る。

「また来ましてん、お願いしまっさ」

みんな同じようなことを言って答えている。服部勇、大パテ、小パテ、バッチの太郎、ジャックの鉄、小虎、そんな連中の声が次々に聞こえて来る。隣室へ入って行った者が、その声で誰々だとわかると、わたしたちはその都度《つど》わあっと歓声を上げた。

取調べがはじまったのは、わたしたちが放り込まれてから二時間ほどしてからだった。

女の子の方はカオルが第一番だった。「ふん」と鼻を鳴らし、

「ここから出て行くの寒いな」

と言いながら、カオルは映画女優のように眉を美しくきゅっと顰《しか》め、そのくせ、むしろいそいそと出て行った。

カオルは、十分ほどで帰って来た。カオルは、

「貞子の番じゃ、言うなよ」

と、それが帰って来た時の挨拶のように、巡査の前でも平気で言った。

「お任しあれ」

と、貞子も出て行った。

貞子の次がチャナで、チャナの帰って来ないうちにわたしが呼び出された。

刑事室へ行ってみると、チャナが刑事の机の前に坐って、

「そんなこと、知らんや」

と、言って、ちらっとわたしの方を向いた。

「知らんことあるかい」

「知らんもん」

男にはからきしだらしがなかったが、こういう場所へ出るとチャナは見事だった。梃《てこ》でも動かぬ太々《ふてぶて》しさが、どちらかといえば、ぶよぶよした二重顎《にじゅうあご》の贅肉《ぜいにく》の上に居坐った。

「上がれ」

と言われて、わたしもその室へ上がって行った。

みんな顔見知りの刑事だった。型どおりに本籍地と現住所を書かされ、またいつものように、

「死んだ親父さんが泣くぞ」

と言われた。

「泣くことあらへん」

「お前、秋野の居場所、知っとるやろ」

「知ってません」

「嘘つけ」

「嘘やあらへん」

わたしはこの時、今度の不良狩が秋野に関係していることで、ほかの訊問は全部その附けたしであることを知った。

わたしとチャナは、一時間ほど、いろいろのことを訊かれて放免された。

その夜、わたしのところに差入れがあった。家からの差入れということだったが、わたしがここに来ていることは家には連絡してないので変だと思ったが、わたしはそのまま受け取った。三十人前の弁当だった。竹の皮の中には握り飯、卵焼き、それに茶が二本の魔法瓶に入っていた。

わたしたちは大悦《おおよろこ》びだった。弁当を一つずつ受け取り、隣室の男の子にも分けてやった。わたしの家は不良の中ではいい家庭ということで通っていたので、こうしたことは誰にも不審には思われなかったが、わたしは、母が決してこんなことをする母でないことを知っていた。

わたしは、母の名を用いて弁当を差し入れた人物が誰であるか、弁当の割箸の袋を破ろうとした時知ったのである。割箸の袋に印刷されてある模様はわたしには記憶があった。わたしは、秋野がわたしの顔を立てるために、わたし宛にこれだけの弁当の差入れをしてくれたことを思うと、思いがけない感動で膝頭ががくがく震えて来た。お腹は空いていたが、わたしはもう何も食べたくなかった。そして、ああ、秋野の兄さんに会いたいと思った。

「明日また調べるやろが、変なこと訊かれて、変なこと喋ったら承知せんで」

わたしは、口を割りそうな若い子たちの方に念を押して言った。

わたしには秋野が悪質の犯罪を犯す筈《はず》はないと思われた。あのやさしさとあの美貌と、そしてあの腕っぷしが、それらの秋野のあらゆる長所が世の中の者から嫉《ねた》まれているのだと思った。

その晩、わたしたちはわいわい騒いで、隣室と流行歌の合唱をしたりして遅くなって眠った。係員も、仕方がないと思ったのか大目に見ているようだった。

わたしは眠れなかった。夜半から雨が降って来た。雨の音が室の窓から、しとしとと落着いて聞こえて来た。

「オミッチャン、秋野の兄さん、どこにいるか、あんた知っとるか」

寝たとばかり思っていた貞子が、小さい声で囁《ささや》いた。

「知らんわ」

「目玉の竜子の親戚の家や、住吉の運送屋の二階の六畳間」

目玉の竜子と言えば、会ったことはなかったが、わたしもその名は聞いて知っていた。六軒町の不良で、年は十八だが、そこではいい顔だということだった。

わたしははっとした。六甲の中腹の別荘の一間が彼の隠れ家だとばかり思っていたわたしには、貞子の話はまるで寝耳に水だった。

「いつからや」

「先月のはじめや」

「秋野の兄さん、目玉とできてるのか」

「そうやろな、でなくて、匿《かく》まわんやろ」

わたしはそれ以上訊く元気はなかった。わたしは六甲で会った色の白い女の人には、殆ど嫉妬というものを感じなかったが、目玉の竜子には、その時激しい嫉妬を感じた。憎しみが刃のようにまだ会ったことのない、新開地の不良に向って流れた。

わたしがはじめて目玉の竜子と会ったのは、空襲が日一日激しさを加えて来た二十年三月だった。神戸が第一回の空襲を受ける直前で、竜子と秋野の噂を留置場で、耳にしてから三月経っている。

神戸もその頃は街の相貌がすっかり変わり、三ノ宮も軒並みに店をたたむ家が続出していた。街の表情も、道を歩く人びとの顔付きも一様にどす黒く変色し、人の心は例外なくざらついていた。わたしたちの方がずっと素直で大人しかった。

「みんな不良にならはって、うちら取り残されてしもうた」

そんなことをよくマサチャンは言ったが、実際、そんな感じだった。わたしたちは、日々何ものかに取り残されて行きつつあるようだった。

わたしたちは、それでも砂糖の入ったコーヒーを一日に何杯か飲み、煙草はバラ煙草だったが、それでも巻いたやつをのらくらしながら不自由なく煙にしていた。

国がどうなって行くか、わたしたちにてんで見当が付かなかったが、暴風雨《あらし》のあとの海岸のように、三ノ宮が日増しに荒れて行くことは悲しかった。

その頃、今度不良狩でパクられると、もう再び娑婆《しゃば》へ出て来れないか知れぬという噂が飛んでいた。

「どうしてや」

「空襲の時邪魔になるやろ」

「火を消すの手伝ったら、あかんのか」

「もう遅すぎるのやろ」

そんな会話をチイコとオリョウがしているのを、わたしは聞いたことがある。空襲の時には、黙っていてもこの子たちは誰よりもよく働くだろうと思った。果たして、

「いつあんやろ、早う来んかいな」

「うち、真先に飛び出すぜ、焼夷弾五十消して勲章貰うてやろ」

そんなことを二人は言っていた。

カオルが、どこからか鉄兜《てつかぶと》を貰ってきた。鉄兜を頭に載せると、色が白いところへ目がぱちりと涼しく、カオルはいい加減なヅカガールには負けない愛くるしさだった。わたしはカオルにときどき見惚《みと》れることがある。新聞売子上がりの孤児のくせに、実に品のよい貴族的な顔をしていた。字さえ書かさず、喧嘩さえさせなかったらたいしたものだった。尤《もっと》もカオルの一番美しく見えるのは気が立った、立板に水のようにぽんぽん啖呵を切る時ではあったが。これで男嫌いで通っているんだから不思議だった。ほんとうにカオルは男を知らないと噂されていた。カオルの目はたしかに娘しか持っていない澄んだ美しい色を持っていた。

目が美しいと言えば、しかし、オリョウは勿論《もちろん》のこと、チャナも貞子もオシナも、街を

歩いている、そのころのどんな女の人たちより美しかった。物欲しさと疲れと不安とできょときょとしている亡者《もうじゃ》たちよりどんなに美しかったことか！　その日、わたしとオリョウとチャナは連れ立って何か面白いことはないかと六軒町まで足を伸ばしたのだが、映画館の前で一見不良に見える女の子の一団とぶつかった。チャナでも面《めん》を切ったらしく、行き過ぎてから、向うの女の子の一人が振り返って、

「ちょっと」

と言って来た。

「何や」

とチャナが言った。

「あんたら、どこから来たや」

「どこから来ようとこっちの勝手じゃない。何か御用か」

もうチャナは喧嘩口調だった。

「税金払って歩いてるのに何か文句でもあるのかいや」

その時、向うの一団では一番年長と思われる長身の、身なりのいやに調《ととの》った女が、

「おお、うるさ」

と言って顔を顰《しか》めて戻って来たが、チャナの方には目もくれず、わたしの顔を見るなり、

「あんた三ノ宮のオミツやないの」

と言った。わたしはいきなり呼《よ》び棄《す》てにされたことがひどく癪《しやく》にさわった。

「そうやね、えろうすまんな」

それからお前などは問題にしていないといった調子で、

「今六軒では誰が抑えてんね」

と、わたしは言った。

「誰ということないけど、みな、ええ根性してんで」

それから、じろりとねめつけていたと思うと、急に開き直った口調で、

「うち、目玉の竜子や。みなにかわって挨拶してやってもええで」

とやや間をおいて言った。

目玉の竜子と聞いて、わたしは胸にどきんと来た。なるほど瞼《まぶた》のぱちっとして真黒い大きな目玉をしている。顔はきれいだが、鼻から下がいやに高慢ちきだった。

「それはそれは、六軒の目玉の竜子ともあろう人が挨拶してくれるのん。では、顔でも洗って明日出直して来まっさ」

わたしは竜子と、場所は番丁と六軒の中間にある長田神社、時間は夜の七時、改めてそこで会おうと約束して別れた。

その翌夜、わたしはチャナとオリョウの昨日の顔触れだけを介添役に連れて、長田の停留所で電車を降りてそこで待っていた。真暗い舗道の突き当たりに長田神社はあった。竜子にはあるいは男の連中が付き添って来るのではないかという不安はあったが、その時はその時のこととして、わたしたち三人だけで出かけて、カオルにも貞子にもオシナにも、

そのことを知らせなかったのである。

十五分ほど経ったころ竜子が電車から降りた。竜子もやはり二人の女の子を連れていた。

「いらっしゃい」

とわたしが言うと、

「ちょっと遅れたなあ」

と竜子は言った。わたしが少し先になって、二人は神社の方へ歩き出した。わたしたち二人から五、六間離れて、チャナとオリョウ、それから向うの二人が歩いて来る。みんな黙っている。その時私は両側の木を注意して歩いたのだが、その何本かに、妙に人でも潜《ひそ》んでいるような不自然な動きを感じた。

社《やしろ》の前まで来て二人が小さい溝を跨《また》いだとき、わたしはいきなり振り返りざま、ちょっと身を引いて、

「竜子、昨日はどうも」

と言うなり、目玉の竜子の向《むこ》う脛《ずね》を靴で蹴飛ばした。よろよろとよろけた相手が溝に躓《つまず》いたとき、いきなりわたしはそれに乗りかかって行った。竜子は半身を溝に埋めていた。喧嘩は一方的と言ってよかった。わたしは憎しみを込めて、秋野を取った女の体を、手と脚で存分に痛めつけた。

竜子を殴りながら視線を右手に投げると、五、六間離れた場所で、オリョウとチャナがそれぞれ向うの一人を相手に地面の上に転がって組んずほぐれつしていた。

わたしは長居は危ないと思って、竜子から離れると、オリョウを上から石か何かで殴っている女を突き飛ばし、うしろから二つ三つ蹴っておいて、次にこの方は上になって盛んに踏んづけているチャナに合図して、いきなりばらばらと神社の裏手をめがけて駈け出して行った。

果たしてその時大勢の足音が、わたしたちの背のはるか後方から聞こえていた。わたしたちは離れないように三人一団となって、樹木の茂みをがさがさと潜《くぐ》り、どこか真暗い崖を手探りですべり降りて、走った。

そして半時間ほどむちゃくちゃに駈けた。途中で一度休んで、チャナがどこかで濡らして来た手拭《てぬぐい》で目をやられているオリョウの顔を冷やしてやった。

「姉ちゃん、見事やったな。凄いアッパーカットやな」

と、オリョウは息をはあはあさせながら言った。

「アッパーカットやあらへん。溝へ自分ではまりよったんや」

「あんまり急にはじめたんで、うち、ぽかんとしている間に、煉瓦《れんが》でいきなりやられちまった」

わたしは目玉の竜子はやっつけたが、なぜか少しも心は慰まなかった。そして、これで秋野との縁も完全に切れてしまったと思った。心には暗い冷たい渦ができていた。

六甲の中腹の家で見かけた色白の女の人に替わって復讐してやったんや、あのひと聞いたらさぞ胸がすくやろ、そんなことを努めて思いながら、わたしはオリョウの細い体を抱くようにして歩いて行った。

目玉の竜子との喧嘩《でいり》があった翌々日の夜、神戸に第一回の空襲があった。たしか三月十六日の明方、三時間ぶっつづけの焼夷弾の雨だった。

その前日から、わたしはオリョウとチャナと三人でS百貨店の近くの小さいホテル（と言っても木賃宿と言った方が近いが）に身を匿していた。六軒の連中がうるさいので暫くの間戸外へ出るのは慎んでいたのである。

敷布のない藁蒲団《わらぶとん》だけの寝台を二台並べて、その上にわたしはオリョウをまん中にして眠っていた。十二時を廻ったころ、カオルが、

「うちも泊めてんか」

と、突然飛び込んで来た。そして寝台に寝転びながら、

「秋野の兄さんが亡くなったそうや。留置中病気で帰されたんやが、二、三日して肺炎で死んだそうや、うち、今日聞いた」

「秋野の兄さんが！　世は末や、うちらかてあかんわ、もう」

と、チャナが言った。

オリョウは一人だけ眠っていた。右の目をまだ腫らしたまま、すやすやと清潔な寝息を立てて眠っていた。

わたしはそのオリョウの肩に顔を付けて、声に出そうになる嗚咽《おえつ》に耐えていた。何の病

気で、どこで死んだかもわたしは訊かなかった。訊いてもなんにもならぬと思ったからだ。

父が亡くなったとき、わたしはどうしたのか涙を出さなかった。死という意味がわたしには判らなかったのだ。長兄の場合も次兄の場合も、その死の報せに接したとき、わたしは誰にも遠慮もなく声を上げて泣いた。ひどく悲しかった。悲しくて悲しくて堪らなかった。

秋野の死の場合、ほんとうを言えばわたしは悲しくも何もなかったのだ。ただ寂しかったと思う。秋野の仕打ちが寂しかったように、その死も寂しかった。あんな寂しい男はなかったと思う。色の白い秋野に親切だった女の人を見たときも寂しかったし、目玉の竜子を痛めたときも寂しかった。秋野を取り巻く何に触れても、わたしはいつも寂しかった。

たしかに秋野は寂しさで身の周囲を固めているようなところがあった。阿呆な人だ！でもそんなところに、わたしは三ノ宮であの人に最初会ったときから惹かれていたのである。秋野は世の流れと逆に泳いでいた。秋野の体のところへ流れはぶつかっていつも白い飛沫《しぶき》を上げていた。長兄も次兄もやはり流れとぶつかって白い飛沫を上げていたが、二人の兄たちの泳ぎ方は流れと逆ではなかったのだ。同じ方向に泳いだのだが、二人はそれぞれの泳ぎ方で、流れよりずっと速い速度で泳いだのだ。

秋野は何をしていたか知らない。何もしなかったのではないか。時々目に付く変な身振りをしただけだ。そんなことでもしないと、こんな時代にあの人は身が持たなかったのだ。

いつかカオルもチャナも眠っていた。

わたしは眠っていなかった。しかしやはり眠っていたのかも知れない。空襲と吹鳴る声でわたしははっとして目を開けた。窓を開けると、戸外はもう真赤で、その時はじめて気付いたのだが、ざあざあと砂を撒《ま》くような音が間断なくわたしたちの周囲に聞こえていた。

カオルとチャナはベッドから転がり降りたが、オリョウはまだ眠っていた。わたしはオリョウの細い体を揺すぶった。

オリョウは目を開いてわたしの顔を見た。そして言った。

「姉ちゃん、どうするんさ」

「何、寝呆《ねぼ》けてんのや」

「寝呆けていいへん、空襲やろ！」

わたしはその時、オリョウの目を見てぞっとした。彼女は、寝台の上になおも横たわったまま、焦点のないような目で、まじろぎもせず、わたしの目を見入っていた。わたしは瞬間、オリョウは狂っているのではないかと思った。

わたしはそんなオリョウを抱えるようにして、カオルとチャナの後から戸外へ出た。

「きれいやな」

戸口でチャナは言った。二条《ふたすじ》の青い探照燈の光の交叉している部分をB29の小さい機影が満身を浮かび出して動いていた。

わたしたちはそこからS百貨店の地下室へ駈けた。

「きれいやな」

チャナはもう一度言って、空を仰ぎ、それから地下室の階段を降りて行った。地下室は避難者でいっぱいだった。

暫くすると、S百貨店も火に包まれそうだからN滝の方へ避難してくれと警防団の人が喚鳴り込んで来た。

わたしたち四人も人びとの流れに挟まれて階段を上がった。それまで三ノ宮は焼けてしまったとばかり思っていたのに、階段を上がって行ったわたしたちの目には、真先に三ノ宮の駅の建物が入って来た。

人びとはみなN滝の方へ避難するために、火を噴いている焼夷弾の転がっている路面を走って行ったが、わたしたちは三ノ宮の駅の広場へ行ってそこへ腰を下ろした。焼けていないとなると、三ノ宮から離れる気持にはなれなかったのである。三ノ宮の阪急の駅の附近から加納町へかけて全然焼けていないことを知ったときは嬉しかった。

夜がすっかり明けてから、オリョウは、

「姉ちゃん、ホテルで昨夜泣いていたんやなあ」

と、わたしに言った。そして何のためにわたしが泣いていたか、知っているのか知らないのか、それには全然触れないで、

「うちあの時死んでやろうかて思ってたんや。ほんとうは昨日、あの人の遺骨が帰ったんや、うち行かんかったけど」

と言った。加古川の春次が戦死したことも、その遺骨が帰るということも、わたしは全然その時まで知らなかった。そんなことを耳にしたこともなかった。そう言えば彼が応召してからいつか半年経っている。

「いつ聞いたの」

「昨日」

「それまで知らなかったの」

うんと言うようにオリョウは頷《うなず》き、

「三ノ宮も直《じき》に焼けるやろ、それでええんや」

と言った。オリョウは先夜の喧嘩で右の目を腫らし、左の頬はどこで付けたのか墨で真黒にして、ふた目と見られぬ汚い顔をしていた。

カオルがどこからか酒を持って来た。わたしたちはそこで酒を飲んだ。空腹にアルコールが滲《し》み込んで、瞬く間にわたしたちは酔っ払った。

中でもオリョウはひどかった。埃《ほこり》と灰を浮かべたきなくさい空気が、絶えずわたしたちの酒宴場に吹き付けた。オリョウは、カオルに絡み、チャナに絡み、わたしだけを「姉ちゃん、姉ちゃん」と立てた。

三月十六日の空襲以後、三ノ宮は殆ど死んだ街になった。街の人びとは疎開に狂奔し、疎開できない人びとだけが、絶望的な目差《まなざし》をして、のろのろとこの街をうろついていた。

わたしの親しい人たちも一日一日街から姿を消して行った。わたしたちは相変わらず何軒かの休業喫茶店でとぐろを巻いていた。「くれない」の経営者が疎開したので、その留守番を引き受けて、カオルと貞子とチャナの三人はそこへ寝泊まりしていた。

わたしとオリョウとオシナの三人は、五月の中頃から春日野道《かすがのみち》の産婆の家の二階に引き移った。オシナがわたしとオリョウの共同生活の中へ入って来た。

三人はなんとなく同病相憐れむといった感じで、以前より気が合った。わたしは秋野を喪っていたし、オリョウはプラトニック・ラブの相手を亡くし、オシナはおそらくとうに戦死したに違いない相手を、最近はどうやら諦めているふうだった。そしてどの男たちとも手が切れて、彼女に言わせると、当分空襲中は独身だということだった。情夫を持つと愛人の帰還を待ち、かまってくれる男たちがなくなると、愛人をも戦死してしまったものと諦める妙な癖をオシナは持っているのであった。

塒《ねぐら》を三ノ宮から春日野道へ移したのは、わたしとオリョウのいた中華料理店が強制疎開になって居所がなくなったことにも依ったが、それでなくても、わたしには、暫く三ノ宮から離れていたい気持があった。

自分でもはっきりとその理由は判らなかったが、やはり時折り、ふと秋野の姿を彷彿《ほうふつ》させる三ノ宮のいくつかの街角というものが、わたしの心に重苦しく作用していたのに違いない。

六月四日の夜、わたしたち三人は産婆の家の二階で、春日野道の若い者を二人加えて花札を引いて、床に入ったのは明方だった。五日の朝、六時頃空襲警報が発令になった。そこに泊まっていた春日野道の若い者は、二人とも空襲と同時に鉄兜をかぶって町内の見回りに出て行った。

わたしも、オシナも、オリョウも空襲になっても、半ば不貞腐《ふてくさ》って寝ていた。B29の機械音と焼夷弾の落下する音が天地を埋めていた。

わたしがオシナとオリョウに、「起きんかい」と言った時は、家の中も庭先も真暗になっていた。いつの間にこんなに暗くなったかわたしたちは知らなかった。

オシナとオリョウは「ちょっと戸外《そと》の様子を見て来る」と言って出て行ったが、そのまま帰って来なかった。

焼夷弾の落ちる音といっしょに、ぱあっとあたりが赤くなった。わたしはいきなり戸外へまろび出た。いたるところ火の海で道には誰もいなかった。わたしは裸足《はだし》のまま、盲滅法に駈け出した。途中に燃えかかった古本屋の店先へ飛び込み、そこにあった下駄を履き、座蒲団を頭に載せて再び火の少ない方へと駈け出した。

大通りへ出て、どうやら生命だけは助かったと思ったとき、

「オミッチャン、これを穿《は》きな」

と一人の学生が脚半《きやはん》を取り、靴下をぬいで、その靴下をわたしに穿かせてくれた。

学校の庭へ避難すると、オシナもオリョウも、春日野道の顔見知りの連中も大勢一カ所に固まっていた。

「オミッチャン、生きてたのか」

とオシナは言った。

わたしたち三人は三ノ宮が燃えているというので、小高いところに上がってその火を見た。カオル、貞子、チャヤナ、マサチャン、ジャンバ、そうした連中の安否は気遣われたが、わたしたちはどうする術《すべ》もなかった。

三ノ宮はおおかた燃え尽きてしまったらしく、燃え残っている建物を焼く火が、何カ所からも暗い煙を吐き出しながら、時折り赤い炎の舌をめらめらと天に向かって閃《ひらめ》かしていた。

「いよいよ最後やな」

と、オシナは言った。何がいよいよ最後か、わたしにはよく判らなかったが、その意味不分明な言葉に、妙な実感があった。わたしの胸を衝《つ》いた。

「姉ちゃん、ここは凄いよ、よく見える」

と、いつ登ったのか立木の上からオリョウが言った。そして暫くしてから、

「ああ、三ノ宮も焼けちもうた。さらばじゃ」

と、そんなことを言って、オリョウは割合快活に降りて来た。

「しかし、もう行くとこあらへんで、どこへも、どこへも、もう行くとこあらへんで」

「そうやな」

二人はそんな言葉を交わして、三ノ宮を灰にしている黒い煙から、なおも視線を放そう

とはしなかった。

それから二カ月半で終戦になった。わたしは三ノ宮の焼けた日からカオルにも、チャナにも、貞子にも会わない。オシナとは終戦二日前に別れ、オリョウとは終戦の日に別れた。二人とも家へ帰るということだったが、ちょっと当てにならぬところもあった。とにかく、三ノ宮の炎上とともに、みんな玉のごとくいずくかに飛び散って再び帰って来ない。

わたしは、その後何回か三ノ宮を歩いたが、カオルにもチャナにも会わなかった。わたしたちが好んで身を寄せ集めた、あのどこかひんやりしている、あちこちのビルの蔭も、わたしたちが日に何十遍出たり入ったりして倦《あ》きなかった三ノ宮独特の喫茶店も、もう再び現われ出て来ようとは思われなかった。もはや、そこは三ノ宮ではなかった。まったく別の人種が住む新しい都会ができ上がろうとしていたのである。

終戦後一年にして、わたしは昔の仲間の消息を二つ聞いた。男嫌いで有名だったカオルが、終戦の年の九月、不良上がりの医専出の医者を訪ねて、そこで赤ん坊を堕《おろ》して貰ったということである。わたしはこれを大阪の梅田新道で偶然会った喫茶店「くれない」の主人の妹から聞いた。それも路傍の一、二分の立話で詳しいことは知らない。長田神社でわたしたちが暴れていたころ、カオルは愛人を持っていたのであろうか。

もう一つは終戦の翌年、国際ギャング団の一味として、オリョウの写真が各新聞紙上に掲載されたことである。

これを見た時わたしは泣いた。こうした仲間に一番入って貰いたくない子だったからである。オリョウにだけは入って貰いたくなかった。わたしはオリョウの、口に銜《くわ》えたいような美しい耳朶《みみたぶ》の形を目に浮かべながら、

「阿呆やなあ」

そう声に出して言った。そしてわたしは、その時はじめてオリョウのために声を出して泣いた。しかし泣いているうちに、わたしはオリョウのためばかりに自分の涙が流されているのではないことを知った。秋野、二人の兄、終戦直後亡くなった不幸だった母、それから不幸と美しさを見境なく身に着けたあの時代のたくさんの少女たち、その全部か、あるいはその誰かのためにも泣いているようであった。ほんとうを言えば、わたし自身のために泣いていたのかも知れなかった。

今でもわたしは三ノ宮を焼いた炎の舌の美しさを時々憶《おも》い出す。あんな美しく焼けるものの中には、やはりあの暗い時代に、美しいと呼ぶことを許されていい何かが詰まっていたのではなかったか。

解説

銃後の苦界

浅田次郎

毛沢東は一九三八年に発表した「持久戦論」でこう述べている。

武器は戦争の重要な要素ではあるが、決定的な要素ではなく、決定的な要素は物ではなくて人間である。力の対比は軍事力および経済力の対比であるばかりでなく、人力および人心の対比でもある。軍事力と経済力は人間が握るものである。

「持久戦論」は日中戦争の初期の段階において、驚くほどすみやかに明晰に、抗日戦の理論的根拠を示した「人民戦争論」であった。

この部分だけを読めば、多くの人は毛沢東の言葉とは思わず、日本政府の見解か当時の言論人が書いた文章だと考えるであろう。数年後の日本はまったく同様の理論を掲げて、対米英戦に突入したからである。

しかし、少なくとも戦前の日本は、後世の私たちが考えるほど精神性に依拠していたわけではない。「軍事力と経済力は人間が握るもの」と心得て、「持久戦論」が発表された一九三八年には、すでに「国家総動員法」を施行していた。つまり奇しくも同じ時期に、毛沢東の理論を一歩先んじて具現化していたのである。

国家総動員法とは、戦時に際してあらゆる人的および物的資源を統制運用しうる大きな権限を、政府に与えた法律である。この制定に基き、国民徴用令、生活必需物資統制令、価格等統制令等の実効法が定められるのだが、それらの矢継早な施行を考えれば、基本となった国家総動員法は、国民が政府に対して白紙委任状を渡したに等しかった。

かくして国民生活の全般にまで及んだ国家統制は、本巻に収録された作品の舞台背景を生んだのである。帝国憲法に示された兵役の義務ばかりではなく、国民のすべてが「銃後」という苦界で暮らさねばならなくなった。

そもそもこの考えは、欧州駐在武官を長く務めた永田鉄山の論文「国家総動員に関する意見」が起点となっている。第一次世界大戦を現地で目のあたりにした永田は、国家の人的物的資源の統制こそが、戦時における不可欠の要素であると考えた。

どうやら彼は、陸軍きっての理論家であったばかりか、一種のカリスマ性を持っていたらしい。三十代なかばにこの論文を発表したのち、一九二六年には国家総動員機関設置準備委員会幹事となって、体制の基礎を作り上げた。しかし陸軍省軍務局長の要職にあった一九三五年に、白昼の執務室で斬殺されてしまう。世に言う相沢事件である。

歴史は常にわかりやすい結論を求めるものだが、この出来事が「陸軍内における統制派と皇道派との相剋」などという単純な図式で表わされようはずはなく、ましてや翌年の二・二六事件と包括して審理される事件でもあるまい。

ともあれ、永田鉄山の死から三年後に国家総動員法は施行され、国民は国家の厳密な管理下における苦界の住人となった。

しかし私は、彼が不幸の元凶であるとは思わない。当時は最善の選択であると考えられていた国策が、テロリズムによって親を失った事実のほうが重大だと思うのである。

国家総動員法はおぼつかぬ独り歩きを始め、テロリストに象徴される不合理な精神性がその足元にくろぐろと影を落とし、国民は好むと好まざるとにかかわらず、そうした国家の歩みに追従して行くほかはなかった。

本巻に収められた作品のすみずみにスポット・ライトを照射すれば、登場人物のひとりひとりが受容しなければならぬ「お定め」が、たくさん横たわっている。人々はそれらをさほど理不尽に思うでもなく、まるで風景のように看過する。そうした彼らの上にも、爆弾や焼夷弾は降り注ぐ。まさしく銃後の苦界である。

毛沢東のいう「人力および人心」は、戦時下の日本が標榜した「精神力」とは異なる。たぶん「個々の力および個々の心」という意味であろう。今も昔も、私たち日本人は個々の実力の集合が国家の実力となるとは考えず、国家の実力たらんとするものを国民に配分するという傾向があるように思える。

本巻の冒頭に収めた、中井英夫「見知らぬ旗」は、そうした国家の意思が理解できぬまま大戦の末期に至った陸軍将校の、虚《うつ》ろな心理が活写された象徴的な作品である。

言論は弾圧され、報道までが統制下にあった当時は、巷《ちまた》の噂と肌で感ずる空気のほかに確たる情報はなかった。そうした折にたまたま大本営勤務を命じられた主人公は、そこに有りうべくもない桃源境を発見する。むろん体験か見聞が作品の土台なのだろうが、なるほどと思わせる現実味がある。

ところで、私が陸上自衛隊の市ヶ谷駐屯地に起居していたのは、この話のわずか四半世紀後のことであった。建物の配置も作品中と同じくまだ戦時のままであった。ただし、旧大本営の巨大な地下壕があったのはたしかだが、弾薬庫に通じる秘密の地下通路の存在までは知らない。

地方の駐屯地から市ヶ谷に転入した立場も似ている。陸海空の上級司令部があった当時の市ヶ谷は、まったく作中と同様に高級将校だらけで、いちいち規定通りに敬礼をしていたのでは訓練も作業もできなかった。そこで、まさか誰が教えるわけでもないが、暗黙の市ヶ谷限定礼法を体で覚えるのである。

また、東京の中心の高台にありながら、そこだけが世間と隔絶された異空間であるという印象も同じであった。作品中の市ヶ谷は戦時下の世間と隔絶されており、私の在隊時には高度経済成長期の世間と隔絶していた。

この作品を冒頭に据えることで、「戦時下」の世相を画一的に捉えている読者の先入観を、自由に解放できれば幸いである。

小林勝「軍用露語教程」は、軽やかな筆致の向こう側に潜む、のっぴきならぬテーマに注目した。作中の暗欝な教官には死の影が付きまとう。いわば死神のイメージである。よって戦時下にある主人公は、彼を忌避しながらも親和してゆく。

やがて主人公が航空生徒の道を選んだと知れた瞬間、つまり死が約束された瞬間、二人の関係は覆《くつがえ》る。戦時下の軍隊とは、おそらくそうした瞬間に埋めつくされていたにちがいない。

吉行淳之介「焔の中」は、数少ない登場人物の描写が秀逸で、さすがはと感心することしきりだった。とりわけ、空襲が続いても里に帰ろうとしない「女中」と、頽廃的《たいはいてき》な匂いのする娘は、仮にモデルらしき人物があるとしても文章にするにはよほど難しい性格であろうが、実にやすやすと、なおかつ的確に描き切っている。

三浦哲郎「乳房」は、情感あふるる佳品である。戦時下に思春期を迎えた少年と、夫を軍隊に取られた若妻との一瞬の交流を描き、こうした設定の小説を悪くいうなら臆面もなく、良くいうなら真正面から書くことができるのは、この作家のほかにはいないだろうと思った。

さて次は、戦争文学とは縁遠い気のする江戸川乱歩の登場である。「防空壕」と題するこの小品には、作者のストーリーテラーとしての才気と自負が横溢《おういつ》している。実に面目躍如たる作品と言える。

多くの作品を取捨選択しているうちに考えたのだが、社会的苦悩の極致である戦争は、その苦悩を核として名作を世に送り出すかわりに、実体験がまさって虚構性を排除してしまうのである。つまり、ノンフィクションが多くなってフィクションが減る。

むろん「事実は小説より奇なり」はたしかであるし、虚構に対する道義的責任も作家にとっては難問である。そうした障害を物ともせずにフィクションを書き切る作者に、私はむしろ文学的良心を強く感じた。

一方、その次に掲げた井上光晴「ガダルカナル戦詩集」は、これと言ったストーリーのない作品である。むろん詩集ではなく、そういう表題の小説である。

読書会の仲間が戦地へ赴く会員を送る壮行会の夜、濁酒《どぶろく》を酌みながら語り合ういわば密室劇なのだが、「銃後」の一場面をアップもターンもない切迫したキャメラワークで描いて、息詰まるほど生々しい。読者は知らず観客席から立ち上がってスクリーンの中に歩みこみ、座敷の隅で濁酒を飲みながら、人々の会話に耳を傾ける。

思いは同じなのだが反戦厭戦《えんせん》と口に出して言えぬ人々の対話を、詩が代弁してゆく。この小説の主人公は誰でもなく、「詩」そのものなのである。

山本七平は戦争における人間心理を、「集団ヒステリー」と呼んだ。その証明のような作品が、高橋和巳「あの花この花」であると言えよう。

さきに書いた時代背景のうち、「国家総動員法」に基く「国民徴用令」によって、軍需工場で働くはめになった若者たちの物語である。法律の定めによって強《し》いられた「徴用」の経緯を知らなければ、彼らが工場で殴り合い傷つけ合う心理は理解できまい。

国家の実力を顕現せしめるために、結果から帰納して「個」に義務を配分すれば、そこにはわけもわからずに殴り合うほどのストレスが生まれる。「集団ヒステリー」とはそうした状態を指すのであろう。ゆえに工員たちは、「恍惚として」殴り合うのである。

ちなみに、私の前後同世代で文学を志した若者のうち、この作者の魅力的な文章に影響されなかった人は稀《まれ》であろう。私もふるさとを見はるかすような懐しい気持ちで、この作品を読んだ。

さて、本巻の編集作業中に気付いたことがある。

多くの作家が空襲の描写にあたって、「美しい」と表現するのである。また作家に限らず、空襲を回顧する人々は同様の感慨を口にしたと記憶する。

はたして人間の頭脳は、生き死にの恐怖や悲しみや怒りとは別に、美しいものを客観的に認識するのであろうか。それとも、そうした状況下では、いわゆる「末期《まつご》の眼」に映る景色が感情を超越して、ことさら美しく見えるのであろうか。

だとすると、福祉国家に育まれておそらく天寿を全うする私たちは、美しいものを認識しえずに生涯をおえるのかもしれない。ずいぶん贅沢《ぜいたく》な悩みではあるけれど、平和な昨今の小説に美学が著しく欠落しているのにひき比べ、戦争を描いた文学の、この思いもよらずけっして真似もできぬ清冽《せいれつ》な読後感は、いったいどうしたことなのであろう。

永井荷風の「勲章」は、若いころから何度読み返したかしれない。面白いわけでもなく、何がどうだという作品でもないのだが、その細密かつ無駄のない文章がひたすらここちよくて、まるで経文でも誦《ず》すように愛読した。荷風の魅力を一言でいうなら、日本語を知悉《ちしつ》しているのである。

一転して、上田広「指導物語」は、副題にある通り国鉄機関士の述懐譚である。ただし、フィクションとノンフィクションが分類上未分化の時代であるから、実はどういうものであるかはわからない。

しかし、副題を鵜呑《うの》みにするとしても、「機関車の運転の話ばかりして」「それ以外の話題に興味」がない機関士と、鉄道聯隊《れんたい》から運転技術習得のためにやってきた若い補充兵の物語は胸を熱くする。「佐川のために争いつづけることでしか自分の満足は得られない」という一文は、まさしく殺し文句である。

川崎長太郎「徴用行」には、「召集令状」ならぬ「徴用令状」が登場する。どうやら免除される手段はありそうなのだが、貧しい主人公は「行け行け、行けばひもじい思いをしなくともすむ」とみずからに命ずる。切実な設定である。令状には「キニーネ持参」と書かれているのだから、南方の外地に赴くであろうことはわかっている。しかも軍隊には、マラリアの特効薬さえ常備する力がなくなっている。食わんがために死ぬかもしれぬ、という追いつめられた国民の姿を、この作品は活写した。

石川淳「明月珠」は、さきの「勲章」に呼応する。作中に登場する「藕花《ぐうか》先生」は、疑いもなく荷風がモデルだからである。戦争から超然としていたいという願いを、作者一流のディレッタンティズムに托《たく》して書かれた小説である。

太宰治の「薄明」と「たずねびと」は、別々に発表された作品であるが、ストーリーの連続性と筆致のちがいが興味深いので二作品とも収録した。

太宰ほど悩ましい作家はいない。批判をしたくても周辺には世代を超えた熱烈な読者が多くあって、めったなことは言えぬ。しかし折よく前出の「明月珠」の一文を借りれば、「弓をひかばまさに強きをひくべし」の訓《おし》えが、これほどそぐわぬ作家はおるまい。それにしてもこの二作を並べて読むと、器用なのか不器用なのかわからぬ作家の筆を運ぶ後ろ姿が見えるようで、妙に近しい人に感じられるのである。

疎開先を舞台にした作品は思いのほか少ない。それどころか、かつて小説を書くために資料を集めたのだが、「学童疎開」に関するものはほとんど見当たらなくて往生した。やはり悪い記憶は残らないのである。しかし、井伏鱒二「疎開記」「疎開日記」を読む限り、そうした負の記憶を感じない。これほど安逸な毎日ではなかったはずだが、つまり文章は人柄を表わすのである。

池波正太郎「キリンと蟇」は、短篇小説のお手本と言ってもいい。人物像がくっきりと瞭《あきら》かで、時制の転換が鮮かで、文章に無駄がない。ことに人物をていねいに描くのはこの作者の特長である。そして、巧みな会話文によって人格をさらに補い、なおかつストーリーをそこに托さない。作家が書いているのではなく、造形された登場人物が自由に小説を作っている観がある。お手本と言っても、誰に真似ができるわけではないのだが。

結城信一「鶴の書」は、最も印象深い作品であった。むろん掛け値なしの名作で、この作品を埋もれさせてはならぬとの一心から強く推薦した。

美しい若妻は、まるで純白のベールをまとったような死の予兆に包まれて描かれる。子供はその属性とされ、主人公の子としては書かれていない。つまり、現実の妻子というよりも聖母子像なのである。かけがえなきものを最大限に書き表わそうとするなら、一にかかってこの手法しかあるまい。作者は誠実で端正な文章を用いて、聖母子像の喪失という悲劇を描き切った。地球上のどの言語に訳されようとも、戦争の惨禍と生き残った者の諦観とを等しく正確に伝えうる、普遍の実力を持った作品である。

坂口安吾「アンゴウ」は、書物にまつわる悲しいミステリーである。古本にはしばしば、元の持主の手で赤線が引かれていたり、欄外に何やら書きこみがあったりするが、それらはけっして目ざわりではなく、むしろ興味をそそられる。作者もそうした古本から、この作品を思いついたのであろうか。

いったいにこの巻には、空襲にまつわる作品が多いが、精密なデッサンに終始するのは内田百閒「その一夜」である。これを巻頭に置く方法もあったかと思う。それにしても、この時代の人は命の瀬戸際に立たされてもご近所に、「一足お先に逃げますと挨拶した」のである。隣人の顔も知らぬ現代人にとっては、思いがけぬ発見であった。

さて、日本の近代文学には自然主義の流れを承《つ》ぐ私小説の伝統があって、つい先ごろまではこの伝統に忠実であるか否かが、いわゆる「純文学」と「大衆文学」を分かつひとつの基準であったと言ってよい。たとえばこのあたりまで作品を読み進んだ読者が、「文学」というより「個人的な記録」のような印象を受けるのは、文学自体の私小説的姿勢によるものである。

すると自然に、これまでの作家から一世代下がる高井有一「櫟の家」と古井由吉「赤牛」の二篇は、少年の目を通した戦争の有様を描くことになる。ゆえにみずみずしく、妨げる思想のない素直な観察眼が胸を搏《う》つ。

前田純敬「夏草」は、やはり中学生が体験した空襲の記録である。地方都市を舞台とした作品はあんがい少なく、これほど詳細な記述は他に例を見なかった。戦争そのものと戦争の「空気」に翻弄される少年たちは、正当な理由もなく殴られ、軍隊の意思によって退校処分を宣せられる。永田鉄山が一九二〇年に提唱し、一九三八年に施行された「国家総動員法」は、ついに「一億玉砕」の合言葉に転化してこうした状況を見るに至った。作中で主人公が炎上する故郷に向かって叫ぶ「みな燃えろ！」は、けっしていっときの感情ではなく、ゆえなき死を強要する戦争もしくは国家に対しての、このうえなく正しい抗議の声であろうと思う。前述した「妨げる思想のない素直な観察眼」が、とうとう物を言った一瞬である。

この「コレクション 戦争と文学」全二〇巻を編むに際しては、世に知られる名作よりも埋もれてしまいそうな作品を掬《すく》い取ることに心を摧《くだ》いた。相当の読書家であっても、初めて出会う作品が多いはずである。しかし永遠不朽の名作である野坂昭如「火垂《ほた》るの墓」を、あえて収録せざる勇気は誰も持たなかった。

アニメになりドラマになり、おそらくこの作品のストーリーを知る人は、日本人のすべてと言っても過ぎてはいまい。それでもこの天才の文章を通じて読まなければ、知ったことにはならないと思う。作者の意図するところではあるまいが、滅びゆく母国やあまたの命を、滅びざる母国語で書きとどめたこの作品は、名作というよりも偉業とするべきであろう。

さきに私は、「純文学と大衆文学を分かつひとつの基準」を愚考したが、井上靖はその境界を見ぬ巨大な例外である。作品のほとんどを虚構に徹し、しかも美しく、わかりやすく、面白い。小説とは本来こうしたたたずまいでなければならぬ、という自戒もこめて、「三ノ宮炎上」を巻の掉尾《とうび》に配した。

先人の原稿に読《よ》み耽《ふけ》った三年余の間、私は私たちの住まう時代の、いかに苦悩から免れているかを知った。個人の労苦はさまざまあろうけれど、夜ごと空襲警報の鳴る心配はなく、働けば正当な対価が支払われ、その金で自由に腹を満たすことができるのである。不平不満を言えばきりがあるまい。

しかし文学は、苦悩を核として成立する。苦悩から免れている社会というものは、こと文学に関する限り不毛の時代と言える。さらば私たちは、みずからのうちに眠る瑣末《さまつ》な苦悩を剔出《てきしゆつ》し瞠目して、文学を作り出さねばならない。

実に反社会的な、作家という職業の宿命である。

（あさだ・じろう　作家）

〔初出　二〇一二年三月〕

付録　インタビュー
麻布が丘は、恋の丘

小沢昭一

「僕は軍人大好きよ」という唄をご存知だろうか。

僕は軍人大好きよ
今に大きくなったなら
勲章つけて　剣さげて
お馬にのって　ハイドウドウ

これは日露戦争の前に作られた軍歌「日本海軍」（一九〇四年）の替え唄で、昭和ひとけた生まれの人は子供の頃によく歌ったという。一九二九（昭和四）年生まれの小沢昭一さんも、もちろん歌った。二、三歳だった昭一クンは、朝起きると、駄菓子屋で買った鉛の勲章を胸につけ、竹の棒を軍刀に見立てて腰に差し、この唄を大声で歌いながら、家の近所をひたすら歩きまわった。時は、満洲事変から上海事変と戦争への足音が高まり、作家の小林多喜二が虐殺された「あの時代」。やがて家でも学校でも、見事に

「軍隊漬け」にされた小沢少年の周りには、なぜかいつも唄があった。そこで、戦中から戦後までの小沢さんの青春を、「唄」を中心に追ってみたい。

ヤットナ　ソレ　ヨイヨイヨイ

――小沢さんは蒲田の写真館の生まれだと思ったら、違うんですね。

生まれたのは、豊多摩郡和田堀町（現・東京都杉並区和泉）。二軒長屋の一軒でご誕生。次に日暮里に移って、蒲田に親父が写真館を開業したのは、私が四歳の時だね。当時、蒲田は東京どころか日本の中心だった。何しろ松竹キネマ蒲田撮影所があったからね。「虹の都光の港　キネマの天地」（「蒲田行進曲」、二九年）だもの。文化の中心だ。撮影所の近くの写真館だったから、きれいな女優さんが家の前を通ったな。美しかったのは若水絹子さん、のちに作曲家・万城目正《まんじようめただし》夫人になった人。日傘差してね、あれで、私の美人の基準が決まった。見目麗しく、着物が似合って日傘を差してなきゃ美人とは言わない。近くに田中絹代さんも住んでいたから、銭湯の女風呂が男の子で満員だったな。小学生なら女風呂に入れたから。私も行ったよ、もちろん。でも、背が小さいから女の人の大きなお尻ばかり目に入って、誰が田中絹代かわからなかった（笑）。

――小学生の頃は、どんな唄が流行《はや》っていたんですか。

その頃、流行っていた唄が「東京音頭」（三三年）。今はヤクルトの応援団が歌ってる。あれ、お上がばかに肩入れしてたんだ。当時の内務省っていうのかな、そこに面白い男がいて、そいつの判断で「おい、東京がいま一つ気勢が上がらねえなあ、もっと盛り上がった方がいいんじゃねえかぁ」ということで、都内の各広場で盆踊りをやらせたって聞いたことがあるね。景気づけだったみたいだよ。それにしても流行ったな。やっぱりあれ、「♪ヤットナソレ　ヨイヨイヨイ」というのが、子供たちもみんな好きでね。「♪なっとなっとであまなっと」って、学校帰りの子供たちが合唱しながら家の前を通っていったよ。子供が替え唄で歌う唄は、大ヒット曲だ。

——小沢さん、替え唄を作るの得意でしょう。

いや、得意ってわけでもないけれど。麻布中学（旧制）の時に「ズンドコ節」（四二年頃）の替え唄を作った。（歌いだして）「♪右に聖心　左に館《やかた》〜」。聖心ってのは聖心女学院、館は東京女学館ね。

「♪あとに控える順心英和」

——順心高等女学校（現・広尾学園）と東洋英和女学院。

「♪粋なザブ中の晴れ姿　麻布が丘は恋の丘　トコズンドコ　ズンドコ」。二番もある。（続けて歌う）「♪鞄片手に公園行けば　可愛いあの娘が笑顔で招く　語りましょうか　若い青春　麻布が丘は恋の丘」。これ、あんまり流行らなかった（笑）。

あの頃、女学校っていうのがとっても気になって、気になって。ザブ中、つまり麻布中学の周りは結構、女学校がいっぱいあったからな。館なんていう言葉を聞いただけで、今でもゾクッとするね。東京女学館の制服姿がよくてねえ。順心っていうのがね、こう言っちゃ悪いけど、ちょっとダサいんだ。東洋英和は晴れやかだったけど、やっぱし館だな。え、女学生? 詳しいよ。それはそうだ、当時、それしか関心がなかったもの。

——でも、その頃の女学生といえば、何となく、もんぺ姿のイメージだけど。

もんぺなんかはかせてる女学校はね、そんなものは蹴っとばすんだよ(笑)。だって、仲谷昇流《なかやのぼる》(のちの俳優、仲谷昇)なんか、悔しいけど、その女学生たちにモテたねえ。途中、アパートの窓からね、女学生が鈴なりだ。電車の中をのぞくんだね。どういうわけだか、仲谷の乗っている都電を知ってるんだ。私なんか見向きもされない。だから、通学時間になると、もう電車は満員。真ん中に仲谷と私がいて、周りは運転席まで女学生がいっぱい入ってる。運転手のおやじが時々ウーッて肘《ひじ》でね、そこにいる女学生を、邪魔だ、ってどかすぐらい。そういう状況の中で、乗降口の手すりにぶら下がって、一番外から女学生を保護するのが青木という同級生の役割だった。ところがその青木がついに、「もうだめだ」って、線路に落ちちゃったんだよ。青木の渾名《あだな》がワンタンだったから、「青木ワンタンもうだめだ」というのが一時、ばかに流行った(笑)。

東洋英和の　ためならば

――麻布中学って結構自由なイメージがありますけど、軍国主義全盛のあの時代、授業はどうでしたか。

それは国家の流れに沿って。だから私もれっきとした軍国少年だった。授業だって、教練なんか、鉄砲かついで麻布が丘から代々木の、いま代々木公園になっている練兵場まで行進。全員整列して、先頭のヤツが行進のための軍歌を一小節ずつ歌って、あとのヤツがそれに合わせるわけ。先頭はだいたい加藤武（のちの俳優）だったな。あいつは声がでかいから。今でもでかいけど。加藤が「♪勝って来るぞと　勇ましく～」（「露営の歌」、三七年）と歌うと、我々も「勝って来るぞと　勇ましく～」、加藤が「東洋平和の　ためならば～」と歌うと、我々は「東洋英和の　ためならば～」と（笑）。教練の先生の名前は今でも覚えている。国領嘉一《こくりようかいち》先生。大尉か中尉だったか、とにかくイタリア駐在武官を経験した人で、練兵場に着くと、「全員、鉄砲を置いて、車座になれ」って言う。教練といったら、号令一下、鉄砲持って「ウオーッ」って叫びながら突撃訓練だと思ってたら、「鉄砲置け」だって。何をするのかと思ったら、「ただいまより、演芸会を行う！」だもの。

演芸会のスターはなんと言っても、内藤法美《つねみ》（のちの音楽家）。越路吹雪の旦那になるヤツだ。こいつには、付人がいた。同級生で、教練がある日には、そいつは内藤の家に寄って、アコーディオンを持って登校して、教練の行進の時も鉄砲を担ぎ、手には内藤のアコーディオンを抱えて「♪東洋英和の　ためならば～」だ。それで、演芸会の最初は、内藤のアコーディオンの演奏。付人が大事に抱えてきたアコーディオンを内藤に渡すと、演奏がはじまる。曲も決まっていた。エミール・ワルトトイフェルの円舞曲「女学生」。♪タッターカ　タッターカ　タッター、タカタカタ、タカタカタ……。何がいいかって、もう題名だよ。「女学生」だもの。みんな、それぞれ女学生のイメージを抱いて、うっとりしてた。あたり一面、妖しい雰囲気だ。

それが終わると、何人かのおっちょこちょいが落語をやったり、唄を歌ったりしてな。堺正俊（のちのフランキー堺）、大西信行（のちの劇作家）、それに加藤、内藤、私がそのおっちょこちょい組だ。私はハモニカを吹いた。堺は落語がうまかった。

落語と言えば、私は黒門町《くろもんちょう》、桂文楽（八代目）が好きだったけどね、忘れられないのが古今亭志ん生だった。（声を真似して）「えー、ビールというものはァ、いくら飲んでもションベンにしかならないけど、酒はァ……ウンコになる」なんて言って。

唄は、小唄勝太郎の「明日《あす》はお立ちか」（四二年）をよく歌ったよ。「♪明日はお立ちか　お名残りおしや～」なんて。三番がいいんだよ。（感情をこめて歌う）「♪時計みつめて　今頃あたり　汽車を降りてか　船の中」。ここからこぶしをきかせてね、ゆっくり歌うんだ。「♪船酔いせぬか　嵐は来ぬか　あれさ夜空に　夫婦星《みようとぼし》」。涙が出たね、当時。だって、これ、応召して戦地に行く軍人の夫を若い妻が見送る唄だ。（さらに気持ちを込めて歌う）「♪船酔

いせぬか　嵐は来ぬか……」。ああ、今でも泣きそうになるな。

　　力の限り　勝利の日まで

――戦時中の小沢少年の周りには、いつも唄があったんですね。

「めんこい仔馬」（四一年）なんていうのは、一日に一回は歌ってた。それから、「日の丸行進曲」（三八年）は、毎日ほら、神社に集まってさ、出征兵士を駅まで送っていくから。（小声で歌う）「♪母の背中にちさい手で　振ったあの日の日の丸の～」。

私もね、終戦直前の四五年三月、中学四年生になる春に、海軍兵学校予科に行く時、駅まで軍歌で送られたね。みんな、軍歌は片っ端から歌ってたけど、私が好きだったのは「勝利の日まで」（四四年）だね。あれはね、軍歌じゃないメロディーなんだよね。

イントロもね、「♪パッパッパッパッ　パッパッパッパラララ　パーララ　パッパッパッパッパッパッパラララ　パーララ　パッパッパッパッ　パッパッパッパラララ　パーララ　タッタッタ　タラララララララージャンカジャン　丘にはためく　あの日の丸を……」っていうふうに入っていく。な、ちょっと軍歌っぽくないだろ。それで、「♪仰ぎ眺める　我等の瞳ー」っていうの。「♪何時《いつ》かあふるる　感謝の涙　燃えて来る来る　心の炎　我等はみんな力の限り　勝利の日まで　勝利の日まで」。

しかしあの頃の唄を語れる俳優は、私ぐらいしかいなくなったっていうのは悲しいね。

――送られて行く時、どんな気持ちだったんですか。

寂しかったね。特に私は一人っ子で、母親にかわいがられて育ってきたから。母親恋しいっていう気持ちはとても強かったね。でも徹底的にね、お国のためにっていう教育を受けて育っているから、それがまあ、当たり前だと思ってる。当たり前でも寂しいは寂しい。親父も送ってきたよね。体、具合悪くて寝たきりだったんだけどね、起きて、自転車を支えにして駅まで送ってくれたな。もうこれでこいつともお別れだ、最期だろうって、親父にはわかってたんだろうね。

――でも、無事に帰ってきた。

母親に会えてうれしかったね。だって、兵学校の頃、蒲田が空襲で焼けて群馬に行っていた母親から毎日、手紙が来てたんだから。母親もうれしかったんじゃないかな。自分の夫が病身で、不安な時に、死ぬだろうと思っていた一人息子が帰ってきたんだからね。だから、まず群馬に行って手紙の住所をたよりに母親を探したね。会ったら、どこから持ってきたのか、「おなかがすいたろう、さあ食べなさい」って、うんと食わしてくれたことを覚えている。

その後に東京に戻ったけど、焼け野原だから、どうしようもない。そしたら何か、おじさんの世話かな、全然、見ず知らずの人の家の蔵が焼けないで残ってたんで、その蔵の中に住むようにって面倒見てくれて、そこに病気で寝ている親父をしょって入った。それで母親は勤めに出たのね。たしかどこか名のある食堂の、皿洗いじゃなくて、従業員の食事をつくる係。毎日、母親が空のドカ弁を持ってって、それに飯をいっぱい詰めて持って帰ってくるんだよ。「さあ、昭一、おなかすいたろ、ごめんね、遅くなって」って。兵学校じゃ食べ物には不自由しなかったから、戦後のあの頃が一番ひもじかったなあ。あれだけ女学生に思いを寄せていたのに、「ひもじさと寒さと恋を比ぶれば　恥ずかしながらひもじさが先」っていうのは身にしみてわかった（笑）。

——麻布が丘の仲間との再会はいつ頃になるんですか。

東京に来てすぐ学校へ戻った。「よく帰ってきたなあ」なんて誰も言わない。みんなてめえのことしか考えない。私が帰ってきてさ、みんなが抱きついて涙ぐんだとか、私が運動場の真ん中で、「小沢昭一、ただいま帰りましたー」って叫んだなんていう話があるけどね、全部ウソだからね。生きているうちに言っとかないと。あれはね、神津善行《こうづよしゆき》（のちの作曲家）が作った話だよ。

それと、今日は、唄の話だろ。最後に言っておくけどね、戦後の復興がはじまる焼け跡から「♪赤いリンゴに口びるよせて……」って、「リンゴの唄」（四六年）が流行ったって言われているけどね、あれもウソだから。本当に流行ったのは「悲しき竹笛」（四六年）。「♪ひとり都の　たそがれに～」だ。

今じゃ戦後といえば「リンゴの唄」ばっかりもてはやされて、「悲しき竹笛」は忘れられかけてるけど、唄とともに生きて来た、この私が言うんだから間違いはない。

（おざわ・しょういち　俳優）

聞き手＝小田豊二

「コレクション　戦争と文学」第15巻（二〇一二年三月刊）月報より

著者紹介

中井英夫（なかい・ひでお）
一九二二（大一一）～九三（平五）東京生。四三年一二月学徒出陣。四四年八月、東京・市谷の参謀本部配属。四五年八月、腸チフスに罹り陸軍病院に入院、敗戦を知らぬまま九月まで昏睡。六二年「虚無への供物」前半第二章までを江戸川乱歩賞に応募、次席となる。後半を完成し、六四年に刊行。「悪夢の骨牌」（泉鏡花賞）「中井英夫詩集」評論「黒衣の短歌史」など。

小林勝（こばやし・まさる）
一九二七（昭二）～七一（昭四六）慶尚南道晋州生。四四年、陸軍予科士官学校に入学し、ロシア語を学ぶ。四五年三月、陸軍航空士官学校に入学、在学中に敗戦。五六年発表の「フォード・一九二七年」「軍用露語教程」が共に芥川賞候補になる。「断層地帯」「チョッパリ」戯曲「檻」（新劇戯曲賞）など。

吉行淳之介（よしゆき・じゅんのすけ）
一九二四（大一三）～九四（平六）岡山生。四四年八月、甲種合格の現役兵として岡山連隊に入営。三日目に気管支喘息と診断され、翌日帰郷。翌年春、再び徴兵検査を受け、またも甲種合格。「驟雨」（芥川賞）「不意の出来事」（新潮社文学賞）「星と月は天の穴」（芸術選奨）「暗室」（谷崎賞）「鞄の中身」（読売文学賞）「夕暮まで」（野間文芸賞）エッセイ「人工水晶体」（講談社エッセイ賞）など。

三浦哲郎（みうら・てつお）
一九三一（昭六）～二〇一〇（平二二）青森生。五五年「遺書について」を同人誌「非情」に発表。一二月「十五歳の周囲」で新潮社の同人雑誌賞受賞。六一年「忍ぶ川」で芥川賞受賞。九〇年「じねんじょ」、九五年「みのむし」で川端賞受賞。「拳銃と十五の短篇」（野間文芸賞）「少年讃歌」（日本文学大賞）「白夜を旅する人々」（大佛次郎賞）「みちづれ」（伊藤整賞）など。

江戸川乱歩（えどがわ・らんぽ）
一八九四（明二七）〜一九六五（昭四〇）　三重生。一九二三年「新青年」編集長に送った「二銭銅貨」と「一枚の切符」が同誌に掲載される。三九年、春陽堂日本小説文庫「鏡地獄」所収の「芋虫」が反戦的として削除命令を受ける。「屋根裏の散歩者」「陰獣」「怪人二十面相」「少年探偵団」評論「幻影城」（探偵作家クラブ賞）など。

井上光晴（いのうえ・みつはる）
一九二六（大一五）〜九二（平四）　福岡生。五〇年、小説第一作「書かれざる一章」を「新日本文学」に発表。朝鮮戦争下の佐世保港で反戦活動を行い、この経験が「荒廃の夏」「他国の死」に結実する。「地の群れ」「心優しき叛逆者たち」「ファシストたちの雪」「暗い人」詩集「荒れた海辺」「十八歳の詩集」など。

高橋和巳（たかはし・かずみ）
一九三一（昭六）〜七一（昭四六）　大阪生。四五年三月の大阪大空襲で焼け出され、母の郷里の香川県に疎開、終戦。五〇年「京大作家集団作品集」に小説第一作「片隅から」（後に加筆訂正して「あの花この花」と改題）を発表。五八年「捨子物語」を自費出版。「悲の器」（文藝賞）「憂鬱なる党派」「邪宗門」評論「わが解体」など。

永井荷風（ながい・かふう）
一八七九（明一二）〜一九五九（昭三四）　東京生。一八九九年「薄衣」を「文芸倶楽部」に発表。一九〇二年「野心」を初出版。四五年三月一〇日の東京大空襲で自宅・偏奇館焼失。六月、岡山に疎開、終戦。「あめりか物語」「ふらんす物語」「日和下駄」「濹東綺譚」「断腸亭日乗」など。

上田広（うえだ・ひろし）
一九〇五（明三八）〜六六（昭四一）　千葉生。二六年、鉄道第二連隊に入営、二年後除隊。三七年七

月応召。三八年、陣中で執筆した「黄塵」を「文芸首都」に連載（後に「大陸」に転載）、「鮑慶郷《パオシィシャン》」を「中央公論」に発表。四二年二月、南方戦線に派遣され、バターン半島攻略戦に陸軍報道班員として従軍。「建設戦記」「地熱」「青い炎」評論「鉄道創設史伝」など。

川崎長太郎（かわさき・ちょうたろう）
一九〇一（明三四）～八五（昭六〇）　神奈川生。二一年、第一詩集「民情」を刊行。二三年「ダダイズムと階級芸術」を「東京朝日新聞」に発表。三四年、第一創作集「路草」刊。四四年九月、海軍に徴用され横須賀で運搬作業を行う。翌年二月、父島へ赴き当地で敗戦、一二月帰還。五〇年に発表した「抹香町」が評判を呼ぶ。七七年、菊池寛賞受賞。「裸木」「色乞食」「淡雪」「夕映え」など。

石川淳（いしかわ・じゅん）
一八九九（明三二）～一九八七（昭六二）　東京生。一九三五年、小説第一作「佳人」を「作品」に発表。三七年「普賢」で芥川賞受賞。三八年「マルスの歌」が反軍国調だとして、掲載した「文学界」が発禁となる。四五年五月の空襲で焼け出され船橋に転居、終戦。四六年「黄金伝説」を刊行。八二年、朝日賞受賞。「処女懐胎」「紫苑物語」（芸術選奨）「狂風記」「天門」「蛇の歌」随筆「江戸文学掌記」（読売文学賞）など。

太宰治（だざい・おさむ）
一九〇九（明四二）～四八（昭二三）　青森生。三六年、第一創作集「晩年」刊。四〇年「女生徒」で北村透谷賞次席。四五年七月津軽に疎開、終戦。四八年、入水自殺。「駈込み訴え」「津軽」「お伽草紙」「ヴィヨンの妻」「斜陽」「人間失格」「桜桃」など。

井伏鱒二（いぶせ・ますじ）
一八九八（明三一）～一九九三（平五）　広島生。一九二三年、同人誌「世紀」の創刊に参加し、「幽閉」（「山椒魚」の原型）を発表。三八年「ジョン万次郎漂流記」で直木賞受賞。四一年一一月、陸軍報道班員に徴用され、翌月マレーに向かう船中で開戦を知る。四二年一一月徴用解除、帰国。四五年七月郷里に疎開、終戦。五〇年「本日休診」その他で読売文学賞、六六年「黒い雨」で野間文芸賞受賞。「さざなみ軍記」「遙拝隊長」「鞆ノ津茶会記」随筆「荻窪風土記」詩集「厄除け詩集」など。

池波正太郎（いけなみ・しょうたろう）

一九二三（大一二）〜九〇（平二）東京生。四三年「婦人画報」に投稿した「兄の帰還」が入選。四四年、横須賀海兵団に入団。四五年五月、米子の美保航空基地に転属、通信任務に当たる。当地で敗戦。五四年「厨房《キッチン》にて」を「大衆文芸」に発表。六〇年「錯乱」で直木賞受賞。七七年、吉川文学賞受賞、戯曲「市松小僧の女」で大谷竹次郎賞受賞。八八年、菊池寛賞受賞。「鬼平犯科帳」シリーズ「剣客商売」シリーズ「真田太平記」随筆「食卓の情景」など。

坂口安吾（さかぐち・あんご）

一九〇六（明三九）〜五五（昭三〇）新潟生。三一年から翌年にかけ同人誌「言葉」「青い馬」に「木枯の酒倉から」「風博士」「黒谷村」「ＦＡＲＣＥに就て」を発表。四四年、徴用逃れのため日本映画社嘱託となる。四五年四月、空襲のどさくさにまぎれて召集をすっぽかし、終戦。四六年「堕落論」「白痴」を発表。「不連続殺人事件」（探偵作家クラブ賞）随筆「日本文化私観」「安吾巷談」など。

結城信一（ゆうき・しんいち）

一九一六（大五）〜八四（昭五九）東京生。四四年、戦局の悪化にともない遺稿一巻を成そうと、小説「絹」（後の「螢草」）を書き始め、目黒で終戦。四八年「秋祭」を「群像」に発表、作家生活に入る。八〇年「空の細道」で日本文学大賞受賞。「鎮魂曲」「石榴抄」エッセイ「作家のいろいろ」など。

内田百閒（うちだ・ひゃっけん）

一八八九（明二二）〜一九七一（昭四六）岡山生。一九二二年、第一作品集「冥途」を、三三年、第一随筆集「百鬼園随筆」を刊行。四二年、日本文学報国会への入会を拒絶する。四五年五月、空襲で居宅を焼失、隣家邸内の火の番小屋に移り、終戦。汽車旅を記した「阿房列車」シリーズが好評を博する。「贋作吾輩は猫である」「ノラや」「東海道刈谷駅」

「日没閉門」など。

高井有一（たかい・ゆういち）
一九三二（昭七）〜二〇一六（平二八）東京生。四五年一月、埼玉県栢間《かやま》村（現・久喜市）に集団疎開。三月、東京に戻るが翌月空襲で自宅を焼失、五月、秋田県角館の親戚に疎開、終戦。六六年「北の河」で芥川賞受賞。「夢の碑」（芸術選奨）「この国の空」（谷崎賞）「夜の蟻」（読売文学賞）「高らかな挽歌」（大佛次郎賞）「時の潮」（野間文芸賞）評伝「立原正秋」（毎日芸術賞）など。

古井由吉（ふるい・よしきち）
一九三七（昭一二）〜 東京生。四五年五月の空襲で罹災し、父の実家、岐阜県大垣市に疎開するが七月に再度罹災。母の郷里美濃町（現・美濃市）に転居し、終戦。六八年、初の小説「木曜日に」を発表。七〇年、第一作品集「円陣を組む女たち」を刊行。翌年「杳子」で芥川賞受賞。「栖」（日本文学大賞）「槿《あさがお》」（谷崎賞）「中山坂」（川端賞）「仮往生伝試文」（読売文学賞）「白髪の唄」（毎日芸術賞）「野川」「この道」など。

前田純敬（まえだ・すみのり）
一九二二（大一一）〜二〇〇四（平一六）鹿児島生。大学在学中に陸軍に入隊、中尉で母の疎開先の入来町（現・薩摩川内市）に復員する。四九年「夏草」を「群像」に発表し、芥川賞候補となる。「背後の眼」「檻」「曠野」「自殺者」「現代のマノン」「喪の女」など。

野坂昭如（のさか・あきゆき）
一九三〇（昭五）〜二〇一五（平二七）神奈川生。三一年四月、神戸の張満谷家の養子となるが、四五年六月、神戸大空襲で家が全焼、養父を失い、養母は重傷を負う。八月、福井県春江町（現・坂井市）の疎開先で終戦。四七年一二月、新潟の実父に引きとられ旧姓に戻る。六三年一一月、小説第一作「エロ事師たち」を「小説中央公論」に発表、一二月「おもちゃのチャチャチャ」で日本レコード大賞作詞賞受賞。六八年「アメリカひじき」「火垂るの墓」で直木賞受賞。「同心円」（吉川文学賞）「文壇」（泉鏡花賞）エッセイ「我が闘争 こけつまろびつ闇を撃つ」（講談社エッセイ賞）など。

井上靖（いのうえ・やすし）

一九〇七（明四〇）～九一（平三）北海道生。二八年五月、召集されるが肋骨骨折が発覚、即日帰郷。三六年「流転」が千葉亀雄賞受賞。三七年九月応召、輜重兵として中国北部を転戦するが、脚気のため翌年内地送還、除隊となる。四九年「文学界」に「闘牛」（芥川賞）を発表。八〇年菊池寛賞、八五年朝日賞受賞。「天平の甍」（芸術選奨）、「楼蘭」「敦煌」（二作で毎日芸術賞）「淀どの日記」（野間文芸賞）「風濤」（読売文学賞）「おろしや国酔夢譚」（日本文学大賞）「本覚坊遺文」（日本文学大賞）「孔子」（野間文芸賞）など。

初出・出典一覧

見知らぬ旗（中井英夫）
初出「海」一九七〇年一〇月号
出典「中井英夫全集　二」一九九八年一二月　創元ライブラリ　東京創元社

軍用露語教程（小林勝）
初出「新日本文学」一九五六年一二月号
出典「小林勝作品集　一」一九七五年七月　白川書院

焰の中（吉行淳之介）
初出「群像」一九五五年四月号
出典「吉行淳之介全集　五」一九九八年二月　新潮社

乳房（三浦哲郎）
初出「新潮」一九六六年五月号
出典「三浦哲郎自選全集　三」一九八七年一一月　新潮社

防空壕（江戸川乱歩）
初出「文藝」一九五五年七月号
出典「江戸川乱歩全集　一四」一九七九年一〇月　講談社

ガダルカナル戦詩集（井上光晴）
初出「新日本文学」一九五八年五月号
出典「現代日本文学　三五」一九七五年八月　筑摩書房

あの花この花（高橋和巳）
初出「文学界」一九六五年九月号
出典「高橋和巳全集　三」一九七七年六月　河出書房新社

勲章（永井荷風）
初出「新生」一九四六年一月号
出典「荷風全集一八」一九九四年七月　岩波書店

指導物語（上田広）
初出「中央公論」一九四〇年七月号
出典「指導物語」一九四〇年一一月　大観堂書店

徴用行（川崎長太郎）
初出「文藝」一九四六年五月号
出典「淫売婦」一九四八年四月　岡本書店

明月珠（石川淳）
初出「三田文学」一九四六年三月号
出典「石川淳全集　二」一九八九年六月　筑摩書房

薄明（太宰治）
初出「薄明」一九四六年一一月　新紀元社
出典「太宰治全集　九」一九九八年一二月　筑摩書房

たずねびと（太宰治）
初出「東北文学」一九四六年一一月号
出典「太宰治全集　九」一九九八年一二月　筑摩書房

疎開記（井伏鱒二）
初出「文学界」一九四八年一月号
出典「井伏鱒二全集　一二」一九九八年八月　筑摩書房

疎開日記（井伏鱒二）
初出「季刊　ＦＥＭＩＮＡ」第三号　一九四八年三月
出典「井伏鱒二全集　別巻二」二〇〇〇年三月　筑摩書房

キリンと蟇（池波正太郎）
初出「大衆文芸」一九五六年七月号
出典「完本池波正太郎大成　二八」二〇〇〇年一〇月　講談社

アンゴウ（坂口安吾）
初出「サロン別冊」第二輯　一九四八年五月
出典「坂口安吾全集　六」一九九八年七月　筑摩書房

鶴の書（結城信一）
初出「群像」一九五七年四月号
出典「結城信一全集　二」二〇〇〇年一一月　未知谷

その一夜（内田百閒）
初出「小説新潮」一九六八年一二月号
出典「新輯内田百閒全集　二二」一九八八年八月　福武書店

櫟の家（高井有一）
初出「群像」一九六八年一月号
出典「谷間の道」一九六九年四月　文藝春秋

赤牛（古井由吉）
初出「文学界」一九七七年一月号
出典「古井由吉　作品五」一九八三年一月　河出書房新社

夏草（前田純敬）
初出「群像」一九四九年一二月号
出典「ふるさと文学館　五三」一九九四年三月　ぎょうせい

火垂《ほた》るの墓（野坂昭如）
初出「オール読物」一九六七年一〇月号
出典「アメリカひじき　火垂るの墓」一九六八年三月　文藝春秋

三ノ宮炎上（井上靖）
初出「小説新潮」一九五一年八月号
出典「井上靖全集　二」一九九五年六月　新潮社

凡例

本セレクションは、日本語で書かれた中・短編作品を中心に収録し、原則として各作品の出典の表記を尊重した。

一、漢字の字体は、原則として、常用漢字表および戸籍法施行規則別表第二（人名用漢字別表）にある漢字についてはその字体を採用し、それ以外の漢字は正字体とされている字体を使用した。

一、仮名遣いは、小説・随筆については、出典が歴史的仮名遣いで書かれている場合は、振り仮名も含め、原則として現代仮名遣いに改めた。詩・短歌・俳句・川柳の仮名遣いは、振り仮名も含め、原則として出典を尊重した。

一、送り仮名は、原則として出典を尊重した。

一、振り仮名は、出典にあるものを尊重したが、読みやすさを考慮し、追加等を適宜行った。

一、明らかな誤字・脱字・衍字と認められるものは、諸刊本・諸資料に照らし改めた。

「セレクション　戦争と文学」において、民族、出自、職業、性別、心身のハンディキャップ等々、今日では不適切と思われる差別的な語句や表現が使われている作品が複数あります。また、疾病に関する記述など、科学的に誤った当時の認識のもとに描かれた作品も含まれています。

しかし作品のテーマや時代性に鑑みて、当該の語句、表現が差別をいたずらに助長するものとは思われません。私たちは文学者の描いた戦争の姿を、現代そして後世の読者に正確に伝えることが必要だと考え、あえて全作品をそのまま収録することにしました。作品の成立した時代背景を知ることにより、作品もまた正確に理解されると信ずるからです。読者のみなさまのご理解をお願い申し上げます。

集英社「セレクション　戦争と文学」編集室

本書は二〇一二年三月、集英社より『コレクション 戦争と文学 15
戦時下の青春』として刊行されました。

本文デザイン　緒方修一

セレクション **戦争と文学** 全8巻

① **ヒロシマ・ナガサキ**
原民喜「夏の花」、林京子「祭りの場」他。解説＝成田龍一
発売中

② **アジア太平洋戦争**
三島由紀夫「英霊の声」、蓮見圭一「夜光虫」他。解説＝浅田次郎
発売中

③ **9・11 変容する戦争**
小田実「武器よ、さらば」、重松清「ナイフ」他。解説＝高橋敏夫
発売中

④ **女性たちの戦争**
河野多恵子「鉄の魚」、石牟礼道子「木霊」他。解説＝成田龍一・川村湊
発売中

集英社文庫ヘリテージシリーズ

「コレクション 戦争と文学」全20巻より
精選した8巻を文庫化

⑤
日中戦争
伊藤桂一「黄土の記憶」、火野葦平「煙草と兵隊」他。解説＝浅田次郎
発売中

⑥
イマジネーションの戦争
小松左京「春の軍隊」、田中慎弥「犬と鴉」他。解説＝奥泉光
発売中

⑦
戦時下の青春
井上光晴「ガダルカナル戦詩集」、古井由吉「赤牛」他。解説＝浅田次郎
発売中

⑧
オキナワ 終わらぬ戦争
知念正真「人類館」、灰谷健次郎「手」他。解説＝高橋敏夫
2020年2月発売

集英社文庫ヘリテージシリーズ

集英社文庫 ヘリテージシリーズ

セレクション戦争《せんそう》と文学《ぶんがく》7 戦時下《せんじか》の青春《せいしゅん》

2020年1月25日 第1刷　　定価はカバーに表示してあります。

著　者　中井英夫《なかいひでお》 他

編　集　株式会社 集英社クリエイティブ
東京都千代田区神田神保町2-23-1　〒101-0051
電話　03-3239-3811

発行者　徳永　真

発行所　株式会社 集英社
東京都千代田区一ツ橋2-5-10　〒101-8050
電話　【編集部】03-3230-6094
【読者係】03-3230-6080
【販売部】03-3230-6393（書店専用）

印　刷　凸版印刷株式会社

製　本　加藤製本株式会社

フォーマットデザイン　アリヤマデザインストア　　マークデザイン　居山浩二

Printed in Japan
ISBN978-4-08-761053-6 C0193